中国文学理论批评文选（2013）

中国作家协会理论批评委员会 / 编

文化艺术出版社
Culture and Art Publishing House

编委会

南 帆 雷 达 吴秉杰
陈晓明 梁鸿鹰 何向阳

执行主编

何向阳

目 录

论文学的意识形态性和审美愉悦性 …………………… 张 炯 （ 1 ）
马克思文艺批评方法的本质特征 ……………………… 董学文 （ 21 ）
中国马克思主义文学批评的人民观 …………………… 胡亚敏 （ 36 ）
当代文学批评的社会历史观问题 ……………………… 赖大仁 （ 45 ）
20世纪文艺与政治的关系 ……………………………… 旷新年 （ 59 ）
引文式研究：重寻"人文精神讨论" …………………… 程光炜 （ 87 ）
文艺评论的作用及其实现方式 ………………………… 艾 斐 （104）
自然之声与人类心声的共鸣
　　——论自然文学中的声景 ………………………… 程 虹 （110）
论底本：叙述如何分层 ………………………………… 赵毅衡 （119）
中国文学的"批评"问题
　　——"批评"与"评论"的百年"语用"纠葛及其所见
　　　时代风尚 ……………………………… 张末民 赵 强 （137）
"现代性"辨正 …………………………………………… 王富仁 （176）
论中国当代文学史的"过渡状态"
　　——以1975—1983年为中心 ……………………… 王 尧 （220）
第四次文代会与文学复苏 ……………………………… 黄发有 （241）
现实主义淡出当下文论的体系性思考 ………………… 高 楠 （267）
当代诗歌的断裂与成长：从"诵读"到"视读" ……… 张 江 （284）
文学、家族与革命 ……………………………………… 南 帆 （304）
叙事与哲学：小说艺术论 ……………………………… 徐 岱 （319）

重构中国小说的叙事伦理	谢有顺	（353）
作家性格：文学研究不应忽略的维度	沈金浩	（388）
鲁迅与果戈理遗产的几个问题	孙　郁	（402）
月夜里的鲁迅	王彬彬	（419）
作为文学批评家的孙犁	张　莉	（433）
论莫言小说	张志忠	（446）
"仁义"传统与铁凝小说	刘惠丽	（460）
萤火虫、幽灵化或如佛一样		
——评贾平凹新作《带灯》	陈晓明	（478）
准列传体叙事中的整体性重构		
——韩少功《日夜书》评析	张　翔	（495）
从"传奇"到"故事"		
——《繁花》与上海叙述	黄　平	（515）
中国学家对现代中国文学的译介与研究	杨四平	（528）
媒体之于经典的传播和建构	詹福瑞	（544）
新媒体与中国文艺学的转向	欧阳友权	（560）
体验经济与网络文学研究的范式转型	杨　玲	（577）
艺术自律：一个现代性概念的理论旅行	冯黎明	（590）
从市场的变迁看艺术的命运和使命	高建平	（606）
编后语		（620）

论文学的意识形态性和审美愉悦性

张 炯

上篇：论文学的意识形态性

多年来，有人一直否定文学艺术的意识形态性。他们力图消解文学的意识形态性。这种理论观点到底对不对，有多少科学性？我们有必要从人类意识的产生和发展考察起。

一、 人类意识产生及其机制

人类的意识是相对存在而言的。它作为人类头脑的产物乃是存在的反映。皮亚杰的发生认识论虽然认为"反映"一词不能充分说明人类认识过程中主客体的相互作用，不能更好地揭示主体在认识过程的能动性及其先在的思维结构的基础，但他也不能否认认识过程中主体与客体的一致性。

意识是人脑发展到一定阶段的产物。它既是客观世界的主观映像，也是人脑潜能发展和发挥的主观表现。意识的产生有着漫长的过程。众多生物有没有意识，尚不得而知。但猴子、猩猩和海豚具有初步的意识已为实验所证明。从动物心理到人类意识，是意识发展的质的变化。意识是人脑作为高度发达的物质结构的产物。由于人是社会的动物，也是离开社会便难以存在的动物。人的意识与人类社会一起产生，并随着人类社会的发展而发展。"思想、观念、意识的生产最初是直接与人们的物质活动，与人们的物质交往，与现实生活的语言交织在一起的。"① 人类的意识思维离不开语言。语言是思维的外壳，是思维存在的形式。它在人们的劳动和交往过程中被发明和发展。人类群体在劳动和繁殖自身的过程中不可避免地需要互相交流，这是语言发明的前提。语言使人能够用词来概括各种感觉材料，进行抽象思维，并使人的思想能够互相交流。恩格斯精辟地指出："首先是劳动，然后是语言和劳动一起，成了两个最主要的推动力，在它们的影响下，猿脑就逐渐地过渡到人脑。"②

意识产生和发展的历史表明，它是人脑这种特殊物质的机能。人脑是意识存在的器官和"加工厂"。意识的"原材料"只能来源于客观世界。"观念的东西不外是移入人的头脑并在人的头脑中改造过的物质的东西而已。"③ 马克思主义认为，意识不但反映存在，也会反作用于存在。这种基于辩证唯物主义的意识论，从根本上区别于认为意识是神受或先验存在的唯心主义的意识论。笔者以为，意识就其内容是知、情、意的统一体。"知"指认识，是意识对于客观世界的主观反映。"情"指情感、情绪，是意识在反映客观世界过程中主体对客观事物的评价、态度等，表现为喜、怒、哀、乐等心理状态。"意"指意志，是意识指向某种目的的主观追求，包括信念、毅力、愿望等，是意识能动作用的直接表现。

意识又可划分为对象意识与自我意识。对象意识是指向客观事物的意识，它形成对客观事物的认识；自我意识则是指向意识者自身的认知。马克思指出："动物和它的生命活动是直接同一的。动物不把自己同自己的生命活动区别开来。它就是自己的生命活动。人则使自己的生命活动本身变成自己的意志的和意识的对象。他具有有意识的生命活动。""有意识的生命活动把人同动物的生命活动直接区别开来。"④ 正是因为具有对象意识和自我意识，才使人类区别于其他的动物。

人类的意识作为高度发达的物质结构——头脑的产物，比其他动物要复杂丰富得多。20 世纪西方许多学者对人类意识有不同方面的深入探讨。根据弗洛伊德的研究，人的意识又可分为潜意识和意识、显意识。他认为，人的意识像一个浮在海面的冰山，我们能够自觉到的是意识或显意识，但更多的部分却淹没在海面之下，那是我们难以自觉到的，但又对意识施加着各种影响。他把这部分称为潜意识，出自人的本能。他

---

① 《德意志意识形态》，《马克思恩格斯选集》第 1 卷，人民出版社 1995 年版，第 72 页。
② 《马克思恩格斯选集》第 4 卷，人民出版社 1995 年版，第 377 页。
③ 《马克思恩格斯选集》第 2 卷，人民出版社 1995 年版，第 112 页。
④ 马克思：《1844 年经济学哲学手稿》，人民出版社 2000 年版，第 57 页。

还进而把人的意识分为三个层次，即本我、自我和超我。本我总处于潜意识中，自我和超我则进入意识、显意识。这三者的关系可以构成一个人的人格心理状态。其中，本我，储藏着潜意识的驱力和冲动，它是先天获得的，与性本能、自卫本能有关。它遵循"享乐原则"；自我，则控制监督本我，代表理智，它遵循"现实原则"；超我，包括后天学来的思想价值观念和习得的习俗风尚，其功能是监察自我，它遵循"道德原则"。在他看来，文学创作的驱动力就是性本能冲动，而创作过程便类乎白日做梦。弗洛伊德的学生荣格和阿德勒对弗洛伊德学说核心的泛性欲主义有过非议。荣格将人的心理分为主观意识、个人无意识和集体无意识三个层面，认为文艺主要是作为集体无意识的符号和象征。阿德勒则认为"里比多"有一种"向上意志"，表现为虚荣心、荣誉感、进取精神等。他指出耳聋的贝多芬还创作了不朽的乐曲，以音乐来对抗耳聋造成的无声世界，它超越了性的本能。美国新人本主义学者马斯洛则认为，弗洛伊德的研究限于以精神病人为对象，因此，不能代表正常人的精神状态。他以正常人和杰出人物为对象，揭示人的心理有多个层次的需要，即有生理需要、安全需要、爱的需要、尊重的需要和自我实现的需要。他以五种基本需要来构成自己的人的动机理论。从某一方面说，这些学说对意识的心理结构做出新的探索。但这些探索都有待更多实验的证明，它们即使揭示了人脑产生意识的复杂心理机制，也未能推翻人的意识根本上是反映客观存在的唯物主义原理。

至于把文艺创作视为"白日做梦"，或"集体无意识的符号和象征"，也许只能说明部分创作现象，而不能说明全部创作现象。实际上，人类头脑具备认知能力和想象力、幻想力，包括以此为基础所激发的抽象、概括、联想、比拟等能力。人类凭借这种能力对外部世界的感性映像进行加工、改造、抽象，形成艺术意象或概念、判断和推理，意识也就由此而生、而发展。这就为文学的产生创造了前提。

二、 文学的意识形态性

"意识形态"一词是法国哲学家德·特拉西在19世纪初首先使用的，其意是指"关于观念的科学"。之后，"意识形态"在多种含义上被西方学者使用，主要指意识的系统化。人类意识控制自己的实践活动，并体现自己的主观能动性。这种实践反过来又不断丰富和发展了人类的意识，使之不断丰富、分蘖和系统化，形成不同的意识形态。如政治意识形态、法律意识形态、道德意识形态、宗教意识形态、美学意识形态、科技意识形态、艺术意识形态、哲学意识形态,等等。从而使人类意识构成一个大系统,其下又分蘖出许多分支系统,如艺术意识就发展出美术意识、音乐意识、舞蹈意识、文学意识等。而文学意识又可以细分为诗歌意识、小说意识、戏剧意识、散文意识之类的不同体系性的意识形态。

古代人类面对的自然界是不以人的意志为转移的"自在世界"。但人为了生存,必须从自然界获取生活资料,从而又必须把自然界作为自己的对象去加以认识和改造,把相当一部分自然界变成"人化世界"。所谓"自在世界",是指人类活动尚未作用过的自然界,包括人类世界出现之前的自然界和虽然与人类同时存在但尚未被人类活动触及的那部分自然界。所谓"人化世界",则是指已经被人类实践活动所认识、所改造过、打上了主体意志烙印的那部分自然界。实践是人认识和改造世界的社会性活动。它是人的能动性之所以区别于动物的特点。

人类意识的积累与系统化,与人类社会实践中语言的发明和发展分不开。

人是实践的主体,而对象世界是实践的客体。人必须通过一定中介从事自己的实践活动。实践中介可划分为物质工具和语言符号两种。两者都是人的创造。前者如原始的石斧、石刀。人类从动物进化而来,在获取生活资料和生产资料的劳动过程中,不断地创造出作为自己肢体的延伸的各种工具,从石器到铜器、铁器、电器都是;而语言符号也像物质性工具一样,与人们活动的历史水平相适应。最初,语言比较简单,只以肢体和口头形式或某些图形符号的形式存在。随着人类历史的发展,语言也越来越丰富和复杂。文字的出现,更是语言符号发展史上的一个重大变革。文字和印刷术的发明,使得语言所表达的思想能够在广阔的时空范围内传播和交流。由于人类社会实践及其中介的分化与发展,特别是语言的发展,人类的意识便越来越丰富,也越来越系统化,形成各种意识形态。

在人类文明的发展中,"自在世界"经历着不断被人化的过程。人既能通过自己的实践活动制造出许多物质产品,也能制造出许多精神产品。马克思和恩格斯指出,"人们的想象、思维、精神交往在这里还是人们物质行动的直接产物。表现在某一民族的政治、法律、道德、宗教、形而上学等语言中的精神生产也是这样。人们是自己的观念、思想等的生产者"[1]。由于生产力的发展促进社会分工,物质产品的生产者与精神产品的生产者后来便分开了。物质产品具有物质形态,如房子、桌子、机器、车辆等。而精神产品则往往表现为通过符号标示的虚拟形态,当然它也可以

---

[1] 马克思、恩格斯:《德意志意识形态》,人民出版社1960年版,第29页。

通过书籍记载下来。如科学原理的发现,文学艺术的创造等。毛泽东指出:"人的社会实践,不限于生产活动一种形式,还有多种其他的形式,如阶级斗争,政治生活,科学和艺术的活动。"[①] 从内容上看,人类的实践可以划分为三种基本类型,即物质生产实践、社会政治实践、科学文化实践。后者又可分为科学实践与艺术实践。人们从不同的社会实践中获取不同的意识积累并将其系统化为一定的意识形态。体现科学实践的意识形态旨在阐明知识,指导人们对客观事物的认知。比如自然科学中的宇宙学、天文学、物理学、化学、地理学、心理学、人体解剖学等都反映人类对于自然界的认识,探讨的是自然界发展的客观规律。人类依靠对这些方面的规律的认识去改造自然界。而人文社会科学方面的精神产品如政治学、经济学、文化学、社会学、历史学、文化人类学等,则旨在认识客观存在的人类社会及其规律。哲学则是对自然科学和人文社会科学的最高概括。人们也能够依据这些方面的规律性认识去改造人类社会。体现艺术实践的意识形态则旨在使人们从中获得美感的愉悦。艺术实践又分化出文学、美术、音乐、舞蹈、雕塑等许多门类系统,它们作为人化自然的精神产品,虽然某种程度上也反映自然界和人类社会,却含蕴更多人类的主观创造,是人的本质力量对象化于客观世界的果实,其主要功能并不旨在认识自然界或人类社会的本质,而主要为了满足人类审美愉悦的需要。

辩证唯物论认为,物质世界是第一性的,而精神世界是第二性的。精神世界归根到底是物质世界的反映。精神世界能够认识和改造物质世界,也能够认识和改造精神世界自身。这就是人类的意识反映存在,又能改变存在的辩证原理。精神产品中有的不但反映物质世界,还反映精神世界,体现出双重反映。如果说物质世界可以称为"世界一",精神世界可以称为"世界二";那么,双重反映的精神产品就可以称为"世界三"。文学在人类所创造的精神产品中是相当奇特的一种。它不是自然科学,但它从审美的视角也描写自然界,它不是社会科学,但它却描写社会生活的许多方面,包括人与人的关系,人的思想、情感、性格和行为,还包括反映人的一定哲学观、政治观、道德观和宗教信仰、审美趣味等。它跟音乐、美术、舞蹈、雕塑等艺术具有可见可听的直观形象不同,它的形象性是用语言传播或者落实在文字表达上,具有很强的符号性,是通过符号而诉诸人们的想象与幻想。因此,文学可称为地地道道的"世界三"。

可见,人类在自己的历史实践发展中不但创造了性质与功能都不同的各种意识

[①] 《毛泽东选集》第1卷,人民出版社1991年版,第283页。

形态，而且使文学成为艺术意识形态系统中相当独特的一种意识形态。那种批评文学意识形态化的言论，其根本的错误正在于不了解人类的意识在其历史发展中早就意识形态化了。反对文学艺术意识形态化的理论主张，其本身就是一种意识形态。

三、文学是社会意识形态

如上所述，人的意识是存在的反映。人的头脑的精神产品，不管自然科学、社会科学和文学艺术，归根结底也都是某种存在的反映，并以不同的形态（形式）表现出来。其中自然科学作为意识形态与社会科学、人文科学又有区别，与文学艺术更有区别。前者以可以验证的客观自然规律为研究对象，比如天文学、物理学、化学、解剖学、数学等，它们的表述较少受研究者社会立场和政治、道德、宗教、哲学观点等的影响（其中的假设又另当别论）。而社会科学、人文科学和文学艺术虽然也是客观世界的某种反映，却一般都不能不受到反映者主体特定时代的一定社会立场和政治、法律、道德、宗教、哲学等观点的制约，而且会因社会经济基础的变化而或先或后产生相应的变化。因而，人们称之为社会意识形态。

马克思主义把社会意识形态作为与社会经济形态、社会政治形态相对应的范畴。它指反映社会经济形态和政治形态，以及表现一定阶级或社会集团利益和要求的思想体系。社会意识形态作为一个系统，又具有多种门类的子系统，如政治法律思想指对社会管控机制进行理论概括的意识形态。其中，政治思想指关于政治制度、政治权力、集团利益等的观点和理论的总和；法律思想指关于法律规范和法治思想的观点和理论的总和。政治法律思想既是经济关系的集中体现，又对道德、艺术、宗教、哲学等其他社会意识形式具有很大影响。道德指人们的行为规范和伦理教化的意识形态，是以善恶评价调整人与人关系的准则的总和。宗教指信仰和崇拜超自然、超社会的神秘力量的意识形态，起源于远古人们对各种无法控制的自然力和无法理解的神秘现象的敬畏和无力感、无奈感。艺术指用形象表达人们对社会生活的理解以及人生情感和价值追求的意识形态，包含文学、戏剧、绘画、雕塑、音乐、舞蹈、电影等。哲学则是对人与世界关系进行总体性把握，是自然科学、社会科学和人文科学的最高概括，是以最抽象、最普遍的形式出现的意识形态。但哲学观点也往往体现有一定的阶级或社会集团的利益、愿望和要求。

人类的各种社会意识形态都在一定程度上反映经济基础和社会生活，但反映形式不同，与经济基础的密切程度和对社会生活的作用也有差别。各种意识形态的内容和形式相互补充与渗透，又相互交叉与影响，在发展过程中相互制约，构成社会意识文化的整体，形成强大的精神力量，支配人们的行动。

文学艺术之所以被称为社会意识形态，因为：第一，文学表现的内容尽管非常广泛，却主要以人为表现中心。而人总是生活于一定社会的人，其思想、情感、性格、行为总带有一定社会的烙印。第二，作为创作主体的作家也是生活于一定社会的人，其思想、情感、性格、行为也同样带有一定社会的烙印。作家写什么和怎样写，都受到他在特定社会环境中的社会实践的限制，也受到他的特定社会形成的世界观、人生观、价值观和文艺观的制约。正由于文学表现的主客体两方面的原因，文学作为人所创造的意识形态，它必然也受制于一定的社会。它不但反映一定社会的历史生活包括经济基础，还不同程度地表现一定社会的人们的哲学、政治、法律、道德、宗教、美学等观点和倾向。比如，我国古代《诗经》中的《关雎》："关关雎鸠，在河之洲。窈窕淑女，君子好逑。"就反映了古代人比较自由的恋爱观和相应的生活情景，与封建时代"男女授受不亲"，必须有"父母之命，媒妁之言"的观念和生活就不一样。而一部《红楼梦》反映的内容则更复杂，它不仅反映了封建社会盛极而衰的贵族家庭的生活和当时社会的种种情况，而且表现了作家自己和所写人物的种种观念，表现了封建时代儒道释三家的人生哲学、政治倾向、道德崇尚和宗教信仰等。因而文学作为社会意识形态，它的社会烙印是十分鲜明的。

四、 文学是社会上层建筑意识形态

文学是不是上层建筑意识形态，也是个有争议的问题。按照历史唯物论的观点，社会的上层建筑意识形态的演变是受社会的经济基础制约的。"人们在自己生活的社会生产中发生一定的、必然的、不以他们的意志为转移的关系，即同他们的物质生产力的一定发展阶段相适合的生产关系。这些生产关系的总和构成社会的经济结构，即有法律的和政治的上层建筑竖立其上并有一定的社会意识形式与之相适应的现实基础。物质生活的生产方式制约着整个社会生活、政治生活和精神生活的过程。不是人们的意识决定人们的存在，相反，是人们的社会存在决定人们的意识。社会的物质生产力发展到一定阶段，便同它们一直在其中运动的现存生产关系或财产关系（这只是生产关系的法律用语）发生矛盾。于是这些关系便由生产力的发展形式变成生产力的桎梏。那时社会革命的时代就到来了。随着经济基础的变更，全部庞大的上层建筑也或慢或快地发生变革。"①

马克思的这段话说明三层意思：一是每个社会都有由生产关系（即财产关系）构成的经济基础；二是经济基础上耸立着与它相适应的上层建筑和一定的社会意识形式；三是社会的经济生活变了，社会的政治生活和精神生活也就会或早或迟随之而变。即社会的经济基础变了，上层建筑和社会意识形态也会随之或快或慢而变。

那么，上层建筑与社会意识形态又是什么关系呢？自然，并非所有的社会意识形态都具有上层建筑的性质。比如语言作为人类意识的符号和载体，它也是系统化的社会意识形态，却不具社会的上层建筑的性质。虽然它也有变化和发展。它并不随着一定社会经济基础的变化而产生根本变化。但多数的社会意识形态却属于随社会经济基础的变化而变化的上层建筑。有的学者曾认为，上层建筑只是指政治的和法律的架构，不包括社会意识形态。因此，文学即使属于社会意识形态，也不是上层建筑。但是，马克思还有一段话指出："在不同的所有制形式上，在生存的社会条件上，耸立着由各种不同情感、幻想、思想方式和世界观构成的整个上层建筑。"②试问，如果连情感、幻想和思想都被马克思看成上层建筑，那么表现人们在一定世界观支配下的情感、思想和幻想的文学艺术被马克思视为上层建筑，岂不是理所当然吗?! 事实上，每个时代有每个时代的文学。文学的内容和形式的历史演变，根本上是因为社会生活产生变化的缘故。这一点，我国古代文论家刘勰就有所认识。他在《文心雕龙·时运篇》中就指出"时运交移，质文代变"。意即时代变了，社会生活变了，文学的内容和形式也会跟着变。而马克思主义的历史唯物主义则进一步阐明了社会生活的变化根本上又源于生产力和生产关系的变化。随后，上层建筑意识形态也会或早或迟产生变化，包括文学在内。奴隶社会的文学往往为奴隶制辩护，当然也有表示抗议而为封建社会的到来开道的。而在资本主义社会既有为它歌颂的文学作品，也有揭露其剥削和压迫而呼唤未来社会主义社会的文学作品。

这说明，社会意识形态不是被动的，不会对经济基础产生反作用。实际上如恩格斯所说："……我们称之为意识形态观点的那种东西——又对经济基础发生反作用，并且能在某种限度内改变经济基础，我以为这是不言而喻的。"③ 恩格斯曾说

---

① 马克思：《〈政治经济学批判〉序言》。
② 《路易·波拿巴的雾月十八日》，《马克思恩格斯选集》第1卷，人民出版社1995年版，第629页。
③ 《马克思恩格斯选集》第4卷，人民出版社1995年版，第699页。

明，这种作用和反作用都非常复杂，政治和法律与经济基础的关系比较直接，而哲学、宗教等"悬浮于空中的"社会意识形态，它们与经济基础的关系则更为复杂和曲折。普列哈诺夫把文学也列为"悬浮于空中"的意识形态，而且认为由于它不但反映经济基础，还反映社会风尚和政治、法律、宗教、道德、哲学等，文学就离经济基础更远，它对经济基础的反映和反作用的关系更曲折。它要通过读者的接受和欣赏，作用于读者的审美感受，使他们认知社会的真实，陶冶自己的情操，提升自己的思想境界，从而去推动社会的改造来实现。如毛泽东所指出，文艺能够把"日常的现象集中起来，把其中的矛盾和斗争典型化，造成文学作品或艺术作品，就能使人民群众惊醒起来，感奋起来，推动人民群众走向团结和斗争，实行改造自己的环境"①。毛泽东还说文艺能够"反转来给予伟大的影响于政治"②。这从《国际歌》对世界无产阶级革命运动的影响，从《义勇军进行曲》对我国民族民主革命和现代爱国主义形成的影响，都可得到证明。但《国际歌》和《义勇军进行曲》都是通过读者受到鼓舞而见诸行动，才能产生伟大作用于政治，并通过人们的政治思想立场和行动这个中介，才能最终影响到社会的经济基础。

先进的社会意识形态往往体现新的生产关系的利益和愿望，它就能够起着瓦解旧的生产关系并促进新的生产关系产生的作用。我国民主革命时期，像邹容的《革命军》、陈天华的《狮子吼》以及当时的革命文化团体——南社成员所创作的许多革命文学作品，对早年推翻封建王朝，实现辛亥革命就起过很好的促进作用。后期像丁玲的《太阳照在桑干河上》、周立波的《暴风骤雨》为推翻封建地主的土地占有制提供革命舆论的准备，也都是被历史所证明了的。美国作家斯托夫人以19世纪美国南方黑奴生活为题材的小说《汤姆叔叔的小屋》，深刻揭露了南方农奴制度的罪恶，坚定了美国政府和民众废除这种落后的经济和政治制度的决心。俄国作家高尔基的《童年》、《海燕之歌》等作品对于促进俄国的革命变革所起的影响。这些也都说明文学对社会经济基础的反作用。当然，文学由于题材、主题、形式和风格非常广阔和多样，有的文学作品如某些情歌或山水诗、游记等，因为思想倾向不明显，离社会经济基础更远，也看不出对经济基础有什么反作用。但这不应该影响我们对文学整体上属于社会上层建筑意识形态的认识。

总之，文学作为社会意识形态的一种，它跟许多社会意识形态一样，都属于一

---

① 《在延安文艺座谈会上的讲话》，《毛泽东选集》第3卷，人民出版社1991年版，第883页。
② 《在延安文艺座谈会上的讲话》，第888页。

定社会的经济基础的上层建筑意识形态。经济基础变了，文学跟其他受经济基础制约的上层建筑意识形态一样，也会或早或迟地发生变化。

或许有人会说，文学的内容和形式虽然会随着历史时代的变化而变化，但它并不会像一定的政治、法律、道德等意识形态那样随着相应的经济基础的消亡而消亡，这又为什么呢？

是的，这就要说到文学与其他上层建筑意识形态的不同之处了。因为，文学还是社会的审美意识形态，它的特质使它区别于其他的社会上层建筑意识形态。优秀的文学作品所存在的真、善、美的统一，使文学不仅具有历史的认识作用和优化人们思想情操的作用，还能够为人们提供审美愉悦的作用，因而，即使社会的经济基础变了，优秀文学作品的上述作用仍然会存在，虽然人们在接受和欣赏它们时，会有基于主体意识而有所舍取，不会产生完全同样的共鸣。而许多思想平庸反动的、缺乏艺术真实性和审美感染力的作品，被历史所淘汰和湮没，则正是文学发展的历史必然。

下篇：论文学的审美愉悦性

文学作品所以获得人们的广泛阅读与欣赏，具有本质性的一个原因就是它创造了令人赏心悦目的艺术美。文学的寿命与艺术美的创造分不开。文学艺术正因自身的美的特征使它能够满足不同世代人们的广泛审美需求。如何认识和创造艺术美，如何认识文学审美愉悦性的构成要素和构成规律，对历代广大的文学创作者和欣赏者都十分重要。

一、历史上关于美与美感的不同见解

何者谓美？这是美学一直探讨的复杂问题。无论现实世界的美，还是文学艺术创造的美，美的事物一般都能通过人们的感官而引起美感愉悦，即审美的快感。关于美的产生和由来，历代中外学者有过多种的论述。有美的客观论和主观论，或主客观统一论。还有美的价值论、和谐论、形式论，等等。在西方，古希腊毕达哥拉斯认为美是和谐。他的门徒波里克勒特在《论法规》中说："音乐是对立因素的和

谐的统一，把杂多导致统一，把不协调导致协调。"赫拉克利特也赞成和谐说，但他认为："互相排斥的东西结合在一起，不同的音调造成最美的和谐；一切都是斗争所产生的。"同时他主张艺术模仿自然，指出："艺术也是这样造成和谐的，显然是由于摹仿自然。绘画在画面上混合着白色和黑色、黄色和红色的部分，从而造成与原物相似的形象。"① 赫拉克利特把矛盾冲突的辩证观点引进了文艺美学之中，认为美与丑是相辅相成的，不存在绝对的美与丑。而苏格拉底则认为："美和善是一个东西，就是有用和有益。""任何一件东西如果它能很好地实现它在功用方面的目的，它就同时是善的又是美的，否则它就同时是恶的又是丑的。"② 柏拉图却论证"理式"才是一切美的事物的源泉，"有了它，那一切美的事物才成其为美"③。主张艺术模仿现实并给人以快感说的亚里士多德则认为"诗人就应该向优秀的肖像画家学习；他们画出一个人的特殊面貌，求其相似而又比原来的人更善"④。古罗马郎加纳斯的《论崇高》对崇高的美作了论述，并提出刚性美与柔性美的概念。琉善则肯定美的现实性，认为美是客观存在的，不是抽象的概念，是人们可以追求的感性对象。他还提出："只有肉体美与精神美相结合，这才是真正的美。"⑤ 后来，普洛丁从唯心主义出发，提出美的阶梯论，即依次为感官可以感受的现实美；心灵能觉察的心灵美和源于神的真善美统一的绝对美。他说："神才是美的来源，凡是和美同类的事物也都是从神那里来的。"⑥ 他把美引向了宗教神秘主义。西欧中世纪人们对美的看法更带上神学色彩。奥古斯丁虽然承认美在于整一与和谐，却还是把美分为由低到高的形体美、德性美、上帝美。他攻击文艺亵渎神灵，败坏道德，制造假象。但他认为丑是形成美的一种因素，"丑是由对立的和谐显示出来的。""万物在时间之中，有始终，有升沉，有盛衰，有美丑。"⑦ 厄里根纳是欧洲第一个既肯定现实美又提出"象征说"的美学家。在《论自然区分》一书中他认为艺术就是象征，艺术品有表面意义和象征意义，现实美是超现实的一种象征。他以"象征说"取代"模仿说"，一直影响到后来但丁的《神曲》的创作。圣·托马斯·阿奎那则提出美的三要素：

---

① 《古希腊罗马哲学》，商务印书馆1961年版，第23页。
② 《西方美学家论美和美感》，商务印书馆1982年版，第19页。
③ 《会饮篇》，柏拉图：《文艺对话集》，人民出版社1983年版，第192页。
④ 亚里士多德：《诗学》，人民文学出版社1982年版，第50页。
⑤ 《画像》，缪朗山：《西方文艺理论史纲》，中国人民大学出版社1985年版，第193页。
⑥ 《西方美学家论美和美感》，商务印书馆1982年版，第57页。
⑦ 《神之都》，缪朗山：《西方文艺理论史纲》，中国人民大学出版社1985年版，第216—217页。

第一是完整或完美，凡是不完整的东西就是丑的；其次是适当的比例或和谐；第三是鲜明。"鲜明的颜色是公认为美的。"他还强调审美活动的直觉性，主张："凡是一眼见到就使人愉快的东西才叫做美的。"①

文艺复兴以来，兴起的文艺家多发扬古希腊、罗马的传统，主张艺术模仿自然，解放人性，重视文艺的教育作用和真、善、美的统一。启蒙思想家狄德罗在《论画》中说："真、善、美是些十分相近的品质。在前面的两种品质之上加以一些难得而出色的情状，真就显得美，善也显得美。"狄德罗认为，不仅不同的人有不同的真、善、美的标准，就一个单个人来说，也不可能"在整个生命的过程中保持始终不变的爱好"。德国的康德基于二元论哲学，在《判断力批判》一书对审美判断作了深入的分析，他认为，主观合目的性是美，客观合目的性是善。他区别审美判断与知识判断、美的愉悦与善的愉悦、美感与快感的不同，认为审美既是主观的、无功利的，又是自由的，审美活动中感性与理性，形象与抽象趋于统一。他还指出，审美具有社会性；指出崇高与美有联系也有区别。他提出艺术特征是自由游戏。他强调艺术是人的创造物，是天才的产物，而天才的心理基础则是非凡的想象力和知解力的协调，而天才的标志是独创性和典范性："它自身不是由摹仿产生，而它对于别人却须能成为评判或法则的准绳。"② 康德美学和文论为后来的形式主义、唯美主义、为艺术而艺术的思潮提供了理论依据，对西方产生很大的影响，连现代主义文艺思潮都有康德的印记。德国的另一位思想家黑格尔的《美学》则是基于客观唯心主义和辩证法，其著名论断为"美是理念的显现"。如果说柏拉图的"理式"是绝对的，不变的，黑格尔的理念却是运动、变化的，是一般与特殊的统一。他认为，理念通过感性形式的显现就是美。他还认为艺术美高于自然美，因为艺术美是心灵的创造，是内容与形式的统一，理念与感性的统一，普遍性与活的个性的统一。后来还有许多关于美学的新论。如费尔巴哈对人的美学的肯定；车尔尼雪夫斯基对生活的美的崇拜等。

我国古代，也有以和为美以及美与善相联系的认识，还有"文质相一"方为美的观念。如讲六气、五行、阴阳和人事都强调"和"。《国语·周语下》说："夫政象乐，乐从和，和从平。声以和乐，律以平声。"讲政与乐都要"和"。俗话"和和美美"就是把和与美相联系。以伦理道德关系为儒家学说核心的孔子主张"美"、

---

① 《西方美学家论美和美感》，商务印书馆1980年版，第65页。
② 《判断力批判》上卷，商务印书馆1964年版，第164页。

"善"相兼又有区别，认为"《韶》尽美矣，又尽善也"，而"《武》尽美矣，未尽善也"①。他提倡的"文质彬彬"，正是儒家对美及美德的理解。发展到荀子，"文质彬彬"成为一种独立的审美形态，为历代文学批评家所借用。董仲舒、刘向、扬雄、王充、应玚皆建立了自己的"文质论"。其实，讲的就是内容与形式的完美统一。但近代以前，对美进行深入探讨的中国思想家并不多。20世纪以来，从王国维到鲁迅、到蔡元培，以迄于朱光潜、蔡仪、黄药眠、李泽厚诸家的不同美学观点的提出和争论，是学界所熟悉的。

从以上并非完整的引述，可以看出前人有关美的不同方面与侧面的论述，尽管各有不同见地与局限，对于我们更深入、更全面地认识美及其规律，应当说都是有启示和帮助的。

从辩证唯物主义和历史唯物主义的能动的反映论和实践论来看，事物的美的素质当然是不以人的意志为转移的客观存在。例如太阳、月亮和山水花木的美质自然存在于客观世界本身。而对于美的感受和认知则属于人的主观。人们所以感到某事物美，而某事物不美，又与人类改造客观事物的历史实践中人与物的相互关系分不开。只有无害而有益于人的东西，才容易被人认为美。据《说文解字》，汉语的"美"字源于"羊"字。这大概因为畜牧时代羊能满足人们肉食的需要，是一种美味的缘故。人若遇到会吃人的老虎，就不会认为它美，而当老虎被关到笼子里或被制成标本和绘画、塑造成艺术品，产生了间离感，对人完全无害时才会感到它美。这就是人与物的关系变化对美感产生的作用。当然，老虎的强壮和毛皮的彩色斑纹，是它构成美的客观基础。人类并非生下来就能够识别事物的美与不美。人类对于美的感觉是在历史实践中逐步积累和形成的。马克思在论述人的感觉时曾说："从主体方面来看：只有音乐才能激起人的音乐感；对于没有音乐感的耳朵说来，最美的音乐也毫无意义，……忧心忡忡的穷人甚至对最美丽的景色都没有什么感觉；贩卖矿物的商人只看到矿物的商业价值，而看不到矿物的美和特性；他没有矿物学的感觉。因此，一方面为了使人的感觉成为人的，另一方面为了创造同人的本质和自然界的本质的全部丰富性相适应的人的感觉，无论从理论方面还是从实践方面来说，人的本质的对象化都是必要的。"② 照我理解，人的本质的对象化，指的就是人类在历史的实践过程中，因与客观的对象发生关系，包括因自己生命的能动性、创造性，不

---

① 《论〈论语·八佾〉》。
② 《马克思恩格斯全集》第42卷，人民出版社1995年版，第126页。

同程度地改造了对象，从而使对象成为人的对象，并丰富了人对自己和对事物的感觉与认知。从美的领域来说，无论是自然美，还是艺术美，它们的美质都是客观存在的。由于存在客观的美质，才培养和丰富了人对于美的感觉。而艺术美由于体现了人的能动性和创造性，区别于自然美，显得更充分、更理想也更完美，从而也更增添了观赏者的美感。但人要产生美的感觉，还得有自己的主观条件，只有具备美感的主观条件的人，才可能辨识事物的美与不美。比如对于文学来说，也是先有文学作品中客观蕴含的美，才培养了人对文学美的感觉。对于一个从来不曾接触事物的美或文学的美的人，他自然不可能产生这方面的感觉。另一方面，一个人如果没有美的感知能力，没有语言和文字的识别能力，他当然无从识别文学的美。正如没有音乐感的人，最美的音乐对他毫无意义，而他的音乐感又是从音乐的接触和认知、乃至创造中逐步培养起来的一样。人们对文学的美的感觉和认知，美的愉悦性，也是从人与对象物互动的辩证关系中发展起来的。

二、 文学审美愉悦性的构成要素

我们知道，马克思主义就包含有对于事物的系统认识的思想。"关于自然界所有过程都处在一种系统联系中的认识，推动科学从个别部分和整体上到处去证明这种系统联系。"[①] 现代系统论以现代科学形式为马克思主义的系统观念提供了补充和发展。系统论学者贝塔朗非认为系统论可以追溯到马克思的辩证法。其基本观念是把世界看作一个巨大组织的机体，大系统下有子系统。每个系统因组成要素与结构的不同而产生不同的功能。从系统论的角度，文学所以具有审美愉悦性，被人们称为社会的审美意识形态，因为它的美的要素结构所产生的特点和功能，主要为了满足人们的审美需求。

马克思曾指出，人类反映世界有不同的方式。他在谈到政治经济学研究存在从具体到抽象，又从抽象再回到具体的两条思维道路时指出："整体，当它在头脑中作为思想整体出现时，是思维着的头脑的产物，这个头脑用它所专有的方式掌握世界，而这种方式是不同于对世界的艺术的、宗教的、实践精神的掌握的。"他还说："具体之所以具体，因为它是许多规定的综合，因而是多样性的统一。因此它在思维中表现为综合的过程，表现为结果，而不是表现为起点，虽然它是实际的起点，因而

[①]《马克思恩格斯选集》第3卷，人民出版社1995年版，第376页。

也是直观和表象的起点。在第一条道路上，完整的表象蒸发为抽象的规定；在第二条道路上，抽象的规定在思维行程中导致具体的再现。"① 马克思的如上论述，对于我们理解文学艺术反映世界的特点具有深刻的启示。如果说哲学掌握世界的方式是从具体到抽象，那么，文学艺术掌握世界的方式，恰恰是从具体到具体。即通过具体艺术形象的描绘，对世界作直观的整体表象的综合把握。艺术形象既是文学审美愉悦性构成的重要要素，也是文学、美术、音乐、舞蹈、戏剧、摄影等一切艺术的共同特点。而文学阅读者的美的感受与具体形象的感受正分不开。关于文学艺术必须通过具体形象来把握和表现世界，这是过去许多美学家和文艺理论家都已认识到的。我国魏晋南北朝时代陆机《文赋》论文学创作的形象思维就说，"其始也，皆收视反听，耽思旁讯，精骛八极，心游万仞。其致也，情瞳昽而弥鲜，物昭晰而互进"，乃至能够"观古今于须臾，抚四海于一瞬。""笼天地于形内，挫万物于笔端。"在西方，黑格尔也说："感性观照的形式是艺术的特征，因为艺术是用感性形象化的方式把真实呈现于意识。"② 高尔基特别强调："艺术的作品不是叙述，而是用形象、图画来描写现实。"③

人类从形象感知美，当然有个历史的过程。原始人类并非从一切形象都感到美。在远古时代风雨雷电、毒蛇猛兽都侵害人的时候，其形象引起的感受就会是恐怖而非美。只有当人类实际征服或借助想象和幻想以征服自然界后，才逐步认识自然的美，并把这种认识表现于原始神话、传说和歌谣中。它反映了人类对自己主体力量的确信，并从这种确信中产生快感。文学的美最早见于神话。如马克思所指出，神话正是人类借助想象和幻想以征服自然界的产物。人类的审美意识随着历史进程而不断发展和扩充自己的对象，开拓自己表现的题材，乃至到了"包罗天地，晖丽万有"的地步。但如鲁迅所说，"世间实在还有写不进小说里去的人。倘写进去，而又逼真，这小说便被毁坏。譬如画家，他画蛇，画鳄鱼，画龟，画果子壳，画字纸篓，画垃圾堆，但没有谁画毛毛虫，画癞头疮，画鼻涕，画大便，就是一样的道理"④。可见，并非现实生活中的一切方面或一切真实的形象，都会为艺术所表现。文学艺术对人的表现与人类学、人体解剖学的不同，就在文学艺术是从审美的视角

---

① 《政治经济学批判导言》，《马克思恩格斯全集》第46卷（上），第37—39页。
② 黑格尔：《美学》第1卷，朱光潜译，商务印书馆1979年版，第129—130页。
③ 高尔基：《同进入文学界的青年突击队员谈话》（1931年），孟昌等译《文学论文选》，人民文学出版社1958年版，第133页。
④ 《且介亭杂文末编·半夏小集》，《鲁迅全集》第6卷，人民文学出版社1958年版，第483页。

去选择和表现形象的。丑在文学艺术中所以能够给读者以美感，关键在于作家对丑恶的揭露与鞭挞的批判态度，正体现出创作主体所传达的美的理想与追求。别林斯基在《关于批评的话》中说得好："艺术应该是在当代意识的优美的形象中，表现或体现当代对于生活的意义和目的、对于人类的前途、对于生存的永恒真理的见解。"

指出文学是审美意识形态，与文学作为社会意识形态并不矛盾。这样说不会滑向唯美主义、为艺术而艺术的理论陷阱。因为，文学的艺术形象还有自身的构成要素，也即，它不但是情、意、象的统一，还是真、善、美的统一。

文学艺术形象总寄托和表现一定的思想和情感。列夫·托尔斯泰在《艺术论》中认为艺术的本质在于通过形象"把自己的情感体验传达给别人"。而现代美国学者苏珊·朗格把文学归结为"情感性形式"①。现代诗论把诗的意象称为情感对应物，都不是无因。普列汉诺夫曾补充说："艺术不但表现情感，它还表现思想。"② 艺术中表现的思想，一般地说，主流都是向善的思想，是有益于使人类变得更善良、更美好、更崇高、更进步的思想。思想和情感同样是文学艺术形象的构成要素，也是文学审美愉悦性得以产生的要素。如果说，艺术形象是文学作品的形式，那么，思想和情感便是文学作品的内容。文学的审美判断不仅有形式美包括语言美的判断，还必然包含有真伪的认识价值判断和善恶的精神价值判断。虽然真和善的东西并不都表现为美，但美是以真、善为前提的。而假和恶的东西则很难被人认为美。正是情、意、象的统一和真、善、美多种判断的综合，形成文学艺术形象的特点及其审美心理机制，使读者和观众产生美的愉悦感。

文学虽然以艺术形象反映一定社会的生活，但在反映中总不同程度地表现有特定社会的哲学、政治、法律、宗教、道德、美学等观点及其制约的一定情感倾向，因而，它当然属于社会意识形态。可是它又跟其他社会意识形态不同。在社会意识形态的大系统中，它是一种以艺术形象表现的特殊意识形态，即跟绘画、音乐、舞蹈、雕塑等艺术一样属于审美的意识形态。它以审美的艺术形象表达情感和意蕴，并且是为了满足人们对真善美的审美感知和审美愉悦的需要而生产和存在的。科学著作也有一定的形象性，如数学中的几何图形，军事学中的沙盘图形等。但那些图形不表现审美的情感和意蕴。它们的价值在于实用和反映客观的存在，并不能产生

---

① [美] 苏珊·朗格：《情感与形式》，中国社会科学出版社1986年版，第441页。
② 普列汉诺夫：《艺术论》。

美感。概言之，文学艺术之所以被视为审美意识形态，是跟它本身具有美所不可缺少的素质——艺术形象中的真善美及其表现的情感意蕴分不开的。

三、 文学审美愉悦性的构成规律

深入探讨文学审美愉悦性的构成规律，对于文学创作和文学欣赏都具有十分重要的意义。

如上所述，文学艺术的创造是人的对象化的成果。在这创造过程中，人对于现实的反映并非如银版照相那样，而总是能动性的反映，总含有一定的创造性的因素。在这种反映中必然会体现创造主体在特定时代的认知水平和想象、幻想，从而把自己的本质力量注入对象、改造对象。

前人关于美的种种阐述，如和谐、平衡、对称、多样的统一，等等，也都可视为构成美的某种规律。而艺术美创造的根本规律则在于人的对象化中对自然现实的审美改造。从而使文学艺术作品源于现实美，又超越现实美，创造出异于和高于现实的艺术美。

马克思说："动物也生产。它也为自己营造巢穴或住所，如蜜蜂、海狸、蚂蚁等。但是动物只生产它自己或它的幼仔所直接需要的东西；动物的生产是片面的，而人的生产是全面的；动物只是在直接的肉体需要的支配下生产，而人甚至不受肉体需要的支配也进行生产，并且只有不受这种需要的支配时才进行真正的生产；动物只生产自身，而人则生产整个自然界；动物的产品直接同它的肉体相联系，而人则自由地对待自己的产品。动物只是按照它所属的那个种的尺度和需要来建造，而人懂得按照任何一个种的尺度来进行生产，并且懂得处处都把内在的尺度运用于对象；因此，人也按照美的规律来构造。"[①] 马克思在这里把人与动物的生产区别开来，并指出人的生产特点是全面性并摆脱自身需要而自由，能够"按照任何一个种的尺度来进行生产，并且懂得处处都把内在的尺度运用于对象"。马克思把这两点都视为"按照美的规律来构造"。"任何一个种的尺度"自然指世间万物的各具客观性的尺度。而"内在的尺度"则更多体现人作为主体的主观能动性和创造性。这就是说，上述两种情况都符合美的创造的规律。前一种情况是对客观现实的"再现"；

---

① 《1844年经济学哲学手稿》，《马克思恩格斯选集》第1卷，人民出版社1995年版，第47页。

后一种情况则可归入自我主观的"表现"。应该说,这两者都属于人的对象化的范围。如果说,你依照真老虎的模样画一幅画,符合美的规律,因为人从对客观对象的成功再现中确证了自己的主观潜能而感到愉悦;那么像民间艺术那样做个布老虎,虽然不完全像真老虎,却因作者根据自己内在的尺度来做的,尽管有所夸张、有所变形,那也是艺术,也符合美的规律。因为同样会使你确证自己的主观潜能而兴奋不已。至于你要建造一座宫殿、一座园林,谱写一部乐曲,或写作《西游记》那样的幻象世界,那都是自然界原先不存在的,你就只能根据你所构想的内在的尺度去建造、去描写。只要这种尺度既具创造性又合理,那也符合美的规律。因为,人们观赏中会因你的创造而感到美,感到振奋、新奇和愉悦。

"再现"和"表现"以及两者不同程度的结合,可以说概括了所有文学作品的创作,包括现实主义、浪漫主义、现代主义、后现代主义的创作。文学的美,当然也是人作为主体对于客体的美的反映和加入主体自我表现的产物,也即是按照美的规律创造的产物。文学艺术的"再现"和"表现"及其不同程度的结合都要体现为艺术形象,而艺术形象所体现的主体与客体的统一,现实与理想的统一,内容与形式的统一,正具体表现为情、意、象和真、善、美的统一。

情真、意善、象美,是文学艺术形象塑造的具有永恒性的历史追求,三者缺一不可。形象是美感产生的第一要素。完全抽象的东西,就难以形成美感。抽象派的绘画或雕塑,以及被视为艺术的汉字书法,也仍具一定的形象性。文学作为语言艺术,虽然语言总具一定的抽象性,但文学通过语言所塑造和传达的正是一定的艺术形象。而提供审美感受的艺术形象区别于非艺术形象的特点则在于艺术形象总寄托一定的情和意,并离不开真和善。

情感是人类对事物关系的内心反映与体验、评价与态度。它表现为爱悦、仇恨、悲哀、痛苦、愤怒、惆怅、快乐、喜欢、忧愁、恐惧等内心的感受。文学作为语言的艺术,就是需要把人们自己的各种情感得到倾诉、发泄和表达。自然,文学作品中的情感既有作家自身要抒发的情感,也包括作品所描写的人物的情感。艺术还通过人们的幻想和想象,使艺术形象的创造在形式上更完美、更理想。在文学艺术中,情与意是通过幻想和想象所创造的完美艺术形象表达出来的。文学艺术形象之所以能感动人,使人们得到审美的愉悦,就因为它能通过一种形式完美的艺术形象的真实感,使读者如见其人,如闻其声,如睹其景,如感其情,出色地传达一定的感情和思想,并通过文学作品的阅读,使人们的心灵得到真善美的陶冶和升华。我们读屈原的《离骚》,固然会被诗人所描绘的离奇想象所吸引,如抒情主人公可以上天入地、腾云驾雾、朝夕千里，乃至凤鸟、飞龙都能为他护行、驾车，但最感动读者的则是主人公所表现的对国事的忧心，对楚王中谗言的忧愤以及"长太息以掩涕兮，哀民生之多艰"的爱国爱民的思想情怀和"路漫漫其修远兮，吾将上下而求索"的执着奋斗、追求真理的精神。《离骚》中的艺术形象正因为有力地传达了强烈的感情和一定的思想，体现了真、善、美的统一而成为千古不朽的文学名作。

文学作品中的情感如果虚假，成为矫情，就很难感动读者；文学作品中的思想意蕴如果缺乏崇高、向善、进步的导向，不是歌颂善良的道德品格，赞美正义，鞭挞邪恶，反对压迫，而是相反，同样难以引起读者的认同和共鸣；文学作品的形式如果不符合美的规律，形象描写不鲜明生动，缺乏完美的表现结构和形式手段，不能与所表现的内容相和谐，那同样也难以让读者感到美的魅力。

当然，艺术的美也有高下雅俗之分，"阳春白雪，下里巴人"自古就有。从而使读者能够区分出不同的艺术品位来。

正是创作主体对于现实的能动的创造性的反映，才使文学艺术的美既源于现实生活又可能和应该高于现实生活。关于艺术美与现实美的区别，如上所述，前人早有论见。现代符号学者卡西尔则从文化哲学体系论证文学艺术是具有创造性、虚幻性的符号系统。卡西尔指出："若说'所有的美都是真'，所有的真却并不一定就是美。为达到最高的美，就不仅要复写自然，而且恰恰还必须偏离自然。规定这种偏离的程度和恰当的比例，成了艺术理论的主要任务之一。"其实，"即使最彻底的摹仿说也不想把艺术品限制在对实在的纯粹机械的复写上。所有的摹仿说都不得不在某种程度上为艺术家的创造性留出余地。"①

毛泽东曾指出，人类社会的现实生活与文学艺术虽然两者都是美，"但是文艺作品中反映出来的生活却可以而且应该比普通的实际生活更高，更强烈，更有集中性，更典型，更理想，因此就更带普遍性"②。这就说明，第一，艺术美虽然是人的创造，但追根溯源，它仍然是现实美的反映；第二，这种反映不是机械地模仿，而是创作主体的能动性、创造性将美的东西按照一定的规律加以集中、概括与改造；因而，第三，艺术美可能高于现实美，不仅具有更强烈的魅力，也更典型、更理想、更有普遍性。正因此，文学艺术的美由于作家、艺术家的创造而获得一种现实超越性和理想完美性，一种见所未见、闻所未闻的陌生感和新奇感，让读者和观众从中

---

① 卡西尔：《人论》，西苑出版社2009年版，第177页。
② 《在延安文艺座谈会上的讲话》，《毛泽东选集》第3卷，人民出版社1954年版，第883页。

体验到从现实生活里所不曾体验到美感愉悦。像李白的诗歌："日照香炉生紫烟，遥看瀑布挂前川。飞流直下三千尺，疑是银河落九天。"由于采用各种比喻和联想的想象，就显得比现实的庐山瀑布更美；即如《三国演义》中描写诸葛亮的超人智慧，《水浒传》描写武松打虎的神勇，都是文学作品塑造得十分成功的既源于生活又高于生活的艺术典型，是更集中、更理想的成果。其产生的审美愉悦性的强烈，是为大家所共见的。

可以说，以上也就是文学艺术作为审美意识形态的所以产生审美愉悦性的具有本质性的规律。从而也使文学与哲学、政治、法律、道德、宗教等其他上层建筑意识形态区分开来。人们从哲学中得到对世界的基本认识和对人生哲理的启悟，从政治中得到治理众人事务和解决阶级冲突的经验与办法，从法律中得到国家制度和人们行为的规则，从道德中得到人与人相互关系的内心规范，从宗教中得到某种人生的信仰与慰藉，而从文学与艺术中，人们主要要得到的则是审美愉悦性的感受。虽然，在文学中也会得到某种哲学、政治、法律、道德、宗教的一定认知，那毕竟不是主要的。而且这些方面的认知也是通过审美感受而得到的。文学能够使读者沉迷它所创造的艺术形象和境界中，感到审美的愉悦、情绪的感染和精神的熏陶，乃至手不能释卷，与阅读哲学等其他著作全然不同。这就是人们所以更愿意阅读文学作品，达到废寝忘食地步的原因。以故，我国古代的《诗序》总结说："故正得失，动天地，感鬼神，莫近于诗。先王以是经夫妇，成孝敬，厚人伦，美教化，移风俗。"古罗马的贺拉斯也说："诗人的愿望应该是给人益处和乐趣，他写的东西应该给人以快感，同时对生活有帮助。……寓教于乐，既劝谕读者，又使他喜爱，才能符合众望。"[①] 于此可见，文学作为审美意识形态的特殊功用与魅力。

原载《文艺报》2013 年 8 月 5 日（上篇）
《文艺报》2013 年 10 月 21 日（下篇）

[①] 贺拉斯：《诗艺》，杨周翰译《诗学·诗艺》，人民文学出版社 1962 年版，第 142 页。

马克思文艺批评方法的本质特征

董学文

一、对马克思主义文艺本质观念的误解

　　马克思文艺批评方法通常被界定为"社会历史"批评,这不是从经典作家的意见中概括出来的,而是从西方文论特别是"西方马克思主义"文论那里引进过来的。这种界定,表面上看有一定合理性,因为马克思本人的文艺批评观中,确有重视社会和历史因素的成分。但是,这并没有触及问题的实质,也未能揭示出马克思批评方法的本质特征,一定程度上可以说是一种缺乏深度认知的误解。这种界定,把马克思的批评方法简单归结为"宏观批评"或"外部批评",把马克思的批评理论等同于一般的"现实主义",其潜台词乃是认为马克思的批评理论缺乏艺术和审美维度。显而易见,如果把马克思的文艺批评方法说成是"社会历史"批评,那么,它就与马克思之前的意大利维柯、法国启蒙学者以及丹纳和巴尔扎克等人的批评理论,拉不开距离,划不清界限了。这种界定,容易为那种照搬经典作家的只言片语进行断章取义式的庸俗阐释和教条化批评提供平台。

　　与此相关还有一种观点,那就是把马克思文艺批评方法的基本模式界定为"意识形态批评",认为此种批评主要还是在经济基础和上层建筑的框架内确立的。同时认为由于"意识形态"概念在马克思的理论系统中十分复杂,因之,相应地在经济基础和上层建筑框架内确立的"意识形态批评",也具有多种多样的理论形态。这种观点触碰到文艺批评与社会结构、生产力、生产关系之间的关系,有历史唯物主义成分。但是,由于它认为马克思的文艺批评基本是在经济基础和上层建筑的框架内,并将之定义为"意识形态批评模式",这仍是没能抓住马克思文艺批评方法的

要领，而且让人感到纯"意识形态批评"有忽视文艺自律性和审美特殊性之嫌。

理论界比较流行的说法，是把马克思文艺批评方法界定为"美学和历史的"批评，把这作为马克思文艺批评方法的本质特征。这种界定倒是从经典作家的文本中抽出来的，也接近于马克思文艺批评方法的一些特质。但是，是否可以将之概括为马克思文艺批评的方法论，笔者认为尚需研究。

我们先从引述"美学和历史的"的文本考察起。恩格斯在《诗歌和散文中的德国社会主义》一文中评论歌德的时候，曾谈到自己"决不是从道德、党派的观点来责备歌德，而只是从美学和历史的观点来责备他；我们并不是用道德的、政治的或'人的'尺度来衡量他"①，这是恩格斯首次用"美学和历史的观点"这一提法。12年后，恩格斯在评论斐·拉萨尔历史剧《弗兰茨·冯·济金根》的时候，又用了这个提法。他说："我是从美学观点和史学观点，以非常高的亦即最高的标准来衡量您的作品的，而且我必须这样做才能提出一些反对意见，这对您来说正是我推崇这篇作品的最好证明。"② 这两段话，都提到"美学和历史的观点"，但是从其提出的上下文含意和历史语境来看，它显然不是一个泛称，不是对其根本方法的界定，不论前者还是后者，都是在比较中强调一种"非常高的亦即最高"的衡量"标准"与"尺度"。也就是说，其重点是在谈论文艺批评的标准问题，并且是针对那些相对狭隘的"道德"、"党派"、"政治"的以及抽象"人性"的观点而言的。"美学观点和史学观点"，确切讲是批评标准中的两种，当然是最切合文艺之本性的两种。

反过来讲，从经典作家文艺批评的基本精神和普遍本性看，其所强调的"美学和历史的"这两种观点，并不必然是要排斥"道德"、"党派"、"政治"以及"人学"观点的，抑或说它们之间作为"标准"和"尺度"只是高低、宽窄、大小之分。不能否认，经典作家文艺批评活动本身，有时也会带有"道德"、"党派"、"政治"和"人学"观点的成分。以"道德"标准为例，马克思实际上就批评了费尔巴哈学说是用预设的"应有"不加分析地、非辩证地批判一切"现有"，结果陷入道德至上主义，其理论也必然充满道德救赎的意味，具有浓厚的空想性和浪漫性。马克思超越了纯粹道德批判的狭隘视阈，秉持的则是历史分析和道德批判相统一的立场。这一点，我们透过他对欧仁·苏小说《巴黎的秘密》的评论，透过《关于费尔巴哈的提纲》和《道德化的批判和批判化的道德》等文章，可以清晰地看到其批评

---

① 《马克思恩格斯全集》第4卷，人民出版社1958年版，第257页。
② 《马克思恩格斯文集》第10卷，人民出版社2009年版，第177页。

精神的辩证性和现实张力。由于马克思将道德批判置于新历史观之上，完成了道德批判从抽象到科学的转换，所以，他的道德批评也变成唯物史观的一个视角。

从文艺批评思想史的实际情况来看，事情就更加清楚。众所周知，最早提出"历史和美学的"观念的，并非是马克思，而是黑格尔。黑格尔在《美学》中谈到文艺作品应如何处理历史或异域题材时说："我们在这里应该从历史和美学的观点对法国人提出一点批评，他们把希腊和罗马的英雄们以及中国人和秘鲁人都描绘成为法国的王子和公主。"① 这里，黑格尔把"历史"的观点放在了"美学"观点前面。可是，与马克思几乎同时代的别林斯基，就把"美学"批评放在了"历史"批评的前面。他在《关于批评的讲话》"第一篇论文"中说："确定一部作品的美学优点的程度，应该是批评的第一要务。当一部作品经受不住美学的评论时，它就已经不值得加以历史的批评了。""用不着把批评分门别类，最好是只承认一种批评，把表现在艺术中的那个现实所赖以形成的一切因素和一切方面都交给它去处理。不涉及美学的历史的批评，以及反之，不涉及历史的美学的批评，都将是片面的，因而也是错误的。"② 可见，无论是马克思之前还是马克思的同时代，都有美学家和思想家强调"美学和历史的"批评问题。尽管谁把"历史"放前、谁把"美学"放前有所差别，但他们都启用和张扬这两方面的标准，则是确定无疑的。此情况至少说明，"美学和历史的"批评并非马克思、恩格斯所独有。同时也说明，这两个标准固然重要，可毕竟不是标准的全部，不能涵盖批评对象的所有内涵及批评观念的所有方面。如果批评标准中仅限于这两点，其他各种价值和功能都融入"美学"和"历史"的标准之中，那么，批评的格局和结构就会显得太过狭窄。由此看来，即便承认经典作家的批评观受了黑格尔、别林斯基等人的影响，但把"美学和历史"的标准界定为马克思主义批评方法，仍未将其根本特征反映出来。

二、马克思文艺批评方法的本质特征是什么

马克思文艺批评方法的本质特征，是一个需要根据经典作家思想体系和理论文本加以重新探讨的问题。

---

① 黑格尔：《美学》第2卷，商务印书馆1979年版，第381页。
② 《别林斯基选集》第3卷，满涛译，上海译文出版社1980年版，第595页。

在1868年致路德维希·库格曼的信中,马克思说:"我的阐述方法不是黑格尔的阐述方法,因为我是唯物主义者,而黑格尔是唯心主义者。黑格尔的辩证法是一切辩证法的基本形式,但是,只有在剥去它的神秘的形式之后才是这样,而这恰好就是我的方法的特点。"① 恩格斯在《反杜林论》"序言"中也说:"马克思和我,可以说是唯一把自觉的辩证法从德国唯心主义哲学中拯救出来并运用于唯物主义的自然观和历史观的人。"② 这两句话,可不可以看作是理解马克思文艺批评方法的一把钥匙呢?笔者以为是可以的。马克思明确说了他的阐述"方法的特点",就是唯物主义的辩证法。恩格斯话中的"唯一"、"自觉的辩证法"、"拯救"、"运用"、"历史观"等字眼儿,率直地表明了马克思和他是将唯物论与辩证法注入自然和历史的研究作为自觉的理论追求的。正是这一特点,使马克思和恩格斯同各种各样的唯心论和机械论划清了界限。

倘若把这一思想运用到文艺批评方法上,那么,说从马克思才开始以普遍联系和对立统一的观点来观察文艺现象和文艺问题,既不赞成单纯的"内部研究"或"艺术自律",也不赞成单纯的"外部研究"和"社会历史批评",而是力图将这两者辩证有机地结合起来,反对各种"自足化"和"非兼容性",应该是能够成立的。文论界也早有学者意识到这一点,认为"马克思主义文学批评既不是单一的美学批评,也不是纯粹的社会历史批评,而是美学观点与历史观点并用,内在分析与外在分析结合的文学批评"③。这表明,在唯物史观的基础上把辩证法运用到文艺批评中去,这才是马克思文艺批评方法的核心与灵魂。从这个意义上讲,把马克思文艺批评的本质特征界定为一种辩证法批评,或曰辩证批判方法,这才是经典作家所独有的。

为了形象地说明问题,我们再看马克思在《第六届莱茵省议会的辩论》中的一段话:"在宇宙系统中,每一个单独的行星一面自转,同时又围绕太阳运转,同样,在自由的系统中,它的每个领域也是一面自转,同时又围绕自由这一太阳中心运转。"④ 这个比喻性的说法,把辩证法用活了。文艺无疑属于"自由的系统",它也应当符合这一"公转"和"自转"规律。即是说,文艺的

---

① 《马克思恩格斯文集》第10卷,人民出版社2009年版,第280页。
② 《马克思恩格斯文集》第9卷,人民出版社2009年版,第13页。
③ 唐正序:《文学批评的美学观点与历史观点》,《四川大学学报》1995年第2期。
④ 《马克思恩格斯全集》第1卷,人民出版社1995年版,第191页。

"公转"、"自转"现象的一切方面，不是各自孤立运行的，而是彼此同时发生、互相依存、普遍联系、不能分割的。"公转"和"自转"的比喻，其内里就是从发展运动中全面研究事物的唯物辩证法。这个规律的表述，已经同对精神现象的各样形而上学观点完全不同了。任何轻视"公转"和"自转"的内在联系，"单打一"，只强调一面而忘记或排斥另一面的做法，都难免犯机械唯物论、庸俗社会学或形式主义、唯美主义的错误。马克思说的"公转"和"自转"的方法论，运用到文艺上，那就是所谓文艺"外部研究"和"内部研究"、"审美批评"和"历史批评"的相互联系、辩证统一。

马克思在这段话里是把"自由"比作行星围绕的"太阳"，是运转的"中心"。而我们知道，马克思的"自由"概念是具有历史维度的。它不是抽象的，并非像现代西方社会所信奉的那种："自由的基本含义就是免受束缚、免受限制和免受他人的奴役，其他的含义都是这一含义的扩展或比喻。"① 依照马克思的观点，经由社会改造的实践而消灭私有制，达至个人和社会共同合理的自由，这才是未来社会的诉求，才是自由观的根本取向。在这一新的历史坐标中，人的自由不再是仅仅立足于个人意志自由的存在，而是被置于人类社会整体存在的立场上来理解。② 马克思在打上面这个比方之前，还说道："如果一种自由只有在其他各种自由背叛它们自己而自认是它的附庸时，它才允许它们存在，这是这种自由气量狭窄的表现。"③ 马克思给批评的自由观输入了总体性思想，也给其"自转"和"公转"的比喻注入了价值论的成分。

巧合的是，中国学者也有人从"公转"、"自转"的角度谈论文艺批评问题，与马克思的思想很相似。这位学者，就是著名的文艺理论家杨晦。④ 他在《论文艺运动与社会运动》（1947）一文中写道："要是打个比喻来说，文艺好比是地球，社会好比是太阳。我们现在都知道地球有随太阳的公转，也有地球的自转。其实，就是文艺也有文艺的公转律和自转律的。文艺发展受社会发展限定，文艺不能不受社会的支配，这中间是有一种文艺跟社会间的公转律存在；同时，文艺本身也有文艺自己的一种发展法则，这就是文艺自转律。"⑤ 杨晦的这个观点是否受到了马克思那段

---

① Isaiah Berlin. *Four Essays of Liberty*. London：Oxford University Press，1969. 130.
② 常晶：《马克思自由范畴的历史维度》，《东岳论丛》2012 年第 4 期。
③ 《马克思恩格斯全集》第 1 卷，人民出版社 1995 年版，第 190 页。
④ 杨晦（1899—1983），系鲁迅支持与肯定的重要文学社团"沉钟社"的骨干成员。新中国成立后，担任北京大学中文系教授、系主任兼文艺理论教研室主任。
⑤ 杨晦：《杨晦文学论集》，北京大学出版社 1985 年版，第 248—249 页。

话的启迪，现不得而知。因为马克思比他早讲了105年，况且至今还没找到他参照马克思上述文献的任何证据。当时马克思的那段话还没有中译文，杨晦读到《第六届莱茵省议会的辩论》德文原文的可能性也不大，尽管他是懂德文的。唯一可行的解释是，由于对事物普遍联系、辩证运动的思想有一致的认识，且都熟知文艺的规律，所以使他们相隔百年也能所见略同。两者的区别，只是一个从哲学的角度阐发，一个从文艺的角度论述，彼此所揭示的道理则是相通的。

只有承认这种文艺"公转"和"自转"辩证统一的理论，才算把握了马克思文艺批评方法的本质特征，才算摸到了马克思文艺批评律动的真实脉搏，才算与现代意义下的西方文艺批评理论作出了区分。这是因为，承认了这种文艺"公转"律和"自转"律的统一，才有条件杜绝二元对立式的批评思维方式，才会在解释文艺现象时避免于艺术/政治、审美性/思想性、自律/他律、外部研究/内部研究等据说是处于矛盾或对立关系中的两项中做出顾此失彼或非此即彼的形而上学的选择。如果无视马克思文艺批评方法的这个既唯物又辩证的特点，把马克思主义文艺批评方法泛化，或者把马克思主义文艺批评方法分成人类学模式、政治学模式、意识形态模式和经济学模式，随意将它同别的观念和方法对接，使之成为一个与现代西方文艺批评理念和方法相比几乎没有差别的、无所不包、无所不能的概念，那么，其结果只能是模糊、淡化、扭曲，甚或消解马克思主义文艺批评方法的特质，只能是自觉不自觉地向各种非辩证法和非历史唯物论的批评观倾斜。这对了解马克思文艺批评的真相，发展和创新马克思主义文艺批评方法是很不利的。

懂得了马克思的辩证批评方法，对文艺批评的"美学和史学"观点，也就可以得到很好的梳理，就可以把"美学批评"和"史学批评"结合一体，而不能在批评实践中人为地分为两个步骤、两个阶段或两个标准。对此，我们赞同这样的看法，即面对复杂的文学对象，"在进行可操作的文学批评时，一定要把美学批评具体贯彻到文学批评的过程始终，而史学批评的历史唯物主义思想则必须融汇进美学批评之中，才能发生它应有的作用。只有如此才能达到二者的真正结合，而不是二者的分离。马克思主义文学批评只有从审美经验的实在分析中才能科学地阐释作品的意识形态面貌。"[①]

坚持辩证批评的方法，这是文艺批评的最高境界。因为这种方法会在不同范式的张力和冲突中，能有效地汲取一切有益的东西，能展示出文艺批评的理想途径。

[①] 熊元义：《他山之石，可以攻玉——文艺理论家冯宪光访谈》，《文艺报》2013年5月31日第3版。

不妨说，哈贝马斯的"交往行动理论"，若换个角度，亦可看作是对人在"公转"和"自转"关系中行动模式的一种探讨。他的"生活世界"概念是"交往行动理论"的一个补充，并认为"生活世界的象征性结构，是通过有效知识的连续化，集团联合的稳定化和具有责任能力的行动者的形成的途径再生产出来的……文化、社会和个人作为生活世界的结构因素与文化再生产、社会统一和社会化的这些过程相适应"①。这一认识，实际上是把文艺放到了普遍联系之中，这与海德格尔的"生活世界"仅仅作为"此在"世界而失去其客观的唯物主义基础不同。詹姆逊也说过：文艺批评若能"把社会历史领域同审美—意识形态领域熔于一炉应该是更令人兴趣盎然的事情"②。这种"兴趣盎然的事情"，其实就是批评中"公转"律和"自转"律的统一。在詹姆逊看来，艺术文本的形式化体现了经济基础与上层建筑的关系，但不能把它看作是同源的一种反映。"基础和上层建筑的关系应视为在意识形态或象征领域内解决更基本矛盾的一种综合行为，因为这些矛盾在政治或社会——经济层面上被连接起来。通过这种对象征的有力的重构，我们可以进入文本、作者和历史语境的整体网络。"③ 无疑，这也是主张文艺批评方法应进入"熔于一炉"的整体性的一个辩证思考。

三、马克思文艺批评实践体现出的方法论特征

对辩证法情有独钟，是因为马克思认为辩证法可以使人的认识成为科学。用他自己的话说，是"因为辩证法在对现存事物的肯定的理解中同时包含对现存事物的否定的理解，即对现存事物的必然灭亡的理解；辩证法对每一种既成的形式都是从不断的运动中，因而也是从它的暂时性方面去理解；辩证法不崇拜任何东西，按其本质来说，它是批判的和革命的"④。正是这个特质和要义，使马克思的文艺批评方法充满思想的威力和精神的魅力。

毋庸讳言，马克思的辩证法同德国古典哲学家的辩证法是不同的，甚或可以说

---

① 哈贝马斯：《交往行动理论》第2卷，洪佩郁、蔺青译，重庆出版社1994年版，第189页。
② 詹姆逊：《晚期资本主义的文化逻辑》，生活·读书·新知三联书店1997年版，第13页。
③ 王逢振：《政治无意识和文化阐释》（前言），詹姆逊：《政治无意识》，中国社会科学出版社1999年版，第9页。
④ 《马克思恩格斯文集》第5卷，人民出版社2009年版，第22页。

是泾渭分明的。马克思曾坦言："我的辩证方法，从根本上来说，不仅和黑格尔的辩证方法不同，而且和它截然相反。"① 这就是说，马克思对黑格尔的理论是辩证否定、批判扬弃的，绝不是像当时就有人指责的那样，认为"这里的一切都不过是他们的穿旧了的理论外衣的翻新"②。"马克思的观点极其彻底而严整，这是马克思的对手也承认的。"③ 马克思曾经指出："辩证法在黑格尔手中神秘化了"。"在他那里，辩证法是倒立着的。必须把它倒过来，以便发现神秘外壳中的合理内核。"④ 依照詹姆逊的说法，就连"'艺术的终结'这个概念的内在性在黑格尔那里是从一连串的概念系统或模糊的前提下演绎出来的东西"⑤。可见，把颠倒的辩证法再"倒过来"，这才是问题的关键。不难想象，倘若我们仍像黑格尔那样，只从上层建筑内部寻找文艺变迁和衰落的症结，将文艺视为绝对理念的感性显现，割裂文艺"公转"和"自转"结合所构成的文艺与社会历史间的内在联系，在满含辩证法的分析中着意赋予文艺的历史以完全心灵和精神的意涵，将独立主体的思维过程看成现实事物的创造主，把现实事物当作只是思维过程的外部表现，那么，这就会在极接近唯物主义的地方，背转过身去又陷入唯心主义的泥淖。文艺批评理论，倘若将马克思的批评方法和观念任意地同西方或古代文艺批评学说加以"组合"、"嫁接"、"融会"，其所犯的毛病就是将某些"倒立着的"东西仍然让它"倒立着"。

马克思的文艺批评实践正是不仅看到了"公转"，而且看到了"自转"，不仅看到了主观的一极，而且看到了客观的一极，并把这二者辩证地联系起来、统筹起来，才形成了让真理占有自己而不是自己占有真理的鲜明批评特征。

在《神圣家族》中，马克思对黑格尔唯心主义哲学、尤其是以鲍威尔兄弟、施里加等人为代表的青年黑格尔主观唯心论哲学和唯心史观进行了尖锐的批评，认为"黑格尔的历史观以抽象的或绝对的精神为前提，这种精神是这样发展的：人类只是这种精神的无意识或有意识的承担者，即群众。可见，黑格尔是在经验的、公开的历史内部让思辨的、隐秘的历史发生的。人类的历史变成了抽象精神的历史，因而也就变成了同现实的人相脱离的人类彼岸精神的历史"⑥。"真理对鲍威尔先生来说

---

① 《马克思恩格斯文集》第5卷，人民出版社2009年版，第22页。
② 《马克思恩格斯全集》第3卷，人民出版社1960年版，第261页。
③ 《列宁专题文集·论马克思主义》，人民出版社2009年版，第7页。
④ 《马克思恩格斯文集》第5卷，人民出版社2009年版，第32页。
⑤ 弗雷德里克·詹姆逊：《文化转向》，胡亚敏等译，中国社会科学出版社2000年版，第74页。
⑥ 《马克思恩格斯文集》第1卷，人民出版社2009年版，第291—292页。

也像对黑格尔一样,是一台自己证明自己的自动机器。"① 在评论长篇小说《巴黎的秘密》的时候,马克思指出,正是作者及其鼓吹者受到这种历史观的影响,才充当了"感伤的小市民的社会幻想家"的角色。马克思说"欧仁·苏通过穆尔弗的口向我们揭露了非思辨的丽果莱特的秘密。她是一个'非常漂亮的浪漫女子'。在她身上,欧仁·苏描写了巴黎浪漫女子的亲切的、富于人情的性格。可是又由于对资产阶级恭顺,而生性又好夸大,他就一定要在道德上把浪漫女子理想化。他一定要把她的生活状况和性格的尖锐的棱角磨掉,也就是消除她对结婚的形式的轻视、她和大学生或工人的纯朴的关系。正是在这种关系中,她和那些虚伪、冷酷、自私自利的资产者的太太,和整个资产阶级的圈子即整个官方社会形成了一个真正人性的对比。"② 马克思评价小说主人公鲁道夫和玛丽花,也是从这一视角出发的。不难看出,马克思正是发现作者欧仁·苏在"公转"和"自转"处理上存在矛盾:书中人物的"理想化",其实是"市民化";磨掉生活状况和性格上的"棱角",其实是庸俗化、资产阶级化。这样迎合性的伪善的"公转"努力,就把本应有的表现"真正人性"的"自转"破坏掉了,各种人物都成了所谓"批判哲学"式的"自己证明自己的自动机器"。这是马克思最不满意的地方。

马克思对拉萨尔历史剧《弗兰茨·冯·济金根》的评论,也是辩证批评的典范。在给作者的信中,马克思说:我应当称赞结构和情节,在这方面,它比任何现代德国剧本都高明。但是,对该剧本构想的悲剧性冲突本质的表达,却不能认同。他讲道:"我只能完全赞成把这个冲突当作一部现代悲剧的中心点。但是我问自己:你所探讨的主题是否适合于表现这种冲突?"马克思认为剧中主要人物济金根和胡登的覆灭,"并不是由于他的狡诈。他的覆灭是因为他作为骑士和作为垂死阶级的代表起来反对现存制度,或者说得更确切些,反对现存制度的新形式。"而济金根"实际上只不过是一个堂·吉诃德,虽然是被历史认可了的堂·吉诃德。他在骑士纷争的幌子下发动叛乱,这只意味着,他是按骑士的方式发动叛乱。如果他以另外的方式发动叛乱,他就必须在一开始发动的时候直接诉诸城市和农民,就是说,正好要诉诸那些本身的发展就等于否定骑士制度的阶级"。接着,指出作者一方面使人物"变成当代思想的传播者;另一方面又在实际上代表着反动阶级的利益"。因此,认为这些贵族代表"不应当像在你的剧本中那样占去全部注意力,农民和城市革命分

---

① 《马克思恩格斯文集》第1卷,人民出版社2009年版,第285页。
② 《马克思恩格斯全集》第2卷,人民出版社1957年版,第97页。

子的代表（特别是农民的代表）倒是应当构成十分重要的积极的背景。这样，你就能够在更高得多的程度上用最朴素的形式恰恰把最现代的思想表现出来，而现在除宗教自由以外，实际上，市民的统一就是你的主要思想。这样，你就得更加莎士比亚化，而我认为，你的最大缺点就是席勒式地把个人变成时代精神的单纯的传声筒。"① 通过这个分析，我们看到，在创作上，马克思是要求文艺家应掌握历史辩证法和艺术辩证法相统一的原则的，是要求对历史事件和人物的多面性与矛盾性有清醒的认识的，是要求艺术的"自律"性同"他律"性即艺术逻辑和历史逻辑要能够相吻合的。正是这种辩证批评，超越了一般"美学和历史的批评"，为文艺创作"在更高得多的程度上"、"用最朴素的形式"、"把最现代的思想表现出来"指引了出路。

作品中的所谓"矛盾"、所谓"复杂"、所谓"多重性"，其实就是对立的统一。面对这样的文艺现象，只有辩证批评才能奏效。恩格斯对诗人歌德的评论，也是个典型的例证。当德国的政论家格律恩把歌德变成"费尔巴哈的弟子"，变成所谓"真正的社会主义"者的时候，恩格斯指出："歌德在自己的作品中，对当时的德国社会的态度是带有两重性的。有时他对它是敌视的；如在《伊菲姬尼亚》里和在意大利旅行的整个期间，他讨厌它，企图逃避它；他像葛兹、普罗米修斯和浮士德一样地反对它，向它投以靡菲斯特斐勒司的辛辣的嘲笑。有时又相反，如在《温和的讽刺诗》诗集里的大部分诗篇中和在许多散文作品中，他亲近它，'迁就'它，在《化装游行》里他称赞它，特别是在所有谈到法国革命的著作里，他甚至保护它，帮助它抵抗那向它冲来的历史浪潮。问题不仅仅在于，歌德承认德国生活中的某些方面而反对他所敌视的另一些方面。这常常不过是他的各种情绪的表现而已；在他心中经常进行着天才诗人和法兰克福市议员的谨慎的儿子、可敬的魏玛的枢密顾问之间的斗争；前者讨厌周围环境的鄙俗气，而后者却不得不对这种鄙俗气妥协，迁就。因此，歌德有时非常伟大，有时极为渺小；有时是叛逆的、爱嘲笑的、鄙视世界的天才，有时则是谨小慎微、事事知足、胸襟狭隘的庸人。连歌德也无力战胜德国的鄙俗气；相反，倒是鄙俗气战胜了他；……歌德过于博学，天性过于活跃，过于富有血肉，因此不能像席勒那样逃向康德的理想来摆脱鄙俗气；他过于敏锐，因此不能不看到这种逃跑归根到底不过是以夸张的庸俗气来代替平凡的鄙俗气。他的气质、他的精力、他的全部精神意向都把他推向实际生活，而他所接触的实际生活

---

① 《马克思恩格斯文集》第10卷，人民出版社2009年版，第169—171页。

却是很可怜的。他的生活环境是他应该鄙视的,但是他又始终被困在这个他所能活动的唯一的生活环境里。歌德总是面临着这种进退维谷的境地,而且愈到晚年,这个伟大的诗人愈是疲于斗争,愈是向平庸的魏玛大臣让步。我们并不像白尔尼和门采尔那样责备歌德不是自由主义者,我们是嫌他有时居然是个庸人;我们并不是责备他没有热心争取德国的自由,而是嫌他由于对当代一切伟大的历史浪潮所产生的庸人的恐惧心理而牺牲了自己有时从心底出现的较正确的美感。① 在这里恩格斯运用了"美学和历史的观点"。但从整个方法论上看,他不同样是在揭示歌德于文艺"公转"律和"自转"律上存在的矛盾吗?不是把"历史浪潮"、"生活环境"、"天性"、"气质"、"情绪"、"精神意向"、"天才"、"平庸"、"斗争"、"鄙俗气"、"自由"、"心理"、"美感"等极其复杂的元素都组织到对立统一的辩证的批评中来了吗?

可见,恩格斯的"美学观点"和"史学观点",是一个你中有我、我中有你的整体,是"审美"和"历史"相勾连的一种表达,是把"公转"和"自转"规律具体化的一个层面。正是由于在批评上落实了辩证法和唯物史观,所以才会使得他既给歌德以最高的赞誉,也给歌德以最尖锐的批判。在列宁对待列夫·托尔斯泰和赫尔岑的评论中,我们可以看到同马克思、恩格斯一模一样的批评方法论。这才是经典作家批评方法中的精华和要义,才是其他文艺批评方法所不能比拟的。辩证法是掌握系统思维和复杂思维、避免片面性和简单化思维的法宝。文艺的发生、发展、演化和存在方式,无疑属于复杂性问题。对于文艺,形而上学的批评方法在某些方面可能仍有一定的效果,但是,真正解决问题的关键还是要运用辩证法。这是经典作家批评方法给我们的最大启示。

四、 马克思文艺批评方法论的价值与意义

可以这么说,马克思在文艺批评上的功绩,就在于他第一个把已经被遗忘的辩证方法提到了显著的地位,并把这种从神秘形式中解放出来的唯物辩证法作为了无产阶级文艺批评的武器。这种批评方法结束了文艺被演绎为"创造性形象力"和"无功利的合目的性"的历史,结束了艺术和美学被成功接纳进论证资本主义制度

---

① 《马克思恩格斯全集》第 4 卷,人民出版社 1958 年版,第 256—257 页。

合法性并为其服务的理性秩序的历史,也结束了"古典哲学对审美的忽视让其付出了政治上的代价"①的历史。马克思在文艺批评方法既不是要"重构社会历史维度"的方法,也不是要单纯"重视审美之维"的方法,而是追求文艺"自律"和"他律"辩证统一的方法。

无疑,方法论是连通着思维方式和思想扭结的。马克思批评方法和理念的独创性,必然使他具有高度总体性的视野,并创造出一些属于自己特有的批评范畴和概念。"一门科学提出的每一种新见解都包含这门科学的术语的革命。"② 恩格斯说的这句话,放在马克思这里尤其合适。马克思确实形成了不同于别人的批评话语体系,他的一些与先前批评理论近似的概念,也由于文艺批评方法的哲学根基发生了彻底变革而与以往概念有着不同的意涵。譬如,马克思的"审美"概念和"实践"概念,就与德国古典美学同样概念的内涵大不相同;马克思的"艺术生产"概念、"自由的精神生产"概念、"世界观"等概念及其理论阐释,都是马克思的原创。像马克思经济学上"剩余产品"和古典经济学上"制造业"这两个概念,用恩格斯的话说:"不言而喻,把现代资本主义生产只看作是人类经济史上一个暂时阶段的理论所使用的术语,和把这种生产形式看作是永恒的、最终的阶段的那些作者所惯用的术语,必然是不同的。"③ 文艺批评上亦是如此。马克思在谈论文艺的"人性"、"典型"、"意识形态"、"社会意识"和"社会存在"等概念的时候,已经同先前的批评家使用的概念不可同日而语了。

马克思的辩证批评方法,在他的许多理论阐述中都有体现。他的许多理论界说,实际上构成了辩证批评方法的学理支撑。如在《〈政治经济学批判〉导言》中,马克思提出了著名的"物质生产的发展例如同艺术发展的不平衡关系"④的命题。在《资本论》中,马克思提出了"资本主义生产就同某些精神生产部门如艺术和诗歌相敌对"⑤的命题。这里"不平衡关系"也好,"相敌对"状况也好,如果我们从文艺的"公转"和"自转"律对立统一的视阈去看,承认两者之间联系的复杂性,承认文艺

---

① 特里·伊格尔顿:《自由的特殊:审美的兴起》,马海良译,弗朗西斯·马尔赫斯编:《当代马克思主义文艺批评》,刘象愚等译,北京大学出版社2002年版,第63页。
② 《马克思恩格斯文集》第5卷,人民出版社2009年版,第33页。
③ 《马克思恩格斯文集》第5卷,人民出版社2009年版,第33页。
④ 《马克思恩格斯文集》第8卷,人民出版社2009年版,第34页。
⑤ 《马克思恩格斯全集》第26卷第1册,人民出版社1972年版,第296页。

"自转"有其相对独立性,并注意"给其他参与相互作用的因素以应有的重视"①,那么,对这些命题给出正确的解答方案是不困难的。马克思这里说的"不平衡"是一种"关系",不是一种"规律"。正因为是"关系",所以他才会接下来说:"关于艺术,大家知道,它的一定的繁盛时期决不是同社会的一般发展成比例的,因而也决不是同仿佛是社会组织的骨骼的物质基础的一般发展成比例的。"② 马克思讲的两种生产"相敌对",是举例而言批评经济学家施托尔希不是历史地考察物质生产本身,不是把物质生产当作"一定的、历史地发展的和特殊的形式来考察",因而他不能"理解统治阶级的意识形态组成部分",不能"理解一定社会形态下自由的精神生产"特点,也"没有能够超出泛泛的毫无内容的空谈"③。如果我们认识到文艺有"公转"和"自转"的两个序列,虽说彼此不能分离,但在这个运转系统中,"公转"有时会妨害"自转","自转"有时会抵制"公转",有时可能"公转"因素多一些,有时可能"自转"因素多一些,在这种对立统一中产生"不平衡"和"相敌对"现象,完全是符合辩证法的,是符合"随着经济基础的变更,全部庞大的上层建筑也或慢或快地发生变革"④的规律的。上层建筑变革的"或慢或快",就是辩证运动造成的某种"不平衡",就是特定生产方式与自由精神生产之间矛盾关系造成的"相敌对",就是"政治、法律、哲学、宗教、文学、艺术等的发展是以经济发展为基础的。但是,它们又都互相作用并对经济基础发生作用"⑤的必然结果。

再如,马克思以"劳动"概念为例指出:"哪怕是最抽象的范畴,虽然正是由于它们的抽象而适用于一切时代,但是就这个抽象的规定性本身来说,同样是历史条件的产物,而且只有对于这些条件并在这些条件之内才具有充分的适用性。"⑥ 联系到文艺批评上的"审美"、"人性"、"文学性"等概念,不是同样可以做如此理解吗?这就是辩证法,这就是批评的辩证法。

恩格斯曾经指出:像某些学者那样看问题其实是一种误解,即"认为马克思进行阐述的地方,就是马克思要下的定义,并认为人们可以到马克思的著作中去找一

---

① 《马克思恩格斯文集》第10卷,人民出版社2009年版,第593页。
② 《马克思恩格斯文集》第8卷,人民出版社2009年版,第34页。
③ 《马克思恩格斯全集》第26卷第1册,人民出版社1972年版,第296页。
④ 《马克思恩格斯文集》第2卷,人民出版社2009年版,第592页。
⑤ 《马克思恩格斯文集》第10卷,人民出版社2009年版,第668页。
⑥ 《马克思恩格斯文集》第8卷,人民出版社2009年版,第29页。

些不变的、现成的、永远适用的定义"①。这样看问题，就把马克思的学说当成了一般知识和教条，而不是当成进一步研究的出发点和供这种研究使用的方法了。前述的将"美学和历史的观点"说成是马克思批评方法的核心，就有这种类似的"误解"之嫌。恩格斯说过："不言而喻，在事物及其互相关系不是被看作固定的东西，而是被看作可变的东西的时候，它们在思想上的反映，概念，会同样发生变化和变形；它们不能被限定在僵硬的定义中，而是要在它们的历史的或逻辑的形成过程中来加以阐明。"② 这才坚持了"真理是个过程"的思想，坚持了运动和变化的原则，把辩证法输入到了给事物下定义的阐述之中。

马克思的文艺批评方法论中，包含对文艺现象的真理性评价和价值性评价两个方面。其真理性评价，是对文艺与它所反映和表现的客观对象之间关系的评价，是对"公转"与"自转"间对立统一程度的评价，是对艺术真实和历史真实辩证联系的评价；其价值性评价，则是对文艺与一定价值主体之间关系的评价，也就是关于文艺现象对谁有用、有利、有益的评价。透过马克思对优秀法国、英国和俄国小说家的"偏爱"，对德国宗教改革期间出现的"粗俗文学"的辛辣讽刺，对19世纪下半叶德国瓦格纳"未来音乐"和英国"前拉斐尔派"绘画的不满，以及对文学作品表现无产阶级威风凛凛、直截了当、毫不含糊地反对私有制的呼唤，我们都可以看到他的批评方法中满含着的价值评价的成分。而且从学理的意义上说，坚持文艺"公转"和"自转"的辩证法，可以突破现有批评框架和格局，这本身就是批评本体论、批评主体论和批评价值论的统一。

笔者认为，研究马克思文艺批评方法的本质特征，既可划清马克思主义文艺批评与非马克思主义文艺批评的界限，增强我们文艺批评的自觉和自信，亦可防止一些非马克思主义的批评方法模糊和干扰我们的视线。实践证明，如果搞不清马克思文艺批评方法的实质，把一些非马克思主义的、假马克思主义的批评思想掺杂到马克思主义的批评方法中来，那么将很容易降低我们的批评水准，搞乱我们文艺批评的指导原则和理论基础。有种观点主张文艺批评要用作为世界观和历史观的人本主义或人道主义来"补充"马克思主义批评方法，甚至主张把马克思主义批评方法归结为人道主义批评，这就脱离了马克思主义文艺批评方法的科学轨道。为什么这么说？因为倘若不区分作为世界观、历史观和作为伦理原则、道德规范的人道主义和人本主义，就违背了文艺"公转"和"自转"的普遍法则，而且也把马克思主义文

---

①② 《马克思恩格斯文集》第7卷，人民出版社2009年版，第17页。

艺批评方法倒退回费尔巴哈及其之前的历史唯心论窠臼。这种判断是可靠的："作为世界观和历史观，马克思主义和人道主义，历史唯物主义和历史唯心主义，根本不能互相混合、互相纳入、互相包含或互相归结。完全归结不能，部分归结也不能。"① 因为只有这样，才能保证马克思主义文艺批评方法的纯洁性。

近些年，常有批评家把"以人为本"曲解为不是"以人民为本"，而是"以个人为本"，曲解为就是人道主义历史观，主张"超越"和"批判"反映论批评模式，重塑人道主义的真理性意义。这就抹杀了文艺批评方法中历史唯物论和历史唯心论的区别。有的批评论者，否认辩证唯物主义原理，总是"试图论证马克思主义哲学不是辩证唯物主义，而是据说尘封在马克思书本中直到今天才被他们'解读'出来的实践本体论、实践一元论、实践存在论乃至实践的唯人主义、实践的唯心主义。这些观点在最根本的理论问题上混淆了马克思主义同非马克思主义的界限，在学术研究和思想宣传中造成了理论混乱"②。此外，有的批评家不是从马克思主义经典文本中汲取智慧和营养，而是习惯于用从西方搬来的理论讨论从西方找来的题目，根据西方学者的书本谈论自己国家遇到的问题，同本国的文艺实际不搭界，迷信于西方某些学说，使我们的文艺批评变成了西方理论话语的"殖民地"和"跑马场"。这就更增加了我们研讨马克思文艺批评方法根本特质的紧迫性和责任感。现实表明，弄清马克思文艺批评方法的本质特征，对推动和改进马克思主义的文艺批评是大有裨益的。

原载《华中师范大学学报》·人文社会科学版 2013 年第 7 期

---

① 胡乔木：《胡乔木文集》第 2 卷，人民出版社 1993 年版，第 596 页。
② 田心铭：《论马克思主义的理论自信和理论自觉》，《马克思主义研究》2012 年第 10 期。

中国马克思主义文学批评的人民观

胡亚敏

中国马克思主义文学批评作为一个正在形成的批评模式,有责任向世界推出一批有自身理论特色的概念和话题。从整个中国马克思主义文学批评的理论体系看,"人民"这个核心概念可视为中国马克思主义文学批评的出发点和归宿。

一、"人民"概念是对经典马克思主义的继承和发展

纵观中国马克思主义文学批评史,"人民"是运用频率最高的词汇之一。这样一个重要概念在长期的马克思主义理论研究中被忽视,也许是因为马克思主义经典作家更注重阶级和意识形态的缘故。在研究中国马克思主义文学批评的过程中,我们越来越强烈地感到,要深入理解和把握中国马克思主义文学批评,就有必要对马克思主义文学批评中的"人民"概念做一番谱系梳理。

马克思、恩格斯在著述中多次提到"人民",其内涵在不同情况下也有所变化。恩格斯《家庭、私有制和国家的起源》中曾提到古希腊氏族部落的"人民大会"这种组织形式。他说:"当议事会开会时,人民——男男女女都站在周围,有秩序地参加讨论,这样来影响它的决定。"① 这里的人民指的是社会全体。马克思也提到"人民",他说:"巴黎全体人民——人、妇女和儿童——凡尔赛军队攻进城内以后还战

---

① 恩格斯:《家庭、私有制和国家的起源》,《马克思恩格斯文集》第4卷,人民出版社2009年版,第120页。

斗了一个星期的那种自我牺牲的英雄气概，反映出他们事业的伟大。"① 这里的人民是指与旧的统治者相对立的革命群众，属于社会的大多数。后来恩格斯指出，"人民即无产者、小农和小资产者"，这里的人民已不单是社会的多数人，而是阶级的集合体。恩格斯接下来又结合各国革命的历史对"人民"中的阶级做了区分：小农是"在目前最不能发挥革命首倡精神的阶级。……城市工业无产阶级成了现代一切民主运动的核心；小资产者，尤其是农民，总是跟在他们后面"②。恩格斯肯定的是无产阶级，而农民和小资产者只不过是革命的同路人。随着阶级斗争的激烈化，"人民"这个概念则逐渐被革命的主力——无产阶级代替了。马克思表示："人民，或者（如果用个更确切的概念来代替这个过于一般的含混的概念）无产阶级……他们已成为一种公认的力量。"③ 马克思、恩格斯之所以更强调阶级与他们当时所处的时代有直接关系，詹姆逊曾对此作过分析，马克思那个时代是"一个社会冲突更尖锐也更加一目了然的世界，不论是单个的民族国家之内还是在国际舞台上，都投射出各个阶级相互对立的一种明确的模式"④。当然，由于当时无产阶级并没有掌握政权，因此马克思恩格斯还不可能深入思考和实践执政党与人民的关系。

列宁在著述中经常提到"人民"，不过，他更多的是把它作为区分敌我的重要概念，并通过这种区分寻找革命支持者和拥护者。列宁认同马克思的基本观点，即人民的"主要组成部分就是无产阶级和农民"⑤，"布尔什维克一向都是讲由人民群众，由无产阶级和农民夺取政权，而绝不是由什么'觉悟的少数'夺取政权"⑥。同时列宁对资产阶级和小资产阶级乃至士兵作了历史的具体解释，他认为资产阶级、小资产阶级和士兵是否属于人民阵营取决于他们对旧政权的态度，如果他们支持旧政权或与旧政权妥协，就走向了"人民"的对立面。列宁热情歌颂人民在俄国革命中的伟大贡献："俄国现在仅存的一点自由正是由这些'群氓'，由人民争取来的，他们奋不顾身地走上街头，在斗争中付出了无数的牺牲，用自己的行动支持了'不

---

① 马克思：《法兰西内战》，《马克思恩格斯文集》第 3 卷，人民出版社 2009 年版，第 174 页。
② 恩格斯：《共产主义者和卡尔·海因岑》，《马克思恩格斯文集》第 1 卷，人民出版社 2009 年版，第 661 页。
③ 《马克思恩格斯全集》第 4 卷，人民出版社 1961 年版，第 210 页。
④ 詹姆逊：《马克思主义与形式》，《语言的牢笼 马克思主义与形式》，百花洲文艺出版社 1995 年版，第 8 页。
⑤ 《列宁选集》第 1 卷，人民出版社 1972 年版，第 623 页。
⑥ 《列宁全集》第 13 卷，人民出版社 1972 年版，第 52—53 页。

自由,毋宁死'这个伟大的口号。人民的所有这些行动正是'群氓'的行动。俄国的整个新纪元正是靠人民的热情赢得并且支持下来的。"① 列宁还揭露了资产阶级政党的摇摆性:"立宪民主党人不是无数次地证明了,他们既希望依靠人民,又力求遏止人民革命的高涨吗?"② 列宁还特别指出要警惕那些资产阶级政党以"人民"的崇高名义实则背离人民利益所表现的欺骗性。

在中国马克思主义文学批评中的"人民"概念有了新的发展。"人民"概念被视为中国社会中具有广泛共同利益且具革命性的阶级集合,是基于阶级又超越阶级的联合体。在抗日战争时期,毛泽东根据中国社会各阶级的具体特点和革命的需要,将革命的主导力量从阶级扩展到以工农兵为代表的各阶层的人民,"占全人口百分之九十以上的人民,是工人、农民、兵士和城市小资产阶级。……这四种人,就是中华民族的最大部分,就是最广大的人民大众"③。在中国革命和建设的不同时期,为适应中国社会政治的需要和阶级、阶层比例的变化,"人民"被赋予不同的时代内涵,"在建设社会主义的时期,一切赞成、拥护和参加社会主义建设事业的阶级、阶层和社会集团,都属于人民的范围"④。"人民"成为最广大劳动群众的代名词。并且中国马克思主义文学批评在坚持马克思主义的唯物史观的基础上进一步突出人民在中国社会的主体地位,特别是成为执政党以后,人民成为社会的主人。一切为了人民,一切依靠人民,全心全意为人民服务成为执政党也包括中国马克思主义文学批评的根本宗旨。

中国马克思主义文学批评把"人民"置于优先位置是根据中国国情做出的选择。中国长期处于农业社会,其社会结构并非两极,而是多个阶级、阶层和职业的并存。而近代以来阶级矛盾和民族矛盾错综复杂地交织在一起,早期中国革命的经验教训使人们逐步认识到,仅用阶级概念很难解释和实现其革命目标,必须要赢得最广大人民群众的支持和拥护。可以说,"人民"概念正是马克思主义与中国革命实践相结合的结晶,展示了中国共产党人集体的政治智慧和求实精神。

---

① 《列宁全集》第13卷,人民出版社1972年版,第81页。
② 同①,第41页。
③ 毛泽东:《在延安文艺座谈会上的讲话》,《毛泽东选集》(一卷本),人民出版社1964年版,第812页。
④ 毛泽东:《关于正确处理人民内部矛盾的问题》,《毛泽东选集》第5卷,人民出版社1977年版,第364页。

二、文艺与人民的关系是中国马克思主义文学批评的理论基石

在中外文学批评史上,文艺与世界、作家以及读者的关系一直是文学理论和批评关注的基本维度,而文艺与人民的关系却没有列入其间。在俄国革命民主主义批评家那里,我们听到了有关人民的呼声,文学应该"表现人民的生活,人民的愿望"①。明确提出文艺为人民服务的是列宁,他在与蔡特金的谈话表示:"艺术属于人民"②,并指出自由的写作"不是为饱食终日的贵妇人服务,不是为百无聊赖、胖得发愁的'一万个上层分子'服务,而是为千千万万劳动人民服务"③。由于当时俄国正处于暴风骤雨般的革命斗争之中,列宁提出的"这个问题并没有得到明确的解决"④。从理论上和实践上确立文艺与人民的关系就历史地落到中国马克思主义文学批评者肩上。早在20世纪三四十年代,文艺"为什么人的问题"就成为中国马克思主义文学批评要解决的一个"根本的问题,原则的问题"。1936年11月22日,在中国文艺协会成立大会上,毛泽东就提出要"发扬苏维埃的工农大众文艺",后来在《讲话》中更是明确提出:"我们的文学艺术都是为人民大众的,首先是为工农兵的,为工农兵而创作,为工农兵所利用的"⑤,从而不仅从理论上而且从文学创作、文学批评乃至文艺方针政策等方面阐明了文艺为工农兵服务、为人民大众服务的根本方向。新时期以来,邓小平坚持和发挥了毛泽东关于文艺为人民的思想,并进一步扩大了人民的内涵,他反复强调:"我们的艺术属于人民","人民是文艺工作者的母亲。一切进步文艺工作者的艺术生命,就在于他们同人民之间的血肉联系。忘记、忽略或是割断这种联系,艺术生命就会枯竭。"⑥ 文艺为最广大的人民服务,这一基本原则构成中国马克思主义文学批评与西方马克思主义的主要区别,西方马克思主义以批判和反思资本主义为其主要任务,人民或市民仅是他们救赎的对象。

正是围绕文艺与人民这个根本问题,中国的马克思主义文学批评在为谁服务、

---

① 杜勃罗留波夫:《杜勃罗留波夫选集》第二卷,辛未艾译,上海译文出版社1983年版,第187页。
② 蔡特金:《列宁印象记》,《列宁论文学艺术》,人民文学出版社1983年版,第435页。
③ 《列宁专题文集·论无产阶级政党》,人民出版社2009年版,第170页。
④ 毛泽东:《在延安文艺座谈会上的讲话》,《毛泽东选集》(一卷本),人民出版社1964年版,第811页。
⑤ 同④,第820页。
⑥ 邓小平:《在中国文学艺术工作者第四次代表大会上的祝辞》,《邓小平文选》(1975—1982),人民出版社1983年版,第181页。

怎样服务等问题上从作家、作品和读者以及批评标准诸方面提炼出一些富有特色的理论观点，丰富了世界马克思主义文学批评。

就作家艺术家而言，中国马克思主义文学批评首先强调的是立足点的问题，即作家艺术家要调整与人民的关系，把立足点移到工农兵这方面来，与人民打成一片，体验人民的生活和情感。"有出息的文学家艺术家，必须到群众中去，必须长期地无条件地全心全意地到工农兵群众中去。"① 延安文艺座谈会之后，一些文艺工作者主动到人民群众中去，在人民的生活中获取源泉，成就了一批至今仍具艺术魅力的佳作。

文艺与人民的关系不仅涉及文艺外在的各种关系，而且也关涉内在的诸多因素。事实上，为谁服务这个根本问题制约着作家艺术家的思想倾向和艺术追求乃至语言风格的形成。作家艺术家应当"自觉地在人民生活中吸取题材、主题、情节、语言、诗情和画意"②，在作品中表达人民的愿望、利益和要求，其中描写以工农兵为主体的人民形象则是中国马克思主义文学批评着力强调之点。19世纪中叶，马克思在给拉萨尔的信中就建议他应该重点表现普通农民和城市革命分子："革命中的这些贵族代表——他们的统一和自由的口号后面一直还隐藏着旧日的皇权和强权的梦想——应当像在你的剧本中那样占去全部注意力，农民和城市革命分子的代表（特别是农民的代表）倒是应当构成十分重要的积极的背景。"③ 中国马克思主义文学批评发展了马克思的这一观点，将人民的形象置于更为重要的地位。毛泽东在看了平剧《逼上梁山》后，热情地赞扬剧组把人民大众作为主要描写对象的做法，致信编导："历史是人民创造的，但在旧戏舞台上（在一切离开人民的旧文学旧艺术上）人民却成了渣滓，由老爷太太少爷小姐们统治着舞台，这种历史的颠倒，现在由你们再颠倒过来，恢复了历史的面目，从此旧剧开了新生面"④，普通劳动人民登上戏剧舞台，把颠倒的历史再颠倒过来。不仅如此，基于"为人民"的原则，中国马克思主义文学批评要求文艺不仅仅是描写人民的苦难，更应该表现"新的人物，新的世界"，展示人民的历史创造性和变革现实的主动精神。邓小平在《祝辞》中具体提出了描写社会主义新人的根本要求："要塑造四个现代化建设的创业者，表现他们那

---

① 毛泽东：《在延安文艺座谈会上的讲话》，《毛泽东选集》（一卷本），人民出版社1964年版，第817页。
② 邓小平：《在中国文学艺术工作者第四次代表大会上的祝辞》，《邓小平文选》（1975—1982），人民出版社1983年版，第183页。
③ 马克思：《致斐·拉萨尔》（1859年），《马克思恩格斯选集》第4卷，人民出版社1995年版，第554页。
④ 《毛泽东论文艺》（增订本），人民文学出版社1992年版，第142页。

种有革命理想和科学态度,有高尚情操和创造能力,有宽阔眼界和求实精神的崭新面貌";同时,邓小平也提到"英雄人物的业绩和普通人们的劳动、斗争和悲欢离合……都应当在文艺中得到反映"①。这里的英雄人物应视为人民的代表,他所依靠的是人民的力量,表达的是人民的心声,若背离了人民,就会被人民所抛弃。联想到当今影视中充塞的帝王将相、皇后嫔妃的形象,重申描写以人民为主体的"新的人物,新的世界"具有现实的针对性。

在人类发展史上,人民虽然是物质财富和精神财富的创造者,但长期以来却无缘充分享受劳动的成果,正如马克思说,劳动创造了美,也创造了赤贫。明确将人民作为文艺的接受者是中国马克思主义文学批评的又一突出特点。毛泽东在论述文艺的提高和普及的关系上就是从人民的接受水平出发的,他指出:"在上海时期,革命文艺作品的接受者是以一部分学生、职员、店员为主";"文艺作品在根据地的接受者,是工农兵以及革命的干部。……各种干部,部队的战士,工厂的工人,农村的农民,他们识了字,就要看书、看报,不识字的,也要看戏、看画、唱歌、听音乐,他们就是我们文艺作品的接受者"②。对此,1980年澳大利亚学者庞尼·麦克杜尔在为《在延安文艺座谈会上的讲话》译本撰写的导言中称毛泽东是"中国第一个把读者对象问题提高到文学创作的重要地位的人"③。毛泽东不仅提出了"接受者"的概念,而且他所说的"接受者"是以工农兵为主体的人民,这恰是他不同于西方其他批评家和现代西方马克思主义批评家之所在。需要说明的是,在中国马克思主义文学批评中,作为人民的"接受者"具有主动和创造精神,他们会随着欣赏水平的提高,对文艺作品提出更高的要求。

在文艺批评的标准问题上,中国马克思主义文学批评同样强调为人民的价值取向,"对人民的态度如何"成为批评的核心尺度。邓小平说:"作品的思想成就和艺术成就,应当由人民来评定。"④ 这与马克思早年提出的"人民历来就是作家'够资

---

① 邓小平:《在中国文学艺术工作者第四次代表大会上的祝辞》,《邓小平文选》(1975—1982),人民出版社1983年版,第183—184页。
② 毛泽东:《在延安文艺座谈会上的讲话》,《毛泽东选集》(一卷本),人民出版社1964年版,第806—807页。
③ 郑忠超主编:《西方学者谈毛泽东》,新世纪出版社1993年版,第202—203页。
④ 邓小平:《在中国文学艺术工作者第四次代表大会上的祝辞》,《邓小平文选》(1975—1982),人民出版社1983年版,第184页。

格'和'不够资格'的唯一判断者"①的论断一脉相承。一部作品是否优秀,是否有价值,就在于它是否代表了人民的利益,传达人民的心声,得到人民的认可和认同。文学批评的职责就是要"使不适合广大群众斗争要求的艺术改变到适合广大群众斗争要求的艺术"②。在对待文艺遗产的态度上,"也必须首先检查它们对待人民的态度如何,在历史上有无进步意义,而分别采取不同态度"③。评价作品艺术形式也须以人民的需要为准绳,提倡具有"新鲜活泼的、为中国老百姓所喜闻乐见的中国作风和中国气派"。

以上内容形成马克思主义文学批评中国形态的理论建构中较为独特的一个部分。由于历史的局限和时代的变迁,中国马克思主义文学批评在发展过程中存在一些过时或偏颇的观点,但总的来说,如此明确系统地从理论和实践上解决文艺为人民的问题尚属首次,并且文艺为人民服务这一理念今天仍具有重要的现实意义。

三、"人民"概念的改善和拓展

中国马克思主义文学批评虽然扛起了文艺为人民服务的大旗,但也存在一些需要澄清的问题,有进一步改善和拓展的空间。为了使文艺与人民的关系在新的历史条件下发挥更大的作用,有必要对有关问题作进一步审视和拓展。

关于"人民"的界定,国内外学界曾有不同的声音,有人视人民为抽象概念,或"想象性称谓",甚至认为人民是一个"空洞的能指",因而今天中国马克思主义文学批评在推出"人民"概念时,尤其须认真研究"人民"的具体性和多样性,避免将"人民"概念抽象化和同质化。马克思早就意识到这个问题,他说:"旧派共和党人把全体法国人或至少是把大多数法国人看作具有同一利益和同一观点等的公民。这就是他们的那种人民偶像崇拜主义。但是,选举所表明的并不是他们的意想中的人民,而是真实的人民,即分裂成各个不同阶级的代表。"④列宁继承了马克思

---

① 马克思:《第六届莱茵省议会的辩论》,《马克思恩格斯全集》第1卷,人民出版社1956年版,第90页。

②③ 毛泽东:《在延安文艺座谈会上的讲话》,《毛泽东选集》(一卷本),人民出版社1964年版,第826页。

④ 马克思:《1848年至1850年的法兰西阶级斗争》,《马克思恩格斯文集》第2卷,人民出版社1959年版,第99页。

的这一观点:"马克思在使用'人民'一语时,并没有用它来抹杀各个阶级之间的差别,而是用它来把那些能够把革命进行到底的确定成分联为一体。"① 人民是一个历史的范畴,在特定的历史活动中,人民是由千千万万真实的个人组成的。诚然,"人民"中的任何一个个体都不能代表人民这一整体,但没有那些鲜活的个体,人民这个概念就无所依附。文学作品中的人民都是特定的"这一个",像莫言小说中高密乡的男人、女人和孩子,张承志小说中蒙古包的牧民,这些不同时代、不同民族的人们在中华大地上演了波澜壮阔的活剧,文学作品正是通过对这些千差万别的人物群像的描写展示"人民"内涵的丰富性。当然,当"人民"作为中国马克思主义文学批评的核心概念推向世界的时候,它又上升为"具体的抽象"。

"对人民的态度"上的偏移也是一个需要正视的问题。在中国,尽管人民在理论上具有很高的地位,也没有人公开否认文艺与人民的关系,但在有些具体的实践中人民并没有至上,即使那些以底层劳动人民为描写对象的作品,也存在着"某种程度的轻视工农兵、脱离群众的倾向"。如当代小说中的有些底层叙事,初看起来描写了普通人的经历和苦难,但实际上整篇都弥漫着作者的"优越感",作者是以一种悲天悯人的姿态俯视众生的。正如恩格斯所批评的那样,叙述者带着一点有限的同情,叙述那些不能自助的可怜的"穷人"和卑微的"小人物"②。不过,中国当代小说中也有不少从底层人角度创作的优秀作品,如方方的《万箭穿心》、《出门寻死》等作品,字里行间透出小人物的韧劲和抗争,使读者强烈感受到普通人的不易和坚强。在对待人民态度上的另一倾向是将人民"神化",特别是在处于消费社会的今天,一些作品以人民的名义实则是以资本的名义将艺术俗化和恶搞,不惜以暴力、色情等来博取读者和观众的眼球。文学艺术需要满足多数人的需求,但应有审美的底线,过分迎合和迁就的行为实际上是对人民不负责任的表现。顺便说的是,在探索新形式时,也不妨孤独地前行。如何将艺术的大众性和艺术的独创性很好地结合是需要进一步思考的又一问题。

还想补充的是,文艺与人民的关系有待于进一步探索。可以肯定地说,文艺与人民的关系不是单极而是双向互动的,人民和文艺正是在这种互动和互塑中获得进一步发展。邓小平提出:"人民需要艺术,艺术更需要人民。"这段话可作为建立文

---

① 《列宁选集》第 1 卷,人民出版社 1972 年版,第 621 页。
② 恩格斯:《诗歌和散文中的德国社会主义》,《马克思恩格斯全集》第 4 卷,人民出版社 1958 年版,第 223—224 页。

艺与人民新型关系的基础。"人民需要艺术",是因为人民需要艺术来表达自己的心声,需要艺术来满足丰富多彩的精神生活,从更高的要求说,人民需要在艺术熏陶中得到升华。"艺术更需要人民"则是强调文学艺术对人民的依赖关系。有位叫德索的德国美学家对此持否定态度,他说:"人们常说,艺术一旦脱离了群众便会变质。但我倒认为,一旦把艺术献给了人民,那么艺术就给毁了。"① 此话若用于批判媚俗还有其合理性,但从文艺与人民的关系看则大谬。人民是艺术的母亲和源泉,艺术对人民的依赖不仅表现在现实生活中人民的丰富性和差异性为文艺提供多样的书写,为文艺带来富有时代感的新内容和新形式,而且表现在人民中潜藏着巨大的渴求改变的能量,而这种要求改变的能量构成了推动文学艺术不断创新的原动力。能否创作出优秀的作品来满足人民的精神需求不仅关系到文学艺术的兴衰,甚至关系到文学艺术的生存。在这种交互过程中文学艺术将会越来越走向人民,这也许是历史的必然。这里我们不妨借用德勒兹讨论文学时的一个概念——"未来的人民"来表达在文艺与人民的关系中出现的新的"人民"形象。德勒兹的"未来的人民"是具有多种可能性的人民,我们所说的"人民"形象在认同他的多种可能性的同时,更强调"未来的人民"的多种身份,即他们既是艺术的创造者又是艺术的享受者。"未来的人民"不再限于从事某一种职业,劳动与艺术都将成为他们生活的方式,这一预言曾出现在马克思恩格斯的《共产党宣言》中,而在今天正逐渐变成现实,文艺与人民的交互推动将构筑它们的未来。

总之,"人民"概念作为中国马克思主义文学批评的基本特质,将与"政治"、"民族"等概念一起构成中国马克思主义文学批评区别于其他形态的马克思主义文学批评的显著标志。"人民"概念的提出和完善为中国马克思主义文学批评的发展注入了生命活水,同时也是中国马克思主义文学批评对世界文坛的重要贡献。

原载《文学评论》2013 年第 5 期

---

① 参见玛克思·德索:《美学与艺术理论》,兰金仁译,中国社会科学出版社 1987 年版,第 429 页。

当代文学批评的社会历史观问题

赖大仁

文学批评在根本上是一种文学评价，文学评价并不仅仅关乎文学中的价值，更关乎文学批评的价值立场与价值观念。恩格斯在评论荣克的《德国现代文学讲义》时，批评作者进行文学批评的"调和主义"倾向，指出："任何一个人在文学上的价值都不是由他自己决定的，而只是同整体的比较当中决定的。"① 对文学的评价，不管是对于一个作家的评价，还是对一部文学作品的评价，或者是对某种文学现象的评价，都不可能从它自身得到说明，而是需要放到一定的结构系统及其价值关系中，从比较的意义上才能得到较为确切的认识和较为切实的评价。从价值论的角度来看，任何价值都不是单一的，都无不关联着一定的价值系统，都不过是在这个彼此关联着的价值坐标系统中的某个维度上显现出来的价值。因此，有学者认为"从价值学来说，文学批评的价值体系就是文学批评的价值理论或价值学依据，就是说文学批评可以从文艺学，即文学原理的角度来研究，价值学是从另外一个角度对文学批评的研究，它既要尊重文学的一般规律，又要将之纳入价值哲学的系统。文学批评的价值体系来自文本价值实现的要求对主体与文本对话的一种驱动，并表现为整个社会意识形态与上层建筑的有机组成。"② 从文学价值论的一般意义而言，不同维度上显现的文学价值构成彼此关联的文学价值系统，而从文学批评的角度来看，与不同的文学价值维度相对应的文学价值观念，也构成一种彼此相互关联着的文学价值观念系统。通常的文学批评及其文学评价，便是在某种文学价值观念的支配作用下，从某种文学价值维度着眼进行的。

---

① 《马克思恩格斯全集》第1卷，人民出版社1956年版，第524页。
② 毛崇杰：《颠覆与重建——后批评中的价值体系》，社会科学文献出版社2002年版，第60页。

一、文学批评的社会历史观问题探讨

在文学批评的价值维度及其价值观念系统中,一个重要方面即是关于文学的社会历史观问题。把文学艺术看作自然的模仿或社会生活的反映,这是人类历史上最古老的文艺观念,也曾经是影响最大、流行最广泛的文艺观念,至今也仍然具有重要地位和影响。自古以来人们大多相信,文学艺术反映社会生活(包括历史生活),并不是纯客观的反映,其中包含着人们对于社会历史生活的认识评价,当然也就会反映出人们的社会历史价值观。首先,从文学创作方面来看,车尔尼雪夫斯基曾说过,文学的作用就是再现生活、说明生活、对生活下判断。这就是说,作家反映生活,必有一个对生活的认识、理解与判断的问题,其中的是非曲直、善恶美丑,以及生活是否合理、是否社会的进步、是否符合历史发展的必然要求,等等,都需要有作者的认识理解,否则就既无法"说明生活",更不可能"对生活下判断"。而从文学批评方面来看,对于文学中所描写反映的社会历史生活,是否站在正确的价值立场、是否真实地反映了生活、是否具有认识价值、能否起到"生活导师"的作用,等等,都是文学评价中无可回避的问题。而文学批评要对文学反映社会历史生活作出价值评判,当然不能没有进行评判的价值观念。文学批评所关涉的这方面的文学价值观念,可以统称为"社会历史价值观",其中所包含的具体内涵,主要关涉以下一些方面的问题。

(一) 真实性价值观

应当说,凡是反映社会生活的作品,无论是描写现实生活,还是叙写历史人物故事,都首先有一个真实性的问题,如果文学作品对生活的反映缺乏真实性,那就几乎没有多少可取了。特别是现实主义文学观念,几乎把真实性视为文学的第一要素。按高尔基的理解"对于人和人的环境作真实的、不加粉饰的描写的,谓之现实主义"[1]。恩格斯关于现实主义文学的名言,则更是众所周知:"在我看来,现实主义的意思是,除细节的真实外,还要真实地再现典型环境中的典型人物。"[2] 俄国批评家别林斯基充

---

[1] 高尔基:《论文学》,人民文学出版社1978年版,第163页。
[2] 《马克思恩格斯选集》第4卷,人民出版社1995年版,第683页。

分肯定果戈理等现实主义作家的创作倾向和写作态度，就在于他们能够"按照真情实况来再现生活与现实。文学就从这一点在社会的眼里获得了重要的意义"①。

人们之所以看重文学反映社会生活的真实性，是因为真实反映生活关联着的是文学的认识价值，如果文学对生活的描写不真实，那么它的认识价值必然大打折扣。因此，对于文学批评来说，把真实性作为评价那些着重反映社会生活面貌的文学作品的重要价值尺度，应当是合乎逻辑的。

那么接下来的问题是，应当如何理解文学的真实性？是否把生活现象搬进文学作品，就自然具有了文学的真实性？就必然具有文学的认识价值？显然这是一种极为简单直观的理解，实际上并非如此。对此，俄国批评家杜勃罗留波夫有一段话阐述得极为深刻，他说："我们还要求文学具有一个因素，缺了这种因素，文学就没有什么价值，这就是真实。应当使得作者所从而出发的、他把它们表现给我们看的事实，传达得十分忠实。只要失去这一点，文学作品就丧失任何意义，它甚至会变得有害的，因为它不能启迪人类的认识，相反，把你弄得更胡涂。""而真实是必要的条件，还不是作品的价值。说到价值，我们要根据作者看法的广度，对于他所接触到的那些现象的理解是否正确，描写是否生动来判断。"② 这就是说，作为文学价值的真实性，一方面来源于对生活现实真情实况的真实再现，另一方面还包含着作者对生活的正确认识理解和判断，对于描写历史生活来说，则是要求包含"历史理性"在其中。否则，倘若作者自己都对所反映的生活认识不清，不能形成正确的价值判断，以其昏昏又岂能使人昭昭？这样的文学又如何能给读者提供有益的认识和启示？所以文学真实性看似是一个外在性的评价尺度，实际上具有很值得探求的价值内涵。

在文学批评实践中，对于文学反映社会生活（历史）的真实性，其实也不能笼而统之一概而论，其中仍有不同的层次内涵。笔者以为，至少可以从这样几个层面着眼来加以考察和评价。一是生活现象描写的真实性，包括人物、故事、场景和描写，要求从情节到细节都具有生活的逼真性，真正富有一种生活的质感，其中尤其不能忽视细节的真实。从上面的引述可知，恩格斯理解现实主义文学，是把细节真实作为基本要求来看待的。巴尔扎克也曾说过，如果一部小说在细节上不真实，那就毫不足取。故事与细节的真实虽然是最表层的真实，但如果没有相当厚实的生活素材积累，没有认真严谨的创作态度，仅仅凭着想象去编故事，那也是很容易"穿

---

① [俄] 别林斯基：《文学论文选》，上海译文出版社2000年版，第502页。
② [俄]《杜勃罗留波夫选集》第2卷，上海文艺出版社1959年版，第362页。

帮"的,倘若如此那就会影响整体上的文学真实。二是写出生活氛围的真实性(对于历史题材写作来说则是历史氛围的真实性),也就是要求写出这个时代生活的整体气氛,将所描写的人物、故事、场景都融入这种如雾气般浓厚的生活氛围之中。如果说生动的人物故事具有打动人的力量,那么真实的生活氛围和历史场景则更具有一种感染人的力量,达到生活氛围的真实无疑是一个更高的要求和境界。三是写出社会生活变革发展趋势或者历史潮流的真实性,要求把潜藏在人物故事背后那种社会历史变革发展的必然性表现出来。恩格斯在评论拉萨尔的历史剧《济金根》时曾说过:"主要的出场人物是一定的阶级和倾向的代表,因而也是他们时代的一定思想的代表,他们的动机不是来自琐碎的个人欲望,而正是来自他们所处的历史潮流。"① 文学创作不能仅仅停留在写人物(特别是主要人物)做了什么,更需要去追问和洞悉,他们为什么要这样做?驱动和支配他们这样做的动机是从哪里来的?如果能够把这种社会生活变革发展的趋势以及历史的必然要求写出来,应当说是一种更深刻的、更具有本质意义的真实性,当然也就更具有认识意义和文学价值。

(二) 人民性价值观

自从俄国民主主义者提出文艺的"人民性"范畴以来,就一直成为人们衡量古今文艺作品的历史进步意义的一个重要尺度。马克思主义文艺批评同样也把文艺的人民性纳入了自己的理论视野。列宁曾经提出,文艺应当"为千千万万劳动人民,为这些国家的精华、国家的力量、国家的未来服务"②。这里实际上涉及如何认识人民在社会历史发展中的地位和作用的问题,文学在反映社会历史生活时,显然对此无法回避,这就是一个"人民性"价值观的问题。毛泽东《在延安文艺座谈会上的讲话》讲到文学批评时,曾明确指出"无产阶级对于过去时代的文学艺术作品,也必须首先检查它们对待人民的态度如何,在历史上有无进步意义"③。这里所谓"对待人民的态度如何",实际上也是提出了一个"人民性"价值观的问题。这不仅在认识和评价过去时代的文学艺术作品时有这个问题,而且在当代文学批评中,同样也会涉及这方面的问题。

从当代文学批评的角度而言,当代文学作品所关涉的"人民性"及其价值内

---

① 《马克思恩格斯选集》第4卷,人民出版社1995年版,第558页。
② 《马克思恩格斯列宁斯大林论文艺》,人民文学出版社1986年版,第187页。
③ 《毛泽东选集》第3卷,人民出版社1991年版,第869页。

涵，也许主要有以下两个方面的问题。

其一，当代文学创作反映社会历史生活，究竟是坚持人民史观还是英雄史观的问题。众所周知，马克思主义的社会历史观是人民史观，认为人民是社会实践的主体，是社会历史发展的动力，人民群众变革社会的实践活动，形成社会历史发展的潮流，而历史上出现的英雄人物，是只有在这个时代需要的时候才产生的，也是只有顺应这种时代潮流，在人民革命或社会变革的实践中才发挥其作用的。因此，描写社会历史变革发展的大事件，理应写出这种时代发展的大趋势，社会变革的大潮流，人民的普遍愿望、要求和人心向背，以及人民参与社会变革的巨大热情、付出的巨大努力和牺牲，从而把英雄人物置于他们所处的历史潮流中加以表现，这样才能写出真实的社会历史生活，也才能对历史人物作出正确的历史评价和恰当的艺术表现。然而，实际上，在新时期以来相当一些文学作品中，特别是一些历史题材的文学创作中，往往抛开或模糊了这种历史观，自觉不自觉地陷入英雄史观：写古代历史只见帝王将相，写现代历史也只有英雄豪杰；将一些主要人物描写成可以凭着个人欲望和意志，独往独来、颐指气使、呼风唤雨、主宰一切的历史创造者和救世主，而普通民众则只是软弱可欺、俯首听命、等待拯救的"群氓"。在这样的描写中"人民性"便无从谈起，其社会历史观也必然会被扭曲。

其二，在当代大众文化兴起的背景下，"人民性"是否要改变为"公民性"的问题。这里涉及对"人民"概念如何理解的问题。马克思主义历来把"人民"理解为社会的主体、历史发展的先进力量和根本动力。据说国外马克思主义理论家布莱希特曾为"人民"下过这样的定义："人民即指那些不仅全力以赴于历史发展中的人，而且人民中事实上还是把握历史发展、推动历史发展、决定历史发展的人。人民，在我们看来，就是创造历史的人，也是改变自身的人。"① 国内学者也认为马克思主义理论视野中的"人民性"范畴，有两个方面的基本内涵：一是它的广大性，二是它的革命性。前者是在范围上显示人民的广泛性，后者则是在内质上凸显人民的先进性。② 然而据说有论者提出，应当从"公民性"的意义来理解和重建文艺的"人民性"，认为公民是现代人的普遍身份，现代语境中的人民落到实处时就是公民，真正的人民性既以公民性为始基，又以公民性为旨归，只有学会以公民性为本位和尺度，才能找到建构文学的人民性的方向，创造出真正的人民文学。而这种"公民性"的内涵，其实也就是

---

① 转引自［美］赫伯特·马尔库塞《审美之维》，广西师范大学出版社2001年版，第213页。
② 参见严昭柱《关于文艺人民性的思考》，《文艺理论与批评》2005年第6期。

作为个人而存在的"个体性"。笔者认为,在当今时代条件下,重视文艺的大众化、平民化发展趋向是必要的,但不能因此而放弃应有的价值理念,用"公民性"取代"人民性",无异于消解了其中的先进性价值内涵。我们主张坚守真正的文艺"人民性"价值立场,就是既要肯定其广大性,即充分尊重和满足最广大人民群众多样化的文艺审美需求,同时又要倡导其先进性,坚持用来自人民的先进思想与时代精神,引领人民的精神生活。如果说在当今文艺大众化和价值多元化的时代,还应当有核心或主导性的价值观,那么就应当坚守这种"人民性"价值观。① 如果放弃和丧失了这种价值理念,那么当代文学批评就更容易走向迷乱。

(三)关于"历史观点"的理解

众所周知,恩格斯曾提出文艺批评的"美学观点"与"历史观点",这里的"历史观点",显然是针对文艺作品所反映的社会历史生活,以及所表现的社会历史观而言的。那么恩格斯所说的"历史观点"究竟是什么含义,其中体现了什么样的社会历史价值观?仍值得认真研究探讨,这对于我们建构当代文学批评的价值观念体系,仍具有重要的启示意义。

按笔者的理解,马克思主义文艺批评中的"历史观点",绝不同于一般所谓"历史主义",而是具有唯物史观的特定含义,或者更准确地说,是唯物史观在文艺批评中的具体化。在通常情况下,我们认识历史、分析问题时,只要将现象和问题放到特定的历史范围之内,具有某种历史意识、历史眼光、历史视野,等等,就可以说具有了一定的"历史主义"态度。而马克思主义文艺批评中的"历史观点",除了上述基本含义之外,还要求洞察人物事件所关联着的那些历史条件和现实关系,把握人物事件所处的历史潮流,从历史的必然要求与其实现的可能性之间的关系中,才有可能对人物事件作出正确而深刻的分析评价。这种"历史观点",正体现了马克思主义文艺批评对文艺现象深刻观照的特殊要求。

具体就其中所包含的价值内涵而言,我们认为又主要有两个方面:一是强调"历史理性"精神,就是文艺作品反映社会历史生活及描写人物事件,并不只是按照事实本身来描写,而是要求包含对历史发展潮流和发展规律的正确理解与把握;二是在这种社会历史生活的反映描写中,应当体现历史进步的价值观。这也就是前面引述毛泽东所强调的意思,除了追问这种反映描写对待人民的态度如何,还要追

---

① 参见赖大仁《文艺"人民性"价值观》,《人民日报》2007年4月19日第9版。

问一下它在历史上有没有进步意义？究竟是什么样的历史进步意义？这已不是一般意义上的历史观，而更多体现为一种价值观。如果说文学创作需要有这样的自觉意识，那么文学批评就更需要有这样的历史眼光加以审视与评判。例如马克思、恩格斯对拉萨尔的历史悲剧《济金根》的批评，并不是指责它描写了济金根这个历史人物，以及他领导骑士暴动失败这个历史事件，不是责备作者没有正面描写农民革命，而是批评作者没有把济金根及其骑士暴动放到当时的历史潮流中去认识理解，没有写出济金根及其骑士暴动失败的真正历史根源，而是对此作了违反历史理性的主观唯心的理解和描写。其结果，一方面是没有正确反映历史发展潮流和发展规律，另一方面并不能引导人们正确地认识和理解历史，无益于人们汲取经验教训推动历史进步。再如恩格斯驳斥格律恩等人对歌德的评价，也是因为格律恩等人只是从所谓抽象的"人的观点"评论歌德，结果只能是导致对歌德的歪曲评价。而恩格斯主张用"历史观点"评价歌德，则是要把歌德还原到他所处的社会历史条件与现实关系中去，这样才能真正认识歌德及其创作的积极和消极方面，从而起到促进社会变革进步和人性解放的历史作用。还有后来列宁评论托尔斯泰，同样是把托尔斯泰及其创作中体现的思想学说的矛盾，放到俄国农奴制改革的时代背景和历史潮流中去认识评价，既揭示产生托尔斯泰及其思想学说的历史条件，又辩证地阐明了他的艺术成就及其意义，以及"托尔斯泰主义"可能带来的危害。这种历史评价的着眼点，仍然在于揭示历史发展潮流和发展规律，以及推动社会变革发展的意义。

从这种"历史观点"来看，我们的当代文学创作显然存在很多问题，比如一些"新写实主义"、"新历史主义"的文学观念及其创作实践，只强调还原性、原生态地真实"呈现"社会历史生活，而无意于表达对生活的认识评价，实际上放弃和消解了"历史理性"。而我们的文学批评，也同样在不断弱化"历史观点"，实际上也是在放弃和消解"历史理性"。其结果，只会带来文学创作和文学批评中社会历史观的更大混乱，这个问题的确值得引起足够的重视。

二、 当代文学批评的社会历史观评析

描写社会历史生活的文学作品，一方面是一定社会历史生活的反映再现，另一方面又无不表现出作者对这种生活的认识评价，即无不表现出一定的社会历史观。因此，从文学与社会生活关系的维度来认识评论文学，包括对文学作品中所表现的

社会历史观及其价值取向加以认识评析，应当说也是文学批评的一个重要方面，为历来的文学批评或文学研究所重视。在传统的文学批评中，社会历史批评也历来是具有重要地位的文学批评形态，在我国相当长的一个历史时期内，甚至还是占主导地位的批评形态。不过随着当代文学批评的变革转型，在一些人看来，社会历史批评似乎已经过时，已经失去了它的意义，其实这种看法是偏激片面的。正如王元骧先生所说"只要我们承认文学是一种社会现象，是一定社会历史条件下的产物，那么，要全面而正确地认识文学作品，社会学的研究总是必不可少的，甚至在某种意义上说它是文学研究中最基础的工作。只有建立在这一基础研究的工作之上，其他文学研究的视角和方法，如文化学的研究、美学的研究、心理学的研究乃至符号学的研究，才能真正发挥它们自己的特长和优势，而不至于脱离基础研究而走向片面和极端"[1]。这种认识显然是更为客观公允的。

当然，我们也应当看到，传统的社会历史批评从文学观念到批评方法可能都存在一定的局限性，比如往往将文学中的"社会历史"因素简单化，如简化为单一的经济因素、政治因素或阶级斗争因素，等等，把文学当作某种经济学或政治学的教科书，文学研究成为变相的社会学研究，文学批评也成为简单的"政治批评"。如果说在过去的某些历史阶段上，传统的社会历史批评方法具有其历史合理性，那么在新的历史条件下，有些东西则会失去它的现实合理性。恩格斯在《路德维希·费尔巴哈和德国古典哲学的终结》中曾指出："……在发展的进程中，以前的一切现实的东西都会成为不现实的，都会失去自己的必然性、自己存在的权利、自己的合理性；一种新的、富有生命力的现实的东西就会起来代替正在衰亡的现实的东西……"[2]从我国新时期以来文学批评的变革发展来看，作为传统的社会历史批评也在一定程度上发生了现代转型，即逐渐打破原来政治化批评模式的桎梏，将其他文学批评如人学批评、文化批评等因素融合进来，尤其是受到新历史主义、后现代主义等新潮观念的影响，不断走向开放性发展。由此带来的变化是，一方面，社会历史批评的视野及其意义阐释空间更宽阔了；而另一方面，作为此类文学批评形态之根本的社会历史观念本身，则又往往变得模糊混杂起来。

从一个时期以来描写社会历史生活的创作实践及其文学评论来看，尤其是那些写历史题材的作品（包括改编）及其评论阐释，所表现和张扬的社会历史观存在一

---

[1] 王元骧：《探寻综合创造之路》，陕西师范大学出版社2006年版，第73—74页。
[2] 《马克思恩格斯选集》第4卷，人民出版社1995年版，第212页。

些比较突出的问题，值得加以观照与评析。

一是注重文学的想象虚构性而颠覆历史的真实性。传统的社会历史批评，把文学看成是社会历史生活的真实反映，首先注重的是文学反映生活的真实性，这是一切文学价值的基础，如果文学缺乏真实性，那就谈不上别的意义价值。后来新历史主义的文学观不承认历史发展的必然性，更为注重历史事件的偶然性和随机性，便在很大程度上动摇了传统文学的真实观，文学对社会历史生活的描写因此变得扑朔迷离，文学批评也难以对这种文学描写的真实性及其意义进行确切的把握和评价。及至后现代主义的社会历史观流行开来，历史真实性的观念则更进一步被彻底颠覆，正如麦克黑尔在论及西方后现代主义小说的特点时所说："后现代主义者虚构了历史，但通过这样做，他们意在表明，历史本身就可以成为一种虚构的形式。"[①] 在某些后现代主义者看来，历史本身并无所谓真实性可言，通常人们所看到的所谓历史，都不过是文本的历史，而文本又不过是某些人按照自己的认识和意图书写的，因此这种历史的文本自身就是不可靠、不真实的。特别是作为文学中的历史书写，就更是一种虚构的文本形式，更不必拘泥于历史真实。既然如此，作为文学批评也就不必以历史真实作为评判此类文学的价值尺度。在这种后现代文学观念的影响下，于是我们可以看到，在当代文学创作中，有一些历史题材的写作，如某些新历史小说，已不像传统的历史写作那样，致力于在考证历史事实和搜集生活素材方面下功夫，而只不过是把某种社会历史背景或某些历史大事件的框架移用到作品中来，在这种历史背景和事件框架之中，在想象或幻想中虚构自己的历史故事，表达自己对某种社会历史生活的理解。在此类写作中，作者也许并不在乎所描写的生活事件与人物有多大程度的真实性，而更注重的是借此表达的思想观念，因而就更多成为一种观念化或理念化的写作。而对于此类作品的评论，也往往把阐释评价的注意力主要集中在作品表达的观念或理念上，而对于作品的历史真实性则似乎可以忽略不计。也许可以说，作为当代社会历史写作及其文学批评，比以往更为注重对社会历史生活意义的开掘，强化对社会历史的认识理解即历史理性的表达，这无疑是具有积极意义的。但问题在于，反映社会历史生活的真实性毕竟是此类写作的基本要求和重要特性，并非可以忽略不计置之不顾。应当说历史真实性是表现历史理性的基础和前提，如果失去了历史真实性这个条件，皮之不存，毛将焉附？历史理性又将何以充

---

① ［英］布里安·麦克黑尔：《后现代主义小说》，转引自王岳川主编《中国后现代话语》，中山大学出版社2004年版，第255页。

分表现？如果过于强调社会历史书写的想象虚构性，过于消解此类写作的历史真实性，就难免走上歧路。从一个时期以来的社会历史写作及其文学批评来看，在这方面的确存在一些值得引起重视的问题。

二是张扬历史事件的偶然性而颠覆历史的规律性。这可能主要来自西方"新历史主义"思想观念的影响。新历史主义为了颠覆以往机械僵化的"历史决定论"和"历史必然论"观念，反其道而行之，以另一种极端的方式，提出"历史偶然论"，认为历史并没有必然规律可言，历史发展是由各种不可预测的偶然因素促成的，历史过程也完全是由一系列偶然事件构成的，有时候某个关键性历史人物的一个偶然性的动机与行为，就有可能改变历史的面貌与发展进程。这种观念往往特别为文学家们所乐于接受，其原因也许在于它与文学本身的某些特性恰相吻合。因为文学作品描写社会历史生活，恰恰在于写个别性和特殊性的事件，以及写出人物的独特个性，因此某些偶然性的生活事件以及人物的个性冲突，就往往成为编织作品情节的最好元素。记得巴尔扎克曾经说过"偶然是最伟大的小说家"①，大概说的就是这个意思。也许正因为如此，国外一些新历史主义写作特别热衷于张扬偶然以颠覆历史。受这种思潮的影响，我国近一时期也有一些作家和评论家，以这种新历史主义观念为时尚，不断标举所谓"新历史"写作或"边缘化"写作策略。在一些被称之为"新历史小说"的作品以及同类型的影视作品中，热衷于写情节的偶然性和事件的突发性，以及人物的个人动机与偶然性行为所造成的矛盾冲突及历史转折，给人带来的阅读观感，除了历史的扑朔迷离和命运的变幻无常，并不能给人以深刻的历史认识与启示。这种以偶然性颠覆历史规律性的写作，所表现的是一种非理性的社会历史观，这与唯物史观是恰相背离的。唯物史观并非不承认某些历史事件的偶然性，而是认为历史的偶然性与必然性是辩证地统一于历史过程之中，一个历史过程虽然包含着若干偶然性事件，但在其背后，仍然有某种必然性和规律性的因素在发生作用。文艺作品当然可以选取某些偶然性的生活事件作为创作题材，但仍然有充分的理由要求它写出偶然性当中所包含的某些必然性的东西，以及个人的偶然性行为动机中所包含的历史动机。恩格斯在批评拉萨尔的历史悲剧《济金根》时，并不是批评他写了济金根领导骑士暴动并最终失败这样一个具有相当偶然性的历史事件，而是批评他没有写出这个事件背后深刻的"历史根据"，没有写出济金根个人动机背后深厚的历史根源和历史潮流。如果无视社会历史事件背后的历史根据，无视这种

---

① ［法］巴尔扎克：《〈人间喜剧〉前言》，转引自伍蠡甫主编《西方文论选》下卷，上海译文出版社1979年版，第168页。

历史潮流的作用，而是仅仅着眼于描写这个偶然性事件本身，为写偶然而写偶然，除了让人感到扑朔迷离和命运无常之外，并不能给人提供更多一点历史认识与启示，那么它的意义价值何在？英国马克思主义批评家特里·伊格尔顿在批判后现代主义对历史必然性的消解倾向时说："几乎没有任何人相信历史是朝着某种既定目标平滑地展开的。但是每一个人都相信历史的目的和意图，相信被它们的特殊目标所定义和指导的构想。"历史具有其真实性，"至少，这是一种最低程度上的意义，即历史是一种必然性的而不是一种'随便什么都行'的事情"①。应当说，历史发展过程中无疑存在各种偶然事件，但任何偶然都是历史必然性进程当中出现的偶然，都是可以通过历史理性来加以认识和解释的偶然。真正的文学写作理应建立在历史理性的基础上，无论是写历史的必然还是偶然，都能为人们理性地认识和理解历史提供某种启示和借鉴。倘若文学写作仅仅只是热衷于写偶然性事件，甚至不只是为写偶然事件本身，而是为颠覆历史，张扬非理性的社会历史观，从而导向历史相对主义和历史虚无主义，那就更将贻害无穷，不能不引起充分关注。

三是将历史戏剧化而遮蔽其中的是非善恶。文学艺术创作不同于历史记录，而是一种艺术创造，无疑需要进行艺术加工，将普通的社会历史生活编成引人入胜的文学故事，乃至追求戏剧化的艺术效果，这都是无可厚非的。不过问题在于，即使是在文艺创作中，社会历史也并非可以无原则地随意阐释，尤其是社会历史斗争中所包含的是非善恶美丑，也并不是可以随便抹去的。然而从近一时期某些文艺创作及其评论来看，却是过于将社会历史生活戏剧化，一味追逐所编写的故事热闹好看，而并不顾及这些故事所关涉的是非善恶。比如，在一些新历史主义者看来，阶级斗争观念早已过时，用这种观念来认识判断历史是非也已经不合时宜，他们所感兴趣的只是所谓"历史还原"，即还原历史争斗的事实本身，至于这种争斗的原因与是非，则似乎可以忽略不计。在这种观念的影响支配下，一些文艺作品不管缘由是非，不分青红皂白，大写各种各样的人间斗争，诸如君王霸权之争、宫廷王权之争、朝野势力之争、军阀派系之争、党派利益之争；还有各种各样的明争暗斗，为统治地盘而斗，为权力而斗，为财富而斗，为情色而斗，为帮派私利而斗，为满足种种个人私欲而斗，等等。有的甚至把我国近现代的改良与革命的斗争，以及民主革命过程中的各种政治与军事斗争，也都归入这种历史争斗的模式之中加以描写。而在各种大肆铺张的描写与渲染中，人们看到的是形形色色密室里的阴谋算计，战场上的血腥搏杀、明枪暗箭的无情中伤、处心积虑的残酷陷害、人面鬼胎的权术角逐。这

---

① ［英］特里·伊格尔顿：《后现代主义的幻象》，商务印书馆2000年版，第120页。

样的描写看上去是所谓"历史还原",即还原为争斗的事实本身,好像并没有对此作出什么历史解释,然而其中实际上仍然包含着某种认识判断,这就是把一切争斗的根源都归结为人的欲望与野心。既然凡人都有欲望与野心,并且也都是在这种欲望与野心的驱使下加入争斗行列的,那么彼此就都只是为各自的利益而争斗,无所谓君子与小人、英雄与流氓,充其量不过是胜者王侯败者寇而已。倘若如此,无疑将陷入历史虚无主义。再如,在有些人看来,历史无非是个各色人等表演的大舞台,每个历史人物登台表演都各有动机,而这一切又都可以说根源于人的本性。历史活剧中的表演虽有成败荣辱之别,然而在人性展示的意义上则可同等视之,并无善恶高下之分。这种观念在那些写封建王朝宫廷斗争、朝野纷争的作品与评论中比较常见,反正都是封建统治阶级中的人物,无所谓好人与坏人;他们的恩怨争斗,无所谓是非对错;他们的种种言行表演,都根源于人之本性,无所谓善恶高下。还有的写现代共和革命题材的作品,创作者力图在"人性"的深度上加以开掘,为某些历史人物的行为动机挖掘"人性"的根源和依据,似乎任何历史人物,不管其在历史上的作用如何,他的行为都自有"人性"上的根据与合理性;而且从"人性"的方面看,无论革命者和改良主义者,还是封建统治者与军阀,在人性上都各有弱点和可称道之处。于是一场历史斗争也就转化成了历史人物的"人性"表演或展示,历史的是非善恶也就在"人性论"的观念中消解了。也许正是由于这种"人性论"观念的影响,一些为历史人物翻案的文学创作也就层出不穷,而文学创作上的这类翻案文章,往往不是重在历史事实方面,而恰恰是着眼于"人性"方面。即便是某些历史上有定论的大奸大恶的历史人物,好像也可以撇开其历史评价而在"人性"的意义上加以开掘,似乎历史烟云早已消散,是非善恶也已模糊可以不必计较,唯有"人性"是可以超越历史时空而彰显意义的。这种以"人性"展示来遮蔽和消解历史是非善恶的价值导向,无疑将使社会历史题材的文学创作陷入深重的误区。在笔者看来,虽然历史上的各种纷争错综复杂,但并非没有基本的是非可辨,这里起码还有一个"人民性"的标准,即人民的普遍愿望或人心的向背、国家民族的根本利益、历史发展的必然要求,等等。站在这个立场上,就不能说历史是笔糊涂账,也不难判断各种历史争斗的是非。问题只在于,我们的文学创作与理论批评是否把这种人民性的价值立场根本抛弃了。

四是将历史游戏化而消解历史理性。众所周知,一个时期以来,在历史题材创作领域,除了"正说"历史(比较严肃的历史正剧的创作)、"另说"历史(对历史人物与事件的"另类"解读和演义)之外,十分流行的就是"戏说"历史,也就是借历史来游戏娱乐搞笑。此类创作之所以风行,也许有两个方面的原因:一是不必花工夫去研究历史和考辨史实真伪，也不必表现严肃的主题和追求多高的艺术境界，无非是拿历史来开玩笑游戏一番搞笑取乐而已，创作可以比较轻松随意，又不必承担历史责任，自标"戏说"，等于是告诉读者观众：此为"野史"而非"正史"，因此别把我当真，也别跟我较真，游戏而已。二是具有广阔的消费市场。说不清是游戏化的创作培育了读者观众的观赏趣味，还是读者观众的游戏化观赏趣味刺激了此类"戏说"创作，总而言之，在当今文化艺术普遍游戏化、消费化的语境中，那些认真严肃的艺术创作，显然没有这些戏说搞笑的东西更有市场。在这种市场导向下，"戏说"成风也就不足为奇了。本来在一个审美趣味多元化的时代，某些题材（如无案可稽的野史之类）拿来戏说搞笑一番似无不可，但问题是在"戏说"成风之后，不仅民间野史被"戏说"，而且一些重大历史事件与人物也被拿来"戏说"，更值得注意的是，在这种"戏说"历史中所有意或无意传达出来的历史观念：在一些人看来，似乎历史既非悲剧，也非喜剧，而只是一场闹剧，是一场没有导演、没有规则，也没有意义的游戏。所以在那些"戏说"类作品中，真实的历史背景被抹去了，严酷的现实苦难被淡化了，各种矛盾斗争也都游戏化了，各色人等打打闹闹、哭哭笑笑，皆是在玩各种误会巧合的游戏，到处皇天乐土、其乐融融；游戏中的君主臣民个个都天真有趣、风流多情、可亲可爱，使人误以为古代封建社会原来是如此温情的人间乐土！这真可谓"古今多少事，都付笑谈中"。这种"闹剧"般的"戏说"方式无疑是对历史的嘲弄，并且在这种调侃游戏中将导致对历史意义的根本消解，如此"戏说"下去，一切有价值的东西都将在"逗你玩"的游戏中悄然丧失。"戏说"类的历史剧或其他文学作品，也正是在这种"逗你玩"的文学游戏中，把应有的历史感和历史理性玩丢失了，剩下的就只有娱乐搞笑本身。这必将走向彻底的历史虚无主义，造成对读者观众，尤其是对历史知之不多不深的青年读者、观众的严重误导，其反历史主义的负面作用不可低估。而当今文艺理论批评界，却似乎对这种历史游戏化的现象见怪不怪、听之任之，有的甚或在历史普及化的名义下为之推波助澜，这显然是一种有害无益的误导。

此外，在当代社会历史写作及其文学批评中，还不同程度地存在着宣扬英雄史观、帝王史观的现象。比如一些作品专写历史上某些颇有作为的帝王故事，写他们如何修身齐家治国平天下，由此歌颂他们超人的智慧谋略和文治武功，以及追求建功立业、励精图治的人格精神。然而在不知不觉中，封建王朝被粉饰了，封建帝王被美化了，封建皇权意识也在无形中被歌颂和强化了，与此同时，则是封建专制统治的残酷社会现实被掩盖了。也有一些历史题材的作品，虽然也写到封建时代民不聊生的社会现实，写到某个朝代的天灾人祸及百姓的苦难，但主导方面却是在颂扬封建王朝的君臣们如何忧国忧民、心忧天下、情系百姓、爱民如子，与民同甘共苦，乃至舍身为民请命，解民倒悬，其境其情，无不令人感动，因之，这些君臣的形象都显得十分高大。有人评论说，这些作品揭露贪污腐败，歌颂清官明君，符合老百姓的愿望和为群众所欢迎，因此效果是好的。我们认为对此需要作辩证分析。应当说就封建社会的范围而言，显然明君清官比昏君贪官好，老百姓能得到更多一些好处，在无法改变封建专制统治、还不可能实现人民民主的社会条件下，老百姓也只能把愿望寄托在一些清官明君身上，这并不难理解。古代的许多文学作品正是表达了百姓的这种愿望，因而为人民群众所欢迎，具有一定的历史进步意义。马克思主义唯物史观认为，历史的发展进步，是各种合力作用的结果，其中最根本的动力是人民群众的社会实践，包括生产劳动实践和反抗乃至推翻不合理社会制度的斗争。至于某些有作为的封建帝王，在某些特定的历史阶段，能顺应民意和历史发展潮流，励精图治，以求国泰民安，虽然从动机和出发点来说是为了巩固自己的专制统治基业，但与那些暴君昏君的误国害民相比，显然能给百姓带来一些好处，因而具有一定的历史进步性。文学作品以此为题材，并在艺术上作某种肯定性的描写再现，本无不可，不过有一个宏观把握和度的把握的问题。然而一些作品过于夸大某些封建帝王的历史作用，极力渲染歌颂他们如何以盖世无双的文韬武略治国平天下，开太平盛世，给天下百姓带来福祉，并让百姓们由衷地感恩戴德、山呼万岁；有的作品甚至充满激情地歌颂"煌煌天朝气象万千"，还有的作品干脆代封建帝王抒情"我还想再活五百年"，等等，则无疑是英雄史观、帝王史观的借尸还魂，表现出一种历史倒退的价值立场。

　　上述种种，归根结底是社会历史题材的文学创作与理论批评是否需要坚守唯物史观和历史理性的问题。应当说历史既有喜剧，也有悲剧，更有正剧，无论何种历史形态，都需要真实地加以呈现，并且以历史理性加以烛照和表现，给人以历史启示。倘若我们的社会历史观本身出了问题，扭曲或消解了历史真实与历史理性，那么文学中的历史就将变成不可理喻的闹剧，由此也就必将走向彻底的历史虚无主义，造成对读者观众、尤其是对历史知之不多不深的青年的严重误导，其反历史主义的负面作用不可低估。有鉴于此，当今坚守唯物史观立场，倡导重建历史真实性和历史理性应当说是极有必要的。

原载《山东社会科学》2013年第1期

20 世纪文艺与政治的关系

旷新年

文艺与政治的关系问题是 20 世纪文学发展史上一再引起尖锐争论的中心问题。从根本上来说，文艺的发展是由经济基础决定的，但其更直接的作用则是政治、哲学、宗教、道德等社会意识形态的相互影响。文学史上，各种文学思潮的相互更迭，首先是经济发展的结果，但是，经济的影响往往是通过意识形态领域的相互影响来实现的。高尔基说："文学是社会诸阶级和集团底意识形态——情感、意见、企图和希望——之形象化的表现。"[①] 五四新文学运动开创了一个新的文学世纪，中国文学史上，从来没有过像 20 世纪文学那样，和当时的社会、政治有着不可分割的关系，并且有力地影响了社会历史的进程。

一、 政治化的文学传统

把文学作为政教的工具在中国传统的文学观念中长期居于主流的地位。文学与政治的密切关联是中国文学的一种传统。毛泽东作为一个马克思主义者，他的发言的立场、观点以及目标要求同梁启超截然不同，但是认为文学是经世的工具这一思想，则不论是梁启超、鲁迅，还是毛泽东却都是相同的。追根溯源，不管是白居易还是杜甫的潜在的自觉，再上溯到六朝时代，无论是《诗品》的评价标准，还是始于《文心雕龙·原道》的文学自觉和认识，都有相通之处。日本学者铃木修次将《文选》和《玉台新咏》相对照。《文选》遵循中国文学的传统精神，收集的是

[①] 高尔基：《俄国文学史》，新文艺出版社 1956 年版，第 1 页。

"雅正"之作，另一方面，《玉台新咏》迎合当时流行的风尚，辑录描写男女间情爱的诗，编成艳诗集，成为游乐文学的代表。由这两种不同的文学观产生的作品集，后来产生了完全不同的评价。《文选》备受推崇，后世将它作为中国文学的经典著作，许多学者不断为之作注，其研究积累成为了"文选学"，表示了极大的敬意。与此相反，《玉台新咏》则不大受重视，为之作注者极少。他指出，从《玉台新咏》可以看出，中国也有游乐文学的历史，但是中国尤其是古代对游乐文学的评价非常之低。他指出，萧统并不忽视文学的表现技巧，但是，萧统考虑的却是，比起"如何写"来，更应该认真考虑"写什么"的问题。① 中国文学中的"风雅"的概念和审美传统与政治有着密切的关系。《毛诗序》里是这样解释"风"、"雅"的："是以一国之事，系一人之体，谓之风；言天下之事，形四方之风，谓之雅。雅者，正也，言王政之所由兴废也。政有大小，故有小雅焉，有大雅焉。"铃木修次解释说："换言之，把政治问题放在个人生活的范畴里来加以领会的是'风'。把人类社会问题同政治联系起来加以理解的是'雅'。《毛诗序》中说明的'风雅'见解，在以后中国文学思想中一直继承下来。中国人认为真正的文学不能与政治无缘，不回避政治问题并且以它为对象的那才是'风雅'的文学，更好的文学，在'风雅'的作品中才有中国的正统文学精神。例如《诗经》之后的古典作品优秀选集《文选》，就是以复兴当时已衰微的'风雅'意识为目标的选集。"② 他还说："中国以一流文学自居的人，一直注重在与政治联系之中来考虑文学的存在意义，总爱在某些方面把文学与政治联系起来。与此相反，日本文学似乎一开始就是脱离政治的。"③ 他认为，中日文学的这种根本差别是由于两国不同的文学传统，而其关键是在文学与政治的关系上。他说："在中国，从传统上来说，理想的文学态度和文学观，具有一种强烈的倾向，那就是即使是政治问题也不回避，而要积极地干预。"而相反，在日本，"如果把政治纠缠于文学之中，那就会流于庸俗"。④

中国文学不仅自古以来就与政治有着密切的关系，而且甚至把文学视为现实政治状况的体现和反映，这是中国文学明显地区别于其他民族的地方。被称为经典的中国最早的诗歌总集《诗经》，其中的许多作品体现了鲜明的政治目的性。《诗经》

---

① 铃木修次：《中国文学与日本文学》，海峡文艺出版社1989年版，第185—195页。
② 同①，第14页。
③ 同①，第30页。
④ 同①，第11页。

中有"家父作诵,以究王讻"(《小雅·节南山》)和"维是褊心,是以为刺"(《魏风·葛屦》)的说法。中国古代有采诗观风的传说,通过诗歌和文学观察政治的得失。班固的《汉书·艺文志》提出"古有采诗之官,王者所以观风俗,知得失,自考正也"的说法。《国语·周语》有这样的记载:"为川者决之使导,为民者宣之使言。故天子听政,使公卿至于列士献诗,瞽献曲,史献书,师箴,瞍赋,矇诵,百工谏,庶人传语,近臣尽规,亲戚补察,瞽史教诲,耆艾修之,而后王斟酌焉,是以事行而不悖。"孔子提出"兴、观、群、怨",强调诗歌的社会作用。《毛诗序》将文学与政治的好坏联系起来,将文艺看作是政治的反映:"治世之音安以乐,其政和;乱世之音怨以怒,其政乖;亡国之音哀以思,其民困。故正得失,动天地,感鬼神,莫近于诗。先王以是经夫妇,成孝敬,厚人伦,美教化,移风俗。"形成了"上以风化下,下以风刺上"的传统。《左传·襄公十四年》强调诗对政治得失进行"箴谏",《国语·晋语》要求矫正政治措施,"有邪而正之"。汉赋提出"劝一讽百"。白居易在《与元九书》中肯定了文学与社会、政治的密切关系,提出"文章合为时而著,歌诗合为事而作"。宋代的理学家则提出了"文以载道"的观点。清代程廷祚在《诗论》中说:"汉儒言诗,不过美刺两端。"又说"诗人自不讳刺,而诗之本教,盖在于是矣"。唐初一大批史学家如魏征、李百药、令狐德棻等人对六朝文学重辞藻轻功用的风尚进行批判,许多人将南朝政治上的覆灭和南朝的文风联系起来。魏征认为,南朝文学"意浅言繁","词尚轻险",是"亡国之音"。魏征的这一观点为后来的许多史书广泛采用,在批评南朝轻视文学的社会功能的同时,要求文学发挥"经邦纬国"的作用。

梁启超是中国现代文学观念最重要的奠基者之一。他创办《新小说》杂志,提倡政治小说,尤其是1902年发表的《论小说与群治之关系》奠定了中国现代文学理论的基础。经过他的倡导以及政治小说的实践,小说的地位得到了提升,同时,小说的性质也发生了深刻的变化。梁启超的文学思想在中国现代产生了深远的影响,从他的《论小说与群治之关系》到毛泽东的《在延安文艺座谈会上的讲话》,构成了现代文学观念发展的一条清晰脉络。他在《译印政治小说序》中说:"在昔欧洲各国变革之始,其魁儒硕学,仁人志士,往往以其身之所经历,及胸中所怀,政治之议论,一寄之于小说。于是彼中辍学之子,黉塾之暇,手之口之,下而兵丁、而市侩、而农氓、而工匠、而车夫马卒、而妇女、而童孺,靡不手之口之。往往每一书出,而全国之议论为之一变。彼美英德法奥意日本各国政界之日进,则政治小说,为功最高焉。"① 中国现代这种在某种意义上把文学神话化的做法是从梁启超开始的。

一般人都认为，梁启超的小说理论是受明治时代流行的日本政治小说潮流的影响。铃木修次辨正说，"但我却认为，是日本明治初期兴盛一时的政治小说蕴含着的文学观，更接近于中国的传统性的思考，可以说这种现实主义的政治小说意识，正是从汉学氛围中产生出来的。"② 坪内逍遥1885年问世的《小说神髓》严厉地清算了政治小说这种文学思想，使日本的文学以及文学观发生了急剧的变化。梁启超没有接受日本当时新的文学观念而仍然为明治中期的政治小说所吸引，是因为这种文学观本身更接近于梁启超自己的文学观念。那种为梁启超援引的观点，比如服部抚松在《劝惩绣像奇谈》中说："泰西人善作小说，贵重之无异正史，其说曰，由人情世态能诱风化于开明、能导思想于政治者，莫如小说。由小说施诱导，则人易感深。此说诚是哉！"王晓平评论说："这种观念，从继承传统的角度来讲，与其说是日本式的，毋宁说是中国式的……与中国文学相比，日本固有文学传统则表现出一种超脱政治的倾向。或许可以说，正是头脑中那些'劝善惩恶'的中国古典小说和日本译本，使日本当时的小说家更容易把泰西小说想象成'以平易谈话，论破政治得失，弁晰风俗美恶'（藤田鸣鹤《经国美谈跋》）的东西。"他指出，日本政治小说的基本创作方法是运用明清中国小说常用的模式而注入西方自由、民主、反抗专制、扩张国权的思想。而当时政治小说的作者，多是一些士族出身、从小受到汉文学熏陶、汉文学修养较深的政治活动家。③

二、五四文学与政治

五四以后，中国文学深受俄国文学的影响。而俄国文学的重要特点则是其政论性。俄国作为一个专制国家，缺乏政治表达的空间，因此，文艺常常起到了一种公共政治表达的作用。车尔尼雪夫斯基说："美学观念上的不同，只是整个思想方法的哲学基础不同的结果，——这一部分也说明了斗争的残酷性——只为了一种纯粹的

---

① 梁启超：《译印政治小说序》，《饮冰室文集》（之三），中华书局1989年版，第34—35页。
② 铃木修次：《中国文学与日本文学》，海峡文艺出版社1989年版，第11页。
③ 王晓平：《近代中日文学交流史稿》，湖南文艺出版社1987年版，第162—180页。

美学见解的分歧，就不可能变得这样残酷，何况，在本质上，敌我双方与其说是关心纯美学的问题，毋宁说主要是关心社会发展的问题，在这方面，文学对他们就显得特别重要，他们把文学了解为一种影响我们社会生活发展的强大力量。美学问题在双方看来，主要不过是一个战场，而斗争的对象却是对智的生活的一般影响。"[1]有人甚至说："老实说：视为艺术独立的'批评'在俄国还没有；有的就是政论，社会学，宣传教义，却不是批评。"[2] 克鲁泡特金在论及俄国文学的特点的时候说："没有哪一国的文学曾像在俄国一般的占着重要位置。没有哪一国的文学曾经对于后起青年有那么直接而且深刻的影响像在俄国一样……这原因是明白的。俄国没有公开的政治生活，除了当农奴释放时的数年以外，一般俄国人民是从不被准许在国家制度的建设之中占活动地位的。结果就使全国最优秀的选择了诗歌，小说，讽刺，或文学批评，作为媒介，来发泄他们的感兴，他们的民族生活的概念，或他们的理想……要想懂得俄国的政治，经济，和社会理想，翻他们的蓝皮书或打听他们的新闻界领袖是不中用的，中用的方法只有一个，就是去研究他们的艺术。"[3]

而不论是晚清梁启超还是五四时期陈独秀等文学革新运动的倡导者，他们本身都不是纯粹职业的文学家，而是从政治领域跨入文学的领域，是从政治的目的出发来从事文学活动的。他们从政治的目的出发，高度重视文学的社会作用。梁启超将文学纳入资产阶级维新运动中。鲁迅和周作人从事文艺活动，最初受梁启超文艺思想的影响。1907年，周作人在《天义报》上发表的《读书杂拾》中批评国内竞趋物质、鄙薄文艺的倾向，而高度评价文艺的社会作用。"吾窃以为欲作民气，反若莫文章。盖文章者，务移人情，其与读者交以神明，相喻于感情最深之地，印象所留，至为深久，莫能泯灭。故一书之力，恒足以左右人间，使生种种因缘。"他说斯陀夫人的《汤姆叔叔的小屋》引发了南北战争和黑奴的解放，屠格涅夫的《猎人笔记》的出版则导致了俄国农奴的解放。[4] 20世纪，周作人为了对抗左翼文学运动及其文学观念，将文学截然划分为"载道"与"言志"对立的两种传统。然而，到了20世纪40，其文学思想又有了修正，甚至在某种程度上也认可顾炎武"文须有益于天下"的主张。他还指出："我们固不必褒扬新文学运动之发起人，唯其成绩在民国

---

[1] 《车尔尼雪夫斯基选集》（上卷），生活·读书·新知三联书店1958年版，第167页。
[2] 沙洛维甫著，济之译：《十九世纪俄国文学批评》，《小说月报》第12卷号外《俄国文学研究》。
[3] 沈泽民：《克鲁泡特金的俄国文学论》，《小说月报》第12卷号外《俄国文学研究》。
[4] 周作人：《读书杂拾》，陈子善、张铁荣编：《周作人集外文》，海南国际新闻出版中心1995年版，第22页。

政治上实较文学上为尤大，不可不加以承认。"① 鲁迅最初从事文学运动深受梁启超"新民说"及其启蒙主义文学思想的影响。鲁迅在《我怎么做起小说来》中说："在中国，小说不算文学，做小说的也决不能称为文学家，所以并没有人想在这一条道路上出世。我也并没有要将小说抬进'文苑'里的意思，不过想利用它的力量，来改良社会。""说到'为什么'做小说罢，我仍抱着十多年前的'启蒙主义'，以为必须是'为人生'，而且要改良这人生。我深恶先前的称小说为'闲书'，而且将'为艺术的艺术'，看作不过是'消闲'的别号。所以我的取材，多采自病态社会的不幸的人们中，意思是在揭出病苦，引起疗救的注意。"②

在戊戌变法和辛亥革命失败之后，出现了中国现代历史上两次思想启蒙的高潮。1915年10月停刊的《甲寅》月刊上，刊载了黄远庸与编者章士钊的通信。黄远庸说："愚以为居今论政，实不知从何处说起……至根本救济，远意当从提倡新文学入手。综之，当使吾国思潮，如何能与现代思潮接触，而促其猛省。而其要义，须与一般之人，生出交涉。法须以浅近文艺，普遍四周。史家以为文艺复兴，为中世改革之根本，足下当能语其消息盈虚之理也。"③ 胡适把它称为"文学革命的预言"。黄远庸把中国的变革最后归结到文学的力量上。中国现代的文学变革总是与社会政治的变革紧密地联系在一起的。

李大钊在创刊《晨钟报》时说："由来新文明之诞生，必有新文艺为之先声。"④ 陈独秀在起来响应胡适文学革命主张的《文学革命论》一文中说："今欲革新政治，势不得不革新盘踞于运用此政治者精神之文学。"在"五四"前夕，傅斯年说："物质的革命失败了，政治的革命失败了，现在有思想革命的萌芽了。""真正的中华民国必须建设在新思想的上面。新思想必须放在新文学的里面……所以未来的中华民国的长成，很靠着文学革命的培养。"⑤ 茅盾说："中国自有文学运动，遂发生了新思潮新文学两个词……新文学要拿新思潮做泉源，新思潮要借新文学做宣传。"⑥ 他说："自来一种新思想发生，一定先靠文学家做先锋队，借文学的描写手段和批评手

---

① 周作人：《汉文学的前途》，《药堂杂文》，新民印书馆1944年版，第29、33页。
② 鲁迅：《南腔北调集·我怎么做起小说来》，《鲁迅全集》第4卷，人民文学出版社1981年版，第511—512页。
③ 黄远庸：《释言》，《甲寅》第1卷第10号。
④ 李大钊：《"晨钟"之使命》，《文学运动史料选》第一册，上海教育出版社1979年版。
⑤ 傅斯年：《白话文学与心理改革》，《新潮》第1卷第5号。
⑥ 雁冰：《为新文学研究者进一解》，《改造》第3卷第1号。

段去'发聋振聩'……自来新思潮的宣传,没有不靠文学家做先锋呀!"①

然而,文学能够服务于社会政治,又是由于文学本身的特点,是因为艺术本身感动人的特殊力量。郑振铎在《文学与革命》中说:"要说单从理性的批评方面,攻击现制度,而欲以此说服众人,达到社会改造底目的,那是办不到的。必得从感情方面着手。好比俄国革命吧,假使没有托尔斯泰的这一批悲壮写实的文学,将今日社会制度,所造出的罪恶,用文学的手段,暴露于世,使人发生特种感情,那所谓'布尔什维克'恐也不能做出甚么事来。因此当今日一般青年沉闷时代,最需要的是产出几位革命的文学家激刺他们的感情,激刺大众的冷心,使其发狂,浮动,然后才有革命之可言……我相信,在今日的中国,能够担当改造的大任,能够使革命成功的,不是甚么社会运动家,而是革命的文学家。"② 郭沫若说:"艺术可以统一人们的感情……如意大利未统一前,全靠但丁(Dante)一部《神曲》的势力来收统一之效。法国革命以前福禄特尔、卢梭的著作影响很大。从前德意志帝国之成立,托来次克(Treitschke)说,歌德的力量不亚于俾士麦(Bismarck)。俄罗斯最近的大革命,我们都晓得是一些赤诚的文学家在前面做了先驱。"③

周扬说,"现实主义和文学的功利性常常连结在一起。为艺术而艺术的思想不曾在中国新文学史上占有过地位。新文学的创始者诸人,就都是文学上现实主义的主张者。他们反对雕琢虚伪的文学,反对把文学当作装饰品,而主张文学的实用性,主张文学应当于群众之大多数有所裨益,应当成为革新政治的一种工具。""文学和民族革命的实践的关系愈密切,文学在大众教育的事业和民族解放的事业上就愈有用,它的价值也就愈高,以前有人嘲笑我们,说我们主张文学为革命,为国防,是新载道派,我们应当回答他们说:文学上的现实主义,功利主义的主张,正是五四以来新文学的优秀传统。"④

三、 左翼文学与文学的政治化

新文学急遽的政治化是在 1925 年五卅运动和国民革命之际。樊仲云在《文学与

---

① 佩韦:《现在文学家的责任是什么?》,《东方杂志》第 17 卷第 1 号。
② 西谛:《文学与革命》,《文学旬刊》第 9 号。
③ 郭沫若:《文艺之社会的使命》,《文艺论集》,人民文学出版社 1979 年版,第 90 页。
④ 周扬:《抗战时期的文学》,《周扬文集》第 1 卷,人民文学出版社 1984 年版,第 236—237 页。

政治及舆论》中说:"因为我们已受了实际生活的压迫,没有顷刻的余裕,足以抒写情愫了。因此,我们此后的文学作品,要当以实际生活为其根基;于是文学与政治,乃渐生亲密的关系。""我们现在正当万方多难的时代,国内军阀的捣乱,资本帝国主义的侵凌,都无所不用其极,所以我希望文艺界的同志,切不可自安于麻木沉醉的状态,当努力于政治问题的解决,并且必要的时候,能出而为实际运动以指导民众。"① 丁丁在《文艺与社会改造》中引述法国贵约(或译居友)的话:"文艺常为新社会的创造者,旧社会的改造者。"他说:"文学是社会改造运动的一种工具,是挑发社会改造运动的,是引导社会改造运动的,是站在社会运动的火线上的。"②

1928年无产阶级革命文学运动的倡导者许多是从实际的革命工作中退下来的。大革命失败后,他们转入文学领域。革命文学的倡导者极力强调文学的社会作用,批判和清算了纯艺术的观点,揭示了文艺的意识形态性质和宣传的作用,直接将文艺与政治结合起来,宣称文艺是阶级斗争的工具。李初梨在《怎样地建设革命文学》中提出:"一切文学,都是宣传,普遍地,而且不可避免地是宣传;有时无意识地,然而时常故意地是宣传口号。"③ 沈起予在《艺术运动底根本概念》中说:"艺术运动底意义,一方面是直接制作鼓动及宣传底作品而与政治运动合流,他方面是推量着艺术进化的原则,来确立普罗列塔利亚艺术,以建设普罗列塔利亚文化。"④

中国左翼文学强调阶级性,重视文学的宣传作用,强调文学与政治的关系,他们的观点直接受到了苏联"拉普"文学思想的影响。1925年初,以"十月"为核心成立了"俄罗斯无产阶级作家协会"(拉普)。在第一次代表大会上,瓦进作了题为《观念形态战线和文学》的报告,在被大会作为决议的这个报告中,鲜明地提出了"文学是阶级斗争的强有力的武器"的口号,要求文艺从属于政治。1932年1月,在第一次拉普批评会议上,提出"文艺底任务是政治底任务的从属"。⑤

1932年,鲁迅翻译的发表于《文化月报》的日本上田进的《苏联文学理论及其文学批评的现状》一文中提到,"文学理论的列宁底党派性的确保,以及为着文学

---

① 樊仲云:《文学与政治及舆论》,《文学旬刊》第184期(8,1925)。
② 丁丁:《文艺与社会改造》,《泰东月刊》创刊号(9,1927)。
③ 李初梨:《怎样地建设革命文学》,《文化批判》第2号(2,1928)。
④ 沈起予:《艺术运动底根本概念》,《创造月刊》第2卷第3期(10,1928)。
⑤ 《鲁迅全集》,人民文学出版社1973年版,第17卷,第614页;第16卷,第538页。

理论的列宁底阶段的斗争",成为了"苏联文学理论的中心课题"。他说:"在这些列宁的著作里面——吉乐波丁特地提出了列宁来说——我们看见艺术问题和政治问题的完全的统一,而且艺术底任务是政治底任务的从属。列宁是明确地教给我们,应该从艺术作品在阶级斗争中所占地位的观点,用辩证法底功利主义的态度,来对作品的。"① 列宁的《党的组织与党的文学》一文在左翼文艺运动、文艺批评和党的文艺政策的建立中发生了重大的影响。1926年12月《中国青年》6卷19号上,刘一声最早翻译了列宁的《党的组织与党的文学》,译为《党的出版物与文学》。1930年2月《拓荒者》1卷2号上,冯雪峰以《论新兴文学》为题重新翻译,并且产生了广泛影响。列宁将文学作为党的整个事业的一个有机的组成部分,因此否定了自由主义的文学理论。"文学不可不为党底文学。""党底文学底原理,是怎样的东西呢?这是如此:对于社会的无产阶级,文学底工作不但不应该是个人或集团底利益底手段,并且文学底工作不应该是离无产阶级底一般的任务而独立的个人的工作……文学底工作非为组织的,计划的,统一的社会民主党底活动底一个构成部分不可。"② 瞿秋白在翻译列宁论托尔斯泰的两篇译文的附注中征引列宁的这一文献时,将它译为《党的组织与党的文学》。

鲁迅对于文艺与政治、文艺与宣传的看法是辩证的。他在《文艺与革命》中指出:"……一切文艺,是宣传,只要你一给人看。即使个人主义的作品,一写出,就有宣传的可能,除非你不作文,不开口。那么,用于革命,作为工具的一种,自然也可以的。"③ 鲁迅说:"……但我以为一切文艺固是宣传,而一切宣传却并非全是文艺,这正如一切花皆有色(我将白也算作色),而凡颜色未必都是花一样。革命之所以于口号,标语,布告,电报,教科书……之外,要用文艺者,就因为它是文艺。"④ 鲁迅强调艺术本身,反对夸大文学的社会作用:"……总喜欢说文学和革命是大有关系的,例如可以用这来宣传,鼓吹,煽动,促进革命和完成革命。不过我想,这样的文章是无力的,因为好的文艺作品,向来多是不受别人命令,不顾利害,自然而然地从心中流露的东西;如果先挂起一个题目,做起文章来,那又何异于八

---

① 上田进:《苏联文学理论及其文学批评的现状》,《鲁迅全集》第16卷,作家书屋1948年版,第525、538页。
② 成文英译:《论新兴文学》,《拓荒者》第1卷第2期(2,1930)。原译"集团的文学",《拓荒者》1卷3期《编辑室消息》将"集团"更正为"党"。
③ 鲁迅:《文艺与革命》,《鲁迅全集》第4卷,人民文学出版社1981年版,第67页。
④ 《鲁迅全集》第4卷,人民文学出版社1981年版,第68页。

股,在文学中并无价值,更说不到能否感动人了。"① 他在《文艺与政治的歧途》的著名演讲中,强调文艺家与政治的冲突,他认为19世纪兴起的现代的文艺和革命在本质上有相同的地方,就是都是不安于现状和反抗的,因此他们和现实政治总是对立的。② 茅盾批评普罗文学"有革命热情而忽略于文艺的本质",或把文艺视为宣传工具而缺乏文艺素养,因此有意无意地走上了"标语口号文学"的绝路,产生的"只是'卖膏药式'的十八句江湖口诀那样的标语口号式或广告式的无产文艺"。他强调文学必须首先是文学,必须遵循文学创作的原则。他强调艺术修养和创作技巧的重要性。③

1932年爆发的左联与自由主义文人之间的"文艺自由论辩",在某种意义上是1928年革命文学论争的延续。帮秋原通过对于钱杏邨的批评,伸张"文艺自由"的要求。周作人也在《中国新文学的源流》中将文学分为"载道派"与"言志派",树立自己的文学理论和主张,来和"左联"的理论主张分庭抗礼。

我们说"文艺自由论辩"是1928年革命文学论争的继续,这不仅因为胡秋原本人就是1928年革命文学论争的参与者,而且因为理论论争的核心仍然是承认不承认文学自主的要求。在革命文学论争中,胡秋原在《革命文学问题》一文中,对于革命文学理论的倡导提出了批评。胡秋原受普列汉诺夫的影响。他认为,普列汉诺夫科学美学的主要成分并不是马克思主义,而是接受了别林斯基和泰恩的理论。他认为,既然文学是社会生活的反映,因此反对以革命文学抹杀一切其他的文学。同时,他坚持文学的艺术性标准,反对以政治的标准取消艺术的标准。他说:"我们的新文学批评家有一个根本的思想,就是:'一切的艺术都是宣传'",然而,他认为,文学是社会生活的表现,从而对于革命文学的倡导者有关文学与政治宣传这一根本的理论提出了质疑。他说:"一种政治上的主张放在文艺里面,不独是必然,而且在某几个时期却是必要的……但是不可忘记的,就是不要因此破坏了艺术的创造。所以我们只能说,'艺术有时是宣传';而不可因此而破坏了艺术在美学上的价值。"④

1931年12月《文化评论》创刊号上的发刊词《真理之檄》和《阿狗文艺论》揭开了"文艺自由论辩"的序幕。胡秋原认为"艺术只有一个目的,那就是生活之

---

① 鲁迅:《而已集·革命时代的文学》,《鲁迅全集》第3卷,人民文学出版社1981年版。
② 鲁迅:《文艺与政治的歧途》,《鲁迅全集》第7卷,人民文学出版社1981年版。
③ 茅盾:《从牯岭到东京》,《小说月报》第19卷第10号(10,1928)。
④ 冰禅:《革命文学问题》,《北新》第2卷第12期(94,1928)。

表现、认识与批评"。他说:"文学与艺术,至死也是自由的,民主的。""将艺术堕落到一种政治的留声机,那是艺术的叛徒。艺术家虽然不是神圣,然而也决不是叭儿狗。以不三不四的理论,来强奸文学,是对于艺术尊严不可恕的冒渎。"① 他说:"我们固然不否认文艺与政治意识之结合,但是……那种政治主张不可主观地过剩,破坏了艺术之形式;因为艺术不是宣传,描写不是议论。"②

瞿秋白认为,胡秋原的艺术理论其实是变相的艺术至上论。瞿秋白指责胡秋原只承认文学是对于生活的认识和表现,对于文学的认识是消极的,没有注意到文学积极的社会功能,没有注意到文学反过来也可以影响和改变社会。他说:"在阶级的社会里,没有真正的实在的自由。当无产阶级公开的要求文艺的斗争工具的时候,谁要出来大叫'勿侵略文艺',谁就无意之中做了伪善的资产阶级的艺术至上派的'留声机'。"他指出:"新兴阶级固然运用文艺,来做煽动的一种工具,可是,并不是个个煽动家都是文学家——作者。文艺——广泛的说起来——都是煽动和宣传,有意的无意的都是宣传。文艺也永远是,到处是政治的'留声机'。问题是在于做那一个阶级的'留声机',并且做得巧妙不巧妙。"③

论争的焦点是文艺与政治的关系,实质上是承不承认艺术自律的原则,是承不承认艺术独立存在的价值。胡秋原说:"我们在社会之黑暗时代,不能以绝对艺术之名义,拒绝伟大的斗争,蔑视政治底文学。然而,政治价值并不是艺术全部的价值,而更不可以为艺术价值完全由政治价值决定或根本就只是政治价值,政治价值是艺术价值之全部。不可以为只有宣传才算文学,只准许革命文学存在。"④ 他批评"过于狭隘地粗笨地理解文艺之阶级性,更不能机械地理解文艺之党派性",认为"过于相信文艺之武器性"是"文学上之巫觋主义,主观主义之偏向"。⑤

有关文学与政治的论争中离不开文学的真实性的问题。苏汶强调文学的真实性,"文学的永久的任务是表暴社会的真相"。他说:"我当然不反对文学作品有政治目的,但我反对因政治目的而牺牲真实。更重要的是,这政治目的要出于作者自身的对生活的认识和体验,而不是出于指导大纲。"他认为,"以纯政治的立场来指导文学,是会损害了文学的对真实的把握的","如果这指导而带干涉的意味,那么往往

---

① 胡秋原:《阿狗文艺论》,《文化评论》创刊号(12,1931)。
② 胡秋原:《勿侵略文艺》,《文化评论》第4期(4,1932)。
③ 易嘉:《文艺的自由和文学家的不自由》,《现代》第1卷第6期(10,1932)。
④ 胡秋原:《唯物史观艺术论》,神州国光社1932年版,第407页。
⑤ 胡秋原:《唯物史观艺术论》,神州国光社1932年版,第14页。

会消灭文学的真实性,或甚至会使它陷于'奉天承运,皇帝诏曰'式的文学的覆辙"。因此,"我们要求真实的文学更甚于那种只在目前对某种政治目的有利的文学",因此"反对那种无条件的当政治的留声机的文学理论,反对干涉主义"。①

周扬在《文学的真实性》中批评苏汶把文学的真实性和阶级性分开。"文学的'真实'问题,决不单是作家的才能,手腕,力量,技术的问题,也不单是苏汶先生所说的'艺术家的良心''诚恳的态度'等等的问题,而根本上是与作家自身的阶级立场有着重大的关系的问题"。周扬认为,这并不是说,文学的真实性只有主观的阶级的性质,而没有客观的性质。周扬在《到底是谁不要真理,不要文艺?》中说:"我们承认客观真理的存在,但我们反对超党派的客观主义。无产阶级的阶级性,党派性不但不妨碍无产阶级对于客观真理的认识,而且可以加强它对于客观真理的认识的可能性。因为无产阶级是站在历史的发展的最前线,它的主观的利益和历史的发展的客观的行程是一致的。所以,我们对于现实愈取无产阶级的,党派的态度,则我们愈接近于客观的真理。""在政治斗争非常尖锐的阶段,每个无产阶级作家都应该是煽动家,他应该把文学当作 Agit – Prop 的武器。但做了煽动家并不见得就不是文学家了,而且越是好的文学越有 Agit – Prop 的效果。所以我们不但没有忽视'艺术的价值',而且要在斗争的实践中去提高'艺术的价值'。"②

胡秋原和苏汶的理论和对于左联的批评包含了一些正确的内容,然而,左联理论家一开始就把胡秋原作为理论上的敌人,因此,有关文艺自由的争论与其说是一场理论的论争,还不如说是一场政治的斗争。从维护左联的利益出发,因此,左翼理论家的目标主要在于政治上战胜敌人,并不认为是一场学术论战。然而"政治留声机"论者对文艺作了狭隘的理解,没有处理好文学与政治、文学与生活的关系,把文学反映生活狭隘地理解为只是反映阶级斗争。他们把文学和阶级性、党派性简单地等同起来,然而,文学和政治都是上层建筑、意识形态,文学和政治的关系并不是反映与被反映的关系,"政治留声机"对文艺的社会功能作了狭隘理解,贬低了文学的认识作用,用政治价值从根本上否定了艺术价值,实际上是艺术取消论。

1946 年,冯雪峰在谈到 20 世纪 30 年代文艺的机械论和教条主义的时候说:"是使文艺与政治之战斗的结合变成了机械的结合,使文艺服务政治的原则变成了被动的简单的服从,取消了文艺之对于人民的丰盛的现实生活的具体掘发和反映,也取

---

① 苏汶:《论文学上的干涉主义》,《现代》2 卷 1 号(11,1932)。
② 周起应:《到底是谁不要真理,不要文艺?》,《现代》1 卷 6 期(10,1932)。

消了文艺的反映和推动群众的意识斗争的更为根本的任务,取消了从具体生活和斗争的反映中文艺的教育、战斗和创造的机能。""到今天为止,对文艺与政治关系和文艺的阶级性质的机械的理解,以及文艺创作上的公式主义,还有很多残留着。"①

在抗战前和抗战时期发生的"反差不多"和"与抗战无关"的争论也都同样是有关文学与政治的问题。1937 年 7 月,茅盾在《新文学前途有危机么》针对沈从文"反差不多"论和《作家间需要一种新运动》一文说:"其实文艺上新运动的发生必基于政治,社会情势之客观的要求。"② 茅盾在《浪漫的与写实的》中说:"'五四'以来写实文学的真精神就在它有一定的政治思想为基础,有一定的政治目标为指针。其间虽因客观的社会政治形势之屡有变动而使写实文学的指针也屡易其方向,但作为基础的政治思想是始终如一的。"③

四、 毛泽东的《讲话》及其文艺政治化

毛泽东《在延安文艺座谈会上的讲话》是 20 世纪 30 年代左翼文艺理论的总结。他说:"在现在世界上,一切文化或文学艺术都是属于一定的阶级,属于一定的政治路线的。为艺术的艺术,超阶级艺术,和政治并行或相互独立的艺术,实际上是不存在的。"他提出"要使文艺很好地成为整个革命机器的一个组成部分,作为团结人民、教育人民、打击敌人、消灭敌人的有力武器"。但是,毛泽东又指出:"我们所说的文艺服从于政治,这政治是指阶级的政治、群众的政治,不是所谓少数政治家的政治……正因为这样,我们的文艺的政治性和真实性才能够完全一致。"毛泽东提出政治标准第一,艺术标准第二的文艺评价标准。艾青在《我对于目前文艺上几个问题的意见》中提出的第一个问题就是"文艺和政治"。他认为,文艺作为一种动员的方式,应该服从政治,"但文艺并不就是政治的附庸物,或者是政治的留声机和播音器。文艺和政治的高度的结合,表现在文艺作品的高度的真实性上"。

毛泽东的《在延安文艺座谈会上的讲话》公开发表以后,尤其是通过何其芳、邵荃麟等人在国统区广泛宣传和传播以后,文艺与政治的关系问题被突出到重要的

---

① 冯雪峰:《论民主革命的文艺运动》,《雪峰文集》第 2 卷,人民文学出版社 1983 年版,第 128、131 页。
② 茅盾:《新文学前途有危机么》,《茅盾全集》第 21 卷,人民文学出版社 1991 年版,第 295 页。
③ 茅盾:《浪漫的与写实的》,《文艺阵地》第 1 卷第 2 期 (5,1938)。

地位。1945年，周扬在《同志，你走错了路》的序言中指出："自'文艺座谈会'以后，艺术创作活动上的一个显著特点是它与当前各种革命实际政策的开始结合，这是文艺新方向的重要标志之一。"① 本来，左翼知识分子对政治的意识就是最强烈的，他们对于文学也从来没有过"为艺术而艺术"的观念，而是将文学视为社会改造的工具和武器。左翼文坛内部对于文学理解的不同之处只在于是否需要尊重艺术本身的特殊规律，而不是文学要不要为政治服务和承担起战斗的作用。冯雪峰和胡风一样在20世纪40年代都同文学运动中的机械唯物论、教条主义的危害作斗争。1940年，冯雪峰在《文艺与政论》中说："文艺和政治的关系，是文艺和生活的关系的根本形态，因为文艺是生活的实践，它和现实社会生活的相互关系就构成它和现实社会生活之间的政治的关系。""因为文艺和政治的关系，是文艺与政治生活的关系的根本形态；文艺本身是政治的，也不能不是党派的。"他认为，"文艺可以说是社会的政治关系和政治活动的一种特殊的形态"。他说："我们二十多年来的文艺的主要的特征，正是民众的启蒙的教育的特征。我们的基本的态度，是将文艺作为改造社会，人民争取解放之广阔的武器。"尽管文艺本身不论是否公开都有强烈的浓厚的政治性，但是，"现在我们所要求的文艺，并非都要在作品中有政论式的表示。我们不能也不应抱狭隘的态度。我们所要求的是表现生活的真实的文艺。"② 冯雪峰和周扬等人不同的地方，是强调党性如何做到与真实性统一："党性是从实际生活斗争中规定出来的，它是实际生活中革命要求和斗争的最集中和最高的表现……党性不但和真实性是完全统一的，而且它总是指导我们去达到最高的真实性的；最高的党性也只有通过最高的真实性才能表现出来。"③ 冯雪峰在《题外的话》中对政治性与艺术性二分的观点提出批评，他是艺术和政治的一元论者。他说："在具体的文艺作品，离开'艺术性'的'政治性'，到底是什么东西呢？既然发生'政治性'效果，为什么又没有'艺术性'？"他认为，艺术与政治是统一的、一元的，不能将艺术价值与政治价值分开，更不能从艺术之外去求政治的价值，"文艺上到达了多少，就带来多少的社会的或政治的价值"。④ 胡风一直被看作是毛泽东文艺思想传播的阻力和障碍，被视为是以真实性来反对文艺为政治服务。然而，胡风在评论高尔基的

---

① 周扬：《关于政策与艺术——〈同志，你走错了路〉序言》，《周扬文集》第1卷，人民文学出版社1984年版，第475—476页。
② 冯雪峰：《文艺与政论》，《雪峰文集》，第58—61页。
③ 冯雪峰：《英雄和群众及其他》，《雪峰文集》第2卷，第551页。
④ 画室：《题外的话》，《雪峰文集》第2卷，第365—367页。

创作的时候说:"凭着阶级的本能,和天才的感受,和艰苦的战斗,高尔基把无产阶级革命和社会主义的成功加进了世界文学历史里面,不但使反映人类生活的文学没有被人类生活本身踢开,而且使它有力地推动人类生活前进,证明了文学和政治的完全统一。"①

抗战后期,由《清明前后》和《芳草天涯》两个剧本引起了关于政治与艺术、公式主义与非政治的倾向的讨论。当时《新华日报》的"新华副刊"发表了关于《芳草天涯》和《清明前后》的讨论,批评了非政治化的倾向,批评《芳草天涯》是一个"非政治倾向的作品"。有人批评说:"今天有些戏剧批评,太不重视一个作品的政治意义了,专从所谓'艺术价值'着眼,无条件地认为艺术价值就等于政治价值,这是危险的。"② 王戎对此表示异议:"我觉得现实主义的艺术不必要强调所谓政治倾向,因为它强调作者的主观精神紧紧地和客观事物溶解在一起,通过典型的事件和典型的人物,真实的感受,真实的表现,自然而然在作品中会得到真实正确的结论;所谓'有倾向'的说法,决不是概念地抽象地在作品的外表上来表现,而是要求在反映生活真实的基础上本质地形象地内在地由作品本身表现出来,越是在作品里隐秘的埋藏起作者的意见或理念,而让作品里的人物通过具体的事件和它的心理过程表露出来,也就是所谓人物典型的性格被典型的环境所驱使着他们行动(斗争)的真实描写,只有这样的作品价值才高,所发挥的力量才越大。"③

何其芳提出"是不是今天只要继续强调现实主义就够了"?他认为,并不是简单地强调所谓现实主义就够了,不是仅仅有了现实主义的艺术规律就够了,他认为,没有抽象的现实主义,只有一定阶级立场的现实主义,今天的现实主义必须与人民群众结合,反映人民的要求,合乎人民的观点。何其芳批评了冯雪峰"艺术即政治"的观点。④

邵荃麟认为,非政治的倾向是当时最严重的、普遍的泛滥于文艺界的更有害的倾向。因此,大后方文艺思想上首先应该批判的就是这种倾向。他说,恩格斯是极

---

① 胡风:《高尔基在世界文学史上加上了什么?》,《胡风评论集》(中),人民文学出版社1984年版,第83—84页。
② 《〈清明前后〉与〈芳草天涯〉两个话剧的座谈》,《新华日报》1945年11月28日,《中国抗日战争时期大后方文学书系》第二编《理论·论争》第1集,第750—752页。
③ 王戎:《从〈清明前后〉谈起》,《中国新文学大系1937—1949·理论史料集》,中国文联出版公司1998年版,第714页。
④ 何其芳:《关于现实主义》,《何其芳文集》第3卷,人民文学出版社1983年版。

端重视倾向性的，而托尔斯泰在他的作品里留下了反动的思想因素，这是托尔斯泰的悲剧。而"革命的现实主义，首先就承认文学与艺术的阶级性与党派性的，因此它必然要求作家具有对革命的人生态度和人民群众的观点，而对于其作品也不能不要求有明确的政治倾向。"① 邵荃麟在《新形势下文艺运动上的几个问题》中说："今后写作的主题方向，必然是和政治经济的斗争与建设，更有机的更紧密的配合。我们不要以为只有'怎样写'的问题，而没有'写什么'的问题，当文艺作为革命的一个螺丝钉的时候，写什么的问题，不仅和怎样写不能分离，而且和政治经济的具体任务不能分离的。在政治或经济建设的某一号召下，文艺家就应该去奔赴这号召而写出作品来。"对于"这样是使文艺成为政治的婢仆这样可能的责难"，他的回答是："就算作'政治的婢仆'，只要是人民的政治，又有什么不好呢？"② 针对阿垅在《希望》上发表的《人生与诗》有关诗与政治的问题，邵荃麟在《诗与政治》中说："人类本是政治的动物，任何人的生活都不能离开政治斗争而独立。政治斗争乃是历史向前运动底一种本质的表现。从社会的构成上说，政治是一般上层建筑中的基层，它和艺术的关系，不是对等的，而是前者决定后者，后者反过来促进前者的一种关系。因此把政治看成是政治家的事情，艺术乃是艺术家的事情是并不恰当的。""艺术服务政治，这个基本的原则，大抵都是同意的。问题是在所谓'服从'是取着怎样一种关系。"他指出，有的人对"服从"作简单的理解，"这样的作者以为，取得了政治的内容，就是诗。而更不幸的，是把一些政治的概念误认作政治的内容，而以这个概念去肢解了诗的艺术，这样就出现标语口号、公式主义的所谓'诗'"。③

茅盾在第一次文代会上代表国统区所作的《在反动派压迫下斗争和发展的革命文艺》中批评了胡风的"'小资产阶级的革命'文艺理论"，这种文艺理论"片面地抽象地要求加强'主观'。""无论生命力也好，主观意志也好，离开了现实的政治斗争任务，则生命力和主观意志都成为抽象的东西。强调这些，并不足以克服形式的追求，而同样是，不过从另一方面引导向否认艺术的政治性的为艺术而艺术的倾向。"他说："这不是主观的强或弱的问题，更不是什么主观热情的衰退或奋发的问

---

① 邵荃麟：《略论文艺的政治倾向》，见《邵荃麟评论集》（上册），人民文学出版社 1981 年版，第 83—87 页。
② 邵荃麟在《新形势下文艺运动上的几个问题》，见《邵荃麟评论集》（上册），第 246—247 页。
③ 邵荃麟：《诗与政治》，见《邵荃麟评论集》（上册），第 106—107 页。

题，什么人格力量的伟大或渺小的问题，而是作家的立场问题，是作家怎样彻底放弃小资产阶级的主观立场，而在思想与生活上真正与人民大众相结合的问题。"[1]

1950年出版的以群所著的《文学底基础知识》在对"文学底艺术性和社会性"的论述中，以1910年至1912年发生在德国社会民主党的机关刊物《前进》和社会科学理论刊物《新时代》上的论争为例，归纳出可以代表近30年来各派的意见：第一种意见认为，"艺术性"和"社会性"即"倾向性"是绝对不相容的。文学作品应当具有充分的"艺术性"，保持着"纯粹文学"的尊严，文学作品若是带有了"社会性"或"倾向性"，就必定会损害它们艺术的优美而成为非艺术品。第二种意见则认为，文学应该在社会斗争中发生巨大的作用，所以作家应该以社会斗争为文学的内容，以文学为社会斗争的武器，这样，才能发挥文学的作用。文学作品只要在社会斗争中有巨大的作用，直接的效果，就是优秀的作品，所谓"形式的完成"、"艺术的价值"等都是艺术至上主义的呓语，"艺术性"本身就是陈腐的观念论美学的观念，应该为新兴的革命文学所排斥。这是纯粹的"武器文学"论或"倾向文学"论者的看法。依这样的见解，则文学作品和一般的政治宣传品或通俗教育读物之间没有什么区别。第三种是折中论。企图融合文学的"艺术性"和"社会性"的主张，一方面牢记文学的社会使命，另一方面又固执着文学必须是优秀的艺术。他认为梅林格就是这种观点的代表。梅林格曾经说："倾向一经运用了非艺术的手段，立刻就毁坏了最高贵的艺术。"因此，他提出"艺术的倾向性"。以群认为，梅林格之所以陷入这种混乱状态，是因为他把康德的观念论的美学，即所谓"无目的的合目的性"的美学当作了科学的美学的基础，当作了他的艺术理论的出发点。因为承认了康德美学的原则，必然就承认艺术的"无倾向性"、"超时代性"和"形式性"。梅林格的矛盾就在于：一方面他认为理想的艺术是无倾向性，但在这阶级斗争尖锐的时代，却不能不强制艺术带有"倾向性"。他认为，梁实秋以及"新月派"、"第三种人"、抗战前沈从文的"反差不多"、梁实秋的"与抗战无关"属于第一种。1928—1930年间钱杏邨所代表的"革命文学论"，后来的一部分"主题积极性"，以及抗战初期的以"通俗"、"宣传"代替文学的理论，在本质上都是属于第二种。他认为，不应该将文学的艺术性和倾向性对立起来，看作作家的主观的"意欲"、"意向"乃至"道德的理想"或"政治的目的"的表现，看作由外部的，与文学本身无

---

[1] 茅盾：《在反动派压迫下斗争和发展的革命文艺》，《胡风文艺思想批判论文汇编》第二集，作家出版社1955年版，第16—18页。

关的因素；而是应该将它看作是从文学本身出发的一种性质，所谓"倾向"就是作家对于现实的一种态度和反应。因此，文学的倾向性不会歪曲了现实，损害了艺术，而是和艺术的真实性一致的。①

五、苏联对于《星》和《列宁格勒》的批判与文艺政治性

1946年，苏联对于《星》和《列宁格勒》两杂志的批判，对1949年以后中国的文艺界产生了深远的影响。苏共中央在关于两杂志的决议中强调政治性，强调文学作为国民教育的工具。决议说："我们的杂志，不论是科学的也好，或者是文艺的也好，都不能不问政治。""因此，凡是宣传无思想性，宣传不问政治，宣传'为艺术而艺术'，都是与苏联文学背道而驰的，都是对苏联人民和苏维埃国家底利益有害的，都不应当在我们的杂志里有存在的余地。"②日丹诺夫在报告中说，列宁的《党的组织与党的文学》奠定了"苏联文学发展所根据的一切基础"。"布尔什维克把文学估计得很高，明显地看到文学在巩固人民底道德的和政治的统一的上面、在团结和教育人民上面的伟大历史使命与作用。"他说："如果封建制度和继之而起的资产阶级在其繁荣时期中能创造艺术和文学来确定新制度的建立并歌颂它的繁荣，那末我们这种新的社会主义制度，既然体现着人类文明和文化底历史中一切优美的东西，就尤其要担负起创造世界上最先进的文学来，这种文学将远远地超过旧时代最优秀的创作典型。"③1948年刘辽逸翻译了1947年发表的苏联《十月》杂志上的《论文学批评的任务》的论文。这篇论文先由伊真译载在《苏联介绍》杂志上。论文首先在"论文学的党性"的标题下指出："苏联文学批评的任务，其最实质和主要的部分，已经被党中央委员会关于文学和艺术问题之有名决议和日丹诺夫论《星》和《列宁格勒》杂志的报告所确定了。"④

1950年初，茅盾在《人民文学》社举办的"创作座谈会"上，提出了文艺创作与配合政治宣传、政治任务的关系问题。他认为，能够使自己的作品既完成政治任

---

① 以群：《文学底基础知识》，生活·读书·新知三联书店1950年版，第17—23页。
② 《关于〈星〉与〈列宁格勒〉两杂志》，《苏联文学艺术问题》，人民文学出版社1953年版，第36页。
③ 日丹诺夫：《关于〈星〉与〈列宁格勒〉两杂志的报告》，《苏联文学艺术问题》，人民文学出版社1953年版，第58、68、69页。
④ 刘辽逸译《论文学批评的任务》，光华书店1948年版，第1页。

务，又具有高度的艺术性，当然最好。两者不能兼得，"与其牺牲了政治任务，毋宁在艺术上差一些"。① 茅盾的论述意识到"赶任务"与文艺创作规律之间相矛盾的一面，但是考虑到新中国成立初小资产阶级对政治缺乏应有的热情，因此突出地强调了文艺创作必须与政治任务相结合。更主要的是，茅盾作为来自国统区的作家，强烈地感觉到政治上的压力和追随时代潮流的必要及其紧迫性。因此，图解政治、图解政策的公式化、概念化成为普遍的倾向。

邵荃麟在《论文艺创作与政策和任务相结合》中说："文艺服从政治，这个基本原则今天一般说是没有人怀疑了。但是在这个原则的实践中间，我们碰到一个具体的问题，即是文艺创作如何与政策相结合。"② 文艺与政治的关系，在中国共产党成为执政党之后，就演变成为了文艺必须直接服从于党的当前政策。因此，文学与政治的关系的命题发展成为文艺创作"赶任务"这样一个具体的问题。在文艺与政治的关系上，片面地强调文艺为政治服务、文艺从属于政治，自然产生了文艺创作与服从于当前的政策和任务的问题。因此，强调文艺创作应当与宣传党的政策和配合政治任务相结合，成为了新中国成立初期处理文艺与政治关系的一个主要的问题。当时流行的说法，叫作"赶任务"。全国文艺界普遍展开了文艺创作与"赶任务"的讨论。《文艺报》先后以《关于"赶任务"问题》和《为什么"赶"不好"任务"》为题综述了各种不同观点和看法。《文艺报》第 4 卷第 5 号发表了萧殷《论"赶任务"》一文，对各种不同意见作了带有总结性的论述。他批评了文艺创作不应该"赶任务"的意见，认为"文艺应该为政治服务，文艺写作应该与政治任务相结合"，指责那种要求"写熟悉的和感兴趣的题材"实质上是"推卸政治任务"。③ 邵荃麟在《目前文艺创作上的几个问题》的演讲中说，文艺服从政治这个原则问题在实践中间的一个具体问题就是"创作如何与政策相结合"。他说，列宁最早在十月革命以后在和蔡特金的谈话中谈及苏联文艺必须提高到政策的水平上来。1934 年，斯大林和高尔基在确定社会主义现实主义为苏联作家的创作方法的时候，也指出这种创作方法的主要特征之一，就是必须与苏联的政策相结合。他援引日丹诺夫在关于《星》和《列宁格勒》两杂志的报告中提出的观点："我们要求我们的文学领导同志与作家同志，都应以苏维埃制度所

---

① 茅盾：《目前创作上的一些问题》，《茅盾全集》第 24 卷，人民文学出版社 1996 年版，第 130 页。
② 邵荃麟：《论文艺创作与政策和任务相结合》，《文艺报》3 卷 1 期（10，1950）。
③ 萧殷：《论"赶任务"》，《文艺报》4 卷 5 期（6，1951）。

赖以生存的东西为指针，即以政策为指针。"他坚决否定了"艺术家应该有他自由观察问题的权利，而不受条文式东西的拘束"的观点。① 冯雪峰在检讨萧也牧的《我们夫妇之间》的"不良倾向"时说："我以为还不是由于作者'脱离生活'，而是由于作者脱离政治！"②

就像日丹诺夫在关于《星》和《列宁格勒》两杂志的报告中所指出的那样，中共也同样高度重视文艺的社会作用，但是，像苏联一样运用行政的方式来领导文艺，无疑限制了文艺的正常、自由的发展。周扬在《整顿文艺思想，改进领导工作》中说："我们的文学家、艺术家、文艺的领导工作人员，负有以先进的工人阶级的思想、毛泽东思想去教育全体人民的重大责任，我们应当努力使自己成为像高尔基所说的'阶级的眼睛、耳朵和声音'，'阶级的感觉器官'。"③ 舒芜说："解放以后，文艺批评之所以到了这般地步，是因为一篇批评可以判决一个作家的命运，所以谁也不愿意作空虚判决。批评者粗暴不可怕，就是骂我也不可怕，怕的是它后面的东西——行政命令。"④

胡风在《关于解放以来的文艺实践情况的报告》中指责何其芳等人"题材决定作品的艺术价值"的理论和分配或指定题材的指导方法。他说："他们把政治当作了黑格尔的绝对精神，以为一切都是从'政治'（没有缺陷的'世界观'）出来的，完全否定了'没有个性就没有共性，这个唯物论的基本原则，完全忽视了文艺的专门特点，完全忽视了文艺实践是一种劳动，这种劳动有它的基本条件和特殊规律。"⑤

在这一时期，文艺与政治的关系一开始就被规定为"文艺批评与文艺理论的中心的问题。文艺批评的展开与文艺理论的建设，主要依靠这一中心课题的正确解决"。⑥ 由于中共对于文艺与政治关系的高度重视，解放以后连续发动了多次文艺运动，将文艺运动看作是巩固社会主义的意识形态和无产阶级专政的手段。当代政治运动的序幕往往是首先从文艺战线上揭开的。1951年5月21日，《人民日报》发表

---

① 邵荃麟：《目前文艺创作上的几个问题》，见《邵荃麟评论集（上册）》，第285—290页。
② 李定中：《反对玩弄人民的态度，反对新的低级趣味》，《文艺报》4卷5期（6，1951）。
③ 周扬：《整顿文艺思想，改进领导工作》，《文艺报》5卷4期（12，1951）。
④ 《作协在整风中广开言路》，《文艺报》1957年第11号（6，1957）。
⑤ 胡风：《关于解放以来的文艺实践情况的报告》，《胡风全集》第6卷，湖北人民出版社1999年版，第298—299页。
⑥ 《编辑部的话》，《文艺报》1950年第2卷第3期。

了经毛泽东亲自修改并最后定稿的社论《应当重视电影〈武训传〉的讨论》，发起了批判电影《武训传》的运动。这是毛泽东亲自发动的新中国成立后文艺界第一次大规模的批判运动。毛泽东认为电影《武训传》及其当时的反响说明了"文化界的思想混乱"，丧失了马克思主义的立场、观点和方法，也就是说缺乏鲜明的阶级观点、正确的历史观点和对中国革命传统的正确认识，"资产阶级的反动思想侵入了战斗的共产党"。1954年，毛泽东又亲手发动了对胡适资产阶级唯心主义的斗争，1955年发动了对于"胡风集团"的批判。

在电影《武训传》批判和批评"萧也牧创作倾向"之后，文艺界进行了整风学习。1951年11月24日在北京召开的整风学习动员大会上，胡乔木、周扬、丁玲等分别在会上讲话。胡乔木说："文学艺术界的许多领导人员，显然忘记了马克思主义关于文学艺术是社会主义的一定的经济基础的上层建筑这个基本观点。"他引用了斯大林有关上层建筑的论述："基础之所以创立自己的上层建筑，也就是为了要使上层建筑替它服务，要使上层建筑积极帮助它形成起来和巩固起来，要使上层建筑积极为消灭已经过时的基础及其旧上层建筑服务。"① 周扬指责了文艺思想的混乱情况，他提出："我们应当努力使自己成为像高尔基所说的'阶级的眼睛、耳朵和声音'，'阶级的感觉器官'。"② 丁玲说，用传统的同人刊物观点来看待今天的刊物是错误的。这种传统的观念已经过时了。她赞同《文艺报》"应该是思想领导的刊物，是指导文艺思想、文艺运动的刊物"的看法。③

李何林在《十年来文学理论和批评上的一个小问题》提出，思想性和艺术性是一致的，"只是概念化地表现一些正确的政治观点，并不等于思想性就高"。④ 李何林的观点遭到了批判。《文艺报》1960年第1号转载时加了编者按说："李何林同志这篇文章，题目上标出的是'一个小问题'，实际上提出了一个大问题，一个根本性的问题，就是文艺与政治、文艺批评的政治标准与艺术标准的关系问题。"⑤

20世纪60年代，随着毛泽东的阶级理论和阶级斗争思想的发展变化，文艺理论的修辞也进一步发生了明显的变化。邵荃麟说："文学是思想战线上的前哨，总是

---

① 胡乔木：《文艺工作者为什么要改造思想?》，《文艺报》5卷4期（12, 1951）。
② 周扬：《整顿文艺思想，改进领导工作》，《文艺报》5卷4期（12, 1951）。
③ 丁玲：《为提高我们刊物的思想性、战斗性而斗争》，《文艺报》5卷4期（12, 1951）。
④ 李何林：《十年来文学理论和批评上的一个小问题》，《文艺报》1960年第1号。
⑤ 同④。

最敏锐地反映着阶级斗争的形势。"① 姚文元说："文学是阶级的神经。"② 周扬说："文艺是阶级斗争的十分尖锐的感觉器官。阶级斗争必然要在文艺方面有所反映，而且常常是首先在文艺方面反映。文艺好比是一个触角，各个阶级有什么动向，它就立刻感应。"③ 1962 年出版的华中师范学院中文系所编写的《中国当代文学史稿》，其"绪论"称："文艺是时代的风雨表。无产阶级与资产阶级之间在政治上、思想上的阶级斗争，必然在文艺领域内深刻地反映出来。"颜默说："文艺是时代的风雨表。每当阶级斗争形势发生急剧的变化，就要在这个风雨表上看出它的征兆。"④《文艺报》1963 年第 6 号上的社论《积极参加国内阶级斗争，做一个彻底革命的文艺战士》中提出："社会主义的文学艺术是阶级斗争的武器，社会主义的文学艺术工作者应当是无产阶级的战士。这是马克思列宁主义关于文学艺术的根本原则。""要求我们的创作和评论，能够更有力地反映出当前国内外阶级的形势，更充沛地表现出我们时代的精神，也就是更好地使文学艺术为国内外阶级斗争服务。"⑤ 浩然说："我希望自己的每一篇作品都是真正的阶级斗争的武器。"⑥

"文革"时期，文化成为了阶级和历史冲突的一个重要的领域，文艺深深地卷入到了异常尖锐激烈的现实政治斗争之中。文化大革命将文艺为政治服务推向了极端。初澜在《中国革命历史的壮丽画卷——谈革命样板戏的成就和意义》中说，文艺革命是无产阶级向资产阶级斗争的重要组成部分，"革命样板戏的创作，就不是单单搞一两出戏的问题，而是一场激烈的阶级斗争。我们的革命样板戏要把帝王将相，牛鬼蛇神赶下舞台，让工农兵成为舞台的主人，为巩固社会主义经济基础，巩固无产阶级专政服务。"⑦ 他们将样板戏看作是一场政治斗争。《人民日报》社论《革命文艺的优秀样板》中说："各个阶级都力图立本阶级的戏剧样

---

① 邵荃麟：《在战斗中继续跃进——在中国作家协会第三次理事会（扩大）会议上的报告》，《文艺报》1960 年第 13、14 号（7，1960）。
② 姚文元：《文学上的修正主义思潮和创作倾向》，《人民文学》1957 年 11 月号。
③ 周扬：《高举毛泽东思想红旗，做又会劳动又会创作的文艺战士——一九六五年十一月二十九日在全国青年业余文学创作积极分子大会上的讲话》，《文艺报》1966 年第 1 号（1，1966）。
④ 颜默：《为谁写挽歌——评历史小说〈广陵散〉和〈陶渊明写挽歌〉》，《文艺报》1965 年 2 号（2，1965）。
⑤ 《积极参加国内外阶级斗争，做一个彻底革命的文艺战士》，《文艺报》1963 年第 6 号（6，1963）。
⑥ 浩然：《热情的鼓励，有力的鞭策——在〈艳阳天〉农民读者座谈会上的发言》，《文艺报》1965 年第 2 号（2，1965）。
⑦ 初澜：《中国革命历史的壮丽画卷——谈革命样板戏的成就和意义》，《红旗》1974 年第 1 期。

板，为本阶级的政治服务。因此，在戏剧舞台上，大破封建主义、资本主义、修正主义的戏剧样板，大立无产阶级的革命戏剧样板，是一场尖锐的阶级斗争，是一场保卫无产阶级专政，粉碎资本主义复辟的斗争。"① 在"文革"结束以后和全盘否定文化大革命的过程中，将"文革"文艺称为"阴谋文艺"，也反过来说明了"文革"文艺的政治性质。

六、"文学回到自身"与文艺非政治化

新时期"现实主义的复归"，以文艺"真实性"和"反映论"代替了文艺"政治论"和"工具论"，尤其通过强调"文艺本身的特殊规律"，来规避"文艺服从于政治"的教条。《文艺报》1979年第2期发表特约评论员文章《文艺为实现四个现代化服务》，提出"学会按照文艺的规律领导文艺"。② 在"学习周总理讲话，繁荣社会主义文艺"的一组文章中，蒋孔阳提出："其中谈到'文艺规律'的一节，尤其切中我们长期以来不重视，甚至不敢谈这个问题的严重心病。""文艺的规律来自于文艺的特殊性。"③ 在文艺理论工作座谈会上，讨论了有关"文艺为政治服务"的问题。有人提出"文艺为政治服务"的提法是不科学的：（一）忽视文艺和其他社会意识形态的区别，不承认文艺的特殊性，在实践中将导致取消文艺；（二）限制文艺的多种多样的功能，不仅会排斥文艺的认识作用和审美作用，还会导致削弱文艺的思想教育作用；（三）堵塞文艺的丰富源泉。④ 陈恭敏在《戏剧艺术》1979年第1期发表《工具论还是反映论》一文，对"文艺是阶级斗争的工具"一说提出质疑，认为它是对文艺为政治服务的一种简单化、机械化的概括。邹贤敏、周勃在《文艺的歧途——关于"文艺从属于政治"的考察和辨析》中说："'文艺从属于政治'这样的口号，对文艺的发展是利少害多的。文艺既然从属于政治，而在阶级斗争剧烈的年代，政治主要就是阶级斗争，于是'文艺是阶级斗争的工具'的口号就

---

① 《革命文艺的优秀样板》，《人民日报》1967年5月31日。
② 本刊特约评论员：《文艺为实现四个现代化服务》，《文艺报》1979年第2期（2，1979）。
③ 蒋孔阳《严格按照"文艺规律"办事》，《文艺报》1979年第3期（3，1979）。
④ 李业：《总结经验，把文艺理论批评工作搞上去——记文艺理论批评工作座谈会》，《文艺报》1979年第4期（4，1979）。

应运而生了。从实质上来讲,'从属性'和'工具性'是一码事。"①

1979年3月,《文艺报》编辑部召开的文艺理论批评工作座谈会上,与会者对文艺与政治的关系展开了热烈讨论。许多人认为,文艺在党的领导下,是党的事业的一部分,当然不能脱离政治。也有人认为,"文艺为政治服务"的提法是不科学的。还有人认为,任何文艺都要受一定阶级的政治的约束,但文艺不是一种可以受政治任意摆布的简单的工具,也不应该把文艺简单化地仅仅当作阶级斗争的工具。② 1979年10月,在中国社会科学院、教育部、北京市委举办的庆祝新中国成立30周年学术讨论会上,讨论了文艺为政治服务这一问题。有人提出:"今后应该提'文艺为人民服务'",以代替"'为基础服务'、'为政治服务'、'为工农兵服务'"。③

1979年《上海文学》发表的评论员文章《为文艺正名——驳"文艺是阶级斗争的工具"说》是"新时期"一篇标志性的文章。文章从文艺与政治、文艺与生活的关系以及文艺的社会功能等方面批驳了"工具论",认为这样的文艺观导致文艺与政治的等同,是一种"取消的文艺观",是"造成文艺作品公式化概念化的主要原因",如果把它作为文艺的基本定义,"就会忽视文艺的多样性和丰富性"。文章认为,"文学艺术的基本特点,就在于它用具有审美意义的艺术形象来反映社会生活"。同时突出地强调文艺的"真实性":"从根本上说,文艺的生命力在于它服从生活,服从生活的真实,在于它用形象反映了生活的真实。""'文艺是阶级斗争的工具'说之所以必须纠正,因为它将文艺与政治的关系说成唯一的、全部的关系,这样的文艺观,将导致文艺与政治的等同,因而是一种取消文艺的文艺观,必须从理论上加以澄清。"文章认为,疾风暴雨式的群众性的阶级斗争已经基本结束,因此,应该纠正"文艺是阶级斗争的工具"的口号,为文艺正名,正确处理文艺与政治、文艺与生活、内容与形式的关系。④ 1980年1月16日邓小平在《目前的形势和任务》的讲话中提出"我们坚持'双百'方针和'三不主义',不继续提文艺从属于政治这样的口号","但是,这当然不是说文艺可以脱离政治。文艺是不可能脱离政治的"。1980年7月26日《人民日报》社论《文艺为人民服务,为社会主义服务》对此作了阐述。

---

① 邹贤敏、周勃在《文艺的歧途——关于"文艺从属于政治"的考察和辨析》,《新文学论丛》1980年第3期。
② 《文艺报》1979年第4期。
③ 傅惠:《有关文艺与政治问题的几种意见》,《文学评论》1980年第1期。
④ 《上海文学》评论员《为文艺正名——驳"文艺是阶级斗争的工具"说》,《上海文学》1979年第4期。

王若水说:"文艺从属于政治的提法,产生于急风暴雨的革命战争年代。那时人们的全部注意力都集中在政治上,这个提法的出现是可以理解的。以后从这个提法产生了'为政治服务'的口号,一直沿用下来。直到党的十一届三中全会提出把工作重点转移到社会主义现代化建设上来以后,才有可能对这个口号重新加以审查。人们也才可能给予政治一个恰当的地位,并且从更广阔的角度来看待文艺的社会功能。"① 罗荪说,文艺为政治服务,"其结果则是把文艺的社会功能、文艺的认识和审美作用,或加以简单化,或一笔勾销,文艺变成了政治的附庸,变成了政治的传声筒,变成了政治概念的图解,一切生动活泼的艺术消失了"。② 有人提出,"把文艺从政治的腰带上解下来。"③

由《为文艺正名》一文引起了有关文艺与政治的关系、文艺的阶级性等有关问题的激烈争论。李华盛指出,文艺创作中的公式化、概念化倾向与"文艺是阶级斗争的工具"说没有必然的联系。长期以来,由于对文艺与政治的关系理解得太机械、太狭隘、太简单,在利用文艺为革命的阶级斗争服务的问题上,的确出现过偏颇。或者,把文艺与政治等同起来,忽视文艺的特殊规律,要求作家用作品去图解政策,生硬地去为某项具体政治任务服务;或者,忽视文艺作品在体裁、题材和风格上的多样性、差异性,看不到它们为革命的阶级斗争服务有直接、间接之分,有目前、长远之别,不顾每个作家的具体情况,一概要求他们直接为目前的具体政治任务服务。结果助长了创作中的公式化、概念化倾向,产生了一些标语口号式的作品。④ 刘纲纪认为:"文艺从属、服从于政治的说法,很容易使人忽视艺术自身的特殊规律,也就是忽视艺术自身的相对独立性,甚至不惜以破坏艺术规律为代价,强使艺术去服从政治。实际上,只要艺术的规律遭到了破坏,艺术就失去了它为政治服务的特殊功能。"⑤ 敏泽认为,强调文艺的政治社会功能,是阶级社会中文学发展的一个客观的基本事实。"文艺为政治服务"的一些失误的根本原因,并不在于为政治服务这一原则本身,而在于政治方面"左"的思潮的影响和干扰,和文艺领导方面违反艺术规律与特点的简单、粗暴,以至实用主义的态度。对文艺为政治服务的理解,十分简单、机械和狭隘,把为无产阶级根本利益服务,理解为这样那样的政

---

① 王若水:《文艺·政治·人民》,《人民日报》1982年4月25日。
② 《文学评论》1980年第1期,第3页。
③ 夏中义:《历史无可避讳》,《文学评论》1989年第4期。
④ 李华盛:《历史地评价"文艺是阶级斗争的工具"说》,《湘潭大学学报》1980年第2期。
⑤ 刘纲纪:《美学对话》。

治运动服务，为形形色色的中心工作服务，为各式各样的政策条文服务，甚至要求"写中心、演中心、唱中心"。这就使得我们的文学艺术作品产生严重的概念化的倾向，而且题材、风格、内容也都搞得十分单调，千篇一律，最终使文艺失去了它的政治社会功用。同时在歌颂和暴露的问题上也有形而上学观点。他认为，为无产阶级的根本利益服务，就要求在政治出了偏差时，艺术家有权利揭发和批判政治方面的过错和偏差，揭发和批判生活中的黑暗面。他认为，文艺为政治服务，必须按照艺术的特点和规律。"如果说文艺从属于政治，则政治内容也必须从属于艺术的规律。"他认为，艺术和政治虽然同属上层建筑，但是，它们在上层建筑中的地位和作用，却是不相同的，决不能因为它们都是上层建筑，就等同视之。当政治真正集中了经济基础的要求时，为政治服务和为经济基础服务，本质上是完全相同的。①

罗启业在《关于文艺与政治关系问题的探讨》中说："文艺从它产生的那一天起，就存在着功利目的，在阶级社会中，各阶级更是对文艺提出功利的要求。普列汉诺夫在《艺术与社会生活》中，在深刻分析了所谓'为艺术而艺术'理论的基础上，正确地指出了：任何一个政权只要注意到艺术，自然就总是偏重于采取功利主义的艺术观。它为了本身的利益而使一切意识形态都为它自己所从事的事业服务。"许多人认为文艺为政治服务是文艺作品公式化、概念化的根源。然而，公式化、概念化的作品古已有之。曹雪芹在《红楼梦》开卷即指出那些才子佳人等书"千部一腔，千人一面"。他批评有些人把文艺为政治服务与文艺的特殊规律对立起来，文艺为政治服务，是通过文艺的特殊规律去实现的。② 张建业指出，文艺为政治服务，要充分发挥文艺的特殊性，要通过文艺创作的特殊规律，去达到为政治服务的目的，而不能作简单化的理解与要求。在我国文艺界对文艺与政治的关系、文艺为政治服务这一问题的理解，都存在着一些片面的、形而上学的观点，存在着简单化、庸俗化的倾向，它既严重束缚了创作的发展与繁荣，也影响了文艺为政治服务这种作用的发挥。他说，文艺为政治服务，并不是一个狭隘的概念，它应该包含着广阔的内容。③

周扬指出，文艺和政治的关系是如此密切，要脱离也是脱离不了的。但决不能把这种关系，简单地说成是一种从属的关系。文学又是要写人的命运的。但人的

---

① 敏泽：《文艺要为政治服务》，《文艺研究》1980年第1期。
② 罗启业：《关于文艺与政治关系问题的探讨》，《广西大学学报》1980年第2期。
③ 张建业：《文艺应该为政治服务》，《文学评论》1980年第2期。

"命运"是什么呢？有一次，拿破仑跟歌德谈到悲剧的问题，他说古代"命运"这一概念现在要由"政治"来代替。他的意思是说，现代支配人们命运的东西主要就是政治。中国革命文艺从来服务于革命的政治，革命文艺运动就是整个革命运动的一个有机部分。马克思、恩格斯都十分重视政治对文学艺术的巨大影响；但他们都从来没有讲过艺术要从属于政治。艺术不但要受政治的影响，也要受宗教、哲学、道德等其他意识形态的影响。各种上层建筑之间的关系是密切联系、互相影响的。各种意识形态同时又都各有其相对的独立性。过去唯心主义的历史观把这种相对的独立性看成绝对的，现在我们在否定文艺发展的绝对独立性的同时，连它的相对独立性也否定掉了。因此，如果否定了包括文艺在内的意识形态对经济基础的相对独立性，否定了包括文艺和政治在内的上层建筑各个部分之间的相互影响，否定了文艺除接受政治的影响之外，还接受其他意识形态的影响，否定了除政治作用于文艺之外，文艺也反作用于政治，总之，把上层建筑同经济基础之间以及上层建筑各种因素之间的本来是极其错综复杂的关系过于简单化、庸俗化，这就不是真正的唯物主义，而是走向了它的反面。周扬说："文艺从属于政治、文艺为政治服务的口号决不能穷尽整个文艺的广泛范围和多种作用，容易把文艺简单地纳入经常变化的政治和政策框框，在文艺和政治的关系上表现狭隘功利主义的实用主义倾向，导致政治对文艺的粗暴干涉。"[①]

孙犁说："我说我写东西要离'政治'远一点，这个'政治'应该是加引号的。我的意思是，我不在作品里交待政策，不写一时一地的东西，但并不是说我的作品里没有政治，《铁木前传》没有政治吗？"[②]丁玲在《作家是政治化了的人》中说："文艺作品总是有内容、有主题的。梁信为什么写《红色娘子军》和《从奴隶到将军》，而不写别的？……创作本身就是政治行动，作家是政治化了的人。"[③]

列宁"党的文学"的观点从根本上来说自然是正确的，或隐或显，或直接或间接，政治对于文学都有着无可回避的影响。文学的政治性和党派性也正是文学的丰富性的原因之一。然而，列宁的文章写于1905年，正处于与资产阶级政党的斗争之中。列宁根本没有想象过在一党专政的条件下将文学变成党的工具将会是什么样。

[①] 周扬：《解放思想，忠实地表现我们的时代——谈有关当前戏剧文学创作中的几个问题》，《文艺报》1981年第4期。
[②] 《延河》1980年第3期。
[③] 丁玲：《作家是政治化了的人》，《文艺理论研究》1980年第3期。

在一党专政的国家里，在党的一元化领导下，文学的发展基本上失去了自由竞争和多元发展的可能。尤其是将文学为政治服务庸俗化变成文学为政策服务，这就使文学完全沦为了政党的工具。"文学服从于政治"并不是在加强文学的政治性，而是相反，实际上从根本上阉割和取消了文学的政治性。

藏原惟人说："我们的政治也会犯错误。文学家有时也会从他们的特殊立场发现这种错误。在这种情况下，文学家不应当盲目地追随这样政治上的错误，而应当予以批判，我认为这是文学家的任务……革命的作家应当肯定在社会主义革命时期中的政治的优越性，自觉地服从政治的指导；但决不意味着像欧洲中世纪哲学那样成为'宗教的婢女'，文学是不能成为'政治的婢女'的。关于这一点，即便在政治是根本正确的情况下，也是一样的。"[①]

"新时期文学"要求脱离政治的干涉，主张"文学回到自身"，产生了对于"纯文学"的推崇和追求。"新时期文学"的"非政治化"和"创作自由"本身是被政治命名和划分出来的"文学特区"，"新时期"对于文学的"特殊性"的界定在很大程度上是通过1979年《上海文学》评论员文章《为文学"正名"》和1982年中共中央机关刊物《红旗》杂志对于列宁《党的组织和党的文学》这一经典文献的"重新翻译"完成的。

原载《文艺理论与批评》2013年第3期

[①] 藏原惟人著，梅韬译：《学习〈在延安文艺座谈会上的讲话〉》，《文艺报》1957年第7号（5，1957）。

引文式研究：重寻"人文精神讨论"

程光炜

一、"下课的钟声已经敲响"

1995年9月，王晓明在《人文精神寻思录·编后记》中说："'人文精神'的讨论已经持续两年多了。这两年间，讨论的规模逐渐扩大，不同的意见越来越多，单是我个人见到的讨论文章，就已经超过了一百篇。进入90年代以来，知识界如此热烈而持续地讨论一个话题，大概还是第一次吧，这本身就显示了这个话题对当代精神生活的重要意义。"[①] 这场由王晓明和他的学生张宏（后改名张闳）、徐麟、张柠、崔宜明在《上海文学》1993年第6期率先发起，沪上学者张汝伦、朱学勤、陈思和、高瑞泉、袁进、李天纲、许纪霖、蔡翔、郜元宝等在《读书》1994年第3—7期开辟对话专栏响应，后有北京的王蒙、张承志、周国平、雷达、白烨、王朔、李洁非、陈晓明、张颐武、张志忠、王一川、王岳川、孟繁华、陶东风等卷入的"人文精神讨论"，是继1979年"人道主义讨论"之后的又一场大讨论。"大讨论"曾经是20世纪80年代和90年代中国知识界介入社会变革进程最常见的自我表达方式。80年代批评的是"文革"浩劫，90年代批评的是来势汹汹的市场经济，这种角度转移暗示了80年代的结束和90年代的到来，这正是两个年代的一个明显分界点，

[①] 王晓明编：《人文精神寻思录·编后记》，文汇出版社1996年版，第270页。该书除收入发表在《读书》、《东方》、《上海文学》、《上海文化》、《作家报》、《现代与传统》、《文论报》、《中华读书报》等当时热门杂志上有代表性的26篇文章外，还将其他报刊上的70余篇文章和综述编为"索引"放在书尾。确如编者所说，当时参与讨论的学者、批评家和作家估计有数十人，文章"已经超过了一百篇"。

或者说是新旧两种文明的决裂线。

参与讨论的蔡翔,这时已朦胧地意识到两个时代之间的关联点,他不避讳人文知识分子在市场经济来临之际的失语和彷徨:

> 新时期的一个显著特点,在于精神的先锋作用,观念导引并启动了社会政治——经济的改革和发展(由此突出了知识分子的启蒙作用和意识形态功能)。这时的知识分子,不是从社会实践,而是主要从自身的精神传统和知识系统去想象未来,在这种想象中,存有一种浓郁的乌托邦情绪。然而,经济一旦启动,便会产生许多属于自己的特点。接踵而来的市场经济,不仅没有满足知识分子的乌托邦想象,反而以其浓郁的商业性和消费性倾向再次推翻了知识分子的话语权力。……一个粗鄙化的时代业已来临。……大众为一种自发的经济兴趣所左右,追求着官能的满足,拒绝了知识分子的"谆谆教诲",下课的钟声已经敲响,知识分子"导师"身份已经自行消解。

蔡翔这番话倒像是提醒,1950年至1990年普通民众的精神生活,一直是由政治精英和知识精英统治着的。"这时的知识分子,不是从社会实践,而是主要从自身的精神传统和知识系统去想象未来,在这种想象中,存有一种浓郁的乌托邦情绪。"不过,昔日荣耀和今日的失落使他明显带着惋惜的口气,"下课的钟声已经敲响,知识分子'导师'身份已经自行消解"[1]。另一位学者卢英平并不同情这种历史境遇,他觉得陷入茫然的知识群体应该在更大的历史框架中,而不只是"从自身的精神传统和知识系统"和90年代这个时间点上看问题。他在《立法者、解释者、游民》一文中认为知识者无权在历史大变局中固守优越性地位:"人文知识分子对社会的独立性相当大,特别是在历史上,知识分子及其精神,一直是社会的主导者、'立法者'。中国古代学者那种'穷则修身养性,达则兼济天下'的精神很充分地证明这一点。从春秋到五四,甚至是解放后,中国知识分子都拥有社会化的主动权。而西方的知识分子从文艺复兴开始就掌握了这种主动权,到大革命前夕的启蒙运动中更达到巅峰,成了社会的'立法者'。在如此长的历史中,人文精神骄傲地凸显于社会之上。但到近现代社会中,由于社会结构复杂化,知识分子及其精神在社会化过程中的主动性逐渐减弱,人文学科不再是社会的全部,连上流地位都不是。"不过他

---

[1] 许纪霖、陈思和、蔡翔、郜元宝:《道统、学统与政统》,《读书》1994年第5期。

接着用安慰的语气说:"由于我国的特殊环境,人文精神没有经过解释者这一环而直接由立法者变成了游民,这样很容易在呼唤人文精神时自然而然地想回归立法者的地位",所以,"人文学者应当主动去适应解释者的地位。这样,人文与社会的磨合可以较顺利,人文精神可以较主动地实现社会化"①。

新时期揭幕后,当知识者一路意气风发地从 1979 年直奔 1989 年,突然遭遇人文/市场这道他们从未见过的巨大历史沟壑时,很多人内心经历像蔡翔所说"下课的钟声已经敲响",其沮丧程度可以想象。1992 年邓小平南巡谈话后,市场经济在城乡上下全面铺开,"公务员打破铁饭碗"、"读书人下海"、"全民经商"的风气迅速蔓延到社会各个角落,还一度出现"研究导弹的,还不如卖茶叶蛋的"这种"脑体倒挂"的严重社会问题。正如李云在研究王朔小说《顽主》时指出的一个事实:"中国分别在 1984 年和 1987 年兴起全民经商的热潮,大量蠢蠢欲动的城市青年相继辞去公职。"② 有研究资料显示:"在 1986 年到 1988 年间,平均每天诞生公司 329 家,几乎每 4 分多钟便有一家公司注册成立,成千上万各行各业的人流水般涌入个体工商户的大军。"③ 就在蔡翔和卢英平截然不同历史认识框架中,人们好像又回到 90 年代那个"钟声已经敲响"的现场。难怪"人文精神讨论"主要发言人之一、复旦大学哲学系教授张汝伦略带夸张语气地道出了问题的严重性:"其实这也不光是中国的问题。进入本世纪后,工具理性泛滥无归,消费主义甚嚣尘上,人文学术也渐渐失去了给人提供安身立命的终极价值的作用,而不得不穷于应付要它自身实用化的压力。丹尼尔·贝尔在《资本主义文化矛盾》中对这一过程有过精辟的论述。表面上看是文化出了问题,实际上是文化背后的人文精神和价值丧失了。所以人类现在面临共同的问题:人文精神还要不要?如何挽救正在失落的人文精神?"④ 在他看来,问题好像变得异常严峻和紧迫,已经发展到必须推出一个彻底解决方案的地步。

本文采用引文式的研究视角,是受到本雅明"宣布自己的'最大野心'是'用引文构成一部伟大著作'"的观点的启发⑤。其实海外学者黄仁宇、余英时也借用过

---

① 卢英平:《立法者·解释者·游民》,《读书》1994 年第 8 期。
② 李云:《"范导者"的失效——当文本遭遇历史:〈顽主〉与"蛇口风波"》,《当代作家评论》2010 年第 1 期。
③ 苏颂兴、胡振平:《多元与整合当代中国青年价值观》,上海社会科学出版社 2000 年版,第 167 页。
④ 张汝伦、王晓明、朱学勤、陈思和:《人文精神:是否可能与如何可能》,《读书》1994 年第 3 期。
⑤ 本雅明:《发达资本主义时代的抒情诗人》"中译本序",张旭东、魏文生译,生活·读书·新知三联书店 1989 年版,第 3 页。

蒋介石和胡适日记来进入对他们思想的探讨①。梁启超在《中国历史研究法补编》第五章"年谱及其做法"中说:"我们史家不必问他的功罪,只需把他活动的经历,设施的实况,很详细而具体地记载下来,便已是尽了我们的责任。譬如王安石变法,同时许多人都攻他的新法要不得,我们不必问谁是谁非,但把新法的内容,和行新法以后的影响,并把王安石用意的诚挚和用人的茫昧,——翔实的叙述,读者自然能明白王安石和新法的好坏,不致附和别人的批评。"②连梁启超都主张对一千多年前王安石的变法采取谨慎和客观的叙述态度,这就提醒我们也不必现在就对二十年前这场人文精神讨论信心满满地论述是非、做出决断。采用引文式的研究视角,一是不附和当时参与者的批评意见,二是也不简单屈从今人还不稳定的批评观点。引文式的研究,同样能够展现历史的场景,紧贴引文的内容,使"读者自然能明白"人文精神讨论的"诚挚"和"茫昧",至少为观察在此前后的80年代和21世纪的"好坏"先立起一个观望标。

二、进入90年代的两种方式

如果允许暂时把人文精神讨论的观点分作两个面向——虽然个别人的看法迥然不同(例如北京的张承志)——人们能够看出上海学者与北京学者、批评家和小说家面对转向市场经济的90年代时的明显差别。如果更细致地观察会发现,这是双方进入90年代的路径不同造成的。

王晓明说:"今天,文学的危机已经非常明显,文学杂志纷纷转向,新作品的质量普遍下降,有鉴赏力的读者日益减少,作家和批评家当中发现自己选错了行当,于是踊跃'下海'的人,倒越来越多。我过去认为,文学在我们的生活中占有非常重要的地位,现在明白了,这是个错觉。即使在文学最有'轰动效应'的那些时候,公众真正关注的也并非文学,而是裹在文学外衣里面的那些非文学的东西。可惜我们被那些'轰动'迷住了眼睛,直到这时,才猛然发现,这个社会的大多数人,早已经对文学失

---

① 参见黄仁宇《从大历史的角度读蒋介石日记》,九州出版社2008年版;余英时:《重寻胡适历程》,上海三联书店2012年版。
② 梁启超:《中国历史研究法补编》,中华书局2010年版,第92、93页。

去兴趣了。"① 张汝伦说:"今天在座的都是从事人文学科教学与研究的知识分子,文史哲三大学科的都有。我们大家都切身体会到,我们所从事的人文学术今天已不止是'不景气',而是陷入了根本危机。"② 许纪霖说:"近10年来,大陆知识分子前后发生了两次自我的反思。第一次是80年代中期,刚刚从社会的边缘重返中心的知识分子在一场'文化热'中企图通过对传统文化的批判,与过去的形象决裂,重新担当起匡时济世、救国救心的使命。第二次是90年代初,中国开始了急速的社会世俗化过程,知识分子好不容易刚刚确立的生存重心和理想信念被世俗无情地倾覆、嘲弄。他们所赖以自我确认的那些神圣使命、悲壮意识、终极理想顷刻之间失去了意义,令知识分子自己也惶惑起来,不知道该何去何从。有意思的是,80年代的知识分子是从强调精英意识开始觉悟的,而到了90年代,又恰恰是从追问知识分子精英意识的虚妄性重新自我定位。"③ 高增泉说:"一个人文学者以他的思想、学术为他的生命,他的生活方式与生活之意义完全统一,在工商社会中是否还有可能?"④

王蒙表示:"我不认为人文精神就是一种高于还要更高的不断向上的单向追求,我不认为人文精神、对于人的关注就是把人的位置提高再提高以致'雄心壮志冲云天'",相反,"市场的运行比较公开,它无法隐瞒自己的种种弱点乃至在自由贸易下面的人们的缺点与罪恶。但是它比较符合经济生活自身的规律,也就是说比较符合人的实际行为动机和行为制约。"在历史上,"计划经济似乎远远比市场经济更'人文'",好像"计划经济更高尚,更合乎人类理性与道德的追求","更具有一种高扬人的位置与作用的人文精神。这也许正是计划经济的魅力所在吧?"⑤ 王朔说:"有些人大谈人文精神的失落,其实是自己不像过去为社会所关注,那是关注他们的视线的失落,崇拜他们的目光的失落,哪是什么人文精神的失落。""冒充真理的卫士,其实很容易。""我觉得,用发展的眼光看,文字的作用恐怕会越来越小,一个时代有一个时代的最强音,影视就是目前时代的最强音。对于这个'打击敌人,消灭敌人,团结人民,教育人民'的有力武器,我们为什么不去掌握?"⑥ 张颐武说:

---

① 王晓明、张宏、徐麟、张柠、崔宜明:《旷野上的废墟——文学和人文精神的危机》,《上海文学》1993年第6期。
② 张汝伦、王晓明、朱学勤、陈思和:《人文精神:是否可能与如何可能》,《读书》1994年第3期。
③ 许纪霖、陈思和、蔡翔、郜元宝:《道统、学统与政统》,《读书》1994年第5期。
④ 高增泉、袁进、张汝伦、李天纲:《人文精神寻踪》,《读书》1994年第4期。
⑤ 王蒙:《人文精神问题偶感》,《东方》1994年第5期。
⑥ 白烨、王朔、吴滨、杨争光:《选择的自由与文化态势》,《上海文学》1994年第4期。

"据这些人文精神的追寻者的描述，这种'人文精神'在现代历史的某一时刻业已神秘地'失落'，而正是由于此种'人文精神'的失落，构成了20世纪知识分子的文化困境。"他认为这是"它设计了一个人文精神/世俗文化的二元对立，在这种二元对立中把自身变成了一个超验的神话。它以拒绝今天的特点，把希望定在了一个神话式的'过去'，'失落'一词标定了一种幻想的神圣天国。它不是与人们共同探索今天，而是充满了斥责和教训的贵族式的优越感。"他把这种状态定为"'忧郁症'式的不安和焦虑"①。陈晓明则认为："对感官快乐的寻求，对一种轻松的、没有多少厚重思想的消费文化的享用，压抑太久的中国民众，即使有些矫枉过正也没有什么值得大惊小怪"，"我们当然可以抨击并撕破那些无价值的东西给人们看，但我们同时允许民众有自己的选择"②。

韦伯在《新教伦理与资本主义精神》一书中的一段引文，不妨当作理解上海人文精神倡导者确切历史位置和思想脉络的一个进路："天主教徒……更为恬静，更少有投身商业的动机，他们葆有着尽可能谨小慎微、不冒风险的生活态度，宁可收入微薄地过活也不愿投身于更加危险而富于挑战的活动——即使这样会名利双收。有一句广为人知的德国俏皮话说得好：'要么吃好，要么睡好。'显然，新教徒吃得高兴，而天主教徒则乐于睡得安稳。"他接着进一步指出："确实，几乎不需要证明，资本主义精神把赚取金钱理解为'天职'——作为人人有义务去追求的自在目的——是与过去所有时代的道德情感背道而驰的。"他还提出了一个值得细琢的问题："为什么资本主义利益在中国或印度没有产生出它们在西方那样的影响？为何这些国家的科学、艺术、政治、经济发展没有步入西方所特有的那种理性化轨道？"③借此可以理解，人文精神倡导者的言论为什么更愿意奉行欧洲天主教徒那种洁身自好和"更为恬静"的生活态度以及某种反资本主义的倾向④。对于刚刚走出计划经济传统社会的人们来说，恪守"所有时代的道德情感"毫无疑问是必须坚守的原

---

① 张颐武：《人文精神：最后的神话》，《作家报》1995年5月6日。
② 陈晓明：《人文关怀：一种知识与叙事》，《上海文化》1994年第5期。
③ 马克斯·韦伯：《新教伦理与资本主义精神》，苏国勋、覃方明等译，社会科学文献出版社2010年版，第20、42、11、12页。
④ 周作人于20世纪20年代在许多论述如何"重建中国文明"的文章中，都曾比较过汉代以前中国与古希腊人生观和哲学观的某种同构性，认为他们这种顺应自然和命运的观念，构造了他们虽有差异、但同样是缓慢和充满农业文明诗意的传统文化。由此也能看出，中国传统文化与天主教精神资源上的某种相似性。

则,经历过漫长残酷的政治运动的知识界从未真正领受过资本主义社会所带来的物质繁荣。所以他们像中国的思想先贤孔子一样,像历代"穷则独善其身,达则兼济天下"的中国传统知识分子一样,安于农业文明更为恬静的生活氛围,他们的思想和知识都为这种社会模式所生产,尽管也接触过有限的现代西方知识,但仍然会对90年代中国铺天盖地席卷而来的商业浪潮本能地表达惊愕、愤怒并作激烈抵抗。

韦伯著作中的引文也可作理解北京学者和批评家观点的一个临时向导,从这些引文中映照出来的思想态度和历史反映透露出90年代的典型信息。众所周知,韦伯这部杰出著作对何为资本主义精神、如何从资本主义精神中发展出新教伦理等概念范畴、知识界定及其复杂内涵,均有精辟的论述。他说:"今天,现代西方资本主义的合理性实质上依赖于技术上的那些决定性因素的可计算性;确实,这些因素是所有更为精确的计算的基础。"在此基础上形成了法律、契约、信用精神和严格规则。他在第二章"资本主义精神"中曾花费大量篇幅分析这一精神产生的起源,引用美国《独立宣言》和美国宪法起草者之一本杰明·富兰克林对人们的告诫,并对这种非常具体的例证加以分析:"影响信用的事,哪怕十分琐屑也得注意。如果你的债权人在清早五点或者晚上八点能听到你的锤声,这会使他安心半年之久;反之,假如他看见你在该干活的时候玩台球或者听见你的声音在酒馆里响起,那他第二天就会派人前来讨还债务,而且要求一次全部付清。"因此,"你应当把欠人的东西记在心上;这样会使你以谨慎诚实的面目出现,这就又增加了你的信用。要当心,不要把你现在占有的一切都视为己有"。为解决宗教赎罪与商业之间的深刻矛盾,替新教伦理找到最根本的依据,韦伯借用并重新整理了路德的"天职"概念。他解释说:"作为一项神圣的教令,天职是必须服从的东西:个人必须把自己'托付'给它。""天职中的工作是上帝赋予人的一项任务,或者实际上是唯一的一项任务。"因此,新教徒为上帝从事工商业活动,只留用基本利润维持生活,其余都捐献社会或用于再生产,这样就解决了赎罪的问题。资本主义社会普遍的捐款文化也由此产生[①]。(由此我们不由联想到歌剧《白毛女》的剧情对杨白劳"合理逃债"的理直气壮的辩护。与新教伦理相反,这种逃债行为有可能在中国民众的伦理观念中产生某种合理性,并引发深刻同情。此种中西参照确实可以从另外的角度证实韦伯的"为什么资本主义利益在中国或印度没有产生出它们在西方那样的影响"的判断也许并非没

[①] 马克斯·韦伯:《新教伦理与资本主义精神》,苏国勋、覃方明等译,社会科学文献出版社2010年版,第10、27、51页。

有道理。)借韦伯观点是否可以理解王朔对商业社会的正面看法自然可以讨论。不过，这种用引文推导另一个引文的视角确实为人们重温90年代北京文人的现实处境，对纷乱矛盾的表述稍加整理提供了机会。王朔以学者圈中所少见的坦率口气说，他当时"是跟深圳先科公司合作开办的'时事文化咨询公司'，主要搞一些纪实性的纪录片；另一个就是跟北京电视艺术中心合搞的这个'好梦影视策划公司，主要搞艺术性的电视剧或舞台剧"。他为此辩解道：这是由于"看到现在新型的人和人的关系，就是契约关系，纯粹地呼唤道德想让社会进步，只是一种幻想。"① 虽然张颐武的批评带点情绪化，但这种意见可以看作对韦伯"天职"概念实证性解释的响应和对王朔观点的声援。他指出："'人文精神'确立了掌握它的'主体'不受语言的拘束而直接把握世界。这无非是在重复80年代有关'主体'、'人的本质力量'的神话，只是将处于语言之外的神秘的权威表述为'人文精神'而已。"② 王朔、张颐武说这些话的时候，正好是八九十年代社会转型的敏感时期。正如前面所言，"全民经商"正漫卷全国城乡，政治社会的崩溃与市场社会的兴起就是90年代的"历史现场"。王朔、张颐武道出了试图从"穷则独善其身，达则兼济天下"的儒家传统轨道上脱轨出来的一些人的真实想法。这种新锐叛逆的姿态，在人文精神倡导者眼里自然难以接受："前不久我在一家小报上读到北京大学一位副教授的文章，他批评知识分子谈人文精神是'堂·吉诃德对着风车的狂吼'"，"我真是没有想到中国近代知识分子人文精神最集中的北京大学的副教授，竟会用这种轻薄狂妄的口吻来批评知识分子自己的传统和话题。"③ 韦伯与王朔、张颐武这两段引文在这里看似无意的秘约，只是我们写文章时临时整理的结果，它更有意义的地方在于帮助人们将上海和北京知识界进入"90年代"的两种方式相互加以参照。这些历史材料，也许是未来若干年后在研撰当代知识者的"编年史"时所需要的。

我们不妨认为，两方面的观点已经牵涉到对"90年代"的想象和规划。在王晓明这里，"文人下海"、"杂志转向"是导致"文学危机"的直接原因；而在王朔这里，"办公司"、"当编剧"其实不过是"重新选择了一种生活态度和生活方式"而已，唯一的变化只是由传统作家转变成了职业作家。在张汝伦看来，"物质性"的

---

① 白烨、王朔、吴滨、杨争光：《选择的自由与文化态势》，《上海文学》1994年第4期。
② 张颐武：《人文精神：最后的神话》，《作家报》1995年5月6日。
③ 陈思和：《关于"人文精神"讨论的两封信——致坂井洋史》，《大潮文丛》第四辑，译林出版社1994年版。

话题是对人文精神的污染；在王蒙看来，这是计划经济时代的陈旧思维在作怪，应坦然面对人文精神的多元性和多层性，"文化市场反映的毕竟是人的需要"①。围绕着90年代文学是否应该具有"物质性"特点的争辩，标示着80年代、90年代之间有一个明显的分界点；在这个分界点上，已经携带着"80年代"是如何跨入"90年代"的诸多尚未解开的问题。对此，王一川曾经有比较理性的分析："80年代审美文化以纯审美、精英文化、一体化、悲剧和单语独白为主要特征。具有这种特征的审美文化，往往服务于呈现启蒙精神"，而"在90年代，从纯审美到泛审美、精英到大众、一体化到分流互渗、悲剧性到喜剧性以及单语独白到杂语喧哗，审美文化的这种变迁从根本上披露了启蒙精神衰萎的必然性"。他认为，在"经济形态的多元化（国营、集体、个体及合资经济）和社会构成上的分层化（工人、农民、军人、商人、名人等的阶层分野趋于明显）"历史情境中出现的这种分化现象，并不是从90年代才开始的。"80年代审美文化并不是铁板一块，而应看作变化的过程。""首先，'寻根'小说带着寻觅'民族精神'的初衷在边缘地带苦求，相反却发现'根'已经衰朽（如丙崽），这无疑动摇了启蒙精神的合理性根基；其次，马原、余华、苏童、格非和孙甘露等的先锋小说，集中拆解传统叙事规范，以无中心的泛典型取代中心性典型，瓦解了启蒙精神赖以建立并持续存在的元叙事体；再次，被称为'新写实'的那些小说（如《烦恼人生》、《单位》和《一地鸡毛》），透过印家厚、小林和小李从富于宏伟理想到这种理想在日常生活琐事中的无所不在的失败，显示出80年代启蒙精神的无可挽回的衰落命运"。"总之，审美文化在90年代具有不同于80年代的鲜明特征，这是一个历史性演变进程。"②

三、"个人实践性"、"岗位"及其他

不过有意思的是，尽管价值取向上有意表露出与北京某些人分道扬镳的决然姿态，但王晓明在《读书》1994年第3期与张汝伦、朱学勤和陈思和的对话中仍然敏锐地意识到了讨论人文精神过程中葆有"个人实践性"的重要性。他说：

---

① 王蒙：《人文精神问题偶感》，《东方》1994年第5期。
② 王一川：《从启蒙到沟通——90年代审美文化与人文精神转化论纲》，《文艺争鸣》1994年第5期。

今天我们谈论终极关怀，我就更愿意强调它的个人性，具体说就是：一、你只能从个人的现实体验出发去追寻终极价值；二、你能够追寻到的，只是你对这个价值的阐释，它绝不等同于终极价值本身；三、你只是以个人的身份去追寻，没有谁可以垄断这个追寻权和解释权。正是在这个意义上，我相信人文学者在学术研究中最后表达出来的，实际上也首先应该是他个人对于生存意义的体验和思考。①

在人文精神讨论中出言谨慎的朱学勤，这时对其进行了补充性阐释："王晓明强调的是，一个普遍主义的人文原则，在实践中却必须是个体主义的，这是一个非常重要的限定。没有这个限定，人文精神的普遍主义，有可能走向反面，走向道德专制。""用我们现在谈话的语言说，就是以普遍主义方式推行普遍主义原则，我们今天谈论的人文精神，似乎也应以此为戒？我想说的是，一个人文主义者，如果不愿放弃这一理想，是否应对原则上的普遍主义与实践中的个体主义，持有一种谨慎的边界意识？"② 从对"个人实践性"和"边界意识"的强调来看，上海一部分人文精神倡导者并不像张颐武指责的"设计了一个人文精神/世俗文化的二元对立"、非把"自身变成一个超验的神话"，相反，他们倒意识到这种讨论如果"不接地气"、不从具体实践层面上来操作，它的有效性就值得怀疑。

不过，张颐武的批评似乎适用于陈思和"岗位意识"的主张。陈思和指出："这些问题直接涉及知识分子人文精神的价值取向，即它的岗位应该设在哪里。我刚才说过封建时代的知识分子居庙堂中心，它进而入庙堂，退而回到民间，无论办书院搞教育，还是著书立说，都是在一个道统里循回，构成了一个封闭性的自我完善机制。20年代胡适提倡好人政府，50年代熊十力上书《论六经》，都是知识分子企图重返庙堂的努力。但20世纪庙堂自毁，价值多元，知识分子能否在庙堂以外建立自己的岗位，同样能够继承和发扬人文精神，塑造自己的人格形象？这是一个非常现实地摆在知识分子面前的问题。"③ 虽然不能说"庙堂"与"民间"完全是张颐武所说的"设计了一个人文精神/世俗文化的二元对立"、是把"自身变成一个超验的神话"，但联系倡导者80年代以来的思想发展脉络，从倡导人文精神到强调研究

---

① 张汝伦、王晓明、朱学勤、陈思和：《人文精神：是否可能与如何可能》，《读书》1994年第3期。
② 同①。
③ 同①。

"潜在写作"、"无名写作",再到"广场"、"民间"理论的推出,陈思和给人留下了在纯精神层面处理文学问题的印象。张颐武的批评是否正确姑且不论,不过这倒无意地指出了在理解什么是人文精神和怎样在个人研究层面上落实它的问题上,倡导者圈子中也是有所不同和因人而异的。从中也可以看出,在批评陈思和等人讨论问题过于抽象的时候,张颐武的批评也给人比较抽象和不具体的感觉,这是应该留意的细微地方。

亚当·斯密1776年出版的深刻解释资本主义生产秘密和规律的《国富论》被认为是传世之作,但他另一部可称之为英国工业革命时代"人文精神讨论"的著作《道德情操论》于1759年问世。他在250多年前就已注意到人类社会经济发展与维护人文精神之间严重脱节和不平衡的巨大困境。要取得历史进步,社会就不得不从事资本主义生产,用于刺激消费和增加财富,然而道德沦丧也在朝财富增加的相反方向全面下滑。正是在这种历史情境中,他非常注意从"个人实践性"的视角研究问题,并提出了许多非常具体和丰富的见解。他在《国富论》中指出:"在物质匮乏的年月,维持生活不容易,而且生活不稳定使得那些人又渴望回到原有的工作岗位上去。但是食品价格的昂贵,用于供养人的基金的减少又使得雇主们宁愿减少佣工,而不愿增加工人。再者,在物价昂贵的年月,贫穷的独立工人往往把以往用来补充自己工作材料的少数资本都用来消费,于是为了维持生活也都被迫变成了短工。需要工作的人更多了,而得到工作也就更不容易了。于是许多人宁愿接受比通常更低的条件,这样一来,仆人和短工的工资在物价昂贵的年月便更低了。"他在论及雇主与佣人的关系时的抽象思维很有意思,在具体中又非常抽象和富于启发性:"一些具有极大使用价值的东西,往往不具有或仅具有极少的交换价值。相反,一些具有极大交换价值的东西又往往不具有或极少具有使用价值。没有什么东西比水更有用的了,然而它不能购买任何东西,也不能交换任何东西。相反,钻石没有任何使用价值,但它往往可以交换到许许多多的其他商品。"[①] 读者注意到,在讨论十分具体的生产关系甚至物质方面的问题时,亚当·斯密始终把资本主义生产过程中的人性问题摆在中心位置,雇主与佣工的关系如此,使用价值与交换价值的关系也是如此,而不像我们往往喜欢把问题拉到遥不可及的伦理道德层面进行纯粹抽象——实际也达不到真正抽象思维层次的操作和辩论。以人性为立足点,这就导出了他在《道德情操论》中对它的深

---

① 亚当·斯密:《国富论》(上),谢祖钧译,新世界出版社2007年版,第69、24页。

刻分析及如何加以约束和平衡的问题。他说:"人们历来抱怨世人根据结果而不是根据动机做出判断,从而基本上对美德失去信心。人们都同意这个普通的格言:由于结果不依行为者而定,所以它不应该影响我们对于行为者行为的优点和合时宜的情感。但是,当我们成为特殊的当事人时,在任何一种情况下都会发现自己的情感实际上很难与这一公正的格言相符。任何行为愉快的和不幸的结果不仅会使我们对谨慎的行为给予一种或好或坏的评价,而且几乎总是极其强烈地激起我们的感激或愤恨之情以及对动机的优缺点的感觉。"他还解释说:"无论人们会认为某人怎样自私,这个人的天赋中总是明显地存在着这样一些本性,这些本性使他关心别人的命运,把别人的幸福看成是自己的事情,虽然他除了看到别人幸福而感到高兴以外,一无所得。这种本性就是怜悯或同情,就是当我们看到或逼真地想象到他人的不幸遭遇时所产生的感情。""这种情感同人性中所有其他的原始感情一样,决不只是品行高尚的人才具备,虽然他们在这方面的感受可能最敏锐。最大的恶棍,极其严重地违反社会法律的人,也不会全然丧失同情心。"① 他的意思是,在社会转型、资本积累的年代,最容易诱发出人性的自私和丑恶来,然而"合适宜的情感"却能够克服某些人性弱点,把人的"怜悯和同情"调度起来,进一步克服至少可以部分地平衡金钱利益与道德的严重悖谬。

　　王晓明和王蒙虽然都强调了人文精神讨论中的"个人实践性",但他们并没有"落地",真正"落地"的却是当时大多数知识分子都深恶痛绝的小说家王朔。当然,王朔的"个人实践性"与王晓明的主张不在同一个历史层面上,无法将它们并置在一起来讨论,但这不妨碍我们对它问个究竟。王朔的言论好像是在与亚当·斯密的政治经济学自觉接轨,他宣称:"有些人喜欢以贫交人,我不愿意这样。我不是拿不义之财,弄了个好东西,当然要卖个好价钱。"② 他不仅口头表白,而且早就有了"下海"的"个人实践"。李建周为我们提供了很多鲜为人知的材料:"1978年发表短篇小说《等待》以后,王朔受到《解放军文艺》的极大重视,被借调到该刊当编辑。正好赶上'三中全会'召开,政策的松动使得各种经济活动全面铺开。由于管理部门缺乏经验和政策法律不健全,许多经济活动处于合法与非法之间的灰色地带,造成了改革初期的混乱局面。""受先前哥儿们影响,无心看稿的王朔去了广州,摇身一变成了空手套白狼的'倒爷'。现役军人身份又是一把无形的保护伞,

---

① 亚当·斯密:《道德情操论》,蒋自强、钦北愚等译,商务印书馆2008年版,第130、5页。
② 白烨、王朔、吴滨、杨争光:《选择的自由与文化态势》,《上海文学》1994年第4期。

'光倒腾走私的彩电、录音机，南北一调个儿便能净得百分之一二百的纯利。'"① 与大多数待在书斋里坐而论道的学者和批评家相比，王朔确实非常勇敢而且先人一步进入了"90年代"。尽管他的"个人实践性"是与王晓明的"个人实践性"南辕北辙的，以致对后者是否定和鞭挞性的，不过这位充满争议的作家确实又在另外的层面上率先实践了人文精神讨论的主张。（岂料又过了若干年，当年参与人文精神讨论的学者和批评家都学会了与书商打交道，而且策划起很多明显带有"市场意图"的学术丛书。从这个角度看，他们与王朔此前的下海只是五十步与一百步而已。）如果这样看，王朔也许是一个还没有被真正认识到的为"90年代"而"殉道"的典型例证。他在今天"落魄"的命运，给我的印象可能也是如此。因为有事实证明，王朔当时并非要甘心下海做一个商人，他不过是为维护文学这个志业而暂时屈身，他在这一阶段仍然勤奋地写出了《动物凶猛》、《过把瘾就死》等不错的小说。"我自己搞公司，除了实现自己在影视上的一些追求外，还有一个想法就是少受自己做不了主的那种累，以便更好地写些东西。"② 杨争光也曾替他辩解道："办公司赚钱并不是目的，主要还是想干事业，在影视上搞出些好东西来。现在来看，这个想法还是浪漫了一些。"③ 1993年的中国，正在艰难地走出计划经济年代而迈向市场经济的前夜。人文精神讨论可能正是这代"50后"知识者在当时的最稚嫩也最珍贵的思考。旧的一页刚刚翻过，新的历史也刚刚掀开。我们对新的历史的认识，必须以旧的历史的脉络纹理中去寻找和发掘才可能具有思想的深度。

四、"十七年"与80年代和90年代

在讨论了80、90年代的历史关联性之后，我们再将它往前延伸，看看除此之外另一个时间点能否给它的定义做一些解释。今天看来，纯粹在90年代历史情境中重新考量人文精神讨论的意义和得失是不准确的，因为这样必会受到当时批评和今人批评的影响与干扰。它的历史立足点，我们可以尝试着在这代人的"十七年"境遇

---

① 李建周：《身份焦虑与文本误读——兼及王朔小说与"先锋小说"的差异性》，《当代文坛》2009年第1期。
② 白烨、王朔、吴滨、杨争光：《选择的自由与文化态势》，《上海文学》1994年第4期。
③ 同②。

中来奠基和再次展开。

实际上，双方已争论到"十七年"的历史问题，只是后来人们并未注意到这个问题对于人文精神讨论的真正含义。据我看到的历史文献，上海的人文精神倡导者都未注意到"十七年"这个重要的历史资源，倒是为王朔命运愤愤不平的作家王蒙把它当作立论的出发点。他以略带挖苦的口气说："对于人的关注本来是包括了对于改善人的物质生活条件的关注的，就是说我们总不应该叫人们长期勒紧腰带喝西北风并制造美化这种状况的理论来弘扬人文精神。但是，当我们强调人文精神是一种'精神'的时候，我们自古以来于今尤烈的重义轻利、安贫乐道、存天理、灭人欲、舍生忘死、把精神与物质直至与肉体的生命对立起来的传统就开始起作用了。毛主席讲的人要有一点精神，也是指解放军战士不吃'苹果'的精神，苹果多了，吃了，又从哪里去体现'人是要一点精神'的呢？毛主席讲的是解放军遵守纪律的精神，他讲的是正确的与动人的。但这里的所谓'精神'，仍然是对于某种眼前的物质引诱的拒绝，有了苹果就失落了精神，其心理暗示可谓源远流长。"在梳理了"十七年贫困社会主义"的思想内核和它的传统文化资源后，王蒙又在马克思主义那里去寻找其来源和根据。"意味深长的是，从脱离物质基础的纯精神的观点来看，计划经济似乎远远比市场经济更'人文'。计划经济的基本思路是，人类群体特别是体现公意的社会主义国家的执政党及政府，认识、把握并自觉地运用经济的发展规律，摒弃经济活动中因为价值规律的作用而出现的自发性、盲目性、无政府状态。（马克思主义认为，资本主义的基本矛盾之一是个别企业的生产的计划性与整个社会生产的无政府状态之间的矛盾。）把人类群体的主观意志与客观的经济需要结合起来，使人真正成为经济活动的主人，社会生活的主人，历史前进运动的主人。斯大林的命题是，社会主义经济的基本规律是最大限度地满足人民的物质与精神的需要，而资本主义经济的基本规律是最大限度地追求利润。"① 这样，王蒙就把"人文精神"讨论拉回到将物质/精神刻意对立的"十七年"的现场。他的历史经验告诉他，这种严肃的讨论不能越过刚刚过去的"十七年"和"文革"，而仅仅站在80年代新启蒙立场和西方知识层面去重建人文精神。如果这样，这就不是一场具有历史感的讨论，这种脱离历史的姿态就不是从中国问题出发的讨论问题的方式，它的意义就值得怀疑。

对"十七年"，金观涛有着与王蒙同样深刻的记忆。他认为80年代是中国社会

---

① 王蒙：《人文精神问题偶感》，《东方》1994年第5期。

的"第二次启蒙",但对它的认识一定要放回到特定语境和更大的框架中才能产生历史纵深感。"20世纪有两次现代化高潮,而从20年代后期至80年代之前这五十年间,中国大陆经济增长相对缓慢。这是因为帝制崩溃之后,中国要首先完成社会的整合,才可能有经济的超增长。1949年中国完成了社会整合,但由于实现社会整合是依靠具有革命意识形态的政党,只要社会整合一完成,党就必定会把去实现意识形态规定的道德目标放在首位,不断革命、不断扩大社会动员的规模;只有到发现乌托邦的虚幻、革命意识形态解构,社会现代转型和现代化的目标才会再次凸显出来。"他为此提供了具体个案:"20世纪50年代至70年代,我在中国旅行的时候所看到的乡村、城市面貌基本是不变的。就以我的故乡杭州为例,我出生的时候,杭州大概是六十万人口,到了80年代初,杭州还是六七十万人口,基本没有改变。当时城市格局包括街道、人口规模,都是20世纪初期的第一次现代化高潮期奠定的。五十年间,虽然经济发展缓慢,革命和意识形态的展开却惊心动魄。就中国大陆而言,1949年至1978年的历史,实为毛泽东思想的展开,它可以用革命意识形态和社会的互动来概括,一直到文化大革命毛泽东思想解构。随着'文革'灾难的结束,中国人才再一次回到未完成的现代化事业中来。'文革'灾难也使知识分子意识到启蒙没有完成,所以80年代从反思'文革'痛苦经验开始,中国出现了第二次启蒙运动。"①

王蒙、金观涛根据他们这代人的历史经验,试图在叙述中建立"落后时代"与"先进时代"这样的认识性框架,从而推演出80年代启蒙运动对于中国现代化转型过程的思想意义。在这种"十七年""停滞社会"与80、90年代"进步发展社会"的比较视角中,金观涛、尤其是王蒙紧迫地意识到,对"如何进入90年代"的反省,是不应该绕过"十七年""停滞社会"这个历史维度来展开的。80年代的思想启蒙,最终是要推动80年代进入90年代的市场经济社会,从而寻求人的全面解放的历史蓝图,虽然这种蓝图今天被证明并不都是理想如意的,它甚至还给当代中国人带来了在80年代未能预想的痛苦和困难。然而在他们看来,在"落后时代"与"先进时代"的比较性框架中,90年代的市场社会仍然是社会进步的主要动力,是历史链条上的重要一环,没有这一环,中国就还可能退回到"十七年"的乌托邦状态(例如重庆的"唱红打黑"),就不能像近代知识分子所希望的那样被纳入世界的

---

① 金观涛:《中国历史上的两次启蒙运动》,《五四运动的当代回想》,南洋理工大学中华语言文化中心2011年版,第115、116页。

体系当中，中国也不可能有机会建构成一个真正意义上的"现代民族国家"。正是在这个维度上，王蒙和金观涛帮助人文精神讨论拥有了应该拥有的历史感，当然也从这个维度令人意识到了该讨论视野的局促狭窄，这些引文实际还帮助我们重新认识了那个曾经充满思想辩论色彩的年代。

就在人文精神讨论进行过程中，郜元宝已经注意到："90 年代的社会运作很多方面确实逸出了知识分子的原有的人文构想。"① 这番话让人意识到，人文精神倡导者当时是以 80 年代新启蒙的理想标准来要求 90 年代的，而 90 年代则打出了市场经济的旗帜。这种差异性中就有两个问题值得探讨：一是单向度的新启蒙知识框架难以令人信服地解释市场经济中的多元架构及其复杂问题。这就是我们为什么要更换一个认识框架，引用韦伯和亚当·斯密对资本主义社会结构和生产矛盾的论述，借以重新认识人文精神倡导者当时知识的困难和局限，以便对人文精神讨论的研究有继续推进的理由；二是由于当时人文精神倡导者只是在人文学科危机的相关范畴里面向 90 年代的问题，而没有在"十七年"与"90 年代"之间建立一个关联性的逻辑结构，没有意识到 90 年代物质欲望的突然膨胀恰恰是"十七年"的严重物质匮乏造成的这样一个中国问题，这就使这场讨论缺乏现实针对性和必要的历史感。那时候的人文知识分子主要在学科范畴及个人命运中想问题，这种方式与 90 年代的大众社会和文化明显脱节，从而失去了立言的立足点。当然更主要的原因是，人文学科的知识积累还没有能力解释 90 年代的市场经济和大众文化问题，这就使更适合解释 90 年代的政治学、经济学、法学和社会学乘虚而入，站到了历史前沿。人文学科在历史中逊位和社会科学成为显学的局面在今天依然存在，就连我这个精力不济的研究者也不得不忙中偷闲地补课，补充自己的知识储藏。采用引文式研究视角，实际正是知识社会学给我的启发。另外也须看到，对 20 年前的 90 年代市场经济兴起和因此引发的人文精神讨论，不可能在当时、只可能在今天看得比较清楚。就连长于理性精神的西方学者看他们的"资本主义兴起"并作出有分量的历史解释，也大多是到了很多年之后。安东尼·吉登斯说："1895 年，阿克顿爵士在剑桥大学发表的就职演说中表达了他的信念：现代欧洲与其过往时代之间存在着一条'显而易见的界线'。现代与中世纪之间并不是一种'以合法、正统的表面符号为载体的正常继替'。"因为"历史科学的存在预设了一种普遍变化的世界，更为重要的是，预设了一种过去在某种程度上已

---

① 许纪霖、陈思和、蔡翔、郜元宝：《道统、学统与政统》，《读书》1994 年第 5 期。

成为负担,必须把人们从中解放出来的世界"①。丹尼尔·贝尔则告诉我们:1789年,当乔治·华盛顿就任合众国第一任总统时,"美国社会还不足四百万人,其中七十五万是黑人。城市居民微不足道。当时的首都纽约只有三万三千人。"到了他《资本主义文化矛盾》这本书出版的1976年,"美国人口已大大超过二亿一千万,其中一亿四千万以上的人居住在大都市地区(也就是说,每个县至少有一个五万居民的城市)。住在农村的还不到一千万人。"他指出美国从传统社会(熟人社会)迈进大众社会(陌生人社会)并完成现代化变革②。正如王一川前面指出的,"这个进程"在80年代中期的寻根、先锋和新写实小说中已经开始。或者说它在1984年启动的中国"城市改革"中就开始了。但是,大多数讨论者并没有意识到或注意到这个事实。如果这样去认识,以80年代的人文知识积累和理想愿望试图进入不兼容的90年代的多元社会和文化结构,并缺乏对现代社会的基本认识,就可能是人文精神讨论所遗留给今天的主要历史问题。

原载《文艺研究》2013年第2期

---

① 安东尼·吉登斯:《资本主义与现代社会理论·导论》,郭忠华、潘华凌译,上海译文出版社2007年版。
② 丹尼尔·贝尔:《资本主义文化矛盾》,赵一凡、蒲隆等译,生活·读书·新知三联书店1989年版,第136、137页。

文艺评论的作用及其实现方式

艾 斐

　　文艺评论作为文艺创作的一种评鉴机制和驱动力量,自有其不可替代的特殊功能与巨大作用。而文艺评论的效能凸显和价值实现,则又唯在于它所秉具的理论品格、精神内蕴、时代韵律和科学素质。因此,我们在倡扬和提振文艺评论的同时,也必须赋予其足以担当时代重任的特质与能力,这就要求文艺评论在行使自己历史使命的过程中一定要以清醇、敏锐、明达、深邃的品格和衔史、应时、务实、求真的资质走完全程,并不断地有所提升,有所发展,有所开拓,有所创新。

一

　　文艺是一种精神构建,而任何精神构建在本质上就都是对以"人"为核心的社会生活的艺术反映。这就不仅使文艺本能地成为社会生活的审美体现与精神赓延,而且也天然地使之与时代、政治和现实社会生活发生着割舍不断的血肉关联。

　　于此情况下,作为对文艺创作进行臧否评骘与方向引导的文艺评论,当然就更应须高屋建瓴地站在历史、社会、时代和政治的高度,对其所评骘和引导的对象施以科学认知、宏观把握、精神定位与正确驱动了。不如此,便不足以尽到文艺评论的责任,更遑论发挥文艺评论对创作的巨大推动作用与特殊观照功能。而要如此,文艺评论本身则就必须赋有更高远的基准、更宏阔的视阈、更敏锐的眼光、更精允的判断、更清晰的洞察、更透彻的理喻、更深邃的钩稽和更明睿的诠述。因为只有这样,文艺评论才能够做到像鲁迅所要求的那样"坏处说坏,好处说好"①、"剪除恶草,……灌溉佳花"②。

实际上,在任何时候文艺评论对文艺创作所应当起和能够起的作用,就都是这样。按说,这并不是什么难事,更不是对文艺评论的额外苛求,但在实践中要真正做到这一点,却往往是很难很难的,特别是在世俗化和功利心越来越浸染文化意识和驭控笔锋走向的当今,要实实在在地做到这一点,就更不是一件容易的事了。事实上,一个时期以来文艺评论之所以会出现孱弱化和边缘化的倾向,其主要原因就是它渐渐失去了本应禀赋的品格和功能,并因此而越来越不被信任和崇尚。

文艺评论,本来是要对文艺活动、文艺创作和具体作品的倾向与得失,进行具有权威性和说服力的评鉴与引导,并以理性的创造思维而赋予其以思想的内曜与美学的光彩,从而使创作主体从中得到启迪和感悟,同时也引发受众的文化自觉和促动读者的阅读欲望,进而在不同层次和不同范畴中对作者和读者共同实现不同程度的提升与引导,并通过对作品的思想发掘和艺术诠释而形成文艺作品的准确社会定位与恰切艺术定格。这种定位与定格,往往就是构成民族和时代文艺发展走向与轨迹的基本元素和主要标识。一个国家的文化史、一个民族的文化值、一个时代和社会的文化精神与文化魂魄,往往就是这样形成和奠立的。想想看,如果只有《离骚》、《史记》、《红楼梦》和《阿Q正传》,而没有对之的研究和论述;只有孔子、李白、曹雪芹和鲁迅,而没有对之的分析与评说,那么,这些作品和这些作家的价值与意义,乃至其在民族和世界文化发展中的地位与作用,还会像我们今天所认识到的这样具有普遍性、深刻性和典范性吗?其在文化史册和民族心愫中的渗透力和影响力,还会像现在这样广泛、深刻而崇高吗?答案无疑是否定的。

事实上,无论是文化史、文学史或艺术史,都是以评论家的具有事实依据、科学精神和卓拔见解的"定评"作为根据而逐渐书定的。评论家们不仅以自己的个性化和创造性劳动书定了炫示民族精神与照耀思想苍穹的文化史,而且以特殊的方式与坚韧的耐力发现和磨砺了众多原本并不为人所知的文化珠玑与艺术巨匠。像对《论语》和《离骚》之价值的认识,就是在一代一代的不断发掘和提升中逐渐深化的;像对卡夫卡的小说和梵高的绘画的认识与评价,也是在众多评论家的不断"发现"和深入探绩中逐渐得到提升的。特别是像徐渭这样的大画家,虽然今天早已是

---

① 鲁迅:《南腔北调集·我怎么做起小说来》。
② 鲁迅:《华盖集·并非闲话》(三)。

艺术天空中的璀璨明星了，但如若没有当年袁宏道的慧眼识珠和大力评荐，那就极有可能现在还会被埋没在历史的蒿草与岁月的尘垢之中而不堪世铭和不为人知了。确乎，正是理论家袁宏道从散佚于民间那"烟煤败黑，微有字形"的残卷余幅中，才发现了青藤艺术的内蕴与真谛。

文化的价值不仅在于创造，而且更在于发掘、发现、认识、扬励和不断地创造性的磨砺与提升。文艺评论的作用正是这样。莎士比亚戏剧，一开始就只是在乡村戏班子里巡回演出，其受众地域之狭小和影响范围之逼仄，都足以使之成为不登大雅之堂的短命艺术，而正是评论家们的发现和荐举，才使它名声大震、不胫而走，并一步步地成为享誉世界的戏剧艺术瑰宝。《红楼梦》的手稿甫一开始，也只是在民间秘密传抄，写作者唯为录事、言情、抒意，传抄者唯在好奇、谑趣、娱心，谁也没有思考和追索它的社会意义究竟有多大，文学价值究竟有多高？举凡这些，都是后来的评论家和研究者们一步步地将之发掘出来，并以之而启示和引导读者从中撷珠探宝、觅蹊采珍，直至发现和架构出一个无限风光任徜徉的大千艺术世界。鲁迅只活了55岁，著作只有600余万字，可时至今日，研究和评论鲁迅的书籍与论文加在一起，其文字量又何止超过鲁迅著作的十倍、百倍？也正是在这种世界性的鲁迅研究与鲁著评说中，才不但步步深入地解析了鲁迅著作的精髓，而且也更渐入佳境地抟炼了鲁迅精神的特质。我们现在认知中的鲁迅之崇高与伟大，其实就正是在这个过程中完成的。

历史与现实总是暌隔着一定距离的，而对于文化创造和文艺创作来说，理论和评论就正是占取和弥合这种距离感的思想尺度与艺术材质。因为只有当历史在岁月衍移中沉淀和过滤了现实的混沌之后，其所熠射出来的才会是理论和评论的爝焰与光彩。人们对一个具体文化产品之价值的认识和接纳，往往都会有这样一个过程。对于文艺作品来说，即时的热捧和一时的轰动，收视率的爆棚和市场上的走俏，都并不一定代表其价值的宏大与意义的崇高，而只有在时间的磨砺中所逐渐抟炼和熠射出来的凝重与光彩，才是其实际价值的真正体现。也正是在这个过程中，评论的效能才会尤为凸显和备加放大，并为文化产品和文艺作品的最终定位和定格铸炼圭臬，以至勾画和引导着文化与文艺的既定格局与未来走向。由此足见文艺评论对于文化创造和文艺创作所具有的既不可缺如又无以旁贷的极端重要性。如果说创作者是以自己的作品直接再现生活和取悦读者，那么，评论者则是要以自己的理性论罄和科学评价，通过鉴析作品而提升和引导作者与读者。从某种特定意义上说，显然理论和评论更重要。因为没有理论的匡正和指导，作家就会陷于迷惘；而失去评论的扶掖与鉴析，创作则会撂荒。在文化创造和文艺创作中，任何主体的迷惘和客体的荒率，都会使作品本身及其社会效能陷于不可估量的销铄与紊乱，乃至走向悖论，出现负值，坠入思想的冰窖和精神的黑洞，造成创作力的下沉和收获季的凋零。

这样的例证并不鲜见。人们之所以要把创作和评论比喻为车之两轮和鸟之两翼，作家艺术家之所以要把评论家及其评论视为园丁和引擎，其原因正在于此。在一个健全的文艺生态环境中，创作和评论的任一失衡与倾覆，都会给实现文艺的繁荣与发展形成妨碍和阻滞。特别是在失去评论护佑和指引情况下的文艺创作，则无异于农民疏于对土地的耕耘和工人放弃对铸铁的淬冶。其后果无疑是不堪设想的。

二

我们肯定文艺评论的价值和作用，强调文艺评论的功能和意义，重视文艺评论对文艺创作的观照性和指导性，当然并不是无前提和无条件的。这前提和条件对于文艺评论来说，就是要求它必须剀切、精当、明睿、卓拔，必须秉有先进性和科学性，必须充盈创新思维和领导精神，特别是必须能够有效地对文艺创作起到匡正、启悟、激励、诫勉、引导和提升的积极作用。

这个前提条件很重要。只有它，才是文艺评论的精魂与枢机，才是文艺评论的全部价值和意义之所在，才是文艺评论之所以至关重要、之所以不可缺如和之所以功能独特、作用无贷的全部理由和唯一根据。一旦失却这个前提条件，文艺评论在本质上也就不再是文艺评论了，因为它既不具备文艺评论的原本品格和价值，又不能发挥文艺评论理应秉有的功能与作用。而这，对于文艺评论来说，则无异于是一种自我功能摒弃和主体价值否决。

文化评论是"评论"文艺创作和文艺作品的。而进行评论的目的，则是要给予文艺创作和文艺作品以准确的鉴诊和正确的指导。这当然就首先要求文艺评论本身必须是正确的、先进的和具有睿慧眼光与高卓见解的了。打铁先要本身硬，矮子何以搀巨人？而恰恰正是在这一点上，我们的有些文艺评论却犯了大忌。它们要么见解平庸、思想灰暗；要么语辞晦涩，概念扭曲；要么以述充评，文不逮意；要么褒贬失当，结论褊畸，甚至还出现了什么"红包"评论、人情评论、御用评论、权谋评论、唯美评论、超现实评论、技术主义评论和"去政治化"评论，等等。这样的所谓文艺评论，哪里还具有文艺评论的素质与品格呢？当然也就无法起到文艺评论所应起和能起的积极作用了！

文艺评论的质量和效能，只能取决于文艺评论家的情操、能力与水平。因此，要提高文艺评论的质量和效能，就必须不断提高文艺评论家的思想水平、知识结构、认知能力、艺术素养和道德情操。为此，从文艺评论的现实情况和实际需要出发，我认为评论家在其评论过程和评论成果中至少应当从以下三个方面进行积累、淬冶和修炼。

首先是要处理好文艺评论与文艺理论的关系。理论既是思想的依据，又是评论的根基。评论只有在理论的基础上才能实现生发、升跃与延伸，才能趋于厚实、坚挺和新蔚，也才能有思想、有力量、有内涵。否则，评论就会被平庸和浅薄所弥漫，就会缺乏隽意和深度，就会成为生命力极度脆弱的涸辙之鲋和说服力十分有限的表面文章。正因为如此，所以历来的大评论家就无一不是一身兼为理论家和学者，甚至还是翻译的高手和创作的能手。而在这方面，恰恰是我们现在许多评论家的短板，并因此而使我们的文艺评论常常显得评述多于论赜，陈言壅堵探蹊，冗叙替代思想，谬说冒充创新。这样的文艺评论，实际情况是只有"评"，而没有"论"；只有"学"，而没有"思"；只有"腻"，而没有"彩"；只有"玄"，而没有"益"。而真正有思想、有力量、有情彩的文艺评论，则注定应该是理足评当、意懋思深、寻蹊探奥、臻于旨归。

其次是要处理好文艺评论与政治和艺术的关系。曾几何时，在文艺评论界兴起一股风，就是远离政治，只谈艺术；阻断传统，倾慕"西潮"；告别"在场"，回归自我。这导致我们的一些文艺评论在行文立意上不仅退出了现实，而且也规避了政治和暌隔了时代，悖逆了历史，疏远了人民。其所筛落下来的，也就只有新名词轰炸、自我意识的无规则膨胀以及所谓的"新锐"概念和"前卫"思潮的漫天盘绕与胡乱纠结，乃致常常在恣肆汪洋的篇幅里和荒诞怪异的理念中所裹藏着的，却仅仅是一个小小的和不可捉摸的空洞意概与猥琐思骸。这无疑是蹈入了一个认识论的误区。文艺创作要民族化、时代化、社会化，文艺评论当然也应当和必须具有民族化、时代化和社会化的品格与气质。否则，评论与创作就会无法实现对接。对于西方文艺思潮当然不能无视、不能拒绝，但吸收则必须是有淘漉、有选择，必须做到择其优而为我所用，撷其用而对我有益。即使如此，中国气派和中国风格也仍旧永远都是我们文艺评论的时代标识与精神芯片。至于对政治的规避，那就更是一种思想的颠顸与认识的幼稚了。政治是融化在现实社会生活中的，人是社会生活的核心和主体，文艺创作是以"人"为描述和表现对象的，或者说是以写"人"为旨归的。那么，作为以评析和引导文艺创作为己任的文艺评论，又怎么能够规避得了政治呢？

这简直无异于痴人说梦。正经说来，文艺评论只有认真研究如何才能更好地从政治和艺术两个方面给予文艺创作以切实的和科学的谋划与引导，才是正道。只有从政治上和艺术上对文艺创作进行全面观照和有力驭动，才是文艺评论崇高的历史责任与永恒的时代主题。

最后是要处理好文艺评论与作家和作品的关系。文艺评论的对象是文艺作品，而作品又是由作家艺术家们创作出来的。在作品中，常常是作家艺术家价值观和审美观的情韵表达与艺术流露。既然如此，文艺评论在评析作品时就不能不顾及到创作主体。事实上，也只有在将作者看作作品的背景和底片时，评论本身才会更全面、更准确、更有力。鲁迅不仅说过"我总以为倘要论文，最好是顾及全篇，并且顾及作者的全人，以及他所处的社会状态，这才较为确凿"①。而且认为"要论作家的作品，必须兼想到周围的情形"②。文艺评论的生命之源和价值之枢，也就唯在于它能对作品作出肯綮而科学的评析，并引导作家艺术家在明得失和知方略的高度自觉中不断地得到提升和发展。而要实现这个目标，认真处理好与作家和作品的关系便显得至为重要，其要点有三：一是全面考察和掌握作家与作品的相关情况和信息，并对之进行有机联系与缜密分析，从中找出个性化和规律性的东西来。二是既要对作品负责，又要对作家艺术家负责，坚决做到有一说一，有二说二；好处说好，坏处说坏。既指出优长之处，促其擅扬；又指出不足之处，助其改进。既以理论的阐释帮其提升认识，又用忱挚的诚勉勖其鼓足信心。在这个过程中，作家艺术家也同样需要有足够的真诚与耐心，尤其需要有虚怀和雅量，决不能只愿听好的，不愿听孬的，更不能媚取和诱发评论家的违心之论和不实之谀。三是评论家不仅有责任对作品进行评析和品鉴，而且也同样有责任对作家艺术家进行理论引导和学术濡化，并使之在这个过程中不断地增强和提高精品意识与创新能力，从而在作家和评论家的开诚相见、谐勉互促中共同构成繁荣和发展文艺创作的时代脉动与强大合力。

原载《创作与评论》2013 年第 1 期

---

① 鲁迅：《且介亭杂文二集·"题未定"草（七）》。
② 鲁迅：《且介亭杂文二集·后记》。

自然之声与人类心声的共鸣
——论自然文学中的声景

程 虹

我们所熟悉的美国自然文学作家大都有一种对声音的偏爱。梭罗在《瓦尔登湖》中专有一章写"声",在抱怨了火车的汽笛声之后,他笔锋一转,将家乡康科德小镇的钟声、风声、牛叫、犬吠和鸟鸣写入自然的风景之中。贝斯顿(Henry Beston)在其代表作《遥远的房屋》(The Outermost House)中,描述了在他那个被称作"水手舱"的临海小屋中倾听海浪的惬意。奥尔森(Sigurd F. Olson,1899—1982)索性将自己书写美国北部奎蒂科-苏必利尔荒原的处女作以《低吟的荒野》(The Singhing Wilderness)为题,生动地唤起了人们对原野的视觉和声音的感受。威廉斯(Terry. T. Williams)则在一次访谈中指出:"或许现在如同以往一样,我们的任务就是聆听。如果我们真正地去聆听,大地就会告诉我们它的意愿以及我们如何才能相应适度地生活。"(Jensen:315)由此,我们不难看到,自然文学作家在写风景(landscape)的同时也在写声景(soundscape)。有评论家称之为"共鸣的写作方式"(the echo system of writing),即试图使文学中的声景与自然界的声景产生共鸣。(Chandler and Goldthwaite:84)

"声景"一词最初用于音乐领域,亦译为"音景",后来它的使用范围扩展到环境保护、建筑设计等领域。近来,声景也被用于自然文学之中,即人们从声景的角度来欣赏评述自然文学作品。在充满噪声的现代社会,人们的听觉日益迟钝,诚如意大利哲学家菲乌马拉(Gemma Corradi Fiumara)所述,"现代语言已经失去了其'生态合理性'的尺度。"她继而解释道,现代人不再能够听到大地及山河湖海的声音,不再能够听到诸如风声、树声、虫鸣、虎啸这些自然之声。(Chandler and Goldthwaite:91)自然文学作家在作品中对"声景"的描述,旨在唤起那些我们曾经熟悉、但却渐渐离我们而去的自然之声的记忆,让我们去捕捉并欣赏自然之声带给我们的那些简朴的愉悦,从而尝试着去过一种留住自然之声、与大地的脉搏相呼应的生活。恰如特丽·威廉斯在其文集《无言的渴望:原野的故事》(*An Unspoken Hunger: Stories from the Field*) 中说的那样:"回音是真实的,并非想象。我们呼唤,大地回应。那就是我们与生态系统的共鸣……"(1995:80)

一

当代美国自然文学作家对声音的重视,源于他们对远古的揣测。贝斯顿在其另一部作品《芳草与大地》(*Herbs and the Earth*) 的开篇就写道:

> 古人有一种奇妙的幻想,即上苍之光,太阳和月亮,移动的行星,井然有序的恒星,当它们在各自的轨道上和谐地运行时,都吟唱着自己的歌,因此使得宇宙空间充满了高贵的音乐。倘若人类的耳朵准备好了来享用这种悦耳的曲调,古人认为,那么,他或许就会在一个无云的正午,在一片宁静的高地上听到太阳高声呼唤的声音,在夜晚听到月亮的声音,那是另一种不是来自地球但却掠过大地及其家族的乐曲。

此时,贝斯顿转而问道:"在这和谐的天国之音中,大地又唱着怎样的歌曲?"他继而将自己的想象力注入笔端:地球在运转时迸发出的那种庄严的乐曲,大地上江海奔流、溪水潺潺的响声,树叶的抖动与雨声交织在一起的美妙,犁在农田中耕作时翻土的声音,甚至女人在梦中心满意足的吟唱。(2002:3—4)贝斯顿对古人那种对自然之声、天国之声充满敬仰的描述,体现出他对自然世界中声音的偏爱与重视,这与他另一本书的主旨不谋而合。

2003年出版的《早期美洲的声音》(*How Early America Sounded*) 旨在表明,17世纪至18世纪的美洲,人们是怎样用耳朵来倾听他们的世界的。或者说,美洲印第安人比我们现代人能够更多地利用耳朵这个感官,通过自然之声来感受和了解世界。他们那时听到的声音是我们现在通常认为的"自然的"声音,是诸如雷雨声、瀑布声、风声等自然的声景(the natural soundscapes),而不是人为制造的声音。由于当时生活在以听力为主的口述文化(ear-based oral culture)背景中,美洲印第安人经常将声音视为个性行为的象征。比如,他们将自己的歌声和话语视为如同雷声及风中树叶的响声一样的声音,是张扬个性的行为。(Rath: x; 2; 9; 174)然而,在科技发达的现代社会中,人类早期某些对于求生至关重要的灵敏感官却因为不常应用而渐渐退化。当代美国作家约翰·海(John Hay)在题为《聆听》(Listening)的散文中就提到,现代社会中各种机器的轰鸣声已经压住了其他诸如鸟鸣与兽叫的自然之声。他写道:

> 最重要的是,我们已经成为视觉的生物(creatures of sight),即当我们走过一片风景时,并非充分使用天生的感官来解读它,因此看到的只是一片低落的、变了样的风景。大地以其多变生动的语言向我们述说,而我们却失去了捕捉那种语言的本能。(1984: 142)

在《早期美洲的声音》一书中,也有与海相似的观点,但更为形象,即现代社会中,人类已经"以眼代耳"(an eye for an ear)了。(Rath: 2)美国文化历史学家、作家贝里(Thomas Berry)曾说过:"宇宙成员的组成是用来相互交流的,而不是被利用的对象。万物都有其独特的声音。可是从某种程度上而言,我们却变得自我封闭。我们听不见那些声音。"他在以《聆听大地》(Listening to the Land: Conversations about Nature, Culture, and Eros)为题的访谈中以印第安文化为例,提到了聆听自然之声的重要性:"我在这里说的并不重要,重要的是山河及星辰怎么说。"他解释道。上述自然之物正当有力地说出了人类所需要的真实性,它们告诉我们关于生存的硬道理,那些诸如四季更替、生死及复苏的自然之奥秘。他还举例说明风是怎样传递它的神秘之声的:"风有其神秘之声;人看不见风,但风有声,风穿过树林,风传授着花粉。鸟在风中高高地飞翔。风唤醒了我们内心对精神的感觉,因为风承载着一个隐约世界的神秘感。"(Jensen: 2; 40)其实,贝里及美国自然文学作家从历史的角度来看自然之声的重要性,并非是要现代人走回远古或原始,而是想在这个日新月异、突飞猛进的现代社会中,让人们从亘古以来就从容不迫地进行着四季轮回的古朴而又可靠的自然之物中找到人生的定力,听到自然的呼唤,体验到对自然世界的归属感。诚如奥尔森在《低吟的荒野》的序中所述:

> 漫长的原始社会已经在我们身上留下了烙印。社会文明并没有改变人类历史开始之前我们那些情感的需求。那就是我们渴望倾听、不懈求索的原因。假若我

们真能捕捉到原古的辉煌，听到荒野的吟唱，那么嘈杂的城市就会成为宁静的处所，忙乱的进展就会缓缓与四季的节奏接轨，紧张就会由平静来取代。(3)

二

在美国自然文学作品中，自然之声寓意非凡。约翰·海在散文《听那风声》("*Listening to the Wind*")中，为风声赋予了深远的含义："听听风声，加入秋叶在风中的舞蹈，堪称与宇宙和谐共存。"（1995：45）至此，不由得使我联想到中国宋代名园沧浪亭石柱上镌刻的那副对联："清风明月本无价，近水远山皆有情。"至少东西方文化在一个层面上是相通的，那就是以文学的形式、词语的力量来描述人与自然之间的密切关系。美国自然文学作品中对声景的描述，从动感及整体的美感方面体现出这种文学的潜移默化的词语之魔力。

贝斯顿的《遥远的房屋》堪称史诗般的作品，写出了海浪的动感、悲壮及诗意："秋天，响彻于沙丘中的海涛声无休无止。这也是反复无穷的充满与聚集、成就与破灭、再生与死亡的声音。"随后，我们跟随作者一次次地观看着海浪一个接一个地从大西洋的外海扑打过来。它们越过层层阻碍，经过破碎和重组，一波接一波地构成巨浪，以其最后的精力及美丽映出蓝天，再将自己粉碎于孤寂无人的海滩。贝斯顿还精辟地归纳了大自然中三种最基本的声音：雨声、原始森林中的风声及海滩上的涛声，他认为涛声最为美妙多变，令人敬畏。他劝导我们："听听那海浪，倾心地去听，你便会听到千奇百怪的声音：低沉的轰鸣，深沉的咆哮，汹涌澎湃之声，沸腾洋溢之声，哗哗的响声，低低的沉吟……"浪涛声在他听来是不停地改变着节奏、音调、重音及韵律的音乐，时而猛若急雨，时而轻若私语，时而狂怒，时而沉重、时而是庄严的慢板，时而是简单的小调，时而是带有强大意志及目标的主旋律。难怪作者感叹道："对于这种洪亮的宇宙之声，我百听不厌。"（33；32；35）从贝斯顿的描述中我们感到，是声景给了自然文学以活力、动感及诗意。如果没有声景，自然文学就会缺少立体感，甚至显得单调和苍白。

自然文学中的声景不仅仅是河与海的声音，它与风景结合有着整体的美感。比如，巴勒斯（John Burroughs）的代表作《醒来的森林》呈现给读者的，就是一个鸟语花香的林地全景。他写初春的林地："蒲公英告诉我何时去寻找燕子，紫罗兰告诉我何时去等待棕林鸫,当我发现延龄草开花时,便知道春天已经开始了。"因为,延龄草标志着众鸟归来,暗示着醒来的森林。(5)试想一下,倘若没有鸟鸣、风声、水声及雨声,我们怎样能领略《醒来的森林》中的整体美?又怎能感受到寒冬已过、大地回春、万物苏醒的动感?贝斯顿在其另一部自然文学作品《北方农场》(*Northern Farm*)中没有描述汹涌澎湃的海浪,而是在一个寒冬的夜色中,静观一个封冻的池塘,倾听"冰的低吟"。一轮冷月照着孤寂的池塘,风扫光了池面的残雪,周边的田野树木在宁静的月光下都处于静止的状态。然而此时,作者从封冻的池塘中听到了一种颤动的、神秘的声音——那是一种当流动着的强劲力量受限制、被压抑时的号叫。他写道:

> 当我顿足聆听池下冰的声音时,意识到实际上我是在听整个池塘。举目向北,江河、海湾及河畔形成了一片冰川,而所有的冰都在月光下发出了滔滔不绝的声响。这声音时而来自东边,时而来自西边,时而来自某个远方的海口,时而来自隐藏在松树林下的小水湾。那池塘以其独特深沉的噪音在呼喊。(Beston, 1970:73—74)

寥寥数语,贝斯顿勾勒出了一幅北方寒冬的多维全景,他对冰声的描述则给这原本宁静的景色增添了冷艳流动的美感。

三

自然文学中的声景实际上是将自然之声与人类心灵进行沟通。或许我们可以这样认为,如果没有人类心灵的感应,自然之声难以成为"声景"。爱默生(Ralph Waldo Emerson)在《论自然》中称"眼睛是最好的艺术家"。(877)由此,我们不妨可以说,倾听自然之耳是人类最美的乐师。自然文学中的声景,将充满动感的自然及心灵的风景呈现在我们眼前。在20世纪70年代中期,美国当代自然文学作家兹温格(Ann Zwinger, 1925—)与友人一起泛舟,沿着美国西部最大的一条河绿河(Green River)漂流而下,穿越西部峡谷,横跨怀俄明、科罗拉多及犹他三个州,随后将亲身经历写就了一本书《奔腾的河流》(*Run, River, Run: A Naturalist's Journey Down One of the Great Rivers of the American West*, 1975)。在此书的序言中,作者寥寥数语就把人们带入声情并茂的意境之中:"我生长于河畔。那是条不太大的河,就在路的对面……夏天,当树不摇、蝉不唱时,隔窗便能听到潺潺的流水声,尽管水声不大,但却总是在那里。"作者动情地写道:"当一条河伴随着你成长时,或许它的水声会陪伴你一生。"继而,作者笔锋一转,向我们展示出另一条河流:"这本书是关于另一条河,一条大得多的河——绿河……在许多河段依然处于狂野荒凉的情况下,它是一条波澜壮阔的河流。对我而言,它是这世上最美丽的河流。"她是带着儿时就养成的那种强烈的河流感(sense of riverness)上路的:她从河水拍打在岩石和树木上的声音,从浪花打在手上的感觉,从河水散发出的多种气味中,感受到了它的表达方式。她甚至得出结论:一旦有了这种河的感觉,河就无所不在。一旦记住了河的气味,即便是在看不见河的风景中也能感到它的存在。《奔腾的河流》开篇的第一句是:"在狂风中我听到了那条河的源头。"而当作者的绿河漂流即将结束、她的书也开始向读者告别时,她感叹道:"我不想听这条河的尾声。"由此,我们看到声景从始至终都在《奔腾的河流》中闪现,这的确是一种出手不凡的写作方式。(程虹:48—53)

自然文学作家视荒野为一种情感,他们对荒野之声的描述中自然也充满了深情。比如,奥尔森在向读者介绍《低吟的荒野》的写作背景时,回忆起年仅七岁的他在伸向密歇根湖一个险峻半岛上初次听到的湖中如泣如诉的雾号,那是一种心灵的反响,是一种对荒野之声的渴望,以至于他总是夜不成眠,听着远方茫茫暗夜中的那些低吟,思索着将会吞没它们的漫漫长夜的神奇奥秘。寻求荒野的吟唱成为他童年的梦想、一生的追求,而奥尔森的代表作《低吟的荒野》确然实现了他的梦想及追求。其独特之处在于,作者对于声景的描述,使得自然之声与人在荒野中的心声交汇。书中作家的感官发挥到了极致:在众鸟南飞、夜色朦胧的晚上,他听到了这种吟唱;在薄雾渐消的黎明、繁星低垂的寒夜,他捕捉到了这种吟唱。这种悦耳之声,甚至也可以在缓缓燃烧的火苗中、打在帐篷上的雨滴中听到。他深感这种荒野的吟唱,就像从悠久岁月中传来的回音,仿佛是往昔当我们与江河湖泊、高山、草原及森林心心相印时众心所向的某种内心的渴望,而现在却渐渐离我们而去。所以我们内心才存有一种不安、一种对现实的急躁,于是聆听荒野就成了我们生活中的必需。

当谈及渐渐离我们而去的荒野时,特丽·威廉斯说过:"如果你像爱一个人那样去爱荒野,那么,你就不会让它离去。"(2002:76)她以自己的亲身经历说明,荒野之声甚至比宗教更能给人以心灵的慰藉,因而弥足珍贵。在她的自传型作品《心灵的慰藉》中,威廉斯通过与大地的亲密接触,展示了自然界的声景,重拾现代人失去的听觉。在母亲去世后，她开车去大盐湖，路过摩门教会堂时，她听到了唱诗班的歌声，因为整个广场都在广播唱诗班的歌。然而，这些宗教之声并不能给她以慰藉，荒野之声却能够："一到了湖边，我便如鱼得水。这才是属于我的土地。风在吹，浪在打，自然的节拍如同非洲的鼓点令人心动。……我甩开了长发，风吹着卷发，如同翻滚在水上的白浪花打在我的脸和眼上。风和浪。风和浪。"(240) 重复的"风和浪"，以声景的形式增添了湖畔的动感，使读者可以感受到作者内心的波动。风景与心景在此巧妙地相遇了。① 自然文学作家对于声景的描述旨在通过耳朵这个感官，让我们去捕捉、欣赏并爱惜荒野之声，从而体验人与自然界那种密不可分、血脉相连的归属感。这种归属感不仅是一种生活的必需，而且是情感及精神的渴望与需求。

由此可见，在自然文学作品之中，作者不仅在用笔书写自然，而且也是在用耳聆听自然，用心体验自然。因此，他们呈现在读者面前的就是含有风景、声景及心景（soulscape）② 的多维画面。有学者认为，诸如威廉斯等美国自然文学作家使用了诗意的呼吸法（the use of poetic breath），此法源于美国诗人及作家斯奈德（Gary Snyder）。(Chandler and Goldthwaite: 100) 斯奈德声称："诗歌是声音之奥秘的载体。"他继而解释道：

吸气是外部世界进入人体，随着与呼吸同步的脉搏形成人体内部的节奏感。吸气是精神，是灵感。带着声音的呼气发出的是联结宇宙万物的符号。某些情感及心境会令你鬼使神差，于是，你便成了一个充满气流的管道，——皆是声音。(53；57)

或许，正是由于熟谙这种诗意的呼吸法，某些自然文学作家才能与大地共鸣，

---

① 值得一提的是，有学者撰写专文评述威廉斯作品中的"声景"，详见：Masami Raker Yuki, "Sound Ground to Stand On: Soundscapes in Williams's Work", in *Surveying the Literary Landscapes of Terry Tempest Williams* (U of Utah P, 2003)。

② 心景（soulscape）是一个内涵极为丰富的概念。简言之，它是自然在人的内心所产生的共鸣，是一种人们看到特定自然景物时心灵的感受。在文学作品中，从浪漫主义时期人们就开始赋予自然以精神的色彩，关注特定景物中精神的重要性，这种传统一直持续至今。比如，19世纪英国诗人霍晋金斯（Gerard Manley Hopkins）就模仿"风景"（landscape）一词，首创了"内景"（inscape）的概念。2009年出版的《海景与心景》（*Seascape Soulscape*），是已故美国达拉斯大学英语教授柯蒂斯杰（E. C. Curtsinger）评述梅尔维尔的代表作《白鲸》的专著。在此书中，作者将梅尔维尔笔下史诗般的海上冒险视为"内在及外在的旅行"（inward and outward journey），声称"大海及心灵的神秘可以融为一体"。

自如地挥洒心中的诗意。威廉斯在其文集《红色：沙漠中的激情及耐心》（*Red: Passion and Patience in the Desert*，2001）中写道：

> 我想用青草的语言来述说，在风暴来临之前，小草轻柔地随风飘舞，但却又根植于大地。我想用南飞大雁的形体来写作，那雁群呈 V 字形飞向安全的南方。我想永保文字中的野性，这样，即使大地及我们所心爱的物体被目光短浅的贪婪行为所毁坏，依然会留下些许鸿爪雪泥，展示大地之美及有幸亲身体验之人的激情。(2002：19)

威廉斯生动地记录了她在一条溪流中漂游时所产生的这种激情："水。水的音乐。黑色的音符，白色的音符，如同爵士乐，我的身体与水的载体相融合，水流如同爵士乐。我也自由自在地与水同歌。"（2002；202）与大地同呼吸，与自然中的万物同歌。人类的语言与大地的语言产生共鸣。自然文学作品中的声景给文坛注入了流动的活力。

原载《外国文学》2013 年第 4 期

参考文献：

Becton, Henry. *Especially Maine: the Natural World of Henry Beston from Cape Cod to the St. Lawrence*. Ed. Elizabeth Coatsworth. Brattleboro: Stephen Greene, 1970.

Herbs and the Earth. Boston: David R. Godine, 2002.

Candler, Katherine R., and Melissa A. Goldthwaite, eds. *Surveying the Literary Landscapes of Terry Tempest Williams: New Critical Essays*. Salt Lake City: U of Utah P, 2003.

Curtsinger, E. C. *Seascape Soulscape: Moby–Dick*. Texas: U of Dallas P, 2009.

Emerson, Ralph Waldo. *Nature in Heritage of American Literature: Beginnings to the Civil War*. Vol. I. Ed. James E. Miler, Jr. San Diego: Harcourt Brace Jovanovich, 1991.

Hay, John. *A Beginner's Faith in Things Unseen*. Boston: Beacon, 1995.

The Undiscovered Country. New York: Norton, 1984.

Jensen, Derrick. *Listening to the Land: Conversations about Nature, Culture, and Eros*. White River Junction, VT: Chelsea Green, 2004.

Rath, Richard Cullen. *How Early America Sounded*. Ithaca: Cornell UP, 2003.

Snyder, Gary. *The Gary Snyder Reader: Prose, Poetry and Translations*. Washington, D. C.: Counter Point, 1999.

Williams, Terry. *An Unspoken Hunger: Stories from the Field*. New York: Vintage, 1995.

Red: Passion and Patience in the Desert. NewYork: Vintage, 2002.

程虹:《奔腾于心中的河流》,《文景》2009年4月刊。

亨利·贝斯顿:《遥远的房屋》,程虹译,生活·读书·新知三联书店2012年版。

特丽·威廉斯:《心灵的慰藉》,程虹译,生活·读书·新知三联书店2012年版。

西格德·F. 奥尔森:《低吟的荒野》,程虹译,生活·读书·新知三联书店2012年版。

约翰·巴勒斯:《醒来的森林》,程虹译,生活·读书·新知三联书店2012年版。

论底本：叙述如何分层

赵毅衡

底本/述本分层是叙述学的基础理论，至今没有任何叙述研究能摆脱这个分层模式。但是这个理论多年来受到一系列理论家的抨击。由此叙述学落到一个窘困的境地：不能驳斥这些批评，就必须吸纳这些批评，不能放弃双层理论，就必须改造之。本文回顾这些批评，提出用符号学的聚合—组合双轴概念重新理解分层理论：这样可以接受这一系列批评中的合理部分，同时保留叙述学必需的分层立足点。如此理解，叙述行为就不仅是对底本做位移与变形，其更重要的工作是选择与媒介化。

一、术语的困扰

整个现代叙述研究以底本/述本分层原理为基础，整个一百多年的现代批评理论，也以这个分层原理为起点之一，偏偏这也是叙述学最容易受攻击的软肋。抨击叙述分层观的芭芭拉·史密斯很明白她瞄准的是什么，她说："双层模式不仅是叙述学，而且是整个文化理论的脚手架。"[1]

如果这个基础真是沙子般散乱，在这基础上构筑的宫殿早就该垮塌。耐人寻味的是，这个基础至今无可取代，大厦至今没能摧毁：也许它本来就很坚实，只不过是我们至今不清楚它是如何构成的。重新审视这个基础，我们可以找到广义叙述学乃至整个批评理论的再出发点。

---

[1] Barbara Herrstein Smith, "Narrative Versions, Narrative Theories", *Critical Inquiry*, Autumn 1980, p. 224.

叙述分层理论是俄国形式主义最先提出的,他们称这双层为"法布拉/休热特"(фабула/сюжет)①。什克洛夫斯基最早提出这个观点,他认为法布拉是素材集合,构成了作品的"潜在结构",而休热特则是作家从艺术角度对底本的重新安排,体现了情节结构的"文学特性"②。对这一对术语做了最明确讨论的,是托马舍夫斯基,他在其名著《主题学》中认为:法布拉中的事件是"按自然时序和因果关系排列",而休热特强调对时间的重新排列和组合③。自20世纪60年代学界"重新发现"俄国形式主义开始,几乎每位叙述学家都从分层概念出发进行讨论,如托多洛夫、巴尔特、里卡尔杜、布瑞蒙、查特曼、热奈特、里蒙—基南、巴尔,等等;整个叙述学体系建筑在这个双层模式上面,无法回避。

偏偏这对术语的各国翻译都很不固定。法国曾是叙述学的大本营,法国叙述学家关于双层的对应说法各个不同,里卡尔杜称之为"fiction/narration",巴尔特称之为"recit/narration",托多洛夫称之为"histoire/discours",最后似乎大致落定于热奈特所用的"histoire/récit"④。英文中大多用查特曼的取名"story/discourse"。但也有人用词不同,例如巴尔在英文本《叙述学》一书中用"fabula/story",两人的"story"位置正好相反。而中文的处理更为混乱:申丹沿用查特曼,称为"故事/话语"⑤,谭君强沿用巴尔,称为"素材/故事"⑥。两人的"故事"的位置也正好相反。

术语混乱还不是真正的困难所在,更大的困难在于:这些法文、英文词汇,与中文的"故事"、"话语"、"情节"、"素材"一样,都是极常用词,在叙述学的讨论中,非术语与术语不得不混用,经常造成误会,需要每次都打上引号,表示此

---

① 斯拉夫字母与拉丁字母的转写有几种不同的系统,这两个俄文词的拉丁字母对写不能确定。"Фабула"转写比较稳定:"fabula",但"сюжет"的转写法有多种:"sjuzhet"、"sjuzet"、"suzet"、"syuzhet"等,后一种用得较多。
② Victor Shklovsky, "Sterne's *Tristam Shandy*: Stylistic Commentary", in Lee T. Lemon and Marion J. Reis (eds.), *Russian Formalist Criticism*: Four Essays, Lincoln: University of Nebraska Press, 1965, p. 56.
③ Boris Tomashevsky, "Thematics", in *Russian Formalist Criticism*: Four Essays, p. 67.
④ 详见拙著《当说者被说的时候:比较叙述学导论》,中国人民大学出版社1998年版,第17页。
⑤ 申丹、王丽亚:《西方叙事学:经典与后经典》,北京大学出版社2010年版,第13页。
⑥ 米克·巴尔:《叙述学:叙事理论导论》,谭君强译,中国社会科学出版社2003年版,第89页。注意,在她的用法中,"story"与许多叙述学者的用法正好相反。

"故事"非一般说的"故事"①。在学科交叉场合，例如叙述学与文体学或与话语分析交界之处，即使打上引号都无法避免混乱②。固然论者各有不同的定义解说，但没有人提出足够理由，让我们处处明白此"故事"非彼"故事"。德里达在 1979 年就嘲弄说："故事"太让人糊涂了："每个'故事'（以及每次出现这个词'故事'之自身，即每个故事中的故事）是另一个故事的一部分，这另一部分比它大又比它小，它包括又不包括（或包含）自己，它只管与自己认同，因为它与它的同形词不相干。"③ 德里达说的"同形词"指非术语的"故事"，这个双层结构的确被太多的术语、非术语弄得够混乱的。

为了避免术语混乱，不少人主张回到俄文，例如电影学家波德威尔就直接用俄语拉丁化拼写④。波德威尔的中译者跟着译成"法布拉/休热特"⑤。这对一般读者记住外文发音的能力要求太高，本文建议译为"底本/述本"⑥，无非求个意义清晰而不会与常用非术语混淆⑦。本文先行清理术语，并非无事生非或是刻意求新，到本文作结时会说清楚目的。本文所引用的各家论者，原本用的术语各不相同却互相错叠，为避免处处解释造成行文拖沓纠缠不休，笔者不揣冒昧，全部改为"底本/述本"。

20 世纪 70、80 年代，许多学者开始突破结构主义，他们把底本/述本看作结构主义的基本理念（表层结构/深层结构）在叙述学中的应用，而痛加抨击。实际上"底本/述本"观念并非来自索绪尔的语言/言语说，叙述学也不是结构主义的一部分。自 80 年代至今，这个分层观念一直在受攻击，这反而证明攻击没有达到效果。至今仍没有一本叙述学著作能放弃分层概念。例如巴尔 1987 年出版的名著《叙述

---

① 杰拉德·普林斯《叙述学词典》（乔国强、李孝弟译，上海译文出版社 2011 年版，第 215—216 页）在 "story" 一条下列举了五个定义，在第一个定义中又分列了五个理解。
② 米克·巴尔说："本位尼斯特用了'故事'（histoire）与'话语'（discours）这两个术语。由于这些术语已经出现混乱，我在此避免使用。"（参见米克·巴尔《叙述学：叙事理论导论》，第 89 页。）
③ Jacques Derrida, "Living on Border Lines", in Harold Bloom et al. (eds) *Deconstruction & Criticism*, New York: Seabury Press, 1979, pp. 99—100.
④ David Bordwell, *Narration in the Fiction Film*, Madison: University of Wisconsin Press, 1985, pp. 49—50.
⑤ 波德威尔：《古典好莱坞电影：叙事原则与常规》，李迅译，《世界电影》1998 年第 2 期。
⑥ 参见拙著《当说者被说的时候：比较叙述学导论》。
⑦ 类似的命名并非无先例：有人建议称之为 "telling" 与 "told"（Nelson Goodman, "The Telling and the Told", *Critical Inquiry*, Summer 1981, p. 3）。我曾经建议英文用 "narrated" 与 "pre‑narrated"（参见拙著《当说者被说的时候：比较叙述学导论》，第 17 页）。

学》,整本书就是两大块:底本部分和述本部分。四十年来电影理论发达,远如麦茨①,近如波德威尔②,学者们都继续使用这个双层模式。

看起来,全体叙述学家达成默契:面对反驳,不必辩白,也不必修正。巴尔甚至在书中列举了反分层论的各家的看法,然后只说了一句话就打发他们:"我完全同意这些分析,但是我拥护分层论。"她的态度非常典型:可以承认你说得有理,但是你批你的,我论我的③。这个奇怪的各说各话局面至今依然:批判虽然言之成理,叙述学却不想也不能摆脱这个出发点。我认为,叙述学现在正处于向符号叙述学发展的瓶颈上,借批判之力,有可能找到新的前行方向。本文的讨论,将从分层说主要的批判者的观点谈起:如果我们不能自辩,就应当对叙述学作出修正,哪怕撼动根基,也在所不惜,叙述学理论必须面对批评,作出自我调整。

二、 几个述本能否共用一个底本?

1980年,美国女批评家芭芭拉·赫恩斯坦·史密斯发表长文《叙述诸变体,叙述诸理论》,系统地批判分层观念④。

史密斯指出:提出底本这个概念,一个目的是解释为何同一个故事拥有(或可以有)各种不同的改编或重述,或者说,为什么许多故事可以被认为是同一个底本的不同述本。她举了民俗学收集到的全世界各种"灰姑娘"故事作为案例,看起来应当是同一个底本的不同述本,其中的变异却实在太大,北欧的灰姑娘甚至把"恶姐妹"煮了吃。史密斯举出华人学者丁乃彤的发现:最早的灰姑娘故事可能出自中国与越南接壤的地区。源头未免太远⑤。甚至有人提出狄更斯的小说都是灰姑娘模式。她问:如此扩大,伊于胡底?

---

① Christian Metz, "Story/Discourse: Notes on Two Kinds of Voyeurism", in *Movies and Methods*, Vol. II, Berkeley and Los Angeles: University of California Press, 1985, pp. 543—548.
② Cf. David Bordwell, *Narration in Fiction Film*.
③ Mieke Bal, *Nanatoiogy, Introduction to the Theory of Narrative*, Toronto: University of Toronto Press, 1987.
④ Barbara Herrstein Smith, "Narrative Versions, Narrative Theories", *Critical Inquiry*, Autumn 1980, pp. 213—236.
⑤ Ting Nai - Tung, *Cinderella Cycle in China and Indo - China*, Helsinki: Academia Scientiarum Fennica, 1974, p. 40.

史密斯提出：说如此多故事竟然都是灰姑娘变体，"只能说明我们惯于用'情节提要'名义表演抽象、减缩、简化"①，也就是把简写当作底本，最简单情节公式就成了最基础的底本。她认为，没有任何一个叙述是其他叙述的"根本性基础"②。每个述本都是独立的，一个述本不可能与其他述本共享某个底本，"没有任何叙述能独立于讲述者与讲述场合的特殊需要"。因此，任何情节相似的叙述（哪怕明确说是"改编"），无论简繁，都是平行的，没有从属关系。

史密斯指出：底本这个概念之提出，第二个目的是解释为什么对某一事件可以从不同角度讲述。针对查特曼所说述本是对底本的"时间变形"，她反驳说：这是假定底本的时间是"零度变形"的线性叙述，而其他各种述本构成了一个变形程度的序列。例如热奈特认为民间故事"比较按照时间顺序"展开，而文学作品（例如《伊利亚特》）则常常"从中间开始"。史密斯认为热奈特这说法没有根据，"非线性"是叙述常态，不是例外。甚至人对事件的经验或回忆，作家的构思也一样零碎散乱变形，不存在"事件原时序"。

因此，史密斯的结论是：任何形态的简写都不是底本，双层模式"经验上成问题，逻辑上脆弱，方法论上混乱"③。理论上不能成立，批评实践上也没有必要采用。

当时正是查特曼《故事与话语》一书出版不久④，此书成了史密斯的主要靶子。查特曼对此文提出激烈的反驳，基本论据却是"拥护分层论者极多"，这当然不成其为有效的反驳⑤。史密斯于1983年到北京参加"首届中美比较文学双边会议"，大会发言就是这个题目，可见她本人如何重视此论文。她发言后，我曾简短地提问："如果灰姑娘故事没有共同点，为什么还把它们称作灰姑娘故事？"史密斯回答说这种提问是在坚持"天真柏拉图模式"，而这正是她对查特曼的指责。我在大会上没有能接着谈，到现在才有机会写此文讨论个水落石出。不过我既然把这个问题压了三十年，就暂且再等一下，到本文结束时看看能否给出一个比较清晰的回答。

史密斯至少在一个方面说得非常有道理：每个述本都是独立的，不会共用一个

---

① Barbara Herrstein Smith, "Narrative Versions, Narrative Theories", *Critical Inquiry*, Autumn 1980, p. 221.
② Barbara Herrstein Smith, "Narrative Versions, Narrative Theories", *Critical Inquiry*, Autumn 1980, p. 221.
③ Barbara Herrstein Smith, "Narrative Versions, Narrative Theories", *Critical Inquiry*, Autumn 1980, p. 231.
④ Seymour Chatman, *Story and Discourse: Narrative Structure in Fiction and Film*, Ithaca, N.Y.: Comell University Press, 1978.
⑤ Seymour Chatman, *Story and Discourse: Narrative Structure in Fiction and Film*, pp. 802—521.

底本,更没有任何叙述可以被当作另一个叙述的底本,哪怕"情节提要"也不是。查特曼也同意此点,但是他接着又说:"同一个底本甚至述本,可以在不同媒介中实例化,例如灰姑娘的民间故事、芭蕾、连环画等。"① 他的意思是说,不同媒介的述本可以合用一个底本。因为底本只是故事情节,述本提供一切形式。

三、情节究竟是在述本还是底本里形成?

1981年,与史密斯文章几乎相同的时间,乔纳森·卡勒出版了他的名著《追寻符号:符号学,文学,解构》,此书第九章"叙述分析中的故事与讲述",集中批驳了叙述双层模式。卡勒批评的主要对象是荷兰叙述学家巴尔1977年用法文出版的《叙述学:四本现代小说中的叙述表意》一书②,此书是她后来在1985年用英文出版影响极大的《叙述学:叙事理论导论》的原本。

卡勒对分层模式的抨击,主要集中在底本与述本的关系上。按照分层理论,既然述本是对底本的变形再现,那么底本时间上发生在前,至少"在逻辑上先于述本存在"③,而且其中的事件序列是"真序",述本只是为了生动而用"假序"改写④。为反驳此说,卡勒仔细分析了索福克勒斯名剧《俄狄浦斯王》:俄狄浦斯被生父忒拜国王拉伊奥斯抛弃在山上,由柯林斯国王抚养长大,他在一个十字路口与拉伊奥斯及其随从发生冲突,杀了所有的人,然后娶了母亲约卡斯塔,成为忒拜国王。这大致是底本故事,而述本就像侦探小说:某日俄狄浦斯国王决心彻查此案,结果发现自己杀父娶母真相,震惊之下刺瞎自己的双眼,离开宫廷自我放逐。

卡勒指出,这个述本有个大漏洞:戏剧开场时,俄狄浦斯国王已经登基多年,与前王后养育了几个子女。这一天他下令彻查当年国王拉伊奥斯被杀一案,但是他心存犹疑,因为他多年前曾经一个人在路口杀死某老人与其随从。王后安慰丈夫说有一个见证人,曾对全城人说过,他看到"一群强盗"杀了前国王与侍从,因此不

---

① Seymour Chatman, *Story and Discourse: Narrative Structure in Fiction and Film*, p. 803.
② Mieke Bal, *Narratologie: essai sur la, signification narrative dans, quatre romans modernes*, Paris: Kbncksiek, 1977.
③ 谭君强:《叙事学导论:从经典叙事学到后经典叙述学》,高等教育出版社2008年版,第6页。
④ Jonathan Culler, *The Pursuit of Signs: Semiotics, Literature, Deconstruction*, Ithaca, N. Y.: Comell University Press, 1981, p. 170.

可能是俄狄浦斯杀了前国王。于是一切取决于找到此证人。但当证人应召到来时，俄狄浦斯根本没有问当年杀人者究竟是"一群"还是"一个"，而只是追问自己的身世。卡勒说："当他听说自己就是前国王的儿子时，马上得出结论：是他杀了拉伊奥斯。他的结论不基于新证据，而是述本自身的意义逻辑……事件不是主题（意义）的原因，而是其效果。"① 卡勒说他当然不是想证明三千年前的俄狄浦斯无罪，他是说述本必须有意义，情节逻辑自身的压力（而不是底本的"真实事件"）迫使俄狄浦斯必须发现自己犯下弑父娶母大罪，不然这个戏就不成戏。

卡勒的进一步推论更具有摧毁性：如果在"事件"中，俄狄浦斯不认识生父，那么"俄狄浦斯很难说有弗洛伊德描述的俄狄浦斯情结"②。俄狄浦斯在证据不足的情况下如此直认其罪，只能证明"故事"的主题要求情节演示俄狄浦斯情结：对叙述的展开而言，不是底本事件，而是主题优先。述本中俄狄浦斯竟然忘了为自己解脱罪名，不是因为底本中事情是他"一个"做的，而是述本必须按"一个"来展开。

接着，卡勒举出一系列例子，进一步说明他的"意义压力推进述本"原则：乔治·艾略特的小说《丹尼尔·德隆达》（*Daniel Deronda*），主人公不是犹太人，却积极参与犹太社区文化与宗教活动，到小说结尾，主人公果然发现自己的身世是犹太血统。

总结这些例子，卡勒的结论是：叙述分析有内在矛盾，因为"如果说叙述中两种先行关系可能都在起作用，一个自洽的，一贯的叙述解释就成问题了：一边是寻求叙述语法的符号学，一边是显示此种语法之不可能的解构式解读"③。他所谓"寻求叙述语法的符号学"，指的是叙述学的分层理论。

卡勒的批评细腻而敏感，而且的确非常有道理：传统理解的底本/述本分层结构，的确暗示底本先于述本，述本只是把底本中存在着的故事说得有趣一些。但是述本却有独立意义，其结构、展开方式甚至描述的事件，都为这个意义服务。由此出现本文最后要回答的关键疑问：情节究竟是在底本中原先存在的，还是在述本中才出现的？

---

① Jonathan Culler, *The Pursuit of Signs*: *Semiotics*, *Literature*, *Deconstruction*, Ithaca, N.Y.: Comell University Press, 1981, p.174.

② Jonathan Culler, *The Pursuit of Signs*: *Semiotics*, *Literature*, *Deconstruction*, Ithaca, N.Y.: Comell University Press, 1981, p.175.

③ Jonathan Culler, *The Pursuit of Signs*: *Semiotics*, *Literature*, *Deconstruction*, Ithaca, N.Y.: Comell University Press, 1981, p.176.

四、 述本过乱则无底本？

整个80、90年代，对双层模式的挑战连续不断，例如辛西娅·切丝的论文《论叙述模式：机械玩偶与爆炸机器》，作家、批评家罗斯-布鲁克与叙述学家里蒙-基南的争论等。本文篇幅有限，无法一一介绍，但是有关底本/述本的争论至今在延续。本文跳到近年发生的一场争论，因为卷入了中国学者申丹，讨论也比较贴近本文将要尝试的回答。

布莱恩·理查德森主要研究后现代先锋小说，他于2001年发表《小说中的"改辙"：贝克特与其他人小说中对故事的擦抹》一文①，开始了他对叙述双层模式的一系列抨击，他的主要论点可以总结为"述乱无底"：当述本"混乱"（out of joint）到一定程度，就无法找出底本。此文引起了申丹的反驳，申丹坚持双层模式，认为后现代小说有可能找不出底本，是因为述本中某些成分"同时发生在底本中"②，也就是说某些情况下"双层叠合"。双方争论的核心问题是：底本是非文本的，只能通过读者对述本情节"自然化"，即用认知模式从述本还原构筑出来，那么，当述本过于复杂而无法还原时，底本在哪里？是不存在，还是合起来了？

理查德森说的"叙述改辙"（denarration）是指小说中一种特殊的叙述手法：先说了一个情节，然后说这个情节没有发生过，是"乱说的"，不算。这种情况主要出现于后现代先锋小说以及当代电影中。理查德森举的例子是贝克特的《莫洛伊》，小说描写了一个牧场情景，然后突然说"或许我把不同的场合混到一起"说错了，小说中无此牧场。

"叙述改辙"在法国新小说中大量出现，使用这个手法最多的可能是罗伯-格里耶：《幽会的房子》故事进行到一半，突然说前面紧张的情节只是剧院舞台上的演出；《纽约革命计划》说到中间，说上半部的情节只是一张海报③。马原在80年代

---

① Brian Richardson, "Denarration in Fiction: Erasing in the Story in Beckett and Others", *Narrative*, No. 9 (2001), pp. 168—175.

② Dan Shen, "Defense and Challenge: Reflections on the Relation between Story and Discourse", *Narrative*, October 2002, p. 67.

③ 王长才：《阿兰·罗伯-格里耶小说叙事话语研究》，巴蜀书社2009年版，第93—96页。王长才把"denarration"译成"叙述改辙"，我个人觉得很妥帖，比其他人用的"消解叙述"清楚。

也惯用此手法,例如小说《虚构》的结尾说,回算日期,整个事情没有发生过。理查德森提出问题是:这些情节在述本里取消了,那么在底本里是否存在过呢?

应当说,这是一个很尖锐的观察。此后理查德森有一系列文章,认为后现代小说的其他手法也颠覆了分层模式。2002 年他发表《超越底本与述本:后现代与非模仿小说中的叙述时间》[1]。此文引起了申丹的回应,《辩护与挑战:关于底本与述本关系的思考》[2]。此后理查德森再次回应,写了《叙述时间的一些反常》[3];《叙事》刊物同期也刊登了申丹再一次的反驳:《时间反常如何影响底本—述本区分》[4]。

争论双方就一个看起来是"形式技巧"问题如此反复讨论,在国际学术界也是少见的。但是似乎谁也没有能说服谁。申丹的论点,最后比较系统地总结在她 2009 年的著作《叙事、文体与前文本》(与此问题有关的是第四章),以及 2010 年的《西方叙事学:经典与后经典》(第一章与第十一章,均出于申丹手笔)。而理查德森则进一步发展其说,发表在 2008—2009 年欧美召开的一系列有关所谓"不自然叙事学"(unnatural narratology)[5] 的讨论会上。2008 年他与一批关心这个方向的学者联合发表了《不自然叙述,不自然叙述学:超越模仿模式》,此文专门探讨"多述"(paralesis)问题,即述本中关于某事"说得太多",导致矛盾,构筑底本成为不可能[6]。

理查德森举出库佛(Robert Coover)的后现代小说《保姆》(*Babysitter*)为"多述"的例子。小说中有十四个并列的不同情节(保姆杀了孩子、保姆与主人通奸、

---

[1] Brian Richardson, "Beyond Story and Discourse: Narrative Time in Postmodern and Nonmimetic Fiction", in *Narrative Dynamics: Essays on Time, Plot, Closure and Frames*, Columbus: Ohio State University Press, 2002, pp. 47—64.

[2] Dan Shen, "Defense and Challenge: Reflections on the Relation between Story and Discourse", *Narrative*, October 2002, p. 46.

[3] Brian Richardson, "Some Antinomies of Narrative Temporality: A Response to Dan Shen", *Narrative*, May 2003, pp. 234—236.

[4] Dan Shen, "What Do Temporal Antinomies Do to the Story - Discourse Distinction? A Reply to Brian Richardson's Response", *Narrative*, May 2003, pp. 237—241.

[5] 所谓"自然叙述",是德国学者富鲁德尼克(Monika Fludernik)1996 年出版的著作《建立一种"自然"叙述学》(*Towards a "Natural" Narratogy*)提出的,该书认为叙述学应当以"自然的"口头讲故事为基本模式。理查德森这批学者则提出"非自然叙述",认为后现代小说已经无法用"自然叙述学"来处理。

[6] Jan Alber, Henrik Nelson, Stefan Iverson and Brian Richardson, "Unnatural Narration, Unnatural Narratology: Beyond Mimetic Model", *Narrative*, May 2010. 中译文载《叙事》2011 年第 3 期。

保姆自杀，等等）。这些情节在逻辑上不能共存，因此是比"改辙"更极端的自我矛盾。理查德森告诉我们："到头来，我们只能肯定：叙述者告诉我们的，与真正发生的事相去甚远。"① 底本在此种"不自然叙述"中不再存在，因为底本是"真正的事情"，而自我取消的述本背后，不可能有"真正的事情"。

申丹提出"双层叠合"论，认为底本本来就是读者构筑出来的，万一重构不再可能，此时底本与述本合一。述本的说法就是底本的情况，读者无须再追寻底本中另一种"真正发生的事情"。实际上"在现代派小说中，话语与故事的重合屡见不鲜"，例如卡夫卡《变形记》，人变成甲虫只是"话语层面上的变形、夸张和象征，实际上在生活中我们根本无法建构一个独立于话语，符合现实的故事"。因为此时底本与述本已经"合一""构建了一个新的艺术上的'现实'"②。

因此，两人的看法针锋相对，却都同意底本是读者从述本构筑的"真正发生的事情"，或"符合现实的事情"。当述本故意混乱得不现实，理查德森认为无法构筑底本，申丹认为述本的这种不现实故事就是底本故事。

五、 底本究竟是什么？

以上反对双层模式的意见，应当说都有道理，也说明延续一个世纪的底本/述本分层论的确至今不够清晰。史密斯说得很对，每个述本都是独特的；卡勒说得也很对，述本并非只是加工底本，而有自身的意义逻辑；理查德森也是对的，底本很可能无法重构。但是批驳者的角度不同：史密斯普遍否定双层；理查德森否定普遍双层；卡勒并不否定分层，却否定底本先在。这些批评者让我们看到，底本不那么简单：底本不是俄国形式主义所说的未曾变形的故事，也不是查特曼所说的述本"形式"表达底本"内容"，也不是巴尔所说的对抗述本变形的"符合经验逻辑的进程"，也不是理查德森所说的支撑述本的"真正发生的事情"。面对批评，我们必须承认：底本是一个更复杂的东西，我们至今没有能真正理解它。假如我们不愿放弃叙述学的事业，就必须重新理解底本与述本的本质特征。

---

① Brian Richardson, "Denarration in Fiction: Erasing in the Story in Beckett and Others", *Narrative*, No. 9 (2001), p. 169.
② 申丹、王丽亚：《西方叙事学：经典与后经典》，北京大学出版社 2010 年版，第 26 页。

从符号学角度出发，可以对底本取得一个比较有意义的理解，毕竟，正如卡勒所说："叙述分析是符号学的一个重要分支"[1]；也正如查特曼所说，"只有符号学才能解决小说与电影的沟通问题"[2]，叙述学就是关于叙述的符号学。

笔者建议，从符号叙述学的观点看，述本可以被理解为叙述文本的组合关系，底本可以被理解为叙述文本的聚合关系。底本是述本作为符号组合形成过程中，在聚合轴上操作的痕迹：一切未选入、未用入述本的材料，包括内容材料（组成情节的事件）及形式材料（组成述本的各种构造因素），都存留在底本之中。如此理解，底本到述本的转化，最主要是选择，以及再现，也就是被媒介化赋予形式。雅克布森称这双轴为"选择轴"和"结合轴"，是非常有道理的[3]。波德威尔认为"述本只呈现底本的一小部分，因而底本是由观众通过假设和推论来支撑的一个潜隐结构"[4]。底本与述本相比，完全不像一个故事，称之为"底本"，是"本源"的意思。它有两个特点：它是一个供选择的符号元素集合，它是尚未被媒介再现的非文本。

底本与述本没有先后的差别。在文本形成的操作中，选择与组合同时进行，叙述因素在组合文本中的位置，决定了它如何从各种可能性中被选择；而决定哪些元素进入文本，也影响了组合的方式。一旦文本形成，文本组合就是聚合轴上的选择操作的投影，聚合操作就是文本组合的背景，底本只是叙述操作所形成的聚合背景，是叙述的"备选备组合的相关元素库"。

所有的符号文本，都由聚合与组合两个轴上的操作构成。叙述也不例外。凡是文本必然有双轴关系，虽然只有叙述文本可以称之为底本/述本关系。从这个理解出发，笔者对底本/述本关系提出几个基本原则。

第一，底本/述本分层是普遍的，是所有文本不可避免的。在普遍性这点上，除了上面列举的反分层论者之外，甚至叙述学家都会有不同的看法。申丹认为戏剧无双层结构："舞台上发生的事，只要观众亲眼所见，必定成为'真正发生的事'。"[5]

---

[1] Jonathan Culler, *The Pursuit of Signs: Semiotics, Literature, Deconstruction*, Ithaca, N. Y.: Cornell University Press, 1981, p. 186.

[2] Seymour Chatman, *Story and Discourse: Narrative Structure in Fiction and Film*, p. 2.

[3] Roman Jakobson, "The Metaphoric and Metonymic Poles", in Roman Jakobson and Morris Halle, *Fundamentals of Language*, The Hague: Mouton, 1956, pp. 76—82.

[4] David Bordwell, *Narration in the Fiction Film*, p. 50.

[5] 申丹、王丽亚：《西方叙事学：经典与后经典》，北京大学出版社2010年版，第23页。

她的意思是：经验到的即是事实，即是底本。小说用文字叙述遮蔽了底本，读者必须透过文字构筑背后的经验事实，因此演示叙述只有底本，没有述本，只有小说这种文字媒介叙述才有双层模式。可是，分层说只适用于小说叙述吗？本文上面引用的卡勒的讨论，是《俄狄浦斯王》这出戏剧，而且讨论的是舞台演出的"述本意义逻辑"；波德威尔也再三强调"（电影的）底本是建构出来的，不是在叙事再现之前就存在"；巴尔明确认为分层理论"适用于民间故事、宗教仪式、礼仪、食谱"等各种叙述①。因此，双层模式在各种媒介的叙述体裁中具有普遍性。

第二，分层并不只见于虚构叙述。史密斯认为非虚构的事实性叙述只有底本无述本："编年史、新闻、传闻、轶事"讲述的是"按肯定的时序已经发生过的事"②，其时间无变形，"失去了勃瑞蒙说的底本/述本之间的易形性（transposability）"，事实性叙述就没有双层模式可言。但是杜丽特·科恩甚至提出非虚构事实性叙述有三层构造："虚构只需分两层，而非虚构需要分三层"，即需要"指称层"（reference level）③。"三层说"是另一个课题，至少历史、新闻等事实性叙述也是分层的。

只要是叙述，就有底本/述本之分，分层是任何叙述的一个基本构造方式。"事实性"叙述（新闻、历史、庭辩、报告等），底本就是所谓的"事件"，就是有关此事件的全部材料。虽然我们只能通过述本重构这个"事件"，因此永远不可能真正确定事实"真相"。但事件的唯一性是必须设定的：法庭上抗辩的是同一事件的不同叙述；新闻争议的是同一事件的不同报道，不然各种述本完全争论不起来。而虚构叙述与此不同：在讨论虚构叙述时，必须同意史密斯的意见：每个虚构述本各有其底本，两本小说无法因为都写一个事件而形成冲突。虚构的底本与述本，是叙述过程同时创造的。看起来同一个"故事"的改编本，并不共享一个底本。张爱玲的中篇小说《倾城之恋》与电视剧《倾城之恋》并不享有同一底本：电视剧用了许多集说白流苏的家世与过去的经历，而小说的底本中则不太可能存在这种元素。

第三，底本与述本互相以对方存在为前提，不存在底本"先存"或"主导"的问题。我们必须从述本窥见底本，并不是因为底本先出述本后出，而是因为底本是非文本的、隐性的。只有述本是显性的，批评操作也就只能从述本出发。一旦出现

---

① 米克·巴尔：《叙述学：叙事理论导论》，第 213 页。
② Barbara Herrstein Smith, "Narrative Versions, Narrative Theories", *Critical Inquiry*, Autumn 1980, p. 228.
③ Dorrit Cohn, *Transparent Mind: Narrative Modes for Presenting Consciousness in Fiction*, Princeton: Princeton University Press, 1978.

"叙述改辙"，同一叙述文本就包括了几个不同的述本，也就有几个底本。库佛小说《保姆》十四个情节并列，就应当有十四个底本，理查德森认为从中不可能得出的合一的底本；他是对的，但是小说不必只有一个合一的底本。

卡勒也指出，要把述本看成相对于底本中的"真序"的"假序"，有时候做不到，例如罗伯-格里耶的《窥视者》(Le Voyeur) 无法被理顺找到"真序"[1]。尤其是经过再三的"叙述改辙"，结构非常混乱的小说，很难"复原"成一个合一的故事。那并不是因为述本复杂到找不到底本，也不是"双层叠合"而不必再重构底本，而是述本和底本同时复杂化。

笔者以上三个理解，分别采纳了对分层模式的三种挑战中的合理成分：如果我们同意卡勒、史密斯、理查德森等人的批驳有一定道理，叙述分层说就应当作相应的变动。

六、 情节在选择中产生

如此理解底本/述本后，我们就可以用此作为出发点，回答反分层论者提出的一些难题。

第一个问题是卡勒提出的：情节在哪里产生？情节承载着叙述的意义，它究竟是底本原有的品质，还是述本变形改组的品质？

查特曼认为底本是内容，述本是形式，这样情节就出现于底本，但他又说"每一种安排都会产生一个不同的情节，而很多不同的情节可能源自同一个故事"[2]。波德威尔研究经典好莱坞电影，认为情节整齐的述本"使底本的世界成为一个有内在一致性的构成物"[3]。他们的意思是：虽然述本只是对情节进行裁剪，一旦裁剪得过于整齐（例如经典好莱坞叙述的大团圆结局）影响了对底本的构筑，使我们觉得底本也具有如此让人愉悦的"一致性"。因此，他们两人都认为情节可以既出现在底本，也出现于述本中，只是安排方式不同。

---

[1] Jonathan Culler, *The Pursuit of Signs*: *Semiotics*, *Literature*, *Deconstruction*, Ithaca, N. Y.: Cornell University Press, 1981, p. 172.
[2] Seymour Chatman, *Story and Discourse*: *Narrative Structure in Fiction and Film*, p. 43.
[3] 波德威尔：《古典好莱坞电影：叙事原则与常规》，《世界电影》1998 年第 2 期。

这个问题之困难，从本文列举过的双层名称的中译中，"情节"一词的位置，就可以看出：谭君强用"素材/情节"①，乔国强用"素材/素材组合"②，他们把底本看成只是内容的"素材"库，而把情节看成是述本的形式品质。

申丹的意见不同，她认为情节出现在阅读对底本的构筑中：情节"是对故事本身的建构，而不是在话语层次上对故事事件的重新安排"③。或者说，情节发生在读者对底本的"建构"中。在这一点上，笔者认为申丹看法有理，只是她认为情节出现于从述本重构底本的过程（即阅读）中，而笔者认为首先出现于从底本构成述本的过程（即叙述行为）中，我们从两个不同方向理解同一过程。

一旦我们把叙述行为理解为"为形成文本组合而在聚合轴上的选择操作"，情节就出现在形成作品的选择中：选择出情节。此种情节产生方式，有时候会显现于述本层面，也就是聚合轴选择过程变成了组合文本说的故事，写小说过程被写成小说，聚合操作比喻性地放到了组合中。此种暴露叙述痕迹的叙述，往往被称为"元小说"，一般认为这是先锋小说的特点，实际上，局部的"暴露选择"相当常见，不足以把作品变成"元小说"。鲁迅《阿Q正传》花了不少工夫说为什么选择"正传"二字；加缪《鼠疫》快结束时出现一句："现在是里厄大夫承认自己就是叙述者的时候了。"④ 这些本是从底本到述本的选择操作，一般不在述本里说的。《列子》中邻人盗斧的故事，清楚地显示了在叙述形成述本的过程中，对底本"元素材料库"进行选择而产生两个不同述本，三千年前中国就有"叙述改辙"。

可以看到，选择过程形成情节：电影《罗拉快跑》，罗拉两次救男友未成，就跑了第三次，一定要把男朋友救下为止。电影的主题意义可以是"女性为爱情敢作敢为"，或是"人生可以再来一次"，这些主题意义就是在三弃二而选一才出现的。中国香港作家刘以鬯的著名"极短篇"《打错了》：一个人正常出门，遇到车祸死亡；他走出门前接到一个打错号的电话，晚了一秒钟，车祸擦身而过。这两个述本并列，每个述本各有一个底本，合成一个文本，才引出了"命运捉弄"这个意义。只不过绝大部分叙述文本没有在述本层面上袒露这种选择中出情节的机制。

---

① 谭君强：《叙事学导论：从经典叙事学到后经典叙述学》，高等教育出版社2008年版，第7页。
② 杰拉德·普林斯：《叙述学词典》，乔国强、李孝弟译，上海译文出版社2011年版，第70页。
③ 申丹、王丽亚：《西方叙事学：经典与后经典》，北京大学出版社2010年版，第34页。
④ Albert Camus, *The Plague*, New York: Vintage International, 1991, p. 268.

从卡勒对《俄狄浦斯王》的分析中，我们可以看出他提出的质疑，依然是个叙述选择问题：对"一群"还是"一个"的选择，本来在述本形成时就应当消失，但是叙述中也可以保留选择操作痕迹，而述本中的人物最后选择"一个"而不是"一群"，恰恰就是因为"俄狄浦斯情结"出现于选择中。卡勒认为此述本在主题压力下自行推进，这个压力就是用选择构成情节的压力。

因此，底本的本质就是保存着"多选择可能"，这种可能性经常显露在述本中：就像历史著作，会并列对比几种史料的说法，最后说某种史料更应当采信；菜单列出各种可选择的元素；烹饪教科书更是写出选择操作的方法。本应隐藏的聚合选择在组合层面上显现，是符号文本中经常出现的情况。令理查德森困惑的"多述"或"叙述改辙"，实际上就是在述本中说出甚至摆弄这种选择。

至今，对双层模式的挑战或误解，大多是由于叙述学把底本真的理解为一个"原先存在"的故事。哪怕叙述学者从理论上认识到底本不是另一个叙述文本，在追寻底本时，依然会不自觉地把它想象成一个故事。这就是为什么我不嫌麻烦较真到底地要求把"故事/讲述"这一对概念更名的原因。

从符号学观点看，虽然文本完成后，组合段显现，而聚合段隐藏，任何符号表意却同时在双轴上展开，没有哪个轴是在逻辑上先导的。写诗时要选字，选字时要明白诗句这个位置需要一个什么字，字要放进文本看是否合适；一场演出，要决定某个环节选用何人的表演，同时要明白整场演出如何布局。这是一个来回试推的操作，没有时间或逻辑前后：双轴是同时运转，组合不可能比聚合先行，聚合也不可能比组合先行，不可能不考虑组合的需要进行聚合选择。例如，好莱坞电影要求有个大团圆结局，叙述才会在聚合材料库中选择可以满足大团圆条件的元素组合起来。两者都既是内容，也是形式。

卡勒引用《浮士德》中对《圣经》的解释来反驳"底本先在"说：浮士德不满意《创世纪》中说的"太初有言"，改为"太初有行"。卡勒认为讲述与事件实际上不可分："因为叙述本身是自我解构的结果……事件或讲述的优先总会在自我解构中颠倒过来。"[1] 的确，就底本/述本关系而言，二者都有初始性，太初有言也有行。只要有叙述，就有被选择的底本，就有选择出来的述本。

---

[1] Jonathan Culler, *The Pursuit of Signs: Semiotics, Literature, Deconstruction*, Ithaca, N.Y.: Comell University Press, 1981, p.183.

七、 底本里有哪些东西？

分层模式面临的另一组问题是：哪些东西只能存在于述本中？哪些东西只能存在于底本里？哪些东西能同时发生在底本与述本里？查特曼说述本就是形式，就是表现；底本是内容，是事件[1]。那样的话，双层模式就太容易被解构，因为形式与内容很不容易区分。卡勒的抨击就击中了这个要害：《俄狄浦斯王》的述本不只是形式，述本对故事的进程提出了决定性的要求。

绝大部分述本有一种结构上的整齐，让读者觉得是对底本事件加以整理的结果，述本因为有底本，才是实在的、可靠的、自然的。麦茨批判"资产阶级电影"时说："传统的电影把一切表现为底本，而不是述本……述本有效性的原则无他，即是消除任何表达痕迹，把一切伪装成底本。"[2] 而"底本里的"，就都是"事情本来面目"。波德威尔对"好莱坞经典电影"的分析，也是认为其叙述方式让人感到"底本好像在叙述之前就已经存在"[3]。

底本的元素与述本的元素到底有什么根本区别？里蒙-基南认为述本在三个方面是"独立于底本的"（底本所无的），这三者是"写作风格"（例如方言色彩）、"语言"（不同文字的译文）、"媒介"（语言、影像、姿势等）[4]。申丹指出后两者是同一回事，底本无风格，也无媒介，是纯粹状态的事件[5]。布拉尼根指出，电影的"气氛音乐"，也就是"非叙述音响"（电影情节中没有显现声源的音响），不出现于底本。因为他们认为底本/述本之分、即内容/形式之分，至少述本中的形式成分不是从底本取得的。

申丹更推进一步，她认为一般情况下，形式因素只出现于述本，不出现于底本，

---

[1] Seymour Chaunan, "Critical Response: Reply to B H Smith", *Critical Inquiry*, Summer 1981, p. 809.
[2] Christian Metz, "Story/Discourse: Notes on Two Kinds of Voyeurism", in *Movies and Methods*, Vol. II, Berkeley and Los Angeles: University of California Press, 1985, p. 544.
[3] 波德威尔：《古典好莱坞电影：叙事原则与常规》，载《世界电影》1998年第2期。
[4] Slomith Remmon-Kenan, *Narrative Fiction: Contemporary Poetics*, London: Roudedge, 2002, p. 7.
[5] Dan Shen, "What Do Temporal Antinomies Do to the Story-Discourse Distinction? A Reply to Brian Richardson's Response", *Narrative*, May 2003, p. 239；又见申丹、王丽亚《西方叙事学：经典与后经典》，第21页。

例如先锋小说"有大量无故事内容可言的纯文字游戏"①。但是她认为，相当多情况下，"一个因素同时既属于底本层，又属于述本层，那么底本与述本之间的界限会变得模糊不清"。她举出的例子有"间接引语"（人物语言叙述化）；"人物视角"（属于底本的人物感知，与属于述本的叙述者感知混合）；甚至第一人称小说（既是叙述者又是人物）。因此，意识流小说（叙述说的一直是人物的思绪）可能从头到尾难以区分述本与底本②。她的意思是，叙述者属于述本，人物属于底本。叙述者采用人物的立场时，双层就合一。述本的某些部分如果从底本直接取来，就不再有分层。因此，述本的许多地方无法区别双层。

笔者认为申丹的敏感是对的，但是应当更普遍化：申丹说述本的某些成分属于底本，笔者认为述本的所有成分，不管是形式还是内容的成分，都来自底本，也就是说，述本的任何成分，都是"同时发生于述本与底本"，整个述本者是与底本"双层叠合"的。述本中的一切，无论是形式还是内容，都选自底本，没有被选择的留存在底本之中，已经被选择的出现于述本，但是依然"存在"于底本中：述本的元素与底本中的其他元素的区别，只是是否被选择，从而是否显现于述本而已。

在叙述行为中，被选择的不仅是事件与情节，还有形式因素，甚至布拉尼根说的"气氛音乐"，也出现于底本中：底本并不是只提供"内容"，底本提供一切可以组成述本的元素。例如当述本决定用间接引语表达某人物的话时，其他引语方式也在底本的备选之列。

由此可以回答史密斯提出的简单直接而极难回答的问题：既然每个述本是独立的，为什么一批故事都可以称作"灰姑娘故事"？因为它们的底本至少有部分重叠。"灰姑娘"的各种语言翻译与各种媒体改编，也应当作此理解：说它们与原作毫无关系，明显违反直觉，但是史密斯的有力挑战说明它们不可能共一个底本。应当说，媒介替换与形式变化，也要求底本可选材料库发生变化：电影的底本必须提供视觉材料，翻译的底本必须提供另一种语言材料，这些是原底本所无。任何改编本，只能说其底本与原作的底本有一些重合的部分，而不能说它们共享底本。从这个角度看，1983年我与史密斯在北京的驳难，各人对了一半：各种灰姑娘故事不享有一个共同底本，但它们的底本中有某些部分重叠，那就是让民俗学家把它们都称为"灰

---

① 申丹、王丽亚：《西方叙事学：经典与后经典》，北京大学出版社2010年版，第23页。
② 同①，第27—29页。

姑娘故事"的成分。这个部分有大有小，但是它使得这一千个灰姑娘故事不同于其他无数故事。

既然述本中出现的一切，都存在于底本之中，《俄狄浦斯王》中"一个"与"一群"，在底本中都存在，只是述本中最后选择沿着"一个"来进行。若如卡勒所说，俄狄浦斯是"自认其罪"，就证明俄狄浦斯这个人物的确具有"俄狄浦斯情结"：述本放弃此种选择，俄狄浦斯放弃对自己有利的辩护方式，因为这个人物凛然感到了潜意识中罪孽的诱惑。

原载《文艺研究》2013 年第 1 期

中国文学的"批评"问题
——"批评"与"评论"的百年"语用"纠葛及其所见时代风尚

张末民　赵　强

一、缘起

什么是"文学批评"？

这个问题似乎既无确切的答案，也无须回答。我们只看一个言简意赅的界定吧——老舍说："所谓'文学批评'，就是文学讨论它自身。"①

但我们的文学批评所做的远不止这些。它不仅要讨论文学，还要文学批评讨论它自身。而这在当代，却是颇具中国特色的一大文学现象——大概很少有哪个国家的文学界，像我们一样用大量时间去讨论文学批评本身。从"五四"起，直到当下，几乎每隔一段时间，就有一次对文学批评的会诊和批评。近年来对文学批评的热议便是这新的一波。据我们不完全统计，从2012年初到现在，半年间，各类报纸、杂志发表的讨论文学批评的文章就有150多篇，以此为主题的会议、座谈恐也不少。

的确，文学及文学批评在整个社会意识形态诸形式中，在人文社会科学或文化领域诸多门类中，是具有某种特殊性的，尽管如此，这仍然使我们意识到，人们的确很少听说"哲学批评"、"历史学批评"讨论它们自身；哲学家、历史学家济济一堂共商"批评的批评"的景象更难于一见——我们压根儿就很少见到"哲学批评"、"历史学批评"这类的字眼儿。哲学、历史学就搞好它的研究，文学就搞好它的创

---

① 老舍：《文学概论讲义》，北京出版社1984年版，第132页。

作，文学批评就搞好它的批评实践，天经地义，干吗总热于议论自我或搞"自我批评"？

"批评"的特点，似乎在它总是居于理性和感性之间，又居于基本价值与时尚认同、社会性与审美性、学理性与实践性之间，具有天生的自由和民主倾向，并不好用一般的"学科"去等而衡之，因此总是问题纷纭，并且对自我的议论纷纭，乃至因此有至少一种或五花八门的"批评观"、"批评理论"或"批评学"，想来也是应该的。

我们自然不能免俗。而且以为从讨论和弄清中国文学中的"批评"这个概念开始，可能是最自然的。本文将涉及"批评"一词及其与"评论"、"评点"、"批判"、"诗文评"等一组词汇的语用纠葛关系，并尽力透现出其间的时代文化风尚变迁。而所谓"语用"，即语言概念的使用，则是语义的历史实践状态。

二、释"批"与"批评"

"批评"一词古已有之。

"批"，《说文解字》说："反手击也。"是批击、反手打的意思，旧文献中常见的"批颊"（打耳光）、"批挞"（敲打），就是其本义所在，原指一种将对象置于一种对立面的攻击性、排斥性、给人以痛感的动作行为。由于"批"的这样的语义极其稳固地沉实在"批评"一词的底基，至今日而未改其词性，只要我们一说出或写下"批评"二字，其意义指向往往会直奔这个攻击性、排斥性的动作意向并将对方置于反方乃至负面的位置而去。即便在后世的语用实践中"批评"的词义扩展和丰富了，人们也还是要不时用"善意的批评"、"正面的批评"、"广义的批评"等看似如此矛盾、悖谬、绕弯的表述来加以辩解、限制、驯服，以至用"负面的批评"、"求疵的批评"、"恶意的批评"、"骂派批评"等来加以此地无银三百两式的强调与重申，之所以闹出如此的歧义，就在于"批"字的动作和意向是多么地具有生命力，一切后来者都不能不小心、正视这个"原罪"般的语义枷锁。

其实一切语义的表达及其复杂性都依人性人心而产生和变动。我们似乎从未听闻过非常美好的词汇的语义中会容纳进丑恶的意味来，或向丑陋的意义方向转化，却一再发现那些具有攻击性、排他性、丑陋性的词汇，在人们的语用实践中向中性的、无害的、包容性的乃至积极和美好的语义发生迁移的例子。汉语中的"批"就是如此。《庄子·养生主》云："依乎天理，批大郤（隙），导大窾（空）。"此处的"批"，可引申为深入、刺入之义，有深入要害、直指人心的犀利、尖锐的意味，表达了庄子对天理的把握与运用的本质追求和方法的透彻深入。这里，"批"被用在了新的语境，语义发生了无害化的挪移。沿着这个人性向善的文明方向，后世在文学领域将"批评"的语义甚至扩展到对作品的美妙的击节欣赏、拍手称快，也是词汇语义发生对立统一运动、向对立面转化的一个绝佳例子。

自此后，"批"与"批评"的语义纠葛，或"批"在"批评"一词中的或主宰、或限定、或反转的作用，就是一部由中国人的文化与人性人心的时代变迁所叙写的历史，一部从"批"的基本义出发的语义延伸与回缩、替代与挪移的历史。

将"批"的攻击性动作沿用到文本语言行为中，是一种语义无害化的转移，这样的例子早期可举出在唐代文献中出现的"批敕"、"批答"这样的词。据《旧唐书·李藩传》载：

> 制敕有不可，（李藩——引者注）遂于黄敕后批之。吏曰："宜别连白纸。"藩曰："别以白纸，是文状，岂曰批敕耶！"①

这里，"批"不单独成篇，不另纸成"文状"。而是径直在所阅读的文本中写下意见，且是表达"不可"的否定和排斥——直到今天，行政事务中批阅、批示、批复文件还延续着这一方式，不过意见、态度则较为宽泛。

宋代的科举考试中出现的眉批总评，进一步从公文语用行为发展到对写作出来的文章的"批阅"，就是考试官在士子们的墨卷上书写眉批，针对考生答卷进行点评。有人把这些墨卷连带批注文字辑录汇编，公开出版兜售，如南宋吕祖谦所辑的《古文关键》，意在给其门生弟子提供科考范文，类似于今天的《高考作文点评》。这样，"批"的尖锐、刺入要害般的痛快动作意味又延伸包含了"点拨"、"赏鉴"等义。

"评"，从言从平，《说文解字》："语平舒也。"后来有了从言语议论出发的裁判、评定的意思，如汉代的"月旦平议"，桓谭《新论·正赏篇》说："评者，所以

---

① 《旧唐书》卷148，中华书局1975年标点本，第12册，第3999页。

绳理也。"①《文心雕龙·论说》中说："评者，平理。"② 意即按照一定的观念、原则指对人物、诗文作品进行评价。如钟嵘的《诗品》，就原名《诗评》。

也许"评"过于理性平衡，因此"批评"二字连用也就情势必然。此前"批"就已经是可以加诸语言文本的一种行为，因此"批评"连用自然是指以"批"的方式来"评"——是对于文本的点击性"评"的动作、行为方式。这样的连用较早的用例出现在元代。钱鼒在元至正二十二年（1362）为《大雅集》所作的序中称："会稽杨铁崖先生，批评而序之，命篇曰《大雅集》。"③ ——是书为元代赖良所编，杨维桢删足、点评并作序，每卷有杨氏的点评文字。

至此，沿着"批评"一词的在语言文本行为领域的从"公文"到时文、作文的展开路径，"批评"在文学上的广泛应用与展开就是呼之欲出的事了。

应说明的是，也许由于中国古典文化的谦和、典雅、中庸性质，作为具有攻击性、排斥性质素底子的"批评"一词在古代除文本语言行为以外很少用在社会与人的行为上，检索四库全书才不过有三十余处。"批评"（更遑论"批判"）大量扩用到人际间和社会行为上，则是 20 世纪中国新文化兴起以后的事了。

三、中国文学传统中的"批评"及相关的几个概念

宋元以后，随着印刷技术和造纸技术的不断进步，勾栏瓦肆间市民文化的兴起也一点点地催生着文化市场（书籍出版市场）的壮大，长篇小说和戏文剧本的传播出现新的规模和局面。这使"批评"一词在明中期以后大量用于文学领域。最有代表性的是一些以"批评"命名的书籍，如《李卓吾先生批评忠义水浒传》、《李卓吾先生批评幽闺记》、《陈眉公批评红拂记》、《陈眉公批评琵琶记》、《新刻钟伯敬（惺）先生批评封神演义》、《贯华堂选批唐才子诗》、《贯华堂评论金云翘传》等——这就是中国传统的"文学批评"，但其含义、适用范围和表现形式，均与现在所说的文学批评大相径庭。

这时的"批评"，其一，依托于商业出版及其编辑与传播策略，其"评"是

---

① 桓谭：《新论》，黄素标点，上海泰东图书局 1929 年版，第 118 页。
② 范文澜：《文心雕龙注》，人民文学出版社 1962 年版，上册，第 326 页。
③ 钱鼒：《大雅集原序》，《全元文》卷 1796，凤凰出版社 2004 年版，第 59 册，第 112 页。

以批注的方式出现在书籍中，具有极大的世俗化、市场性，与其说是一种文学批评，倒不如说首先是一种通俗文化行为方式。它固然是一种文学批评，但与传统的"诗文评"并不是一回事，比如《四库全书总目提要》中的"诗文评"一门，所收的全部是诗论文论、诗话词话、文章作法等著作，一部批评、评点著作都没收。可见这样的文学"批评"是由"批"而形成的一种大众性、世俗性、市场性的文化方式，主要地不是着眼于作者，而是面对大众读者和市场，颇类似今日所谓"媒体批评"。

其二，这样的"批评"因附属于一种书籍印刷出版而采用点击标注方式，因此形成了随意性、感受印象式特点。它固然暗含一定的文学观念、原则、标准，但不求全面，不求逻辑和论证的严密，而是攻其一点不及其余，在阅读中直捣黄龙，点出作品的传神之处；它不事铺陈，不单独成文，而是随文批注，突出动作性、操作性，因而吉光片羽，散见于文本各处。出于这些特点，后来的人更愿意称其为"评点"。明清的"批评"即"评点"，集中在小说、戏剧领域，偶尔也用于诗文。清人甚至有"评点之学"的说法①。对"批评"的随意性，就像钱钟书所说："世界上还有一种人，他们觉得看书的目的，并不是为了写书评或介绍。他们有一种业余消遣的随便和从容，他们不慌不忙地浏览。每到有什么意见，他们随手在书边的空白上注几个字，写一个问号或感叹号，像中国旧书上的眉批，外国书里的 Marginalia。这种零星随感并非他们对于整部书的结论。因为是随时批识，先后也许彼此矛盾，说话过火。他们也懒得去理会，反正是消遣，不象书评家负有指导读者、教训作者的重大使命……"②——钱先生说的"眉批"与"书评家"的区别，恰是传统"批评"与现代文学批评的差异。

其三，是它的功利性。功利不外乎名和利。以《三国演义》为例，芥子园刊行本题名"四大奇书第一种"，又被誉为"第一才子书"，正文前有人物绣像四十幅，再加上金圣叹《序》和毛宗岗《三国志读法》——这是明清小说惯用的营销方式，邀请名家作序、点评、宣传，以夸张的方式标目，以期利市，以求名利双收。

其四，是时间性，也即当下性。"批评"偶尔也兼及古代作品，但从主流来说，无论是小说、戏剧，还是诗文作品，大都是当下、即时、流行的，是面对当下图书

---

① 如黎庶昌《续古文辞类纂序》称："宋、元、明以来，品藻诗文，或加丹黄，判别高下，于是有评点之学。"见霍松林主编《中国近代文论名篇详注》，贵州人民出版社1986年版，第143页。
② 钱钟书：《写在人生边上》"序"，福建人民出版社1983年版。

市场的。孔尚任《桃花扇·逮社》中说：

> 俺小店乃坊间首领，只得聘请几家名手，另选新篇。今日正在里边删改批评，待俺早些贴起封面来。①

"另选新篇"，指根据时局和市场的需要遴选科举应试的八股文章，以供应科举考生市场，这明确道出了"批评"的及时性、当下性。

总之，"批评"是中国传统文学的特定概念，是在明清时期的商业语境下产生并附属于图书出版的，主要面对小说、戏剧等通俗文艺样式发展出的一种文学鉴赏、阐释、品评和研究的方法及样式。"批"是方法，是随文、随书做眉批夹注，"评"是品评、鉴赏、玩味，既关乎文学本身，又兼顾世俗目的。也正因为这一点，"批评"在正统的文学观念中是受到歧视、压抑的。古人习惯于运用"诗文评"而不是"批评"来指称文学理论、评价和品鉴，很大程度上就源于明清的"批评家"们的市场方式及其"故作高谈"、"哗众取宠"，惯用夸张的方式互相褒奖和炒作②。

除了"批评"及在文学评论方式上几乎与其同义的"评点"，这里还须附带提及几个相关的概念：

一是"评论"。在古代，除了人物、事物品评外，"评"更多地用在了文学的方面，表示广义的文学评论，如诗文评、诗评，而"批评"不过是其中的一个特别方式。"论"，则更多地是面向社会领域的议论文体，是用来讨论、分析、说明事理的。如《史记·张仪传》所言之"臣请论其故"③。汉代以来，有了专门的"论"体，如桓谭《新论》、王充《论衡》、曹丕《典论》等。《文心雕龙》总结说：

> 详观论体，条流多品：陈政，则与议说合契；释经，则与传注参体；辨史，则与赞评齐行；铨文，则与叙引共纪。故议者宜言，说者说语，传者转师，注者主解，赞者明意，评者平理，序者次事，引者胤辞。八名区分，一揆宗论。论也者，弥纶群言，而研精一理者也。④

---

① 孔尚任：《桃花扇》，王季思等注，人民文学出版社2011年版，第190页。
② 参看《四库全书总目提要》"诗文评类"序，见《钦定四库全书总目》（整理本），中华书局1997年版，下册，第2736页。
③ 《史记》卷70，中华书局1998年版，第798页上。
④ 范文澜：《文心雕龙注》，第326—327页。

也就是说，"论"是着眼于"理论"的集议论、阐释和评价于一身的开放性文体，其言说对象，既包括经典文献，又包括人物、社会现象等，"评"只是其几种形式之一。"评""论"连用，以"评"总"论"，其语感意义在于加重了内在的评说的理论系统性，因而更"平理"，有理则平缓自信，而不必像"批"的动作性是外在之力的加诸。"评论"一词出现较早，如范晔《后汉书·党锢传》载范滂语云："君为人臣，不推忠国，而共造部党，自相褒举，评论朝廷。"① 其《狱中与诸甥侄书》中说："既造《后汉》，转得统绪。详观古今著述及评论，殆少可意者。"② 这里所说的"评论"，与"批评"、"评点"截然不同：它更重理性，即逻辑性、条理性和论说性；它可单独成篇，不以评价对象为形式载体；它的对象也包罗万象。从这种意义上说，近代人在翻译西语"Literary Criticism"，使用"文学评论"这一概念，应是合乎语言逻辑的。

二是"批判"。《说文解字》云"判，分也"，有决断、裁定的意味。"批判"最早出现在宋代，延续唐代以来批示公文的传统，如司马光《进呈上官均奏乞尚书省札子》："所有都省常呈文字，并只委左右丞一面批判，指挥施行。"③——是批示可否之义。零星地也有用到诗文上的例子，如明代陈宪章（白沙）《次王半山韵诗跋》："所谓濯去旧见，以来新意，作诗亦正用得著也。批判去改定，乞再录来见示为幸。"④ 此批判一词与"批评"一词的程度色彩已相差无几。但"批"与"判"连用，还是在动作性的力度和攻击性、否定性色彩上更趋鲜明，如在理学家的话语体系中，"批判"的判断中，就似乎有着比"批评"一词更强烈的否定性色彩，更突出否定性和攻击性，直接抨击人格和道德内容。如《朱子语类》云："而今说有个人在那里批判罪恶，固不可；说道全无主之者，又不可。"⑤ "批判"一词在此恢复了否定性、尖锐性的本来面目。总体上说，由于中国古典文化的特性，也由于文学上有了"批评"概念的特定意义的流行，"批判"的用例在古代并不多，它广泛地用到社会、人及文化、文学的身上，是中国现代性竞争、斗争文化兴起之后，此为后话。

三是"诗文评"。"诗文评"是中国传统文学批评（或曰文学理论、文论）最正

---

① 《后汉书》卷97，中华书局1998年版，第865页下。
② 郁沅、张明高编选：《魏晋南北朝文论选》，人民文学出版社1996年版，第256页。
③ 王根林点校：《司马光奏议》，山西人民出版社1986年版，第426页。
④ 邬国平编：《中国历代文论选新编·明清卷》，上海教育出版社2007年版，第22页。
⑤ 《朱子语类》卷1，中华书局2007年版，第1册，第5页。

宗、地道的称呼。中国的诗文评传统源远流长，就形成的规模而论，有曹丕《典论·论文》、陆机《文赋》、刘勰《文心雕龙》、挚虞《文章流别论》、钟嵘《诗品》（又称《诗评》）、王昌龄《诗格》、皎然《诗式》，以及宋代欧阳修《六一诗话》后逐渐兴起的"诗话"等。从如此多样的命名来看，古人对此尚乏统一认识。《隋书·经籍志》中，诗文评著作著录在总集内；《唐书》则在集部之末。到了宋代，《崇文书目》列出"文史"类，郑樵《通志·艺文略》列出"文史"和"诗评"，才算有了明确的归类汇总意识。明代焦竑《国史经籍志》中正式列出"诗文评"，是为"诗文评"最直接的源头①。这一命名和分类方法被《四库全书》编撰者接受，最终确立了它的内涵、对象。可以看出，所谓诗文评，是包含文学理论、文体辨识和作品品评在内的一个总体概念，它的对象主要是诗文，而与所谓"批评"虽有相通，但亦有很明鲜的区隔。后者依"评"可被前者包容涵盖，却因"批"的大众性、印象式及依托书籍出版商业的操作性而区别于前者。近代以来，随着"文学评论"、"文学批评"等概念的崛起，"诗文评"成为一个历史性的概念，残存在古代批评史、文论史研究领域。

四、在"批评"与"评论"之间："Litery Criticism"的汉译

"批评"一词的使用在中国现代文学语境发生了看似奇怪的变异。

从传统承续的角度说，明清时的"批评"概念在中国现代文学伊始便受到了严厉的批判并加以抛弃。胡适当年曾在《水浒传考证》中不遗余力地攻击："金圣叹用了当时'选家'评文的眼光来逐句批评《水浒》，遂把一部《水浒》凌迟碎砍，成了一部十七世纪眉批夹注的白话文范！……这种机械的文评正是八股选家的流毒，读了不但没有益处，并且养成一种八股式的文学观念，是很有害的。"② 从这个态度来看，现代中国新文学的人们不仅没有继承接续明清以来的"批评"传统，反而要切断这个传统。

但他们似乎也不喜欢"诗文评"或"评论"，而执意要采用"批评"，却偷天换

---

① 参看杜书瀛《"中国文学批评史"应正名为"'诗文评'史"》，《陕西师范大学学报》（哲学社会科学版）2011年第4期。
② 胡适：《中国章回小说考证》，上海书店出版社1980年版，第2—3页。

日，认定这个新的"文学批评"，完全是从西方文学中舶来的，这正是我们所谓"批评"一词发生了奇怪的变异之处——传统已被掏空，概念已被偷换。

朱自清在20世纪三四十年代多次强调，"'文学批评'一语不用说是舶来的"，"'文学批评'原是外来的意念"。他还指出，这一概念背后隐含着一整套西方近代文学观念、理论、方法和术语体系①。"文学批评"的英文原词是"Literary Criticism"，其中"Criticism"源出于希腊文"Kritikos"，本义是"辨识"和"论定"，运用在文学领域，即如艾勃拉姆斯所言，"以定义、分类、解说、分析、比较和评价为主要内容的文学研究"②。从语义上说，"Criticism"虽也有"指摘"之义，因此可译成"指责"意义的"批评"，但并不是其主要内涵，不似汉语"批评"一词明显的动作性、攻击性和排斥性——"五四"以来，人们习惯上以汉语"批评"来翻译这一概念，并注意到中西语汇之间的语义差别，特别留心介绍"批评"（Criticism）繁复的意义，如周全平《文学批评浅说》（1927）中曾以"称誉"、"判断"、"比较"、"欣赏"、"吹毛求疵"等多重含义来解释"批评"③。

承用古词，汉译西方概念，去除其古代汉语词的特定文化内涵，主要承载西方语义观念和文学观念，以西方文学批评观念开创中国现代新的文学批评传统，是"批评"一词的新的时代态势，也是那一代文学家所做的在概念术语上翻云覆雨、改旧换新之事。

而历史的丰富性在于，在那个逐渐步入现代社会的时期，人们的语用实践也是丰富的，概念词汇的转化、翻译与使用都经历了多方的尝试与思考。我们还注意到，"Literary Criticism"最初被中国人认识、翻译和使用，并不是"文学批评"，而是"文学评论"。现在公认最早的一篇运用西方文学理论、观念、方法和文体写成的文学批评文章，就命名为《〈红楼梦〉评论》（王国维，1904）。在这篇文章中，"评论"所对应的，就是"Criticism"。

王国维在胡适等人之前所做的事情，就是弃用"批评"，而启用在古代并不多用于文学研究的"评论"一词。这种开先河的做法的意味，一是接受西方文学的"Criticism"观念；二是承续古代"诗文评"的传统，并将对通俗小说的评论纳入文

---

① 参看朱自清《评郭绍虞〈中国文学批评史〉》上卷（《清华学报》1934年第4期）和《诗文评的发展》（《文艺复兴》1946年第6期）等文章。
② 林骧华主编：《西方文学批评术语词典》，上海社会科学院出版社1989年版，第353页。
③ 周全平：《文艺批评浅说》，第一章第二节"批评底意义"，商务印书馆1927年版，第7—9页。

学评论整体中，同时也超越了过去对小说的不无随意性的评点式的"批评"方式；三是或许因现代中国的时代语言风气所染，用现代双音节词"评论"代替过去单音节词"评"，同时又回避了"批评"之"批"的语义文化局限。至此，"文学评论"概念已然成形，呼之欲出。

稍后，1917年顾毅成发表了《法兰西二大文学评论家蔼弥尔筏该暨莱米特古盟传》，介绍法国文学评论家蔼弥尔筏该（今译法盖）和莱米特古盟（今译古尔蒙）的生平和成就，就把"Literary Criticism"译为"文学评论"："近世文学评论，莫盛于法兰西。以其大家之作，不仅涉文学，且旁及世道人心也。"该文对"文学评论"未作专门的介绍，但我们根据它所提及的法盖的评论方法，可以大概了解作者所理解的"文学评论"：

> 氏素长评论，以其于古人文境，深探堂奥，只字训诂，未数数然也，必观其会通。于赋物抒意之诗，尤能得古人言外之旨，何者为寓言，何者有为而发，一一拈出。其评则明晓浅达，一切奇苛高论，无所用之。每检古今人长篇诗文，逐段（应为"段"——引者注）精神脉络贯穿处，著笔详赡，解丝马迹，寻绎靡遗。虽素不娴于文辞者，一读氏评注，无不释然。盖深入浅出，体会无微不至矣。①

该文特别提到，法盖对于18世纪法国文学颇多批评。从这段引文来看，在顾毅成的理解中，"评论"一词，应该是综合包含分析、阐释、鉴赏、研究、判断、褒奖、批评等多重因素的文学行为，既有"评"，又有"论"；既可"褒奖"，又可"指摘"；既可针对当下文艺状况展开，又涵盖了历史性，可对古代作品展开研究。这与法盖自己所说的"文学批评"是合辙的——蒂博代《六说文学批评》中介绍法盖的"文学批评"时说，法盖强调批评有两种："寻美的批评"和"求疵的批评"相结合，前者面向读者，发挥引导作用；后者面向作者，对写作有提升作用②。

即便在五四新文学运动兴起之后，"文学批评"概念随之兴盛，在20世纪二三

---

① 顾毅成：《法兰西二大文学评论家蔼弥尔筏该暨莱米特古盟传》，《清华学报》1917年第2期。
② ［法］阿尔贝·蒂博代：《六说文学批评》，赵坚译，生活·读书·新知三联书店1989年版，第87—88页。

十年代,"文学评论"的说法也一直不绝。1922 年,景昌极、钱堃新翻译了温采司特(今译温彻斯特)的《文学评论之原理》,发表在"学衡派"在上海主办的《文哲学报》第 2 期。稍后刘文翮为该译作所作的书评中说:

> 近年国人愤华夏之不竞,百事更张,而文学亦有启蒙之运动。使之由个人专业一变而为人人之公器,此至佳之现象也。然专业之态度与公器之态度迥别。惊新者亟慕公器之名,痛惩专业之实,立新旧之说,以相号召,以攻往昔,和者云兴。若爇之度日,自椠之钟,自烛之钥,袭巨子之余慧,推波助澜,相与是今而非古,誉西而毁中。著为辞说,传播海内。而察其所慕之事,则又非西洋文学精粹之所在也。①

刘文翮是"学衡派"的主要力量。该文强调树立、宣传"强固中正无偏无党之文学观念",以此为文学评论的出发点——这与王国维的文学观念是相同的,他们对"文学评论"的理解是建立在审美意义上的纯文学观念和人文主义精神之上,强调一种专业的、分析的文学评论,而非工具论的、社会批判式的。显然,这是有为而发,针对新文学运动中陈独秀、胡适、钱玄同、周作人等所倡导的打倒旧文学、提倡新文学以及注重文学的社会启蒙价值的文学观。

1931 年,具有"民族主义文学"倾向的《现代文学评论》杂志在上海创刊。该杂志也隐含了一种"纯文学"的专业性和整理国故的心态,一面发表外国文学作品和理论的译介文章,一面发表研究中国传统文学的论文,如陈子展的《九歌招魂大招皆为楚国王室所用巫歌考》、《最近所见之敦煌俗文学材料》等,充分考虑到了"Criticism"这一概念所同时具有的空间性和历史性内涵。

1934 年创刊于北平的《文学评论》杂志,在发刊词中也说:"我们认为文学是种学问,这就是说需要研究……我们又认为文学是种事业,这就是说我们愿意拿出全幅精神来从事";"文学是时代的,但文学之上,还有纯文艺,却是永久的。"

这充分说明,在近现代中国,伴随着西洋学术的传入,人们最初是以一种"文学自觉"的态度来看待"Literary Criticism"的,之所以用"评论"来对译"Criticism",主要是考虑到后者的学科专业性、理论体系性、内涵丰富性:它是"关于文学本身"的,它是理论性而兼具实用性的,它的对象涵盖古今,它的态度、立场和

---

① 刘文翮:《介绍〈文学批评之原理〉》,《文哲学报》1923 年第 3 期。

方法等是多样性的,而汉语"评"和"论"的组合,或可表达出这种内涵的专业性、丰富性和包容性。

五、为何是"文学批评"?——激进的"批判"锋芒

在现代中国,较之"文学评论","文学批评"是一个后起的概念,它一出现即透射出强烈的启蒙色彩和激进的批判锋芒。最初"文学批评"混杂在"文学评论"中的,随即便取代后者,成为最为主流的提法。

1920年,王世栋编选的《新文学评论》(新文化书社),是一本新文学运动的成果汇编,收录了蔡元培、陈独秀、胡适、傅斯年、周作人、朱希祖、罗家伦等新文学、新文化倡导者1920年以前发表的纲领性文章。"文学批评"这一说法,正是出自该书所收录的《文学的批评》一文。

《文学的批评》作者施畸(天侔),时任京师第四中学教师。该文1919年9月连载于北京《晨报》副刊,是为声援新文化运动而作。文章分为三个部分:文学本身的批评、文学派别的批评和我的教授主张。第一部分梳理、评析时下流行的文学观念,依据西方近代文学观,给文学下了个定义:"以美艺运用文字表现人类心理精确的状态者谓之文章",并将其本质属性规定为"真至性、神秘性、美丽性、普遍性、持续性";而"文学",就是以文章为研究对象的学问——文中明确交代,这是根据胡适、罗家伦等新文学主将的观点综合而来。而他所说的"文学批评",就是依据这一文学观,对文学加以裁判、评定:

> 我的主张很简单,就是要学文学的。文章若不是文学的文章,新也罢,旧也罢,是一概谢绝。①

这种激进的批判锋芒,正是新文学运动的态度。把"Criticism"翻译为"批评",恐怕是有意为之。因为,1921年,"以研究介绍世界文学整理中国旧文学创造新文学为宗旨"的文学研究会在其机关刊物《小说月报》12卷1期的《〈小说月报〉改革宣言》(茅盾)中说:

---

① 施天侔:《文学的批评》,王世栋辑:《新文学评论》上册,上海新文化书社1920年版,第169页。

西洋文艺之兴盖与文学上之批评主义（Criticism）相辅而进：批评主义在文艺上有极大之权威，能左右一时代之文艺思想。新进文学家初发表其创作，老批评家持批评主义以相绳，初无丝毫之容情，一言之毁誉，舆论翕然从之；如是，故能互相激励而至于至善。我国素无所谓批评主义，月旦既无不易之标准，故好恶多成于一人之私见；"必先有批评家，然后有真文学家"此亦为同人坚信之一端；同人不敏，将先介绍西洋之批评主义以为之导然。同人固皆极尊重自由的创造精神者也，虽力愿提倡批评主义，而不愿为主义之奴隶；并不愿国人皆奉西洋之批评主义为天经地义，而稍杀自由创造之精神。

作为呼应，文学研究会的创始人之一胡愈之在《东方杂志》18卷第1号发表了《文学批评——其意义及方法》，介绍西方的"文学批评"，该文开头说：

"文学批评"这一个名辞，在西洋已经有过几千年的历史了；可是在我们中国还是第一次说及。中国人本来缺少批评的精神，所以那种批评文学在我国竟完全没有了。我国文学思想很少进步，多半许是这缘故。近年新文学运动一日盛似一日，文艺创作也一日多似一日，但同时要是没有批评文学来做向导，那便像是船没有了舵，恐怕进行很困难。

文章的基调也在于借助一种"批判"的方式，激浊扬清，清算旧文学、引领新文学。

我们看到，在一种现代性启蒙语境的召唤下，"批"的原始意义再度显现。"文学批评"是把作家、作品看成对立面，痛陈"旧文学"的弊端和负面价值，连带否定旧文学的文化和社会根基。

其实，"批评"的这一用法，在晚明心学家那里就已开始。如李贽的《寄答留都》云："前与杨太史书亦有批评，倘一一寄去，乃足见兄与彼相处之厚也。"[1] 陆世仪《思辨录辑要》云："予自十七八时读杨复所时文，便批评他是禅学。"[2] 此种"批评"，从形式上讲，固然还是随文批注，但与小说、戏剧领域的"批评"比较，

---

[1] 李贽：《焚书续焚书》，岳麓书社1990年版，第266页。
[2] 陆世仪：《思辨录辑要》卷22，《影印文渊阁四库全书》，台湾商务印书馆1986年版，子部，第724册，第318页下。

显然并非揄扬，而似触及灵魂的"批判"。

五四新文学的倡导者及其后继者注重"批评"，以"批评"对译"Criticism"，并非偶然。他们明白"Criticism"中并没有如汉语言中的"批"那样鲜明的否定与攻击的意味，且求疵式的指正含义并不居主要地位，但他们对于汉语"批评"一词本身所具有的攻击性、否定性意味应该心知肚明。因此，胡愈之的文章中，还专门提到了"批评"容易给人们造成一种字面上的误解——指摘或批判，但他认为"更重要的"还是赞扬、判断、评赏、比较及分类——这说明，理论意义上的"文学批评"和"文学评论"并无二致。况且他们也以"批评主义"一词彰显了批评观念、思潮和理论的基础性作用。那么，为何他们要另起炉灶，选择一个新的译名，而不是延续"文学评论"呢？恐怕还是出于启蒙和批判的需要。在这里，他们弃绝旧式"批评"概念中小小的"批注"或"评点"的方法，而援引西方文学观念，乃至社会和人的启蒙理论，重建出发点和思想体系，并超越"Criticism"一词的西方语境及其用法，在中译"批评"时加入并加强了"批"的意义，汉译之后随即又回归汉语时代语境和逻辑，甚至从汉语"批评"开辟了通向"批判"的语义通道。而这一选择，都是被近现代中国"革命"的文化意识、社会意识所选择的结果。

从晚清黄遵宪、龚自珍开始，就倡导"诗界革命"："九州生气恃风雷，万马齐喑究可哀"（龚自珍《己亥杂诗》），认为中国文学没有应时而作、发挥它应有的社会功能；到了梁启超的《论小说与群治之关系》（1902）、鲁迅的《摩罗诗力说》（1907），更表现出对中国文学极大的不满，一方面批判中国文学，另一方面试图宣传、弘扬一种具有批判精神的文学。如鲁迅的《且介亭杂文·序言》中说：

> 作者的任务，是在对于有害的事物，立刻给以反响或抗争，是感应的神经，是攻守的手足。潜心于他的鸿篇巨制，为未来的文化设想，固然是很好的，但为现在抗争，却也正是为现在和未来的战斗的作者，因为失掉了现在，也就没有了未来。①

为了实现这种"战斗的"、"现在的"启蒙文学理想，他也充分重视文学批评，

---

① 《鲁迅全集》第6卷，人民文学出版社1981年版，第3页。

认为"文艺必须有批评"①,而批评家的使命在于:

> 我在那《为翻译辩护》中,所希望于批评家的,实在有三点:一、指出坏的;二、奖励好的;三、倘没有,则较好的也可以。②
>
> 批评家的职务,不但是剪除恶草,还得浇灌佳花——佳花的苗。③

"批评"固然要兼顾指摘与褒奖,但就现世的文学状况而言,战斗和批判是建设的前提,如胡适在《历史的文学观念论》一文中所说:

> 吾辈之攻古文家,正以其不明文学之趋势而强欲作一千年二千年以上的古文。此说不破,则白话之文学无有列为文学正宗之一日,而世之文人将犹鄙薄之以为小道邪径而不肯全力经营造作之。④

茅盾在总结新文学第一个十年的小说时,也表达出"批评"的紧迫性和必要性。他说:

> 我们回顾第一个"十年"的成果,也许会有一个疑问:为什么我们的"新文学运动"的初期跟外国的有点不同?在我们这里,好像没有开过浪漫主义的花,也没有结写实主义的实……第一,假使承认五四运动是反封建的运动,则此一运动弄得虎头蛇尾。第二,"五卅"虽然激动了大部分的青年作家,但他们和那造成"五卅"的社会力一向是疏远的,——连圈子外的看客都不是。"生活"的偏枯,结果是文学的偏枯……⑤

总之,在启蒙和革命的文学观念下,基于不尽如人意的文学现状,将 Criticism 译为"批评",从而突出其批判性、否定性,是五四新文化运动倡导者及其后继者

---

① 《鲁迅全集》第 5 卷《花边文学·看书琐记》(三),第 609 页。
② 《鲁迅全集》第 5 卷《准风月谈·关于翻译》(下),第 344 页。
③ 《鲁迅全集》第 3 卷,《华盖集·并非闲话》(三),第 152 页。
④ 姜义华编:《胡适学术文集》,中华书局 1993 年版,第 33 页。
⑤ 茅盾:《中国新文学大系·小说一集导言》,刘运峰编:《1917—1927 中国新文学大系导言集》,天津人民出版社 2009 年版,第 61 页。

们的自觉的文化选择。在这一动机下，文学批评家往往具有强烈的主体意识，面对文坛，则常常感到"批评"的紧迫性。而由"批评"而喜欢延伸语义到"批判"，也是时势所必然。如李长之便经常使用"批判"这样的字眼儿来给他的文章拟题，这表明批评家内心启蒙、批判的渴望和冲动是多么强烈！1934年，在谈到青年文学批评家的培养时，李长之说：

> 大建设以前，是需要批评的。大建设的逼近，是令人感到批评的迫切的……①

这种迫切、激进的批判锋芒所表现出的对批评疲软的不满，持续到40年代。1943年，郭沫若呼吁应该开辟文艺的第二战场，"小说一个，批评一个——诗歌和戏剧应该加紧战斗下去"；林焕半也讽刺"我们底文坛是客气底文坛，这老于世故底客气给我们底文坛运动带来的是障碍和毒害"……总之，"整条文艺战线最薄弱底一环，贫乏而且无力"，是左翼文学界对"文学批评"的批评②。

在现代"革命"语境下，"批评"与"批判"仅一步之遥，方向一致，程度色彩不同而已。正是来到中国现代，"批评"与"批判"不仅盛行于文学，进而盛行于学术文化，而且开始广泛运用于社会领域和人际群体；思想文化、文学上的"批评"与"批判"的流行使用，大概是这样的词汇后来盛行于广阔社会及人际关系的一个重要源头。这一线索非常值得注意。往往，批评即是批判或导致批判，如40年代郭沫若等对沈从文、朱光潜等人的严厉批评无疑就等于批判；而李长之撰《鲁迅批判》，不是因为其批判本身，而是因为其批判对象选错，尽管多次申诉他的"批判其实就是分析、评论的意思"③，还是被打成右派，这恐怕是因批判一词而罹祸的一个著名例子，他已不能从批判降格回到批评，更不用说回到评论了。善良的人们一直试图将"批评"、"批判"限制和驯服在类似"评论"的理性、学术、平和中性的意味上，却往往徒劳。而尽管歧义昭昭，险境重重，他们使用"批评"和"批判"的冲动却一如既往，似乎从未消退，执着中对这两个词透着现代人天生的喜欢，从郭沫若的《十批判书》到将康德的哲学之书译成"三大批判"，尤其李长之，因

---

① 李长之：《青年批评家的培养》，《文学批评》1934年第1期。
② 姚妣：《谈当前的文学批评》，《时代中国》1943年第4期。
③ 参见于天池、李书《李长之〈鲁迅批判〉再版题记》，《鲁迅批判》，北京出版社2003年版，第15页。

批判而半生坎坷磨难却一生坚持不改书名，即或不能出版，也为一词为一语义的自我认定而坚守殉难，这个时代的文化风尚于此可见一斑。一方面申辩着"批判"的宽泛性、学术性的理解，一方面又顽强地不理会误解，坚持使用，这个时代在语言使用上的矛盾之处所显现的时尚也可见一斑。

也许还可以更细致地辨析"五四"启蒙语境和现代革命语境下"批评"的不同语义。"启蒙"语境下的"批评"一方面要搞思想文化、学术与文学上的"革命"，因此它固然是批评，但在某种意义上更钟情于"批判"。当然这"批判"也不可能不与"革命"语境发生关联，一旦这关联发生危机，就会缩回头去用"批评"甚至用"评论"去辩解"批判"，缩回到"独立"的人文主义立场，却再也不愿后退。而将"批评"的人文性完全引向"革命"语境，人文主义的启蒙精神立场就会被改造为整个社会意识形态批判，以至阶级批判、人身批判。此时连"批评"语也不够鲜明，就只有"批判"再"批判"，成为"大批判"，批评、批判、革命合一，这在中国文学后来的历史中将得到验证。

六、"批评家这一类特殊的人应该是没有的"——"批评"的困境

现代文学30年，"文学批评"概念一经出现，就迅速占据优势，"文学评论"则很少出现。据"全国报刊索引数据库"统计，在1900—1949年间，以"文学评论"为题目发表的文章仅有12篇，而以"文学批评"为题的则有107条之多——当然这只是一个很不完全的统计，但足以说明"批评"的强势。

现代30年的文学批评建设、发展取得了非凡成绩。大量西方、苏联文学批评理论、方法被引进，中国古代的文学批评也得到深入研究；产生了一大批知名的文学批评家，并形成了具有个性色彩的文学批评，如王国维的论文体、诗话词话体批评，梁启超的政论体批评，鲁迅的杂文体批评，周作人的美文体批评，李健吾的随笔体批评，梁实秋的"教授"批评，胡风的思辨型批评等。[①]

文学界针对文学批评的不满和指责却贯穿始终。与今天的情形有一定相似之处，大量的批评"文学批评"的文章源源不断地发表。总的来看，态度温和、强调审美

[①] 参见黄霖、黄念然《"中国文学批评近现代转型研究"论纲》，《华中师范大学学报》（人文社会科学版）2007年第5期。

和人道主义精神的文学家、批评家认为文学批评过于尖刻，偏好指摘和批判；以启蒙和建设新文学为己任的文学家、批评家痛斥文学批评的无力和委顿，不足以担当引领时代文学风气的重任；红包批评，商业批评，哗众取宠、人身攻击式的批评更为人们所厌恶。这种不满，集中表现在那些盘点某阶段文学批评的文章中，如1936年青年文学工作者胡洛在一篇题为《现阶段的文艺批评》文章中埋怨说：

> 文艺批评从来便不很发达，这不是说我们没有文艺批评，然而，无可否认的，后来的文艺批评家都是为人轻视着这是有缘故的，事实上，我们有过公式主义的批评家，也有着为书店老板推广营业的"捧"家，更有村妇骂街式的"谩骂"家……自然，我们也有较好的，较严肃的批评家，但这是太少了。一般创作家，大都讨厌批评家的文章，读者也厌弃了捧或骂的批评文。文艺批评是落后了，文艺批评的前途也黯淡得可怕。①

这是在与鲁迅论辩中所写，属于有感而发。但他所指斥的"公式主义的批评家"、"为书店老板推广营业的'捧'家"、"村妇骂街式的'谩骂'家"等，是当时许多人对文学批评状况共同的感受和认识：文学批评家被人瞧不起、作者和读者都讨厌文学批评家。在他和论敌鲁迅乃至同时代大多数人的视野里，文学批评更多地是在现场上的"实用批评"，而对理论建设往往不过多强调。

早在1921年，佩苇在《文学旬刊》撰文《"文艺批评"杂说》就委婉地表达了对文学批评的不满，他说，"文学批评不当有固定的原则"，这是针对那些严厉的文学批判而言；而"批评家这一类特殊的人应该是没有的"一语，则从社会人性和基本人情及民主人格的角度发出了警醒——在这个世界上没有谁能够自认是可以心安理得地批评别人的人②。

同时期的许多人都注意到"文学批评"的这一困境，反复写文章介绍、宣传各种批评观念、理论和方式，试图把"文学批评"从批判、攻讦引向多元、宽容和理论建设。如梁实秋在1926年10月27日《晨报》副刊发表《文学批评辨》一文称：

> 考希腊文"批评"一字，原是"判断"之意，并不含有攻击破坏的意思。

---

① 胡洛：《现阶段的文艺批评》，《大众文学》1936年第1卷第1期。
② 佩苇：《"文艺批评"杂说》，《文学旬刊》1921年第51期。

判断有两层步骤——判与断。判者乃分辨选择的功夫，断者乃等级价值之确定。其判断的标准乃固定的普遍的，其判断之动机，乃为研讨真理而不计功利。

在这篇文章中，梁实秋试图通过强调"文学批评"应有的"超功利"色彩，扭转文坛中的"文学攻击"和"文人相轻"——类似的文章还有《文学与革命》、《文学是有阶级性的吗？》等，在他的以人性论为基础，以超功利为特点，以审美为理论基调的新人文主义文学观念看来，以文学为"革命工具"的批评，往往流于人身攻击，这也不免避重就轻，扭曲了鲁迅等人文学批评的重大社会价值。因而鲁迅相继撰写了《文学和出汗》、《"硬译"与文学的阶级性》等著名文章加以反驳。

通观现代文学30年，"文学批评"及其实践的冲突背后乃在于文学观念的激烈冲突，即现代文学是以"新文学"的面目出现的，但是对于"新"之实质，不同的作家和群体有不同的理解。梁启超、鲁迅、陈独秀、胡适、茅盾、瞿秋白等人是把文学作为中国社会现代转型的一个必要环节来对待的，因此注重其社会和人生功用；而王国维以及后来的学衡派、新月派、新人文主义等，则注重"新文学"作为"纯文学"的艺术自律性。以前者的目光来看，"文学批评"的标准，自然要同整个国家、社会、国民性批判的标准等同起来；以后者的理论出发，则"文学"自有其独特的价值和功用，不能与社会评论混同。对此，梁宗岱的《新诗底纷歧路口》曾说：

> 和一切历史上的文艺运动一样，我们的新诗底提倡者把这运动看作一种革命，就是说，一种玉石俱焚的破坏，一种解体。所以新诗底发动和当时底理论或口号，——所谓"建设明了的通俗的社会文学"，所谓"有什么话说什么话"，——不仅是反旧诗的，简直是反诗的；不仅是对于旧诗体底流弊之洗刷和革除，简直是把一切纯粹永久的诗底真元全盘误解与抹煞了……①

"反诗的"和"诗底真元"，正是梁宗岱对两种文学观念的概括。从"反诗的"视野看，文学走进了文人的小圈子和纯文学的象牙塔，自然需要批评，而且批评的力度不够；从"诗底真元"来看，关于文学的批评掺杂了过多文学以外的标准，过

---

① 梁宗岱：《新诗底纷歧路口》，《大公报》文艺副刊《诗特刊》创刊号，1935年11月8日。

于严厉,甚至令人难以晓谕。这或许是文学批评的困境所在。

"批评"一词的动作性、操作性总是将人习惯性地导向实际批评现场,对诗学理论的建设,虽在题义之中,不可缺如,但忽略的意识,却在发展中是一致的。这一点是需要指出来的,它也是日后中国文学批评持续困境的原因之一。

七、质疑 "文学批评"

然而中国现代文学批评在远离现场性实用批评的学术领域,却悄然独步,取得了中国诗学建设的初步成果,这就是针对中国古代文学批评史的"中国文学批评史"学科的创建和发展。早在文学研究会倡导开展文学批评之前,对于中国文学批评史的研究就已经起步了。而文学研究会发起人之一郭绍虞,也是中国文学批评史学科的主要创建者。二三十年代,出现了一大批中国文学批评史著作,较为著名的有陈钟凡《中国文学批评史》(1927)、郭绍虞《中国文学批评史》(1934)、方孝岳《中国文学批评》(1934)、朱东润《中国文学批评史大纲》(1944)、罗根泽《周秦两汉文学批评史》(1944)、《魏晋六朝文学批评史》(1943)、《隋唐文学批评史》(1943)、《晚唐五代文学批评史》(1945)、傅庚生《中国文学批评通论》(1946)等。

"中国文学批评史"学科的成果的意义表明:1. 人们力图用西方文学批评的理论体系来重建中国文学批评理论,全面梳理古代文学理论与批评实践的历史材料;2. 大致呈现了一个根本不同于西方文学理论与批评的中国自身文学批评历史,在盛行使用西方文学观念的中国现代文学批评现场之外树立了一个奇异的似乎不能得到现代延续的批评背景,今日看来,二者形成了鲜明对照,预示并奠定了中国文学批评的诗学理论建设的未来维度和历史基础,富有启迪意义;3. 虽然它沿用了"文学批评"这一流行的用法,但通过对中国文学批评史的研究和把握,导致了对"批评"概念的某种质疑,而这也是具有理论和学科反思性质的有趣之处。

联系现场的文学批评实践所面临的困境,人们思考和讨论了"文学批评"(Literary Criticism)的学科命名问题。如陈钟凡就说,在中国古代诗文评话语体系中,很难找到一个可以与"批评"对等的词儿:

> 考远西学者言"批评"之涵义有五:指正,一也;赞美,二也;判断,三

也；比较分类，四也；鉴赏，五也。若批评文学，则考验文学之性质及其形式之学术也。①

而罗根泽在 1944 年出版的《周秦两汉文学批评史》"绪言"里，则专门表达过对"文学批评"概念的不满，认为应该使用"文学评论"这一命名：

……中文的"批评"一词，既不概括，又不雅驯，所以应当改名"评论"。批，《说文》作撇，"反手击也"。《左传》庄公十二年"宋万遇仇牧于门，批而杀之"。《庄子·养生主》篇"批大郤，导大窾"都是批击之意。到了唐代便引申为批示批答。……到宋代场屋陋习，便有所谓批注。《古文关键》载佚名旧跋云："余家旧藏《古文关键》一册，乃前贤所集古今文字可为人法者，东莱先生批注详明。"张云章《古文关键序》云："观其标抹评释，亦偶以是教学者，乃举一反三之意。且后卷论策为多，又取便于科举。"可见《古文关键》的批注评释是为的"便于取科举"，而科举场屋的批注评释，也由此可以窥其崖略。后来的科场墨卷，都有眉批总评，也可以证明眉批总评的批评，源于场屋。这种批评就文抉别，当然只是文学裁判，不能兼括批评理论及文学理论，所以不概括；其来源是场屋陋习，所以不雅驯。

西洋所谓 Criticism，中国古代名之曰"论"。《说文》"论，议也"。汉时的王充作有《论衡》、《政务》等书，有人推许为"可谓作者"，王充云："非作业，亦非述也，论也。论者，述之次也。'五经'之典，可谓作矣；太史公书，刘子政序，班叔皮传，可谓述矣；桓君山《新论》，邹伯奇《检论》，可谓论矣。今观《论衡》、《政务》，桓邹之二论也，非所谓作也。造端更为，前始未有，若仓颉作书，奚仲作车是也。《易》言伏羲作八卦，前是未有八卦，伏羲造之，故曰作也；文王图八，自演为六十四，故曰衍。谓《论衡》之成，犹六十四卦，而又非也。六十四卦以状衍增益，其卦益，其数多；今《论衡》就世俗之书，订其真伪，辨其实虚，非造始更为，无本于前也。"（《论衡·对作》篇）由此知"论"是"就世俗之书，订其真伪，辨其实虚"，正是西洋的 Criticism。自然《论衡》所谓"订其真伪，辨其实虚"的"世俗之书"，不限于文学书，但文学书也包括在内。稍后的曹丕所作的《典论》中的《论文》篇，是

---

① 陈钟凡：《中国文学批评史》，上海中华书局 1927 年版，第 6—7 页。

中国最早的 Literary Criticism 的撰文，也是取名曰"论"。所以中文翻译 Criticism，无论如何也不能不用"论"字。

在接下来的一段文字中，罗根泽又考察了"评"以及"评论"的用法及意义，最后得出结论：

> 所以似应名为"文学评论"，以"评"字括示文学裁判，以"论"字括示批评理论及文学理论。但"约定俗成"，一般人既大体都名为"文学批评"，现在也就无从"正名"，只好仍名为"文学批评"了。①

罗氏指出"批评"一词天然具有的批判、剖击意味以及理论概括力的不足，或许可以为我们理解现代文学批评的困境提供有益的启示：将"Literary Criticism"译为"文学批评"在意义上本身就不对称，"批评"突出的是批判性、功利性，它暗含着一种难以驯服的将批评对象作为对立面加以批判和攻击的意味；它还流露出批评家本身在知识储备、身份姿态上的优越感，自我确认和自我欣赏的自信心，虽然选择这一译法，具有时代和历史的合理性，但它却是以牺牲"Criticism"的意义丰富性为代价的。然而正如罗氏所言，既已"约定俗成"，"文学批评"就应该背负它的字面意义所有可能引来的歧义、误读和指摘。而罗氏等古典批评史学科的贡献，乃在于他们能够超越名词的歧义，而在实际上以"批评"之名而容纳了文学理论与作家作品评论，使古代的"诗文评"与明清小说戏曲"批评"（"评点"）得以汇聚整合，从而初步展现了作为学术文化方式的"中国文学批评"的景象。

然而，这样的景象，在当时及后来的新中国"十七年"间，终究是整个"文学批评"的后台背景，在前台的"批评"则完全没有抉择的余地。

八、"十七年"：在"评论"与"批判"之间

1942 年，毛泽东发表《在延安文艺座谈会上的讲话》。对于文艺批评，《讲话》也投入了相当的笔墨，主要论及批评的基本立场和标准：政治标准和艺术标准相统

---

① 罗根泽：《中国文学批评史》第 1 册，上海古籍出版社 1984 年版，第 8—10 页。

一。这其实为文艺批评设定了基本任务:

> 一切危害人民群众的黑暗势力必须暴露之,一切人民群众的革命斗争必须歌颂之,这就是革命文艺家的基本任务。①

因此,就"批评"而言,"暴露"、"批判"不再是其唯一的或突出的任务,文学批评必须在党的文艺政策引导下,注重"学习马克思主义",以"辩证唯物论和历史唯物论的观点去观察世界,观察社会,观察文学艺术",一方面总结无产阶级革命文艺和大众文艺创作的经验、成就;另一方面对于那些"封建的、资产阶级的、小资产阶级的、自由主义的、个人主义的、虚无主义的、为艺术而艺术的、贵族式的、颓废的、悲观的以及其他种种非人民大众非无产阶级的创作情绪",则要予以坚决、彻底的"破坏"。

进入新中国后,"十七年"的文学批评是《讲话》精神的贯彻和延续。

1949年7月,周扬在第一次文代会上代表解放区作了题为《新的人民的文艺》的报告。相对于《讲话》的理论化,《新的人民的文艺》具体、实在地将文艺纳入新中国经济、政治、文化建设的一体化历史进程中;对于文艺工作者而言,则提出要自觉地克服"自发的、散漫的、盲目的"创作和评论,"有意识的、有组织的、按照一定目标",根据一定"政策"来从事文艺创作和评论。该报告特别提出,要"建立科学的文艺批评,加强文艺工作的具体领导"。所谓"科学的文艺批评",就是:

> 批评必须是毛泽东文艺思想之具体应用,必须集中地表现广大工农群众及其干部的意见,必须经过批评来推动文艺工作者相互间的自我批评,通过批评来提高作品的思想性和艺术性。批评是实现对文艺工作的思想领导的重要方法。②

稍后,周扬又在《坚决贯彻毛泽东文艺路线》中说:

---

① 《毛泽东论文艺》(增订本),人民出版社1992年版,第60页。
② 周扬:《新的人民的文艺》,《坚决贯彻毛泽东文艺路线》,人民文学出版社1952年版,第34页。

文艺批评是实现文艺工作中党的领导的重要工具,必须进一步提高批评的政治思想内容,并使之与对具体作品的艺术分析结合起来,批评一方面要对文艺上的一切不良倾向进行斗争,另一方面又要注意发现文艺上的新的力量、新的成果和新的经验,加以提倡表扬。①

显然,"文学批评"被纳入意识形态批判和政治批判的整体性话语系统中,它的政治性、社会性空前加强,成为最重要的标准。社会语境的转换,要求文学批评不能再以一种启蒙的姿态,高高在上地对文坛进行盘点和指摘,而是要服务于"建设"与"批判"的双重任务:建设无产阶级文学创作的民族化、中国化和大众化;批判资产阶级的思想观念和审美趣味。

这样,"十七年"期间,"文学批评"一语虽然还在使用,但对于建设革命文学而言,"批评"所具有的否定、排斥性意味显然是不合适的,而且,它所透露出的主体意味与为工农兵群众服务的文学大众化目标、与"有意识的、有组织的、按照一定目标"的要求,都是格格不入的——整体性的社会语境已经不容许"批评家"的自我意识强烈的主体性存在;对于资产阶级思想观念和审美趣味而言,"批评"的显然又是无力的、不够彻底的——意识形态和政治批判是要从根本上将对立面打倒、铲除。

因此,"评论"和"批判"应时而起,成为"十七年"文学评价中最为流行的两个说法。"批评"则是隐身、游移于这两个得以语义彰显的概念背后的含义暧昧的词汇。

先看"评论"。在一个"批判"的时代,"评论"竟取代"批评"而流行于语用实践的表面,不能不说是奇异和有趣的,它或许正是"批判"主宰大局的一个结果,一个必留的空间,而究其实质,此时的"评论",也不会是人文主义的启蒙话语下的那种独立批评,只能将其语义理解为当时形势下,从属于特定意识形态话语的边际实践。此时的"评论"仍然是面对包括文学界在内的广阔社会的一个用语。"十七年"期间,《人民日报》、《文艺报》和各大文艺报纸、杂志都开辟了"评论"专栏或专题;全国和地方性的文艺工作会议也冠以"创作经验与评论座谈会";公开出版的文学批评文集,也都以"评论集"为题,有个别评论家作品的结集,如陈涌的《文学评论集》(1953)、《文学评论二集》(1956)等;有针对个别作家、作品

---

① 周扬:《坚决贯彻毛泽东文艺路线》,第92页。

的评论集,如《"新儿女英雄传"评论集》(石韵、辛夷编,1950)、《赞〈红日〉颂〈红日〉评论集》(《文艺报》编辑部编,1959)、《革命英雄的谱系——〈红旗谱〉评论集》(《文艺报》编辑部编,1959)、《巴金创作评论》(北京师范大学中文系巴金创作研究小组编,1958);有针对具体的文体、作者群体的评论集,如中国青年出版社出版的《青年作品评论》一、二集(1956),北京出版社出版的《短篇小说评论集》(1957);还有部分报纸编辑的评论集,如《人民日报文艺评论选集》(1962)等。

"评论"的意味是开放的、包容的、面向大众的。使用"评论"而不是"批评",表明文艺评论工作者要以谦卑的姿态面对文艺作品和大众——要积极鼓励、肯定、宣传无产阶级文学创作的成就,根据党的文艺政策推动文学普及,参与到文艺大众化、普及化的进程中。1951年第7期的《文艺报》发表的《进一步展开文艺评论》(牧原)一文,就表明了这种态度:

> 常常听到同志们说:我们文艺界的评论空气太薄弱了。同时我们也常听到这样的意见:书店里文艺书籍很多,一个普通的读者到书店后,一看架子上摆满了中国的或外国的小说、报告、诗歌……各种文艺书籍,琳琅满目,一个月的生活津贴有限,不知该买哪些好,买回去后,也不知道哪些该先读、多读、精读……此外,我也听到了一种反映,一位同志一年多以前在西北新华书店出了一本诗集,他很希望能够听听读者和批评家的意见,使自己在创作上提高一步。但是诗集出版了一年多,没有听到一点公开的意见,他很苦闷。

文章刻意提到中共中央《关于在报纸刊物上展开批评和自我批评的决定》(1950)以及《文艺报》发表的社论《加强文学艺术工作的批评与自我批评》(1950年第2卷第5期)等文章,并统计了1950年11月份出版的38种、41份文艺报刊发表的文章数量,指出该月发表的评论总计48篇,只占到总数的十八分之一——显然,这对于加强"报刊对群众文艺运动的领导意义"是不够的。

用"评论"的提法而少提"批评",可以使"批评"在一个意识形态性的强势政治批评乃至批判主宰格局的形势下相对安全、稳定。即便这样,文学研究的专家、学者不愿意搞评论,不主动参加群众文艺运动的状况还是普遍存在的。1957年12月,中国科学院文学研究所进行了为期17天的讨论,形成报告《中国科学院文学研究所关于方针任务问题的辩论》。该文提到,"文学研究所虽然在过去对文艺界的一些重大问题的讨论或思想批判都是参加了的,并且发表了不少的文章,但由于方针不够明确,在平时的研究工作中缺少准备,因而有些文章写得不及时,有些文章质量也比较一般,而且原来研究计划又因此常被打乱,不能按时完成。另一方面,所内一部分研究人员存在着脱离、乃至轻视实际斗争的倾向,迄未得到纠正。"该文还特地提到,"在这次辩论之前,还有一个研究人员写了书面意见,批评何其芳同志写的参加当前思想斗争的文章太多了,认为写这些文章不是研究工作,认为这是作为兼古代文学组组长何其芳同志不重视古典文学研究的表现"。文学所这次整风运动的结果,就是把"研究我国当前文艺运动中的问题,经常发表评论,并定期整理出一些资料"作为全所工作的重中之重突出出来①。1958年4月,中国作协召开"文学评论工作会议",着重讨论文艺评论工作②。就在第二年初,文学研究所主办的刊物《文学研究》更名为《文学评论》。在《编后记》中,对更名原因交代如下:

> 我们这个刊物这一期以《文学评论》的新名字和读者们见面了。《文学研究》为什么要改名《文学评论》呢?主要是为了使刊物的名称更符合它的内容。读者们大约还记得去年第三期上登过一篇编辑部的《致读者》罢。在那篇短文里我们曾谈到本刊的改进意见和具体要求,也还谈到本刊今后将以大部分篇幅来发表评论当前文学作品和文学理论文体的文章。这说明刊物的内容早已有了很大的改变;现在来改名,就完全是必要的了。③

至此,我们可以品读出"评论"的具体内涵:"评论"应该配合国家和社会建设的立场看待自己的作用和责任;"评论"可以作为一个总体概念,包括文学理论与文学史研究,包括对当前文学创作现象和作品的评价,有推动的作用;"评论"要以谦卑的姿态面对文艺创作现状和读者大众,参与和推动文艺全民化、大众化。

再看"批判"。不用做过多的介绍,"十七年"间除了突出上述"评论"的用法之外,就是在另一方向上公开强化了"批判"功能,并以文艺运动的方式,连续不断地开展了数次重大的文艺批判,如对电影《武训传》的批判、对萧也牧《我们夫妇之间》的批判、对俞平伯《红楼梦研究》和胡适的批判,以及"胡风反革命集

---

① 黎颖:《中国科学院文学研究所关于方针任务问题的辩论》,《文学研究》1958年第1期。
② 《文学评论工作的一次重要会议》,《文艺报》1958年第8期。
③ 《文学评论》1959年第1期。

团"批判、"反右"、《海瑞罢官》批判、"三家村"批判，一直到对写中间人物的批判、对文艺黑线专政（黑八论）的批判等，均已超出了"文学批评"这一概念所能覆盖的层面，而是作为政治意识形态批判运动中的一环，直接发挥着政治批判、意识形态批判的功能。至于"文革"后期开展的以"评《水浒》"为名的运动，更是以"评论"之名而行"批判"之实的极"左"政治的产物。

因此，我们看到，"文学批评"这一说法在"十七年"虽然也时常提起，但就当时的文艺状况而言，"批评"显然不足以恰当地体现、反映和描述文艺工作的任务、目的、方法。因而，它被"评论"和"批判"取代，也是合乎历史的逻辑的。

九、20世纪80年代："评论"淡化而"批评"翱翔

新时期伊始，"批判"一词迅速消隐，而"文学评论"则在一段时间内延续下来，起码在1985年之前，一直是主流的说法。

"批判"的消隐虽速，也有一个过程。20世纪70年代末到80年代初，由于走出"文革"、拨乱反正的需要，对以"四人帮"为靶子而实为对整个"文革"以来的错误文艺路线，进行了清算和批判。同时，为开辟新时期的文学发展道路，文学界经历了数度文学"论争"，其间"评论"的火药味亦很浓厚，"左"或"右"的攻防，反对资产阶级"自由化"、关于"朦胧诗"、"现代派"、异化与人道主义的争论中，有些方式也类似"批判"，只不过经历过"文革"的惨痛，人们渐渐慎用甚至弃用"批判"一词了。

"评论"作为"十七年"文学传统的主流概念，在新时期伊始迅速抛弃"批判"的趋势下，在人们还不习惯于"批评"一词之前，自然得到运用的充裕空间。1980年1月，《文艺报》连续组织了两次声势浩大的"作家、评论家座谈会"，与会者达到一百余人[①]。1982年7月，中共中央宣传部在河北涿县召开"文艺评论工作座谈会"，所提出的口号就是"做一个坚定的、清醒的、有所作为的马克思主义文艺评论家"；为响应这一号召，冯牧、阎纲、刘锡诚等主编了新中国第一套《中国当代

[①] 向川：《关于反映社会生活中新问题的探讨——记本刊召开的部分在京作家评论家座谈会》，《文艺报》1980年第1期。

文学评论丛书》——是为"一套当代文学评论家的评论选集汇编"①,共出版了荒煤、冯苏、罗荪、王元化、胡采、萧殷、洁泯、黄秋耘、顾骧、李希凡、阎纲、朱寨、张炯、陈辽、谢冕等人的代表作结集 20 余种。上述这些"评论家"以"评论"的名号,积极参与新时期文学的奠基和建设,在文学观念的解放创新上,在对新时期文学的阐释与推波助澜上发挥了重要作用。在某些方面,他们不仅对"文革"文学思潮作了拨乱反正,而且适应社会走向新的转型而远远超出了"十七年"的"评论"的意义范畴,他们面对新时期文学的欢欣鼓舞给其以自信,遂使"批评"一词的有效性也渐渐浮出水面。尤其应该指出的是,他们甚至在"评论"的名义之下,创造性总结出来了一种以"批评"命名的基本原则和方法,并称之为"美学的和历史的文学批评"②,这大概是自"文学批评"舶来之后,中国诗学对"文学批评"最具价值的阐发,对"批评"一词在"评论"的宽泛和"批判"的偏激之外的最公允、最恰当的一次诗学阐发与使用,至今影响仍在。

于是,1985 年以后,"批评"则由暗流而形成了新的崛起,成为主流的概念术语。一个标志性的事件是 1985 年 8 月 26 日,《文艺报》举办的"青年文艺理论批评工作者座谈会"。在会上,《文艺报》时任主编谢永旺宣称:"现在,我们已经有了一支青年文艺理论批评家队伍了!"③ 1986 年 5 月 1 日—7 日,广东社科院文学所、暨南大学中文系、海南大学中文系、海南行政区文联等单位联合发起的"全国青年评论家文学评论研讨会"在海南岛召开,当时文学批评界的许多中坚力量都曾与会,影响极大。会议名称虽为"评论",但主题却是"我的批评观",并且张扬了"第五代批评家"这样的说法,会后结集出版了《我的批评观》一书④。

"批评"的重新崛起,不仅体现在称谓上,而且表现为尖锐、犀利的文学批评行为,运用"批评"推动社会变革的愿望。如冯牧在 1985 年的"青年文艺理论批评工作者座谈会"上发言时强调:

---

① 参见顾骧《文学评论要有一个大发展——从〈中国当代文学评论丛书〉的出版谈起》,《人民日报》1983 年 10 月 3 日。
② 有关"美学的历史的批评",可参见李衍柱《坚持美学的观点和历史的观点统一的批评标准》(《山东师范学院学报·哲学社会科学版》1980 年第 5 期);陈涌《马克思恩格斯的美学和历史的批评》与钱中文《论美学的历史的文艺批评》,均见《马克思恩格斯美学思想论集》,人民文学出版社 1983 年 2 月版,第 128、153 页。
③ 《一支理论新军登上文坛——青年文艺理论批评工作者座谈会在京召开》,《文艺报》1985 年第 31 期。
④ 李挺奋:《全国青年评论家文学评论研讨会在海南岛召开》,《天涯》1986 年第 3 期。

> 社会主义文艺理论批评家应具备五种素质：具有建设性的理论素质，积极投身和参与伟大变革，与人民群众共命运，与时代步伐相一致；要有创造性；坚持丰富性和多样性；坚持开放性；坚持批判性和战斗性。所谓批判性是指经过肯定与否定的辩证分析方法，即扬弃过程。只有这样，才能使文艺理论批评具有鲜明的历史感和时代感，才能是非分明。①

这里所说的"与人民群众共命运"、"与时代步伐相一致"以及"批判性"和"战斗性"，显然与"十七年"期间的"建设"与"战斗"大不相同，突出强调了批评家的主体意味和启蒙职责，大概是"重回五四"思潮的结果，人们对"批评"的用法也回归"五四"。"人道主义"内容加"主体性"诉求，继承之中转换了新时期初年的"历史的美学的批评"而成为思想旗帜，这种"新潮批评"又增加了现代主义等时尚新潮的因素，呈现多元和凌乱，只有主体"不死"。

因此，80年代中期以后的多数批评家面对作家作品，有一种不言而喻的优越感，居高临下，指点江山，使得许多作家不由自主地感到自卑、心虚。如贾平凹在《浮躁》写完之后，担心被批评家酷评，不得不隐晦地为自己辩解：

> 现在已经有许多人到商州去旅行考察，他们所带的指南是我以往的一些小说，却往往乘兴而去败兴而归，责骂我是欺骗。这全是心之不同而目之色异的原因，怨我是没有道理的……
>
> 我之所以要写这些话，作出一种不伦不类的可怜而又近乎可耻的说明，因为我真有一种预感，自信我下一部作品可能会写好……一个时代有一个时代的作品，我应该为其而努力。现在不是产生绝对权威的时候，政治上不可能再出现毛泽东，文学上也不可能再有托尔斯泰了。②

我们看到，作家面对评论家，是如何的谦卑、渺小，以至于连阐释自我都要小心翼翼，自称是"不伦不类的可怜而又近乎可耻的说明"。——对于"文学批评"在80年代的威力和地位，无须多举例子。南帆曾在一篇文章里说，80年代是"批

---

① 《一支理论新军登上文坛——青年文艺理论批评工作者座谈会在京召开》。
② 参见程光炜《"批评"与"作家作品"的差异性——谈80年代文学批评与作家作品之间没有被认识到的复杂关系》，《文艺争鸣》2010年第9期。

评的年代":

>一批学院式的批评家脱颖而出,文学批评的功能,方法论成为引人瞩目的话题。大量蜂拥而至的专题论文之中,文学批评扮演了一个辉煌的主角。①

"批评"的崛起不是偶然的。"文革"结束后,从1979年开始的关于人性、人道主义、异化问题的讨论开始,实质上已逐渐被赋予文学批评以"启蒙"的重任和职责——文学批评界在重新研读马克思、恩格斯经典著作的基础上,形成了以"美学的和历史的观点"为文学的批评标准和方法,这可以说是在反对庸俗社会学、教条主义文学批评上所达成的共识,是对80年代文学批评的第一次"启蒙"和"自觉"。但在80年代中期以后,"美学的和历史的批评"虽然还在发挥作用,但以1985年的"文学方法论年"和1986年的"文学主体性年"为标志的讨论,则开启了这个"文学批评"的主体性狂欢。自由、多元、形式炫技,现代主义和后现代话语的突然揳入,搅动了"批评"的天空。他们强化了"批评"概念的使用,除了"主体"或"批评主体"的加强,似乎一时也没有提供出一种或几种稳定的文学诗学,有关"文学性"的张扬的阐释至今也未落实到"语言文本"层面。总体而言,"批评主体"的狂欢所释放出的"个性",也许因不满足于"美学的历史的批评"概念的单一,所以,就又有了"新潮批评"概念的启用,并进而将其描述为"批评家群体"的概括方式"②——"第五代批评家":

>与八十年代的年轻人具有强烈的自主、自强、自立、自创的意识相通,这些年轻批评家也都具有强烈的主体意识。他们的心里没有偶像,他们无视种种批评的模式和规范,他们都有各自的批评观念、批评视点和表述方式……③

所谓"第五代批评家",是谢昌余在一篇同题文章中提出的。该文为"第五代批评家"勾勒出一条上承五四先驱的文脉和谱系,认为五四先驱属于第一代,左翼

---

① 南帆:《论文学批评的功能》,《东南学术》1999年第1期。
② 关于"新潮批评",可参看李洁非、杨劼为他们编选的《寻找的时代——新潮批评选萃》所作的《编选者序》,北京师范大学出版社1992年版,第2—3页。
③ 陈骏涛:《翱翔吧,"第五代批评家"!》,《文学自由谈》1986年第6期。

文学运动是"五四"和鲁迅文学精神下的第二代,"十七年"是第三代,新时期的文学批评和理论论证中发挥重大作用的是第四代,而第五代则是"让人兴奋、喜悦、激动,让人羡慕的新一代",他们有宏阔的历史眼光,顽强的探索精神,现代的理性自觉,深刻的自由意识①——除此,若要在众声喧哗中寻绎"第五代批评家"在诗学上的实质性关联,也就并非易事了,倒是有一试图概括表述其特征的另外说法"向内转"②,但此说甫一刊出,即引发了争论。

个别批评家由此爱上了自恋式说辞,不仅掩盖了青年批评家在文学视野、知识、人生阅历等各方面的不足,还给人一种文学正宗的总体印象——批评家们延续的是五四文学的伟大传统,自然而然地拥有观念、知识、立场、站位上的优越感。就像刘再复在文章中把批评家称作"专业化"的"高级读者":

> (批评家)能以作品为媒介,通过自由联想和自由想象,使自己超越了作家的眼界和感觉,超越了作家的意识范围和作品提供的现实限度,也超越了自身的种种一般感觉而达到对美的冲动性的神秘的体验,以至发现作家未发现的东西,感悟到宇宙人生的潜在真理。此时,批评就不再仅仅是科学,而且变成一种艺术,批评家再也不是批评"匠",而是真正的悟道的批评"家",从而在更高的水平上实现了自身的主体性。③

还有的批评家宣称:

> 我所评论的就是我!④

如此的"主体性",使我们想起20世纪20年代佩苇那句令人警醒的话:"批评家这一类特殊的人应该是没有的。"自信、职业化是大趋势,但谦卑和质朴还是应有的基本态度。

---

① 谢昌余:《第五代批评家》,《当代文艺思潮》1988年第3期。
② 鲁枢元:《论新文学时期的"向内转"》,《文艺报》1986年10月18日。
③ 刘再复:《论文学的主体性(续)》,《文学评论》1986年第1期。
④ 鲁枢元:《我所评论的就是我》,《文学自由谈》1985年第1期。

十、20 世纪 90 年代以来:"批评"的陷落与"人文精神"坚守

而在 90 年代,在渐入"市场经济"的语境下,虽然文学失去了"轰动效应",但批评家们的"批评意识",却更为突出,如《上海文学》开辟的"批评家俱乐部"专栏、《广州文艺》的"先锋批评"专栏、山东《作家报》的"关于批评的批评"专栏,"批评"虽然无法完全取代"评论",却稳定地成了延续至今的更为主流的说法。

"批评"为何具有穿透、超越作品的能力?批评家们又如何在"达到对美的冲动型的神秘的体验"上比作家更有优势?文学批评如何成了批评家的自我言说和确认?……这些问题,在批评家们抵达批判的渴望、孤芳自赏式的"主体性"自我确证中逐渐被搁置,尤其在市场经济这"新意识形态"①背景映衬下,为批评而批评,为主体而主体——作家作品被视为对立面而成为蜂拥而至的理论、方法的操练、演习对象,批评和批评家们也在沉浸于把玩理论、方法的快感中与"启蒙"、与社会语境拉开距离。进入 90 年代,人们已经很少对"主体"进行多方面的价值意义追问了。人们的目光逐渐地被日益增强的社会经济与物欲态势吸引了过去——当精神文化在其物质基因的崛起及其所导致的物欲泛起和精神无力之时,批评的"陷落"也就到来了。

在今天看来,发生在 20 世纪 90 年代的所谓"人文精神"大讨论,是许多作家、批评家、知识分子对改革开放的商业化、世俗化的新的社会转型的第一次正面反映。"人文精神"主张者认为社会文化和文学未能按照他们的理想高歌前进,所以,批评家们应坚持知识分子应该有的"人文精神",应该坚守"普遍主义"的"终极关怀",反对"人文精神"的"失落"。从《上海文学》到《读书》杂志,在 1994 年前后,"人文精神"大讨论自文学界迅速蔓延至整个社会舆论界②。"批判"的声音再次响起,但可能在现代性滚滚洪流和社会的物质性生活共识面前,声音高调,理想可敬,有时也显得弱软无力,正如艾略特的诗句,"只剩一声唏嘘"③。在一片争

---

① 参见王晓明《在新意识形态的笼罩下:90 年代的文化和文学分析》,江苏人民出版社 2000 年 10 月第 1 版。
② 有关"人文精神"大讨论的情况及文献,参见王晓明编《人文精神寻思录》,文汇出版社 1996 年 2 月第 1 版。
③ T. S. 艾略特:《空心人》,赵毅衡编译:《美国现代诗选》(上),外国文学出版社 1985 年版,第 227 页。

议声中①,"批判"之声终于没有大过或超过"批评"的语义和音量。结果是,"批判"也好,"批评"也罢,却不增加什么,当然也没有减少什么。

说这句结论,应该是我们给予90年代人文精神争论的高度评价。它没有减少什么,"批评"仍在坚守,当"下海"或"学术"涤除了一部分"批评"的冗余成分,批评的"主体"仍在"市场"和"经济"的天空下挣扎,甚至逐渐地"生活"得更专业、更学院,也更从容了。说它没有增加什么,因为"人文精神"不过是延续性的80年代"人道主义""人性论"在新的历史语境下的翻版,当然,它在实质上延续了"人学"主题,而在形式上增添了"文"的学院精神和所谓的知识分子"学理"及其偏执,"人文"加"精神",多少表达了市场经济语境的新的诉求,多少改变了一个时期以来某些"主体"的空虚。无论如何,今天我们还是要高度评价"人文精神"一词,它在承续中表现了一种坚守,这个词组甚至在广泛的社会舆论领域不胫而走,适应了物欲压城、经济决定背景下的社会心理,被公共机关、学校、报刊、电视等舆论所使用,连同精神家园、人文关怀,这几个关键词取得了90年代以来从文学到文化到社会的合法性、正义性,可以衡量一切方面的纠偏与批评。

实际的情形却是,依赖这种"人文精神"的坚守,在90年代中后期,所谓"先锋批评"得以兴起②,它在本质上不是当时在某些批评的外表下所表现的种种现代主义或后现代主义文化批评的先锋,而是面对市场化经济潮流下的"人文精神"的"坚守"先锋。然而在守望之外,某种意义上,"没有增加什么"的文学、文化也未能遵循批评的"立法",而随着社会文化转型迅速呈现出商业化、世俗化、生活化、多元化的一面——社会生活更没有按照批评家的指引中规中矩地体现出温馨悦人的"人文精神"——更要命的是,似乎文学批评自身也出了问题:

> 当今的评论家们大多头脑发热,虚汗淋漓,要么跑到作家和作品的前面去,充当先锋官的角色,逢山开路,遇水搭桥,似乎是想为文学史开辟出一条坦途来;要么是高高在上,做了个手执鞭子的驭者,驱赶着文学向前挺进。李洁非在《批评家的情调》一文中指出:"八十年代后期,批评界最活跃的一批人,已到了公然谈论他们可以'制造'文坛'热点'的地步,并且毫不含糊把这种

---

① 质疑"人文精神"提法的文章,如王蒙的《人文精神问题偶感》等,参见王晓明编《人文精神寻思录》,文汇出版社1996年2月第1版。
② 有关"先锋批评"的概念,参见刘士林《九十年代的先锋批评》,《山花》2000年第8期。

狂言付诸行动。"我有点糊涂了。这样的批评家,到底吃错了什么药?

看来,文坛是需要好好地打扫一番了。要扫除的东西很多,其中就包括那些头脑发热的评论家们。

还有一些人,把笔下的评论当作哥们姐们之间互赠的礼物,极尽吹拍哄炒之能事……①

再接下来,就是一直延续到当前的关于"文学批评"的指责了。过多的例子不必多举,陈冲的说法颇具代表性:

我们对近期以来的文学批评总体上不满意,是因为不好的批评太多,还是因为好的批评太少?我认为是后者不是前者。如果我们有足够多、足够好的好文章,所谓的"人情批评"、"红包批评"再多,也成不了什么问题。②

坚守和陷落,这正如狄更斯所言是遭遇上了一个最好的时代,也是一个最坏的时代。批评的学院化、学科化、纯文学化、媒介化,圈子和新的体制性,形成文学社区、阶层和职业,批评家得到了这个开放的经济时代的物质保障和好处;同时,最好的批评是强调以"人文"打底的抽象的"精神"和"审美",并凭体制、圈子提供的"人文"地位,让渡物质自我的扪心自问而去叩问文学的"灵魂",批评伦理大踏步后退,批评形成分化,"评论"传统借学院化、学科体制,以学术研究之名而大面积还乡,"批评"的抽象精神和价值顿生疑问,在对"新写实"、"现实主义冲击波",以及"先锋写作"、"知识分子写作"、"民间写作",直至晚近时期"底层"等概念的触及中,痛,并坚守着,遂有新世纪"新批评"③的提倡。

仿佛又回到了20世纪30年代的对"批评"的批评的那样的情况,"批评"仿佛在更加深重地经历一场新的"陷落"。于是,正如本文开头所描述的景象,"批评"反而开始喋喋不休地批评着文学批评自身,这一"批评的批评"的热情一直燃烧至今。

---

① 侯德云:《门缝谈文》,《北方文学》1997年第3期。
② 陈冲:《我想要的"新批评"》,《文学报》2011年11月3日第6版。
③ 参见《文学报·新批评专刊》(2011年6月创刊)。

十一、新世纪现状：生活化，"批评"的分化与走向

至此，该说到对新世纪文学批评的认识了，也算结语。

其实以对"批评的批评"的持续热议来看，"文学批评"在中国新世纪以来并未沉寂，更未消失。80年代后期染上的"主体性"自信也从未失去。说其"陷落"的另外一层意思是想指出它正从20世纪在文坛高歌猛进的翱翔开始降落到生活的土地上。借用经济学界的一个流行的名词说，我们要看它是"硬着陆"还是"软着陆"？它"陷落"，是说它陷入困惑，是说它走过百年如今发现了一个真实的复杂且矛盾的自我镜像。它的困惑和它的自我热议正在证明它的存在、它的活跃。

总之，我们的估计是，此时"批判"（尤其是"大批判"）一词在语用的台面上可能不合时宜了，但以"批评"概念为主，以"评论"为辅的语用格局至此获得了稳固的框架。我们仍可以约定俗成地整体地称之为"文学批评"，但却应明白，就其本义、真义、现实义而言，这个"文学批评"实质仍是由"批评"和"评论"这两个词支撑起来的结构。

我们依然会一再地用"评论"的理性、宽泛的理解去解释"批评"（包括"批判"——有些批评家还是不时地夸张地喜欢使用"批判"或"小批判"，也很不错），不如此则无以立足立言；但我们又多么钟爱和崇尚"批评"，那是一种本色的精神，不如此便无以见性情尽风流。因此，必须标榜"批评"使之成主流，让"批评"涵盖"评论"，让"评论"阐释"批评"，将"批评"阐释成善良而非攻讦的、说明而非臆断的、直至歌颂的，面目全非亦无妨。

"批评"之名依然响亮，而"评论"之义则一如既往暗随。当"批评"之意气凌空高蹈，有"评论"一词稳稳当当。这两词互相补正、辅佐的语用格局是20世纪的中国文学的话语遗产，依旧在新世纪保持着既有张力。只不过，当我们在多个场合听到有人对使用"评论"的人纠正道："不，应该是批评"时，发现大家都是报以会心的微笑。

前文中已经指出，"批评"对于"Criticism"来说，是一个不对称的译法，汉语"批"所具有的难以褪色的攻击性、排斥性，天然地赋予批评家们某种潜在的优越感。在启蒙、思想解放的语境中，"批评"较"评论"以及其他说法，具有某种有效性，能够激浊扬清，推动文学发展，因此它作为20世纪的伟大的文学话语遗产我

们只能也必须继承下去,而且它的激浊扬清在今后也是需要的,甚至是仿佛永恒的需要。然而,文学多元化、生活的世俗化及信息化毕竟是新世纪文学的大趋势,当"批评"的这种语义"剑走偏锋"与正面的或解释性的文学评价、欣赏、推介形成巨大的反差时,当批评家以"批评"的名义、身份走进整体性的社会语境、亲近文学生活潮流时,这种反差所蕴含的语言暴力或许就会显现出来,在这个时候,有"评论"一词依存在世,应该是"批评"的幸事。

走过百年,"文学批评"在"评论"与"批评"之间的仿佛钟摆一样的予取予舍还会继续下去,在此形势下,新世纪的文学批评的现状及走向如何概括,我想举要有三。

其一,作为 20 世纪遗产的文学批评。

新世纪中国文学批评不可能另起炉灶,更不是 20 世纪"批评"的断裂和反驳,而是它的延续,它的遗产,起码有相当的部分是它留下的遗产。这就是以"批评"和"评论"这个双词结构所支撑起来的今日文学批评。

在这个双词结构的背后,意味着 20 世纪中国并未给今日留下一份有系统的、完整的、普遍适用的现代诗学,我们也没有建立起像西方那样众多以不同的诗学理论为基础的批评流派(如结构主义批评、文学社会学等)——如果非要对这段历史的"成果"加以清理,那么,正如王元骧所言,"文艺批评的方法自 20 世纪以来多得简直令人眼花缭乱、目不暇接。但时至今日,在我国文艺批评界为多数人所熟悉、并自觉不自觉地加以运用的,恐怕还主要是美学的和历史的方法。"[①]——同时,以这种"美学的和历史的"批评方法为基础,以主体性讨论和人文精神讨论为转型契机,今天以"批评"和"评论"这双词结构所能大体统一起来的当代文学批评,我们以为可以用"广义的人文精神批评"再辅以"文学审美批评",或干脆称"人文精神审美批评"来笼统地概括。今天我们的意识里,也许总是以为这个 20 世纪 80 年代为今日批评打底的"美学的和历史的文学批评"说法有些"旧",但细想掂量一下目前批评界衮衮诸公的学术底色,大多数似超脱不了这几个字的范畴。但今日的文学批评,就整体而言,又不能用社会学或某种"主义"来笼统地说清楚,这主要是经过 20 世纪 80 年代"主体性"和"方法论"的冲击,经历了 90 年代的市场化、世俗化的冲击,"方法论"和"主体性"的讨论使 80 年代前期的人道主义、人性论争论以"人学"的名义,被理解为、纯化为文学的启蒙精神,而减少了社会性

[①] 参见王元骧《也谈美学的和历史的批评》,中国作家协会理论批评文员会编:《走向新世纪的中国文学——理论批评文选》(上卷),作家出版社 2002 年版,第 434 页。

因素；90年代的人文精神讨论又将其放到了市场经济和世俗生活的背景下，这样一来，新时期初起恢复和兴起的人道主义思潮，中经80年代后期的启蒙主体性观念，再到人文精神讨论的丰硕成果的转化，一脉相承，成为今天的"人文精神审美批评"。"审美"一词如何上位的，暂且不论。仅从"精神"观念讲，这个说法能够体现新世纪文学批评的主流价值和倾向。它是20世纪各种文学精神、思潮、立场等价值因素百年博弈的结果，为当前主流批评家大多数所共同体认。20世纪有些文学批评思潮和价值，如政治第一论、社会工具论、阶级斗争论、形式主义，以及各种创作主义、思潮论，都在激烈的竞相表演后，或退场，或消逝，或转化，或超越，沉积为20世纪90年代以来的笼罩批评界的"人文精神"，如果概括当代中国文学批评的普遍立场，这也许是最为共同的特征。它继承了五四新文学启蒙精神，推崇人文主义或人道主义、人性论或人学价值，融合现代性价值和现代情感形态、现代审美意识，以多元性文化追求，把精神性当作文学的旗帜，用精神资源、精神高端、精神体验与现象作为解释文学作品的终极理由，从而为文学与现实生活、历史、人的关系提供解释框架，为深受当代中国社会市场经济的物质发展中被冲击的生活与人书写新传、搞精神立法。即或是关注底层和普通人，聚焦公平正义和平等主题，也不大着眼于用文学推动现实生活的改进与问题的解决，刻意与功利主义保持距离，缺乏对作为实践和现实的社会主义的精髓的理解，陈晓明所谓的"美学脱身术"[①]不仅在创作中，而且在文学批评中普遍存在。至于说到对审美立场的坚守，80年代过来的中青年评论家大都秉持文学性原则，一般不会从文学性（应该说明：他们的文学性从来没有落实成西方诗学如"新批评"意义上的文学性）立场后退，陈应松的《马嘶岭血案》之所以受到高度评价，在于其不仅体现对底层的人文关怀，还在其现代小说技巧和艺术气氛[②]，相比之下，打工诗歌的评价就要经过一个不大不小的从轻视到被动承认的过程，其文学性价值一直是暧昧或值得怀疑的。

其二，文学批评的整体性的消失。

新世纪文学批评经历了严重的分化，批评的范围大大缩小，20世纪试图建立的整体性风光不再，说其消失也是可以的。

西方文学批评概念下，在较高层面上分为两大类：理论批评和实用批评[③]。亚

---

① 参见陈晓明《人民性与美学的脱身术》，《文学评论》2005年第2期。
② 参见王晓明《红水晶与红发卡》，《读书》2006年第1期。
③ 林骧华主编：《西方文学批评术语词典》，第356页。

里士多德的《诗学》、瑞恰慈的《文学批评原理》、弗莱的《批评的解剖》都是理论批评的名著。五四新文学以来，中国文学批评在"批评"与"评论"这一双词结构的统率下，从来是将文学理论放在整个文学批评之中的。"五四"以来引进阐发的现实主义、浪漫主义、现代主义等文学思潮理论，"人的文学"理论、社会的、阶级的文学理论等在当时都是整体的文学批评的一部分。40年代的《讲话》更是融理论与批评于一体。中国古代文学批评史学科也在建设中将《文心雕龙》等理论著作与明清小说批评合在一起。新时期文学批评引进西方社会学、结构主义、精神分析、解释学理论，也学西方试图将其统统纳入文学批评视野。1986年海南青年评论家会议文集《我的批评观》一书，收入的文章几乎都以"批评"概念为主题而不见"评论"字眼，唯有周介人等二人用"评论"概念统领全文。这非常有趣。细读周文《新潮汐——对新评论群体的描述》你会发现，周介人是将"评论"当成一个具有整体性的大概念的，它包括文学理论和文学批评在内[1]。周介人用词在那样一个氛围下是谨慎和有意为之的，显示了对"评论"整体性的守持维护。

但新世纪文学批评承接20世纪遗产时也伴有很大的断裂，文学批评发生了分化裂解。首先，是文学理论或文艺学与文学批评分开。搞文学理论的不搞批评实践，搞文学批评的不关注和写作理论，完全是分裂的两拨人、两支队伍。其后果严重，比如在文学理论界早已被质疑的"纯文学"、"文学性"理论，在评论界却被奉为原则、至理，得到无可怀疑却含混暧昧的应用。这当然有中国文坛的现实语境所制约的原因，但理论的出走、分化出去，终究不好。其次，是所谓的"文学史的兴起"[2]，以及学院制的影响，那些曾以"评论"之名行世的文章，如古代文学评论（像王国维的《红楼梦评论》）、外国文学评论（像《莎士比亚评论汇编》这样的图书以及同名刊物上的文章），都划为"文学史"独立存在，文学批评再度缩小，它们都成了史学，成了学术研究。至于中国当代文学的关于"文学史意识与当代性挑战"的说法更是颇令人费解。文学评论领域越来越小，日益成为广阔生活下的专业圈子，只剩下当下（区别于当代）这点地盘，势必导致文学批评历史价值和厚重感的失落。自五四以来，我们对"文学批评"的理解似乎从未像今天这样狭窄，似乎

---

[1] 参见周介人《新潮汐——对新评论群体的描述》，郭小冬等：《我的批评观》，漓江出版社1987年版，第262—268页。
[2] 参见陶东风《文学史哲学》，河南人民出版社1994年5月第1版；程光炜：《文学史的兴起》，河南大学出版社2009年4月第1版。

又回到了明清小说评点语用实践中"批评"的单一格局,然而又不像后者那般受众广大。

其三,新世纪生活语境下的文学批评。

新世纪与以前的最大不同恐怕是我们在更深刻、更全面、更真实的程度上进入了一个"生活世界"。新的生活意识的兴起已是不争的事实。在生活面前,一切坚固的东西都烟消云散了。

我们如何重新理解文学,它是超越生活之物还是它本身就是生活之物?生活的观点就是现代社会的群众观点,就是媒介社会的美学观点,就是精英文学的大众观点。"批评"与"评论"都不可避免地生活化、网络化、碎片化;关注度和曝光率也会加盟到批评中来或直接成为批评的对象;跟帖和微博更使评论无边,涌如潮水;商业社会使批评仿佛又回到了明清小说的"评点"时代;我们所谓的媒体批评是创造一种宣传推介还是制造一种阅读生活;文学批评的"书评"时代来临之时,大大小小研讨会的发言要点及其创意文案、图书广告到处流传。面对新的时代、新的语境,仅以笼而统之的"人文精神"和"审美"为文学批评打底、撑腰,显然是不够的,底气不足、腰板不硬。"批评"或应直面如下的现实:要么画地为牢,自说自话,淹没在时代的浪潮中无可奈何;要么放眼看生活,丰满理论和方法的羽翼以期自赎。

此时此刻,强调文学批评的"现场性"和"有效性"是明智的选择,问题是"现场"和"有效"如何定义。批评是面对作家创作的现场还是生活的现场?假如是一种生活现场,它的边际如何划定?批评的有效也是这样,它可以在文坛有效还是在公共生活中有效?所有这些,都需要认真思考。尤其创建一种新世纪的文学生活,将是文学创作与批评、与社会共同致力的目标,"批评"一词在文学界内顺理成章,但面对更广大的社会,我们发现"评论"一词则更宜被大众传媒和网络流量采用。

经过百年中国文学的沉淀,"批评"与"评论"双词语用结构所构成的中国"文学批评",正是一种如维特根斯坦所言的"生活形式",我们似乎已约定俗成,已习惯于其间的语义挪移、错位、对抗、协同、互补,等等,困惑或自得,怀疑或自信,争吵诘问或游戏自恋,其乐融融。以批评之名,行评论之实;以评论精神理性宽容,以批评精神行痛快的美学先锋,如此,这个双词撑起的"文学批评"就又有了继续下去的话语理由。

2012 年 7 月完稿
原载《中国现代文学研究丛刊》2013 年第 9 期

"现代性" 辨正

王富仁

一

20世纪80年代国家的政治方针是改革开放，社会上的潮流是告别文化大革命，社会意识形态的关键词是"现代性"，与之相呼应的文化和文学研究学科是中国现代文化和文学研究，所以我们中国现代文学研究那时颇"火"了一把；20世纪90年代国家的政治方针是经济改革，社会上的潮流是下海经商，社会意识形态的关键词是"后现代"，与之相呼应的文化和文学研究学科是中国当代文化和文学研究。"现代性"开始受到质疑，我们中国现代文学研究也失去了龙头老大的地位；21世纪第一个十年国家的政治方针是在新建立起的"崛起的大国"观念的基础上得到调整的，经济上的潮流是炒股、买房子，文化上的潮流是"国粹热"、"国学热"、"儒学热"，社会意识形态的关键词是"中国模式"、"民族性"，与之相呼应的文化和文学研究学科是中国古代文化和文学研究。"现代性"受到相当普遍的质疑，我们中国现代文学研究也被严重边缘化了。

实际上，在整个人类文化或一个民族的文化的历史上，任何一个文化概念都不可能永久地占据文化的核心地位，否则，人类文化和这个民族的文化就停滞了，就会愈来愈被大量不相干的观念所异化，成为人类文化和这个民族的文化陷入混乱无序状态的根本原因。但是，在整个人类文化或一个民族的文化的历史上，任何一个文化概念也不会轻易地退出文化的舞台，都不会在人类文化和这个民族的文化中消失得无影无踪，而总是在不断地被重新感受、重新认识、重新诠释中获得新生，并发挥其持久的影响力，否则人类文化和一个民族的文化就会像走马灯一样旋转不已，积淀不下任何一点有益的东西。

"现代性"这个文化概念也是这样。

二

实际上，"现代性"只是人们感受和理解事物的一种观念形式的产物，它是在社会历史时间的维度上建立起来的，是与古典性、经典性、传统性等代表的在中国古代社会已经产生并被社会普遍认可的事物的性质相对举的。在中国，"现代性"作为一个独立的文化概念被人们所普遍接受实际是很晚的事情，实际是在20世纪文化大革命结束之后的七八十年代，并且是在国家政治提出的"四个现代化"（工业现代化、农业现代化、国防现代化、科技现代化）的基础上被中国知识分子转用到中国当代文化的各个领域的。如果说"四个现代化"是"形而下"物质文化层面的现代化，中国知识分子所说的"现代性"则是"形而上"精神文化层面的"现代性"，它们因其历史时间概念"现代"的相同而联系在一起，但当"现代性"脱离开国家政治的"形而下"的物质文化层面而被上升到"形而上"的精神文化层面，在中国，"现代性"就与五四新文化、新文学的"新"联系在了一起。

实际上，五四新文化、新文学的"新"也是一个社会的历史时间的概念，它是与中国古代文化与文学的"旧"相对举的。这个"新"本身是一个时间性的概念，但这个时间性的概念却不是个人的、日常的、物理性的时间概念，它所指称的既不是1919年5月4日这个时间"点"，也不是胡适写作《文学改良刍议》时的那个时间"点"，而是一个观念中的社会的、历史的时间概念，它所指称的是一个观念中的即将开始而尚未成型、因而也是模糊混沌的中国社会历史的整体时空结构。它不仅具有时间性，同时也具有空间性，是以一个模糊混沌的整体时空结构的形式出现在那些五四新文化、新文学倡导者的想象之中的。与此同时，"旧文化"、"旧文学"的"旧"，也是一个整体的时空结构，不过这个结构在新文化、新文学的倡导者的观念中，已经具有相对明确的完整的结构形态，这个结构形态已经无法容纳他们当下的自由创造的活动，已经成为束缚、禁锢乃至窒息他们的自由创造活动的桎梏，所以他们感到再也不能使其纹丝不动地继续维持下去。也就是说，"旧文化"、"旧文学"体现的是过往历史的文化和文学、中国古代历史的文化和文学，而他们所创造、所提倡的"新文化"、"新文学"体现的则是从当下开始的新的历史时代的文化和文学、中国现代历史的文化和文学。这个"新"也就与"现代性"有了几乎相同的意义和价值。

当我们将"现代性"的观念与五四新文化、新文学运动倡导者的观念联系在一起，我们就会发现，"现代性"的观念虽然是一种社会的历史时间的观念，但却不是一种纯粹客观的时间观念，亦即不是这个社会、这个历史时代所有人在感受和认识所有事物的时候都能够意识到并实际使用着的时间观念，而是一种主观的时间观念，一种首先产生于个别人在感受和认识特定事物的时候的主观的时间观念，只不过这种首先在个别人感受和认识特定事物的时候所产生的主观的时间观念在此后的历史发展中会被越来越多的人所意识到并运用于感受和认识越来越多的事物。如果说它在刚刚产生的时候不是这个社会个别人的主观的时间观念，而是被这个社会所普遍接受与普遍使用的客观的时间观念，说明它并不是一种真正新的、现代的时间观念，也不具有"现代性"，而是一种变相的古典的、经典的、传统的时间观念；与此同时，如果这种时间观念在此后的历史发展中不会被越来越多的人所接受并运用来感受和认识越来越多的事物，说明它也不是一种真正新的、现代的时间观念，也不具有"现代性"，而是一种在现代的历史发展中没有稳固可靠的现实依据的突发奇想，是像流星一样一闪即逝的东西。也就是说，"现代性"的观念即使在现代社会也不是所有人以及一个人感受和认识所有事物的观念，它总是与古典性、经典性、传统性的观念纠缠在一起的，是与古典性、经典性、传统性的观念共时性存在的两种不同性质的观念。与其说"中国现代社会"是具有现代性质的社会，不如说"中国现代社会"是"现代性"与"古典性"交错、交织而构成的一个较之古代社会在结构上更加复杂、在变化上更加迅速的社会。但它是以"现代性"观念的出现为标志的，也是以对"现代性"的追求为主要推动力的。在现代社会里，"古典性"、"经典性"、"传统性"仍然具有强大的力量，是维系现实社会稳定的主要力量，但它已经不是唯一的，已经失去了在中国古代历史上的绝对统治地位，已经没有力量完全扼杀在其根本性质上与之不同乃至相反的文化观念和文化创造的生成和发展。在五四时期，并不是所有中国人、所有中国知识分子都已经意识到一个与中国古代社会、中国古代文化和中国古代文学的历史在其本质的意义上完全不同的中国现代社会、中国现代文化和中国现代文学的历史时代的到来，而真正意识到它并且公开向社会宣布了它的到来的只是五四新文化、新文学运动的倡导者。即使这些倡导者，也并不是对所有事物的观念都是在这样一个社会历史时间的框架内建立起来的。也就是说，即使在他们的思想观念中，"现代性"的观念与古典的、经典的、传统的观念也是交错、交织在一起的。但是,"现代性"的观念到底还是在他们的意识中产生出来,到底还是冲破了中国固有的古典的、经典的、传统的观念的束缚和禁锢而进入到中国社会、中国文化和中国文学之中,并在总体上改变了中国社会、中国文化和中国文学的发展方向。

"春江水暖鸭先知。"

三

"现代性"本身并不是一个绝对的价值标准,第一次世界大战与第二次世界大战都是现代性的战争,但我们却不能认为它一定就比中国古代的战争更"先进"、更有"人性",但"现代性"却有自身的一套越来越完备的价值体系,这套价值体系是与古典的、经典的、传统的价值体系截然不同的,它是在一个现代的、新的时空结构的意识之中建立起来的,是为适应已经变化了的世界而建立起来的。在中国古代,"忠君"是一个至关重要的价值标准,"忠君"就是"爱国",因为这个"国"本来就是属于"君"的,"忠君"就是忠于国家,就是要维护国家的安全,而维护国家的安全则是符合"全国人民"的利益的。但在辛亥革命之后的中国,在五四新文化倡导者们的观念中,这个国家已经不是属于"君主"一个人的,"忠君"就不再是一个价值标准,儒家以"忠、孝、节、义"为主要内容、以"忠君爱国"为最终指向目标的一整套伦理道德的价值观念都受到这些知识分子的神圣的怀疑。归根结底,这都是与他们有了一个与过往的历史截然不同的新的历史的意识息息相关的,是在他们对一个与中国古代社会、中国古代文化、中国古代文学截然不同的中国现代社会、中国现代文化、中国现代文学的瞩望和追求息息相关的。这并不意味着他们都是比孔子、孟子、老子、庄子、墨子、韩非子更加伟大的思想家,但他们的出现却异常明确地划清了一个时间的界限:孔子、孟子、老子、庄子、墨子、韩非子等是中国古代的知识分子,而他们则是中国现代的知识分子。

"现代性"的观念首先是一种时间的观念,但它同时又是对一个完整的时空结构的瞩望和追求,所以这一观念不会仅仅滞留在一个点上,不会仅仅滞留在一个事物上,而是会像探照灯一样将自己的光芒投射到每一个引起它关注的事物上,从而使其受到现代性观念的审视、检验与改造,这就使"现代性"有了各种不同的表现形式,并逐渐形成一个相对独立的价值观念体系,与古典的、经典的、传统的价值观念体系形成鲜明的对照。五四新文化、新文学运动倡导的"科学、民主、自由、平等"的价值观念体系就是一整套中国现代的价值观念体系，它是与中国传统儒家的以"忠、孝、节、义"为主要内容的一整套伦理道德的观念体系不同的价值观念体系。以林纾为代表的"遗老"和"遗少"们之所以反对五四新文化运动倡导者的这些文化主张，是因为在他们的意识中并没有一个与中国古代社会、中国古代文化、中国古代文学不同的中国现代社会、中国现代文化、中国现代文学的瞩望与追求，因而也不认为脱离开中国传统儒家的以"忠、孝、节、义"为主要内容的伦理道德的观念体系还会有什么合理的思想和信仰，而五四新文化运动的倡导者们在受到以林纾为代表的"遗老"和"遗少"们的攻击和威胁的时候之所以仍然理直气壮地坚持自己的思想原则，就是因为在他们的意识中已经产生了一种无法泯灭的对中国现代社会、中国现代文化、中国现代文学的瞩望与追求。这是传统观念与现代观念的直接对立，在这种对立中，"现代性"（"新"）也成为五四新文化、新文学的基本性质和特征。

但是，"现代性"的时间观念虽然是中国现代社会、中国现代文化、中国现代文学的第一推动力，但却不是唯一的推动力。在这里，还有一个人的现实需要的问题。如前所述，中国现代社会、中国现代文化、中国现代文学是以"现代性"的生成与发展为标志的，但却不是中国现代社会、中国现代文化、中国现代文学的普遍性质与特征，古典性、经典性、传统性仍然是中国现代社会、中国现代文化、中国现代文学存在和发展的主要基础和土壤，其中已经加入了"现代性"的某些成分，但"现代性"的成分在相当长的历史时期仍将是次要的、非主流的。具体到五四时期的中国我们看得更加清楚。在五四时期，真正以"现代性"的追求为自己的主要追求的只是极少的几个知识分子，而中国社会上的更广大的有文化与无文化的社会群众则仍然延续着中国传统的观念和中国传统的生活方式。在这样一个范围中，中国人还要活着，还要吃饭、穿衣，还要结婚、生孩子，当官的仍然当官，经商的仍然经商，同时也要有自己物质的、文化的和精神的生活。他们感觉不到一个新的历史时代的到来，或者感到了也觉得与己无妨也无关。所有这些，都不是以"现代性"的价值为价值的，但它们仍然是有用的、有价值的，是中国人的一种实实在在的现实需要，并且这种需要未必比少数知识分子所瞩望的现代社会、现代文化和现代文学更不重要。时至今日，对于广大的社会群众一个"说三国"、"说隋唐演义"、"说杨家将"的传统说书人，仍然比鲁迅和他的《呐喊》、《彷徨》、《故事新编》更有实在的价值和意义。所以，"现代性"是一种价值，但却不是中国现代所有事物、所有文化现象的价值，亦即它不是唯一的价值标准。古典的、经典的、传统的价值仍然是一种价值，这种价值是以现实需要的形式而存在于中国现代社会乃至未来的社会之中的。如果用已经熟悉的一个概念概括这些事物，我们就可以说它们都是"国粹"。这些"国粹"都不是在对中国现代社会、中国现代文化、中国现代文学的瞩望和追求中创造出来的，但它们却仍然是有用的、有价值和使用价值的，因而也是我们不想丢弃、也丢不掉的。

与此同时，由少数知识分子在社会历史的时间观念的推动下所建立起来的价值观念体系以及在这种价值观念的推动下建立起来的文化和文学，之所以能够得到部分人、特别是青年知识分子的接受和传承，首先也是因为它们满足了或部分满足了他们的社会的或精神的需要，这种需要有可能同时伴随着他们本人对一种全新的中国现代社会、中国现代文化、中国现代文学的瞩望和追求，但也有可能并不伴随着这种社会历史时间的观念，而仅仅是一种现实的需要。在后一种情况下，一个人、一个知识分子是按照自己的意愿以及自己对所从事的职业活动的感受和理解而从事自己的文化创造的。例如，废名作为一个小说家，分明是继承着鲁迅所开创的中国现代小说的传统的，但他之所以从事小说创作却未必像鲁迅一样出于对中国现代社会、中国现代文化和中国现代文学的瞩望和追求，而更是在他自己特定的生活感受和理解的基础上并按照自己对小说这种艺术形式的特定的认识和理解进行创作的。在他的小说里，现代的与古典的、经典的、传统的已经不像在鲁迅小说里那样是泾渭分明的，而是交织在一起的。决定废名小说的基本性质的是"小说性"（亦即各种不同事物的自身性质），而不是"现代性"。不难看出，在这种对事物自身性质的关注与追求中，表现出了一种由现代性向古典性、经典性、传统性复归的趋势，我们现在对这种趋势也已经有了一个相对明确的概念，即"反现代性"。我们看到，恰恰是这些具有"反现代性"的性质的事物，在中国现代社会里有着更广泛的代表性，因为即使在中国现代社会里，也只有极少数人是在对中国现代社会、中国现代文化、中国现代文学的瞩望与追求中形成自己的世界观念、人生观念、审美观念等一系列基本观念的，而对于更广大的社会群众，其世界观念、人生观念、审美观念都是在现实需要的基础上建立起来的。老舍的小说、沈从文的小说、张爱玲的小说，都比鲁迅的小说更有"可读性"，也更受广大社会群众的欢迎，就是这样一个道理。但是，在中国，这种"反现代性"实际也是一种"现代性"的表现形式，因为它是以"现代性"追求的出现为前提的，是与某些具体的"现代性"追求不同的"现代性"追求。废名的小说仍然是中国现代小说，只不过是与鲁迅小说在思想风格和艺术风格上不尽相同的现代小说。老舍的小说、沈从文的小说、张爱玲的小说等，莫不应作如是观。

"现代性"是一种社会历史的时间观念的产物，它是对中国古代社会、中国古代文化、中国古代文学的超越和改造，是对中国现代社会、中国现代文化、中国现代文学的召唤和创造，因而它自身交织着两个主要的性质和特征，其一是批判性或曰革命性，其二是创造性或曰先进性。批判性或曰革命性是"现代性"与古典性、经典性、传统性构成的动态的关系，是"现代性"从古典性、经典性、传统性的母腹中挣扎而出的过程中具体呈现出来的思想形态和艺术形态。它在固有的完美的、神圣的事物中发现了不完美、不神圣乃至荒诞的、丑恶的性质和特征；创造性或曰先进性是其自身的表现形态和特征，它们并不是完美的、神圣的，但却是独创的、新颖的，体现着未来发展的一种新的趋势，故而又表现为一种预示着未来发展前景的"先进性"。所有这一切，都是与它的创造者的内在意识紧密联系在一起的，是其内在意识的外化形态，都体现了创造者本人告别中国古代社会、中国古代文化、中国古代文学而将目光投向即将诞生的中国现代社会、中国现代文化、中国现代文学的社会历史的瞩望和追求，因而也是其内在意识与其创造物本身构成的浑融整体。但是，当"现代性"已经成为一种社会公认的或在某个领域公认的外在的价值标准，当批判性或曰革命性、创造性或曰先进性成了人们直接判断事物的价值标准和尺度，就会有人、特别是刚刚成长起来的年轻一代的人首先依照这些已经明确起来的价值标准的要求去从事自己的创造活动。在这里，也有两种不同的情况：一种是逐渐从这些有形的价值标准的追求中形成自己内在的感受和认识世界、感受和认识社会人生或感受和认识各种具体事物的意识形式，从而形成自己内在的社会历史的时间观念，其创造物自然也具有越来越鲜明的现代性特征；一种是仅仅满足于这种外部的表现形式并以此作为自己的革命性和先进性的标志。在以上这两种人的思想中，都会产生一种类似于现在所说的"未完成的现代性"的观念，他们都以"现代性"作为自己的追求目标，都以批判性或曰革命性、独创性或曰先进性作为评判事物的主要价值标准，所以，在他们的观念中，现实社会的"现代性"永远都是"未完成的现代性"，永远都为他们留下了自由活动的空间，但上述第一种人由于自己有着越来越明确的社会历史的时间观念，由于这种社会历史的时间观念实际上是以整体的时空结构的形式呈现在他们的内在意识之中的，所以他们观念中的"未完成的现代性"，更是空间意义上的，更是由于即使在现代社会里也仍然留有大片的"现代性"的空白，也仍然保留着古典性、经典性、传统性的大片世袭领地，需要用他们自己的独立创造去填补。即使在某个方向或某个具体事物上的"未完成的现代性",其原因也大半因为受到这些古老传统的禁锢和束缚,无法进入完全自由的创造境界,无法实现"完成的现代性"的创造。在这种时间观念的支配下,他们追求的是"现代性"在社会空间中的转移和在这种转移中的进一步丰富和发展,是将"现代性"的观念注入到尚未发生变化的古典的、经典的、传统的社会文化领域及其具体事物之中去,并促使其向"现代性"的方向转化。例如,萧红的《呼兰河传》与鲁迅的《狂人日记》都具有强烈的批判性或曰革命性,都具有鲜明的独创性或曰先进性,但萧红的《呼兰河传》的批判性或曰革命性、独创性或曰先进性,却不是相对于鲁迅的《狂人日记》而言的,而仍然是相对于中国古代的文化传统而言的。亦即它不是对鲁迅《狂人日记》的批判和革命,也不是比鲁迅的《狂人日记》更有独创性也更加"先进",它只是将鲁迅《狂人日记》的批判性或曰革命性、独创性或曰先进性在现实社会空间中实行了转移,主要转移到了萧红所面对的世界以及在这个世界中中国底层女性的现实命运;上述第二种人也追求批判性或曰革命性、独创性或曰先进性,但他们内在的时间观念却不是社会历史的,而仍然是在追求个人成就的基础上形成的线性的时间链条。在这种时间链条上,他们把自己的革命性就直接理解为比当时最革命的人更革命,把自己的先进性就直接理解为比当时最先进的人更先进,别人的"现代性"都是"未完成的现代性",只有自己的"现代性"才是"完成的现代性"。他们总是按照梁山泊一百单八条好汉"排座次"的方式排列现代社会的人和事物,并且总是想把自己排在别人的前面。他们的批判不是对某种思想传统或文化传统的批判,而是对"人"的批判;他们的革命不是对"社会"的革命,而是对"人"的革命,是压倒别人而抬高自己的革命,因而他们的批判和革命充其量也只是一种个人的姿态,是没有实际的社会的和历史的内容的。在1928年的"革命文学论争"中,创造社、太阳社举起"无产阶级革命文学"的旗帜,便想把鲁迅、胡适、周作人、茅盾、叶圣陶、郁达夫等所有这些新文学作家都打倒,而将自己抬到文坛领袖的地位上。这实际是缺乏社会历史的时间观念的表现。他们将五四新文学作家都作为"资产阶级作家"乃至"封建余孽"进行了彻底的否定,但他们自己也不是"无产阶级作家",所以他们的"批判"和"革命"是没有实际的历史意义和社会意义的。表面看来,这类文化现象很像是"完成的现代性",但在实际上,他们在"现代性"的形式下实现的是向过往传统的不自觉的复归。正是从1928年革命文学论争开始,一些"革命文学家"在"革命"的旗帜下将"文学"做成了"政治"的"留声机",而这恰恰是中国传统文学的基本特征之一。所以,我们不能将这样的文学的性质视为现代的。——它是一种新古典主义的文学形式。

严格说来，在现代社会里，就不存在"完成的现代性"，因而"未完成的现代性"这个概念也没有实际的意义。"现代性"虽然是在时间观念的基础上形成的一个文化概念，但它本身指称的只是一种事物的性质，而非事物的本身。我们说鲁迅的思想是有"现代性"的，但并不是说他的所有思想都是现代的，没有任何古典的成分；我们说鲁迅的《狂人日记》是一篇现代小说，并不是说它与中国古代小说就没有任何共同性。在这个意义上，"现代性"在中国现代社会就像是中国社会、中国文化和中国文学的"表面张力"，是中国社会、中国文化、中国文学不会完全返回到它的古典状态、不会永远停留在已经达到的水平上而又不断向着此前所未曾有的新的境界生成与发展的力量。它表现在已经生成的事物上，是这种事物的一种性质。就这个事物本身，是被作为完成态的事物来看待的（例如，只有将鲁迅的《狂人日记》作为一个完整的短篇小说来看待的时候，我们才能评论它有无现代的性质），而就其"现代性"，只有一个"有"与"没有"的区别，而没有一个"完成"与"未完成"的区别（例如，我们可以说鲁迅的《狂人日记》是一篇具有现代性质的小说，但却不能说它的"现代性"是"完成态的"，还是"未完成态的"）。

四

毫无疑义，中国现代社会、中国现代文化、中国现代文学的生成和发展与西方社会、西方文化、西方文学的影响是密不可分的，但中国现代社会、中国现代文化、中国现代文学的"现代性"却不等同于"西方性"和"西方的现代性"。这里的原因是不言自明的，因为中国的"现代性"是在中国人的社会历史的时间观念变化的基础上生成的，是中国人感受和理解中国社会历史发展及其状况的一种意识形式。它是在挣脱中国古代社会、中国古代文化、中国古代文学固有传统的束缚与禁锢、在对与中国古代社会、中国古代文化、中国古代文学在其性质上根本不同的中国现代社会、中国现代文化、中国现代文学的瞩望与追求中建立起来的一种社会的、文化的、文学的观念。当这种时间观念和意识形式凝结在他们的创造物上，这种事物就不再包括在中国固有的古典的、经典的、传统的范畴之内，我们就认为这种事物具有了"现代性"。

必须看到，这种社会历史的时间观念，虽然首先是个别人的主观的时间观念，但却并不局限于个别人或部分人的现实需要，并不是在满足了个别人或部分人的现实需要之后就停止了运动的一种观念，而更是一种"整体的"、"社会的"、"历史的"时间观念。它也是一种需要，但这种需要却能够在整个社会范围中不断浸润和扩散、在未来的历史上不断延展和流传，以成为一种客观的社会历史的时间现象。胡适提倡的白话文运动，连胡适自己也不认为只要自己有了用白话文写作的权利就满足了自己的愿望，而是需要整个中国社会的成员都使用白话文进行写作，并且后代的中国人还要继续使用白话文进行写作，从而结束中国古代人主要用文言文进行写作的历史，开创出一个中国人主要用白话文写作的新的、现代的文化历史。这是一种整体的社会历史的时间观念的产物，因而对于中国社会也具有普遍的社会价值、对于中国历史也具有永恒的历史价值，与此前王照、劳乃宣的"官话字母"运动在其性质上并不是完全相同的。五四的思想革命、文学革命以及它的"科学、民主、自由、平等"的具体思想追求，莫不像胡适首先倡导的白话文革新，并不局限于个别人或少部分人的现实需要与追求，而是一种整体的中国社会历史的需要与追求。

　　西方文化对中国文化的影响，并不能直接产生中国人自身整体的社会历史的时间观念的变化，并不能直接形成中国人自己的新的社会历史的意识，而更是在个人或少部分人的现实需要的基础上发生的。在中国古代的历史上，就有佛教等外国宗教的传入，就有张骞通使西域、郑和下西洋等历史的壮举，就有在丝绸之路上进行的"全球化"的国际贸易，但所有这一切，都没有导致中国人整体的社会历史时间观念的变化，都作为中国古代社会历史的一些具体内容而被包含在中国古代社会结构的内部以及中国古代的历史进程中。利玛窦等西方传教士的来华，带来了西方数学和科学技术的知识，但所有这一切，都被康熙皇帝和徐光启等中国知识分子像消化《九章算术》和《天工开物》一样作为知识和技能消化在固有的中国文化传统中。实际上，鸦片战争之后，西方文化的传入，并没有从根本上超越中国古代人接受外来文化的层次，亦即它们都是在个别人或少部分人的现实需要的基础上接受外来文化的影响的，因而所有这些影响都没有、也无法上升到整体的社会历史的时间观念和时间意识的层面上。——在中国，它们是一种"使用价值"，而不是"价值"。

　　人类的物质文化，向来有两个侧面，其一是直接的"使用价值"，其二是对于人类或一个民族的生存和发展具有普遍作用和意义的"价值"，但它总是首先作为"使用价值"被人们所接受的。物质文化的"使用价值"是建立在人们的直接的现实需要的基础之上的，并且这种价值直接表现在"使用者"本人。也就是说，"使用价值"对于"使用"它的人是有"价值"的,而对于所有其他的人,它不但不是一种"价值",而且是一种"负价值"。别人手里有把枪,别人就胆壮;你的胆子不但不壮,反而更担心了;别人成了亿万富翁,别人就富了,你不但没有富,反而更穷了。西方现代物质文化的"现代性",并不直接表现在这种物质文化的本身,而在于这种文化是被社会组织在现代的契约关系之中的。正是这种现代的契约关系,使西方现代物质文化的发展不但具有"使用价值",同时也具有了一种普遍的社会价值,并用这种社会价值相对限制了(而不是消灭了)它的"使用价值"的局限性及其负面作用。当在社会的契约关系中,保障了持枪的人绝对不会向手无寸铁的人开枪,不持枪的人才有一种安全感;当在社会契约的关系中保障了穷人的基本生存权利和自由权利,别人成了亿万富翁才对穷人没有更严重的直接威胁。这种契约关系是以一整套越来越完善的现代法律制度以及这种制度执行的有效性的形式在社会上发挥作用的。只要在这样一个意义上感受和理解 19 世纪末叶由洋务派提倡的洋务运动,我们就会看到,他们对西方科学技术及其物质文化成果的引进,并不意味着他们整体社会历史时间观念的建立,因为他们是将西方科学技术及其成果作为一种"使用价值"引进的,而"使用"这种"使用价值"的则是当时的"国家",当时属于君主一个人的"国家",当时仍然以"上尊下卑"的等级关系组织起来的"国家",当时在上的"君主"可以按照自己的意志随意剥夺他的臣民的生存权利乃至生命的"国家",亦即人的生命安全得不到基本保障的"国家"。也就是说,即使这种引进是成功的,它所建立的充其量也只是像秦皇、汉武、唐宗、宋祖那时的强大的封建帝国,并不意味着中国社会、中国文化、中国文学的新的时代的开始。"洋务派"引进了西方的物质文化成果,这些物质文化成果具有"西方性",也具有"西方的现代性",但却不具有"中国的现代性"。对于中国更广大的社会群众,它的"船坚炮利"与中国古代的"兵强马壮"并没有本质意义的差别。它起到的是保护君主专制的"国家"的作用,但起不到保护"人民"的作用;"人民"在如此强大的"国家"面前,更是没有安全感了。

维新派的维新运动,正式将"新"这个概念推向了中国社会和中国文化,但这个"新",还不是整个中国社会之"新"、中国历史之"新",而只是国家政体形式之"新"。这种"新"的政体形式,也是从西方引进的,具有"西方性",也具有"西方的现代性",但它仍然是作为一种"使用价值"引进的。为什么它只是一种"使用价值"而不是一种"价值"?因为这个革新不是因为有两种不同的权力:专制君主的国家权力和以地方贵族或新生的资产阶级代表的平民的权力(在西方,这两种权力分别代表了两种不同的利益：专制君主的"国家"利益和以地方贵族或新生的资产阶级代表的社会平民的利益），而是只有一种权力，即"国家"的权力；只有一种利益，即"国家"的利益。维新派知识分子并没有自己独立的利益诉求，他们谋求的仍然是统一的国家的利益，维护的仍然是统一的国家的政治权力。他们之所以要以君主立宪的方式革新中国的政治，不是因为这个君主专制的国家压抑了他们所代表的社会平民的利益诉求和权力诉求，不是要摧毁体现君主的国家利益的政治体制而代之以符合自己利益的政治体制，并按照自己的愿望和要求重新组织整个社会，而是因为清朝政府太腐败、太无能了，因为清朝政府已经无法有效地使用国家的政治权力以维护国家的至高无上的权威性。他们之所以引进西方的君主立宪的政治制度充其量只是像王安石变法一样要用一种新的方式更加有效地使用国家的政治权力，以重建"国家"的至高无上的权威性。这与西方现代政治变革的性质是极为不同的。不论是1642年的英国资产阶级革命还是1789年的法国资产阶级革命，不论是以相对温和的方式还是以相对激烈的方式，西方现代的政治变革都是以削弱以国王为代表的统一的国家政治权力以保证社会平民享有越来越大的自由权利为其主要目标的，而中国的维新派则是为了帮助已经失去了国家政治权力的国王重新夺回理应属于他的国家政治权力，以重振"国家"的雄风。"自由"是西方资产阶级革命的思想旗帜，是西方资产阶级民主政治的主要社会思想基础，也是西方资本主义政治制度不仅有其巩固国家政治权力的"使用价值"而同时也具有社会解放的普遍的社会"价值"和推动社会历史不断发展的历史"价值"的根本原因。而维新派的政治革新，则是建立在固有的"忠君爱国"的思想基础之上的，是与自由的思想绝缘的，这就在他们理想的君主立宪制国家政权的后面画上了一个句号。康有为在辛亥革命之后，还要将"儒教"定为"国教"，并要将其写到中华民国的宪法上，说明他的维新思想，始于"立宪"，也止于"立宪"；始于建立一种政体形式，也止于建立这种政体形式，是没有在其基础上向整个社会文化浸润和扩散、向未来的历史继续绵延和发展的可能性的，因而也不是一种整体的社会历史的时间观念的产物。在中国，它不具有"现代性"。"现代性"是一种整体的社会历史的时间观念的产物，不论是胡适的白话文主张，还是鲁迅的立人思想，凡是具有"现代性"的事物，后面都应该是一个删节号，是为后来的发展留下了无限的发展空间和时间的事物，而不是一个句号，不是一个所有人只能到此为止的历史的终点。——真正具有新的社会历史发展观念的人，绝对不会画地为牢。

在这里，我绝非否定洋务派的洋务运动、维新派的维新运动对于中国社会及其发展的作用和意义，而是说它们的价值和意义更是局部的政治现实性的，而不是整体的社会历史性的。它是在外国侵略势力的威胁下，中国官僚知识分子和希望成为官僚知识分子的在野知识分子所做出的意欲进一步加强统一的国家政治、经济、军事权力的努力。这对于当时中国的国家政治绝对是必要的，是有其现实的意义和价值的，但也正是因为如此，它们与西方现代的政治革新和政治革命几乎取了一个完全相反的方向。仅以法国现代的政治变革为例，法国的启蒙运动和此后的资产阶级革命是以告别此前的路易十四时代为特征的，而路易十四时代的法国恰恰是一个国家至上的时代，是一个国家政治在整个社会生活中具有至高无上的权威性地位的时代，并且这种具有至高无上的权威性地位的国家权力完全集中于国王路易十四一个人之手，造成了一个权力高度集中的国家政权。法国启蒙思想家的思想不是在进一步巩固和加强这样一个统一的国家政权的基础上建立起来的，而是在对"自由、平等、博爱"的社会思想的追求中建立起来的；它反映的不是统一的国家的政治意志，而是作为具体社会成员的"自由、平等、博爱"的社会愿望和要求。保障各个社会成员的自由权利成为法国启蒙思想家的"理性的王国"的最高原则，1789年法国资产阶级革命时期的法国民众是举着自由女神的旗帜走向街头的。但是，外国强权势力的侵略，整个改变了中国国家政治变革的方向，使我们在一个相当长的历史发展阶段上都是以进一步加强统一的国家政治、经济、军事的权力为其奋斗目标的，这不但在政治领域延续了中国古代以"富国强兵"为主要旗帜的国家理想，而且在社会上也延续了知识分子以"修（身）、齐（家）、治（国）、平（天下）"为主要内容的人生理想，使其无法真正建立起不断追求社会的进步和发展的现代的整体的社会历史的时间观念。

只要在这个意义上感受和理解孙中山领导的辛亥革命，我们就会发现，尽管它在中国历史上完成了一个十分伟大而又显著的转变——推翻了中国最后一个封建王朝并依照西方现代政治制度的模式建立起了一个新的国家的政权，但它仍然是"政治性"的，而不是"社会性"的，仍然是为了进一步加强统一的国家政治、经济、军事的力量（所谓国力）以重新建立起国家的至高无上的权威性（国威），因为在他的观念中，"国家"仍然代表一切，仍然决定一切。"国家"不但决定了国家的政治，同时也决定了国家的经济和文化；不但决定了国家的政治管理，还决定了全体国民的命运和前途。也就是说，国家必须关心国民的一切，"管着"国民的一切，但与此同时，国民也得服从国家的管理，构成的仍然是管理与被管理、服从与被服从的关系。孙中山的"三民主义"的国家学说分明是按照西方现代国家的基本原则建立起来的，是具有"西方性"的，也是具有"西方的现代性"的，但孙中山的"三民主义"因为仍然是在"国—民"这种单一的"上管下"的政治模式中来感受和理解的，因而他也将其"民主"解释为孟子的"民为贵，社稷次之，君为轻"的思想，儒家的"天下为公"也仍然是他的最高的执政理念。在这个意义上，孙中山的"五族共和"的政治主张和康有为的"君主立宪"的政治主张并没有本质的差别，它们都是主要依靠他们这些政治家的力量完成的"一揽子买卖"，是始于此也止于此的，因而也无法形成一种新的整体的中国社会历史的时间观念。它们的"现代性"是"西方的现代性"，而不是"中国的现代性"。——新的整体的中国社会历史不是仅仅由政治家创造的，新的整体的中国社会历史的意识形态不仅仅是由对国家政治的意识构成的。它是充满了各种不同力量在社会平等原则基础上的相互博弈的。

我们经常说"中国现代社会"，但到底什么是"中国现代社会"？"中国现代社会"与"中国古代社会"到底有什么根本区别？却很少有人问津。实际上，"中国古代社会"就是一个"国"，它是通过单一的自上而下的国家政治权力的链条组织在一起的"君—臣—民"的权力之塔。中国古代也有文化，但中国古代文化也是附着在这个权力之塔的各个层级上而为维护这个权力之塔的稳固性而服务的；中国古代也有知识分子，但中国古代知识分子也是分别属于"君—臣—民"这三个层级的，并以这三个层级的不同规范被包容在这个"国"里。他们没有独立性，不是一个独立的社会阶层，他们的文化也不是以自己的独立形态而独立地作用于整个社会的存在和发展的独立的力量。这到了五四新文化运动，就有了一个显著的变化：尽管《新青年》同人只是几个人，但他们却是以一个独立存在并持续发挥着自己独立社会作用的知识分子阶层而出现在中国社会上的，是以自己独立的社会要求和社会思想要求作用于整个中国社会的，并且具有发挥自己独立社会作用的独立的方式和途径：科学和文艺。正是这个独立知识分子阶层的出现，将中国社会开始向"平"的方向拉，开始将中国社会拉成一个横向的"社会"，而不再仅仅是一个由上下等级关系链条构成的纵向的政治关系。这个横向的社会由三个相互包含但又相互制约的大的社会系统共同构成：其一是通过政治管理关系构成的国家政治系统；其二是通过生产与消费关系构成的经济系统；其三是通过科学和文艺的传承、传播与创造构成的文化系统。正像政治家是社会政治系统（"国家"）的主要构成者，实业家和商业家是社会经济系统的主要构成者，知识分子则是社会文化系统的主要构成者。在现代社会里，这三个系统是平等的相互包含的关系，而不再是一个决定一个、一个压倒一个、一个领导一个的关系。鲁迅和胡适是谁？他们既不是"君"的"臣"或"民"，也不是"臣"或"民"的"君"，而是以自己独立的文化创造作用于整个社会的两个独立的"知识分子"。"知识分子"不执掌国家的政治权力，也不拥有足以制约整个社会的资本的力量，但又必须在现实社会关系中获得自己存在和发展的权利并以自己的存在和发展带动整个社会的存在和发展。显而易见，对于他们，旧的以政治权力关系为主要纽带的社会契约已经无法满足他们生存和发展的需要，因而也无法满足他们所想象的整个现代社会存在和发展的需要。他们需要与现实社会建立起一种新的契约关系以代替旧的契约。他们提出的以"科学、民主、自由、平等"为主旨的一系列思想原则实际上就是他们要与整个社会建立的新的契约关系的准则。他们不但需要中国知识分子自己遵守这种新的契约关系的准则，也需要中国社会各阶层的人都要接受并遵守这种新的契约关系的准则，并以此感受和理解中国现代社会的发展变化及其发展程度。这就有了新、旧思想的矛盾和冲突，就有了"现代性"与古典性、经典性和传统性的差异和矛盾，也就有了五四新文化、新文学运动倡导者们的中国现代的整体的社会历史的时间观念，有了我们所说的"中国的现代性"。只要在这个意义上看待中国现代社会、中国现代文化、中国现代文学的发生，亦即"中国的现代性"的发生，我们就会看到，五四新文化运动才是其真正的起点。五四新文化、新文学的一个显著的特点就是：不论是在其提倡者的主观意识中，还是在其客观的历史效果上，凡是它所主张、所追求的一切，都只是开了一个头儿，都是需要在后代人的不断努力下才能不断成长和发展的事物。——在五四新文化、新文学的倡导者的观念中，一个与中国古代历史不同的新的、现代的历史时代开始了；这种观念凝结在他们的创造物上，就有了中国的"现代性"。

五

一个新的历史时代的开始，不仅仅是由其开创者的主观意识决定的，同时也是由其后代人追溯自己的创造活动时将其历史的起点放到哪里而决定的。中国古代的知识分子，不论自己从事着什么样的具体文化活动，但当他们追溯自己的思想渊源的时候，儒家知识分子一定会追溯到孔子和孟子那里去，道家、道教知识分子一定会追溯到老子和庄子那里去，所以春秋战国时期就成了中国历史上一个独立的历史时代的开始。佛家知识分子虽然也能追溯到释迦牟尼，但因为释迦牟尼不是中国人，所以他们的时间观念无法成为中国历史的观念。晚清洋务派的知识分子、维新派的知识分子、革命派的知识分子的情况与中国古代佛家知识分子有些相似：因为他们是在西方文化的直接影响下形成自己的文化思想的，他们在西方文化中的思想渊源无法构成中国历史的观念，但他们的文化思想又主要集中于中国社会的现实需要，没有上升到整体的中国社会历史时间的高度，所以当他们追溯自己的中国社会思想的渊源的时候，仍然不得不追溯到先秦的孔子和孟子那里去。五四新文化运动之后的情况则发生了一个重大的变化，从"新潮社"开始的大量新文化、新文学的社团，尽管彼此之间的思想也有很大的差异，但他们已经不将自己思想文化的渊源直接追溯到孔子和孟子、老子和庄子，而是直接将自己思想文化的渊源追溯到五四新文化、新文学。甚至像中国共产党这样的政治党派和中国左翼作家联盟这样的文学社团，虽然将马克思列宁主义作为它们的思想旗帜，但当追溯自己在中国的思想文化渊源的时候，在一个相当长的历史时期也不能不将五四新文化、新文学作为自己思想文化的历史起点。——五四新文化与新文学成了中国现代社会区别于中国古代文化和文学传统的新的文化和文学传统。

20世纪80年代初，钱理群、陈平原、黄子平三位先生共同提出了"20世纪中国文学"的概念，并随之产生了广泛的影响[1]。直至现在，以"20世纪中国文学史"、"20世纪中国文学研究"为题的史著和论著仍然不断出现，说明它对中国文学的叙述和研究是有便当性的。但是，我们在使用这个文学史概念的时候，却必须注意"20世纪"这个时间概念本身的性质和作用。"20世纪"这个时间概念，不论对于西方，还是对于当代的中国，都已经是一个客观的时间概念，亦即它有其不受任何人的主观意识和意志以及任何现实的社会历史事变的影响的性质，因而它也不是任何一个特定的民族的社会历史的时间概念，因为任何一个民族的社会历史都是在这个民族的社会成员对自己民族的社会历史事变的记忆及其具体的感受和理解中形成的。1917年，俄国发生了十月社会主义革命，美国没有发生这样的革命。对于俄国和美国，"1917年"这个客观的时间刻度是一样的，但这两个国家的社会历史时间的刻度却是不一样的。实际上，"20世纪中国文学"这个文学史概念的产生是当时中国知识分子将中国的"现代性"等同于"西方性"或"西方的现代性"的结果。毫无疑义，从维新运动开始，西方文化和西方文学就对中国知识分子产生了影响，"20世纪文学"这个概念起到的是将中国现代文学的起点推回到中国知识分子

---

[1] 参看黄子平、陈平原、钱理群《论二十世纪中国文学》，《文学评论》1985年第5期。

接受西方文化、西方文学影响的源头处的作用，也帮助我们有效地摆脱了将中国现代文化、中国现代文学完全纳入中国当代政治框架中来叙述的作用，但这并不符合中国现代文化和现代文学生成和发展的历史事实，因为在五四新文化、新文学运动发生之后，仍然将自己的思想文化渊源直接追溯到先秦思想家那里去的大有人在，将自己思想文化的渊源追溯到五四新文化、新文学的也大有人在，而唯独晚清洋务运动、维新运动和革命运动却是一些无法驻留的时间点，因为它们的发动者和领导者本人都是将自己思想文化的渊源追溯到孔子和孟子那里去的。这个区别，在中国文学的发展历史上，尤其明显。对于绝大多数现代文学作家，说他们继承的是五四新文学的传统，大概是没有多大异议的，而要说他们继承的是晚清文学的历史传统，恐怕就很少有人表示赞同了。"没有晚清，何来'五四'？"[①] 也不是一种历史思维的方式："历史"是有连续性的，但也是有转折性的，历史的拐点首先要用那时的"人"及其创造性的活动来说明，而不能仅仅以时间的连续性来说明。——相对而言，我更倾向于刘纳所使用的"嬗变"这个概念[②]。"嬗变"是有一个临界点的，而五四新文化、新文学运动就是这个嬗变过程的临界点。到这里，中国文学发生了一个根本性质的历史变化，中国文学的发展进入了一个全新的历史发展阶段，中国文学也具有了现代的性质，具有了"现代性"。

为什么晚清洋务派、维新派、革命派的思想在五四新文化、新文学运动之后都没有得到如此广泛的传承和传播，都没有形成一种新的文化传统，而唯独五四新文化、新文学却发生了如此深远的影响并成了一种新的文化传统呢？我认为，我们可以用一句话概括其中的原因，即五四新文化、新文学首先是作为一种与中国传统文化的价值观念不同的新的价值观念而受到五四新文化、新文学运动的倡导者们的重视和提倡的，而不仅仅是作为一种"使用价值"受到他们的重视和提倡的。洋务派、维新派、革命派都重视西方的"科学"，维新派和革命派都重视西方的"民主"，革命派也重视西方的"革命"，但所有这一切都是为了重建一个强有力的国家政府的手段和工具，只要有了这样一个强有力的政府，所有这些工具和手段都将变得毫不重要，而如果建立不起这样一个政府，也说明这些工具和手段对中国是没有用处的。与此同时，作为一种"使用价值"，洋务派的主张、维新派的主张、革命派的主张，都是直接为自己在其内的国家政权所"使用"的，同时也是他们自己建

[①] 参看王德威《被压抑的现代》，《想象中国的方法》，生活·读书·新知三联书店1998年版。
[②] 参看刘纳《嬗变》，中国社会科学出版社1998年版。

功立业、实现个人生存价值和意义的行动纲领，而能够进入国家政权机构的知识分子则永远是极少的人，而除此之外的绝大多数中国有文化与无文化的民众充其量只能成为他们所建立的国家政权的"受众群体"，是不可能成为他们的文化传统的继承者或发扬者的。五四新文化、新文学则不同了。五四新文化、新文学的倡导者本身就是一些独立的知识分子个体，是一些没有政治权力、经济权力的独立的社会中的"个人"，他们也不以取得政治的权力、经济的权力为自己的最终目的。他们倡导的新文化、新文学本身就是一种"价值"，一种每一个中国人都可以也应该拥有的"价值"，而主要不是一种"使用价值"；这种"价值"不必首先转换为一种国家的价值或集体的价值，因而也不是从外部赋予一个人的，而首先是一个人自身所拥有的思想的或意识的形式，因而它对于任何一个中国人都是相同的，并不局限于提倡者本人或中国社会的哪一部分人。20世纪50年代中国大陆对胡适思想的批判，使用的就是胡适提倡的现代白话文；文化大革命结束后非议乃至亵渎鲁迅小说创作的中国当代小说家，也都是中国现代白话小说作家，而中国现代白话小说传统则是鲁迅首先开创的。实际上，五四倡导的"民主、科学、自由、平等"的一系列思想原则，也是适用于中国社会的每一个人的，而不仅仅为它们的倡导者所专有。一个人可以霸占权力、霸占金钱，但没有人能够霸占白话文和白话文学，没有人能够霸占民主、科学、自由和平等，没有人能够霸占人道主义和个性主义，也没有人不通过政治和经济的权力就能霸占科学和文艺。但也正是因为如此，五四新文化、新文学能够为越来越多的人所接受、所运用，并成为一个新的文化和文学的传统。"现代性"也是借助这个传统而得到传播和传承的。

六

"传统"是什么？传统是你在"传统"之中的时候，你感觉不到它的存在，而当你离开了它的时候，你就感到它的力量、它的存在了。

当五四新文化、新文学的倡导者在青年时期接受当时的私塾教育的时候，他们是感觉不到中国传统文化的力量的，是感觉不到这种传统的存在的，但当他们因为接受了西方文化的影响而试图离开这种传统、另辟蹊径的时候，他们才感到了中国古代文化传统的力量之所在，才感到中国古代文化作为一种"传统"的存在。在这个意义上，中国古代文化传统是因中国现代文化传统的产生而获得了自己相对独立的文化形态的，正像儿子的诞生使母亲成了母亲一样。五四新文化、新文学的倡导者几乎是在"逆水行舟"的感觉中将五四新文化、新文学推向中国社会的，但这也是五四新文化、新文学在中国传统文化、传统文学的母腹中呱呱坠地的历史过程，是它离开西方文化传统而成为中华民族新的文化和文学传统所必经的淬火过程。——它承担起了中国社会、中国文化、中国文学自身蜕变和发展的艰难。

在这里，我们可以看到，"现代性"不仅仅表现为一种性质和特征，一种区别于中国古代社会、中国古代文化、中国古代文学的中国现代社会、中国现代文化、中国现代文学的性质和特征，同时也表现为一种"力量"，一种"能力"，一种从中国古代社会、中国古代文化、中国古代文学传统的束缚和禁锢中解放出自己而获得自身的自由的"力量"或"能力"。这表现在社会实践中，就是通过个人的奋斗能够实现在中国古代社会所无法正常实现的现实追求，一言以蔽之，就是要有人的主体性和现实的可操作性；在自然科学、社会科学和哲学中就是要通过个人的研究活动能够发现和证实在中国古代思想的历史上无法发现和证实的真理，一言以蔽之，就是要有人的主体性和学术活动本身的"学术性"；在文学艺术上，就是要通过个人的艺术创造活动能够发现和表现在中国古代文学艺术中无法发现和表现的心灵感受：崇高或优美，一言以蔽之，就是要有人的主体性和文艺作品本身的"艺术性"。也就是说，"现代性"不能只是一些标语和口号，不能只是一些抽象的理论教条，而是一种新的内容和形式的结晶品：其新的内容是其新的形式的内容，其新的形式是其新的内容的形式。在中国现代的历史条件下，从西方直接接过一个新的理论命题、新的研究方法或新的表现形式，但对中国社会、中国文化、中国文学没有一种主动的承担，没有作者本人主动的社会追求、思想追求和艺术追求，也没有经过自己独立的创造过程，或者有了这些而在客观上没有成功地实现这种独立的创造，都不能说是具有"现代性"的，因为它充其量还只是西方的，而不是中国的，甚至连在西方能够具有的价值和意义都被破坏了。在这个意义上，戴望舒的《雨巷》是有现代性的，因为它所成功表现了的情感和情绪是用中国古代的诗词无论如何也无法表现出来的，它用中国现代自由诗体的形式承担了自己情感和情绪的表现，也用自己的情感和情绪的表现承担了中国现代自由诗体的形式，而李金发的诗就很难说有什么"现代性"，因为他的诗本身就是不成功的，因而他的"诗"的"现代性"实际上是无从说起的。对于李金发，象征主义仍然只是西方诗歌的一种诗体形式；与此同时，"小放牛"也是没有"现代性"的，因为这种形式本身就是一种传统的形式。它的内容是传统的形式能够承担的内容，它的形式也是传统的内容可以承担的形式。说它是在中国现代社会仍然存在的一种文艺形式是可以的，但要说它有什么"现代性"，那就有些捕风捉影了。

在这里，我们可以看到，"现代性"与古典性、经典性、传统性是相对举的，但不是相对立的，而它与"平庸性"才是真正对立的关系。"平庸性"不是"通俗性"，而是没有自己的"独创性"；"现代性"是对中国现代历史的创造行为在其创造物本身的结晶，所以没有"独创性"的事物就不会具有"现代性"。在这个意义上，中国现代社会、中国现代文化、中国现代文学是中国古代社会、中国古代文化、中国古代文学的一种发展形式和丰富形式，因为它们都是具有社会历史的性质和特征的，都体现了当时历史时代的人的高雅的、严肃的社会追求、文化追求和文学追求，亦即都是与"平庸性"相对立的。中国现代社会、中国现代文化、中国现代文学既不能代替中国古代社会、中国古代文化、中国古代文学，也不是对它的"彻底"否定和"全盘"抛弃。它对中国古代社会、中国古代文化、中国古代文学的批判和否定只是历史性的、时代性的，是在自我诞生过程中的挣扎和反抗。正像徐志摩在《婴儿》一诗中所描写的那样，这带来了母体的阵痛，但也收获了一个宁馨儿。——"古代"渐渐远去，"现代"走向前去，这是历史发展的需要，也是历史发展的必然。《阿Q正传》的发表没有消灭任何一部优秀的中国古代的小说作品，只是将自己降临到了中国小说的历史上。在这个意义上，"古典性"实际是中国古代社会、中国古代文化、中国古代文学的"现代性"，"现代性"实际是中国现代社会、中国现代文化、中国现代文学的"古典性"。因为它们都是具有"经典性"和"传统性"的人的创造物：前者是中国古代的"经典"和"传统"，后者是中国现代的"经典"和"传统"。

在这里，我们可以进一步思考"中国传统文化的现代性转换"这个文化命题。在很多学者的观念中，"中国传统文化的现代性转换"好像是外在于五四新文化传统、外在于"现代性"的另外一个文化命题。实际上，中国的"现代性"就是对中国传统文化所做的"现代性转换"。"转换"是要有一个"文化之轴"的，没有这个"文化之轴"，一切都是凝固的，怎样"转换"？这个"文化之轴"是什么呢？就是对中国社会、中国文化、中国文学的主动承担精神以及这种承担的有效性。除此之外，难道还是对中国传统文化进行现代性转换的别样的途径和法宝吗？在这个意义上，孔子、老子等中国古代知识分子承担了中国古代的社会、中国古代的文化、中国古代的文学，而鲁迅、胡适等中国现代知识分子则承担了中国现代的社会、中国现代的文化、中国现代的文学，这种承担精神及其有效性凝聚在他们的创造物中就是"现代性"。难道这不是最合理的"转换"方式吗？一个对中国社会、中国文化、中国文学的现实需要略无知觉或尽管有其知觉但却不想对此负责的人，又怎能实现对中国传统文化的"现代性转换"呢？不难看出，正是因为有了这种对中国现代社会、中国现代文化、中国现代文学的主动承担精神并且始终追求着这种承担的有效性，一个人才会将从中国传统文化中接受的一切都用于对中国现代社会、中国现代文化、中国现代文学的营造和建设。这样的人，难道还有对几千年积累起来的中国传统文化一无所知的人吗？必须看到，蔡元培、鲁迅、胡适、陈独秀、周作人、钱玄同、刘半农、沈尹默这些五四新文化运动的先驱者们，都不是比我们当代的复古主义者们更缺乏中国传统文化的修养的人。当他们进入中国现代社会、中国现代文化、中国现代文学的创造过程的时候，他们同时也对中国传统文化进行了现代性的转换。倒是当时那些根本不想了解现代中国发生的一系列新的变化或对这些变化略无关心的私塾先生们，才将自己读了一辈子的经书都烂在了自己的肚子里、并带进了自己的棺材里。——让中国传统文化与他们一起走向了死亡。

转换的"文化之轴"实际也是联系的"文化之轴"，因为无法将两种文化联系起来，也就无法实现这两种文化间的相互转换。——"转换"也是一种"联系"的方式。在这个意义上，中国现代社会、中国现代文化、中国现代文学是通过"现代性"与中国古代社会、中国古代文化、中国古代文学的"古典性"联系在一起的。这好像是一个悖论，实际上，只要将迄今为止的中国社会、中国文化、中国文学视为一个有机的整体，这个道理其实是不难理解的。例如，在中国现代社会中，谁的思想与中国古代孔子的思想联系得更加紧密呢？一个略有思想史眼光的人都会说：鲁迅！因为他们在不同的社会历史环境中思考并实践的都是同样一个问题，即"立人"的问题，即作为社会存在的"人"的生存价值和意义的问题，即"人"在社会中成长和发展的问题。他们都是广义的人道主义者而不是"神道主义者"和"为我主义者"。相对而言，人们倒很少将中国现代的梅光迪、吴宓这些新古典主义者与孔子直接联系起来，因为尽管他们在理论上更加尊崇孔子，但他们关注的却不是孔子所关注的"立人"的问题，而是现代学院知识分子所关注的"做学问"的问题即学术研究的问题。这当然也是有其自身的价值和意义的，但到底与孔子关注的不是一个同样性质的问题。

"现代性"不仅是中国现代社会、中国现代文化、中国现代文学"转换"并在这种"转换"中建立起与中国古代社会、中国古代文化、中国古代文学的有机联系的"文化之轴",同时也是它"转换"并在这种"转换"中建立起与外国社会、外国文化、外国文学的有机联系的"文化之轴"(其中更以与西方社会、西方文化、西方文学的联系为主)。在这里,我们必须着重指出的一点是,"西方性"是西方知识分子对西方社会、西方文化、西方文学的主动承担精神及其有效性在其创造物之中的结晶品,西方社会、西方文化、西方文学不论以如何清晰的面目呈现在我们面前,也必须通过中国知识分子对中国社会、中国文化、中国文学的自身承担以及对这种承担的有效性的追求才能转换为中国的,并通过这种转换将二者联系起来。没有"转换"就没有"联系"。即使一个翻译家,如果没有对中国社会、中国文化、中国文学的承担精神以及对这种承担的有效性的追求,也不可能知道翻译什么以及怎样翻译。而不通过翻译,西方的还是西方的,与中国社会、中国文化、中国文学的联系还是建立不起来的。——对于中国社会、中国文化、中国文学,西方社会、西方文化、西方文学永远不只是一个如何评价的问题,而更是一个如何转换的问题,亦即如何通过对西方社会、西方文化、西方文学的转换来承担中国社会、中国文化、中国文学自身发展的艰难的问题。

综上所述,"现代性"与"古典性"、"西方性"各自通过对自身的承担以及这种承担的有效性而彼此发生着"转换"并在这种"转换"中相互联系在一起。它们是对举的关系,而不是对立的关系。它们都有一个共同的对立面,即"平庸性"。

七

凡是一种社会历史的观念,都是一种整体的观念,而不仅仅局限于个体的人。用我们上文曾经用过的表述的方式,就是它是一种"价值",而不仅仅是一种"使用价值";它不但能够承担个体的人的生存和发展,同时也能够承担整体的社会历史的存在和发展,因而我们才说这个个体人的生存和发展是有"意义"的,有社会意义的(所有的意义都是社会的,而不仅仅局限于个别的人)。这种社会意义使其具有一种崇高性、严肃性,不是也不能是平庸的。这对于"现代性"、"古典性"、"西方性"都是适用的。不论是孔子和老子,还是鲁迅与胡适,抑或是伽利略与列夫·托尔斯泰,都给我们一种崇高感;他们不是平庸的,更不下作。

"平庸性"不是"平凡性"。"平凡性"并不是没有承担社会和历史,而是没有能力更多、更有效地承担社会和历史,但它却不会将整体的社会历史的价值仅仅作为行私利己的工具和手段,不会将"价值"仅仅蜕化为一种"使用价值",从而将崇高的化为庸俗的。《祝福》中的祥林嫂不是没有承担当时的社会和历史,她承担了自己的生命,也就是承担了当时的中国社会和中国历史;她不想剥夺任何人的幸福以满足自己的私欲。她没有承担起更多、更大的东西,但并不是她不想承担,而是她没有能力承担。她关心自己的丈夫,爱自己的儿子,但她的丈夫得病死了,她的儿子被狼吃了。她很痛苦,她的痛苦是真诚的,而这真诚的痛苦就说明她不是平庸的,也不甘平庸。——她有对人的真诚的爱;《阿Q正传》中的阿Q则是平庸的,因为他不但不想承担别人的生命和幸福,甚至连自己的生命和幸福都不想由自己来承担。他总是想用压倒别人的方式满足自己的虚荣,他没有能力做到这一点,就欺负比自己更弱小的人。我们经常想正面评价他的"革命",实际上他对"革命"的想法也是平庸的,因为他不知道、也不想承担"革命"必须承担的责任,只想在"革命"中捞到好处。——什么崇高的东西到了他这里都会变成平庸的,因为他不爱任何人,包括他自己。这对于一个民族的社会历史是最危险的。在底层劳苦的社会群众中,平凡的多于平庸的,因为没有多少崇高的东西可供他们来享用,他们必须用自己的力量来承担他们自己的生命,而在我们知识分子(广义的)之中,则是平庸的多于平凡的,因为人类历史上最美好、最崇高的东西都可以成为我们行私利己的手段和工具,这就把人类以及本民族的文化污染了。——哲学上将这种文化现象叫"异化"。文化一旦平庸化,就被"异化"了,"异化"了的文化将人变成非人。

很多人认为,中国传统文化是被五四新文化打倒的,实际上,早在五四新文化运动之前很久很久,中国传统文化就被平庸化了,而平庸化就是一种文化走向毁灭的开始。老子和庄子的哲学都是崇高的,因为他们的哲学的意义绝不仅仅局限于他们本人,而是整个人类感受和认识世界、感受和认识社会人生、感受和认识自我的一种方式。它们不是唯一的,但却是有效的;不是完美的,但却是独创的。但是,当他们的后继者将他们的哲学变成各种能够混饭吃的法术的时候,他们的哲学就被平庸化了,就没有崇高感了,而大大小小的骗子也就在老子和庄子哲学的掩护下大行其道,甚至连"打假"都能成为"作假"的手段,真正的道家哲学就湮没在这些骗子们的群魔乱舞之中;孔子和孟子的思想也是崇高的,也是整个人类感受和认识世界、感受和认识社会人生、感受和认识自我的一种方式。它们不是唯一的,但却是有效的;不是完美的,但却是独创的。但是,当他们的后继者将其变成一种"读书做官"、"光宗耀祖"的途径和手段,儒家文化就被平庸化了,就没有崇高感了,而大大小小的贪官污吏也就可以在孔孟之道的保护伞下行私利己、争权夺利，甚至连"反贪"也能成为"贪污"的手段，真正的儒家知识分子反而成了"书呆子"，没有"用处"了，孔子和孟子的思想就湮没在这些贪官污吏的蝇营狗苟之中。只要读一读李伯元的《官场现形记》和吴趼人的《二十年目睹之怪现状》，我们就会知道，以孔子和孟子为代表的先秦儒家文化早已死在这些贪官污吏的手里，五四新文化只不过是在整个中国传统文化的废墟上根据现实需要重新建立起来的一种新的文化传统罢了。在那时，中国的境遇较之春秋战国时期的中国早已发生了巨大的变化，他们在西方社会、西方文化、西方文学中看到了一条别样的路，他们试图用这样一条道路承担起中国社会、中国文化、中国文学自身存在和发展的艰难，中国现代社会、中国现代文化、中国现代文学就在他们的这种自觉的承担意识中诞生了。

中国古代文化传统不是万能的，中国现代文化传统也不是万能的，它们都需要中国知识分子自身的承担，也都有可能被人平庸化并在这种平庸化中走向衰败。五四新文化、新文学的倡导者开创了这种新的文化和文学的传统，也承担了这种新的文化和文学传统，但当这种传统成为"传统"，当这种文化和文学传统的价值标准在这个传统中成为被多数人承认的价值标准，它就不但需要人的承担，而且还能够承担人，亦即它不但是一种"价值"，而且还可以是一种"使用价值"。当胡适决定提倡白话文的时候，当陈独秀发表胡适的《文学改良刍议》并撰写《文学革命论》予以阐扬和倡导的时候，当鲁迅发表《狂人日记》的时候，都是以一种文化价值的形式直接呈现出来的，它们的作者就是这些文化价值的承担者，他们像先秦的老子和孔子一样，除了自我表现的自由之外，并不期待得到更多个人的好处，即使这种自我表现的自由，也必须准备承担世人的歧视、冷落乃至人身的攻击。——他们必须为自己的思想和言论负责，必须自己承担起中国现代社会、中国现代文化、中国现代文学生成和发展的艰难。但当这种文化成为一种传统，这种文化就开始具有了"价值"和"使用价值"这一双重的价值形式。

一种文化成为一种传统，是通过"接受"而实现的。当孔子的思想被他的弟子们所接受并编为《论语》一书，孔子思想就成了一种"传统"，并有了继续传承的可能，而接受者的"接受"则赋予了"原创者"个人以存在的价值和意义，使其有了"名"，而"名"则是可以作为"使用价值"直接加以使用的：它将一个人从"芸芸众生"中提取出来、使之成为"名人"，从而也可以获得现实社会更多的关注和物质的利益，所谓"一举成名，名利双收"。这对原创者本人的原创性活动并没有实际的影响，孔子死后由封建帝王赋予他的"至圣先师"的称号已经无法改变孔子一生的坎坷命运；鲁迅死后由毛泽东赋予他的"三个伟大"的头衔对于他生前的境遇也已经于事无补，但这对于一种文化传统的传承者则是有其实际的影响的，即有些人可以仅仅为了个人的名利而成为这个文化传统的传承者。他们表面上也是这种文化传统的传承者，但他们并不想用自己的创造性活动承担起这种文化传统存在和发展的艰难，而只想用这种文化传统自身的力量承担起自己生存和发展的艰难。他们将这种文化传统仅仅变成了自己加以"使用"的"使用价值"，并用自己的"使用"而消耗着这种文化传统的能量，消解着它的"价值"，使其变得平庸化、世俗化。我们在这些人的制作物中所能够看到的"现代性"，实际并不是这些作品本身的"现代性"，而只是新文化、新文学传统自身的"现代性"，而"平庸性"才是这类制造物的本质特征。我们说现代白话文是具有现代性的，但这只是对整体的中国现代白话文传统而言的，是从中国现代白话文的提倡者和进一步丰富、发展了中国现代白话文的表现力的传承者而言的，而那些用现代白话文说的"大话"、"空话"、"假话"却不在其列，因为我们从中感觉不到说话者本人对中国现代社会、中国现代文化、中国现代文学的独立承担。总之，"现代性"并不是在那些没有独创性的制作物中得到传承的，而是在那些虽然已经不是中国现代社会、中国现代文化、中国现代文学传统的开创者，但同样以自己的力量独立地承担了这个传统的传承者中间得到传承的。例如曹禺，对于整个中国新文化和新文学传统而言，他分明只是一个继承者，但他的《雷雨》、《日出》、《原野》、《北京人》等戏剧创作却仍然独立地承担了这个传统，而不只是让这个传统承担起了自己。它们不是平庸的，因而谈论曹禺是为了名利还是不是为了名利，都是毫无意义的。——它们传承了中国五四新文化、新文学的"现代性"。

历史并不总是正对着未来向前走的，而有时、甚至在一个相当长的历史时期都有可能沿着逐渐平庸化的道路向后走，这样走的结果是返回到这个历史的始发点之前，从而也失去了对这个历史始发点的清晰的感觉。由于我们对中国现代社会、中国现代文化、中国现代文学研究的不足，至今还没有人将这个平庸化的过程更加清晰而完整地描述出来，但文化大革命的发生却告诉我们，这个过程是实际存在的。有些学者认为，"没有'五四'，哪有'文革'？"他们是把五四新文化、新文学传统与文化大革命作为因果关系看的，但这些学者却忽略了一点，即文化大革命恰恰是以五四时期已经开始形成的由学院知识分子、社会知识分子构成的中国现代独立知识分子阶层的消失为标志的，恰恰是以这些知识分子"民主、科学、自由、平等"思想理想的被消解为标志的，恰恰是以中国社会重新蜕变为一个只有政治的上下等级关系而没有了横向的思想文化交流的干燥空洞的大"国"为标志的。在那时，只剩下了一个"国"，而没有了"社会"；只剩下了"政治"，而没有了"科学"和"文艺"。所有有生命活力的思想火花都熄灭了，所有有生命活力的"人"的声音都喑哑了。——这哪像"五四"那样一个"处处闻啼鸟"的时代呢？

八

如前所述，当我们身在一种文化传统之中的时候，我们感觉不到这种文化传统的力量，也感觉不到这种文化传统作为一种"传统"的存在，但当我们已经离开了这种文化传统的时候，才感觉到了这种文化传统的力量，也感觉到了这种文化传统作为一种"传统"的存在。

恰恰是那些在文化大革命中喑哑了自己声音的中国大陆知识分子，开始感到了五四新文化、新文学的力量，开始感到了五四新文化、新文学作为一种"传统"的存在。但是，他们却与五四时期离开了中国古代社会、中国古代文化、中国古代文学传统的五四新文化、新文学的倡导者不同：五四新文化、新文学的倡导者是在自己成长和发展的过程中自然地、自觉地离开了中国古代社会、中国古代文化、中国古代文学的传统的，当他们离开了这个传统的时候，才感到自己拥有了对中国社会、中国文化、中国文学的发言权，才感到自己不是这个世界的奴隶，面对这个世界，自己是拥有主体性的，因而也有了"海阔凭鱼跃，天高任鸟飞"的自由感觉，即使外部的压力，也使他们感到自己的奋斗是有意义、有价值的，是自己必须承担也能够承担的，而这些在文化大革命中喑哑了自己声音的中国大陆知识分子，却不是自觉自愿地离开五四新文化、新文学的传统的，在离开了这个传统之后，他们也没有获得对中国社会、中国文化、中国文学的更大的发言权，反而完全丧失了自己曾有的一点发言权。在文化大革命中的这个喧嚣的世界上，他们感到的不是自由，而是不自由。不论他们可以用何种理由抚慰自己的心灵，但连他们一向从事的职业活动本身的意义也被彻底否定了的时候，他们便不能不感觉到自己的文化困境了，因为他们的职业活动是他们在现实世界存在和发展并在此基础上为自己争取更大自由空间的唯一根据，而所有这些都是在五四新文化、新文学传统中得到承认并得到初步发展的。在这个时候，他们反而更深刻地感到了五四新文化、新文学传统对于自己的重要性，感到了五四"科学、民主、自由、平等"的思想对于自身存在和发展的意义和价值。在那时，他们不需要重新回到中国远古的时代去寻找中国文化的最早的"根"，也不需要重新到苏格拉底和尼采、莎士比亚和列夫·托尔斯泰那里去寻找自身存在的西方文化的根据，因为所有这一切，都已经包含在五四新文化、新文学的传统之中，都已经包含在五四"科学、民主、自由、平等"的思想主张之中，只要承认了五四新文化、新文学传统的合法性和合理性，只要承认了五四"科学、民主、自由、平等"的思想原则，古代文化的研究，外国文化的输入，现实世界的关注都自然地包含在了其中。——在文化大革命中喑哑了自己声音的中国大陆知识分子的意识中，五四新文化、新文学传统成了整个中国社会、中国文化、中国文学的命脉之所在。中国人常说"命悬一线"，对于他们，这"一线"就是五四新文化、新文学的传统，就是"现代性"。

如何从文化大革命中突围出来重新回到五四新文化、新文学的传统之中去，重新在五四新文化、新文学传统的基础上找到继续前进的道路？在那时，几乎只有一条极其狭窄的文化之路，那就是鲁迅的思想文化之路。所有"封、资、修"的文化都被打倒了，所有中国的和外国的文化传统除了已经被诠释为"阶级斗争"理论的马克思主义之外，都已经不能成为那时中国大陆知识分子走出自己文化困境的思想基点，而唯有鲁迅的思想文化道路，在当时作为"最高指示"的毛泽东思想中还是作为完全正面的形象得到肯定的。毛泽东也曾正面肯定了五四新文化、新文学的传统，但他对五四新文化、新文学传统的肯定不是全面的、整体的，从毛泽东思想可以直接回溯到陈独秀、李大钊的政治思想传统和鲁迅的文学传统，也能回溯到胡适的白话文运动，但却无法回溯到包括胡适学院文化思想在内的整个五四新文化、新文学传统，无法回溯到五四"民主、科学、自由、平等"的整个思想传统，因为胡适的思想文化道路与毛泽东的思想文化道路在整体上处在直接对立的关系中。而鲁迅，则有完全不同的意义。即使毛泽东，也是将鲁迅作为一个独立的知识分子，独立的文学家、思想家、革命家，而不是作为自己领导下的一个革命战士、一个毛泽东思想的追随者而进行评价的。他肯定了鲁迅作为一个独立知识分子的思想道路，也肯定了鲁迅作为一个五四新文化、新文学的倡导者的价值和意义，而从鲁迅的角度，五四新文化、新文学传统则是一个整体的传统，五四"科学、民主、自由、平等"则是一个完整的思想体系。鲁迅的思想就植根在这个传统中并是它的一个有机构成成分。鲁迅的思想从来不是孤立存在的，而是在这个传统中生成并发展的。在此后的演变过程中，鲁迅与五四新文化、新文学的其他倡导者都走了一条不同的路，也与很多人进行过各种不同形式的激烈的或者不激烈的论战，但所有这些又都是在独立知识分子阶层内部发生的,都是在独立知识分子所从事的科学和文艺的职业范围内进行的,这积累了鲁迅的思想和文化成果,而没有积累起鲁迅的政治、经济的权力,他所使用的始终是文化论争的手段,而从来没有直接诉诸政治的权力和经济的权力,因而也是在"科学、民主、自由、平等"的总体思想原则的基础上进行的。仅此一端,就将鲁迅的思想文化道路与文化大革命的政治批判、人身攻击、人身残害严格区别开来。鲁迅再一次以一个独立的文学家、思想家、革命家而非政治革命家的面貌呈现在中国大陆知识分子的面前,并且在他的身上看到了自己走出文化困境的非政治化的思想道路。

人类的历史或一个民族的历史不是由哪个人或哪个集团领导着走过来的,所有的个人或集团都是历史的参与者而不是历史的领导者,但人类的历史或一个民族的历史又是有"道"的,而不是任何一条道路都能够走得通的。我们很难说清是谁领导了从文化大革命到新时期的文化转变,但有一点则是确定无疑的,即这个转变在大陆思想文化界是以越来越多地转向鲁迅及其思想本身的研究为标志的。在文化大革命之初,鲁迅是被绑在文化大革命的战车之上的,但在毛泽东提出"读点鲁迅"之后,就有越来越多的人将关注的热情主要转向了鲁迅及其思想本身的思考和研究。这实际是那时中国大陆知识分子自我觉醒的开始,其后便一发而不可收。在思想文化界,文化大革命是在鲁迅研究逐渐兴盛的过程中结束的,而结束之后接踵而至的也是一个鲁迅研究的高潮。"现代性"这个学术概念也是在当时的鲁迅研究中得到更广泛地使用的。在那时,不仅原来从事中国现代文学研究的学者或专家从事鲁迅研究,很多原来从事中国古代文化与文学研究、美学与文艺学研究、外国文化与文学研究的专家和学者,也都不约而同地将目光转向了鲁迅和鲁迅思想的研究。——这正像感到了窒息的人群都涌向了同一个大门口一样。

这到了当前部分学者的笔下,倒成了五四新文化、新文学传统和鲁迅的一个"罪证",似乎它们之所以得到毛泽东的肯定性评价是它们对中国社会、中国文化、中国文学没有建设性、只有破坏性的证明,是缺乏"现代性"的表现。但是,这些学者却丧失了整个人类文化或一个民族的文化对于整个人类或一个民族的基本价值和意义的感觉。任何一个知识分子都知道也应该知道,整个人类的文化,或一个民族的文化,绝对不仅仅是或主要是供人类或一个民族的成员戏耍的,绝对不仅仅是或主要是人类或一个民族成员手中的玩物,而更是整个人类或一个民族生存和发展的基础,是整个人类或一个民族物质生命和精神生命的载体。在整个人类或一个民族的生存和发展的道路上,不总是四季如春的,不总是风平浪静的,而是有各种艰难险阻的，而是有许多困难要克服、有很多问题要解决的。当整个人类或一个民族陷入灭顶之灾的时候，整个人类文化或一个民族的文化应当是整个人类和这个民族的诺亚方舟，是应该能够承担起整个人类或一个民族的生存和希望并将其摆渡到更加宽阔光明的地方去的文化载体。只要在这个意义上思考五四新文化、新文学传统，思考鲁迅的思想文化道路的意义和价值，我们就会感到，在现当代的中国，五四新文化、新文学传统，鲁迅的思想文化传统，以及它们所体现的"科学、民主、自由、平等"的思想传统，是一种不可或缺的最宝贵的文化传统，是中国的"现代性"的最主要的文化载体。

在这里，还有一个如何看待中国的马克思主义思想传统和毛泽东思想传统的问题。只要我们循着中国现代社会、中国现代文化、中国现代文学的历史发展脉络思考问题，我们就会看到，在中国，马克思主义思想传统和毛泽东思想传统在其产生之时恰恰是中国现代独立知识分子阶层思想传统中的一支，并且直接发源于五四新文化、新文学运动。这不但表现在李大钊、陈独秀都是五四新文化、新文学运动的倡导者，也表现为像毛泽东、周恩来、瞿秋白、李立三、王明、博古这些中国共产党早期的领袖人物都是在五四新文化运动之后成长起来的新的一代知识分子。这使中国马克思主义和毛泽东思想较之西方马克思主义有一个根本不同的特征，即西方的马克思主义是一个完全独立的思想文化传统，它有自己完全独立的生成和演变的思想文化轨迹，而中国的马克思主义和毛泽东思想则是五四新文化、新文学传统的一部分，它无法割断与中国五四新文化、新文学传统的文化脐带，也无法完全将自己从五四新文化、新文学传统中独立出来。五四新文化、新文学传统与它的关系是包含与被包含的关系，而不是被领导与领导的关系。必须看到，这种包含与被包含的关系，在中国的马克思主义思想学说和毛泽东思想的生成和发展的过程中是不可能不留下自己的鲜明的印迹的，而毛泽东对鲁迅作为一个独立知识分子，作为一个独立的文学家、思想家、革命家的崇高评价就是其最鲜明的文化印迹之一。1949年之后的胡适思想批判、肃清"胡风反革命集团"的斗争和"反右派"斗争，都表现为一种意欲割断中国的马克思主义思想传统和毛泽东思想传统与五四新文化、新文学传统的联系脐带，从而将中国的马克思主义思想传统和毛泽东思想传统完全独立出来的的努力，但在固有的中国马克思主义思想传统和毛泽东思想传统的范围之中，这种努力是根本无法实现的，因为所有这些努力都无法清除鲁迅作为一个独立知识分子，一个独立文学家、思想家、革命家在大陆知识分子中的思想影响。这个目的是通过所谓"四人帮"（江青、张春桥、姚文元、王洪文）将毛泽东和毛泽东思想的历史作用推到至高无上的权威性地位上而实现的，这相应地也将作为独立知识分子个人的鲁迅降低到了毛泽东及其思想的追随者的地位上，但这也造成了他们对鲁迅及其思想的公然歪曲和肆意篡改，从而也给中国大陆知识分子通过鲁迅研究颠覆整个文化大革命的意识形态留下了可能性。——五四新文化、新文学传统并没有死在文化大革命的风暴中，也不可能死在文化大革命的风暴中，因为在中国现代教育基础上逐渐成长和发展起来的独立知识分子阶层虽然能够在"理论"上被否定，在"大字报"中被打倒，但正像在文化大革命中常说的那样，他们"人还在，心不死"，他们还有可能"借尸还魂"。正像中国汉代知识分子借老子、庄子、孔子之"尸"还了自己的"魂"一样，中国大陆知识分子在文化大革命后期是借鲁迅和五四新文化、新文学传统之"尸"还了自己的"魂"，重新找到了自己的思想、自己的灵魂的。这不是中国大陆知识分子的耻辱，更不是鲁迅和五四新文化、新文学的耻辱。

九

与"现代性"相关的还有一个"后现代性"的问题。

对于西方的"后现代理论"，我缺乏必要的研究，所以没有多么大的发言权，但我认为，有一点则是肯定的，即它与"现代性"这个学术概念一样，最初也是从西方文化中直接输入的。这就同中国现代社会、中国现代文化、中国现代文学与西方社会、西方文化、西方文学在客观时间的共时性中包含着历史时间的非共时性的特征有了关系。

实际上，当我们将五四新文化、新文学作为中国现代社会、中国现代文化、中国现代文学的一个历史起点的时候，我们是将其与西方历史上的文艺复兴对应起来的。蔡元培在1935年为《中国新文学大系》写的《总序》中持有的就是这样一种观点①，胡适也曾明确地表示过这样的观点②，而继《新青年》而起的《新潮》外文名字的意思就是"文艺复兴"。也就是说，仅从历史时间的角度，五四新文化、新文学运动与西方的文艺复兴是共时性的，但从客观时间的角度，它们则是非共时

---

① 参看蔡元培《〈中国新文学大系〉总序》，《中国新文学大系·建设理论集》，良友图书公司1935年版。
② 参看胡适《中国的文艺复兴》，《胡适文集》第12卷，欧阳哲生编，北京大学出版社1998年版。

性的。从 14 世纪至 20 世纪初西方社会、西方文化、西方文学所发生的一切都可以通过客观时间的共时性而被中国知识分子翻译和介绍到中国，并且在中国现代社会、中国现代文化、中国现代文学中又以不同的时序特征表现出来。例如，在中国，《新青年》杂志就出过"易卜生专号"。19 世纪，易卜生的戏剧也随之翻译到中国，对中国现代文学发生了深刻的影响，而朱生豪集中翻译文艺复兴时代的莎士比亚戏剧创作则在其后，它对中国现代文学的实际影响也不如易卜生来得更加直接和深远。

五四新文化、新文学运动是一个历史的运动，是以追求历史的进步为契机的，因而"先进性"、"先觉性"就成为中国现代知识分子的一个基本的价值标准。"现代性"这个概念在一些学者的观念中也自然地具有"先进性"、"先觉性"这样的意识。在这样一个意义上，后起的就是先进的，就是代表历史前进的方向的，而先起的就是落后的，就是代表已经成为历史、成为过去的事物。但是，五四新文化、新文学运动又是在西方文化的影响下发生的，输入西方文化、发展中国文化成为中国现代社会、中国现代文化、中国现代文学发展的一种显在的形式。在这里，也就有了两种不同的"先进性"的观念：其一是在中国历史时间意义上的"先进性"；其二是在客观时间意义上的"先进性"。

其实，中国的五四新文化、新文学运动，在中国的历史时间的意义上是中国的文艺复兴，是一个从中国古代社会、中国古代文化、中国古代文学向中国现代社会、中国现代文化、中国现代文学发生根本转变的历史运动，它与西方从中世纪向西方近代发生转变的文艺复兴运动有着异曲同工的历史作用。但中国的五四新文化、新文学运动却包含着较之西方文艺复兴远为复杂的内容，它不但包含着中国几千年古代历史上积累起来的大量丰富的文化知识和历史知识（正如我们上文所言，五四新文化、新文学的倡导者仅就其对中国古代文化知识的了解也是异常惊人的），而且包含着对西方整个文化史的了解。所有这些，都是通过客观时间的共时性的文化传播与交流实现的。仅就其客观时间的"先进性"而言，陈独秀的社会思想主要受到法国 18 世纪启蒙思想家的思想学说的影响，其后则转向了马克思主义，成为中国共产党的第一任总书记；胡适则主要接受了在当时美国影响最大的杜威的实用主义哲学学说，他的关于社会制度的理念也是在美国当代政治制度的实际影响下形成的；鲁迅除了通过严复翻译的西方学术名著接受了卢梭等法国启蒙思想家的思想影响之外，在哲学上则更受克尔凯戈尔、叔本华、尼采思想的影响，在文学上，则除受拜伦等浪漫主义诗人和果戈理等现实主义小说作家的影响之外，对俄国现代主义小说作家安特莱夫（安德列耶夫）的作品则情有独钟，后期又曾翻译过马克思主义的文艺理论著作和苏联的文学作品；李大钊在五四时期直接受到当时苏联十月社会主义革命的影响，而将列宁的布尔什维主义（列宁主义）作为自己的思想理想；即使并不多么关心社会运动的周作人，也一度对新村主义颇有好感。他所受日本和欧洲文学的影响也不仅仅局限在西方文艺复兴时期……所有这些，就其客观时间的"先进性"，都远远超过了西方文艺复兴时期的文化和文学。也就是说，在客观时间的意义上，它们是更"先进的"，而西方文艺复兴时期的文化和文学，则早已成了"历史"，成了已经被"超越"的文化与文学。在他们的"科学、民主、自由、平等"的思想主张中，实际已经包含了这些在西方文艺复兴之后才逐渐发生和发展起来的一切。但是，所有这一切，在五四新文化、新文学运动时期，又都是倾注在对中国古代以儒家伦理道德思想学说为主体的国家意识形态的批判与否定之上的，都是集中在中国社会、中国文化、中国文学的现代性转变的基础之上的，因而也以它们的合力完成了这样一个历史时间——中国的文艺复兴的根本转变。在那时，他们区分的是"新文化"、"新文学"、"新思想"对于"旧文化"、"旧文学"、"旧思想"的"先进性"，而在他们的具体思想主张之间，则是没有一个谁更"先进"、谁更"落后"的区别的。

在五四新文化、新文学传统内部产生"先进"与"落后"的感觉，是在更新的一代青年知识分子成长、发展起来之后。在那时的世界上，随着苏联十月社会主义革命的胜利，马克思主义在整个世界范围内得到了更加广泛的传播，成为一种新的世界潮流，而就其性质而言，马克思主义是对西方资本主义制度及其文化的批判，较之原来在西方资本主义生成与发展的过程中产生的社会理想和思想学说都有着更加"先进"的性质，因而当中国的知识分子从西方接受了马克思主义思想学说的影响之后，也感到自己已经超越了五四新文化、新文学的传统，将中国文化的发展提高到了一个新的历史发展阶段。这在文学上，有一个明确的表述，就是钱杏邨的"死去了的阿Q时代"。也就是说，中国的五四时代，是"阿Q的时代"，而中国现在的时代，已经进入了无产阶级革命的时代，"阿Q的时代"早已过去了，作为五四新文学代表作品的鲁迅的《阿Q正传》也已经"落后"了。在这样一个意义上，如果我们将五四时期的中国社会、中国文化、中国文学称为"现代的"，那么，那时中国青年马克思主义者所体现的中国社会、中国文化、中国文学则是"后现代的"了。

但在这里，对于中国社会、中国文化、中国文学却有一个客观时间与历史时间的巨大落差。如果我们仍然将五四新文化、新文学运动视为中国的文艺复兴，那么，在西方，从 14 世纪但丁发表《神曲》到 19 世纪中叶马克思、恩格斯发表《共产党宣言》则经过了五个世纪的时间。这五个世纪的西方并不是白白走过来的。在这五个世纪之间，西方的文学和科学得到了长足的发展，人文主义的思想逐渐取代了西方中世纪的宗教神学而成为西方文化发展的主导方向，路德的宗教改革和民族语言的形成与发展奠定了西方民族国家的基础；科学技术的发展导致了西方的工业革命，在工业革命的基础上西方的社会逐渐完成了由乡村化向都市化的转变；文学、哲学、社会科学、自然科学的发展同新生的资产阶级的成长壮大结合起来，促成了 18 世纪的法国启蒙运动，正式完成了从中世纪宗教神学向现代社会思想的转变，并为西方资产阶级革命奠定了社会的和思想的基础。马克思主义是在西方完成了资产阶级思想革命和社会革命的基础上产生出来的，在那时，工人阶级随同资产阶级的强大也成为一股强大的社会力量，以争取自身生存权力和社会权力为主旨的工人运动逐渐震撼着西方的资本主义世界和西方知识分子的文化心理。所有这些，都构成了马克思主义以批判性的眼光审视西方资本主义世界的文化前提。而从中国的五四新文化运动到西方马克思主义在中国的广泛传播的不到十年期间，所有这些具体内容基本上还是一片空白。这五个世纪的断层使中国的马克思主义者不可能在对资本主义的社会批判和文化批判的基础上找到广阔发展的空间，它是在重新转入政治革命的领域而发挥实际的作用的，但即使如此，陈独秀在与中国国民党联合进行的政治革命运动中也没有为中国的无产阶级革命找到合适的位置和理论的立足点。

中国的马克思主义是通过毛泽东带领工农红军进入井冈山、建立农村革命根据地而找到自己的独立发展空间的，用句中国的习用语来说，就是毛泽东使马克思主义接上了中国的"地气"，但这个"地气"却不是西方充分发展了的资本主义社会和资本主义文化，而是在中国近两千年的历史进程中充分发展了的农村社会和农民阶级，中国的革命战争在很长的一段时间内也表现为以农民为主力军的农民战争。在此基础上，毛泽东充分发挥了在中国古代两千年间逐渐积累起来的丰富的战争经验和重视耕战的法家的治国韬略，从而完成了重建中国民族国家的重任，正式结束了从辛亥革命以来的军阀混战的局面，统一了中国大陆。但是，在中国，毛泽东领导的是一场中国地面上的战争，而不是悬在资本主义社会与资本主义文化上空的马克思主义的理论的战争。在这场战争中，五四新文化、新文学传统并没有发挥关键的作用，反而表现出了与这样一个战争的需要格格不入的性质与特征。在这场战争的胜利中发挥了关键作用的除毛泽东在中国历史、中国文化基础上形成的杰出的政治、军事才能之外，就是那些没有文化和极少文化的底层社会群众了。他们依靠的不是五四新文化、新文学提倡的"民主、科学、自由、平等"的社会思想，而是自己在极端贫困的生活基础上养成的吃苦耐劳、不怕牺牲的精神。但当毛泽东在1949年之后主要依靠他们的力量而获取1958年经济建设的大跃进和1966—1976年文化大革命的胜利的时候，他却失败了，因为马克思主义对资本主义的批判也是建立在此前法国启蒙运动思想家提倡的"自由、平等、博爱"的社会思想基础之上的，在五四"科学、民主、自由、平等"的思想观念还没有成为一个民族的基本思想观念的时候，对资产阶级和资本主义的批判是不可能具有实际的历史意义的。——马克思主义与中国社会、中国文化、中国文学有一个极大的历史落差。

所以，如前所述，在中国，马克思主义思想学说的广泛传播在其历史发展的意义上更是五四新文化、新文学传统的一种特定的、特殊的演化与发展的形式，当中国社会、中国文化、中国文学还没有完成从传统向现代的整体变革的情况下，中国的马克思主义就不能割断自己与五四新文化、新文学传统的联系脐带，一旦割断了这个脐带，在中国，它就接不上"地气"了，就起不到推动中国历史向前发展的作用了，就成了空洞的理论了。实际上，在文化大革命后兴起的"后现代理论"与中国现代历史上马克思主义思想学说的传播也有相类似的情况。只不过在中国现代历史上的马克思主义思潮是在政治革命领域中找到了自己更广阔的发展空间的，而文化大革命后兴起的"后现代理论"则更是在经济领域找到了自己更广阔的发展空间的。它们都体现了中国社会、中国文化、中国文学在现代的世界联系中的一种可能有的演化与发展的形式，但同时也都有可能导致中国社会、中国文化、中国文学的严重倾斜。

必须看到，政治、经济是从人类社会存在以来就有的两个领域，政治的意识（权力的意识）、经济的意识（金钱的意识）也是自从人类社会存在以来就有的意识。但是，人类社会的构成却不能仅仅依靠这两个领域自然生成和发展的思想意识，它们必须有独立知识分子创立和发展起来的文化予以制约和限制。在这个意义上，不论是老子、孔子、屈原和司马迁，还是苏格拉底、柏拉图、亚里士多德和古希腊那些悲剧家、喜剧家，都是对单纯的权力意识（政治意识）、金钱意识（经济意识）的超越和限制。他们是通过对人类社会与社会生活的整体关怀、整体感受、整体了解和整体思考而实现的对权力意识和金钱意识的超越，因为权力意识、金钱意识归根到底都是个人的意识，都是与个人的直感经验联系在一起的，即使集体的权力和集体的经济，也必然会落实到每个人的具体的现实经验上，只有通过整体的社会关怀和对社会整体联系的感受和思考，才能超越纯粹个人的权力意识、金钱意识的局限性。也就是说，只有当一个人主要关心的是社会整体的存在和发展的时候，他才能对自身的权力欲望和物质欲望做出相应的心理调整和行为选择，从而使其摆脱平庸性而具有内在的崇高性。在这个意义上，"现代性"的意义在于，在中国社会历史发展到现代历史阶段的时候，能够超越个人的权力意识和金钱意识的知识分子的文化也会发生相应的改变，以谋取现代社会历史相对正常的运行和发展。显而易见，文化大革命是失去了五四新文化、新文学传统制约的个人权力意识疯狂发展的结果，是失去了五四"科学、民主、自由、平等"思想原则制约的政治权力斗争无度发展的结果，它破坏了中国大陆社会的相对的平衡感，造成了中国大陆社会不必要的动荡和混乱，中国大陆知识分子是以重新激活五四新文化、新文学的传统，重新激活五四"科学、民主、自由、平等"的思想意识，亦即重新激活"现代性"文化观念的形式走出了文化大革命的思想阴影，重新调整了中国社会、中国文化、中国文学的发展方向的。但它仍然不是一个全民性的思想启蒙运动，"科学、民主、自由、平等"的思想意识仍然不是整个中国社会发展的活力源泉，在整个中国大陆社会中，是以经济发展为杠杆重新启动了中国社会的生命活力的。在这个过程中，中国社会文化逐渐完成了从乡土社会文化向现代大都会社会文化的转化，在表层的物质生活的样式上逐渐与西方发达的资本主义国家有了极为相似的特征，所以当20世纪80年代的现代性思潮遇到阻力，从西方文化直接输入的"后现代"思潮就取代"现代性"思潮而成为中国知识分子文化的主潮。它是以中国现代经济生活的变化为原动力、以都会文化与都会消费文化的发展为主要表现形式、以消解"现代性"的崇高性和严肃性为主要指向目标的一种文化思潮。但它同中国现代历史上的马克思主义思潮一样，与中国社会、中国文化、中国文学有一个巨大的历史落差。这个历史的落差主要表现在三个历史层面上：其一，在启蒙思想家的启蒙思想的层面。所谓启蒙思想，就是一个社会的基本知识和技能，是超越蒙昧和无知层面的社会思想的基础，是每一个人在社会生活中生存和发展的一些基本的社会常识。经过两个多世纪的文化演变与发展，在西方当代社会中恐怕已经没有人会感到像卢梭的《社会契约论》、孟德斯鸠的《论法的精神》和伏尔泰的哲学、狄德罗的文艺思想是多么高深的理论，是难以理解的思想，因为所有这些观念都已经普及到整个西方社会上，像我们知道"行人要靠右边走"、"不要随地吐痰"一样已经成为人人都懂的社会常识。其二，在西方资产阶级革命后根据启蒙思想家的启蒙思想建立的一系列社会制度的层面。用我们现在的话来说，这是已经构成西方社会的"硬件系统"的东西，它是通过政治制度、法律制度、教育制度等一系列制度固定下来的一些可操作性的程序。所有这些，经过两个多世纪的社会实践，已经成为绝大多数的西方人习焉不察的东西，但它却以有形与无形的力量制约着社会权力欲望和金钱欲望的恶性发展。其三，19世纪以来的工人运动和通过马克思主义思想学说的传播而形成的对现行资本主义制度、资本主义文化进行批判性考察的文化传统。在西方，从19世纪开始兴起的工人运动和在这个运动基础上生成与发展起来的马克思主义思想学说，同样沉淀在西方当代社会、当代文化、当代文学中，工人运动为西方的工人阶级和广大底层社会群众找到了表达自己社会意愿和要求的方式和途径，成为西方工人阶级和广大底层社会群众的一种社会的、集体的语言表达形式，同时也为西方工人阶级和广大底层社会群众争取到了基本的生存权力和社会民主权力，并将其以制度的形式固定下来。马克思主义对西方资本主义制度和资本主义文化的批判性考察也成为当代西方文化的一个有机构成成分。所有这些，都将西方资产阶级的权力欲望、金钱欲望放置到整个社会的严密监控之下。这三个历史的层面将西方当代的后现代理论和中国当代的后现代理论隔在了两个完全不同的历史层面上，在客观时间的共时性中包含着历史时间的非共时性特征。在赵公元帅神像与"恭喜发财"的横批下发展起来的经济欲望在垫高了中国社会经济的地面的同时也造成了社会的两极分化和社会道德的滑坡。这与对消费文化已经拥有足够承担力的西方是有显著不同的，也与五四新文化、新文学的倡导者猛烈抨击传统道德但不论是胡适和鲁迅，还是陈独秀与李大钊同时表现出的"铁肩担道义，妙手著文章"（李大钊语）的高风亮节有着截然的不同。

  也就是说，在中国，"后现代理论"不是对"现代性"的超越形式，而是一种特定的延续形式。也只有当它作为一种延续形式的时候，它才是一种积极的历史力量，而一旦将其视为对"现代性"的消解力量，它就将成为社会腐败的催化剂，从而在中国社会、中国文化、中国文学的发展过程中造成一个道德真空的地带，起到窒息中国社会、中国文化、中国文学的作用。

  独立的知识分子生活在现实的世界中，是不可能完全脱离现实的政治生活和经济生活的，独立知识分子的文化也不可能从根本上拒绝社会政治、社会经济对它的利用或排斥，但是，在这里，仍然是有严格的差别的：对于政治，有"硬实力"，也有"软实力"，"软实力"就是文化的力量；对于经济，有"实体经济"，有"文化产业"，"文化产业"就是文化的产业。但是，对于独立知识分子，对于独立知识分子的文化，文化则既不是"硬实力"，也不是"软实力"；既不是"实体经济"，也不是"文化产业"，而是"文化"自身：科学是以发现知识和传播知识为目的的，文艺是以人与人之间的心灵沟通为目的的，它们都是对个人或某个集团的权力欲望和金钱欲望的超越形式。失去了这种超越性，也就失去了文化，或者说成为对文化的异化。

十

最后，我们不妨通过鲁迅及其作品考察一下"现代性"在中国社会、中国文化、中国文学中的传承形式。这绝非意味着"现代性"仅仅是通过鲁迅及其作品传承下来的，而是通过他，我们可以更加集中地看到"现代性"在中国现代社会、中国现代文化、中国现代文学中传承的具体形式和特征。

在五四新文化、新文学运动中，鲁迅不是一个首倡者，而是一个参与者；不是一个叱咤风云的英雄，而是一个身体力行的实践者。但是，较之五四新文化、新文学的同人，他却有一个最突出的特点，就是他从一开始就有一个明确的"立人"的社会目标，并且认为只有通过现代的文学艺术才能更有效地作用于这个目标的实现。与此同时，这绝不是他追赶五四文化新潮流的结果，也不是他的一时的冲动，而是从留日时期就已经萦绕在他头脑中的一种意识，一种想法。这种意识，这种想法，既是他在接受西方文化影响的过程中产生的，也是与他的实际人生体验和人生思考融为一体。这使他极早地从中国传统知识分子的笼统的"拯世救民"、"经世治国"（所谓"立国"）的理想中重新回到一个知识分子所从事的社会事业的意义和价值的意识（所谓"立人"）中来，实际上，这也是春秋战国时期孔子、老子等早期知识分子的具体追求目标，只不过他们的思想早已被他们的继承者神圣化也狭隘化了，成了规范中国知识分子和中国人的固定的思想教条和伦理规范。在这里，我们看到，鲁迅的这种"立人"的观念，恰恰也是西方文艺复兴时期的文化和文学的根本性质之所在，是那时人文主义思想潮流的最本质的特征，同时也是中国的文艺复兴——五四新文化、新文学传统的核心内容和本质意义。所谓"文艺复兴"，就是社会知识分子的科学和文艺的复兴，就是从上帝通过教皇宣扬的统一的神圣权力的统治下解放出来，重新找到人、找到自己在这个世界上存在和发展的价值和意义。这种价值和意义是个人能够体验到的（"个人的"），同时也是具有普遍的社会意义的（与人共享的）。在这个意义上，五四新文化、新文学运动只是为像鲁迅这样的独立知识分子提供了将自己的愿望和追求付诸实践的现实文化环境和具体的历史际遇。如前所述，鲁迅接受的西方文化的影响绝对不仅仅是西方文艺复兴时期文化和文学的影响，但所有这一切，在当时都是汇入到他的最核心的"立人"的思想目标的，汇入到他的人文主义的思想追求之中的，它们也就成了中国的文艺复兴——五四新文化、新文学运动的具体内容之一。在这时，他与五四新文化、新文学运动的其他倡导人一道承担起了中国社会、中国文化、中国文学的这个根本的历史的转变，这是他愿意承担的，也是他能够承担的。同时他也将自己的"立人"的思想镌刻在自己的作品中，成为他的作品的"现代性"的特征。

不难看到，正是鲁迅这种"立人"目标的明确性，使鲁迅在五四新文化、新文学运动落潮之后既没有像钱玄同、刘半农一样退回书斋，也没有像李大钊、陈独秀一样冲上政治革命的最前沿。在这里，我们绝对不能认为鲁迅否认学院学术的价值，因为他自己也同时从事着学院学术的活动；也不能认为他否认政治革命的作用，因为他也是关心政治、知道政治在中国社会上仍然是具有更大影响力和社会作用的一项社会事业。但是，所有这一切，又都无法向他作出这样一个证明，即他的"立人"思想从根本上是错误的，他所从事的文学艺术创作对于中国现代社会、中国现代文化、中国现代文学的发展是没有任何积极的价值和意义的。与此相反，正是在这样一个意识的基础上，当五四新文化的主将们先后远离了当初对传统伦理道德的批判，也远离了新文学创作的时候，鲁迅反而更感到了自己独立承担的必要性，也更以自己相对独立的力量承担了对中国传统伦理道德的批判和中国新文学的创作。这是他愿意做的，也是他能够做的，并且一旦意识到它同样是一种社会的需要，别人对它的轻视就成了他更加重视它的原因。在这里，我们应该意识到的是，不论是西方的文艺复兴，还是中国的五四新文化、新文学运动，都不是、也不应该是文化愈益走向单边化、单元化的过程，而是愈益走向多边化、多元化的过程。这种多边化、多元化是以承认人的多边化、多元化发展的可能性与必要性为前提的。人，不可能是上帝，也不可能是圣人，他不可能独立地完成人类所需要的一切，不可能获得所有人的一致的尊敬和爱戴，但人又是有自己的主体性的，不是、也不应该是上帝或别的什么人的奴隶，他应该有自己独立的承担，在承担自己的同时也承担人类社会的存在和发展。他对人类社会的承担是通过对人类社会的存在和发展具有积极意义的一个特定的社会事业或特定的社会职责的承担而具体实现的。在鲁迅的观念中，文学艺术就是对于人类社会的存在和发展具有积极意义的一项具体的社会事业，它是有其"价值"的，是有其社会的"价值"的，而不会因为其他"价值"的存在（例如政治的价值和经济的价值）而变得没有"价值"。对于这样一个有"价值"、有社会"价值"的社会事业，其"使用价值"的暂时低落并不意味着它的社会"价值"的消失，恰恰相反，它的"使用价值"的暂时低落反而是其"社会"价值被当下表面的现实需要所遮蔽的结果，是这种社会"价值"变得愈加重要的标志，因为它同时也标志着现实社会的一种普遍的缺失，并因这种缺失而使其所有相关的事物只能以畸形的形式得到发展。例如，在"人"的意识还没有成为中国社会民众的基本意识形式之前，中国的政治运动是不可能沿着现代民主化的方向持续向前发展的，是很难超越此前的辛亥革命而对中国的政治变革做出更有实际意义的贡献的，是很难超越中国古代改朝换代的政权更迭的固有模式的。这不是一个中国的政治需要不需要变革的问题，不是一个人应该还是不应该关心现实政治的问题，而是中国现代的政治变革能不能离开中国现代的"人"的觉醒而独自得到正常的发展的问题，而是中国现代"人"的觉醒能不能主要通过政治变革予以实现的问题，亦即中国现代的政治变革能不能脱离新文化、新文学自身的发展而独自得到正常的发展的问题。与此同时，现代学术也是现代社会发展的一个基本的力量，但现代学术也有一个现代的社会意识的问题，也有一个如何感受和理解人以及人的存在和发展的问题。西方文艺复兴时期，是艺术地感受世界和理性地把握世界这两种把握世界的方式通过文艺和科学的复兴同时得到生成与发展的历史时期，它们的一个共同特征就是不再仅仅躺在上帝的精神的怀抱中而被动地听任外部世界对自己的宰割，而是开始以自己的方式感受和理解自己和自己生存的这个世界。这是"人"的觉醒的开始，也是"人"的觉醒的两种基本形式。在五四新文化、新文学落潮之后，不论是从张君劢、陈立夫这些"革命知识分子"的眼中，还是从顾颉刚、傅斯年这些"学术知识分子"的眼中，抑或是从成仿吾、郭沫若这些"文学知识分子"的眼中，鲁迅都俨然成了一个"时代的落伍者"，但鲁迅仍然坚守了自己作为一个独立知识分子、一个独立的文学家的立场，并在自己的立场上感受、理解并表现了自己和自己面前的这个世界。只要我们仍然承认中国现代文学是中国现代社会不可或缺的一项社会事业，仍然承认中国现代文学是中国现代文化不可或缺的一个独立文化领域，仍然承认中国现代文学不是由诸多不同的"文学观念"构成的而是由诸多富有独创性的文学作品构成的，那么，我们就会看到，五四新文化、新文学的落潮并不意味着鲁迅思想和文学创作活动的落潮。正是在这样一个历史时期，鲁迅创作了他的第二部小说集《彷徨》，创作了他一生中唯一一部回忆散文集《朝花夕拾》和唯一一部散文诗集《野草》，完成了自己对独创性文体"杂文"的自觉。如果说他的五四时期的《狂人日记》、《阿Q正传》等短篇小说将鲁迅作为一个文学家的手掌印深深地按在中国现代文学史上，那么，他在这个历史时期同样以《野草》中的散文诗，以《孤独者》、《伤逝》、《铸剑》等短篇小说，以《记念刘和珍君》、《藤野先生》等散文、杂文，将自己的手掌印深深地按在中国现代文学史上。它们是具体构成中国现代文学历史的一些作品。它们同样是中国现代历史的一种存在形式，它们无法代替中国现代历史上所有其他的创造活动，但其他的创造活动也无法代替它们。它们是一种"社会的"、"历史的"存在，并且是一种中国"现代"社会的历史的存在，它们以其自身的存在而将中国现代文学的"现代性"传承下来。在这个意义上，有独创的中国现代文学作品，就有中国现代文学的"现代性"的存在；没有独创性的中国现代文学作品，不论在理论上说得多么天花乱坠，也不可能找到中国现代文学的"现代性"。——"历史"在"存在"中，而不是"存在"在"历史"中。

西方的近代历史为什么要从"文艺复兴"说起，因为西方近现代文化的整个大厦都是从西方的"人"的觉醒开始的，都是从西方的"人"的"个人"的觉醒开始的。没有这种"人"的觉醒，没有这种"人"的"个人"的觉醒，就没有西方近现代历史上所发生的一切，就没有启蒙运动和资产阶级革命，就没有马克思主义和现代的工人运动，就没有从但丁到陀思妥耶夫斯基的文学，也没有从伽利略到爱因斯坦的科学。只有在这样一个意义上，我们才能感到鲁迅的"文学"所包含的绝不仅仅是文学的知识和技巧，还包含着几乎全部的"现代意识"。鲁迅不是一个政治学家，不是一个法律学家，不是一个道德学家，不是一个社会学家，不是一个心理学家，不是一个教育学家，不是一个语言学家，不是一个哲学家，甚至也不是一个文艺学家和美学家，但所有这些又都在他的文学作品中长出了"新芽"，并且绝对不是荏弱无力的，而是茁壮有力的"新芽"。我认为，即使一个中国现代的法律学家，也不能不对《记念刘和珍君》、《论"费厄泼赖"应该缓行》等作品中所表现出来的鲁迅现代法律意识的超前性和深刻性感到惊异；即使一个中国现代的哲学家，也不能不承认鲁迅在《野草》等作品中所表现出来的现代人生哲学意识的丰富性和深刻性，而在他的大量小说和杂文中所表现出来的对中国各类人文化心理把握的深刻性和精确性，恐怕在中国现代心理学家中也鲜有能出其右者……这里的原因是不难理解的："人"的觉醒，"个人"的觉醒，是中国现代社会、中国现代文化、中国现代文学生成和发展的最基本的前提条件和基础，真正的中国现代社会、中国现代文化、中国现代文学，是觉醒了的中国"人"、中国的"个人"所创造的社会、文化和文学。有了觉醒的"人"，觉醒的"个人"，就有"现代性"；没有觉醒的"人"，没有觉醒的"个人"，人人做的仍然是金钱、玉女、帝王的旧梦，所有所谓现代的理论、现代的说词，都只能是一些大话、空话和假话，都只能是像鲁迅在《现代史》一文中所说的文化上的"变戏法"。

什么是觉醒的"人"、觉醒的"个人"？觉醒的"人"、觉醒的"个人"就是用自己的眼光看待自己和自己周围的世界，用自己的心灵感受自己和自己周围的世界，并以自己的力量努力使自己周围的世界变得更适于人的成长和发展的世界的"人"和"个人"，用鲁迅的话来说就是要"为人生"并且要"改良这人生"。如上所述，人，不是上帝，也不是圣人，他不可能独立地承担整个的世界、整个的国家和民族，但人也不是周围世界和其他任何一个人的奴隶，他必须承担自己并在承担自己的基础上承担自己所处的周围的世界。20 世纪 30 年代是中国社会再一次陷入政治大分裂的年代，而政治的分裂也带来了社会政治价值标准的分裂。在那时，有以中国国民党为代表的政治价值标准，也有以中国共产党为代表的政治价值标准，因而我们在感受和评价 20 世纪 30 年代鲁迅思想及其作品的时候，也往往摇摆于这两种不同的政治价值标准之间。但是，我们恰恰忘记了，五四新文化、新文学运动之后的中国社会，再也不仅仅是一个单纯的政治社会，而是由政治、文学、科学（学术）等各项社会事业共同构成的社会；五四新文化、新文学运动之后的中国文化，再也不仅仅是单纯的政治文化，而是由政治、文学、科学（学术）等各种文化共同构成的文化，而鲁迅，恰恰就是以一个独立的知识分子，一个独立的文学家而介入 20 世纪 30 年代的中国社会、中国文化和中国文学的。

必须看到从五四新文化运动开始，鲁迅就是一个中国社会、中国文化、中国文学的介入者，他的思想和作品的意义是一种"介入者"的意义，而不是一种"不介入者"的意义。实际上，不论是西方文化，还是中国文化；不论是中国古代文化，还是中国现当代文化，凡是被我们称为"文化"的事物，都是一种社会介入的方式和结果，其意义也是"介入"的意义，而不是"不介入"的意义。即使陶渊明，他没有作为一个政治官吏介入当时的社会，但他却作为一个诗人介入了当时的社会。他的存在价值和意义是作为一个诗人的价值和意义，而不是一个没有介入当时社会政治的人的存在价值和意义。在政治上，他没有负面的价值，但也没有正面的价值。在我们当代的文化评论中，有一种"不介入"的理论，似乎一个人因为没有介入某项社会事业因而也没有犯下这项社会事业的介入者所犯下的过错，就成了这个人存在价值和意义的证明。这在逻辑上是说不通的："0"就是"0"，不能因为另外一个数字是"-1"，它就成了"+1"。只要我们循着鲁迅作为一个中国社会、中国文化、中国文学介入者的思路感受和理解他在 20 世纪 30 年代的文化道路的选择，我们就会看到，他这时的选择仍然是在他向来的"立人"思想目标之下的文化选择，仍然是在五四"科学、民主、自由、平等"思想原则基础上的文化选择，仍然是作为一个独立知识分子、一个独立文学家的文化选择。不论是在五四新文化、新文学运动之中，还是在20世纪20年代的"女师大事件"之中和"三一八惨案"发生之后，鲁迅都没有选择那些已经拥有强权势力的人们，都没有用自己的知识和文化为这些已经拥有了强权势力的人们论证他们拥有这种强权势力的合法性和合理性，而是选择了那些被漠视、被歧视、被侮辱与被损害的人们，而是用自己的文化和知识为这些被漠视、被歧视、被侮辱与被损害的人们争取存在的合法权利。在这里，我们绝对不能认为，鲁迅否认已经拥有政治权力的人们的一切政治权力；也绝对不能认为，鲁迅会认为这些被漠视、被歧视、被侮辱与被损害的人们当拥有了政治权力的时候就一定比现在已经拥有了政治权力的人们能够更好地使用自己手中的权力，但这并不能改变他对强权势力的憎恶和反抗与对被漠视、被歧视、被侮辱与被损害者的同情和支持。这里的原因几乎是不言自明的，因为这就是一个现代知识分子，特别是一个现代文学家承担自己和自己所处的周围世界的一种基本方式：一个现代的知识分子，特别是一个现代的文学家，已经脱离中国传统"家国同构"的泛政治体制而成为一项独立的社会事业的从事者。对于他们，已经拥有强权势力的人的存在的合法性和合理性是不必用知识分子的知识和文化予以论证的，也是无法用知识分子的知识和文化予以论证的（这就是在"三一八惨案"发生后鲁迅几乎以充满愤怒的心情尽情嘲弄了陈西滢的原因），而一个被漠视、被歧视、被侮辱与被损害的人的存在权利则只有通过知识分子的知识和文化才能得到社会公众的了解、理解和同情并进而得到基本的保障，这是一个独立知识分子承担自己的基本方式，是他作为一个不从事政治、经济的实践活动而主要从事文化活动的知识分子还能感到自己的知识和文化的社会作用的唯一方式，也是一个这样的知识分子还能够感到自己存在的社会价值和意义的唯一途径。没有任何一个真正的军事科学家希望看到自己发明的先进武器不是用来反对外国的侵略战争或用来反对本民族的暴虐的独裁统治，而是被用来屠杀无辜的妇女和儿童；没有任何一个真正的法律学家希望看到自己的法律思想不是被用来制止社会的犯罪行为而是将无辜的人们送上断头台；没有任何一个真正的经济学家希望看到自己的经济思想不是被用来提高全民族社会成员的物质生活水平而是被用来填饱贪官污吏的私囊。……这是一个现代独立知识分子的本质特征，是建立在他们本性之中的天然的道德律令，绝对不是多么难以理解的文化立场。其中的差异仅仅在于，他们有没有足够的胆识和能力承担起自己内心的这种天然的道德律令,并将其上升到一种社会思想和社会文化的高度。在这个意义上,鲁迅早在20世纪20年代就已经走向成熟的"杂文"文体发挥了至关重要的作用,它将鲁迅这样一个独立知识分子、独立文学家在20世纪30年代的思想影响力提高到了一个新的高度,也在当时的中国社会、中国文化、中国文学中树立起了一块独立的文化丰碑。作为一种思想的结晶体,它既不同于以"三民主义"为旗帜的中国国民党的国家政治意识形态(这种意识形态是在国家武装力量保护下推行的一种意识形态形式)、也不同于以"马克思列宁主义"为旗帜的中国共产党的中国政治革命的意识形态(这种意识形态是在中国共产党领导的革命的武装斗争的基础上逐渐得到传播和发展的),而是鲁迅这样一个独立知识分子、独立文学家的思想形态。"杂文"作为一种思想文化斗争的利器始终不伴随着政治和经济的权力,不伴随着对论敌的政治的或经济的剥夺。它的力量直接来自鲁迅这样一个独立知识分子的情感的力量、精神的力量和思想的力量,来自于中国人、特别是中国知识分子向来就有的"良知"或"内心的道德律令"。这种"良知"或"内心的道德律令"使他们在本能上就憎恶强权压迫、同情被侮辱与被损害的人们。鲁迅用激活中国人、特别是中国知识分子这种"良知"或"内心的道德律令"的方式将"革命"的观念、将西方当代的马克思主义思想学说纳入自己的思想中来。但他是用自己的思想,用中国人、特别是中国知识分子向来就有的"良知"或"内心的道德律令"容纳了中国现代的政治革命和西方的马克思主义思想学说的,而不是用中国现代的政治革命、用西方的马克思主义思想学说取代了自己的思想,取代了中国人、中国知识分子向来就有的"良知"或"内心的道德律令"。这使他在与任何论敌的论争中都没有陷入非文化的"辱骂与恐吓"的境地,而是永远保持了自己严肃的、崇高的文化品格。它成了中国现代文化史和文学史上真正富有战斗性的文体,从而也照出了20世纪五六十年代风行中国大陆的"革命大批判"文体的卑下、浅薄和无力。

鲁迅及其作品不是中国社会、中国文化、中国文学"现代性"的唯一传承者和发展者,但通过他和他的作品,我们可以看到,中国社会、中国文化、中国文学的"现代性"永远是通过中国现代的一项具体的社会事业得到传承和发展的,是那些将某项社会事业当作自己的追求目标并通过自己的努力成功地承担了它的发展的艰难的人们传承和发展起来的。"现代性"并不是一个空洞的教条,而是在中国现代社会、中国现代文化、中国现代文学的历史上那些闪光的东西所闪耀出来的真实的光芒。

但是,"现代性"到底是一个总体的社会历史的概念,对于我们每一个人,它都是太大、太抽象的东西，几乎只有在中国社会、中国历史、中国文学即将发生根本性变化的前夕（例如五四新文化、新文学运动时期的"新"和文化大革命结束以后的新时期的"现代性"），它才作为部分人的"共识"和一种流行的文化概念被人们所理解和运用，一旦这个阶段已经结束，人们直接感受到的就不再是整体的社会历史的变化，而只是社会上某些事物的具体的变化。这些变化将以怎样的面目进入未来的历史以及能不能进入未来的历史，当时的人们是并不知道或并不确切地知道的。在这个意义上，我们不能不惊异于像胡适的《文学改良刍议》、陈独秀的《文学革命论》和鲁迅的第一篇白话短篇小说《狂人日记》那种对未来历史的洞见，但这种洞见即使这些革新家自己，在这个革新时期结束之后，也不可能继续维持下去，也不能不走上在文化的丛莽中摸索前进的道路。在这时，他们各自使用的是像"整理国故"、"教育救国"、"科学救国"、"国民革命"、"共产革命"、"为人生的文学"，等等更具体的文化概念。但是，即使在这时，"现代性"这个概念也不是一点意义也没有的，它作为一个整体的社会历史的概念仍然能够起到加强对各种具体文化追求进行分析性的感受和理解的作用。它至少可以告诉人们，那些在中国古代历史上曾经发挥过整体的、社会历史的关键作用的事物，在这时已经不可能再发挥同样伟大的作用了，因为中国社会、中国文化、中国文学已经进入了一个全新的历史发展阶段。例如，"读经救国"在中国古代历史上曾经是一个真实的梦，而在现在，它连一个梦也不是真实的了。

原载《北京师范大学学报》（社会科学版）2013年第5期

论中国当代文学史的"过渡状态"
——以 1975—1983 年为中心

王 尧

中国当代文学史研究通常将当代划分为"十七年"、"文革"和"新时期"几个阶段。随着研究的深入,有些学者试图调整这样的阶段划分:提出"50—70 年代"作为一个阶段,以便在整体上处理"十七年文学"和"文革文学"的关系;早在 20 世纪 80 年代末 90 年代初,终结"新时期文学"的声音逐渐清晰,当"新时期"越来越丢失指称近三十年文学的学理性基础后,原先的"新时期文学"又细分为"80 年代文学"、"90 年代文学"和"新世纪文学"。这样一种以时间为序又贴近社会转型的阶段性划分,既突出了文学史的进化轨迹,又强调了不同文学史阶段的差异性。

问题随之而来:如果不同的文学史阶段之间存在差异,那么这种差异是如何形成的?换言之,在阶段之间究竟发生了怎样的变化?没有"断裂",便没有文学史阶段之间的差异;而文学史阶段之间显然又有某种"联系",两者的"关联性"何在?在"断裂"与"联系"之外有无更为复杂的、或者处于两者之间的状态和特征?——这就意味着,在不同的文学史阶段之间存在"过渡状态",正是"过渡"期的矛盾运动改变了文学史的进程。这不仅指文学史"过渡状态"中旧的因素在消失或者转化,新的因素在孕育和生长,其中的一些因素成为文学史新阶段的源头;而且认为"过渡状态"是复杂的,并非简单的新旧转换或冲突,往往是多种因素的并存,矛盾冲突的结果则预示了此后文学发展的脉络。尽管我们在研究中从不忽视"过渡状态"的存在,但在阶段性的特征被强调以后,"过渡状态"的意义被过滤掉,"过渡状态"自身的文学史意义在文学史著作中的叙述也往往被省略。我在拙作《矛盾重重的"过渡状态"——新时期文学源头考察之一》中曾经提出这一问题，并试图作出一些解释，但仍然将"过渡状态"的问题作了简单化的处理①。

"过渡状态"可以视为文学史的关节点。中国当代文学是由若干段"过渡状态"连接而成的历史，在政治与文学的关联中，政治运动累积的力量以及重大政治事件的发生，都造成了文学史的"中断"和"转折"，这中间留下了我称之为"过渡状态"的阶段和特征。"新文学"在一段时期的搁置，是因为"当代文学"的产生，由此有了从"现代文学"到"当代文学"的"过渡"。六十余年的当代文学史，"十七年"到"文革"、"文革"到"新时期"、20世纪80年代到90年代是三个"过渡"阶段。我以为，在当代文学史的整体框架中讨论"过渡状态"的意义，才能够打通文学史阶段之间的联系。

影响"过渡状态"的主要因素是经济结构、政治结构和文化结构的变化，以及文学如何处理与这些要素的关系。文学在"十七年"到"文革"的"过渡"中，随着"社会主义文化想象"的展开，政治对文化的控制不断增强，从而造成了单一的文化结构，这当中的冲突既有对抗性的也有非对抗性的，矛盾冲突的结果是"文革"时期极"左"文艺思潮的泛滥。20世纪80年代到90年代的"过渡"是在80年代的政治结构、文化结构都发生了大的变化之后，出现了以市场经济为基础的经济结构的变化，文学需要处理的主要问题是如何在消费主义意识形态中保持其审美价值。在有了20世纪70年代末80年代初处理文学与政治关系的经验以后，"九十年代文学"尤其是"新世纪文学"尽管与社会现实亦有种种矛盾冲突和困境，但和"文革"过渡到"新时期"的状态相比，似乎又不具备"历史转折"的意义。从大的背景看，文学由"文革"到"新时期"的"过渡"几乎汇集了中国当代文学史的基本问题，而这一时期的"过渡状态"既影响了此后文学的进程，也改变了人们对此前文学史的认识。为了集中讨论问题，本文将时间范围大致划在1975—1983年之间。

一

否定"文革"是"新时期文学"发生的基本前提，也是"新时期文学"得以命名的社会政治基础。从历史转折的背景看，这是当代文学史的一次"断裂"，但在

---

① 参见拙作《矛盾重重的"过渡状态"》，《当代作家评论》2000年第5期。

"断裂"中仍然存在这样那样的联系。一方面，在"文革"后期，无论是制度性的局部调整还是作家的写作都出现了一些积极性的因素，虽然未能撼动基本秩序，但累积了促使历史变革的力量，因此成为"新时期文学"的源头之一。在做这样肯定性的评价时，并非制造两个"文革"，而是突出这些积极因素恰恰是对"文革"的抗争和否定，以及这些积极因素之于"新时期文学"发生的重要性。另一方面，在否定"文革"之后，一些消极因素仍然延续在"新时期文学"之中，20世纪80年代的一些思潮、运动和创作等或多或少存在历史惯性。

在严格意义上，文学史研究中的"文革文学"并不能完全指称"文革"时期的文学。"文革文学"这一概念最初提出时，研究者对"文革"时期的文学还停留在感性判断上，未能对这一时期文学历史的复杂性做出清理，所谓"文革文学"主要是指那些反映了"文革"主流意识形态话语的创作。如果用"文革文学"来指称"文革"时期的文学，在研究中就会遇到问题。比如，那些"地下文学"归到哪里？在主流话语之外的创作归到哪里？因此，作为主流意识形态话语的"文革文学"应当是"文革"时期文学的一部分。如此辨析是试图让我们的分析更贴近"文革"时期文学的分层现象。

我原先的思路是，文学创作始终是与作家或者文学知识分子的思想命运相关联的。"文革"时期的知识分子既不是"工人阶级"的一部分，也不是"劳动人民知识分子"，知识分子被定性为"资产阶级"。"九一三"事件以后，对知识分子既"再教育"也"给出路"，与"文革"初期相比，此时关于知识分子的"各项无产阶级政策"已经有一些变化，但本质上仍然是"无产阶级在上层建筑其中包括在各个文化领域的专政"的一个重要环节。1976年的《辞海》"文艺条目"（征求意见稿）在解释"百花齐放，百家争鸣"时，突出了"实现无产阶级在上层建筑其中包括各个文化领域中对资产阶级的全面专政"这一目的。从1972年开始，部分作家能够公开写作和发表作品。但当时以个人名义发表的一些文章，通常是个人或者某个"写作组"对主流意识形态话语的一种转述。我也认为，知识分子如何对待"文革"是中国思想界的重大问题。处理这一问题的困难在于，部分知识分子在"文革"中的角色是双重的，既是主流话语的生产者，又是"运动"的受害者。如果我们这样看待这一时期的作家、知识分子、现实和文学，会更客观地认识极"左"政治给文学带来何种影响，理解作家的思想何以贫弱。

显然，政治对文学与思想文化的影响在"文革"时期是决定性的，体制的些微调整、变化或者重大事件的发生都会给文学和作家产生不可低估的影响。在"文革"结束以后,许多研究者从若干时间点——1968 年(红卫兵运动结束,知识青年上山下乡)、1971 年("九一三"事件)、1975 年(邓小平复出并整顿)、1976 年("文革"结束)——考察知识分子的思想状况,清理出知识分子思想转折的一条线索:狂热、迷惘、矛盾和觉醒,而这一脉络几乎是与政治的起伏相关联。以 1975 年为例,复出后的邓小平主持全面整顿,这一年后来被称为历史转折的前奏。是年 1 月四届人大一次会议上,周恩来抱病作《政府工作报告》,重申建设社会主义现代化强国的宏伟目标。7 月,毛泽东在林默涵信件上批示:"周扬一案,似可从宽处理,分配工作,有病的养起来并治病。久关不是办法。请讨论酌处。"毛泽东在和主持中央政治局工作的邓小平谈话时说"百花齐放都没有了"等,又由《创业》的批示开始文艺政策的调整。但到了 1976 年,"反击右倾翻案风"又重创了文艺界。当文学史进程是由"文学—政治"这样的内在逻辑结构决定时,只有重大的政治事件才能改变文学史的进程。

如我们所了解的那样,公开发表和出版的一些作品在有限的缝隙中相对疏离"文革"时期的主流意识形态,比如电影《创业》,小说《闪闪的红星》、《沸腾的群山》、《大刀记》等。在公开发表和出版的作品中,创作者既无条件也无能力反思和批判极"左"文艺思潮对创作的影响。那些相对疏离政治中心的话语显示出被控制的特点,《创业》的编剧张天民将这样一种状态描述为"处于摇摆之中",在"'左'、'右'之中摇摆"。创作的复杂性同样出现在诗人食指、郭小川等人的诗歌中,这是我们都已经熟悉的文学现象,即创作上有时判若两人。这反映了中国知识分子深刻的精神矛盾,如郭小川诗句所言,"写下矛盾重重的诗篇"[①]。

如果我们侧重于文学创作与思想命运的关系,可以清理出如"右派"、"红卫兵"、"知青"等不同群体的思想变化,但是如果这些思想变化不能落实在文学文本之中,也只是为文学史研究提供了一种思想背景。在巴金"文革"后写作的《随想录》中,我们可以读到作家心路历程的变化,写作于"新时期"的《随想录》也就成为考察作家"文革"时期思想状态的文本,其文学意义和思想价值产生于"新时期"而非"文革"。另外一种状况是,一些作家通过写作留下了精神与审美的痕迹,为"文革"时期的文学带来了另一种景象,在当时被压抑的景象。1972 年,丰子恺写作《往事琐忆》。1975 年,穆旦在中断了近二十年创作后,写出了诗歌《苍蝇》,这是"地下写作"的重要文本;1976 年左右,穆旦的

---

① 参见拙作《矛盾重重的"过渡状态"》,《当代作家评论》2000 年第 5 期。

朋友们手里流传着他的手写稿，上面有《智慧之歌》、《秋》、《冬》等诗。"文革"后期，许多搁笔多年的作家开始写作，像诗人曾卓、牛汉、流沙河等。"现代文学"的复活在文学由"文革"到"新时期"的过渡中，虽然是一种"地下"状态，但延续了五四新文学的传统。这表明，文学史一方面受制于政治，另一方面在任何一个阶段总有一些作家在控制之外，而不被控制或者不受影响的原因是今天的研究者需要关注的问题。

所以，讨论"文革"到"新时期"的过渡，在侧重作家思想历程转换与创作关系的同时，似乎还有另外的分析模式可以进入"过渡状态"。虽然"政治—文学"的关系异常密切，但仍然有其他因素在影响文学创作。小说家阿城较早注意到"知识结构"或者"文化构成"对思想和写作的影响，这是我们在很长时间内忽视的一个问题。当我们注意到政治对文学的决定性影响时，那些在"政治结构"与"文化结构"之间存在的"缝隙"存在着相对于中心而言的"异质"因素。阿城以自己为例，分析过他在"文革"时期接受到的不同于课堂、课本的"启蒙"，他逛琉璃厂的画店、旧书铺、古玩店、博物馆，看了不少杂书，获得了和同代人不一样的、更接近于中国文化传统、区别于"文革"时期的"正统"与"中心"的知识结构。在谈到《棋王》的特别时，阿城对一些批评和分析并不以为然，他觉得应该是他的知识结构和时代的知识结构不一样才创作出了《棋王》①。在一个文化断裂的时代，阿城在边缘处的阅历和阅读衔接了另一种知识和文化构成，当20世纪80年代重构知识背景时，阿城已经完成了"补课"，这样一种差异让《棋王》等小说率先显出"八十年代文学"的新素质，并和80年代初的文化背景构成了差异。因此，即便同为"寻根派"，彼此间的差异也是明显的："我的文化构成让我知道根是什么，我不要寻。韩少功有点像突然发现一个新东西。原来整个在共和国的单一构成里，突然发现一个新东西。"② 阿城也对莫言的创作作了另一种解释，他认为莫言《透明的红萝卜》、《白狗秋千架》等之所以个人化特点鲜明，也在于莫言处于共和国的一个"边缘"："为什么，因为他在高密，那真的是共和国的一个边缘，所以他没受像北京这种系统教育，他后面有一个文化构成是家乡啊、传说啊、鬼故事啊，对正统文化的不恭啊，等等这些东西。"③ 在"地下写作"中，无论是穆旦诗歌还是丰子恺散

---

① 参见查建英《八十年代访谈录》，生活·读书·新知三联书店2006年版，第22页。
② 参见查建英《八十年代访谈录》，生活·读书·新知三联书店2006年版，第22页、33页。
③ 参见查建英《八十年代访谈录》，生活·读书·新知三联书店2006年版，第31页、32页。

文,都是和"文革文学"不一样的文化构成,因此其写作在"文革"背景中具有了特别的意义。

相对于"中心"而言,"边缘"获得了与主流意识形态的距离,但这种状态有自主选择和被动安排之分,所以,一些文学因素的产生并不纯粹是必然的,甚至带有偶然性。这也说明了"知识结构"或者"文化构成"对思想和写作的影响,是有前提和因人而异的。在被动的大背景中,不同的道路选择和对不同"知识结构"的接触,影响了当时和后来的写作方式。知识结构的改变,在很大程度上源于阅读,阅读改变了知识结构同时也改变了写作者的精神史。在一些研究者看来,"十七年"单一教育中的学习马列、毛选,并不能解释在"文革"中苦苦缠绕于他们心中的巨大的困惑,由此,"文革"中的读书运动呈现出与"十七年"青年读物径庭相向的"系统化"和"异质化"特点:"前者是指一代人开始系统地学习马列著作以及与马克思主义的哲学来源有关的黑格尔、康德等人的德国古典哲学著作,而后者则是指他们千方百计地偷尝'禁果',在现代西方所有的'修正主义'和'资本主义'的文化中汲取精神营养。在'文革'思想史上起了重大作用的'灰皮书'、'黄皮书'就是在这样的文化背景下登场,并在一代人的思想历程中催化了精神核裂变的。"①这些阅读者通过阅读"黄皮书"、"灰皮书",在那些被批判的"叛徒"、"修正主义作家"以及西方"垮掉的一代"和"愤怒的一代"身上读到了时代和自己的肖像,曾经封闭的思想空间由此打开。所以,从20世纪60年代末到70年代中期的"地下写作",并不是一个纯粹的艺术问题,而是始终与世界观、价值观的变化相联系,知识的重构也改变了写作者观察和思考历史与现实的方式。这种重构累积到一定程度,文化转型得以发生。

正因有了与世界观、价值观相联系的不同的"知识结构",才在单一政治结构和文化结构中生长了一些异质因素。"朦胧诗"从"地下"转为"地上",成为"八十年代文学"中的"新诗潮";阿城的《棋王》发表后不仅给很多作家和批评家带来了陌生感,也成为"寻根文学"的滥觞。在这个意义上,阿城把"八十年代文学"的一部分视为"七十年代"的"结果":"不过确实在八十年代,我们可以看到不少人的七十年代的结果。比如说北岛、芒克七八年到八〇年的时候,他们有过一次地下刊物的表达机会,但变化并不是那时才产生的,而是在七十年代甚至六十年

---

① 萧萧:《书的轨迹:一部精神阅读史》,《沉沦的圣殿》,新疆青少年出版社1999年版,第5页。

代末的白洋淀就产生了。"① 北岛认同阿城 80 年代是"表现期"、70 年代是"潜伏期"的观点，他分配到"北京六建"，大部分同学去插队，"每年冬天农闲期大家纷纷回到北京。那时北京可热闹了，除了打群架、'拍婆子'（即在街上找女朋友）这种青春期的疯狂外，更深刻的潜流是各种不同文化沙龙的出现。交换书籍把这些沙龙串在一起，当时流行的词叫'跑书'。而地下文学应运而生。我和几个中学同学形成自己的小沙龙。"② 北岛阅读到的"黄皮书"包括卡夫卡的《审判及其他》、萨特的《厌恶》和爱伦堡的《人·岁月·生活》等，其中《人·岁月·生活》读了很多遍，"它打开一扇通向世界的窗户，这个世界和我们当时的现实距离太远了。现在看来，爱伦堡的这套书并没么好，但对于一个在暗中摸索的年轻人来说是多么激动人心，那是一种精神上的导游，给予我们梦想的能力"③。

但从大的文化背景看，阿城所说的这些作为个人的或者作为一个群体的文化构成，仍然只是"断裂"中的一部分"联系"，而就整个文化结构来看，无疑是一种"断裂"的状态。所以，只有当历史转折为这种"断裂"中的"联系"提供了呈现的可能时，那些与"知识结构"相关的写作才获得了"合法性"，而作家不同"知识结构"的差异性也在 20 世纪 80 年代逐渐包容的文化结构中表现出不同的创作路向。对另一些在 80 年代开始写作的作家而言，他们复活了曾经被遮蔽或者被压抑的文化记忆。"文革"的结束正是为文学带来转机的历史转折。

二

1978 年是文学"过渡状态"当中一个标志性的年代。刘心武写于 1977 年夏天的《班主任》在 12 月出刊的《人民文学》发表，之前，卢新华的《伤痕》发表于 8 月的《文汇报》，《班主任》和《伤痕》引发巨大的争论后被批评界和文学史著作称为"新时期文学"的发轫之作。但同时我们也注意到，1978 年 12 月 23 日，油印刊物《今天》创刊。

---

① 参见查建英《八十年代访谈录》，生活·读书·新知三联书店 2006 年版，第 516 页。
② 参见查建英《八十年代访谈录》，生活·读书·新知三联书店 2006 年版，第 68 页。
③ 参见查建英《八十年代访谈录》，生活·读书·新知三联书店 2006 年版，第 69 页。

即便在三十多年后，我们可能还有这样的疑问，《今天》和集结于《今天》周围的诗人以及"朦胧诗"（或者"新诗潮"）为何未能在当时以及后来的文学史叙述中成为"新时期文学"最初的"主潮"，尽管《今天》在"新时期文学"发生中的意义已经被肯定，"伤痕文学"的评价也回落到正常状态。这其中的重要原因，与其说是"新时期文学""主潮"的"排他性"，毋宁说《今天》和"新诗潮"与历史转折时期文学的首要任务发生了错位，是一个"早产儿"。正如有论者指出的那样，"《今天》对'今天'是无力言说的，北岛等讲述的不是'今天'，而是从'过去'转换为'今天'的过程"①。最早出来肯定"朦胧诗"的李泽厚回忆说："我读到了油印的《今天》，很感动，因为其中有着强烈的自我意识。七十年代末、八十年代初，在西方十八、十九世纪的启蒙主义思潮著作开始大规模的译介和进入中国，文化艺术思潮也进入一个以反叛和个性解放为主题的创作高潮。朦胧诗是代表。"②北岛等诗人与西方启蒙主义思潮的关系，其实还可以追溯得更远些，但李泽厚准确揭示了《今天》的特质。

《今天》和"朦胧诗"的"反叛"和"个性解放"主题，显然与当时的氛围不和谐（作为油印又差不多是同人刊物的《今天》，其传播也远不及《人民文学》和当时的主流媒体）。1979年，周扬第四次文代会的报告《继往开来，繁荣社会主义新时期的文艺》，在回顾了1949—1979年三十年文学艺术的"艰难历程"后，总结了三个方面值得汲取的主要经验教训："归纳起来，主要是要正确处理三个关系问题：一个是文艺和政治的关系，其中包括党如何领导文艺工作的问题；一个是文艺和人民的关系问题，表现在艺术实践上，也就是文艺创作上的现实主义问题；一个是文艺上继承传统和革新的关系，也就是如何贯彻推陈出新、古为今用、洋为中用的方针的问题。这三个关系处理得正确与否，直接关系到社会主义文艺的成败兴衰。"③

---

① 黄平：《"新时期文学"的发生》，载程光炜编《文学史的多重面孔》，北京大学出版社2009年版，第49页。
② 李泽厚：《我和八十年代》，《我与八十年代》，生活·读书·新知三联书店2011年版，第52页。
③ 参见周扬《继往开来，繁荣社会主义新时期的文艺》，《人民日报》1979年11月20日。周扬报告对新时期初期文学界的评价是："粉碎'四人帮'三年来，特别是最近一两年来，文艺界拨乱反正，批判了林彪、'四人帮'的'文艺黑线专政'论及其他种种谬论，党中央和毛泽东同志所制定的文艺方针重新得到正确的解释和认真的执行，我们的社会主义文艺开始复苏和前进。党的十一届三中全会的精神和关于真理标准问题的讨论，大大推动了文艺界的思想解放。"如果对照这样的论述，《今天》，尤其是"朦胧诗"所引发的争论和批评也就十分正常。

《今天》的《致读者》则没有"人民"和"关系"这样的概念,而是"个人"和"自由精神"这样的措辞,无疑与现实政治相悖,以致招来"朦胧诗"是"新时期的社会主义文艺发展中一股逆流"的斥责。

"伤痕文学"率先回应了历史转折时期的时代需求,它所引起的批评并不是它与现实政治发生了矛盾冲突,而是恰恰承担了现实政治的功能。陈荒煤在小说《伤痕》争论初期就指出,"《伤痕》这篇小说倒也触动了文艺创作中的伤痕!这就是林彪、'四人帮'长期实行法西斯文化专制主义,散布了种种极其荒唐的谬论,诸如'主题先行'、'三突出'、'路线出发',等等;设下了许多禁区,如反对什么写'真实'论,禁止文艺反映生活的真实;反对什么'人性论',禁止反映人与人之间的感情关系,爱情、友情、父子母女之情、兄弟姐妹之情……;提倡什么'高于生活',禁止写我们工作和生活中的缺点和错误,写了,就是暴露了社会主义的阴暗面;提倡写'高大全的英雄人物',禁止表现英雄人物的成长过程,如此等等,完全否定、篡改文艺创作的特殊规律,从根本上反对马列主义的文艺科学和毛泽东文艺思想,以便为他们炮制阴谋文艺制造反革命舆论开辟道路";他说:"从这一点出发,我热情支持《伤痕》,也热情支持《伤痕》的讨论"①。类似的辩护强调了《伤痕》以及后来的"伤痕文学"所承担的"拨乱反正"的任务,"人性论"问题在围绕"伤痕文学"的论争以及"伤痕文学"的创作中并未展开。这是历史转型时期的一个特有的现象,也是长期以来人们始终把"伤痕文学"视为"新时期文学"开端的一个原因。

在第四次文代会后的1980年,《人民日报》发表社论《文艺为人民服务,为社会主义服务》,用"二为"取代了"从属论"和"工具论"。这样一个根本性的变化,显然与"伤痕文学"等创作打破了"禁区"的创作实践有关。周扬在第四次文代会的报告中指出,"许多长期以来文艺界不敢触及的问题,现在敢于突破,敢于议论,敢于探讨了,不仅打破了'四人帮'加在文艺工作者身上的重重枷锁,冲破了他们设置的种种禁区,而且冲破了开国后十七年中的不少清规戒律"。这是"官方"第一次提到了"新时期文学"对"十七年文学"的突破。"新时期"否定了"十七年文学"的"黑线专政"论,基本上肯定了"十七年"创作作为成绩的主流,与此同时开始初步清理"十七年文学"的"左"的错误。这样一种论述,反映了文艺界领导者以及一批理论家批评家在处理历史问题时的尴尬状态:"文革"否定了"十

---

① 陈荒煤:《〈伤痕〉也触动了文艺创作的伤痕!》,《文汇报》1978年9月19日。

七年文学",而否定"文革"又必须肯定"十七年文学";但是,"文革文学"又是"十七年文学"不断"左"倾的结果,因而对"文革文学"的否定和"拨乱反正"又不能简单地回到"十七年"。这样一种历史的纠结其实在今天也未完全解开。当时尚未对五四新文学传统做全面的回顾和清理,更多的注意力是在30年代左翼文艺和"十七年文学"。在这样一个"过渡状态",文学的思想文化资源和知识谱系仍然是局限的。

在重新讨论"过渡状态"中的"伤痕文学"、"反思文学"以及由历史转向现实的"改革文学"时,有一个值得关注的问题是:"主潮"中的一些作家的创作始于"文革",他们是如何从"文革"过渡到"新时期"的①。我在《迟到的批判》中曾经梳理过一些作家在"文革"时期的创作,其用意不在"揭短",而是寻思"历史"如何蜕变为"今天",因为"主潮"中的很多作家在"过渡"阶段完成了转型并成为20世纪80年代文学的主力军。让我们寻思的另一个问题是,在"文革"中有着相同背景和创作经历的一些作家则为何分别归属于"伤痕文学"、"反思文学"、"改革文学"、"寻根文学"和"先锋文学"。个中原因除了知识结构、个人特质外,显然与他们在新时期重新理解文学的本质、重新认识历史、重新处理文学与现实关系的方式有关。

从一种"政治"到另一种"政治"是"过渡状态"之一。"伤痕文学"最重要的作家之一刘心武在1975年出版了中篇小说《睁大你的眼睛》。这是"一本对少年儿童进行党的基本路线教育的文学读物",它反映了北京市一个街道在"批林批孔"运动中开展社会主义大院活动的故事:"在大院里,社会主义新生事物和资本主义腐朽势力展开着激烈的斗争。'孩子头'方旗依靠党的领导,带领全院儿童,机智地斗倒了妄图复辟的资产阶级分子,挽救了被腐蚀拉拢的伙伴,表现出路线斗争和阶级斗争的觉悟。整个故事想告诉人们:表现睁大警惕的眼睛,加强对资产阶级的全面专政。"方旗有点类似于《班主任》中的谢惠敏,在《睁大你的眼睛》中他肯定了谢惠敏式的青少年"孩子头"方旗,而在《班主任》中则否定了谢惠敏。这一大跨度的转换是历史转折时期作家立场角度变化的结果。

作为"改革文学"的代表性作家,蒋子龙的"过渡状态"更为复杂。《机电局长的一天》②可以视为"文革"公开发表的、少数可读的作品之一。蒋子龙构思这

---

① 参见拙作《矛盾重重的"过渡状态"》,《当代作家评论》2000年第5期。
② 《人民文学》1976年第1期。

篇小说时,"确实是满腔热情地想把霍大道塑造成一个坚持继续革命的老干部的英雄形象。因此突出他这样一种性格:文化大革命给他加了钢淬了火,焕发了革命青春,继续革命的斗志旺盛,保持了战争年代的那么一股劲,那么一股拼命精神。过去对帝国主义、国民党反动派作战是'大刀',现在对资产阶级思想的侵袭作战、克服工业建设的种种困难,仍然是'大刀'"。应当说小说比较好地体现了这样的立意。尽管小说不时突出文化大革命对霍大道的教育,强调霍大道"继续革命"的精神,但还是比较成功地塑造了工业战线上一个有干劲、有魄力、有经验的老干部形象。蒋子龙80年代"开拓者家族"的性格特征就是从霍大道开始形成的,但这篇小说在发表后不久便受到指责,认为存在"严重的错误倾向"。《人民文学》1976年第4期发表了别人代写、署名"蒋子龙"的检讨文章《努力反映无产阶级同走资派的斗争》。而他在压力之下重写的《机电局长》① 则完全违背了他的初衷。如果从这种"关联性"看,蒋子龙的《乔厂长上任记》否定的是《机电局长》,接续的是《机电局长的一天》。

无论是为"伤痕文学"辩护还是替"改革文学"呐喊,理论界、批评界都突出了这些思潮和创作是在"恢复现实主义传统",《伤痕》和《班主任》被视为"现实主义复苏的源头",而"反思文学"则是"现实主义的深化"。这样一种理论思路,突出了"革命现实主义"之于整个当代文学的重要性。冯牧在论述文学由1978年进入1979年后的经验时说:"一年来的经验告诉我们:为了新的跃进,我们在创作上必须继续学习运用革命现实主义这个锋利的斗争武器。我们坚持创作的真实性原则。我们把真实性看作是文学作品的生命。缺乏真实性的文学只能是虚假的文学;这种虚假的文学已经使人民吃尽了苦头。为了保证我们的文学创作的真实性,为了恢复和发扬文学创作的现实主义传统,我们要付出极大的努力";"我们要为恢复和发扬真正的革命现实主义而努力"②。《林彪同志委托江青同志召开的部队文艺工作座谈会纪要》中批判的"写真实"论、"现实主义的广阔道路"论、"现实主义的深化论"、"中间人物"论等,都涉及对"现实主义"和"人性"这两个基本问题的认识。

王元化晚年回忆自己在"拨乱反正"时期的学术工作时说,他涉及两个大的问

---

① 《天津文艺》1976年第6期。
② 冯牧:《对文学创作的一个回顾和展望——兼谈革命作家的庄严职责》,《文艺报》1980年第1期。

题，一是"写真实"的问题，二是人性问题[①]。这两个方面的工作在当时具有一定的普遍性。如果我们重新回到70年代末80年代初的"过渡状态"就会发现，"写真实"的问题是对"革命现实主义"的重新阐释，其中的一个关键点是"真实性"与"倾向性"的关系问题。而"人性问题"远比前者要复杂得多。这两个特点，预示了"现代主义"和"人道主义"终将成为更为棘手的问题，其论争的结果影响了20世纪80年代中期以后文学的发展。

三

对于从20世纪70年代末到80年代的文学"主潮"，我们通常是用"伤痕文学"、"反思文学"、"改革文学"、"寻根文学"和"先锋文学"这样的概括和叙述。如果以1985年前后"小说革命"为界，"伤痕文学"、"反思文学"和"改革文学"正处于我所说的"过渡状态"。这种依据文学与政治关系的概括、叙述显然忽视、删除了其他部分；而另一个被模糊或淡化的事实是，从70年代末到80年代初的"过渡"中，已经产生了与80年代中期"小说革命"脉络相连的新的文学因素，在"伤痕文学"、"反思文学"和"改革文学"之外呈现了另一条发展线索。换言之，文学思潮的变化在"过渡阶段"并非完全按照上述序列递进。

在讨论"新时期文学"发生时，论者一直比较重视"伤痕文学"论争中从政治上否定和肯定"伤痕文学"两方面的观点，轻忽了在政治之外质疑"伤痕文学"的另一种声音。当"伤痕文学"对曾经的历史形成了否定和突破时，一些批评家、作家发现了"伤痕文学"（尽管"反思文学"深化了"伤痕文学"，"改革文学"也从历史转向现实，但这三种思潮背后的文学观和创作方法没有本质的差异）与被否定的历史存在某种同构和相似之处。因此，对"伤痕文学"的反省、质疑是突破现有的艺术规范的开始，文学内部的这种差异、错位，成为文学发展的内在动力，并且铺陈了80年代以后文学发展的脉络。

《今天》对"伤痕文学"的质疑是另一种声音。刊于《今天》第一期的《评〈醒来吧，弟弟〉》提出的主要论点是，"'四人帮'只是从组织上垮台了，但在思想

[①] 参见王元化《我在不断地进行反思》，《我与八十年代》，生活·读书·新知三联书店2011年版，第12页。

方法上仍顽固地起着毒化作用","只是把揭批'四人帮'的文化专制主义限于'控诉',只是把过去的和残存的一切现实问题,简单地归结于'四人帮',这是不够的。'四人帮'所以能危害后一代人之久,所以能在倒台后继续为害,有着比他们自身的存在更深刻的社会根源"。值得注意的是,这样的批评(不是否定)针对的是"伤痕文学",但无意中也指出了否定"伤痕文学"背后的"思想方法"和"社会根源"。刊于《今天》第4期的《评〈伤痕〉的社会意义》,用"低劣"和"贫乏"评价《伤痕》未必公允,但作者在肯定作品的社会影响时,揭示了《伤痕》被意识形态建构的现象,"由于它的应时,也由于人民对社会悲剧作品迫切需要,在作品自身之外获得了某种成功"。这样一个透视问题的角度和方法,对我们理解"新时期文学"发生阶段的"经典"何以被建构具有启发性。

在韩少功记忆中,1984年"杭州会议"主要话题是反省"伤痕文学":"伤痕文学的确起到了破冰的作用,但过于政治化和简单化,在创作思想和创作手法上甚至与'样板戏'同构,只是换了一个标签,所以与会者希望在美学上实现新的解放。"① 在这里,对"伤痕文学"的反省是作为"寻根文学"思潮产生的前提条件之一存在的。李庆西记叙"杭州会议"的主题是"新时期文学:回顾与预测",与会者谈论较多的话题是如何突破原有的小说规范:"所谓小说艺术规范,当然不仅仅是一个艺术问题最初的'伤痕文学'阶段,基本上沿袭五六十年代的套数,仍然未摆脱'反映论'和'典型论'的框架,要说规范首先是政治规范和伦理规范。进入八十年代以后,题材和写法出现明显的变化,并由此带来了价值取向的转换。"② 对"伤痕文学"的质疑和反省,是文学回到"自身"的最初思索。而这正是"八十年代文学"发展的内在线索。但很长时间以来,文学史的叙述并未将"寻根文学"的产生和对"伤痕文学"的突破联系起来。在我看来,从《今天》到"杭州会议",质疑和反省针对的并不只是"伤痕文学"思潮,而是整个文学的语境与文学思想、观念及创作方法等。当"伤痕文学"取得突破以后,另外一种观念和逐渐形成的思潮又构成了对"伤痕文学"、"反思文学"和"改革文学"的突破,从而创造了1985年"小说革命"的条件。

更为重要的是,从《今天》的质疑到"寻根派"产生之前的反省,"过渡"时期的文坛已经出现了"各式各样"的小说和其他文体,另一个"八十年代"在

---

① 韩少功:《历史中的识圆行方》,《我与八十年代》,生活·读书·新知三联书店2011年版,第208页。
② 李庆西:《寻根:回到事物本身》,《文学评论》1988年第4期。

"过渡"时期的"主潮"之外开始滋生。汪曾祺在1980年发表了《受戒》，这可能是最早的"寻根小说"，但和"寻根派"不同的是，汪曾祺"回到民族传统"的同时，还"回到现实主义"①。邓友梅1982年发表《那五》，陆文夫1983年发表《美食家》，等等。这些作品未必归为"寻根文学"，但在突出小说的世俗性和回到文化传统方面，与"寻根文学"有大致相同的路向。而较早对小说技巧、形式进行探索的作家王蒙在70年代末80年代初创作出了《春之声》、《布礼》、《杂色》、《蝴蝶》等。王蒙小说的形式在当时已经具有了"先锋性"，而且改变了关于"革命"和"革命者"的叙事。但王蒙在谈到小说形式的演变问题时显得谨慎，小说形式的演变"我想最多是一个大致的趋向，具体到某个人某个作品，我倒觉得小说的形式和技巧本身未必有很多高低新旧之分"②。王蒙侧重的是"一切形式和技巧都应为我所用"，从而达到小说的最高境界"无技巧"。在"一切"形式和技巧尚未具有"合法性"时，王蒙辩证的表述中已经透露出形式变革不可避免的信息。作为"反思文学"的重要作家，高晓声以"陈奂生系列"闻名，在此之外，他那些有着"现代派"气息的小说也为读者所注意③。在各式各样的小说中，1981年前后的谭甫成和石涛分别创作了小说《高原》和《河谷地》，也被视为"先锋小说"的"先行者"④。

"三个崛起"对"八十年代文学"的重要性在于宣告了新的"美学原则"的诞生，这才有可能开辟历史转折时期文学的新境界⑤。就具体文论而言，谢冕《在新的崛起面前》不仅精辟阐释了新诗与传统、新诗与世界诗歌的联系，而且用包容和开放的态度对待"新的崛起"，重新确立了批评者的品格和襟怀，而他的文体也带有鲜明的、在批评界久违的个人修辞风格。我不想详细引述孙绍振《新的美学原则在崛起》的具体观点，"新的美学原则"命名，几乎可以用来描述80年代文学变革的大势，这是我们今天仍然无法告别的一个概念。第一届"青春诗会"成员徐敬亚在《崛起的诗群》中，对"朦胧诗"的文本分析以及对诗歌"现代倾向"的学理把握，都可圈可点。如果说《今天》的"今天"不是指向具体可感的当下生活，那

---

① 参见汪曾祺《回到现实主义，回到民族传统》，《新疆文学》1983年第2期。
② 参见《王蒙致高行健》，《小说界》1982年第2期。
③ 参见叶兆言《郴江幸自绕郴山》，《作家》2003年第2期。
④ 参见李陀《另一个八十年代》，《读书》2006年第10期。
⑤ 谢冕：《在新的崛起面前》，《光明日报》1980年5月7日；孙绍振：《新的美学原则在崛起》，《诗刊》1981年第3期；徐敬亚：《崛起的诗群》，《当代文艺思潮》1983年第1期。

么,在"三个崛起"之后,"朦胧诗"的"美学原则"则落实到了具体可感的文学秩序之中。20世纪80年代逐渐形成的"纯文学"思潮是在这里奠定其"美学原则"的。

和"三个崛起"异曲同工的"现代派"论争,是"过渡"时期的另一种状态。1981年高行健出版《现代小说技巧初探》,由此引发论争。在关于"现代派"的通信中,冯骥才从正面肯定了"现代派"的"革命"意义,毫不含糊地强调形式变革的重要性。值得我们注意的是,在这封通信中冯骥才提出形式变化的根本"是对文学概念本质的新理解",形式的价值"有其相对的独立性"。他进一步提出:"文学艺术家们是对形式最敏感不过。他们既是内容的创造者,也是形式的创造者。必然要对自己已经习惯了的形式进行程度不同的改造。"冯骥才突出了"新"对创作的重要:"没有新东西刺激我,我就要枯竭。新生活,新思想,新艺术,都要!"[①] 小说家在80年代初的创新欲望和创新焦虑由此可见一斑。李陀则认为"现代小说"不等于"现代派",强调借鉴西方现代派小说的技巧、创造出和西方现代派完全不同的现代小说,因而同时强调"自己的民族的文学传统"和"世界当代文学"对中国"现代小说"发展的重要。他在通信中,坚持了他在1980年《文艺报》艺术创新问题座谈会上的观点,认为形式是创新的"焦点":"就艺术探索来说,寻找、发现、创造适合表现我们这个独特而伟大时代的特定内容的文学形式,是我们作家注意力的一个'焦点'。"[②] 1988年《北京文学》发表了黄子平《关于"伪现代派"及其批评》,由此引发一场讨论,可以视之为1982年前后关于"现代派"论争的延续,而在80年代末,文学已经发生了实质性的变化,无论是作家还是批评家对"现代派"、"现代主义"的知识累积也比"过渡"阶段丰富和厚实许多。

尽管形式已经被赋予一定的独立性,形式创新也已经作为"焦点"问题提出,但在80年代初主张形式创新的这些"激进者"的论述中,其前提依然是强调一定的形式是为一定的内容服务的。即便如此妥协,主张形式创新的观点在当时仍然受到非议,1982年前后围绕"现代派"的争论便反映了形式"启蒙"的艰难。将内容与形式分开、甚至对立或者突出内容决定形式的观念是根深蒂固的,但这种观念限制了批评家对文学本质的新理解,也禁锢了创作者对形式的新探索,直到1985年"小说革命"发生、完成了从"写什么"到"怎么写"的转换,形式创新的意义才被充

---

① 冯骥才:《中国文学需要"现代派"》,《上海文学》1982年第8期。
② 李陀:《"现代小说"不等于"现代派"》,《上海文学》1982年第8期。

分认识。文学观念的妥协到了这个节点开始发生变化，现代主义在当代中国由此具有了"合法性"。因此，在艺术创新的大势下形式的创新具有了革命性，这是后来的"先锋小说"以及其他具有形式创新的文本受到积极评价的一个原因。李劼在1986年写作的论文《论文学形式的本体意味》，用"写什么和怎么写"作为第一部分的标题，概括了这样一个变化，并在"新时期文学启动"的背景中突出了"怎么写"的意义："由于新时期文学启动于一个很低的坡道，人们不得不十分遗憾地正视这么一个难以弥补的事实：作为对'五四'新文学传统的继承，新时期文学应有的现实主义、人道主义、理性主义并没有获得充分的体现。这一事实在人们的审美心理上又势必造成一种巨大的空缺，以至于在相当长的一段时间内，人物的典型性、性格的丰富性、故事的生动性、情节的起伏性连同文学作品对社会的认识作用、对民众的启蒙作用、对人生的审视作用，以及它有关人性的张扬、人情的抒发，等等在相当一部分文学家心中依然占有十分重要的位置。这也就是说，人们一站到任何一部文学作品面前，首要的兴趣仍然倾注在该作品写什么上，而很少有人关注怎么写。因为按照一种长期形成的审美习惯，一部作品写什么总是第一位的，怎么写则是次要的。"在这样的背景中，先锋小说蔓延开来，"成为一个把怎么写的课题推向一个富有魅力的高度的文学运动"①。

在当代文学史的宏观框架中来讨论从20世纪70年代末到80年代初的"过渡"，再讨论"过渡"而来的"小说革命"，"八十年代文学"回到"自身"的脉络便完整地呈现出来。而在形式的本体意义逐渐确定的过程中，文学的"本体论"也成为文学的基本理论。但是，如何回到文学"自身"则存在不同的通道。李庆西论"寻根文学"的价值转换，是从原有的"政治、经济、道德、德与法"的范畴过渡到"自然、历史、文化与人"的范畴②，而"先锋小说"与此虽有交叉，但路径显然各异。韩少功在谈到被称为"寻根文学"宣言的《文学的根》这篇文章时说："当时我的主要针对点：一个是'文革'十年把文化传统完全断裂了；二是对西方文学的吸收几乎成了模仿和复制。我觉得这都是没有前途的，是伤害文学的"③。在今天看来，无论是对业已断裂的文化传统的继承，还是对西方文学的批判性接受，其实都是"八十年代文学"回应西方现代性的一种反映。

---

① 李劼：《论文学形式的本体意味》，《上海文学》1987年第3期。
② 李庆西：《寻根：回到事物本身》，《文学评论》1988年第4期。
③ 韩少功：《历史中的识圆行方》，《我与八十年代》，生活·读书·新知三联书店2011年版，第208页。

这些不仅构成了 20 世纪 80 年代"纯文学"的基本内容，而且也是新世纪以后反思"纯文学"和"重返八十年代"的基础。一段时间以来，"写什么"再次被强调，与"改革文学"一脉相承的现实主义写作比如"现实主义冲击波"、"底层写作"等受到一些批评家的重视和较高评价。当年"寻根"与"先锋"序列的作家们，如莫言、贾平凹、韩少功、王安忆、格非、苏童等也都开始"向伟大的传统致敬"——这样一种循环的起点便在 20 世纪 70 年代末 80 年代初的"过渡"阶段。

四

在叙述了种种"过渡状态"之后，我想讨论的问题是，诸种因素如何在矛盾运动中形成关系、此消彼长，而后构成"八十年代文学"的面貌。如果说"主潮"的概括和叙述未必能够反映"八十年代文学"的全部面貌，那么这样一个序列的形成显然是各种意识形态妥协的结果或者是知识谱系的影响。从研究者的意识形态和知识谱系出发，文学史的叙事自然不可避免带有策略性的设计。叶维廉在 1979 年的论文中便说："某一个批评家或某一个阶级的批评家所删略的并非无足轻重；它之所以被删略，往往是因为当时的垄断意识形态把它排斥了；换言之，它被某一种特殊的历史解释摒诸门外。但另一个不同时期对历史的新解释则有可能使这些被删略的因素作为显性的范畴而重新出现。"[①] 因而，原生态的文学史远大于文学史叙事[②]。

在"过渡状态"中，文学结构内部的观念、思潮、文本等呈现出的差异性通常不是以对抗的形式存在的，这不仅反映在不同的观念、思潮以及不同的文本中，即便是相同的流派、群体或者个人的写作，差异性的存在生长着文学写作的其他可能性。《今天》对"伤痕文学"的质疑、"寻根文学"与"先锋文学"的关系、"朦胧诗"与"现代派"对"现代主义"选择的差异等，都显示了非对抗性。另一些作家的创作如汪曾祺的小说则处于"中间地带"。只从形式的意义上来认识后来兴起的"先锋小说"是不够的，那些被我们肯定的 20 世纪 80 年代"先锋小说"对外在世界与自我世界及其关系的认识都有重大突破。因此，在形式、语言之外，"先锋小说"的精神性仍然值得我们再思考。而与此同时，"寻根小说"的形式意义也需要

---

① 叶维廉：《历史、传释与美学》，东大图书有限公司 1979 年版，第 255 页。
② 参见许子英、丁帆主编《中国新时期小说主潮》，人民文学出版社 2002 年版。

重新认识。对"先锋小说"形式的肯定,是以"西方"和"现代派"为参照的,在这个参照系中,包括"寻根文学"在内,传承中国传统叙事资源的文学作品的形式意义没有得到足够的重视。即使马原、余华、苏童、叶兆言等先锋小说家的文本其实也从来没有隔断过与中国传统叙事资源的联系[1]。在文化断裂以后,80年代那些回到传统文化和传统叙事资源的作品在形式和精神上同样具有"先锋性"。在80年代中期以后,"寻根"中断了,"先锋"也转向了。对"寻根文学"而言,"中断"显示了传统叙事资源再生的困难;对"先锋小说"而言,它的转向"故事"或者"向后退"并不是"技术主义"的失败,而是在文本与世界之间遭遇到了阻隔。

这样一种"过渡状态",有纠结也有并行不悖。但这种非对抗不等于相互之间没有碰撞和矛盾,其结果是作家的沉浮和文学思潮的此消彼长,或者是在积累和消耗之后发生的"中心"与"边缘"位移。当历史转折之后,那些与转折共生的文学思潮往往只带有过渡性的意义,缺少真正的文学经典的品格。而文学史的新阶段常常又是如此发生的。文学创作如果没有吻合历史转折时期的政治诉求,可能就没有文学新阶段的开始,但能够在文学史上留下来让我们讨论的文本,往往又是超越了历史转折时期局限的作品。研究者的价值判断必须而且不可避免,但结果是不可避免地删除或者遮蔽了在他的视野和价值判断之外的作家、文本和思潮,关于"伤痕文学"到"先锋文学"的叙述便是如此。显然,文学的"过渡状态"和此后的文学进程比文学史叙事中的对象要复杂、芜杂、广阔和深远。这是我们今天面对"过渡状态"时的尴尬,单一的文化和美学假定,难免顾此失彼或者非此即彼。如何形成文学史研究的共同基础并最终导向文学规律的建立,是一个有问无答的难题。

一个可以得出的结论是,"过渡"时期的状态通常与文化结构的单一和包容有关,文学由"十七年"到"文革"的"过渡状态"是文化单一的结果,由"文革"到"新时期"的"过渡状态"则是文化逐渐多元使然。在重新处理了文艺与政治的关系后,当代文学制度在现实社会需要的范围内鼓励文学的自我解放。这是一段时间内文学与体制能够和谐共处的一个原因。如果没有体制的推动,"新时期文学"的发生就缺乏历史的动力。当历史转折提供了文学创作新的可能性时,历史转折时期多种力量并存的格局也牵扯和控制文学的演变,这是"过渡"时期文学发展的一个重大特征,因而文学与外部的冲突便时常发生。

---

[1] 参见郭冰茹《传统叙事资源的压抑、激活与再造》,《文艺研究》2011年第4期。

陈荒煤曾经谈到他对这些问题的认识："三中全会的公报明确指出，凡是不利于生产力发展的一切领导方式、思想方式、活动方式，都应该废除。我看，这一条同样适用于精神生产。一切不利于文艺创作的领导方式、思想方式、活动方式也应该坚决废除！凡是不利于文艺成长的领导方式、思想方式、活动方式也应该坚决废除。"他认为，1949年至1979年三十年文艺"一个最重要的经验，就是在无产阶级专政的条件下，国家有庞大的行政机构，有各种文学艺术的群众团体，在各级党委、文化部门、文艺团体内的党组织，究竟怎样领导文艺工作，才能促进社会主义文学艺术事业的迅速发展。促进各种艺术创作的繁荣，促进文艺理论工作的活跃，促进一支无产阶级的文艺队伍的正常发展和壮大，探索社会主义文艺的发展规律。而加强党对文艺工作的领导，关键在于按照客观规律办事，尊重文艺的特殊规律，坚决贯彻党的唯一正确的政策，'百花齐放，百家争鸣'的政策"①。贺敬之在《对当前文艺工作的几点看法》对行进中的文学创作和文学思潮则有不同的解释。比如说，对第四次文代会之前的创作评价问题，贺敬之认为"第四次文代会召开以前，文艺界和整个思想界一样，要解决的主要是肃清林彪'四人帮'流毒，拨乱反正，打破两个'凡是'观点的禁锢，强调解放思想，发扬艺术民主，这是主要的任务。但这并不是说，在这个时期中完全没有出现一点另外的错误思想"②。因此，当新生的"意义架构"超出了某种限度，冲突也就不可避免。因此，打破"禁区"实际面临"大禁区"和"小禁区"。这是最为突出的"过渡状态"之一。从这一思路出发，我们就会明了一些批判现象发生的原因。

如果回到文学现场，我首先注意到的是否定"文革"的思想背景与立场存在差异：马克思主义的，非马克思主义的；无产阶级的，资产阶级的；左翼的，右翼的；官方的，民间的；高层的，底层的。这种差异不仅影响了关于历史的反思和叙述，

---

① 陈荒煤：《关于总结三十年文艺问题》，《文艺研究》1979年第3期。
② 如何看待这些问题，贺敬之认为也存在两种态度："但是，在当时，一方面有些同志不肯承认有这些缺点，仿佛稍微一提这方面的缺点，就会妨碍解放思想，就会打击作家的积极性似的。另一方面，有些同志又夸大这方面问题的严重性，把它当作主要应该反对的'右'的表现，而对于解放思想，打破禁区，发扬艺术民主，克服文艺领导工作上的简单粗暴，就不再认为是只有问题，甚至采取了反感态度。"贺敬之同时还提到对1980年剧本创作座谈会的两种不同看法："有一些同志曲解会议精神，认为这就是纠四次文代会的偏。还曲解'注意社会效果'的正确含义，用它作简单粗暴地对待文艺作品的借口。另外，又有一些同志，从另一方面曲解会议精神，把对几个作品的正确批判说成是什么'变相打棍子'，是什么'变相禁戏'，甚至从根本上否定'社会效果'这个正确提法。"参见《当前思想战线的若干问题》，人民出版社1982年版。

也是20世纪90年代以后知识分子分化的一个因素。在人道主义和异化问题的论争中，马克思主义者内部也存差别。王元化是周扬《关于马克思主义的几个理论问题的探讨》一文的执笔者之一，在2008年的谈话中如是评价这篇"文章的要害"："是对人道主义有明确的肯定，对马克思主义经典著作中关于'异化'问题的表述有充分正确的阐述，实质上是承认和肯定共同人性。"[①]"这场以'人道主义'为旗帜的讨论既是面向过去、总结'文革'教训的，也是对改革的呼应。因为当前正在进行的改革已经引起价值观念的变化。在这种情况下，提出人的价值和社会主义人道主义的问题，是有现实意义的，是和改革的步伐合拍的"[②]。而胡乔木显然并不赞成这样的论述和观点，由此引发一场大的论争[③]。政治结构内的这种冲突必然影响到文学思潮的演进中。

文学制度中的冲突，有时也与某种理论和观点的积重难返和知识背景的滞后有关，这在"现代派"、"现代主义"的论争中反映出来。很长时期内"现代主义"是在政治层面上加以界定和认识的。我曾经考辨从1965年到1979年《辞海》中关于"现代主义"的定义，发现经过了时间跨度后，编写者对"现代主义"的定义大同小异。"文艺条目（1976）"的释文是："帝国主义时期资产阶级文学艺术各种颓废主义、形式主义的流派与倾向（立方主义、未来主义、达达主义、超现实主义、抽象主义等）的总称。其哲学基础是极端反动的唯我论，其特点是：歪曲现实，破坏文艺固有的形式，否定艺术创作的基本规律，宣扬世界主义和各种反动思想。"这个条目的内容与"文艺条目（1965）"大致相同，增加了"其哲学基础是极端反动的唯我论"一句，关于特点的表述略有改动。"文艺条目（1979/修订稿）"用"十九世纪下半叶"代替"帝国主义时期"，对"现代主义"特点的表述、以"现实主义"作为参照，改为"其特点是违反传统的现实主义方法，标新立异，宣扬革新，但总不免流于破坏文艺固有的形式，否定艺术创作的基本规律"。"文艺条目（1979）"之"现代主义"的解释依然沿袭着上述两个版本的局限，未作大的改动，只是删除了"哲学基础"一语。这样的修改在整体上反映了70年代末期中国学界对"现代主义"的认识水平。当文学思想和批评观念转换时，一批在70年代末80年代

---

① 参见王元化《我在不断地进行反思》，《我与八十年代》，生活·读书·新知三联书店2011年版，第15页。
② 参见王元化《我在不断地进行反思》，《我与八十年代》，生活·读书·新知三联书店2011年版，第66页。
③ 参见胡乔木《关于人道主义和异化问题》，人民出版社1984年版。

初曾经引领风气的领导型批评家开始落伍。"反映论"和"典型论"不足以解释所有的文学现象,也不能规范所有的文学创作,如果只从"反映论"、"典型论"出发,和已经变化了文学观念和文学创作的冲突也就不可避免了,现实主义创作依然重要,但已经不是唯一。既有的思想力量和理论思维,使许多理论家、批评家对"现代主义"、"现代派"保持了高度警惕,从而把"现代主义"排斥在外。在经历了"过渡"时期以后,文学的主义之争得以落幕。

当代文学从一开始便是在制度规定下发生和发展的,所以作为一种有鲜明国家意志的文学,体制的影响是深刻的。但这一情形在历史转折时期出现了变化。一方面,如我们前面所述,在当代文学制度重建的过程中,领导者、组织者以及一段时期引导文艺思潮发展的理论家作了适应时代的调整,从而使文学制度本身具有了某种程度的包容性。在"过渡"时期,体制本身的变革适度改变了"意义架构"与"权力架构"的关系。而另一方面,自发的文学因素在增长。一些争论或者某种主流性的结论并不能影响实际中的写作,这是创作独立于理论与批评、作家独立于理论家与批评家的地方。

原载《文学评论》2013 年第 4 期

第四次文代会与文学复苏

黄发有

关于新时期文学的历史起点，有四种代表性的学术观点，即分别以"四五运动"、"四人帮"倒台和"文革"结束、十一届三中全会、第四次文代会为新时期文学的开端。以哪一件重要的历史事件为新的历史阶段的开端，显示出不同研究主体在价值标准上的微妙差异。值得注意的是，尽管在历史节点的选择上各有侧重，但是，要深入揭示从"文革"文学向新时期文学过渡的复杂性与矛盾性，第四次文代会是无法回避的重大事件。朱寨认为第四次文代会是"一个极为重要的里程碑"，"如果说，第一次全国文代会标志着新中国人民文艺的伟大开端；那么，第四次全国文代会则预示着新时期社会主义文艺的伟大转折"，"特别是邓小平同志代表党中央在大会上作的《祝词》，具有纲领性质，是这次大会具有里程碑意义的主要标志"。① 洪子诚认为："1979年10月，在距上一次会议近二十年后召开了第四次全国文代会。在这次会议上'文艺民主'的要求和想象，得到热烈的表达。"② "1979年10月中国文学艺术工作者第四次代表大会召开，'文艺民主'的欲求成为大会的主旋律。"③ 程光炜认为："四次文代会'是当代文学史上罕见的大'事件'之一。对于有直接历史体验的人来说，'事件'绝对不是今天常见的网络恐怖游戏，而是对当事人日常生活直接的深度震撼，是会对个人生存、亲人命运等一档问题都将产生重大影响的东西。"④ "文艺民主"的提法以及研究者对"当事人"命运的关注，表明

---

① 朱寨编著：《中国当代文学思潮史》，人民文学出版社1987年版，第562—563页。
② 洪子诚：《中国当代文学史》，北京大学出版社1999年版，第226页。
③ 董健、丁帆、王彬彬主编：《中国当代文学史新稿》，人民文学出版社2005年版，第362页。
④ 程光炜：《"四次文代会"与1979年的多重接受》，《花城》2008年第1期。

第四次文代会并非单纯是自上而下的政治举措，更加值得注意的是文艺界内部人心思变，自觉发出积极推动变革的群体呼声。

一、 扭转惯性的渐进过程

第四次文代会从动议的提出、筹备到正式召开，几经拖延和反复，会议召开的时间安排和会议的组织形式都经历了多次调整，这种艰难和曲折的历程，折射出当时乍暖还寒的精神气候，历史的惯性依然发挥着巨大作用，文艺界的拨乱反正工作显得艰巨而复杂。1977年12月31日，在《人民文学》编辑部主办的在京文学工作者座谈会的闭幕式上，中宣部部长张平化在即席发言中宣布要成立恢复文联和各协会的筹备机构，"要在1978年适当的时候，召开第四次文代会"①。"一九七八年一月，由中央宣传部建议，经中央批准，成立了恢复文联和各协会的筹备小组。筹备小组的任务有以下三项：第一，负责筹备恢复文联和各个协会；第二，负责筹备全国性文艺理论刊物《文艺报》的复刊工作；第三，负责筹备在适当的时候召开第四次文代大会"②。恢复文联各协会筹备组的组长为林默涵；副组长为张光年、冯牧（兼秘书长）；恢复中国作协和《文艺报》筹备小组的组长为张光年，副组长为李季、冯牧。在5月25日召开的筹备组人员会议上，冯牧宣布了一些重要决定："中国文联恢复工作后，中心工作是筹备第四次全国文艺工作者代表大会。筹备组就是文联的工作机构。筹备组长就是文联的秘书长，副组长就是副秘书长，再增加吕骥、胡青坡、金紫光，胡、金是专职的。筹备组实际上就是党组，起党组的作用，直到四次文代会召开，将来文联可以成立书记处。"③ 在1978年5月召开的中国文联第三届全国委员会第三次扩大会议上，与会者就对召开第四次文代会的问题交换了意见。在会议的决议中，确认了中国文联、中国作协等文艺组织正式恢复工作，《文艺报》立即复刊，另一项重要工作是"会议决定在明年适当的时候，召开中国文学艺术工作者第四次全国代表大会，总结新中国成立以来文艺战线正反两方面的丰富经验，

---

① 刘锡诚：《在文坛边缘上》，河南大学出版社2004年版，第58页。
② 阳翰笙：《中国文联会务工作报告——在中国文学艺术工作者第四次代表大会上的报告》，《中国文学艺术工作者第四次代表大会文集》，四川人民出版社1980年版，第65页。
③ 刘锡诚：《"新时期文艺"的诞生》，《中国文化报》2009年2月3日。

讨论新时期文艺工作的任务和计划,修改文联和各协会章程,选举文联和各协会新的领导机构。会议对恢复文联和各协会筹备小组这一段工作表示满意,责成筹备小组继续负责筹备第四次文代会"①。刘锡诚认为"中国文联三届三次全委扩大会议,在中国文艺史上是一次重要而特殊的会议,她宣告了被'四人帮'砸烂、十年不能活动的中国文艺家自己的组织——文联及各文艺家协会重新恢复了!""从中国当代文学史、中国当代艺术史的角度来说,这次会议的决议中,第一次使用了'新时期文艺工作'这样的词汇,从而宣告了'新时期文艺'的正式诞生。"②

遗憾的是,在中国文联第三届全国委员会第三次扩大会议之后,第四次文代会的筹备被人为地搁置下来。筹备小组一直拖延到11月才开始讨论筹备工作。当时中宣部的工作人员荣天玙回忆:"由于当时中宣部的主要领异仍然执行'两个凡是'的观点,抵制实践是检验真理的唯一标准的讨论,认为'文艺黑线专政'论可以批判,但'文艺黑线'问题却不能否定,以致文艺界一些老同志都不能回到文艺工作的岗位,引起文艺界的思想紊乱和不满,第四次文代会的筹备工作,也迟迟不能进行。"③ 关于文联扩大会以后的思想文化氛围,从1978年10月20日至25日召开的《人民文学》、《诗刊》和《文艺报》的编委会联席会议的会议发言中可以得到清晰反映。张光年在会上谈道:"'文艺黑线专政'论是被推倒了,至少是没有人为它公开辩护了。但还有一种说法,'文艺黑线'的帽子却不能摘掉。黑线是有的,那就是刘少奇的文艺黑线。"④ 时任《人民文学》主编李季有这样一段讲话:"文联扩大会后,又冷了下来。现在批'文艺黑线专政'论的文章少了。余悸多了,考虑的多了……作协、文联名义上是恢复工作了,但牌子还挂不出来。找不到上级领导单位。最近听有人说:你们不是我们领导的单位,只是我们联系的单位。'十七年'不是文艺黑线嘛,所以人家不敢沾边。关键是有些同志的头脑中,'十七年'还有'文艺黑线'这个观念。我们是联系单位,没有领导,可有可无。"冯至认为:"民主生活很不健全。天天讲冲破禁区,解放思想,禁区却总是冲破不了,思想总是解放不了。"⑤ 在1979年1月《诗刊》诗歌创作座谈会上,张光年在发言中提到:"我们叫

---

① 《文艺界拨乱反正的一次盛会——中国文学艺术界联合会第三届全国委员会第三次扩大会议文件发言集》,人民文学出版社1979年版,第23—24页。
② 刘锡诚:《"新时期文艺"的诞生》,《中国文化报》2009年2月3日。
③ 荣天玙:《新时期文艺振兴的里程碑——胡耀邦与第四次文代会》,《炎黄春秋》1999年第4期。
④ 刘锡诚:《文坛旧事》,武汉出版社2005年版,第66页。
⑤ 刘锡诚:《在文坛边缘上》,河南大学出版社2004年版,第136—139页。

作作家协会,叫作《诗刊》编辑部。我们不是官方,是民办公助。不久前,胡耀邦同志到中央宣传部以前,中央宣传部秘书长把我们找去正式谈,说我们之间不是直接领导关系,是联系单位。中国文联最近才建立党委,是独立大队,上边没有头的。我们要搞活动,就是用刊物编辑部的名义。《人民文学》编辑部召开的短篇小说座谈会,《文艺报》、《文学评论》召开的为作品平反的座谈会,就是这样的。现在中宣部是支持我们的。"①

十一届三中全会对"两个凡是"的批判和纠正,为第四次文代会的筹备扫清了思想障碍。胡耀邦出任中宣部部长后,有力地推动了文艺界思想解放的进程。1978年12月,周扬、林默涵、张光年、夏衍等人在出席广东省文艺座谈会期间,"邀请了欧阳山、陈残云、萧殷及文联诸同志征询了关于召开第四次文代会及作家代表大会的意见","取得了以下一致意见:一、争取在明年4月召开文代大会。二、不搞总报告,只为茅盾、黄镇分别准备较简短的讲话稿作为引言或动员报告。会上发言民主,最后由九位同志作重点发言,加以集中提高。三、修改会章。民主选举。四、广州等条件较好的地方,可先开省、市代表大会。其他地方等传达文代大会后再开省、市会议。"② 从12月26日至31日,林默涵、张光年主持召开了文联办公会议和作协筹备组会议,商讨第四次文代会和第三次作代会的相关事宜。会议达成的共识是在1979年4月间召开大会,"文联办公会议上,决定抽调三四人成立起草组,由我主持,陆续起草以下几项文件初稿:1. 为茅盾起草开幕词。2. 为黄镇起草简短讲话稿(文化部写)。3. 为中央负责同志提供讲话初稿。4. 为中央负责同志提供两年来文化情况及各地文联情况书面材料。5. 修改文联、作协会章草案。6. 作协代表大会开幕词。7. 为召开文代大会给中央的报告信。"③

胡耀邦是第四次文代会的设计师,也是第四次文代会会议时间的最终确认者,设计了大会的基本框架,确定了会议的主旨与基调。1979年1月2日,在文联迎新茶话会上,胡耀邦先请文化部长黄镇宣布:文化部和文学艺术界在文化大革命之前"十七年"的文艺工作中,虽然犯过这样和那样"左"和"右"的错误,但根本不存在"文艺黑线专政",也没有形成一条什么修正主义"文艺黑线"这是高层对

---

① 张光年:《从诗歌问题说开去——在〈诗刊〉诗歌创作座谈会上的发言》,《惜春文谈》,上海文艺出版社1993年版,第12页。
② 张光年:《文坛回春纪事》(上),海天出版社1998年版,第111页。
③ 张光年:《文坛回春纪事》(上),海天出版社1998年版,第111—112页。

"文艺黑线"首次公开、彻底的否定。胡耀邦在随后的讲话中，认为"文革"期间抓辫子、戴帽子、打棍子的恶习，把全国的文艺界办成一个"管教所"，他主张党的宣传部门应该是文艺界前进过程中的"服务站"。① 张光年在这次会议上向胡耀邦和黄镇汇报了计划在 4 月间召开文代会的设想，得到赞同。第二天，胡耀邦任命周扬为中宣部顾问。在全国宣传部长会议之后，胡耀邦开始了紧锣密鼓的调研工作，先后召开了文艺界和文化部门有关负责人的会议，党内外作家、艺术家的会议，文化部和文联各协会筹备组的汇报会。在文艺界和文化部门有关负责人的会议上，胡耀邦强调 1979 年年内一定要召开全国第四次文代会，会议规模为三千人左右，文联和各协会筹备组要积极做好准备工作，最为重要的是要写好一个工作报告，总结新中国成立以来文艺工作的经验，特别是党领导文艺的经验。在另一次会议上，他认为开好第四次文代会的原则是"认真发奋图强；经常反映情况；善于总结经验；切实加强团结"②。

为了使会议达到预期的目的，胡耀邦亲自介入历史遗留问题的解决工作，推动落实文艺界知识分子政策。1979 年 2 月 16 日，茅盾给文联筹备组的林默涵写了一封信，他认为为了把第四次文代会开成一个大团结的会，应当加快对冤假错案的平反。他以浙江老作家陈学昭没人管的现状为例，建议中组部关心老作家、老艺术家落实政策的问题。胡耀邦看到转来的这封信后，批示中组部、中宣部、文化部、全国文联联合召开文艺界落实知识分子政策座谈会。在 3 月底召开的会议中，胡耀邦在讲话中强调："实事求是嘛！错了不纠正，就叫是非不清、好坏不分、功过不分。把是非分清楚了，功过分清楚了，我们的党、我们的人民就可以团结起来，达到安定团结"。③ 会议产生了《联合通知》，要求非常具体：因所谓"文艺黑线专政"、"四条汉子"、《海瑞罢官》、"三家村"、"黑戏"、"黑会"、"黑画"、"黑线回潮"等而受审查、点名批判、被错误处理或被株连的，一律平反昭雪，不留尾巴。在"文革"前历次政治运动中受到批判处理，被戴上各种政治帽子，经过复查确认搞错了的，坚决予以平反改正。"文革"前被当作"毒草"批错了的文艺作品，也都应该平反。④ 为了清除文艺界的极"左"思想和封建流毒，解决文艺思想的分歧，澄清无

---

① 荣天玙：《新时期文艺振兴的里程碑——胡耀邦与第四次文代会》，《炎黄春秋》1999 年第 4 期。
② 荣天玙：《新时期文艺振兴的里程碑——胡耀邦与第四次文代会》，《炎黄春秋》1999 年第 4 期。
③ 刘崑：《从茅盾的信到胡耀邦讲话——亲历 1979 年文艺界的一次重要会议》，《纵横》2010 年第 7 期。
④ 《加快落实文艺界知识分子政策》，《人民日报》1979 年 4 月 7 日。

所适从的混乱，胡耀邦最终决定将会议的举办时间推迟到10月，并增加大会的总报告。对于文代会能否真正解决问题的顾虑，陈登科在1979年6月21日的日记中就有记载，出席五届全国人大第二次会议的他在会场休息室遇到巴金，"谈到即将召开的全国文代会。他和我的看法，很吻合。同认为当前文艺界，思想混乱，对'十七年'的看法，分歧也很大，不易解决。既然大家全清楚，这是一次不能解决问题的会议，何必急着开呢？待大家酝酿成熟了，再开不更好吗？"① 在5月底6月初之间，在胡耀邦的指示下，周扬以文联和各协会恢复筹备小组为班底，成立第四次文代会筹备领导小组，周扬任组长，林默涵任副组长，夏衍、阳翰笙随后也被安排参加领导小组的工作。9月6日中央正式批准成立这个领导小组，意味着恢复文联与各协会筹备小组完成了历史使命。②

　　文代会一再拖延，一个重要的原因是被胡耀邦寄予厚望的总报告一直无法定稿。如何评价文化大革命之前"十七年"的文艺工作？如何评价"伤痕文学"？关于这些问题，文艺界高层在评判上不统一，甚至有明显的分歧。"从胡耀邦到周扬等人看来，'十七年'文艺界基本上是执行了一条'左'的路线，而三年来的'伤痕文学'是值得欢呼的，而在林默涵等人看来，则恰恰相反。"③ 在1977年12月29日《人民文学》召开的在京文学界人士揭批"文艺黑线专政"论的座谈会上，林默涵作了长篇发言，对"十七年"文艺界"两种思想两条路线的激烈斗争"给予高度评价，认为批判《武训传》和《红楼梦研究》等"是社会主义革命时期无产阶级同资产阶级两种思想和两条路线斗争的一部分，但性质上属于人民内部的矛盾和斗争"。"与此同时或稍后，文艺界又在毛主席、周总理和党中央领导下进行了几次敌我性质的重大斗争，这就是批判丁、陈反党集团、反对胡风反革命集团的斗争，和后来文艺界的反右派斗争。丁陈小集团和胡风小集团是两个长期隐藏在革命队伍中的反党和反革命集团。一个隐藏在革命根据地延安，一个隐藏在国统区。他们之间是遥相呼应的。"④ 在1978年10月20日至25日召开的《人民文学》、《诗刊》和《文艺报》的编委会联席会议的发言中，林默涵对于"黑八论"的说法，可以看出他仍然被历史惯性所左右："'四人帮'用来指责我们的是'黑八论'，是他们'文艺黑线'的重

---

① 《陈登科文集》第八卷，北京燕山出版社2003年版，第402页。
② 徐庆全：《文坛拨乱反正实录》，浙江人民出版社2004年版，第253页。
③ 徐庆全：《风雨送春归——新时期文坛思想解放运动记事》，河南大学出版社2005年版，第176页。
④ 林默涵：《解放后十七年文艺战线上的思想斗争》，《人民文学》1978年第5期。

要内容。所谓'黑八论',是'四人帮'拼凑起来的,大部分是我们批判过的,而且是把内容加以歪曲了。……这些论调都是我们批评过的,'四人帮'却反过来,加在我们头上,说是我们提倡的。"① 在1979年3月《文艺报》召开的文学理论批评工作座谈会上,林默涵在3月22日的大会发言中有言:"对胡风是否要那样搞,是另外一回事,但胡风是一个暗藏的、混到左翼文艺队伍里来的坚决的反共分子,是有确凿的事实的,这个案是翻不了的。"关于伤痕文学的评价,他认为:"我以为什么人物都可以写,也都可以成为作品的主角,但无论写什么人物,都要防止感伤主义,就是说必须使人振奋起来,而不是使人消沉下去。感伤主义是一种腐蚀剂,这种情绪对青年没有好处,由于受'四人帮'的折腾,我们的不少青年'看破红尘',受感伤主义的毒害已经很深了。"② 在第四次文代会之后,在1981年5月23日在文化部召开的艺术创作题材规划座谈会上,林默涵的发言依然对伤痕文学的"暴露"进行严厉批评:"如果我们的作家采取资产阶级现实主义的观点和方法来看待和描写社会主义社会的现实,那就有意无意地会成为资产阶级所求之不得的同盟军。客观事实就是这样冷酷无情的。几年来描写和揭露阴暗面的作品,已经发表不少,其中有些是符合生活实际的,产生了较好的社会效果,有些却是用随意编造的耸人听闻的离奇情节,来吸引那些缺乏经验的青少年,起了腐蚀他们的稚嫩心灵的消极作用。"③ 在1979年6月上旬,根据胡耀邦的指示,周扬接手大会总报告的起草工作,组成由林默涵、冯牧和陈荒煤参加的起草小组,而当时林默涵主持的报告起草小组已经写好了"报告草稿"。关于新中国成立三十年来的文艺发展,草稿认为"我们找到了文学艺术和文艺工作者与亿万人民群众真正结合起来的唯一正确的道路。这就是从'五四'以来,特别是新中国成立三十年以来,我国无产阶级文艺运动的基本经验","我们说政治标准第一,是指各个阶级在接受文艺作品时,总是首先判断它的政治倾向对本阶级是否有利。我们所说的政治标准,是评论艺术品的政治标准,这个作品必须具备艺术品的基本素质。"④ 起草者坚持"政治标准第一,艺术标准第二"的原则,这或许正是胡耀邦临阵换将的根本原因。

文代会总报告经过多次的修改和讨论。1979年8月7日和15日,周扬两次同文

---

① 刘锡诚:《在文坛边缘上》,河南大学出版社2004年版,第146—147页。
② 刘锡诚:《在文坛边缘上》,河南大学出版社2004年版,第244—245页。
③ 林默涵:《文艺的作用》,《文艺研究》1981年第4期。
④ 徐庆全:《风雨送春归——新时期文坛思想解放运动记事》,河南大学出版社2005年版,第192—193、198页。

艺界领导谈到报告起草问题的关键。他认为第一部分的难点在于如何处理好三种关系，即"关于文艺与政治的关系"、"文艺与人民生活关系问题"、"文艺与传统的关系"；第二部分"光荣的使命"要讲清楚光荣在什么地方，还要突出思想解放问题，"小生产者的狭隘眼界害处很大"；第三部分，"文联、作协体制要有大的改变才行"，重点是保护作为"创造性的个体劳动"的文艺创作。① 到了8月底或9月初，胡耀邦看完周扬和起草小组提交的报告初稿后，决定组织以文化界为主的一两百人，参与初稿的讨论修改。在广泛吸收了各界人士的修改意见以后，10月29日的中央政治局会议确认了大会议程，并对周扬的报告提出修改意见，重点是关于文艺与政治关系的表述，胡乔木认为："周扬同志的报告中有一个问题——关于文艺为政治服务、文艺从属于政治的提法。这个提法，我过去提过意见，对这个问题我是经过认真考虑后才提出意见的。我认为这个提法现在还是以不再提为好。"② 邓小平的《祝词》同样几经修改，定稿也终于摆脱了"文艺为政治服务"的论调。关于总报告的修改情况，从当时住在医院治疗的张光年日记中的只言片语可以感知其难产的曲折。8月23日有言："从白羽处借了一份荒煤在会演办公室讲文艺界'严重分歧'的记录，指名道姓地批了林默涵，看了十分惊愕，整天感到忧愤。"9月10日，林默涵到医院探视，"除谈及文代大会筹备情况外，他介绍了近来争论过程。辩护的多，认错的少"。到了临近开幕的10月29日，"周扬同志来电话，希望我看看文代会报告第四稿，帮它'理理发，刮刮胡子'"。③

在文代会开幕之前的9月4日至6日，胡耀邦还召集了一次小型座谈会，针对李剑《歌德与"缺德"》一文造成的舆论影响，澄清问题，统一思想。胡耀邦在讲话中认为《歌德与"缺德"》引起的争论是一个不大不小的风波，"我们召开这个会，目的是用同志式的、平心静气的方法交谈讨论，弄清思想，团结同志，促进文学艺术的繁荣"。④《歌德与"缺德"》一文的出现，是"伤痕文学"论争的延续。当年4月，广东文艺界围绕"向前看"或"向后看"的讨论，已经给伤痕文学带来了舆论压力。广东省委宣传部副部长黄文俞（黄安思）认为描写"伤痕"的作品是

---

① 徐庆全：《风雨送春归——新时期文坛思想解放运动记事》，河南大学出版社2005年版，第212—214页。
② 徐庆全：《风雨送春归——新时期文坛思想解放运动记事》，河南大学出版社2005年版，第303页。
③ 张光年：《文坛回春纪事》（上），海天出版社1998年版，第135、137、142页。
④ 王慧敏：《关于两个座谈会的回眸》，杨志今、刘新风主编《新时期文坛风云录》（上），吉林人民出版社1999年版，第65页。

"向后看"的文艺，主张应该"提出向前看的口号，提倡向前看的文艺"①。这次座谈会以坦诚、宽松的氛围，力图扭转戴帽子、打棍子的批评习气，为新时期文艺创作提供自由生长的文化空间。1980年1月23日至2月13日，剧本创作座谈会在京召开，集中讨论了话剧《假如我是真的》，电影剧本《在社会的档案里》、《女贼》和小说《飞天》等，胡耀邦在讲话中把这次座谈会作为第四次文代会延续，主要针对一些有争议的作品进行讨论，"对于一些重大原则问题，有的同志说，有了比较一致的看法了。这当然很好。没有完全求得一致的看法也不要紧。思想问题一个时期统一不了，天塌不下来。积三十年之经验，思想问题可不能着急。一着急就你抓我，我抓你，就乱套了。我们力求统一思想，但一下子统一不了，不可操之过急；操之过急，往往出乱子"，针对"官僚主义、特殊化"现象，他认为文艺界"当然要揭露，当然要批评，也可以来点嘲笑！嘲笑的手法，文学上是需要的"。② 这两次座谈会平等协商会议的形式，以及胡耀邦提倡的畅所欲言、钝化矛盾的工作方法，为新时期文艺留下了宝贵的精神遗产。不能忽略的是，10月29日下午，周扬召集第四次文代会的党员代表开会，胡耀邦在会议上的讲话中强调，为了做到"团结一致向前看"，党员代表要遵守五条原则："1. 充分发扬民主，解放思想，畅所欲言；2. 维护和加强团结，顾大体识大局，同心同德，和衷共济；3. 集中精力讨论有关当前文艺工作方针任务的重大问题，对文艺历史上的旧账，或对当前某些具体文艺作品的评价，有争论的问题，不在大会上纠缠，以免分散注意力。大会也不预备对这类问题作出结论；4. 对地方党政机关或部队领导有意见，可写出书面材料，交大会领导小组向有关领导部门或中央转达，不在大会上讨论；5. 尚未平反的冤假错案，不在大会上提出申诉，引起讨论，可以向中央、中央纪委、中央组织部、中宣部等有关部门提出申诉，如有需要，可以交大会领导小组转达。"③ 考虑到会议中可能出现的不同声音，为了避免激化矛盾，胡耀邦的考虑和安排非常周到和细致。

1979年10月30日，第四次文代会开幕。邓小平的《祝词》确认了新时期文艺的发展方向和指导方针。周扬的《继往开来，繁荣社会主义新时期的文艺》的主题报告以总结历史、面向未来的姿态，阐述了新时期文艺发展的基本任务，明晰了文

---

① 黄安思：《向前看呵！文艺》，《广州日报》1979年4月15日。
② 胡耀邦：《在剧本创作座谈会上的讲话》，《剧本创作座谈会文集》，四川人民出版社1981年版，第3、15页。
③ 徐庆全：《关于第四次文代会前夕的党员会议》，《南方文坛》2005年第1期。

联和各协会的职责。

上文之所以对第四次文代会一波三折的筹备过程进行较为深入的梳理和分析,关键是现在通行的文学史教材和文学史论著往往把第四次文代会作为一个历史节点,忽略了历史的延续性和历史发展的渐进过程。在文学史的分期上,不管以"四五运动"、"文革"结束、十一届三中全会或第四次文代会作为新时期文学的开端,多数学者往往采用一刀两断的逻辑,此前为"旧"的文学形态,此后为"新"的文学形态。一些文学史教材以"七十年代文学"、"八十年代文学"、"九十年代文学"的分期方式来描述当代文学的历史轨迹,为了避免逻辑的混乱和纠缠,在具体论述中干脆忽略了1976—1979年的文学状况,文学发展在叙述中呈现出阶段式的跳跃状态,这种人为的剪裁不仅遮蔽了历史的真相,而且文学史教材的传播较为广泛,容易误导学生,以讹传讹。

从研究的角度来说,要深入考察第四次文代会的文学史意义,就必须将第四次文代会还原到当时冷暖交替、矛盾重重的历史语境中,并且不应当静止、孤立地看待第四次文代会,而是把中国文联第三届全国委员会第三次扩大会议,《人民文学》、《诗刊》和《文艺报》的编委会联席会议,《诗刊》诗歌创作座谈会,《文艺报》文学理论批评工作座谈会,1979年迎新茶话会,文艺界落实知识分子政策座谈会,《歌德与"缺德"》座谈会,第四次文代会前夕的党员会议,剧本创作座谈会等会议视为一个环环紧扣的动态链条。我们当然不能没有区别地看待这些会议,它们的形式、性质、任务和功能都各有侧重,在历史地位上也存在悬殊差距。当这些历史的拼图不再孤立地呈现,而是相互映衬、相互影响时,它们之间的内在联系和作用方式就得以凸显,它们从不同侧面烘托历史的立体图景。正如怀特海所言:"具体实现——即历史事实——的真实特性充满了它用诸相关性所排斥的潜能。在当前的事实中存在着被部分再现、部分排除的过去事物的一些特征;也存在着被部分共享、部分排除的当前同时发生的事实的特征;还存在着被部分地预备、部分地排除的指向未来的可能性。对当前事实的讨论如果不要指涉过去、同时性的现在和未来,也不指涉对创造形式的维护或毁灭,就等于剥夺了宇宙的本质意义。没有内在关系,意义的存在就是微不足道的。"① 应该说,当前的文学史家为了逻辑的严密和概念的清晰,在编撰教材和进行文学史研究时,往往偏向于采用减法,从枝蔓丛生的历史素材中拣其大者,删繁就简,在排除那些芜杂的事物的同时,也排除了种种个体的、

---

① 阿尔弗莱德·怀特海:《思想方式》,韩东晖、李红译,华夏出版社1999年版,第76页。

民间的、日常的历史风景和潜在的可能性。非常值得注意的是，正是这种研究取向，使得文学史研究尤其是文学史教材在材料选择、基本观点和总体框架上，都呈现出似曾相识的重复状态。

第四次文代会在错综复杂的历史情境之中寻求突破，不同话语、不同姿态的碰撞裂解出文学发展的不同面向。在某种意义上，第四次文代会面对的是比第一次文代会更为微妙的历史状况，尽管第一次文代会也存在解放区文学传统与国统区文学传统的矛盾，左翼文学内部也存在分歧，自由主义阵营更是被压抑乃至排斥，但是新中国的成立确实让文艺界人士找到了共同的目标，那就是建设独立富强的民族国家。对于文艺体制的设计者来说，以苏联为样板搭建新的制度平台富于挑战性，但好处在于没有沉重的历史包袱。对于第四次文代会来说，其优势在于总体的政治设计先行，十一届三中全会提供了一个思想解放与改革开放的大环境。第四次文代会首先必须反思历史问题，清除"文革"的流毒，"十七年"的政治运动和文艺批判的错误同样需要清算。胡耀邦在1979年初召开理论务虚会期间，强调不能重复"大批判"的错误，做到"只换思想不换人"，但在思想解放的推进过程中，同时会激活新中国成立以后三十年积累的各种矛盾，历史恩怨、人事冲突和思维惯性都会产生种种干扰。突破禁区、敞开思想说真心话的理论务虚会之后，就有这样的顺口溜流传开来："思想解放过了头，引起思想混乱；发扬民主过了头，引起社会秩序混乱；落实政策过了头，引起阶级关系混乱；重点转移过了头，丢了纲和线。"胡耀邦在1979年3月18日在全国新闻工作会议上的讲话中说道："最近有同志说，现在是什么思想解放！现在是思想混乱，不叫思想大解放。有没有这个情况？大混乱的估计过头了！思想活跃就带来某种程度的混乱，这是正常的。活跃中间有这样那样的不同观点，混乱，也符合事物发展规律，用不着慌乱。"[1] 由此不难看出，历史的发展并不是简单的终结与新生，而是在延续中变革，在变革中也会有迂回与曲折。

二、 重建秩序的系统工程

从中国文联第三届全国委员会第三次扩大会议到第四次文代会，重建文艺秩序是一个牵涉广泛、任务繁重的系统工程。正是在这种意义上，考察第四次文代会的

---

[1] 郑仲兵：《胡耀邦是怎样做中宣部长的》，《炎黄春秋》2002年第2期。

制度意义和历史作用，就不应该局限于这次会议本身，而应该系统考察从会议的筹备、组织、会议议程和会议精神的贯彻等连锁环节。从文艺体制层面来讲，第四次文代会是在变动的形势下，对文化领导权的维护。威廉斯认为，领导权"必须不断地得到更新、再造、辩护和修正，同时它也将不断地受到来源于自身之外的压力的抵制、限制、改造和挑战"①。在"文革"期间，"文艺黑线专政"论和"黑八论"以高压和专制的形式，彻底否定"五四"文艺，并以整人的方式来确保自己的权威，这种倒行逆施所导致的民怨沸腾，就不能不动摇文化领导权。只有对民意的怨怼、怀疑和抗议作出正确的应对，文化领导权才能够得到稳定和巩固。重建文艺秩序，其前提是文艺界的思想解放，在总结和反思新中国成立以后文艺发展的曲折历史的基础上，改善文艺创作的综合环境，这既包括文艺指导思想的转变和文艺政策的调整、文艺机构的制度建设和文学队伍的重建，也包括对创作自由的保障和对文艺民主的发扬，以开放的视野接纳新的文艺现象和新的文艺探索。

首先，推动了文艺界思想解放的进程。《祝词》和周扬的报告都彻底否定了"文艺黑线专政"论，《祝词》认为"所谓'黑线专政'，完全是林彪、'四人帮'的污蔑"②。在采纳建议的基础上。报告对"反右"运动的反思也逐渐深入："实践证明，采取行政手段和群众斗争的方式去解决意识形态领域的问题，是极为有害的。特别是一九五七年文艺界的反右派斗争，混淆两类矛盾的情况更为严重，使很多同志遭到了不应有的打击，错误地批判了一些正确的或基本正确的文艺观点和文艺作品，伤害了一大批文艺工作者，其中包括一些有才华、有作为、勇于探索的文艺工作者，使'百花齐放，百家争鸣'提出后，文艺领域出现的生气勃勃的景象遭受了挫折。"③经过起草过程的反复修改和大会的讨论，文艺界和高层对于历史问题的认识在不断加深，《祝词》就把"文化大革命前的十七年，我们的文艺路线是正确的"改为"基本上是正确的"④。用政治运动的高压手段来解决文学内部的争议与思想分歧，甚至把文艺思想的冲突上升为政治领域关涉生死存亡的残酷斗争，历史和实践都已经证明其社会效果不仅没达到预期目的，还常常适得其反，后果是严重的。"如果思想仍处于僵化或半僵化状态，迷信本本，墨守成规，不能随着时代的步伐前

---

① [英] 雷蒙·威廉斯，刘建基译：《关键词：文化与社会的词汇》，上海生活·读书·新知三联书店 2005 年版，第 112 页。
② 《中国文学艺术工作者第四次代表大会文集》，四川人民出版社 1980 年版，第 2 页。
③ 《中国文学艺术工作者第四次代表大会文集》，四川人民出版社 1980 年版，第 33—34 页。
④ 《邓小平文选》第 2 卷，人民出版社 1994 年版，第 213 页。

进,甚至自觉或不自觉地仍在用极'左'路线的观点对待和分析问题,这不仅不可能推动文艺事业的前进,相反会成为阻力和障碍。新的事物、新的问题、新的情况不断出现,必须有更勇敢的思想解放,文艺才能有更大的突破和发展。"① 当然,在对一些政治运动的认识上,周扬的报告还是留下了一些历史的尾巴,譬如其中有言:"建国以后,在党中央和毛泽东同志的领导下,文艺界进行了对电影《武训传》的批判,对《红楼梦》研究中胡适派主观唯心论的批判,对胡风政治和文艺观点的批判等反对资产阶级思想和封建主义思想的斗争。这些斗争,作为思想批判、文艺批判,是必要和重要的,但是作为政治运动在全国大张旗鼓地展开,这就产生了某些严重的消极后果。"② 直到1981年6月,中共十一届六中全会通过的《关于建国以来党的若干历史问题的决议》否定了"文革"以及"无产阶级专政下继续革命"的理论。受当时的思想文化氛围的限制,第四次文代会对"文革"前政治运动危害的认识,还有局限和顾忌。但是,在当时的历史条件下,第四次文代会对于文艺界"拨乱反正"的贡献,具有无可替代的意义。

关于文艺与政治关系的问题,《祝词》从侧面概括为"不是发号施令","不要横加干涉",周扬的报告在修改过程中考虑到不易说清楚,着墨甚少。有趣的是,代表们却对这一核心话题很感兴趣。艾芜认为:"我以为人民服务和政治为人民服务,这两者有什么区别?两者的关系到底应该怎样摆法?必须弄个明白。文艺应接受政治的领导,即是把文艺为人民服务这个小圈子放到政治为人民服务的大圈子内。"③艾芜的表述有些绕,有话想说,却有一些遮遮掩掩。思基、韶华的发言题目为《文学创作中的艺术和政治》,他们认为新中国成立三十年来"普遍存在着一种文艺等于政治,文艺图解政治的倾向",并归纳并批评了10种具体表现:"中心任务＝创作的题材和主题","工作过程＝艺术构想","人物的身份、职务＝阶级的典型","典型环境＝社会主义的新中国","生活真实＝本质、主流、多数","生活事实＝艺术真实","写人物感情＝人性论","成长中的人物＝中间人物","揭示缺点＝暴露文学","生活描写＝工作和生产问题"。他们认为图解政治是"一条创作的死胡同",

---

① 《迎接社会主义文艺复兴的新时期》,《人民日报》1979年11月17日。
② 《中国文学艺术工作者第四次代表大会文集》,四川人民出版社1980年版,第22页。
③ 艾芜:《繁荣文艺必须肃清封建毒流》,《开辟社会主义文艺繁荣的新时期》,四川人民出版社1980年版,第45—46页。

"独创和真实是文艺的生命,也是文艺真正繁荣的标志"。① 万里云在探讨了文学艺术的真实性、形象性、典型性、多样性、独创性、个体性、继承性等规律之后,阐述了这样的理论主张:"艺术实践是检验艺术是否合乎真理、是否正确的唯一标准,而艺术规律又是检验艺术实践的唯一标准,舍此是别无其他道路可走的,在艺术上一切阶级、政党、政治集团的纲领、路线、方针、政策、特别是个人的见解、好恶,都是不能代替这个标准,即艺术规律的"。② 叶水夫根据自己研究外国文学的经验,认为"对'从属'二字有简单化、绝对化的理解","对'政治'也有片面、狭隘的理解","当我们同一个国家关系好的时候,它的文学,不管是第一流的、第二流的,甚至是第三流的作品,都大量介绍,而且总说好话。如果关系变坏,就什么也不介绍,光进行'缺席'批判"。③ 代表们的以上发言和思考,试图从不同侧面突破禁区以摆脱束缚,激发文学艺术的创造活力。

作为对此前充满争议的伤痕文学讨论的回应,关于歌颂与暴露的问题,也是第四次文代会重点关注的话题。茅盾在讲话中肯定了伤痕文学的价值:"一篇作品引起不同争论,这就表示它主题思想的深刻性和复杂性。《伤痕》等一类作品被称为'伤痕文学'、'暴露文学',这是不恰当的。我们需要这类作品,因为它可以而且必然会使同时代和下一代人提高警惕,不许'四人帮'横行的恶梦似的十年再出现在我国。"④ 周扬的报告肯定了包括《班主任》、《伤痕》、《大墙下的红玉兰》等作品"以激动人心的主题、战斗的风格和独创的艺术手法,受到了人民的欢迎",认为"决不能随便地指责它们是什么'伤痕文学'、'暴露文学'。人民的伤痕和制造这种伤痕的反革命帮派体系都是客观存在,我们的作家怎么可以掩盖和粉饰呢?"并强调要追求正面的社会效果,"我们当然不赞成自然主义地去反映这些伤痕,由此散布消极的、萎靡的、虚无主义的思想和情绪"。⑤ 陈登科的发言直言不讳,他旗帜鲜明地

---

① 思基、韶华:《文学创作中的艺术和政治》,《开辟社会主义文艺繁荣的新时期》,四川人民出版社1980年版,第143—156页。
② 万里云:《关于艺术规律的探讨》,《开辟社会主义文艺繁荣的新时期》,四川人民出版社1980年版,第190页。
③ 叶水夫:《总结经验,解放思想,让外国文学之花开得更加鲜艳》,《开辟社会主义文艺繁荣的新时期》,四川人民出版社1980年版,第238—239页。
④ 茅盾:《解放思想发扬艺术民主》,《中国文学艺术工作者第四次代表大会文集》,四川人民出版社1980年版,第70—71页。
⑤ 《中国文学艺术工作者第四次代表大会文集》,四川人民出版社1980年版,第30—32页。

支持伤痕文学："今年春天,又从'左'边吹起了一股冷风时,有的担负着文艺领导工作的同志,在这场生气勃勃的文学运动面前,却不是满腔热情地加以支持和引导,而是指手画脚,甚至对揭露'四人帮'罪行的作品非常反感,这不能不使人感到惊愕。"① 魏巍在发言中把"立场和态度的问题"作为歌颂与暴露的关键："立场和态度的问题没有解决,不但暴露不好,也歌颂不好。暴露不容易,歌颂就那么简单吗?歌颂也有几种,有人用嘴唇,有人则发自肺腑。"② 由此可见,第四次文代会平息了对伤痕文学的严厉责难,但从一些代表的保留意见中,可以看出在颂歌传统长期影响之下,表现阴暗面在不少人心中还是不碰为好或敬而远之的危险地带。譬如,来自峨眉电影制片厂的与会代表就在座谈会中说："关于暴露问题,我们厂有些本子,是否多了、过了?为什么有的戏现在还是'内部演',或者不能演?总是感到有点摆动,拿不定。"③

其次,加快了文艺指导思想的转变与文艺政策的调整。邓小平代表中央在第四次文代会上的《祝词》,成为此后制定文艺政策的纲领性文献。在《祝词》中,"我们的文艺属于人民"是对文艺性质的核心概括,而文艺在新时期的任务和作用体现为："不论是对于满足人民精神生活多方面的需要,对于培养社会主义新人,对于提高整个社会的思想、文化、道德水平,文艺工作都负有其他部门所不能替代的重要责任。"《祝词》还保留了文艺"为工农兵服务"的说法,但放弃了"文学为政治服务"的口号。关于如何领导好文艺工作,《祝词》认为对文艺工作的领导"不是发号施令,不是要求文学艺术从属于临时的、具体的、直接的政治任务,而是根据文学艺术的特征和发展规律,帮助文艺工作者获得条件来不断繁荣文学艺术事业,提高文学艺术水平",并明确了创作自由的重要性："文艺这种复杂的精神劳动,非常需要文艺家发挥个人的创造精神。写什么和怎样写,只能由文艺家在艺术实践中去探索和逐步求得解决。在这方面,不要横加干涉。"④ 针对如何保护文艺创作的自由,胡耀邦在中宣部、文化部联合举行的茶话会上的讲话特别真诚："我知道,我们

---

① 陈登科:《对文艺工作的几点意见》,《开辟社会主义文艺繁荣的新时期》,四川人民出版社1980年版。
② 魏巍:《解放思想,团结向前》,《开辟社会主义文艺繁荣的新时期》,四川人民出版社1980年版,第19页。
③ 《解放思想,团结一致地把会开好——四川、湖北、湖南、河南、广西等代表团讨论胡耀邦同志讲话》,中国文学艺术工作者第四次代表大会《简报》第4期,1979年11月1日大会简报处编。
④ 《邓小平同志代表中共中央和国务院在中国文学艺术工作者第四次代表大会上的祝词》,《中国文学艺术工作者第四次代表大会文集》,四川人民出版社1980年版,第1—8页。

的宣传部门对你们关心不够,支持不够,帮助不够。还有些人,对你们的劳动很不尊重,甚至横加干涉,粗暴对待。我要说,在我们党中央的领导下,所有这些缺点,一定能够逐步克服,而那些违背党的文艺政策的错误行为终归要会受到严格的禁止。"① 文艺指导思想的转变和文学政策的调整,以文艺界的思想解放为先导,这同样经历了一个不断摸索和逐渐推进的历史过程。1979 年 5 月 3 日,中共中央批转解放军总政治部的请示,发布通知决定正式撤销中发〔66〕211 号文件,即中央批发的《林彪同志委托江青同志召开的部队文艺工作座谈会纪要》,宣告了"文艺黑线专政"论和"黑八论"的终结,并强调:"对受《纪要》影响被错误批判、处理的人员和文艺作品,要实事求是地予以平反;对过去曾经宣传、执行过《纪要》的各级组织和个人,不必追究政治责任。"② 1980 年 1 月 16 日,邓小平在题为《目前的形势和任务》的讲话中指出:"我们坚持'双百'方针和'三不主义',不继续提文艺从属于政治这样的口号,因为这个口号容易成为对文艺横加干涉的理论根据,长期的实践证明它对文艺的发展利少害多。但是,这当然不是说文艺可以脱离政治。"③ 1980 年 7 月 26 日,《人民日报》发表社论《文艺为人民服务,为社会主义服务》,对新形势下文艺政策的指导思想进行了明确的阐释,以新的"二为方针"取代"文艺为工农兵服务,为无产阶级政治服务"的旧的"二为方针"。社论指出:"为人民服务,为社会主义服务,这个口号概括了文艺工作的总任务和根本目的,它包括了为政治服务,但比孤立地提为政治服务更全面,更科学。"④ 在新中国成立以后文艺界长期占据主导地位的"从属论"和"工具论",被逐渐淡化,隐身于历史舞台的幕后。当然,在历史惯性的影响之下,避免"横加干涉"无法一蹴而就,还需要一个思想转换和具体落实的过程。有代表在讨论中发言:"中央强调不打棍子,下面要打棍子的还不少,不打棍子,也给你'玻璃小鞋'穿,这种情况也很多。因此,贯彻中央精神的过程中还是会存在着斗争的。"不少代表都赞成这样的意见:"积重难返,需要按照《祝词》精神,定出几条,落到实处,真正地实实在在地为

---

① 《中国文学艺术工作者第四次代表大会文集》,四川人民出版社 1980 年版,第 10 页。
② 第四次文代会筹备组起草组、文化部文学艺术研究院理论政策研究室编:《六十年文艺大事记 1919—1979》,未定稿,1979 年 10 月,第 266 页。
③ 《邓小平文选》第 2 卷,人民出版社 1994 年版,第 255 页。
④ 《文艺为人民服务,为社会主义服务》,《人民日报》1980 年 7 月 26 日。

繁荣社会主义文艺,创造一些条件。"①

再次,健全文艺机构的制度建设,促进文学队伍的重建。第四次文代会选出了457人的第四届中国文联全国委员会,茅盾担任文联名誉主席,周扬出任主席,巴金、夏衍、傅钟等11人出任副主席。文联所属各协会也选出了新的领导层,茅盾为中国作家协会主席,巴金为第一副主席,丁玲、冯至、冯牧等12人为副主席。在中国文联第三届全国委员会第三次扩大会议之后,中国文联和下属各协会以及文艺报刊陆续恢复,但其领导机构和领导成员都有临时的过渡色彩,因此其工作也缺乏制度眼光和长远考虑。在第四次文代会之后的1980年,各省市的文代会也陆续召开,北京、吉林、河北、山东、山西等省市召开了第四次文代会,广东、福建、浙江、河南、四川、甘肃等省举办了第二次文代会,内蒙古、广西等省召开了第三次文代会,西藏到1981年才召开了首次文代会。也就是说,在文艺体制层面从全国到地方的文艺机构的健全,使得文艺体制疏通了从全国性组织到地方组织的制度渠道,实行统一的组织和管理,一方面垂直接受意识形态的指示,另一方面又综合运用章程、条例、会议、评奖、研讨等形式,对文学生产、文学传播进行调控和引导。王本朝认为:"文学机构成了行政机构,也容易犯其他行政单位一样的错误。"② 因此,文艺机构在加强制度建设的基础上,更应该考虑到文艺组织工作和一般行政工作的差异,转变工作作风,为文艺发展营造宽松、自由的环境。在领导机构的组成上,以"文革"前文化系统的文艺官员为班底,补充了一些"反右"等历次运动中被打击的文艺名人。值得注意的是,在参加第四次文代会的代表中,绝大多数为老作家和老艺术家,中年的代表为文艺官员和王蒙、白桦、邓友梅、邵燕祥、从维熙、刘绍棠、刘宾雁、陆文夫等在青年时期受到"反右"和其他政治运动冲击的文艺家,像贾平凹、李发模、韩少功、卢新华、孔捷生、陈国凯、叶文玲、刘心武等年轻作家,在代表构成中仅仅是"草色遥看近却无"的点缀。鉴于"文革"的冲击"一度把文艺队伍搞得七零八落"③,邓小平的《祝词》和周扬的总报告都重视年轻文艺人才的培养,周扬在提到伤痕文学作品时,特别指出:"这些作品,来自人民的大海,带着浓厚的生活气息和强烈的时代精神。它们的作者多数都是新兵,往往不够成熟,难

---

① 《"千歌万曲唱盛会"——湖南、胡北、云南、贵州、广西代表热烈讨论邓小平同志祝辞》,中国文学艺术工作者第四次代表大会《简报》第7期,1979年11月1日大会简报处编。
② 王本朝:《文学机构与中国当代文学》,《扬子江评论》2007年第3期。
③ 《中国文学艺术工作者第四次代表大会文集》,四川人民出版社1980年版,第64页。

免有这样那样的缺点。对有些作品，人们有不同意见，是正常的，应当允许自由讨论和争辩，作者也应当虚心听取各种不同的意见。总之，这些新的作者是在思考，在战斗，在前进。他们代表我国文学的年青一代。他们处于一个成长和成熟的过程中。他们的前程是无限的。"基于此，"文联各协会要特别注意吸收青年、中年文艺工作者参加各协会领导机构工作"。①

最后，文艺民主的呼声日益高涨。以第四次文代会为契机，文艺家们呼吁政治对文艺的松绑，要求尊重文艺规律，回到个体生产的本位上。文艺的发展需要自由的空间，文艺在题材、风格和形式上都应该倡导多元并存的多样性。茅盾在题为《解放思想发扬艺术民主》的发言中说道："题材必须多样化，没有任何禁区；人物也必须多样，正面人物、反面人物、中间人物、落后的人物，都可以写，没有禁区。这是大家一致公认的。但是，创作方法也应该多样化，作家有采用任何创作方法的自由"并强调："我认为我们的口号应当是文艺民主下的百花齐放和百家争鸣。没有文艺民主而空谈'双百'，是南辕而北辙。"② 于黑丁在发言中对文学生产的计划体制提出了批评，认为"领导出题目，分派任务，组织协作班子的老办法"违背了文艺创作的基本规律，他谈到在《于无声处》誉满全国时，"曾有人下令歌剧团迅速将此剧搬上舞台。霎时间，一个城市的所有剧场，用不同的剧种上演着同一个《于无声处》，其结果，不但观众寥落，也损害了剧本的声誉"；过多过细的文艺管制与审查，只会损害文艺的独立性，制造文艺残品，"对剧本的审查，关卡层层，各个关口都提出修改意见，作者把这种情况叫'过五关，斩六将'，过不去的自然不说了，即使过去了，也已是面目全非"；他认为"文艺创作应该主要依靠个人的劳动，充分发挥作者的积极性，提倡文责自负"，"提倡解放思想，就要允许作者对一些领域进行探索，对一些形式进行尝试，允许失败，允许犯错误，严格执行不抓辫子，不打棍子，不戴帽子的'三不主义'。要发扬艺术民主，可以批评，也可以反批评，艺术问题要通过自由讨论和艺术实践来解决，避免主观主义，领导一个人说了算。特别是要废除'言论罪'，保障言论自由和创作自由"③。陈登科更是在发言中呼吁以法制的形式来保障作家的权利和自由，他呼吁："我想，必须把'二百'

---

① 《中国文学艺术工作者第四次代表大会文集》，四川人民出版社1980年版，第32、51页。
② 茅盾：《解放思想发扬艺术民主》，《中国文学艺术工作者第四次代表大会文集》，四川人民出版社1980年版，第73、76页。
③ 于黑丁：《繁荣文艺创作必须解放思想》，《开辟社会主义文艺繁荣的新时期》，四川人民出版社1980年版，第41—42页。

方针，作为文艺宪法固定下来。六二年，搞了个文艺八条，现在，更有必要搞几条，这几条应该比文艺八条更思想解放一点，更明确一点。我看，尤其应该明确：只要是有公民权的都有权发表作品，除了编辑以外，不需要别的审查，这种审查本身就是非法的。"他还呼吁"建立出版法"，因为"没有著作权和版权，文责自负是一句空话"，他认为"我们这么大一个国家，总该有几条法律保护作家、艺术家在艺术上的创作自由和人身不受侵犯的权利"，并建议"全国文联和各个协会应该有一个法律顾问"，提议文联"应该而且必须通过民主的办法来选举他们的领导机构"。①赵羽翔倡议："如果有个文艺法定下来，按法办事，一些人就不能操纵文艺的生杀大权。有了法，不管谁犯了，都应处分。建议这次会议定下几条文艺法，最好把它提给全国人大，并取得司法部门的承认。"② 白桦有言："我呼吁民主！文联、作协是文艺家自己的组织，是党领导下的群众性团体。我希望不是某一个部的一个变相的司、局。作家、艺术家的团体如果还不能实行民主，还有什么行政部门和组织能够实行民主呢？"③ 文艺民主的呼声，体现了文艺界自下而上的对于自主性的追求。在某种意义上，这也是胡启立在 1984 年第四次作代会的《祝词》中给作家以"创作自由"的保证的前奏。

三、 转折时期的文人心态

第四次文代会的代表构成，由特邀代表和选举代表构成。这种推选代表的形式，和茅盾 1979 年 2 月 16 日写给林默涵的信件有关。茅盾在信中说："我认为代表的产生，可以采取选举的办法，但也应辅之以特邀，使所有老作家、老艺术家、老艺人不漏掉一个，都能参加。"④ 对于特邀代表的产生办法，分歧不少。黎之在《文坛风云续录》中就追忆了文代大会副秘书长苏一宁向他抱怨，周扬为什么要让一个并非

---

① 陈登科：《对文艺工作的几点意见》，《开辟社会主义文艺繁荣的新时期》，四川人民出版社 1980 年版，第 71—84 页。
② 《吉林、辽宁代表团学习和讨论邓小平同志祝词》，中国文学艺术工作者第四次代表大会《简报》第 8 期，1979 年 11 月 1 日大会简报处编。
③ 白桦：《没有突破就没有威胁》，《开辟社会主义文艺繁荣的新时期》，四川人民出版社 1980 年版，第 116 页。
④ 韦韬、陈小曼：《父亲茅盾的晚年》，上海书店 1998 年版，第 264 页。

文艺工作者，而且是当年的造反派头头当特邀代表。① 黎之在书中没有点名，王蒙在其自传第二部《大块文章》中回忆第四次文代会的部分点出了他的大名——阮铭，他"文革"初期借《鲁迅全集》的注释攻击周扬，当年在尚未定论之前率先宣布王蒙是"右派"。② 因为通过选举产生的正式代表名额有限，各地一些文化行政官员就以代表团领队的名义，把自己列为代表。一些知名的老艺术家譬如上海的袁雪芬就被排斥在正式名单之外，只能以特邀身份参会。"这样一来，正式代表中将有一半是文官，有人戏称这次文代会为文官大会。"广西作家林焕平1957年被打成"右派"，已被文艺界淡忘，茅盾为此特意给阳翰笙写信，建议将他列为特邀代表。③ 1978年筹备恢复文联时间的副秘书长黎辛在回忆文字中就有这样的表述："组长批示的'特邀代表'超过原计划数目许多，黎辛根本不知道。"④ 由此可见，经过周扬特批的与会代表为数不少。根据作家彭荆风的回忆，当时昆明军区的解放军代表团成员分到了7个名额，军区文化部门将名额平均分配给文学、戏剧、电影、美术、音乐、舞蹈、民间文学领域。虽然文学一向是昆明军区的强项，但名额有限，只能由一位文化部门负责人作为代表。总政文化部看到上报名单后，特别过问彭荆风的代表资格问题，后来特别追加了一个名额。⑤

在文代会的代表中，老文艺家占据绝大多数。作家凤子专门撰文回忆参加历次文代会的情景，"在第四次文代大会上，老友重逢，都如同隔世"，吴祖光、新凤霞在她的纪念册上画画、题字。凤霞画了一束菊，一只小鸡，祖光录了一首干校纪事诗："十日轮休假，分工去喂鸡。可怜俏凤姐，无奈小骡驹。"这首诗记录了当年她在干校当鸡倌的尴尬情景。袁鹰的题诗传达的是一种劫后重生的喜悦："历经风火后，凤凰得新生。祝君挥健笔，引吭再鸣春。"⑥ 老文艺家们惺惺相惜的场景，见证了患难之后的温情。或许正因为"文革"的沉痛记忆，艾青在言语中饱含着一些疑虑，他说："我希望这次大会开得好，不要开坏。但什么是好，什么是坏，却有着不同的理解"；公木强调"现在思想解放刚刚开头，而不是过了头，把思想禁锢起来，

---

① 黎之：《文坛风云续录》，人民文学出版社2010年版，第269页。
② 王蒙：《大块文章》，花城出版社2007年版，第71页。
③ 韦韬、陈小曼：《父亲茅盾的晚年》，上海书店1998年版，第264页。
④ 黎辛：《我也说说"不应该发生的故事"》，胡平、晓山编《名人与冤案：中国文坛档案实录二》，群众出版社1998年版，第127页。
⑤ 彭荆风：《那温暖的冬天——忆第四次文代会》，《中国艺术报》2011年11月25日。
⑥ 凤子：《永不褪色的记忆》，《中国作家》1988年第3期。

任何时候都是错的"①。但是，会场上也同时存在着复杂、尴尬的另一面。党史学者肖冬连有言："由于整人者与被整者在'文革'中同时受难，许多人捐弃前嫌，握手言欢。"② 当年的"整人者"与"被整者"齐聚一堂，确实充满了戏剧性。李希凡在讨论中进行了自我检讨："我犯过错误，不只在'四人帮'统治时期犯过错误，在'十七年'的文艺评论中，也打过棍子，伤害过一些同志，有许多教训值得总结。"不过他也有作家的苦衷和期望："文艺批评中打棍子，往往棍子的后面有'衙门'和'命令'，这就更加可怕，对被批评者的压力就更大。因此，要废止文艺批评中的棍子，首先必须废止行政命令。"③ 他这一席话不无真诚，也包含隐隐的自我辩解的意味。复出后第一次在全国文艺界面前公开亮相的周扬，不止一次公开道歉。他在作协会场，又一次向丁玲、艾青、萧军、秦兆阳、冯雪峰等致歉。④ 拖着沉重历史包袱的周扬，能够在公开场合公开道歉，这种气度确实难得。他在文联第三届全委第三次扩大会议的发言中就表态："我是一个在长期工作中犯过不少错误的人，但我不是坚持错误不改的人。"⑤ 从1979年5月在纪念五四运动六十周年学术讨论会上的《三次伟大的思想解放运动》到1983年3月马克思逝世一百周年学术报告会上的《关于马克思主义理论的几个理论问题的探讨》，考虑到当时复杂的语境，晚年周扬思想转变的难度和意义都被低估了。而他在"异化"问题论争中的检讨，也充满了悲剧意义。顾骧认为其检讨"是'违心'的，或是具有许多'违心'的成分"，"是在强大压力之下被迫作出的"，"内心是痛苦的"。⑥ 当然，在对待胡风等人的态度上，他也难以摆脱思维惯性和历史恩怨的限制。

和周扬形成对比的是林默涵与刘白羽，他们在复出之后对待许多关键问题的态度都存在分歧。李何林在1979年10月2日写给胡风的信中就有记载："对三十年来的估价问题，听说周扬、夏衍、冯牧、陈荒煤等是一派，林默涵、黄镇、刘白羽等

---

① 《团结起来，繁荣创作——部分文学界代表对大会的希望和建议》，中国文学艺术工作者第四次代表大会《简报》第1期，1979年10月30日大会简报处编。
② 肖冬连：《1979年的文艺复苏与文艺界的风波》，《党史博览》2004年第12期。
③ 《中直文学代表团热烈讨论邓小平同志祝辞》，中国文学艺术工作者第四次代表大会《简报》第13期，1979年11月1日大会简报处编。
④ 周良沛：《丁玲传》，北京十月文艺出版社1993年版，第754页。
⑤ 周扬：《在斗争中学习》，《文艺界拨乱反正的一次盛会——中国文学艺术界联合会第三届全国委员会第三次扩大会议文件发言集》，人民文学出版社1979年版，第40页。
⑥ 顾骧：《晚年周扬》，文汇出版社2003年版，第103页。

是一派；据传说后者是'凡是'派，前者是'思想解放'派，争论热烈。"① 黎之在回忆文字中提到，在第四次文代会报告讨论修改期间，林默涵问黎之对"报告"的看法："他说有什么意见。我说：没细看。他说：我同白羽有意见，'报告'里不提'四项基本原则'，和白羽写了书面意见。"② 《父亲茅盾的晚年》一书中回忆，三中全会以后林默涵给茅盾写信："他们认为文化大革命前十七年已经形成一条'左'倾文艺路线，'四人帮'的极'左'路线，只是集中了十七年'左'倾错误之大成。"③ 作为年龄相仿、经历相似、曾经并肩作战的同代人，他们在"文革"之后的选择与分化，一方面显示了历史惯性的强大，另一方面也以活生生的例子印证了反思自我与超越自我的艰难。冯至在讨论中说，鲁迅说中国人历来不中庸，确实如此，总是非左即右，左，左得怕人，右，也右得要命，爱走极端。他还说"有个地方出版社出版《美国短篇小说集》，一位美国专家说，在美国这些作品是垃圾，看后就扔的，而我们却视若至宝。外国作品反映出资本主义国家物质发达、精神空虚，非常严重。我们决不能走这条路"。④ 冯至的提醒当然有价值，但其腔调中也充满复杂的况味。

程光炜认为在出席第四次文代会的代表中，存在着"主流文人"和"落难文人"的区分。"落难文人参加文代会的目的与'主流'文人们根本不同，这就是因为文代会对他们来说更具有某种'平反'的性质。""'主流'文人即便被囚，但那还是被囚之中的'主流'的历史身份。所以文禁一开，还是让他们主事，而'落难文人'不过是他们招回来的历史陪客。他们的'道歉'，能挽回那些人的家破人亡、妻离子散的人生惨痛之万一吗？所以，文代会就这样赋予了'落难文人'一个在控诉历史的同时又可以抱怨个人不幸身世的难得机会。"⑤ 沈从文和萧军当年都被排除在第一次文代会代表名单之外，他们都出席了第四次文代会，这种改变也折射出时代环境的变迁。1979 年 10 月 31 日，萧军应邀参加了第四次文代会，被选为大会主席团成员、中国文联委员和中国作协理事。他在大会上以《春天里的冬天》为题作了发言："我是 30 年代的人物，想不到 30 年来竟埋在了土里，因此几乎什么也不知

---

① 《李何林全集》第五卷，河北教育出版社 2003 年版，第 27 页。
② 黎之：《文坛风云续录》，人民文学出版社 2010 年版，第 265 页。
③ 韦韬、陈小曼：《父亲茅盾的晚年》，上海书店 1998 年版，第 270 页。
④ 《中直文学代表团热烈讨论邓小平同志祝辞》，中国文学艺术工作者第四次代表大会《简报》第 13 期，1979 年 11 月 1 日大会简报处编。
⑤ 程光炜：《"四次文代会"与 1979 年的多重接受》，《花城》2008 年第 1 期。

道,文艺上的成绩我不知道,文艺界的情况也不知道,有些有名的作者我没见过。从1949年我就被埋在土里了,现在从土里爬出来了,东北老乡叫我'出土文物',我是会谈话的'出土文物'。不过现在发言很难,因为不了解情况。我认为30年以来的账,有政治上的,也有文艺上的,30年里在文艺界有春天也有冬天。在周扬同志等人来说是春天,在我来说就是冬天,因为我们的处境不同,我整整冬眠了30年!我要谈谈个人春天里的冬天,我不打算来算旧账,向谁去算呢?向高岗、林彪去算吗?他们都死了。账可以不算,但账总是存在的吧?周扬同志的'报告'里可以看到,30年以来,除了'四人帮'横行的十年里算冬天……"①

丁玲在第四次文代会上的讲话和姿态充满了怨气,她对历史的死结耿耿于怀。在新中国成立初期曾经位居文坛权力中心的她,对于自己后来长期的落魄和复出之后的边缘化处境,在内心充满抗拒。她强烈的个性驱使她历经磨难而不改,坚持与命运进行抗争,也与人事抗争,但毫不掩饰、锋芒毕露的姿态往往陷自己于更加不利的位置。丁玲因为对《关于丁玲同志右派问题的审查意见》有保留意见,其恢复党籍问题就拖延下来。后来,丁玲为了以党员身份参加第四次文代会,一共给作协党组写了三封信,但是都没有回音,后来因为胡耀邦亲自过问,问题才得以解决。丁玲在1979年11月8日的作协第三次会员代表大会的发言中,提到在她回到北京后,一个"搞政治"的老熟人给她一个忠告:"第一不要写文章;开文代会,不是老早就要开的吗?你开幕的时候去一趟,以后就不要去了;也不要讲话,也不要会朋友,最不要见的就是记者。你要不听我的话呀,你还要倒霉的。你现在呀,落后,你不懂这个社会,现在比你倒霉时的那个社会复杂多了,你应付不了。"丁玲还有这样一段话:"我们现在还要反封建,反什么呀?就是要反文艺界的宗派主义!(热烈的掌声)我们要不把这个东西反掉,管你谈什么百花齐放,百家争鸣,团结起来向前看,讲的很多很多,但是,只要这个东西还在就危险。不是胡耀邦同志讲的吗,五十年再不戴帽子了,我说,也许是再也不戴帽子了,但还有别的办法,巧妙得很的方法,还会有的,还会来的。我们爱惜爱惜我们的年轻人吧!(掌声)"②

在第四次文代会上,胡风问题始终是一个敏感的问题。在牛汉的《重逢》中提到,未能参加第四次文代会给胡风带来了沉重的打击。"当时,文艺界盛传胡风要来参加第四次文代会,胡风的许多好友都确信无疑。从当时的形势来看,他应该参加

---

① 中国文学艺术工作者第四次代表大会《简报》第49期,1979年11月5日大会简报处编。
② 丁玲:《讲一点心里话》,《红旗》1979年第12期。

这个重要的会。可是由于种种原因，胡风没能参加。……未能参加第四次文代会这件事，给他刚刚平复的体魄以极大的打击，不久，精神又陷于深度的病痛之中。此后，他的这种精神上的病痛经过多方医疗，虽然有了些转机，但再没有恢复到1979年的健康水平。"① 戴光中在《胡风传》中还记录了这种深重的幻灭感让胡风陷入精神的迷狂，并产生了幻觉："一天上午，他两眼发直，坐在沙发上，说是听到了空中传话：邓副主席讲话，处分了几个人，五个人被开除党籍，铐了起来，这消息马上就会见报，报纸印了三百八十九万份，销售一空……下午，他又听到了空中传话，说是让他乘直升飞机走。于是他披上大衣就要出去等飞机，怎么拦也拦不住。晚上，他又忽然被一种无名的恐惧所驱使，竟从三楼的窗户向外跳，梅志拼命阻拦，被他打了一手杖，还打碎了门上的玻璃。"② 胡风的儿子晓山在回忆录中也提到这一情景："一天夜里，母亲值班，父亲被一种无名的恐惧所驱使，竟要从三楼的窗户向外跳，母亲阻拦他，他打了她一手杖，并打碎了门上的玻璃。夜里两点钟，父亲终于被送到了北医三院的精神分院。"③ 受胡风案牵连的绿原、彭燕郊、鲁藜、王元化出席了文代会，胡风的好友聂绀弩、吴奚如对于胡风没被邀请参加大会极为不满，准备在大会上提出胡风问题，吴奚如还专门撰写了《胡风的功过》一文，准备在大会上发言。晓山回忆："第四届文代会期间，吴奚如叔叔准备在会上发言，正式提出胡风问题。周扬同志得知后，遂约见他和聂伯伯。会议结束后，我去看聂伯伯和周颖阿姨，聂伯伯说，周扬和他们谈了一个多钟头，说胡风问题如在会上提出来，很多人不了解当时的背景及情况，容易造成混乱。这个问题年内一定要解决，这并不是唯一要解决的问题，一共有四个问题要解决（那三个是刘少奇、瞿秋白、李立三同志的问题）。胡风问题准备先由中央开会，统一思想，然后把一些三十年代的老人找来，开个百把人的会，把父亲也请来。聂伯伯说，周扬在谈话中表示，在对文学理解之深刻程度上，胡风是中国最高的，他自己远远不及。但他是一直跟着党走的，而胡风却是背离的。"④ 周扬和胡风之间的恩怨，可谓冰冻三尺。1977年12月28日至31日，《人民文学》编辑部邀请在京文学界人士举行座谈会，周扬在会上作了题为《捍卫毛泽东文艺思想，驳斥"文艺黑线专政"论》的长篇发言，他重点讨论了

---

① 晓风主编：《我与胡风》，宁夏人民出版社1993年版，第628页。
② 戴光中：《胡风传》，宁夏人民出版社1994年版，第388页。
③ 晓山：《片断的回忆》，《新文学史料》1990年第4期。
④ 同③。

"正确地评价三十年代革命文艺的历史"和"两个口号"争论的问题,并把胡风和"四人帮"相提并论:"当时文艺界有人认为这是左翼内部的宗派之争,即所谓'周扬派'与'胡风派'之争。实际上这场争论,虽然带有浓厚的宗派斗争的色彩,但从根本上来看,是一场有关路线问题的原则性的争论。……在这个争论中,有没有敌我矛盾的因素呢?敌对的因素是有的。但不是三十年代地下党的同志,而是胡风、张春桥之流;他们才是真正的敌人。他们都是混入左翼文化队伍,从革命内部来进行分离瓦解的工作。"①

王蒙对于第四次文代会的追记,折射出中青年代表的一些精神侧影:"大会上一些中青年作家激动兴奋,眉飞色舞。有两三个人发言极为煽情,活跃、大胆、尖锐,全场轰动。他们中有些人本来不在文联全委的候选名单上,但是由于言发得好,人气旺,被增补到名单上了。""在四次文代会上我想到了对于众声喧哗的一些不敬的说法。喧哗是喧哗了,然而浅多于深,情大于理,跟着说、奉命说、人云亦云大于认真负责的思考。说实话,四次文代会上,活跃者、兴奋者、放炮者的数目有限,就是说,在四次文代会上有所响动的文艺家人数有限。更多的人保持听吃喝状态,观察,思考,留有余地,告诫自己不要跳得太高。谦虚使人进步,骄傲使人落后,东方式的道德标准。枪打出头鸟,东方式的低调哲学。少说话,多磕头,东方式的政治经验。"② 这段文字绝妙地反映了不少代表的观望姿态和内心潜在的精神疑虑。关于青年作家的成长问题,严辰、葛洛、韦君宜都倡议要爱护青年作家,他们分别结合傅天琳的《血和血统》、竹林的《生活的路》、张弦的《记忆》等实例,因为这些作品被思想僵化的上级所误读,处境艰难。严辰语重心长地说:"不少老作家在文艺界是大树,经过风雨又开花了,但青年作者是幼芽,经不起大风雨。"丁玲对青年人充满期待,她说:"现在青年人很用脑子,历史怎么样,现状怎么样,追根问底,想弄清楚。他们比我们强,在认真思考,不像我七十多岁了,还心有余悸。"③

在一个急剧转变的转折年代,不同经历、不同立场的代表们的复杂心态,共同见证着前行过程中的时代阵痛。或许正因为他们所经历的喜悦与辛酸并存、期待与

---

① 周扬:《捍卫毛泽东文艺思想,驳斥"文艺黑线专政"论——一九七七年十二月三十日在〈人民文学〉编辑部召集的座谈会上的发言记录整理稿》,见徐庆全《风雨送春归——新时期文坛思想解放运动记事》,河南大学出版社 2005 年版,第 44—46 页。

② 王蒙:《大块文章》,花城出版社 2007 年版,第 68、69 页。

③ 《中直文学代表团热烈讨论邓小平同志祝词》,中国文学艺术工作者第四次代表大会《简报》第 13 期,1979 年 11 月 1 日大会简报处编。

迷惘混杂的悖论式的处境，为文学的发展与突破提供了一种内在的动力。从伤痕文学、反思文学以及后续的文学创作中，我们都可从不同作家笔下发现与这些代表们的个体命运相似的精神背影。更为重要的是，不同文艺家们的价值选择，在历史的相框中总是作为佐证现实的历史背景，他们作为一个参照系，使我们在相互比较、相互对照中看清历史的幽深与现实的诡秘。这些群体和个体的复杂存在，也提醒文学史家们在研究重要的文学会议时，避免以单一的标准来进行归纳、概括和评判。

本文为 2010 年国家社科基金重大项目"中国现代文学馆馆藏珍品的发掘、整理、研究与出版"（批准号：10&ZD099）、2011 年度国家社科基金重大项目"中国现当代文学制度史"（批准号：11&ZD112）、国家社科基金项目"文学史视野中的中国当代文学期刊研究"（批准号：10BZW098）阶段性成果。

原载《文艺争鸣》2013 年 10 月号

现实主义淡出当下文论的体系性思考

高 楠

近年来先后出版的有代表性的文学理论教材中，一个曾经很重要的范畴被淡出了，有的教材虽然也提到这个范畴，不过是寥寥数语，或者使这个范畴由原来的章、节或目的显赫地位，沦落到目下的更小枝节的低微地位被一带而过，这个范畴就是现实主义——这里须强调的是，作为范畴的现实主义具有理论的体系定性，它与理论体系具有被规定性与规定的整体性关系。因此，范畴不同于一般意义的概念，概念可以用意蕴相似的概念替换，但范畴与它所属的理论体系则是一体性的。至于各种文学理论的学术会议，很多话题都被谈到，但现实主义话题却基本不再涉及或很少涉及。一个在既有文论体系中重要的甚至具有枢纽意义的范畴从它所属理论领域被悄无声息地逐出或者被淡化处理——而当下进行的文论体系建构又正是既有文论体系的框架式承续，以及当下文学实践正为现实主义提供新的扩展与研究天地，正等待与时俱进的现实主义理论（自然也包括其他理论）的指导，这种淡出无论如何都可以视为一个理论事件。通过这一事件，可以进一步思考当下建构着的文学理论的体系性问题。

一、 现实主义是既有文学理论创作方法论的集中体现

20世纪90年代之前的文学理论领域，现实主义以创作原则或创作方法的提法被置于理论枢纽位置。枢纽的提法以前似乎无人用过，但这不是标新立异，而是当时文论学者们被约束在那套理论之中，承受纵横交错的政治压力与理论压力，不容易拉起来以大观小地看问题。现在，文论体系的大规模建构，有了这样一个拉起来

看的理论视野。枢纽这个体系性说法指构成理论的根基及重要脉络均在这里交叉聚合，又由此向各理论范畴延伸开去。它是理论的聚合，又是理论的体系性延展。当然，对于一个学科的理论体系而言，枢纽可以是复数的。

据统计，20世纪70年代末至80年代末，公开出版的几乎所有高校文学理论教材，最多时达二百七十余种，无一不把创作方法或创作原则作为重要章节予以专述。这个问题所以在当时得到文学理论的高度重视与强调，概括地说在于它不仅关系到对于文学的理解，对于文学本质的认定，对于文学功能的坚持，对于文学与生活关系的认识，对于文学特征的注重，以及对于文学批评的标准性运用，更在于它在马克思主义经典作家那里获有理论根基和明确阐述，并在它体系性地接受的苏联的文学理论中获得充分的理论论证。

而现实主义的创作方法或创作原则，又被特别地置于倚重位置，这是因为它更充分地体现出理论的枢纽性质。按照现实生活的本来样子来描写，这既是现实主义创作方法所强调的生活源泉的体现与落实，又是文学形象的特征性实现，而现实主义所强调的本质深度，又使它获有坚实的马克思主义认识论根基。现实主义由此成为文学方法论的集中体现。进一步分析其理论体系性原因，是因为：

其一，就这套理论的文学本质论而言，它求解着文学所以是文学这个根本性问题，文学理论的其他问题都由此生发并获得各自的理论序位。不同的文学本质的理解、规定与认同，拥有与之适应并使之得以实现的创作原则与创作方法，这便是怀特海所说的本质与其展现的对应关系，这是一种对应选择关系。在既有的那套文论中，文学被确定为反映社会生活的特殊的意识形态，它包括社会生活是文学的唯一源泉，文学是社会生活的反映，文学是社会生活的形象反映及文学是语言的艺术。出于这样的理解，按照生活本来样子真实地描写生活，使对于生活的真实描写获得本质深度从而上升到社会意识形态高度，现实主义便成为这样的文学本质论得以坚持与实现的极为直接也极为得力的创作方法。

其二，文学在社会生活中的地位与作用，即文学功用论或功能论，这在既有的那套文论体系中具有重要理论意义。这个问题在当时的政治语境中又拥有不容置疑的理论规定性与实践规定性。文学的认知功能与教育功能被一再强调。认知，即认识生活及历史的本质规律；教育，即面向工农兵大众的真理与道德教化，这一教育得以实现的最佳途径，便是毛泽东所强调的大众喜闻乐见的取之于他们切身近旁的生活形象。于是，毫无疑问，按照生活的本来样子描写生活，并形象地揭示生活本质的现实主义，自然被推入责无旁贷的地位。

其三，从那套理论体系的文学发展论角度看，文学意识形态本质论及社会功能论，建立在辩证唯物主义认识论的哲学基础上，对于历史必然性的形象揭示，勾勒着文学发展论的历史脉络，文学在不同时代的现实生活中扎下自己的时代根基，又在不同时代的历史延展中，揭示历史发展的必然性。而能承载这种文学发展观念的文学，能刻画出当时的历史生活细节，又能透过那具体状况而体现出生活普通性与历史必然性的文学，就体现文学特征的形象而言，便是恩格斯所强调的典型形象，恩格斯把这样的典型形象明确地置于现实主义的阐释中。

其四，就那套文理体系的文学批评论来说，这是文学理论的实践层面，它使文学的基本主张实践化为可供批评的标准。这是文学本质论、文学功能论、文学发展论的经由批评而具体化的过程。在长时期的文学批评中，现实主义批评标准被不断坚持与强调。以至于有学者在谈到中国几十年来的文学批评史时，认为能够形成批评的体系性规模的也就现实主义一家。

以上四个方面，是中国既有文学理论得以构成的理论支架，在逻辑上它虽然算不上严谨，因为政治问题的非理论逻辑性决定着为政治服务的理论不可能有严谨的逻辑性，但在理论构成上，在理论观点与理论范畴的理论关联性上，它仍然拥有理论间彼此应和的整体系统性。在这样的系统性中，构成理论的具有支架意义的四个方面，均在现实主义创作方法这里得以纠结交错，并获得各自的方法论支点，这就是现实主义在既有理论中的枢纽地位所在。

二、被迷失的重要性：既有文论体系解构与现实主义淡出

既有那套文论是1980年初被政治地宣布不再提文艺为政治服务之后，经由此前一段对于政治灾难的痛定后的反思而逐步走向解构的。这一解构过程经过20世纪90年代的内外交攻，此起彼落，至新世纪酿成整体解构与多元建构的较大规模。这个过程出现三个热点，即大众文化热点、全球化热点及传统转换热点，这三个热点先后地、不同程度地发力，把文学理论的解构与建构过程推入新世纪。三个热点先后演化为这三个方面的理论研究热潮，集聚起相应的理论研究梯队，形成相应的理论话题。这样一个演进过程，使现实主义作为曾经的理论枢纽，在既有理论体系逐渐走向解构中，成为一个难以绕过的理论要点，它也是率先被反思的问题。

1. 现实主义与政治决定论的渊源关系

现实主义与政治决定论的渊源关系，使前者在文论界对于后者的疏冷及反思中成为被疏冷、被批判的理论问题。这一环节发生在 80 年代中后期。当时，现实主义受到理论质疑与批判的问题在于，首先，有没有可以进行文学描写的生活的本来样子？其次，生活的本质、生活的普遍性，作出是否如此的判认者是谁？最后，如果没有对于生活本质、生活普遍性的预先认定，那么，从文学创作角度说，那预先认定并根据预先认定而进行本质的形象创作的现实主义，就只能是主题先行的现实主义，因此是非现实主义。

与上述质疑与批判相对应的是坚持与力挺现实主义的理论势力。这一理论势力是既有文学理论的承担者，以及在承担中批判又在批判中承担的既有理论的解构者。[①] 他们共同守持着现实主义形象地面对现实生活，并以生活的生动样态有深度地展示生活的文学基本属性。他们更为深刻地发现了现实主义在其追求的本质地反映生活的境地上所必须认真解决的内在矛盾。这时，因为大家都已出离政治决定论的语境，都把现实主义作为真正的理论问题对待，因此才体现出理论的冷静与沉思。但不容否认的是，这里也充满上述学者对自己凝聚了心血的既有理论体系进行批判性反思和解构时的留恋的回望。童庆炳在那一时期，进一步研究现实主义的三个审美范型，用朱光潜论及美的对象与对象美的差异时提出的物甲物乙的说法，对现实主义真实与生活真实作以区分；用现实主义作家对于生活的热情投入与真情感受和他们在写作中的冷静态度的对比对现实主义创作主体的内心体验与艺术描写的转化关系进行揭示；用对于典型的个别与一般、经验与必然的通常理解作为常识性出发点，提出现实主义人物形象的"特征"说法。进而，他以这样的现实主义审美范型为根据，对当时文学批评中现实主义标准的不适宜的运用提出批评——"不能想人所未想，发人所未发，道人所未道，没有艺术家的起码的勇气，就不要想在自己头

[①] 当时有影响的现实主义的辩护——其中当然也多有批判的文章，如杜书瀛发表于《学习与探索》1982 年第 4 期的文章《艺术形象的真实性和倾向性》，1988 年《文史哲》第 3 期狄其骢的《冲击和命运——察看现实主义的生命力》，1989 年《文学评论》第 6 期胡尹强的《现实主义过时了，还是多元化了？》，1989 年《文艺报》1 月 7 日朱立元的《现实主义问题的哲学反思——兼与王若水、杨春时等同志商榷》，1990 年《天津社会科学》第 5 期陈望衡的《现实主义的当代命运》，1997 年《文学评论》第 2 期何西来的《要欢迎，但不可定于一尊——我看当前文学创作中的现实主义》，1997 年《文学评论》第 2 期陈建功的《现实主义——升温的话题》等。

上戴'现实主义'的桂冠"①。童庆炳在这个问题上表现出的理性与情感相交织的色彩是明显的。

否定现实主义与批判地坚持现实主义，成为 80 年代至 90 年代既有理论体系解构与建构的争论要点。在这一长达 10 年的争论中，便已埋下了一个理论体系性的隐患，即否定现实主义的观点，没有注意到任何理论体系的建构都是承继性建构，这种承继性不可能不在既有理论体系的枢纽性范畴，亦即现实主义中得以体现；坚持现实主义的观点，在现实主义的理论坚持中，同样忽略了它的既有文论体系的枢纽位置，不过这种忽略是以另一种形式体现出来，即既有理论体系的一些构架性理论观点发生了重要演变，曾居于体系枢纽位置的现实主义，又怎样通过吁请其回归的方式，回落到有待建构的体系中来，并是否仍然可以成为待构体系的枢纽。

此后一段时间，一些学者通过理论研究而有所深化的让现实主义重返待构体系的努力，并没有使现实主义重返理论体系的枢纽位置。2004 年，朱立元受童庆炳主持马克思主义文艺理论研究重大题目的委托，对 20 世纪 90 年代以来中国文艺理论与批评发展概况进行调研，其调研报告仍对现实主义的延续与振兴予以乐观评议与估价。现实主义不仅在该调研报告中列为专题，而且还获得了结论性评价②。然而，当时乐观的现实主义评价，无论概括了现实主义所具有的怎样的描写生活的深度，怎样的跨越时空的广度，以及怎样的开放性与借鉴性，都无力挽住此后不久它在文学理论建构中的淡出。

1998 年，童庆炳主编《文学理论教程》（修订版）基本上保留着此前文学理论的体系性框架，吸取了新的理论研究成果，展示出开阔的当下理论视野。按说，坚持既有理论体系的框架式的东西，如文学理论的性质、马克思主义文学理论与中国当代文学理论建设、文学活动的意识形态性、文学批评的思想标准与艺术标准等，那么，构成既有理论枢纽的现实主义就应在它应有的位置上到位并得到阐发。但是没有，在它应在的文学创造原则一章，教材很详细地提到了与现实主义密切相关的真实性问题，但对现实主义却几乎避而不谈。2010 年，童庆炳主编《文学理论新编》第三版，认识到现实主义的无可绕过，但又不进行专题阐发，便只是在"文学思潮"一章中，与其他诸种思潮一起，简要地描述而过。2011 年，童庆炳主编《新

---

① 童庆炳：《现实主义文学的审美范型》，《北京社会科学》1989 年第 1 期。
② 朱立元主编：《新时期以来文学理论和批评发展概况的调查报告》，春风文艺出版社 2006 年版，第 59 页。

编文学理论》，对现实主义有了较为详细的评价，但却不是理论阐发，而是在"文学与世界"一编中，作为西方文学中文学与世界之关系予以介绍，现实主义被从与西论相对的中国文论中划出。这里有一个对现实主义的欲休还说、欲说还休的矛盾心态。2004年出版的陶东风主编的《文学理论基本问题》，在理论框架上较既有理论体系有了较大突破，在文学的界定及文学思维方式的阐发、文学与世界关系的揭示及文学与身份认同方面，吸收国外思想理论，将之与国内新的理论研究成果相结合，又在文学的传统与创新等章节中，进行文论传统转换的努力。但尽管如此，既有理论体系中的很多基本的东西，如对于文学的理解、对于文学的意识形态属性的理解等，仍然被体系性地延续着。在这样的延续中，现实主义所展示的文学与生活、与文学形态、与意识形态、与世界的真实性关系等，就应该随着现实主义概念的到位而得以凝聚并获得创作方法论的阐发。然而，在这部教材中，作为范畴的现实主义，似乎销声匿迹了。

先后出版的其他文学理论教材，如2003年王一川的《文学理论》，该教材颠覆了既有文学理论的思维逻辑体系及具有本质主义倾向的理论阐释体系，将之转换为主客相融、主客互动的感兴修辞基础，并借助中国传统文论智慧进行相应的体系建构。在这样的体系中，文学形态取之于生活的形象及对于生活的真实体验等，都是其体系建构中其他理论的生成点，而这也同样是现实主义的理论支点，然而，王一川也同样地绕开了现实主义这一早已在上述方面获得共识的概念。当然，从体系更新角度，避开既有体系的一套关键性概念，这比起延续既有体系却又悄然避开该避开的关键性概念，王一川教材更有其可理解性。

1999年即已出版的陆贵山、周忠厚主编的被称为集中国马克思主义文艺学之大成的《马克思主义文学概论》，对马克思主义经典作家直接阐发的现实主义见解，也放弃了以现实主义为要目的专章专节论述，而宁可取其中的真实论、典型论、倾向论予以阐发。2008年南帆、刘小新、练暑生著的《文学理论》①，在下篇"如何研究文学"中，作为概括文学思潮、划分文学史或文化史发展阶段的概念，对古典主义、浪漫主义、现实主义、现代主义、后现代主义分别进行了专章介绍，这是重提现实主义的少数教材之一。在该教材中，分析了现实主义的特点，现实主义泛化及被质疑的历史状况；而就现实主义的理论问题，尤其是现实主义当下面临的理论问题，该教材未予阐发。该教材对于现实主义的态度，其实与其他淡化现实主义研

---

① 南帆、刘小新、练暑生：《文学理论》，北京大学出版社2008年版。

究者的态度有着深层的一致性，即认为现实主义的理论研究及当下的实践性转化，均可以"终结"了。

2. 现实主义淡出的西论原因

现实主义遭遇疏冷并被淡出的又一个环节性的原因是西方文论自80年代以来对中国文论界的近乎全方位的影响。西方文论在中国的境遇，可以大体分为三个阶段，即20世纪初至80年代前为一个阶段，这期间虽然经过了社会体制的重大变化，但在西方文论的引进及转换性接受上却保持了一种历史的一致性，这一致性就是致用兴趣大于理论兴趣。那一段时间，各种社会矛盾交相而至，民族的、政治的、经济的、社会文化的，等等，各种社会矛盾都以其切身的紧迫性压抑着知识界人士，他们的各种理论思考与研究都引发于社会矛盾的现实，都在社会现实的矛盾性求解中获得价值。这种情况导致理论的体系性标准的淡化，理论观点的逻辑构成关系的不被强调，以及一些基本理论命题或范畴在理论阐发及沿用中非理论运作的随意性的增强。那段时间，即使被作为经典的马克思主义理论的接受及运用，上述情况也不断出现。这就有了当时不断被提及并不断被政治地批评的教条主义、实用主义、"左倾"、"右倾"。第二个阶段，大体可划定为80年代至21世纪初，这期间，各种名目的西方理论大肆涌入，这又正是中国文论在不断获得的理论自主性建构的过程中，摆脱社会他律的束缚，理论兴趣成为文论建构的主导兴趣的时期，虽然也有一些学者不断地强调文学理论的应用属性，但那也是从理论属性的角度所进行的理论强调。这时，强烈的理论兴趣与既有理论体系解构中手头可用的理论资源的贫乏形成矛盾，涌入的西方理论便成为饥不择食的大餐。现实主义理论地位的动摇及终于从枢纽位置淡出也就是发生在这段时间。西方理论的强势涌入对中国既有文论的影响从三个方面集中体现出来：一是体系性的。此前那套具有唯一合理性的承于苏联、又在政治决定论中建构起来的从文学的本质属性到文学功能、文学特征、文学构成、文学创作，再到文学理论体例，以及在这一体例构架上形成的理论体系，受到西方理论的根本性冲击。与之相比较，一些文学理论学者对中国文论的体系性予以否定，指认既有的那套东西是非中非马、无学无体的政治决定论的拼凑。既然如此，居于既有文论枢纽位置的现实主义，也就无枢纽性可言，也没有什么理论意义可言了。二是范畴性的。传入的西方理论，尤其是产生于20世纪中后期的西方理论，颠覆了中国文学理论学者所熟悉的，并且认为在西方是根深蒂固的思考与理解世界、思考与理解各种理论问题的思维方式，如二元思维、主客论思维、机械论思维、分析论思维、本质论思维等，看到了西方理论范畴组构中感性的、有机的、生成的、互动的、反本质的思维方式,这不仅是对于西方理论理解的颠覆,同时这也形成对于中国既有文论范畴的思维方式的批判,现实主义就正处于这一思维方式的批判中。既往现实主义的范畴性研究,如前所述,其哲学根基是反映论的,反映论的前提又是主客二元论的,唯物论的反映论解决了第一性与第二性的问题,却没有在有机构成论上得到进一步的理论阐发。尽管近晚有些学者在马克思主义的实践论中探索反映论的有机构成论的哲学前提,但这后发的探索毕竟无法影响以前对于现实主义的范畴性否定。此外,现实主义此前的范畴性理解与论证,主要是一种线型关系的理解论证,即本质—反映—创作—接受,这里的每个线型构成点都是确定的、单向的,这与西方近晚的互动互构范畴思维方式,表现出明显的机械性与片面性,尽管有学者也曾用构成性思维方式对现实主义予以开放性与包容性新解,但毕竟没有形成理论规模。对比之下,现实主义范畴便成为一个枯燥过时的文论范畴。三是创作方法性的。涌入的西方理论使中国文学理论学者看到,创作方法在西方是更多地从艺术创作方面被坚持与被论证的,它充分地体现着文学艺术及文学艺术理论的自律性,每一个艺术流派都可以有自己的风格,也都可以形成自己的一套创作方法,如在现代派名下,就云集着各种名目的创作方法,创作方法被活化为创作手段与技巧。到了后现代,又形成一套不同于现代派的创作方法。固然,创作方法既是认识与把握世界的方法,又是按照对于所创作的文学作品所应体现的文学之思的理解进行创作的方法,它不同于通常所说的创作手段或技巧,但它也不该被僵化为确定不变的具有历史意义的原则标准,而既有现实主义的理解与阐发,恰恰就是强调着它的具有历史意义的原则性,并以此为标准进行文学的历史分类。它的被政治所利用,正在于它的原则性标准的可以被历史地强调与坚持。与西方各种流派风格相应的创作方法的多样性、灵活性、自律性相比,现实主义因其理论理解与阐释的僵化而谢幕,就在情理之中了。

总之,在那个文学理论失体失语的阶段,在那个中国文学理论失体却又构体失语却又构语阶段,西方理论大宴的导入,引发大家对于西论的饕餮狂欢,那是中国文学理论建构所必须经由的阶段。这一阶段被淡出的,不仅是曾被作为理论枢纽而坚持的现实主义,更有它枢纽其中的文论体系及其范畴群体。

3. 大众语境中的现实主义冷落

大众文化对现实主义标准的缺乏热情,是现实主义在文学理论建构中淡出的又一环节。上述两个环节造成的现实主义淡出是理论性的,大众文化这一环节,则是现实主义淡出的实践性原因。就文学实践而言,现实主义经由 80 年代至于当下,其淡出过程可谓一波三折。80年代初，尽管文学已从为政治服务的束缚中解放出来，但在延续力量的作用下，文学仍坚守现实主义标准，伤痕文学、大墙文学及历史的青春群体性感受的朦胧诗群，都是坚守的力量。而后，先锋文学脱颖而出并酿成潮流，先锋文学用文学形式性探索，淡化或否定文学认知性内容，因此也淡化或否定守持文学认识功能与教育功能的现实主义。进入20世纪初，先锋文学从辉煌中退出，完成了它文学实践地淡化现实主义或另外地解读现实主义的使命。但随之而来的寻根文学、新写实主义文学，又为已淡化的现实主义着色，使其几乎光彩复现。继之是70后的感性写作、下半身写作，这是从主观真实性上对现实主义认知真实性的文学创作实践的否定，而这期间又先后有了改革文学、法治文学、反腐倡廉文学及主旋律文学的兴盛，后者又明显地拥有现实主义色彩。这是围绕现实主义而发生的两种力量交织的时期。不过，延续的力量与对立交织的力量都是发生在文学队伍内部，是所谓文学精英间的力量延续与交织，尽管当时的"70后"写作已隔门听到了市场的潮涌。90年代后半段至于新世纪，大众文化很快兴旺起来并酿成大势。大众文化的重要特征是它建立在感性欲求得以满足基础上的娱乐追求，大众文化一直处于感性欲望的满足过程中，并据此不断寻求娱乐满足。娱乐并不基于对现实生活的历史性认识，也不基于伦理规范之类的教育功能，新奇、刺激、理性叛逆、时尚、视觉化等，是不衰竭的娱乐源泉。在大众文化兴起过程中，先前的文学精英群体遭受冷落，因为他们在既有的文学意识中，无法提供适宜于大众文化娱乐需求的那些东西。这种冷落化入文学精英的现实体验，便有了文学边缘化的说法。从某种意义上说，这被边缘化的，便主要是此前组合与凝聚文学精英队伍的现实主义。接着，"80"后文学创作群的崛起，使各方面都面临一个文学实践的事实，即文学是多种力量的实践组合，由现实主义凝聚的文学精英群体及其创作境遇的边缘化，并不就是文学的边缘化，而只是文学的现实主义或现实主义文学的边缘化。但尽管如此，以认知深度与教育的现实有效性为标准的现实主义文学，毕竟还是在大众文化兴起中被淡化了，与之相应，现实主义创作原则或创作方法也就被实践性淡化。

而现实主义的实践性淡化，又正发生在中国文学理论的建构过程中。理论与现实社会实践具有深层对应关系。理论是现实实践的产物并接受现实实践的检验，这是真理观的基本内容。被现实淡化的实践性问题，便很容易在理论的现实建构中被忽略，尽管这类实践活动及其相关理论此前在现实性社会生活及理论研究中曾经活跃、曾经被关注，并且今后仍会再活跃、再被关注。现实主义文学实践及现实主义理论，就正经历着这样一个被忽略的现实境遇。

三、 被呼唤的重要性： 现实主义的体系建构性思考

已然淡出的现实主义，在多元建构着的中国文学理论体系中，究竟是理论的体系性淡出，还是因阶段性理论运作的疏忽或失误而导致的问题性淡出，这是一个须予认真辨析的问题，因为这关系着对于当下文学理论体系性建构的评价及对于文学理论中国特色的坚持。

1. 中国文学理论的体系规定性

当下正经历着多元建构的文学理论，其体系规定性并不因其多元而取消，相反，这是多元建构中的任何一元都受其规定的普遍有效的规定性。

如前所述，理论体系得以建构的规定性，不仅是体系内在的或自身的规定性，同时也是理论体系建构其中的社会现实的规定性，后者对于前者，是系统论的调控关系，即社会现实的母系统对于文学及文学理论子系统的规定性调控。弗雷德里克·詹姆逊在一篇谈到阿尔都塞的文章中，对该如何评价阿尔都塞本人及其思想体系时说过这样一段话："那么，他现在是不是已经变成了一个马克思主义经典作家了呢？这要部分地取决于马克思主义在新的世纪里会变成什么样子，也要部分地取决于全球化和普遍商品化这类新的后冷战状况，因为它们构成了马克思主义现在所面临的斗争对象和行动领域"①。这段话对于理解既有理论体系在现实建构中的状况及其参与根据和评价根据具有重要启发性。它指出任何一位理论家在既有理论体系基础上的新的理论建构，其建构与评价标准与两种情况密切相关，一是既有理论体系在理论体系得以建构的当下处于怎样一种状况；二是当下的现实状况对于理论体系建构提供了怎样的现实规定性以及理论建构如何对应这一规定性。这两种情况都体现着一个要点，即理论的体系性建构的规定性，离不开它置身其中的现实社会系统。

既然如此，就须对现实主义枢纽于其中的既有理论体系在现实社会系统中的解构与建构状况，进行前者对于后者的规定适应性的分析。

当下中国正进行的大规模的社会转型，并不是向着西方发达国家社会形态的

---

① 弗雷德里克·詹姆逊：《新版〈列宁和哲学〉导言》，见陈越编《〈哲学政治〉阿尔都塞读本》，吉林人民出版社 2003 年版，第 515 页。

转型，在政治地开启的社会转型之初，这一转型的中国式取向便已预先地被政治所规定，并且，在这长达三十余年的转型过程中，转型取向始终被作为重大政治问题而坚持，这就是必须坚持中国特色的社会主义道路。在这样一个大的方向性前提下，中国共产党一元化领导的政治体制也一直被坚持，市场经济的自身发展规律在这一坚持中发挥作用。政治是经济的集中体现的说法，是政治与市场经济发展关系的精要概括，这也表明政治生活在当下市场经济繁荣中无可取代的地位与作用。

在这样的取向性前提下，与政治密切相关、体现着社会政治生活、为社会政治生活所规定并构入其中的意识形态，就成为一种潜移默化且又无处不在的协调与控制力量，它通过各种社会实践行为、各种传播手段、上层建筑各构成部门进行协调控制而活跃于社会理性、社会经验、社会习惯以及社会想象系统中，并随时地将这种协调与控制体现在人们的日常生活经验、体验，及各种关系模式与行为模式中。对意识形态的性质，阿尔都塞认为这是一个具有独特逻辑与独特结构的包含着形象、神话、观念或概念的表象体系，"人类通过并依赖意识形态，在意识形态中体验自己的行动"①。阿尔都塞的表述，被认为是马克思主义意识形态构成论与功能论的阐发。

中国文学及中国文学理论当下所进行的实践及建构正是在这样一种政治—意识形态取向性情境中进行的，其他各种社会活动，市场经济的、大众文化的、宗教信仰的、网络传媒的、节庆狂欢的、传统习俗的，等等，无论它们怎样喧闹活跃，怎样五光十色，其实都生发于、置身于、发展于这样的取向性社会构架中。这就是中国文学理论建构所须坚持与实现的中国特色，也是它置身其中的社会生活的体系规定性。

在这样的体系规定性中，马克思主义的经济基础与上层建筑理论、意识形态理论、实践—真理理论，尤其是这些理论得以奠基的马克思主义哲学的辩证唯物论，便成为不可动摇的理论基础。理论的生命是实践的，理论与实践之间有一个解释转化的中介，而解释便是对用于解释的众多资料以解释对象为根据的提炼与凝聚。当下文学理论建构的大量工作其实就是对于上述理论基础所做的实践性的或问题式的解释与阐发工作。传统资源与西论资源在这个过程中被吸纳转换为中国特色的文学理论。由此看来，尽管此前的文学理论体系伤痕累累，但它的理论

---

① 阿尔都塞：《保卫马克思》，商务印书馆1984年版，第203页。

基础构架，却拥有在实践性的或问题式的解释与阐发中修复再生的活力，并且它也正在修复与再生，向着传统文论，向着西论的新方法、新视野，并以此铺设多元建构格局。置于其中的现实主义，作为此前文学理论的枢纽性范畴，如有学者指出的，它的开放性与包容性，尤其是它在旷达百年的中国文学理论建构中所实现的理论凝聚性，都决定着它在新时期文学理论建构中被淡出，实在是不小的理论疏忽或失误。

2. 现实主义理论要点的体系适应性

站在中国现实主义理论的体系建构角度，上述文学理论建构的体系规定性，有三个要点须重视：

①注重对于生活本质及历史必然性的认识与揭示。对于生活本质及历史必然性的提法，近年来，随着本质主义的批判及对于宏大叙事的非议，已愈来愈不常见。而现实主义理论的立足点又正在于确信有生活本质及历史必然性需要文学地揭示。

其实，生活本质、事物本质这类提法，讲的就是规定着生活或事物所以是这样而不是其他样子的内在的东西或外在的条件性的东西。古今中外的哲人都相信有这类东西，儒家的性、理，道家的道，柏拉图的理式，黑格尔的理念，马克思的历史必然性，等等，他们不遗余力地思考与揭示这种东西。莱布尼茨在他的传世名著中总结前哲对于这类东西的说法，用本质来概括这类东西，并把本质分为实在的本质与命题的本质两种，命题本质是对于实在本质的揭示，这一揭示是通过对于实体分类，进而找到与之对应的名称而完成①。这种说法与荀子的名实之辨很接近。罗素用普遍性解释本质问题，他在谈论古希腊哲学时讲过一句名言，即"当有人提出一个普遍性问题时，哲学就产生了"。②对于普遍性问题得以提出的方式，他阐释说，这"相当于在一连串杂乱无章的偶发事件中寻觅一种秩序"③。"杂乱无章的偶发事件"就是所谓现象，而众多现象中可供寻觅的秩序，则既见于众多现象，又为众多所普遍具有。这见于众多中的普遍性，为人们所共识，因此人们也才可以彼此交流，"在团体参与的各种共同活动中，产生了我们称之为语言的交流方式"④。因此，凡是可供语言交流的那些东西，其实便已是普

---

① [德]莱布尼茨：《人类理智新论》，商务印书馆1996年版，第462页。
② [英]罗素：《西方的智慧》，文化艺术出版社1997年版，第6页。
③ [英]罗素：《西方的智慧》，文化艺术出版社1997年版，第14页。
④ [英]罗素：《西方的智慧》，文化艺术出版社1997年版，第15页。

遍的或本质的东西，交流的普遍意义或本质意义，在于语言对于那普遍的或本质的东西的切近程度。对语言"加于万物"的普遍意义或本质意义的获得过程，荀子称为"成俗曲期"，亦即"约定俗成"。

这类哲学的近乎常识的问题，所以在这里约略重提，一方面是本质概念有随着本质主义批判而理论淡出的倾向，一些人被现实生活太过热闹的偶然现象所淹没，不肯进行深度思考；另一方面，则是针对现实主义的理论淡出，强调现实主义所注重的对于生活本质及历史必然性的认识，是有其历史意义与现实意义的。生活及事物确有其成为如此生活及事物，成为如此展开及发展的内在规定性与条件规定性，这也就是本质或普遍性。认识或揭示这些东西，是理性之所为、文学之所向、文学理论之所求。其实，本质主义的问题不在于揭示本质，而在于绝对化、僵化的、片面化地或者虚伪地对待与表述本质，或者故作权威地其实是本质主义地进行宏大叙事。

②相信生活本质及历史必然性可以通过文学予以形象地揭示。现实主义强调用生活的本来样子真实地再现生活，真实地再现本质的生活。这涉及两个对于现实主义的曾长时间进行的理论争论，一是生活是否有本质与非本质之分，二是生活本质及历史必然性能否形象地认识及揭示。前者属于现象的本质与本质的现象的关系问题，恩格斯曾用典型形象及典型环境中的典型形象之说，对生活的本质程度问题予以阐发，这在马克思主义哲学普遍与个别、偶然与必然的关系范畴中得到论证；后者，则属于形象思维问题。20世纪80年代形象思维大讨论中提到的一个重要问题便是形象的本质体现及本质深度问题，很多学者用概括表象，用直觉，用心理结构来论证形象在概括性与特征性中呈现着生活本质及本质的生活；也有学者从语言学及想象论论述这个问题，当时形成的倾向性看法，是形象思维和逻辑思维一样都可以达到对于生活的本质性思维，而且，形象思维与逻辑思维，作为随时交替使用、互照使用的人的思维，实现着人对于生活、对于世界的把握。这类看法的当下有效性在于，一是既有文学经典的佐证，一些文学经典经由历史实践检验，确实不同程度地揭示了其所表现时代的本质性的生活关系及历史必然性；二是当下的文学作品，包括影视作品，能够给人以生活及人生感悟及思考的，如爱情思考、伦理思考、幸福思考、灾难思考、家庭思考等，与理论所思考与揭示的人性、社会性、道德性等问题，有着深层一致性。

③坚持按照生活的本来样子真实地展现生活，是文学不可取代的社会功能。基

于上述对于生活的本质认识的注重及对于形象地认识与揭示生活本质的自信,现实主义把文学的认识功能及以生活的样式引领生活的教育功能视为文学之己任。特征性地说,现实主义是社会生活历史的时间性展示,它总是圈定在相应的时间框架中,在圈定的时间框架中,它致力于与社会生活自身的基本现实之间,建立一种"征兆性"关系。经典现实主义作家真实地展现生活的文学责任感,已通过他们的经典作品而实现。无论是莎士比亚、曹雪芹、罗贯中、巴尔扎克,还是托尔斯泰、高尔基的作品,以及中国的红色文学经典,等等,都为后人留下了他们那一时代的文学史,及那一时代的生活及人性的形象史。这些经典之作,拥有马克思所说的"永久魅力",通过永久魅力,这些现实主义文学经典感召与启迪一代一代的后来人,引导他们认识生活,领悟人生。由此,现实主义文学不断地延续,现实主义文学的接受者们也通过现实主义文学作品,一代代地延续着见于历史必然性的人类生活。现实主义对于生活的通过认识与教育功能而实现的启迪与引领作用,在中国近百年的社会现代性转型史中,是功不可没的。

  当下,大众文化的感性需求,以其巨大的量的优势,对于市场,也包括对于文化市场予以操控,其中的感性欲求是当下切身的,它以快乐为原则,它在本能层面不断地激发强大的生命动力。然而,人类社会的发展却呼唤其超越之维,即超越当下与切身,对人类的未来进行尼采所说的地平线式的远眺。这就需要有认知意义与教育意义的现实主义文学。众人追随的未必就是众人真正需求的价值,而众人冷落的也未必就是他们不需求的价值。需求不是需求自身的标准,需求的标准在于社会使其实现的标准,因此是社会标准。当然,现实主义者不是神,不是先知先觉,但他们对文学认知与教育功能的守持,使他们专务于此、专攻于此,因此也就多了不少他人所没有的对于生活的敏感,对于生活的体悟,对于生活本质的形象把握。有了现实主义这样一个理论位置,就有了一个可供实践的平台,也就会凝聚一批为此而实践的文学家及文学批评家。建构着的文学理论,不该淡化自己对于文学实践的引领责任,这责任不在于被引领者的承认及接受与否,而在于他们被引导的宿命,他们只有在超越的理性的指引下,才能从欲望的现实中超然出来,才能在人类历史的地平线的眺望中,使自己成为人。在这里还须强调指出的是,大规模社会转型的当下,为现实主义创作与批评提出了一系列新的理论问题,这同时也是文学理论多元化建构的体系性问题,如大众文化繁荣中意识形态的变化性与形态性如何并怎样对现实主义形成影响;现实主义所注重的历史必然性的形象揭示,在社会转型期,其特征性理解该如何展开，其中的历史承继性与现实实践性该如何在现实主义创作与批评中坚持与体现；正在讨论的文学审美意识形态问题，在现实主义创作与批评中如何形成新的审美形式；现实主义，在大众文化中的救赎与超载的现实主义的揭示；现实主义的娱乐属性的探索；经过对前一些年现实主义淡化的反思，该如何突出现实主义的问题，在哲学资源、文化资源、心理学资源等更为丰厚的当下，该如何走出此前简单化的误区，进行更为深刻的研究，等等。大量理论问题的实践性提出，为现实主义理论研究不仅提供了广阔的天地，也发出了时代呼唤，这与现实主义的被淡出，正形成文论体系建构的强烈反差。

3. 现实主义文学实践的当下形态

现实主义从其引导与规约文学想象和文学创作角度说，现实实践性是其基本特性。它构入现实生活，本质地或历史必然性地理解与把握现实生活，并艺术形象地展示这样的经由把握的现实生活。

毫无疑问，生活的现实实践性是任何时代的现实生活都必然具有的基本性质。就此而言，现实主义的现实实践性就成为任何一个时代的文学艺术构入现实生活的基本属性。现实主义现实实践性，指它与现实生活实践性展开的对应性，即它是应对于实践着的现实生活的文学形象的当下反映。在现实主义作为创作原则或创作方法而被自觉之前，被后来称为现实主义文学艺术的现实实践性便早已在发挥作用，如在但丁《神曲》中，在薄伽丘《十日谈》中，在莎士比亚戏剧中，等等。现实主义直面生活的现实实践品格经由马克思主义文论传入中国后，便成为中国文学救亡与启蒙的重要属性。所以，不管现实主义在中国文学及文学理论领域命运如何，它的文学艺术的现实实践性亦即实践的现实时间性都不容置疑。也正因为这样一种现实实践的文学艺术属性，又使它常常被用作当下有效的文学艺术理性，并且随着这一现实实践的社会生活的时过境迁而丧失其新的现实实践依托。这是现实主义的理论难题，即它如何既是现实的，又是历史的。这其实也是整个文学艺术的实践性难题。

但这一难题并不影响现实主义文学地面对并构入社会生活的现实实践品格。这也就是说，在社会转型当下，在文学的现实主义被边缘化的当下，现实主义的现实实践品格，仍然规定着它对于当下社会生活状况，也包括对于现实主义边缘化状况的文学关注与观照。从第五届鲁迅文学奖获奖者的获奖感言来说，就足以见出现实主义的现实实践品格如何幽灵般地对当下作家魂牵梦绕①。

而从文学批评角度说，现实主义文学批评标准一直是真正懂得文学的批评家们所共持的标准。比如有中国当代主流批评家之称的孟繁华，他对于当下文学创作，一直保持着一种跟踪批评的意识及跟踪批评的敏度②。著名批评家白烨在一篇为新世纪文学把脉的文章中指出："我们应当承认立足于某些'欲望'的市场原则、媒体规则的观点，有其一定的合理性、有效性。但只有这样的只要赚钱的市场观，'娱乐至上'的文化观，自以为是又莫衷一是的文学观，显然远远不够和很不全面。我们还应该有更高的欲望与愿望诉求，那就是着眼于长远、对接着理想的价值观

---

① 以中篇小说《最慢的是活着》获第五届鲁迅文学奖的乔叶，在其获奖感言中说："我很喜欢奥地利小说家布洛赫说过的一句话，他说：小说只有发现小说才能发现的真理，这才是小说唯一的道德。从这个意义上讲，我希望自己成为一个具有小说道德的小说家。通过小说，更清晰地认识自己、认识他人、认识黑暗，也认识光明，同时也认识自己与他人、黑暗与光明之间的辽阔地带"（《第五届鲁迅文学奖获奖作品集中短篇小说卷》，作家出版社2010年版，第56页）。这里的"只有小说才能发现的真理"，显然是一种认知性的强调，而由此引申的小说家的小说道德，也便是一种通过小说而揭示真理的道德。真理的认识，小说地揭示这一真理的认识，这正是现实主义的守持。以《国家订单》获奖的王十月在获奖感言中说："是孔乙己、闰土、祥林嫂、眉间尺这些人物形象，给了我最初的文学滋养和深刻的文学记忆。……揭出病苦，引起疗救者的注意；书写一个群体的精神荒原，让无力者前行。多年来，我一直怀着这样的文学理想在写作。"以《手铐上的兰花花》获奖的吴克敬，在获奖感言中说："我不是陕北高原的汉子，但我受到了信天游的吸引，近些年不断地北上陕北，钻进荒僻的山沟沟，爬上苍凉的山梁梁，徜徉在兰花花、山丹丹鲜艳的花丛里，与生活在这里的陕北人交心谈朋友，体会并感受他们的快乐和悠然，现实与浪漫，因此，有了我创作的系列陕北质地的中篇小说。"这显然是现实主义地深入现实生活并文学地展现现实生活的真情表述，在这一真情表述中，可以感受到的是真实把握现实生活的文学价值取向。毋须一一例举，鲁迅文学奖作为中国文学创作的最高奖项，其所展示的现实主义的强而有力的延续性与现实活跃性，是获奖者们对中国文学创作现实主义路途的共识与共践。

② 孟繁华对于马秋芬《北方熊》的评价："即使是在同一个工地上，都是工作，但等级关系已经渗透到最细微或基本的细胞，这些不经意的书写，却揭示了中国社会最本质的关系。"（孟繁华《游牧的文学时代》，作家出版社2009年版，第206页）对于李铁的《工厂的大门》，孟繁华评价说："《工厂的大门》对工厂生活的熟悉，来自小说对工厂声音、气息、术语等的精彩表达，也正因为李铁熟悉当下工厂的生活，才有可能使《工厂的大门》确切地表达了国企改革中面临的真实问题。"（孟繁华《游牧的文学时代》，作家出版社2009年版，第211页）这里所肯定的作家对于所表现的现实生活的熟悉，所肯定的作品对于国企改革中所面临的真实问题的文学展示，显而易见，都是现实主义批评标准的具体运用。

念"①。白烨在这里表现了对于文学市场化的理解，但同时，他倡导的"着眼于长远，对接着理想的价值观念"，又正是奠基于对于现实生活本质性把握及历史必然性把握的，而这正是现实主义的精髓。

然而，在上述现实主义理论要点的体系适应性及其实践的当下化中，现实主义却被建构着的文学理论所淡出了。前面说过，这是一个须予重视的理论问题。出现这一问题的原因，是文学理论体系建构的松散甚至混乱。一个具有体系枢纽意义的范畴，可以不经批判便被体系性地淡出，而它又正现实地发挥着参与实践的理论作用，这便是一种非理论体系的运作。就理论研究者而言，他们拥有理论体系建构中的概念或范畴选择权，他们可以根据自己的当下理解强化某一范畴淡出某一种范畴。但就理论体系而言，它是具有现实对应性的，是与现实社会实践也包括文学实践要求相对应的理论体系。理论体系及其与现实社会实践的对应性，决定着理论的体系性建构，这不是某些理论研究者按其理解的随意所说，而是基于现实实践的理论体系而说。对此，海德格尔的说法具有特别的切合性，他认为，不是语言说"道"，而是"道"让语言说。这"道"，从文学理论建构角度说，便是与现实实践相对应的应有的文论体系性。

原载《文学评论》2013年第1期

---

① 白烨：《新演变 新格局 新课题——为新世纪文学把脉》，见《新时期新世纪文学国际学术研讨会暨中国当代文学研究会第16届学术年会会议论文精要汇编》。

当代诗歌的断裂与成长：从"诵读"到"视读"

张 江

起于五四前后的文学革命，让中国诗歌摆脱了旧体诗词形式的束缚，走上了一条自由成长的道路。回望百年，中国新诗历尽曲折，一路向前，谱写了自己辉煌的篇章。特别是进入当代以来，新诗早已褪去了草创时的蹒跚和稚嫩，进入了相对成熟的历史阶段。其间，两类诗歌文本值得注意，一类是20世纪五六十年代精于韵律、音响、节奏的"诵读性"文本；另一类是20世纪90年代以来偏重意象、反讽、隐喻的"视读性"文本。两类文本经由朦胧诗的过渡，使中国当代诗歌在形式上发生了由"诵读"到"视读"的巨大转变，开启了另一维度上的断裂和成长的漫长过程。

一、"西出阳关"的音乐之美

郭小川作为20世纪50年代以后最优秀的诗人之一，和其他许多经过战争和建设洗礼的同行一道，遵循中国古典诗词的传统，在诗歌表现形式上辛勤探索，使五四以来的新诗发生了突出的变化。郭小川的诗富于音乐之美。音乐美是他形式上的执着追求，赋予其诗以蓬勃生命。细细品读，他的每一个字句都值得玩味，只是过去有人仅用政治和意识形态的评价故意疏离他，忽视了他在形式上的努力。现在，我们来细读他的《西出阳关》[1]，看一看他的心血和成就。这是一首歌颂内地青年支援边疆的短章抒情诗，共五节。这首诗在郭小川

---

① 郭小川：《边塞新歌》，《诗刊》1964年第2期。

的全部作品中算不得上佳之作，但是，这一组诗充分体现了过去那个年代，中国新诗所追求的音乐之美。

    声声咽哟，声声紧，
    风沙好像还在怨恨西行的人；
    重重山哟，重重云，
    阳关好像有意不开门。

这是开篇的第一段。六句两个层次。这六句诗，容量很小，没有陌生化化信息，所有的语义都很明了；没有晦涩玄妙的意象，写声写景都很直接，没有蓄隐晦的情感，一位在场者的抒情表意近乎白话。但也恰恰因为如此，它的节奏、韵律和音响就有如异峰突起，词语之间到处弥漫着音乐的魅力。
  先说节奏。一起笔，诗人连续吟出两个三言短句，一对重言，用风沙的"咽"和"紧"与"怨恨"交叠，以繁音促节敲出风急云动的音响，第二个层次又是两个三言短句，一对重言，借"山"和"云"的延绵，向拟人化的阳关提出质疑，急在有缓的节奏喧响了西行人的紧迫和坚定。短句以下的两个长句，"风沙好像还在怨恨西行的人"，"阳关好像有意不开门"，反衬三言短句的紧凑，极尽参差错落之美。从前后关系上看，相同的句式和重复的音节，调出上下贯通的韵律。"西行（的）人"与"不开门"的落脚，远远呼应着起笔时的三言短句，气韵贯通，先声夺人。
  次说韵律。这一段诗的韵脚与长知句的节奏相和，用的是隔行交叉协韵，两重音韵相叠，古称"交韵"，按此韵吟诵下去，不做作，不张扬，却又"韵味十足"。上下两节的长句"风沙好像还在怨恨西行的人"、"阳关好像有意不开门"，以"人"、"门"为韵，因为是落脚韵，所以是主韵。而中间两句"声声紧"、"重重云"，以"紧"、"云"为韵，因为交叉于主韵之间，为次韵。这两重音韵主次互补，音韵相协，抚出了和声的味道。在韵位的安排上，押韵句的位置相同，与诗的整体节奏合拍，一起一落，富于节拍感。这种两韵隔押既不同于句句同韵、失之于露的急迫，也不同于多句隔押、失之于冷的疏散，主次韵隔行通转，在韵位安排上紧张而有度，宛如西行人急迫而从容的脚步声。
  再说音响。平仄出音响。精心安排词语的高低抑扬给语句以起伏变化，协谐和美，吟诵起来气韵流畅。还以这六句诗为例："声声咽，声声紧"，两句都是平平仄,"重重山,重重云",两句都是平平平。按古律,以仄收脚激越昂扬,以平收脚凄婉哀伤。这一仄一平,贴切地表达在场者一怨一伤的意蕴。"咽"和"紧"都是仄,但前者是四声,所谓"去声","去声清而远"①,透出漠漠荒原的阔大;后者是三声,所谓"上声","上声厉而举",演绎大漠风沙的凶狂。这一去一上,风沙的弥漫起舞衍景为声。"山"和"云"虽然都是平声,但前者是一声,所谓"阴平";"云"是二声,所谓"阳平"。"阴平声低而悠,阳平声高而扬"②,有节制的连续变化,先抑后扬,符合歌者无所畏惧责问阳关的勇气表达。"声声"、"重重",两组词都是舌尖后音,发音部位相同的音连续组合,意蕴上的强调,音响形式上的"对仗",令人深刻印象。这样的例子在郭小川的诗里随处可见。

他讲究音响,善于用阴平阳平之间的变化表达壮怀激烈的情感:

"肋生翅哟,脚生云,/不出阳关不甘心!/血如沸哟,心如焚,/誓到阳关以外献终身!"这里"云"是阳平,"心"是阴平,"焚"是阳平,"身"是阴平,因为都是平,所以滑动细腻;因为分阴阳,所以流淌有声。真所谓"两平还要辨阴阳"③,不仅辨得清楚而且拿捏精致。

他善于对偶,用以明朗节奏:"渠道网哟,如条条白锦,/给绿洲织上了好看的花纹;/坎儿井哟,如颗颗银针,/把荒野缝成了暖人的被衾。""白锦"、"银针","绿洲"、"荒野",工对严整。"白锦"、"银针"突出色彩,工于细密;"绿洲"、"荒野"空间开阔,重在宏大。长句中如遇转折,音调一定由平到仄,以仄音调动激情,让字数、节奏、旋律相同的句子跌宕起伏:"织上了(平)好(仄)看的花纹";"缝成了(平)暖(仄)人的被衾"。

他精于炼字,善于用词语(包括单音字)透露音响中隐含的意味:

"声声咽哟,声声紧,/风沙好像还在怨恨西行的人",这是开篇。"声声切哟,声声紧,/阳关外的风沙呼唤着西行的人",这是结尾。诗人不屑简单地模拟风沙飞舞的原始声音,而是暗喻风沙拟人后所饱含的情感。由"咽"到"切",由怨恨到殷勤,风沙如人一样对西行的建设者充满敬意。

郭小川写的是新诗,新诗对韵律、节奏、音响没有要求。所谓"新诗",要的

---

① 释处忠:《元和韵谱》,转引自黄永武《中国诗学》"设计篇",新世界出版社2012年版,第148页。
② 王德晖、徐沅澂:《顾误录》,中国戏曲研究院编:《中国古典戏曲论著集成》第九卷,中国戏剧出版社1959年版,第37页。
③ 黄周星:《制曲枝语》,中国戏曲研究院编:《中国古典戏曲论著集成》第七卷,中国戏剧出版社1959年版,第119页。

就是形式的自由。大多数作者在写诗的时候不会按本索骥束缚自己，像我们这样缜密苛刻地细读和解析。但是，我们认定，那个时代的诗人是追求诗歌的音韵美的。他们可以不按照格律诗的要求去遣词造句，也不会恪守"平上去入"的要求去安排韵位韵脚。但是他们会反复吟诵，吟诵到好听为止。只要能做到这一点，写出的诗就会接近甚至大抵符合格律的要求，就像唐以前的诗没有格律却总体上符合格律，而后来的格律却从这些诗中总结提炼而成一样。贺敬之、梁上泉、白桦、公刘，等等，几乎每一个有成就的诗人，都刻意创造甚至雕琢节奏、音响，尤其是韵律。因为他们的许多诗是为朗诵而写的，被千百万人传诵、被收音机广播是他们的诗被接受和承认的最高标志。

他们也确实做到了。那个时期许多优秀诗人的作品在大众中产生了广泛而深刻的影响。960万平方公里的土地上，到处都有激情四射的诗歌朗诵。学校、工厂、兵营，以至于广大的农村，他们的诗影响和感动了万万千千的人。特别是20世纪60年代中期，因为文化教育的普及，识字人口的比率提高，读诗的、听诗的、参与表演朗诵的人群扩大。70年代末和80年代初，因为改革开放的伟大历史变革而激荡的情感，集中指向于诗歌的表达，民众中朗诵、吟诵、传颂诗歌的热情风起云涌，让当代新诗获得前所未有的辉煌，也让中国诗歌获得前所未有的辉煌。民众自愿以至自发地接受诗歌，从人口说，从地域说，从人们所获得的寄托和动力说，是"凡有井水处皆能歌柳词"所无法相比的。为什么会有这样的局面？除了政治的、社会的以及文化接受和传播方式的原因，我们对那个阶段的"中国当代新诗"应不应该有客观且深长的诗学考量？

音乐之美。

"诗歌"，本义就是诗与歌的组合。诗是歌的。作为最高的语言艺术，音乐之美是诗歌本身应该具有的特质。有人理解，诗歌的本质就在于使诗歌这种语言艺术音乐化。这或许有些绝对，但诗歌作为特定的艺术形式，从自在的意义上追溯，诗的产生同音乐一样，由节奏而起。从早期人类的痛苦、快乐、愤怒、恐惧，等等，首先是因为生理和心理的直接反应而发出的不同声响，逐步丰富为表达欲求和情感的高低节奏，由此，有了叹，有了咏，有了歌。再经历一个漫长的文明过程，人类创造了文字，把这些叹、咏、歌记录校正下来，才有"诗"这种特殊语意的文体。诗和音响、节奏共生。从自为的意义上说，古典主义诗人席勒说：当我坐下来写诗的时候，诗里的音乐在我心中的鸣响，常常超过其内容的鲜明表象。对内容我并非总是有确定的理解①。象征主义诗人瓦莱里说:"诗是一种语言艺术,某些文字的组合能够产生其他文字组合所无法产生的感情。"② 在他看来,诗歌的本质就在于使诗歌这种语言艺术"音乐化"。中国古典诗词,历经曲折,从民间到庙堂,一个明确的目标从未改变,那就是格律的完美,塑造诗的音乐灵魂。从原始诗歌的有音而无义到音义融合的唐诗、宋词、元曲,这就是一个民族诗歌音乐化的过程。诗歌与音乐共存。

从五四开始,新诗的创造者和承继者们的努力径向是清晰的。胡适是中国新文学革命的领军人物,是新诗的首批试验者。他振臂高呼"诗体大解放","作诗如作文",面向底层,白话入诗,尽管在形式上彻底变革,但还是有节奏和韵律的。俞平伯进了一步,在新诗的节律音响上多有努力。待到创造社、新月派,更加注重诗的音乐性,闻一多的《诗的格律》规定新诗"带着镣铐跳舞",提出"音乐美、绘画美、建筑美"的审美构想,对新诗的成长做出重要贡献。当代以来,众多的诗人为新诗的成长付出更多的努力,20世纪七八十年代的朦胧诗,虽然内容发生深刻变化,但形式上依然坚持着民族的方向,牵挂于华美的韵律和音响。这个过程曲折无比,新诗的进步也是不争的事实。

如歌的词语组合。它们不仅以逻辑意义安排、组织语句,更注重按音调、节奏、旋律要求调整词语位置和秩序。在诗人手里,词语是被情绪浸透的音响。他们影响听众不仅靠词义,更依靠情感与语义同位的旋律。纯美的音响糅入词语的逻辑和质料当中,互证互文,用富有激情的音响碰撞,也就是吟诵取代苍白理性的逻辑朗读。当然,这种抒情色彩浓烈的诗,阅读起来会被疑为浅白。这不奇怪。重于音乐性的诗歌很难甚至不主张使用晦涩的隐喻和暗喻,也不接受深奥繁复的抽象说教,更不依靠古怪艰深的生僻用典。但是,它以和谐的音响、旺盛的激情、单一朗诵者与万千听众的交流互动,感染你、激动你、号召你。这就是它的魅力,是它应该而且能够保持生命力的理由。

德国语言学家埃杜阿尔德,区别了"为听的语文学"和"为看的语文学"。他主张在诗的语言里,音响、旋律不仅是对内容的本能补充,而且常常具有独立的、甚或是主导的艺术意义。我们分析了郭小川诗中的独特的声学音响成分,证明这话

---

① 转引自瓦莱里《诗、语言和思想》,袁可嘉编:《现代主义文学研究》(下),中国社会科学出版社1989年版,第854页。

② 瓦莱里:《诗与抽象思维》,洛奇编:《二十世纪文学评论》上册,上海译文出版社1987年版,第430页。

有些道理。音响是有解说力的。再极端一点,如雅克·马利坦的名言:诗没有音乐就不成为诗①。

二、 诉诸视觉的 "纪念"

20世纪90年代以来,19世纪以后的西方象征主义、意象主义、形式主义理论及作品,给中国当代诗歌带来巨大而深刻的影响,中国新诗走上了与中国传统诗歌及新中国成立后诗歌完全不同的另外一条道路,开始了汉语诗歌的真正断裂与成长。这是王家新《纪念》②里的第一节:

> 又是独自上路,带上自己
> 对自己的祝福,为了一次乌云中的出走。
> 英格兰美丽的乡野闪闪掠过,
> 哥特式小教堂的尖顶,犹如错过的船桅
> 曾出现在另一位流亡诗人的诗中。
> 接受天空、墓碑、与树林的注视,
> 视野里仍是一架流动的钢琴
> 与乐队的徒劳对话,而你自己
> 曾在哪里?再一次丘陵起伏
> 如同心灵难以熨平

毫无疑问,这首诗已经远离汉语诗歌的传统,它不再借重音响旋律表情达意了,从词语到结构,深深地涂抹着西方现代诗歌的浓烈色彩。这种诗歌不适合诵读,只能细细品读。它所传达的思想和情感,更重要的是词语深处所蕴藏的诗性直觉和审美取向,与传统的接受心理距离甚远,大众很难欣赏,小众不解其意。不要说和郭小川那一代诗人相比,就是与朦胧诗人相比,与曾经的王家新自己相比,他和他的

---

① 雅克·马利坦:《艺术与诗中的创造性直觉》,刘有元等译,生活·读书·新知三联书店1991年版,第229页。
② 王家新:《纪念》,谢冕编:《中国新诗总系》第8卷,人民文学出版社2009年版,第129—133页。

同路人影响着中国当代新诗走上了完全不同的道路。这些人的诗好还是不好？很难回答。这是一件很艰难的事情。因为不同的审美视角、不同的诗学标准，会给出完全不同的评价。但是，遵照作者本人所追寻的方向和道路，他苦苦探索的诗歌现代化的努力，尤其是以当代西方诗学标准来读王家新的《纪念》，我们必须说这是一首好诗，因为它确实张扬了当代西方诗学的诸多理念。

意象是西方现代派的核心追求。庞德、休姆的意象主义诗派活跃的时间不长，但是，意象主义诗论的影响深广。意象是西方现代主义诗歌充满表现力的主要武器。休姆的意象主义的美学标准就是"诗人必须持续不断地创造新的意象"，诗人的"真诚程度，可以以他的意象数量来衡量"。他们主张诗歌要给读者"形象与色彩的精美图式"[①]，这种富于视觉的新诗是雕塑而不是音乐，它诉诸眼睛而不是耳朵。

隐喻，作为一种修辞方式，已经是西方现代主义诗性的基本策略。有人概括为"跨领域的映射"，或者"范畴的让渡"。形式主义的雅克布森研究，隐喻是失语症患者"邻近性错乱"的直接表现，它无意中创造了词语替换的可能，使诗人有了表达微妙情感的特殊手段。隐喻不仅是词语的使用，也可以是句式，甚至可以是整个结构。对诗而言，隐喻当然超越简单的摹拟，超越浅白的直抒胸臆，把思想转化为意象，把言语转化为悖论，让诗饱含寓意。有诗人甚至认为，所有微妙的情感状态只有用隐喻才能表现。

新批评派主张诗的整体结构，布鲁克斯曾有过这样的比喻：一首诗的种种构成因素是相互联系的，它们不是排列在一个花束上面的花朵，而是像与一株活着的花木的其他部分相联系的花朵。平白一些说，剪切下来再捆成一束的花束虽然可以美丽但却是分裂的，而根茎相连的花朵才是整体，具有鲜活的生命力。为达到这个目的，他主张把一首诗作为戏剧来创作和理解，以戏剧化的情境，为诗歌创设新的语境，积蓄反讽的张力，体现结构上的统一。

这仅仅是西方当代诗学概括的许多方法技巧中的有限几个，而就限于此，王家新确已得心应手，写出了意味多彩的诗章。让我们放下作品以外的一切来细读这组短诗。

先看意象的追求。

《纪念》是在写一次旅行。第一节是出发。时间上应是诗人到达火车站以前的一段路程。诗人在汽车里，窗外流淌的景色，让作者跳跃的思绪瞬间诗化，三重不

[①] 转引自韦克勒《现代文学批评史》第5卷，中国人民大学出版社1991年版，第219页。

同质的意象交叠而来。第一重是实在的：美丽的乡野；教堂的尖顶；天空、墓碑与树林；丘陵。这一组意象是"视野里"的，随行进的空间依次展开，有质感，有色彩。第二重是虚幻的：错过的船桅；流亡诗人的诗；流动的钢琴。这一组意象是想象的，随物质的意象依附而来，有象征，有附着。第三重是感应的：天空、墓碑和树林的注视；与乐队徒劳的对话；心灵的难以熨平。这一组意象是灵魂的自语，随虚幻的意象延伸而至，有隐喻，有直觉。

这三组意象是有秩序的，是一种粘连和排列。美丽的乡野闪过，教堂高高的尖顶指向天空，天空与丘陵的交际，视觉的连续。三组意象是延伸的。船桅漂入流亡诗人的诗中，明朗的天空与沉重的墓碑幻化为黑白的琴键，丘陵一直在视野里起伏，像诗人难以平静但却是大尺度舒展的心灵，引申在递进。三组意象是交叉的。乡野"闪闪掠过"是一种进行时，但经由"错过"的调转，落脚在"曾"出现在必定是过去的流亡诗人的诗中。接受天空、墓碑和树林当下的注视，经由钢琴、乐队，又由"曾在哪里"的发问暗换为以往的情景。丘陵起伏波涛般远去移情于未来，又折转为当下难以熨平的心灵。

我们再看王家新的隐喻。

隐喻是这首诗的基本手法。"又是独自上路，带上自己"，这是多重隐喻的标准范式。第一层隐喻灵魂和肉体的分裂。理性认定是灵魂肉体的统一。灵魂附着肉体，灵魂出窍意味着死亡。如此自信并轻松地断定灵肉分离，是对传统理性的反叛。第二层隐喻是面具隐喻。"又是独自上路"，（于是）带上灵魂。这是现代人的两面性。自处时放弃，群处时固守，起码要假扮固守，而诗人却相反，他自处时固守灵魂，群处时要放逐，反讽现代人的面具生活，反讽诗人自己的反面具。第三层隐喻现代人的精神焦虑。灵魂与肉体分离的两种状态：一是不知灵魂为何物，有与没有都为没有。没有灵魂，混迹于人群的肉身依然紧张地吃喝玩乐，这是一种混沌，是形而下的无耻；二是有意识地放逐，各自寻找去处和真理。这是一种独醒，是形而上的追寻。"带上自己"，隐喻灵魂可以放下，亦可以拿起，这是现代人的精神分裂与精神自主；但是"又是独自上路"，这一次带上了，那么下一次呢？只要还活着，什么时候放下，什么时候拿起？这是一种生存和精神困惑。人的精神迷茫与失落，是现代或后现代社会的标志性象征。物质的丰富，精神的贫乏，物质对精神的销蚀，精神对物质的堕落，让现代人坠入无休止的循环。王家新一句"带上自己"，就这一句，制造了愤然反抗的强大张力，显露了现代诗歌的表达策略和技巧。

这首诗的戏剧结构颇具匠心。

这八小节诗是有情境的，好似有一幕一幕的过场。从独自上路，到列车去向终点，人来人往，意识流动，对话和凝视……有一个散漫的故事徐徐展开。从出发开始他写了五个人，一个检票员，用怀疑的眼神审视他，让他确认了自己和行为的存在。座位对面一双情人，旁若无人地感动着浪漫诗集，梦一般地陶醉着。东方的"兰花花"，旧时的"兰花花"，不知何时化为一个满脸瑕疵（雀斑）的女大学生。一不小心，土土的兰花花，无征兆地暗暗转换，眼睛色彩的变化，由黑淡向蓝，依然雀斑，却已是时髦异国女孩，眼睛的蓝色竟和着她头上耳机"那无以领略的节奏"，轻晃着双腿。兰花花，蓝眼睛，绝非巧合。

——这是不是一部疏于情节的情景剧呢？

更戏剧性的是，车上遇到的每一个人都给他带来记忆，而记忆又是无意识的，漫天地流动，中国兰花花，让诗人想起祖国的春节，回家看望父母的人们，期待和恐惧，河南梆子的苍凉，父亲的咳嗽。然后是蓝眼睛的女孩，让诗人莫名地生发批判的冲动，去判断荷马史诗的结尾是虚假的，聚光灯扫描，又是在咳嗽的父亲，拿开脸上的英文报纸，泪眼中竟盈盈摇晃着母语的影子。女孩、父亲、诗人自己都在一个舞台上，随灯光而出现或隐没，有情节吗？有。间断的，跳跃的，却因为列车的摇晃而隐约连缀着。

——这是不是一部追求"超现实的真实"的荒诞剧？

不仅如此。现代性的表征，西方现代的诗学理想与审美取向在这里随处可见。

反词立场：蒸汽机车吞云吐雾，他说是"抽着那种十九世纪的烟卷"；沼泽本是水雾连天，他说"在你头脑中燃烧"；树木可以"退"向天边；尘埃为"手艺"；泥土为"酒"……混乱的语言让人瞠目。

精于悖论：具象的旅行是虚幻的。怀疑的眼神却表示某种肯定。买下一份报纸不是为了阅读而是为了把脸藏在它后面。想起了祖国，古希腊的神话英雄却出现在眼前。最有味道的是，渴望幸福，祈求上帝，并让这个祈求摇晃着，但达到的却是能够听出一种"我从未听到的话语"的地方，幸福了吗？不知道。有这话语的所在只能是魂灵飘绕的境地。

工于用典：为了莎士比亚的哈姆雷特"永不从自己葬礼中回来"，却最后发现这本不是悲剧。第七节起笔就问："那么我是谁？"自答"一个僭越母语边界的人"，好像是在自比哪位文学大师。作者疑问：卡夫卡笔下的"k"？一个身份不被承认，"永不到达的测量员"。诗人用笔暗示着谁，一个在"音乐对话中骤起的激情"的人，一个在诗学中苦苦追寻却永远追寻不到自己目标的人，还是作者自己吗？回到

第四节,诗人正摇晃在火车上,脑袋里"另一个旅程浮现",然后用括号里的话说:"如果你学会以宇宙的无穷来测量自己",这是不是一种互文或者映照?

偏好大尺度的时空穿越:现代的旅行人不再乘坐19世纪烧煤的机车,而20世纪的电动列车上,哈代营造的浓烈情感却依旧燃烧。从恺撒大帝的踟蹰不前到叶芝在自己的词句中受阻,到"列车再一次摇晃着周末度假的人们",还有,他引用的一句诗:"当北中国一扇蒙霜的窗户映出黎明,/浊雾扑向伦敦那些维多利亚式的街灯。"

《纪念》是有味道的。诗意丰繁浓郁。与传统的新诗相比,它不求音响韵律节奏,力在象征、隐喻、反讽。"诵读"是听不懂的,"视读"才有共鸣。用象征、隐喻、反讽这样一些现代手法作诗,在一个有效的限度内,我们必须承认,它创造了美,给新诗的成长以巨大的生命力。更重要的是,撇开形式不谈,以它的内容即思想性而言,它包含的信息量极为丰富,它的深刻和象征需要我们反复体会。

王家新这首诗标注的写作时间是1993年至1994年。应该说那个时候,只是学界所说的"第三代先锋诗"的开始阶段。他从朦胧诗的老路上转过身来,以知识分子写作的姿态艰苦探索,从这个意义上说他走在前列。但就《纪念》这首诗而言,它的先锋色彩还是很淡,诸多西方诗歌的叙事策略和方法仅仅是端倪。从那时起整整二十年过去了,今天的先锋诗已然遥不可及。

三、 从 "不能承受之轻" 到 "痛苦的仪式"

排除个人出于种种原因产生的历史偏见,公允而论,两个时代的诗人都在诗歌艺术上付出了精心的努力。但是,不同时期诗人的理想诗学和审美取向是有很大差别的。一个时代有一种追求。这是由当时的政治、经济、文化乃至更深层次的生产力和生产关系所决定的,不以诗人的意志为转移。郭小川那一代诗人,追求音响、韵律、节奏;王家新这一代诗人,追求张力语言、抒情意象、戏剧结构。前者醉心于韵律和谐、朗朗上口,后者则执着于意蕴丰厚、发人启悟。

无论从哪个角度看,两种追求各有所长,没有高低贵贱之分。诗歌史上两种追求都出精品。但是凡事不可太过,过犹不及。

前三十年的诗歌,最大的缺失是深度和蕴含。诗歌创作片面追求通俗直白,深度美必然遭到严重削弱,滑向不可避免的"不能承受之轻"。

概括起来讲，有三个方面的症候：浅、满、轻。

取意之浅。此间的诗歌，绝大多数缺少对基本素材质料的深度挖掘和重整，出于现象，止于现象，源于激情，留于激情，鲜有能够在生活现象和现实激情的基础上深掘一步的延展和拓进。换言之，诗人过度黏着于现实世界，满足于"进得去"，却无力"跳出来"，缺少建基于现实观照上的沉思，导致诗歌丧失了超越性、穿透性的魅力，成为匍匐于生活之上的简单实录。包括诗歌在内的文学，当然有摹写现实的能力，但是，它的根本价值却不在于此。摹写生活，可以是文学最基本的起点，更重要的使命，是站在这个起点上向前方跨越、向深处沉潜。而前三十年的诗歌，恰恰缺少这关键的一步。

用笔之满。任何艺术形式都讲究"留白"，诗歌尤甚。所谓"不著一字，尽得风流"。诗歌要有含蓄之美，以无物胜有物，以无言胜有言，从而进入"不全之全"的境界。这是诗歌艺术张力的重要体现。总体而言，前三十年的诗歌在这方向很是欠缺。阅读此间的诗歌，常有的感觉是，一首诗结束也就结束了，音韵或许在，但音响之后没有更强大的内容和更丰富的意绪。这源于诗人和盘而出、过度铺陈的抒情和叙事策略，导致诗歌丧失了含而不露、引而不发的蕴藉之美。主题和诗意完全暴露出来，同时侵占了受众的想象空间和思索空间，诗歌审美过程的复杂性被简化，诗歌自身的魅力也受到销蚀。

思想承载之轻。受制于多重因素牵掣，这一时期的创作者，很少呈现出思想型诗人的特质。诗歌中表达的主题，多为政治和社会生活交付给的"成品"，诗人的主要任务，不是生产意义、创造思想，而是演绎、佐证既有命题，诗歌自我的思想开拓力、发散力、创新力匮乏。昆德拉说：发现唯有小说才能发现的东西，乃是小说存在的唯一理由①。诗歌亦然。只满足于"传输"而无创造，没有独特的思想发现，诗歌的价值就会大打折扣。

新时期以来的诗歌，努力摆脱这个影响。直白的问题解决了，但却一头扎进"嗜涩"、"嗜难"的误区不能自拔。对诗歌这种艺术形式，我们不能奢求人人能解，但是，如果一个时代的诗歌文本，绝大多数人难以进入，甚至除了作者本人无人能晓，这也很难被接受。

当初，朦胧诗刚出现的时候，许多人也质疑它"读不懂"。然而，与当下的诗歌比较，朦胧诗的所谓"晦涩"，简直不足为道。今天看来，当年人们感觉朦胧诗

---

① 米兰·昆德拉：《小说的艺术》，董强译，上海译文出版社2004年版，第6页。

的不懂，是长期形成的审美习惯与突然出现的朦胧诗风之间的不匹配、不适应。今天的诗歌更加让人读不懂，但本质已经完全不同。

无根的语言操练。新时期以来，受惑于西方的语言学转向，当代诗歌创作的语言意识空前浓厚。诗是语言的艺术，语言上的追求和实验无可指摘。但是，如果就此落入语言狂欢的游戏之途，则是舍本逐末。尤其是20世纪90年代以降，诗歌创作的语言操练已走火入魔，或者追新求异，嗜涩好难，大肆挑战和颠覆汉语言成规和使用习惯，追求极致的陌生化效果；或者另取蹊径，平实其外，玄奥其内，耽于能指、所指的转换穿越，一首诗俨然就是一套只有作者本人才可破译的密码表、迷宫图。这种语言操练在双重意义上陷入无根状态。其一是，它从语言的实用层面脱离出来，构成了一个自造的语言符码系统。其二是，它从本民族的文化传统中脱离出来，欧化、西化成为时尚。其文本从句子到段落，从能指到所指已无人能懂，甚至包括作者本人。古人有"语不惊人死不休"，而今人已是"语不惊己死不休"，至于要说什么、意思有没有，根本不在考虑之列。凡此种种，都在客观上增加了文本进入的难度。

癫狂的技术崇拜。与传统的"言志说"、"缘情说"相比，近些年，诗人们越来越倾向于把诗歌创作视为一种技术堆积。诗歌成色的优劣，被认为取决于技术本身的难度以及在文本中的繁杂密度。于是，反讽、隐喻、引文镶嵌、戏剧化、互文等大凡能够被想象到的"技术因子"，密集而华丽地出现在诗歌文本中。这种对技术本位主义的癫狂崇拜，表面看，是诗歌创作在向专业化方向拓进，实际是以技术勾兑艺术、以技术冒充艺术。技术对诗歌而言，已不再是言志抒情的助力手段，而是摇身一变成为主角，上升为创作的全部，在文本中尽情表演。遗憾的是，这种表演，尽管难度很高，也很奢华、玄幻，但它注定只有极少数人才能读懂。诗歌与普通大众之间的送达通道，在技术障碍的阻隔下被截然切断。

高蹈的知性取向。严格来讲，"知性"这一概念也是西方现代诗学理论的产物。中国新诗在20世纪30年代曾有过短暂的知性探索，旋即消失。新时期以后，这一中断了四十余年的"断章"再次被接续，且大有过之。细究起来，作为新时期文学先声的朦胧诗已经表现出一定程度的知性趣味。比如，它们对历史的拷问，对生命的思索，对存在意义的探求等，都已经部分地打破了此前当代新诗的"主情"传统，表现出"主知"的态势。朦胧诗之后，知性取向空前强烈，以至于剑走偏锋。不同的是，所取路向更加高难、精尖。很多诗人，尤其是一些新生代诗人，更愿意将写诗视为一项富有挑战性的精神探险或智力游戏。哲学化、玄学化、宗教化、神秘化风起云涌。同时，作为一种满足知性的策略、手段，或隐或显的知识镶嵌成为时尚。但是，这种知性建构，缺失了最基本的前提，即对现实经验和逻辑的起码尊重。于是，灵光充盈的"真知灼见"，因为缺少了物质性的支撑，不可避免地陷入高蹈的"玄思"之渊，不可解，不可知。

在这种情况下，进入诗歌的过程，也就成了以极大的耐心和勇气去恶补知识、破解迷宫的过程。阅读行为本身，不再是愉悦的审美，而异化为"痛苦的仪式"。

与爬梳和厘析两个时代诗歌的鲜明差异相比，我们更感兴趣的是，为什么短短几十年内会发生如此深刻的变化？支撑和维系它们的内在动因是什么？不同的审美取向和诗学追求给诗歌自身的发展带来了怎样的后果？

原因是复杂的。它是时代、传统、诗人审美追求等多重因素综合作用的结果。其中，基于现实考量的不同读者定位占据核心位置。前后两个三十年的诗歌，一个以号召更多的普通读者为使命，抒写"人民的诗歌"；一个以争取更多的专业人士为追求，打造"诗人的诗歌"。这种理想选择，明显区别了创作者对诗歌形式的认定，在前者，诗歌是一种大众文体，理应为普通民众所接受和喜爱，并被广泛流传；在后者，诗歌被认为是"文学中的桂冠"，是精英形式，只能为少数人所独享，如果为大众所接受，就是一种"堕落"。正是这种选择，从根本上决定了两个时代的诗歌走上不同的道路，由"诵读"到"视读"的调转，由"浅"到"涩"的嬗变，也才找到了各自的诗学合理性。

据统计，新中国成立初期，我国的文盲近 3.2 亿人，占人口总数的 80%[1]，其后，经过 1952 年、1956 年以及"大跃进"时期三次大规模的扫盲运动，文盲数量虽有所下降，但所占比例仍然不低。可以说，在新时期之前的三十年中，工人、农民、士兵等普通群众大多数应该归入文盲之列。这一现实对诗歌面向大众无疑是个挑战，诗歌的形式必须有所调整。

首先是语言要与新的传播方式对接。文盲一多，诗歌的接受和传播就成为问题，"视读"是不可能的，只有依靠口口相传的"诵读"。这就决定了诗歌"一步步从供给个人默读（眼看）向着面对广大群众高声朗诵的道路上走去"[2]。而适于"诵读"的诗，基本要求是平实、易懂，口语化，通俗化。书面语言，特别是深奥、生涩的用语，不能在"诵读"过程中被有效解读、释义。由此，大量的口语入诗，浅显易

---

[1] 李庆刚：《"大跃进"时期扫除文盲运动述评》，《当代中国史研究》2003 年第 3 期。
[2] 臧克家：《诗的朗诵》，高兰编：《诗的朗诵与朗诵的诗》，山东大学出版社 1987 年版，第 108 页。

懂、流畅平实就成为诗歌创作的基本要求。

其次是诗歌文本音乐性的满足。"诵读"的诗诉诸口耳，既要读起来上口，又要听起来入耳，这就对诗歌文本的音乐性提出了更高的要求。而音乐性的达成，主要借助于诗歌的音响、节奏、韵律来实现。由此不难理解，为什么郭小川的《西出阳关》在这些方面那样精雕细刻。为了更好地按照朗诵诗的标准进行诗歌生产，1963年前后，诗歌界甚至专门以《诗刊》为主要阵地展开了一场有关"诗朗诵"和"朗诵诗"的大讨论，影响深远。

最后是诗歌文本难度系数的调整。在创作技巧上，尽量减少甚至取消象征、隐喻、互文等复杂的编码程序，多用直抒胸臆、直言其情的表达方式。在诗人们看来（事实上也确实如此），繁复的技巧运用，无疑会增加接受过程的曲折性，这对没有多少文化知识的普通群众显然是障碍。同时，在诗歌的主题开掘上也弃深取浅，不作过多的意义添加和意义追索，以简单、浅近为要旨。

由此可见，前三十年诗歌在节奏、韵律、音响上的考究，和它诗意上的"不能承受之轻"，实则根源为一，优长和缺憾难以分割。

新时期以后，尤其是20世纪90年代至今，新生代诗人为自己确立的拟想受众是由少数人构成的文学精英。不可否认，在这个过程中，外在的反向驱力，比如物质主义、功利主义以及大众文化的崛起对诗歌的挤压，是诗歌退守小众的客观缘由，但更重要的决定性因素，还是诗人创作观念上的逆转，信奉诗是"诗人同自己谈话或不同任何人谈话"，认为在本质上"它是内心的沉思，或是发自空中的声音，并不考虑任何可能的说话者或听话者"[1]。诗人的写作，要么成为面向自我的独语，要么只面对有限的个人，创作观念中的大众意识悄然褪去，面向小众甚至自我蔚为时尚。诗人王小妮和翟永明的诗论最为典型。王小妮认为，"诗，是我的老鼠洞，无论外面的世界怎样，我比别人多一个安静的躲避处，自言自语的空间"[2]，翟永明则坚持自己的诗只"献给我心中的少数人"，"更多的时候则是我身边某位具体的朋友"[3]。

诗歌的文本形态由此发生变异。

---

[1] 格雷厄姆·霍夫：《现代主义抒情诗》，中国社会科学院外国文学所编：《现代主义》，上海外语教育出版社1997年版，第287页。

[2] 王小妮：《生活不是诗，我们不能活"反"了》，《南方都市报》2004年4月18日。

[3] 翟永明：《献给无限的少数人》，《诗探索》1999年第1期。

从传播方式上看，口口相传自然被抛弃，诗歌再次由口头回到纸面。从"诵读"回到"视读"，这意味着，诗歌生产没有必要在"可听性"、即文本自身的音乐性上做倾心努力。韵律、节奏、音响逐步受到轻慢，直至荒弃。诗歌的文本形式趋向晦涩玄奥。读者的流失、消散，导致公开出版物一步步压缩直至取消诗歌的刊印，迫使部分诗人或者自费出版诗集，或者创办"民刊"登载作品，但依旧颓势难转，少人问津。在有些地方，商业策划的诗歌朗诵活动或诗人群体内部的朗诵会也不鲜见，但是，"视读"文本强作"诵读"，无人能懂，活动的文化标签意义大于实际传播意义，难以持久。接受对创作的塑形功能不复存在。

从文体性质来看，在郭小川时代，诗歌是一种大众文体。这不仅指它面对的接受对象是大众，而且还包含部分普通大众也参与诗歌创作、批评和标准建构的活动[1]。而20世纪90年代之后，诗歌异化为内循环的小众文体，更确切地说应该是"同人文体"，即只在诗歌创作和研究者之间存活和运行的文体。正是在这种意义上，有人将诗歌称为"为生产者生产的产品"[2]。这种变异的潜在影响是，诗歌的阅读和接受行为，本身成为了创作者之间的技艺比拼和才能展示，对"难度"和"深度"的追求，成为诗歌创作的重要取向。

再从诗歌标准的建构和经典化的路径来看，诗歌小众化以后，文本的解读和阐释，作品优劣的评判，以及诗艺发展方向的规训和引导，其话语权完全转移到学院派的专业人士手中。学院派的精英主义趣味，与大众的审美取向历来龃龉难合。这也推动着诗歌创作的"嗜涩"倾向。

四、在诗与大众之间

这不得不让我们回到原点，诗是"为什么人"的？

无论如何，"为什么人"的问题是不容回避的。因为它关涉诗学理论型构、创作方法，以至诗的起点和旨归，关涉艺术产品价值的最终解释："为谁写诗"？"诗

---

[1] 以诗歌创作为例，在当时，全国各地都存在一批并不具备多少文化素养的工人诗人、农民诗人。其中影响最大的农民诗人是王老九。
[2] 参见柯雷《何种中华行，又发生在谁的边缘？》，《新诗评论》2006年第1辑，北京大学出版社2006年版。

何以为诗"?

大众化要求是新诗的缘起,是奠定"白话诗"、"自由体诗"合法性基础的要素。在一波三折的新诗史上,"大众化"一词置身不同的历史语境,被种种意指叠加其上。在当下理解中,"大众化"被视为对社会功用、意识形态属性的过度强化,又和总体性对个体性的宰制、世俗性与诗性的对峙搅在一起。总之,是对诗无益的外部要求。而小众化、个人化,越来越私我,则借助特殊历史现实因素和西方理论话语的裹挟,成为具有无限正当性和统摄性的诗学主张。

诗之为诗就不能大众化了吗?

我们且不谈诗的情感和立场之于诗歌境界的关键意义,再放下诗歌内容与大众生活的必然联系,也离开诗歌功用问题,把诗的社会学意义暂且搁置,就从诗歌的文体生成、范式演进和语言机制等"纯诗"问题入手,去讨论诗歌和大众不可割裂的"正相关"联系,恢复诗歌的大众身份,并重新发现大众化的诗学意义。

诗生于大众,成于大众。

关于诗歌的起源,有各种各样的争论,但我们认为,大众的原始表达是诗性特征生发的前提。大众诗性表达的需求是诗歌存在的依据。没有大众就没有诗的产生。诗由民歌而起,证实了诗的大众起源。从民歌到诗歌,诗在口口相传中存活,在群体流动中成熟。群众的喜好、相传、加工,是诗歌在文体上独立并成为社会公有之物的必要过程,没有这个过程便没有诗歌。就一个民族而言,对诗性的感知和确认,是集体性的共识,不是单个人及少数人的自我命名。关于诗的最起码的范式、规则、标准的理解,也必然是各个民族基于共同的审美习惯和语言习惯,长期积淀而成。这已经被文体学、考古学、人类学等学科考证并反复证明。

从诗歌形式的演进看,诗歌的形式,大都起于民间。民众的创造推动其更迭。没有群众创造的形式,就没有诗人的形式。以四言诗为例。四言诗之所以能够成为一种形式,起因在民众的语言特质。当时,单音词是汉语言的主要构成要素,从句法和节奏上说,四言最简单、最易于习得和流传。诗歌选择四言体,便于表达民众情感,便于接受和传播。更重要的是,四言基本上可以"一句成意",用四言写诗,断句自然,意义完整,节奏鲜明,四言体当然作为形式固定下来。历史还反复证明,形式在诗人手里固定成型,发扬光大,同时也在诗人手里枯萎、僵死,产生"接受危机"、"范式危机"、"合法性危机"。唐诗即是如此。在它确立之初,因为有强大的民间资源支撑,五律、七律生机勃然,涌现了无数经典之作。发展到后来,专业诗人苛严的规则追加,繁复的韵律、整饬的对仗、教条的对偶、晦涩的用典,让唐诗一步步陷入僵化之途，不再能够充分表情达意，不再易于民众接受，唐诗因此而衰败下去。民众当然放弃它，另外寻找更为自由灵活的形式表达自己，取代僵死的律诗。宋词于是崛起，称霸天下几百年。

诗是以语言为材料的艺术品。没有语言，诗人就无法思维和表达。他所采用的语言，必须取自于群众整体创造和参与、被广泛使用的交流符号系统，参照的是一整套约定俗成、共同遵循的语法规则体系。诗歌的语言离不开大众创造和使用的语言。由语言结织而成的诗歌文本，渗透着大众的语言经验和文化沉淀。

诗歌语言的进步，以大众语言的发展为基础。生产、生活与交往的需要，促使大众不断创造新鲜、活泼的语言。语言携带的意义和信息，也在大众的使用中不断地流转和丰实。诗人把这种动态性反映在诗歌中，不断改变着诗歌的语言面貌。大众生生不息的语言活力，让诗歌的语言繁茂而新鲜。

也许有人会说，诗歌语言和大众语言是隔离的。因为在诗人看来，既成的词语都是被反复征用而僵化的。诗歌必须使用"活"的词语。但是，从修辞学的要求讲，让词语"活"起来的办法，可以用险用奇，却不宜冷僻无着、荒诞无稽。它应该是平实的习常词语，被反常化使用后，才在新的结构中发散出诗性语言的光泽。它的规律是，越是平易熟习、与原本用法和词义的距离越长、重新结构的契合度越完美，诗性指数就越高。所以，语言的诗性，不在于"生"，而在于"熟"，与民众语言贴得越近越好。这在中国诗学里，就是"言近旨远"，在西方诗学里，就是"陌生化"的功能。公认的是，诗人运用现实的、活的语言，诗性效果远胜于旧的、"死"的语言，运用民族的、自然的语言，效果远胜于外来嫁接的和硬造的语言。诗性的语言，天生具有大众化的基因。

必须说明，肯定大众对于诗歌、大众化对于诗歌发展的意义，并非否定一些有小众化倾向的诗歌的作用。

这些诗歌的意义在于，它们往往追求诗的探索性、先锋性、实验性，在诗歌的风格、形式、语言上另辟蹊径。这种性质，这样的诗，虽然可能暂时不被更多人理解和接受，却在为诗歌成长开辟新的可能性。当然，这种可能性也许是失败的，最终也无法进入诗歌传统。但是它们当中的成功尝试，经过淘洗，逐渐被越来越多的人接受，被诗歌借鉴运用，形成新的形式、风格。这种探索，对于提高诗歌的品质，创新诗歌的形式发展，以及提升民族审美水平是十分必要的。

但是，这并不意味着诗歌可以偏执于小众化、个人化立场。无论作为理论主张，还是实际创作倾向。一旦如此，必定危机重重。

首先，一味小众化、个人化，等于放弃了诗的表达之维，折损诗性之翼。

诗是具有强烈个性化特征的艺术，同时又是一种表达的技巧和学问。诗歌艺术地加工语言材料。语言本是交流的介质，"艺术的"，是美的、别致的、独特的，也是吸引人的、媒介性的、合群性的。从根本上说，诗的个性化、艺术化特征，是以传送和抵达为旨归的。别致的个性，本意在于从庸常的视听体验中脱颖而出，就是要以个性来吸引受众，把个性交给读者。"表"是为了"达"。诗性在孕育之初、经营之间，都有不可分割的双重考量。

就此而论，如果表达作为一种特性、一门学问，它的研究和构成，就要以科学的方法，在一个整体性视域中，在尽可能广泛的意义上去证实和归纳其方式、规范、标准，在普遍性的基础上形成规律性和科学性。如果执意放弃有关表达和传播的维度，刻意封锁语言和艺术的媒介性，"表"而未"达"，诗还是诗吗？如果拒绝普遍意义的表达探讨，诗何以成"学"？

其次，一味小众化、个人化，会削减诗的丰富性，破坏诗性之根。

小众化、个人化写作的主张和表现，是诗歌就是要表现自我、抚慰自我。自我的心理、情感、经验，成为唯一合理的诗性承载者。而且，这个自我卸下了社会性负担。社会性成为外在之物，它进入诗，必须经过一个具有无限权力的个体生理性的批准和过滤。我们且不论从艺术的个性化要求转向自我成为唯一表现对象是不是诗学上的必然逻辑，也不对这样的诗歌文本，作社会价值上的判断。仅就诗的表现方式和诗性构成而言，这个主张，虽说开拓了一个被诗忽视的领域，但执着于此，就会产生许多问题。

自我表现的要求，只肯定自我的经验，又把它限定在平常、琐碎的、感官性的生活经验。这样就极大限制了表现对象的丰富性，限制了诗性资源和表现形式的丰富性。而诗性的根底，正在于这种丰富性。单一地、过度地表现自我，就会造成诗歌的意象匮乏、意境单薄、联想狭窄，还包括语言单调和美感不足。出现这些缺欠，就会使原始材料向诗的转换颇为困难，使诗性空间和现实空间的位置失当，缺少照应和张力。

最后，一味小众化、个人化，会妨碍审美反应过程，斩断诗性之链。

诗歌创造审美反应过程。诗性存在于文本，更兴发在受众。读者多种多样的反应，不断赠予文本重重的诗意。而且诗歌的审美反应过程没有固定的终端，它的反应链条在空间和时间上不断延长，使诗歌文本拥有更多的诗性价值，有时甚至是文本的制造者都不曾意料到的。但诗歌反应的链条有脆弱的一面，因为诗是一种含蓄的表达。诗人在满足编码解码兴趣的同时，又要考虑让这种反应链条不至于迅速中断，让更多的读者有兴致、至少有耐心继续下去。

小众化、个人化带来的问题是，以诗建立在"理解"之上自命，对语言成规"狂欢"式反叛的过度热衷，必然会严重影响更多的诗性感受和生发过程。显然，如果一个流派的诗人只把诗写给本派别的人看，如果诗只写给写诗的人看，如果诗只写给有鉴赏力的文化精英看，不去广泛调动诗性阅读的能力，不仅他的读者会越来越少，他创造诗性的能力也会越来越退化。企图建立在"理解之上"的小众追求，也就近乎一种诗学臆想，只能一路小众下去，直到销声匿迹。

过于偏激的小众化、个人化主张和实践，与其说是对诗学规律的前沿认识，不如说是对社会、诗歌特定阶段的历史性反映。除了西方王尔德、瓦莱里及之后的一系列现代、后现代思想的影响外，小众化、个人化被一些人推崇的主要原因有以下几个：一是对于诗歌工具论的逆反；二是对消费主义、精神物质化、同质化的"精英"式拒绝；三是面对诗歌边缘化、无人喝彩的姿态调整。也就是说，对于小众化、个人化，更多的合理性只能在社会历史的角度解释。归结起来，从社会学意义来说，小众化、个人化主张，是诗歌对现实的一种逃避，是专业诗人自我认知的迷失；从诗学意义上说，是面对手中的诗歌形式僵化、表达有效性降低而产生的困惑和自我安慰。

小众化、个人化，也要面对与诗人内心创作动机的矛盾。诗人苦心经营艺术介质，努力让诗歌成为社会性文本，不是为了给更多的人看，又是为了什么呢？或许因为担心大众化使诗歌蒙羞，诗人宁愿使用为了"无限的少数人"这样的表述。说穿了，"无限的少数人"，其实还是想让更多的人接受他的诗，更希望这样的人无限多下去。至于用"少数人"来提高门槛，如果不是一种"欲迎还拒"式的表达策略，就很可能是一种掩饰主观愿望的"不诚实"的说法。

基于诗歌自身规律和时代的特征，我们需要对大众化有个新的认识。

对于大众化，我们可以理解为诗歌使自己具备向最广泛读者开放的性质。这里面也隐含着一定的打通或抹平文化级差的意识。但从根本上，它应该是一个强调沟通性、洽适性和对等性的概念。它意味着，诗歌与大众彼此提供意义，互相进行诗性摄取，共同求索各自体认的范式和标准。诗歌在大众那里获得生存发展的资源和根基。

诗歌需要正视读者。在许多人那里，诗歌和大众仍然是"阳春白雪"与"下里巴人"的关系，仍然把大众当成带有明显文化层级性的概念。且不说这在现代文化语境里正当与否，单论对于现实的大众接受能力和审美水平的判断，也是不准确的。文教事业的发展、高度信息化的时代，已经从总体上改变了大众的知识结构和审美水平。尽管人们对诗歌的态度变了很多，但诗歌潜在读者的水准已经今非昔比。诗人固然有天赋异禀和独立的思考，但那种自我世界和大众生活格格不入、真实的表达和大众无涉的感觉，越来越缺少依据。大众对于诗歌，可以说喜欢不喜欢，而不再是有没有能力接受。认为大众化必然降低思想和艺术水准，恐怕个中有一些错觉。同时，大众化本身和多元化、多样化的生活状态、审美兴趣并无冲突，它意味着在这种状态下，使诗歌具备更大的包容性和丰富性。

时代在发展，诗歌也要发展。无论如何，诗歌仍然是文学桂冠上的明珠。人们对它有更高的美学期待。诗歌也只有包容和亲近大众，才能和大众一道对诗歌内部秩序进行重建，激活它的生命力，构建新的诗学观念和美学模式。保持面向大众的姿态，才能使诗人离开自我立法的虚妄和自我评价的盲目，坚持对表达形式的变革意愿和敏感性，为诗歌的文体自觉不断提供创造性的形式依凭。这也是新诗百余年进程留下的任务。

固然，当前人们对诗歌的关注和敏感大不如前，现实生活的物质性在贬抑诗性，强悍的市场机制也会销蚀诗的品质，诗走向大众的路途注定是艰难的。但是这条道路必须坚守，方向不容改变。否则，离开这个原点，一切成果都难以成为提升的台基。

回过头来看，六十年来的诗歌，一个形式上的重要遗憾，是把"诵读"与"视读"、音响和修辞分割、对立起来。在修辞要基于话语现场、音律要照顾语言习惯的前提下，音响就不能意象吗？意象就不能音响吗？让语言富于韵致，把声音还给语言，不啻为推进诗歌形式进步、让诗歌重返大众的一个办法。

新诗百年，历经断裂与成长。一个或许不是问题的问题让一些诗人纠结：选择诗还是选择大众？我们的回答是：选择有大众的诗。

原载《文艺研究》2013 年第 10 期

文学、家族与革命

南 帆

一

家族是一个袖珍型的社会单位。相对于国家、民族、阶级、阶层以及专业同行等各种共同体，家族的规模微不足道。尽管如此，这个社会单位内部却隐含了繁多的戏剧性因素。无论是忘我的挚爱、激烈的财产争夺还是不动声色的钩心斗角，家族舞台展示的人物性格远比公共空间充分。这显然是文学持续注视这个社会单位的首要原因。从兰陵笑笑生的《金瓶梅》、曹雪芹的《红楼梦》、巴金的《激流三部曲》、路翎的《财主底儿女们》，到左拉的《卢贡·马卡尔家族》、托马斯·曼的《布登勃洛克一家》、福克纳的《喧哗与骚动》、加西亚·马尔克斯的《百年孤独》，家族内部线索分歧的恩怨情仇造就了庞大的情节体系。尽管"家族"正在成为一个衰减的概念，但是，文学对于这个社会单位的迷恋依然如故。

许多思想家倾向于认为，家族曾经在古代社会的政治或者经济运作之中充当了举足轻重的角色，继而在历史的某些段落成为国家的胚胎。尽管"家"与"国"之间的结构对称随着国家的强大和成熟而逐渐减弱，但是，二者的呼应成为意识形态的内在机制。例如，父子之间的"孝"赢得了与君臣之间的"忠"相提并论的资格。"无君无父"是性质相仿的罪名。如果说，弗洛伊德描述的父子冲突仅仅聚焦于家庭内部性的争夺，那么，父子与君臣的对举则敞开了家族与国家之间的观念通道。这时，所谓的"孝悌"不仅有助于巩固家族的伦常秩序，而且象征性地扩展为一种令人称道的政治品德。简言之，"君为臣纲"与"父为子纲"同出一源，孝即政治。

现代性的冲击波对于家族的聚合功效产生了巨大的震荡。进入现代社会，这个社会单位愈来愈多地陷于瓦解状态。家族解体的历史原因很多，现代社会的众多表征共同推波助澜，例如发达的交通体系，人口的全球流动，城市和大规模的工业生产，昌盛的商业制造出的新型社会关系，服务行业的崛起与介入，如此等等。这一切无不汇聚为某种醒目的文化倾向：个人主义的兴起。个人开始挣脱家族的桎梏成为独立的主体，恋爱自主通常成为个人与家族交锋的第一场战役。"出走"的故事骤然开始盛行，这些故事犹如许多作家的"夫子自道"。"我是我自己的"，鲁迅借助《伤逝》的女主人公表白了一个时代的宣言。当然，个人挣脱家族的桎梏交织在现代社会的痛苦分娩之中。现代社会的独立精神、财富积聚、市侩气息、带有血污的利益瓜分以及伦理道德的剧烈摇摆无不投射到家族内部，并且因为血缘关系的撕裂而形成了巨大的恩怨波澜。巴金的《家》如同一个典型的标本。年轻一代再也不愿意充当家族的殉葬品，然而，他们的叛逆、决裂和投奔广阔天地无不伴随着家族成员的曲折纠葛。激烈的冲突和对立背后，负疚、伤感、猜忌、悔恨、悲哀等各种隐秘乃至微妙的情绪构成了纷杂的伴奏。栩栩如生地展示家族内部隐藏的各种紧张、矛盾和复杂博弈，这是文学由来已久的兴趣。历史话语和社会学倾向于从外部描述家族如何承担一个社会的零部件，文学更乐于解剖家族的内部构造出现了哪些意味深长的异动。

　　20世纪文学首先聚焦的是家族认同的中断。家族成员开始甩开血缘关系的掣肘而赢得了前所未有的活动半径。一批血气方刚的年轻知识分子闯出了死水一般的深宅大院，历史慷慨提供了新型的社会空间。如果说，巴金的《家》之中的觉慧仅仅显示了破门而出的勇气，那么，到了路翎的《财主底儿女们》，蒋纯祖们迅速熟悉了大门之外的历史节拍。作为启蒙思想的受惠者，这一代年轻的知识分子几乎天然地倾心于民主、进步和革命。广义地说，他们都是五四新文化运动孕育的新生代。

　　当然，五四新文化运动包含的驳杂观念仅仅造就了泥沙俱下的革命。仅仅以摧毁家族的权威体系为己任，这显然是一种政治短视。正统的马克思主义视域之中，"阶级"必须取代"家族"而晋升为革命的核心范畴。追溯无产阶级革命的起源，启蒙思想之中的个人主义话语并不彻底。作为一个政治共同体，"阶级"关系的组织功能远远超过家族的血缘关系。相对于家族的姓氏族谱，政治经济学是马克思主义分析社会的犀利武器：经济地位的极端悬殊形成了剥削阶级与被剥削阶级之间不可妥协的对抗，革命就是无产阶级推翻统治阶级的暴力行动。因此，为了占领家族势力后撤而遗留的文化真空，阶级意识必须尽快地覆盖个人主义话语，从而完成一个新型的革命理论衔接。这个意义上,梁斌的《红旗谱》隐含了历史叙事的转换。《红旗谱》之中,朱家、严家以及他们代表的锁井镇穷苦村民与恶霸冯兰池家族结下了血海深仇。然而,激烈而漫长的家族角逐之中,朱、严两家始终处于失败的位置上。《红旗谱》力图表明一个真理:只有当家族势力的较量汇入阶级大搏斗的历史洪流之后,穷人才能作为一个阶级的整体获得真正的解放。

相当长的时间里,这种历史叙事似乎解决了全部问题。启蒙思想以及个人主义话语是革命历史的初级阶段,阶级意识的觉醒是革命历史的成熟阶段。无产阶级革命的最终成功仿佛证明,阶级是一个坚固的同质整体,家族仅仅是一个被动地接受阶级支配的次级范畴,家族对于革命历史的贡献或者阻碍可以如数地记录于阶级的账单之上。历史的图景如此清晰,所有的历史叙事背后无不隐藏铁一般的必然逻辑。

然而,20世纪80年代之后,这种逻辑遭到了某种质疑。人们对于革命历史的想象会不会过于简单了?过于简单的想象不仅无法洞悉革命的艰苦卓绝,无法洞悉革命的巨大代价之中包含了痛苦的精神折磨和感情牺牲,也无法洞悉诸多损失背后普遍的观念错置,以至于再三重蹈覆辙。因此,尽管这种想象时常被视为毋庸置疑的意识形态,文学不再持续地随声附和——暗礁不会因为绕开而消失。当文学重新讲述一个个家族故事的时候,某些遭受遮蔽的内容开始陆续浮现。

二

挑选张炜的《家族》作为谈论对象,显然不仅仅因为小说的标题。这一部小说仿佛是一个挑战:"家族"突然冲出了习以为常的历史解释,显示出始料不及的意义。《家族》的开始与许多小说大同小异:革命如火如荼地展开的时候,许多大家族的年轻一代纷纷卷入,倾情表演。家族内部的反抗仿佛是一个引子,一批进步的知识分子终于冲出牢笼与革命相互携手。然而,令人意外的是,《家族》的故事渐渐游离了旧辙,难堪的结局尖刻地嘲笑了最初的幼稚激情。这时,历史显现了某些未为人知的沟壑。当初,尽管"娜拉走后怎样"显示了鲁迅始终如一的深刻怀疑,但是,这个命题的反响相当有限。呐喊必将听到回音,反抗必将赢得世界,乐观的气氛从未消失。对于巴金的《家》来说,潜在的乐观埋藏于巨大的悲愤背后——未来只能属于叛逆的年青一代;对于《红旗谱》来说,毋庸置疑的乐观寄寓于坚定的政治信念——无产阶级终将执掌历史。然而,到了张炜的《家族》那里,事情不再如此清晰。叛逆、反抗与革命似乎没有抵达预设的终点。历史揭示了一个始料不及的事实：正义的革命冲动并不能证明完善的革命实践。后者时常挣脱纯粹的理想而兑入了残忍、狡诈、嫉妒、报复、失信、阴谋以及实用主义的投机。革命领袖曾经告诫人们，革命不是绘画绣花，不可能温文尔雅、从容不迫；革命是暴动，是剧烈的阶级对抗。所以，只有迂腐的书生才会把革命幻想为没有血污、尸体和尔虞我诈的公正游戏。尽管如此，这种疑虑的分量仍然持续地增加：如果革命实践的负面因素大幅度膨胀，革命的魅力会不会急剧缩减？如果革命的理想蓝图不断地延宕，如果残酷的操作手段逐渐形成司空见惯的日常，那么，持续的异化和颠倒终将危及革命的信念——人们根据什么相信，污浊的沼泽背后必定存在一片祥和的高地？这时，那一批放弃了家族的知识分子不得不重新评估自己的当初预期。打碎家族的专制枷锁而奔向革命，这种举动隐含了一个许诺：抛弃家族生活必将赢得更为理想的社会。然而，如果不信任的氛围弥漫始终，如果囚禁、虐待和杀戮是革命之后的当然待遇，那么，这个许诺不啻于自欺的幻觉。《家族》异常地在情节的缝隙穿插了许多抒情段落。在我看来，叙述者充沛的抒情能量来自理想破灭而产生的内心落差——叙述者的大部分抒情决绝地从人间情谊转向了大地和草木。

《家族》记述了曲、宁两个家族知识分子令人唏嘘的遭遇。曲府主人公曲予的革命是从一个似曾相识的情节开始的：少爷爱上了母亲身边的丫鬟；由于父母的固执反对，少爷带上丫鬟离家私奔。老一辈人去世之后，他们重返曲府当家做主，并且对家族传统进行了彻底改造。他在家族生活之中的威望完全来自人格魅力而不是"主人"的身份。这种魅力不仅击穿了主仆的隔阂，而且无意地获得了另一个女佣的爱情——这个女佣始终与他的妻子亲如姐妹。作为一个医术高明的医生，曲予在自己创办的医院里救助各种病人；他利用自己的声望暗中协助共产党地下组织。无论是与父母决裂、免费替穷苦人诊病还是营救被捕的革命人士，人格平等是他始终不渝的追求。当然，曲予仅仅完成了一个开明知识分子的形象。他的人格平等理念来自文化知识的启蒙而不是阶级意识的产物。尽管曲予对于革命的援助功不可没，然而，他仅仅被视为一个同路人而不是阶级战友。曲予在革命成功之前及时地倒下了，否则，他的后半辈子遭遇不会比妻子和女儿好多少。按照阶级的标准，启蒙思想不可能有效地改造政治血缘——他曾经拥有的显赫家族是一个永不消退的难堪烙印。

宁府的革命者宁珂比曲予晚一辈，并且成为曲予的女婿。与曲予相似，他也是从知识之中获得革命的种子，继而背叛自己的家族以及从属的阶级。宁珂成了革命武装的一员，曾经出生入死，然而，这些经历无法换取无产阶级革命者的真正信任。宁珂多次动用显赫的家族势力协助革命者，尽管如此，显赫的家族仍然是他一辈子甩不下的厄运。没有人相信伟大的政治理想可以中断家族的血脉，接受阶级的报复是宁珂的宿命。宁珂的功劳曾经为他赢取了一个不小的官衔，而这个官衔又是他遭受双倍惩罚的潜在理由。

当然，对于宁珂的真正折磨是愧对族人。父亲远走，母亲谢世，他自幼由叔伯爷爷宁周义和他的四姨太阿萍奶奶抚养成人。尽管宁周义曾经冒险搭救宁珂的革命同事，但是，由于政治主张的分歧，他还是被视为革命的敌人。令宁珂难以接受的是，革命同事竟然瞒着他拘禁阿萍奶奶为人质，继而诱捕了宁周义。上级指令宁珂加入审判宁周义的法庭，这如同一个苛刻的政治考验。宁珂必须参与宁周义死刑的签署，并且将自己的作为告知阿萍。故事显然只能以悲剧收场：不仅阿萍奶奶只身返回遥远的南方，而且，磨盘一般的负疚一辈子压在宁珂的内心。

宁珂的故事迟早会诱发一个疑问：革命是否必须蔑视个体的复杂情感？《家族》之中的许予明是一个骁勇的革命者，同时拥有强烈的男性吸引力，许多为之倾倒的女性并非同一个阶级阵营的战友。多数情况下，跨阶级的爱情短暂地一闪立即熄灭。爱情形成的个人联盟如此坚固，跨阶级的爱情可能严重地扰乱革命队伍：违纪、泄密和背叛的案例并不鲜见。政治与爱情不可两全，这是阶级对决的环境里难以避免的悲剧。许予明四处留情，终于撞上了铁的纪律。他与一个残忍的女匪"小河狸"儿女情长，"小河狸"冒死来到了革命营地自投罗网。许予明无法劝降，"小河狸"被公开处决了。革命显然不能为这个可悲的结局负责。但是，没有人对于爱情的毁灭惋惜，没有人同情许予明遭受的痛苦煎熬——任何逾越阶级界河的欢愉和痛苦都不可能得到丝毫的尊重。如果说许予明相当程度上咎由自取，那么，这种观念可能在某些时刻突然显出残酷的一面。例如，强迫阿萍奶奶充当诱饵，或者强迫宁珂判处宁周义的死刑，人为地加剧亲人之间的摧残是不是隐藏了报复的隐秘快意？

不知从什么时候开始，革命时常取笑温情脉脉的面纱，犹如阴谋家取笑妇人之仁。宁珂的革命同事不惮于冒犯世俗道德，对于忘恩负义或者狭隘多疑之类的抨击无动于衷。这种观念始终隐秘地流行：成大事者不拘小节。一个宏伟的历史目标可以赦免手段的不义，例如血腥、失信、欺骗、心狠手辣，如此等等。不少知识分子嫌弃革命洪流的污浊混乱，这种精神洁癖往往追溯至他们的初始诉求。知识分子的革命追求多半始于启蒙思想，个体的道德完善成为拒绝不平等社会的第一步。他们的观念之中，各种形式的侵压和尔虞我诈无不源于人格缺陷。然而，当革命携带的是整个阶级的诉求时，道德分析不得不让位于政治经济分析。阶级利益的完整实现是一个巨大的工程，必要时可以启动多种激进的手段。无数蝼蚁般的草民争取起码的经济利益时不可能遵循文质彬彬的风度，过激行为几乎不可避免。考虑到大是大非的阶级对决，局部的污浊混乱可以忽略不计。知识分子如同一帮庸人喋喋不休地纠缠所谓的"程序正义"，他们的狭窄视野无法容纳气势如虹的革命规模。历史可以证明，革命依赖的是呼啸而至的草民集体，而不是几个热衷于洁身自好的知识分子。

尽管如此，不择手段的成功仍然留下了潜在的后遗症。革命阶级的道德质量总有一天将和革命的合法性联系起来。如果"阶级"名义庇护下的种种不义和投机屡屡获利，那么，这些手段演变为常规之后就可能造成革命内部不可愈合的溃疡，甚至动摇革命的全部意义。《家族》之中的主人公"我"在研究所的遭遇隐含了一个令人费解的问题：为什么那些卑劣的伪君子总是如此轻易地名利双收？革命的初衷之一不是造就襟怀坦荡、光明磊落的生活吗？

"我们家以全部的热情、生命和鲜血投入的这份事业成功了，胜利了；但我们一家却失败了。"这是曲予女儿的心酸总结。革命开始的时候，曲府和宁府子弟不约而同地甩开了家族而皈依革命阶级。然而，多年以后，他们并未如愿地分享革命阶级的胜利。他们没有料到革命同事的负心，一些人的心胸和道德操守甚至还不如他们所憎恶的对手宁周义。曲予和宁珂无不仰仗自己的人格赢得了众多家族成员的敬重，而这种人格对于阶级共同体无法奏效。阶级的视角会不会带来另一些盲区？

这个问题的考察将要围绕家族之中某些重要角色展开。这些角色在文学舞台上的表演提供了特殊的历史见证。

三

父亲在文学之中的位置如此显赫无疑与弗洛伊德的精神分析学有关。弗洛伊德的著名概念"俄狄浦斯情结"即是借助文学名著予以命名。从古希腊悲剧《俄狄浦斯》到莎士比亚的《哈姆雷特》，弗洛伊德主义精心地提示人们关注故事情节的隐秘部分：围绕父亲的位置出现了种种曲折而隐蔽的紊流。另一些时候，"父亲"也可能介入文学风格的解释。一般认为，弗·卡夫卡的梦幻、孤独、孱弱必须追溯到父亲形成的压抑。卡夫卡的父亲魁梧强壮，声音洪亮，自惭形秽的卡夫卡只能沉溺于奇诡的想象,以白日梦替代屡屡受挫的生活。

在20世纪初期的中国文学中,"父亲"的威严形象开始遭到冒犯。相当长的时间里,父亲的威严植根于家族体系结构。父亲通常充当家族之中的轴心人物,大权在握,伦常与孝悌是维护家族体系的意识形态;所有的后辈子女必须毕恭毕敬,唯命是从,"忤逆不孝"是他们无法承受的罪名。如果一个家族几代同堂,最高长辈执掌权柄——他是所有父亲的父亲。巴金的《家》中,病榻上的高老太爷仍然说一不二,行使绝对的统治。至少在当时,父权的滥用成为一个普遍的灾难。鲁迅曾经撰文《我们现在怎样做父亲》,阐述父亲对于子女的职责:"自己背着因袭的重担,肩住了黑暗的闸门,放他们到宽阔光明的地方去;此后幸福的度日,合理的做人。"① ——将压制子女的父权高压转换为一种庇护,甚至不惜为之自我牺牲,这是鲁迅心目中父亲的理想形象。

当初或许没有多少人预料到,威严的父亲形象很快消失了②。父亲在文学之中的声望一落千丈。家族解体带来的一个后果是,父亲权威的寄存空间急剧压缩。通常的抚养和日常监护之外,家族不再额外赋予什么。"父为子纲"与"君为臣纲"、"夫为妻纲"等传统的儒家文化信条几乎同时失效。这时,鲁迅心目中理想的父亲形象再度遭到了挑战。如果说,《我们现在怎样做父亲》引述的是启蒙思想,那么,王蒙的《活动变人形》意味深长地提供了一个失败的例证。《活动变人形》借助倪藻的目光显现了父亲倪吾诚的形象。倪吾诚无限崇敬西方文明;从笛卡尔、康德、科学实验到刷牙、跳交际舞、昂首挺胸的步态,西方文明是冲出愚昧传统的指南。尽管倪吾诚对于自己的家庭生活毫无兴趣,但是,他至少可以接受这种父亲的理念:守护子女个性是父亲的责任,子女有权利生活在一个自由的环境之中。令人悲哀的是,倪吾诚的所有理念都被世俗的日常撞得粉碎。他的妻子静宜气势汹汹地质问:钱呢、钱呢、钱呢?没有理由过多地埋怨静宜的粗俗。对于倪吾诚置身的社会说来,他所憧憬的西方文明的确是一些格格不入的空洞辞藻。西方文明的启蒙缺乏足够的经济后援与政治制度的支持。不论倪吾诚拥有多少远大的社会理想,他的家庭令人绝望。在妻子、岳母和大姨子三个女人夹击下,倪吾诚一败涂地,落荒而逃。倪藻的心目中,倪吾诚既是一个不称职的父亲,又是一个夸夸其谈的可怜虫。

倪吾诚的无能和软弱引起了倪藻的不屑,然而,另一个儿子对于父亲的轻视已

---

① 鲁迅:《坟·我们现在怎样做父亲》,《鲁迅全集》第1卷,人民文学出版社1998年版,第130页。
② 贾植芳、王同坤:《父亲雕像的倾斜与颓败》,《中国现代文学研究丛刊》1996年第3期。

经包含了政治信念的支持——我指的是柳青《创业史》之中梁生宝与梁三老汉的关系。梁三老汉是梁生宝的继父，他们曾经对发家致富的前景持有高度的共识。梁生宝力图接续梁三老汉未竟之愿，依靠自己的汗水和土地，五谷丰登，六畜兴旺，盖起瓦房娶妻生子，实现庄稼人朴素的梦想。然而，农业合作化运动展开之后，梁生宝成为积极的先锋。不论是土地观念还是劳动组织方式，梁生宝与梁三老汉之间产生了严重的分歧。他们的冷战持续了相当一段时间，事实雄辩地证明了梁生宝的远见。这时，梁三老汉终于心甘情愿地加入儿子的阵营。这是父子之间罕见的胜负颠倒。

如今看来，梁生宝的远见遭到了历史的遗弃，农业合作化运动已经中止多时。从历史后果的呈现上，与其说梁生宝率领梁三老汉赢得的是历史的肯定，不如说他们先后顺从了社会权力的倡导。革命造就了"无父的一代"。他们投身于阶级大家庭，共同景仰无与伦比的政治领袖；同时，他们对于家族体系之中的父亲兴趣索然。《红灯记》之中李玉和的家庭组织是一个阶级共同体的标本：家族的血缘联系远不如阶级情义牢固。即使到了20世纪80年代，文学之中的父亲仍然没有恢复名誉。张承志的《北方的河》等一批小说只有坚忍的母亲而父亲原因不明地缺席；对于韩少功的《鞋癖》来说，失踪的父亲是一个谨慎忍让的弱者而不是叱咤风云的豪杰；那些倾心于现代主义风格的作品仅仅出现一些漫画式的父亲形象，胆怯、猥琐、迂腐同时又虚伪；一些作家的不满逐渐从父亲扩大到父辈，例如王安忆的《叔叔的故事》。另一些作家宁可绕过父亲而向祖父表示敬意，例如莫言的《红高粱》，方方的《祖父在父亲心中》。总之，家族的颓败与父亲在文学之中的失势是前后呼应的文化症候。

从巴金的《家》到"无父的一代"，二者之间存在大半个世纪的颠簸路段。根据20世纪90年代出版的《白鹿原》，人们不妨推算，白嘉轩或许是文学之中最后一位热衷于家族事业的父亲。这是一个不同凡响的农民。由于白鹿原上的大儒朱先生悉心指点，白嘉轩的使命就是修身齐家。他制定家规乡约，并且以祠堂为中心治理白鹿村。他从来没有听说过"阶级"这个概念，白嘉轩与家里的长工称兄道弟，不分彼此。他的心目中，威胁家规乡约的强大对手是放纵的力比多——这种力比多有时是觊觎财物的贪婪，有时是坠落的性欲。他对于鹿子霖的投机嗤之以鼻，这是"家风不正"的表征；女人与性不啻于万恶之渊，妖娆地引诱了黑娃和白孝文的田小娥是白嘉轩心头的难解之恨。遗憾的是，白嘉轩的一片苦心仅仅赢得了寥寥无几的响应——除了粗野的黑娃。当初的黑娃因为仇视白嘉轩的挺拔身板而设法打断了他的腰杆；多年以后，这个不肖子弟浪子回头，躬身跪倒在祠堂里三叩九拜。尽管如此，白嘉轩始终无法明白，迷途知返的黑娃为什么还是逃脱不开现代政治制造的杀身之祸？更为难堪的是，为什么白、鹿两家的其他子弟再也不在乎"耕读传家"的古老训诫，纷纷卷入三民主义与共产主义之争？他们甚至不屑于和白嘉轩争辩是非，计较短长。的确，白嘉轩既不能接受层出不穷的各种时髦口号，又不清楚新型的政治制度和法律体系。光怪陆离的现代社会包围了白鹿村，年青一代毅然甩开了家族的枷锁而投身于革命洪流。白嘉轩没有意识到，他被他所制定的种种家规乡约隔绝在河岸的这一边，等待他的是家族制度的最后枯萎。

《白鹿原》犹如补上了空白的一页：一个依附于封建意识的父亲如何走过最后的日子。如果说，封建意识崩溃之后的阶级、革命以及种种崭新的政治文化无一不是现代性的特殊产物，那么，文学已经提早几十年写出了《白鹿原》的众多续篇。《红旗谱》、《暴风骤雨》、《创业史》以及《许茂和他的女儿》等小说无不证明，白嘉轩式的父亲已然寿终正寝；甚至可以进一步说，"父亲"逐渐成为年青一代的绊脚石——整个社会狂热激情的奉献对象只能是伟大的政治之父。

四

对于文学来说，慈母的形象似乎从来不会过时，绵延的历史怎么可能动摇伟大的母爱？因此，作为一种话语修辞，"母亲"的象征含义相当稳定。首先，繁衍、生育和富饶肥沃的含义汇聚为"地母"的原型，"母亲"的修辞表述了无尽的原始生命力。"母亲"与"土地"的互为隐喻比比皆是。如果说，原始的生生不息隐含了不可摆脱的血缘秩序，这时，"母亲"的修辞时常从"家族"扩张至"民族"或者"国家"。由于"母亲"形象的比拟，"土地"、"民族"、"国家"这些抽象的概念拥有了强烈的感情风格。母亲形象的另一个含义即是慈爱。"慈母手中线，游子身上衣。临行密密缝，意恐迟迟归。"舐犊之情几乎是所有母亲的本能。纯粹和无私的母爱几乎是母亲的同义语。当然，某些著名的母亲远远超出了亲子之间的溺爱，她们的母爱包含了成功的励志教育，例如"孟母三迁"或者"岳母刺字"。

相当长的时间里，性别歧视把女性贬为"第二性"。男尊女卑的意识观念之中，诸如"夫为妻纲"或者"红颜祸水"等观念不绝如缕。有趣的是，这些观念接近母亲形象的时候突然消失了。慈母之爱拥有某种特殊的圣洁，男尊女卑的观念无法产生重大的干扰。当伟大的母爱催人泪下的时候，荡妇和妓女的形象退避三舍，性别歧视主动收敛锋芒。慈母的形象突兀地超越了面目模糊的女性整体，如同一个独立的存在。

然而，这些一厢情愿的修辞幻象无法真正维持。无情的历史从来没有给母爱划出一个免受干扰的特区。大多数真实的母亲无法逃离性别歧视的袭击，舐犊之情不可能像真空包装的罐头，所谓的慈母形象不得不挣扎于血腥、污秽和频繁的杀戮之中——莫言的《丰乳肥臀》顽固地迫使人们正视这个事实。这一部小说想象奇诡，叙述语言茂密蓬勃，高密这一片土地上的历史既传奇又残酷。这一片土地上的母亲形象并不是浪漫剪影，悬空飘浮；她不可避免地卷入各种旋涡，备受煎熬。

《丰乳肥臀》的母亲称之为上官鲁氏。不管是娘家还是夫家，有姓无名表明了女人的附属地位。男尊女卑意识对于母亲的强大压力是，必须生出一个延续香火的儿子。上官金童出世之前，母亲生养了八个女儿——这是她饱受各种凌辱的全部理由。母亲即是传宗接代的工具，她的责任是带来家族的男丁兴旺。否则，她就是一个多余的人。母亲生养第八胎的时候难产，婆婆和丈夫宁可照看一头同时临产的驴子也不愿意为她做些什么。母亲的婚姻与爱情无关，促成她嫁到上官家的是一头骡子的聘礼。她的丈夫没有生育能力，母亲生养的八女一男都无一不是"借来"的种。《丰乳肥臀》企图叙述的即是，一个如此粗鄙的村妇身上却隐藏了不竭的母爱。

《丰乳肥臀》这个标题始终因为艳俗而招惹非议。由于强大的道德禁忌，大多数作家对于性的主题望而却步。作为这个尴尬主题的组成部分，乳房是文学的半个禁区。然而，《丰乳肥臀》并没有走多远。母亲的乳房意象并未显示过多的性意味。乳房被视为哺育的器官还是情色的器官，这一度是女性躯体规训的分歧[①]。然而，《丰乳肥臀》并未卷入线索纷繁的"乳房政治"之争。母亲的乳房顽固地执行一个功能——哺育后代。当饥饿成为时刻降临的威胁时，所有的文化主题无不自觉地让出核心位置。母亲对于儿子——上官金童——的极度溺爱来自历史悠久的男尊女卑意识，与 D. H. 劳伦斯的《儿子与情人》不可同日而语。无论是隐秘的乳房快感还是作为家族的一员，母亲始终没有赢得人格的独立。家族配置给她的"乳房政治"简明扼要：尽职尽责地提供下一代的食粮。

令人失望的是，母亲的极度溺爱仅仅造就一个羸弱的儿子。上官金童扭曲的乳

[①] 参阅玛莉莲·亚隆《乳房的历史》，何颖怡译，华龄出版社2001年版。

房迷恋表明,他只能瑟缩于母爱的羽翼之中,无法适应动荡的社会生活。相对于上官鲁氏的那一批敢作敢为的女儿以及一个个强悍的女婿,儿子的低能成为一个刺眼的尴尬。上官金童的混血儿身份与身材始终是社会的嘲笑对象,传教士马洛亚仅仅遗传给他一副与世无争的性格。当历史社会剧烈变动的时候,与世无争的性格只能领取到失败者的角色。这种状况与其追溯到恋母情结产生的颠倒性欲,不如说源于男尊女卑制造的畸形童年。以一批软弱无能的后代证明家族的衰败,这是莫言再三涉及的悲观主题。显然,《丰乳肥臀》之中的母亲只能无助地承受这个主题。她只有一个笨拙的对策:含辛茹苦,付出双倍的母爱。

然而,这个村妇身上的母爱遭到了多种政治势力的弹压。上官鲁氏与多种政治势力的联系来自她的众多女儿。传统观念之中,女儿仅仅在家族伦常之中充当无足轻重的边缘人物。可是,20世纪的各种剧变突然打乱了一切。异族入侵、革命、解放和商业社会的轮流登场。多种政治势力不仅按照各自的观念塑造高密这一片土地,而且意外地给母亲送来了众多政治上势不两立的女婿:抗日游击队、土匪、还乡团、革命军人、鸟类狩猎者、洋鬼子、政府干部,如此等等。这时,一个对于政治一无所知的村妇终于被卷入诡异纷乱的政治旋涡。当然,母亲始终不存在坚定的政治立场。她与这些政治势力的格格不入恰是由于不识时务的母爱。兵荒马乱之中,女儿与女婿四处奔波,时而充当耀武扬威的主角,时而充当流离失所的草寇,每一个女儿都将自己的后代扔给母亲养育。母亲无法辨别他们之间的政治分歧。当某一种政治派别觊觎她的子孙作为要挟对手的筹码时,她就会如同一只母兽竭力看守窝里的幼崽。战火与动荡摧毁了种种传统的生活秩序,然而,母亲的心目中,庇护每一个子孙的性命如同天经地义。她所不明白的是,为什么各种美妙的口号动辄威胁到这个简朴的观念。许多政治派别似乎不惜为一个遥远的社会理想大开杀戒,血流成河。种种报复、仇视乃至嫉妒勾兑于阶级意识,炽烈的情欲和各种私怨庞杂地组织在声势浩大的政治大搏斗之中。没有人因为斑斑血迹而抱歉,非常时期可以特赦暴力免遭道德的严厉谴责。反讽的是,革命似乎解放了母亲和周围的穷人,但是,母亲的女儿和子孙仍然一个又一个地死于非命。人们心安理得地接受了正义带来的杀戮,只有母亲这种目光短浅的村妇力图以朴素的母爱抵挡来自各个阵营的冲击。当然,大多数时候,母亲总是以失败告终。不论遇到的是炮火、子弹还是饥饿,母爱仅仅是一顶千疮百孔的帐篷。作为一个母亲,母爱的反复受挫几乎是她后半辈子的唯一体验。

五

考察20世纪80年代之后的中国文学，人们可以察觉两个饶有趣味的现象：首先，如此之多的小说选择儿子作为叙述者，小说的叙述角度始终隐含了儿子的价值观念体系；其次，儿子们的视域之中，如此之多的父亲缺席——从自顾不暇、身陷囹圄到失踪或者出走，失败的父亲几乎丧失了对于儿子的任何权威。父亲的集体受挫必须追溯到恋母弑父之外的政治生活。20世纪是儿子的时代；20世纪以出人意料的速度从父亲手中移交给儿子，革命制造的叛逆气氛功不可没。胡适于1919年发表的诗作《我的儿子》末了两句是："我要你做一个堂堂的人，不要你做我的孝顺儿子。"可以想象，如此慷慨的宣言多半来自一个强大的父亲，强大无形地解除了开明的后顾之忧。鲁迅曾经形象地形容父亲的绝对统治："若是老子说话，当然无所不可，儿子有话，却在未说之前早已错了。"① 然而，数十年之后，父亲的威严荡然无存。络绎不绝的政治风暴呼啸而至，大部分父亲陆续丧失了锐气而将自己塑造成一副卑躬屈膝的形象。尽管父亲遭受了漫长的折磨，但是，儿子很少设身处地地体验父亲的痛苦——儿子宁可选择桀骜不驯的姿态挣脱父亲带来的厄运。文学舞台上的儿子争先恐后地离开了父亲，遵循不同的价值观念集结为一个个不同的文学群落。

可以察觉，"嬉皮士"形象是许多作家对于叛逆儿子的描述。尖刻、反讽、颓废，落落寡合，不屑于公认的成功人士，缺乏上进心和取悦他人的卫生习惯，不修边幅的外貌，这些均是"嬉皮士"的突出表征。当然，不论那些儿子是出言不逊还是懒洋洋地睡眼惺忪，他们的共同之处是蔑视父亲。没有人乐于扮演父亲羽翼之下的"好孩子"，父亲被赋予虚伪、粗暴、色厉内荏的基本性格。在他们眼里，父亲的苦恼和灾难多半咎由自取。只要上司——多半是一些伪君子——施舍出一官半职，他们就会殷勤地效犬马之劳，仰人鼻息。某些时候，可怜的父亲模仿他们的上司对付儿子。父亲开出一些可笑的空头支票，逼迫儿子追随几个真伪莫辨的小偶像，换取若干一文不值的表扬。儿子的反抗形形色色，从阳奉阴违、奚落讽刺到置之不理或者离家出走。当然，这一批"嬉皮士"业已升级为中国版本，许多故事设置于熟悉的教育体系和行政机构之中，儿子所厌恶的父亲多半是这种地方训练出来的小公

---

① 鲁迅：《坟·我们现在怎样做父亲》，《鲁迅全集》第1卷，人民文学出版社1998年版，第129页。

务员。这时可以说，儿子在向整个社会文化扮出一副鬼脸。由于加缪的《局外人》或者塞林格《麦田里的守望者》的风格启迪，刘索拉、徐星、洪峰、陈建功、陈村、李洱、韩东、朱文，等等无不曾经对这个主题心领神会。从《你别无选择》、《无主题变奏》、《奔丧》、《卷毛》到《少男少女，一共七个》、《寻物启事》、《我爱美元》，一批带有"嬉皮士"特征的儿子出没于这些小说，嬉笑怒骂。通常，这些儿子打击父亲的焦点是虚伪和专横，他们无力介入更为深刻的政治经济问题。或许还可以将王朔视为这批作家的一员。然而，王朔的那些主人公多半混迹于军队大院，他们的玩世不恭混杂了衣食无虞的潜在优越——这种优越显然得益于他们频频挖苦的"体制"。这种状况表明，"嬉皮士"的杀伤力相当有限：他们以儿子的身份揶揄和讥讽父亲信奉的文化风尚，然而，文化风尚背后的政治和经济遭到了漠视。时至如今，"嬉皮士"式批判愈来愈依赖笑声制造的"解构"。盛行的"无厘头"喜剧之中，俏皮、滑稽、插科打诨和哄堂大笑终于淹没了批判的锋芒。

相对于"嬉皮士"的儿子，张承志的文学代言人是一个高大严肃的男人。这个男人仅仅是"母亲"的儿子，他的父亲从未正式露面。《黑骏马》、《北方的河》、《金牧场》等一批小说表明，儿子对于父亲的缺席态度复杂。首先，不负责任的父亲令人憎恶。抛下孤儿寡母远走高飞，父亲的怯懦和自私不可饶恕。其次，父亲的缺席促使儿子早熟。儿子企图尽快填补父亲空出的位置，行使父亲的职责，继而跨出家族而加入庞大的社会。尽管母亲始终是张承志小说的一个聚焦点，但是，这个男人顺利地穿越了"恋母"情结而完全成熟，他已经摆脱了狭隘的仇父之心而形成英雄情怀。换言之，张承志倾心的男子汉气概表明，他力图赋予儿子一个勇士的形象，他们的激情、批判以及强大的信念无不带有傲视世俗的激进风格。

余华、苏童、格非曾经因为某种相似的文学追求而被命名为"先锋作家"。这些作家再度对于古老的家族故事显示出异常的兴趣。20世纪80年代奇诡的写作实验之中，他们共同对于父亲保持了集体性的敌意。不论是余华的《世事如烟》、《难逃劫数》、《在细雨中呼喊》还是苏童的《1934年的逃亡》、《罂粟之家》，父亲通常以粗暴、自私和无能的面目出现。格非涉及的父亲不多，几个父亲常常偶露一面就匆匆赴死。这些作家心目中，父亲更多地是一个保守的文化符号。作为宗法制度的卫道士也罢，作为自以为是的权威也罢，父亲都是"先锋"竭力摧毁的老朽。当然，这些父亲仅仅活跃在家庭内部，儿子背负的压迫很大一部分来自父亲代表的整个家庭。

然而，一段时间之后，有趣的迹象出现了：一方面这些作家开始对父亲流露出难得的温情；另一方面，儿子态度的改变又是与视野的扩大联系在一起的——社会图景愈来愈多地交织于故事之中。这些作家终于意识到，父亲不仅是家族成员，而且是社会成员，社会图景的影响远远超过了家族传统。当残存的父权无法精确地投合意识形态的时候，弗洛伊德的解释效力远逊于马克思主义的政治经济学。余华的《活着》与《许三观卖血记》之中，父亲不仅充当了正面的主角，而且，他们的苦难与欢乐无不可以追溯至栖身的日常环境。回到日常的喜怒哀乐，父亲不再是一个失真的文化标本，儿子与父亲不再生硬地表演弗洛伊德规定的情节；摆脱了漫画式的肖像之后，父亲性格之中的"好"与"坏"不再如同简单的品行鉴定。可以从苏童的《河岸》之中察觉，儿子与父亲之间的冲突既激烈又琐碎，他们的相互厌烦被亲人之间的日常摩擦放大了。然而，这一对父子在社会悲剧的酝酿中无意地达成了和解。他们意识到，另一个远为强大的压抑体系高悬于他们头顶，坚如磐石。儿子的突围屡战屡败，最终被封锁于船上而不得上岸；父亲从未企图突围，他屈辱而惨烈地阉割了自己，尽管如此，父亲仍然无法逃脱背驮石碑自沉于河底的结局。这时，《河岸》终于颠倒了关于儿子的通常观念：儿子的压抑之源并非父亲，父亲仅仅是传送这种压抑的中介；同时，父亲承受的压抑远为严重，以至于他比儿子更早地崩溃。如果说，儿子与父亲仅仅是一则精神分析学寓言，那么，儿子、父亲与社会的交织构成的是复杂的政治寓言。

　　子女的叛逆并不是格非的三部曲《人面桃花》、《山河入梦》、《春尽江南》注视的主题。然而，这三部小说之中，革命、子女与父母的奇特纠缠补充了历史内部隐秘的一幕。《人面桃花》的秀米之所以投身革命，张季元的诱惑和爱恋产生了决定性的影响。张季元是秀米母亲的情人，同时又闯入了秀米的春梦——他是父亲与情人的混合体。秀米的生父短暂地露面之后就疯疯癫癫地失踪了。张季元书生式的英雄气质与遗留的日记同时开启了秀米的情窦和社会意识；换言之，他承担了情人与父亲的启蒙。除了完成张季元未竟之愿，秀米与母亲的情敌关系显然是她离家出走的另一个间接原因，她的革命动机与家族内部纷杂的性争夺相互纠缠。到了《山河入梦》，小说的主角已经改成秀米的儿子谭功达。他自幼远离父母，年轻时加入革命队伍建功立业，晋升至县长。由于同僚之间的矛盾，谭功达仕途并不顺利，"小资产阶级"气质和乌托邦幻想是他落落寡合的首要原因。他与办公室秘书姚佩佩情趣相投，情愫暗生。然而，就在他们倾诉衷肠之前，一个意外的插曲发生了：肥胖的张寡妇带上幼儿到谭功达的住处纠缠一阵，俩人居然相拥上床，继而草草成婚。这不仅是对姚佩佩的沉重打击，也是谭功达永远的悔恨。为什么肥胖的张寡妇突然得手？

这如同一个不解之谜。在我看来,谭功达的恋母无疑是一个不可忽视的理由。恋母渴望的瞬间膨胀,张寡妇作为母亲的替身乘虚而入,一个可悲的张冠李戴迅速完成。瞬间的恋母渴望改变了谭功达的一生。后继的情节之中,他和姚佩佩相继被视为革命的敌人。竭力搜索敌对阶级意识的蛛丝马迹,没有人察觉恋母渴望产生的悸动——包括谭功达本人。

"开到荼蘼花事了"——生机蓬勃的叛逆与革命已经在《春尽江南》之中消亡。谭端午——谭功达的次子——80年代残存的弑父冲动已经在最后一次冲撞导师的争执之中挥霍殆尽。此后,他无所作为地徜徉于地方志和古典音乐之中,诗人仅仅是一个曾经有过的身份。一个粗鄙的实利主义时代来临了,乌托邦理想烟消云散。谭端午的兄长是一个有趣的象征:深刻的思想与精神病症状几乎相同。一切都是game,敏感如同一种自作多情的可笑品质,哲学、痛苦、诗意或者历史的感悟仅仅是各种无关生活的文化标签。松散、琐碎的日常如同流水,谭端午再也无法抓住什么。如果不想介入各种物质利益的争夺,谭端午只能陷于某种貌似后现代的氛围,充当一个无所事事的局外人。令人感慨的是,谭端午的儿子似乎早早地与这种氛围握手言欢——学校的繁重功课已经成功地挤占了他的全部思想空间。除了电子游戏和一只驯养的鹦鹉,再也没有什么令人激动的目标可以调集内心的力比多了。对于这一代人说来,儿子的身份并未带来预期的活跃,他们还未开始谋求接管文学的叙述角度。如何续写他们担任主人公的家族故事?对于文学来说,这或许已经成为另一个迫在眉睫的问题了。

原载《文学评论》2013年第1期

叙事与哲学：小说艺术论

徐 岱

一、信息时代的文化嬗变

在一个网络文学即将成为当代文坛无冕之王的时代，似乎大势已定的事态忽然间被搅局。当瑞典文学院2012年10月11日宣布，该年度的诺贝尔文学奖颁予中国作家莫言之后，一直在文化边缘挣扎的步履维艰的小说文类，瞬间重又受到众人瞩目。虽然人们对莫言作品的价值评价呈现出毁誉参半的两极，但这并不妨碍学界借助世人的这种短暂兴趣，重启关于"小说命运"的探讨，为陷入困境的小说叙事如何从"网络文化"与"视觉艺术"的双重夹击下成功突围、重获生机，提供一些新的思路。事情需要从头讲起。让我们重返文学史，从对"小说消亡论"入手。

诗人是一只夜莺，栖息在黑暗中，用美妙的歌喉唱歌来慰藉自己的寂寞。一个多世纪前，英国浪漫主义诗人雪莱用这句略带感伤的描述宣告了一个伟大世纪的结束，而被德国哲学家黑格尔称为"市民社会的史诗"的"小说"正在迅速崛起。作为"印刷文化"的宠儿，这种文类也成了资本主义市场经济最早的文化商品。评论家们指出：曾几何时，与再美妙的诗歌也无人问津形成鲜明对比"甚至再糟糕的小说也有人读"。[①] 而"侦探小说之母"阿加莎·克莉斯蒂作品的销量，则仅次于《圣经》。躬逢其盛的英国小说家特洛罗普惊诧地表示：仿佛一个晚上，青年男女、老年翁妇，阅读小说成为时尚。凡此种种，让美国小说家弗兰克·诺里斯在《小说家的

---

① 梅特尔·阿米斯：《小说美学》，傅志强译，北京燕山出版社1987年版，第73页。

责任》一文中，正式提出了"我们的时代是小说时代"①之说。

然而文化界从来都是"你方唱罢我登场，各领风骚没几时"。当电影经过初试啼声而正式加盟艺术阵营，便迅速对刚取代诗歌而加冕艺术之王宝座的小说形成了极大的威胁。问题的症结在于"故事"。在《小说：形式与手段》一文中，英国小说家 B. S. 约翰逊就曾指出：电影一定会篡夺一些一直几乎完全属于小说家的"讲故事"的特权。因为电影能够更直接地讲述一个故事，比小说用的时间少，细节比小说更具体，人物的某些方面更容易描写。他认为：自从并不擅长讲故事的小说家乔伊斯于 1909 年在都柏林开建了第一个电影院，意味着以故事为中心的小说传统走向终结。在他看来，如果一个小说家仍一意孤行地热衷于"讲故事"，其结果只能是悲剧性的。这样的见解并非凤毛麟角，几乎是当时许多思想敏锐的小说家的普遍体会。比如态度相对积极的法国著名作家安德烈·莫洛亚也认为：未来小说家的作用开始于电影的作用中断之地。② 1894 年，有一种"摄影机"的专利说明证书的文字就写道：用放映的活动画面讲述故事。③ 所以早在 1926 年，俄国文论家鲍里斯·艾亨鲍姆同样提醒过："电影和文学（小说）的竞争，是当代文化史中一个无可否认的事实。"④

这就是所谓"小说消亡论"的滥觞。自此以降，关于小说时代将随着电影艺术的普及而步诗歌之后尘落下帷幕的说法，就如一个幽灵般此起彼伏。尤其是 20 世纪初以降，当有声电影以及后来的彩色宽银幕影片通过产业化的美国好莱坞制作公司，将这门综合艺术的魅力充分展示于世人，在全球范围内营造了独步天下的格局，关于"小说的没落"的言论似乎就将证实。不仅是诗歌与小说的这种由兴而衰的变迁，由此及彼综观整个人类艺术历程，一些敏锐的作家从中得出了"一切艺术形式都会衰老谢世"的结论。法国著名小说家巴尔扎克曾经表示：文学就好像所代表的社会一样，具有不同的年龄：沸腾的童年是歌谣，史诗是茁壮的青年，戏剧和小说是强大的成年。⑤ 虽说这位"现实主义小说大师"这番话的原意，是为"小说时代"的降临而欢呼，但其中显然能够让人引申出"各类艺术彼此接替"的逻辑。这个逻辑同样也为"小说时代"的发布者诺里斯所认同。他在文章中明确表示：随着时间

---

① 弗兰克·诺里斯等：《美国作家论文学》，生活·读书·新知三联书店 1984 年版，第 147 页。
② 安德烈·莫洛亚：《艺术与生活》，郑冰梅译，生活·读书·新知三联书店 1989 年版，第 105 页。
③ 安德烈·戈德罗：《从文学到影片》，刘云舟译，商务印书馆 2010 年版，第 53 页。
④ 雅各布·卢特：《小说与电影中的叙事》，徐强译，北京大学出版社 2011 年版，第 89 页。
⑤ 巴尔扎克：《巴尔扎克论文选》，李健吾译，中国社会科学出版社 1988 年版，第 105 页。

的推移，小说也将丧失自己的整个地位，正如长诗之丧失地位一样。因此他提出，"认真地想想是什么将取代小说的地位倒很有趣"。① 诺里斯的言外之意是清楚的：就像当时的许多文学界人士那样，在他看来，随之而来的是电影时代。

并不出人意料，在艺术文化史上，接替小说而加冕艺术王位的果然是电影。不过最终的事实却表明，关于"电影崛起，小说消亡"的说法，其实是个"毫无根据却不无意义"的伪命题。说它"毫无根据"是指，这种说法同形形色色的"终结论"一样，属于耸人听闻之言。说它"不无意义"是指，这个命题可以作为一个学术讨论的话题，让我们在以"信息快递"为特色的所谓"传媒时代"耐下心来，重新认识小说艺术不可取代的价值。比如在20世纪70年代，托多罗夫曾表示：今天，向整个社会提供其所需之叙事的不再是文学，而是电影：电影艺术家为我们讲述故事，小说家则做文字游戏。② 乍听起来，让人以为这仍不过是"电影取代小说"的老调重弹，但细细体会却能发现话中蕴含着的反讽式含义。它与其说是对电影讲故事功能的强调，不如说是对当时初露锋芒的所谓"后现代小说"的苍白空洞之本质的批评。问题的关键仍在于如何看待电影对小说的冲击。法国著名影评家马赛尔·马尔丹在《电影语言》一书中曾经写道：电影最初是一种影像演出或者说是现实的简单再现，以后便逐渐变成了一种语言，也就是说，成了叙述故事和传达思想的手段。③ 这意味着一种真正意义上的"综合艺术"的诞生。

毫无疑问，从无声的"默片"时期到有声电影再到如今以3D技术为代表的各种"大片"的问世，我们不仅从"票房奇迹"上见证了电影工业创造财富的巨大威力，还从所谓的"视觉大餐"领略了电影抓人眼球的魔幻奇技。但需要强调的是：艺术电影有目共睹的成功并没有像一些文化预言家所想象的那样，以小说的没落为代价。迄今为止，我们见到的完全是另一种景象：小说与电影通过故事的中介，形成了一种联袂携手、互利合作的良性关系。以不久前刚走红的李安首部3D电影《少年派的奇幻漂流》为例。影片改编自法裔加拿大籍作家扬·马特尔（Yann Martel）创作的同名小说，迄今为止已经在全球热卖700万本，2002年赢得著名的英国布克奖、《纽约时报》年度杰出图书和《洛杉矶时报》年度最佳小说奖，被《芝加哥论坛报》赞扬为"无论从什么方面来看，都是一部奇特的小说"，并在《纽约时

---

① 弗兰克·诺里斯等：《美国作家论文学》，生活·读书·新知三联书店1984年版，第147页。
② 安德烈·戈德罗：《从文学到影片》，刘云舟译，商务印书馆2010年版，第1145页。
③ 马赛尔·马尔丹：《电影语言》，何振淦译，中国电影出版社1980年版，第4页。

报》的畅销书排行榜上停留长达一年多。有人认为，小说本身的成功为李安凭借此片二度问鼎奥斯卡最佳导演的荣誉提供了方便。这个说法不无道理。事实上，这也是李安看准这部小说来拍摄一部能让他再度获得成功的影片的重要原因。

事实上，电影人从未忘记这点。比如李安在他的第二个奥斯卡最佳导演奖的致辞中，就特别提到"我需要感谢扬·马特尔（Yann Martel），写出这本不可思议又鼓舞人的小说"。这句朴素之言无疑是对"好电影与好小说"的密切关系的最佳注解。"文学，无论是通过戏剧还是通过叙事小说，为电影的发展做出了、并仍在做出巨大的贡献。"① 据统计，仅以好莱坞为例，迄今为止仍有约 1/3 的故事片以文学散文文本作为改编原本，包括短篇和更多的长篇小说。这些影片通常都是具有极高艺术含量的最佳影片，而不是大量制造的快餐文化。这也进一步说明，过度强调小说与电影间的竞争性，将小说的边缘化归咎于电影，这种观点并不合理。如果细加研究，不难发现这两种艺术形态其实存在着一种"你中有我，我中有你"的现象：小说具有某种"电影性"，就像一位论者所说："叙事并不是静止不动的，它是一部电影"②；电影同样存在着一种"小说性"：电影观众不仅需要区分故事的表达者和创造者，除此之外还得以电影的方式完成小说读者的欣赏环节，在自己的想象中"重构电影的叙事"。③

这就是优秀的电影往往离不开成功的小说的原因。然而，对"小说消亡论"的否定并不表明"小说危机说"不成立。时过境迁来看，有一点已经水落石出：把小说"危机"归咎于电影艺术，显然属于想当然的无稽之谈。正确的思路是从社会发展形态上寻找问题的症结。小说是写给人看的，小说兴起于读者群体的形成，繁荣于体现工业社会特征的市场经济。众所周知，德国 19 世纪一代美学宗师黑格尔曾经称小说为"近代市民阶级的史诗"④。这是一个生动而准确的评价。近代市民阶级的形成，以受宗教神权的影响而形成的"无我主义"的瓦解为前提。这意味着小说的社会背景，是以现代"个人主义"文化的普及为基础、拥有真正独立个性的"个体"的诞生。这是人类历史发展中的一件大事。就像历史总是由具体的事件为基础，人之所以为"人"而不是能直立行走的灵长类动物，就在于其具有鲜明而独特的个

---

① 雅各布·卢特：《小说与电影中的叙事》，徐强译，北京大学出版社 2011 年版，第 89 页。
② 杰克·哈特：《故事技巧》，叶青等译，中国人民大学出版社 2012 年版，第 109 页。
③ 雅各布·卢特：《小说与电影中的叙事》，徐强译，北京大学出版社 2011 年版，第 29 页。
④ 黑格尔：《美学：第三卷下册》，朱光潜译，商务印书馆 1981 年版，第 167 页。

性。所谓"人的时代",也就是倡导个性解放、让个体彻底摆脱以各种冠冕堂皇的名义受制于集体的束缚的时代。如同史诗是人类"英雄时代"的鲜明标志,小说是这个"人的时代"的最佳象征;而以列夫·托尔斯泰和陀思妥耶夫斯基等为代表的19世纪的俄国小说,则标志着这门艺术所达到的最高水平。所以德国美学家玛克斯·德索专门指出:俄国小说是以什么样的特点在欧洲获得成功的呢?首先是由于对个人的描绘。[1] 小说的最大魅力在于它是反映个人体验和感受的最佳手段,从而也是落实苏格拉底"认识你自己"这句名言的最佳方式。这与小说的使用媒介有关。在某种意义上,"小说或许是本质上与印刷的媒介联系在一起的唯一的文学体裁"。[2] 这个现象事关重大。经验表明,"对书面文学的知觉比起对口头文学的知觉来,是一个隐秘得多的心理过程,其原因在于,书面文学较之于口头文学在无可比拟地大的程度上,诉诸作为个性的人。"[3] 由此可以理解,何以小说与诗歌在"接受与传播"方面存在如此鲜明的反差。在志同道合的朋友们中吟诵诗歌之所以司空见惯,是因为它本然地具有一种分享性。但一部小说尽管也能被拿来在一群"粉丝"中如此这般地朗读,其意义却是在作品之外,因为尽管我们完全能够把读一部好小说的心得与有着相似共鸣的三五同道相互交流,但欣赏一部优秀小说的最佳方式是独自阅读。具有真正"个性"的个体的存在,是小说艺术的前提,也是其对现代化社会的一种贡献。因为个性与良心是健康"人性"的基本品质。

但当下的社会现状呈现出一种"吊诡":在一片"多元文化"声中,却越来越趋于一种文化的"同质性"。"非个性化"已成为当下社会的鲜明标志。这就是小说危机的根本症结所在。无论是关于英雄还是凡人,他们作为小说人物都是具有独特个性的"个体化"的生命现象,讲述属于他们的"个人故事"是小说的优势。一个自我中心的社会是不会对这种"个人故事"有多大兴趣的,这在客观上对小说继续存在的必要性构成了危险。深入地来看,问题的症结在于"后工业时代"的网络文化的影响。该如何给当今时代命名?习惯于高谈阔论的"社会学"围绕这个话题展开过众说纷纭而莫衷一是的雄辩,概括起来主要有四种:信息社会、后工业社会、消费社会、图像社会。这些说法各有其理。但我认为,当今时代离开了网络是难以想象的,在某种意义上,正是网络工程的快速、完善的发展,才真正让我们进入到

---

[1] 玛克斯·德索:《美学与艺术理论》,兰金仁译,中国社会科学出版社1987年版,第359页。
[2] 伊恩·瓦特:《小说的兴起》,高原等译,生活·读书·新知三联书店1992年版,第220页。
[3] 莫·卡冈:《艺术形态学》,凌继尧等译,生活·读书·新知三联书店1986年版,第348页。

"后工业社会"。所谓的"消费活动"已不仅仅属于大型购物中心,而是在网络上的"按键"行为。换言之,"网络社会"的概念能将当今时代各种现象一网打尽,反之却不能。网络具有无限可能性,但这一切仍取决于一个至高无上的主宰者"信息"。虽说这个词对我们并不陌生,但在网络时代正式降临之前,发明这个概念的人类对于它所蕴有的内涵其实并不真正清楚。正如凯斯泰尔斯在《信息批判:经济、社会与文化》一书中所说,"信息"让人耳目一新的进步归功于数码技术的跨越式发展,以至于我们拥有了一个甚至让某些人对之顶礼膜拜的"信息技术"的新概念。因为这种技术完全能够通过社会组织和权力关系等事关"体制性存在"的结构的根本改变,形成社会形态的重构。[①] 不仅如此,技术并不会按照其发明者希望的那样仅仅停留在物质层面,充当人类征服世界的最佳工具。事实表明,随着这种技术的不断升级换代;如今它已能进入人类内心深处,不仅改变我们的思维方式,而且改变我们的欲望与需求,从而彻底改变我们的"人性"。[②] 最终其创造者沦为像它们那样的没心没肺的肉身化机器。当今社会的种种景观,证明了上述所言并非无稽之谈。

问题的症结在于"信息"这个关键词。何谓"信息"(Information)?根据凯斯泰尔斯以及当今学者普遍采用的晦涩绕口的话讲,其主要性质是流动、拔根、时空压缩等诸如此类。对于这种"说了等于没说"的"阐述",需要给予进一步的补充。准确把握这个概念,必须将它与"讯息"(message)和"通信"(communication)区别开来。后者强调一种交流行为,前者的特点是"短、平、快"。具体地说"短"是指其表达手段简单,"平"意味着表达内涵没有深度,"快"强调的是其表达形式与所涉及的事件间尽可能同步。在此意义上,讯息的实质的确可以用"非常短的信息"来概括。而信息即"最简单的告知",这就是"信息"在日常使用中往往与"报道"相关联的原因:它们出现的语境基本相同。信息所拥有的这种有限内涵,决定了其功能主要属于"索引性"(indexical)。在本质上,"信息"与"新闻"几乎是同义词:过时的信息已经失去作为信息的价值,因而也不再有人对之感兴趣。更重要的是,由于信息的这种彻底平面化,它通常能够直接转换为图像形式。

从文化人类学角度看,我们为获得信息而付出的代价实在过于沉重,因为它在提供"正能量"之际总是释放出后果不堪设想的负面效应:对"意义"的消解。就像在字面上"新闻"与"故事"呈现出一种分庭抗礼的对峙;在本质上"信息"是

[①] 约斯·德·穆尔:《赛博空间的奥德赛》,麦永雄译,广西师范大学出版社2007年版,第36页。
[②] 迈克尔·海姆:《从界面到网络空间》,金吾伦等译,上海科技教育出版社2000年版,第62页。

"意义"的杀手。尽管所有包含"意义"的媒介与话语，都会宽容地为"信息"留下一席之地；但反之却不然，信息是意义的屠夫，它全凭彻底清除意义作为其存在的前提。因为叙述话语的"碎片化"和信息流量的"加速化"，既使得意义失去了其赖以存在的叙事性文本，也让作为受众的我们失去了关注意义的能力。信息的时效性强调突出的延续性（duration），它靠不断吞噬个体注意力才能体现其当下性的存在，其后果就是人们注意力的极度涣散。这就是"信息悖论"的由来。所谓"信息高速公路"与现实世界里的情形如出一辙：同样的拥挤和堵塞，因而"信息爆炸"的结果就是"信息消亡"。所以，由信息掌控的"媒介社会"与"网络时代"，意味着创造了这一切的人类发生了根本性改变。美国心理学家乔治·米勒将曾以"使用符号的动物"来界定的人类，重新命名为"食信息动物"。这个观点得到了哲学家丹尼尔·丹特的赞同。他通过比较人类思维和电脑运作得出结论：人不仅是一种食肉动物，而且已经逐渐变成了"食信息动物"。人对信息充满了饥渴，他的生存目标只剩下一个问题：我要的那则新闻来了吗？发生在今天的日常生活世界的情形难道不正是这样吗：就像热带大草原上匍匐在草丛中的大型食肉动物的猎食目标是羚羊与鹿等食草动物，当我们坐在电脑面前，我们"随时准备出击捕获猎物：信息"。[1] 这再次验证了一个早已让人耳熟能详的结论：我们使用的工具不仅改变着我们的生存环境，而且首先改变着我们自己。由此看来，这样的预言并非没有根据：我们会生存在一个极权主义横行的世界，只是这种强权并非来自政治或者宗教教义，而是来自科学。[2] 有朝一日，当功能越来越丰富的形形色色的电子产品将我们的生活整个包围，我们也就进入了另一个与以往完全不同的世界。这种不同的重点不再是民主与专制的区别，而是意义与虚无的差异。在这个世界中，除了"意义"我们拥有一切。这意味着它是另一种极权，只不过这位主宰者不再是戴着不同面具的独裁者，而是无处显形又无处不在的信息。

这样的前景或许听起来没那么可怕，但其实比英国小说家赫胥黎笔下的"美丽新世界"更有理由让我们感到毛骨悚然。因为信息不需要也不容许我们"思考"，它只是让我们"知道"。就像德国网络文化学家施尔玛赫在《网络至死》中所说：我们对于信息永不满足的追寻最终会导致"洞察力的终结"。其后果不仅意味着曾经以"智者"自以为荣的人类主体成了名副其实的"白痴"，而且同时也伴随着道

---

[1] 弗兰克·施尔玛赫：《网络至死》，邱袁炜译，龙门书局2011年版，第98—99页。
[2] 弗兰克·施尔玛赫：《网络至死》，邱袁炜译，龙门书局2011年版，第59页。

德冷漠症和良知的丧失。因为被信息主宰的我们已不再是拥有梦想的"灵性化的主体",而是一个对"意义"无动于衷的"数字化的自己"。之所以说"网络至死",并非指人类肉身的灰飞烟灭,而是成为利奥塔所说的"非人"。因为"意义"并不是宗教神秘主义的专利,恰恰相反,它从来植根于日常生活世界之中,是我们对自身生命的关注和珍惜。这也就是为什么,尽管关于人生意义的讨论常常只是些陈词滥调,但仍然不断被人们提上议事日程。进一步讲,古往今来不同种族的人类都会为一个词而激动:自由,原因就在于"倘若生活要有意义,自由便是必不可少的"①。正是出于这些考虑,才会有人站出来强调:在这个无法逆转的信息时代,我们的任务是牢牢维系住自身的经验之锚,以便从信息海洋中寻找到生命存在的意义。②

这就是"小说危机"的根源所在:身处信息时代的小说家失去了由小说读者营造的市场需求。"信息人"不再是传统那种擅长体验懂得思考的"读者",而是被动的信息接受者。信息有其自身的价值,它体现为倏忽即逝的直接性。"信息价值没有过去、没有未来",因此也"没有反思和推理论证的余地"。③ 因为信息社会是知识社会,这个社会的关键问题是快速先进的知识生产,以便为"知识经济"创造更多的利润,从而反过来支撑起这个以信息为核心的时代。所以一个货真价实的"信息人"充其量也就是擅长消化新技术的"知识人",以便自己在这个社会能够通过成功地履行"工具人"的职责而获得最佳的生存机会。显然,这样的人不仅对小说不感兴趣,对艺术电影同样如此。由此可见,将小说的衰落归咎于电影的崛起实在肤浅。在很大程度上,小说的危机同样是优秀电影的危机。因为这样的电影和小说有着共同的核心:叙述一个好故事。但信息不是"论说",更不需要"叙事",而只需要能够将其内容快速有效地传送出去的媒体,这种媒体的功能在于仅仅传送信息本身而排斥所有会对信息产生干扰的内容。

所以对信息而言,它最需要的也就是称之为"信息机器"(inforrndlion - machines)的媒介。这就是加拿大学者麦克卢汉"媒介即信息"这句话的言外之意,更确切地说它的意思其实应倒过来理解:"信息即媒介"。信息之所以为信息,意味着相比于传递速度和效率,所传送的内容已不像曾经那样具有支配性的重要地位。

---

① 鲁道夫・奥伊肯:《生活的意义与价值》,万以译,上海译文出版社1997年版,第66页。
② 迈克尔・海姆:《从界面到网络空间》,金吾伦等译,上海科技教育出版社2000年版,第39页。
③ 斯各特・拉什:《信息批判》,杨德睿译,北京大学出版社2009年版,第228页。

这取决于信息传送的通常由机器承接的媒介。由于信息在广义上属于"文化"范畴，因此这种机器也可称为"文化机器"（culture-machine）。这种机器的代表早期是"电报"，之后是"电视"，再之后的当今就是隐身化的"电子"。它们的共同特点就是"信息化"越来越彻底。以电视为例，电视虽然也能够播放电影，但其典型内容主要是诸如社会新闻、体育竞赛、肥皂短剧、情景喜剧等这些统称为"信息"的东西。它们具有作为信息的核心特点：由于无足轻重，其价值在播出之后便迅速衰减，直至从受众记忆中完全消失。① 懂得了这些也就可以解释，为什么老到的电影观众在看电影时，往往不自觉地表现出目不转睛、全神贯注的状态；而一个标准的电视受众在看电视时，"常用的方式是扫视而不是盯视"②，并且总是将遥控器拿在手里或者放在身边，方便自己能够随时随意地换台。

由此来看，这样的见解是中肯的：恰恰正是电视成了代表电讯和媒体发展转折点的媒介。但将这个观点仅仅建立于电视"提供了一个在家可以接受的屏幕，并且用于各种目的"这样的理由上，却显得有点肤浅。不错，与电影相比，电视的确更具有"大众化"色彩。但这只是现象的一个简单呈现。进一步讲，这个特点表明了，作为"信息人"的一种代表，"电视人"需要的是对不断更新的信息的简单"了解"，而不是对在大千世界中发生的事件中内在蕴含的人性因素予以深入的"认识"和"体验"。电视人的诞生不仅意味着所谓"视觉中心主义"的形成，令人想起笛卡尔早已指出的，视觉是我们"最普遍最敏捷的感官"的观点；而且还意味着一种新认识论的出现："视觉认识论"（visual epistemology）。这种认识论不再以"真理"或"真相"为关注目标，而是以"关注自身"也即"注意力"的稳定与否为重点。电视人以"屏幕上所呈现的这些是否足以吸引我"的问题，取代了电影观众的"这个故事究竟想表达什么"的思考。由此可见，对"意义"的需求不仅是小说读者的追求，也同样是电影观众的要求，但对于电视人已完全不同。这就是让一些社会学家为之担忧的问题。

举例来说：1991年海湾战争爆发时，全球各大媒体首次以先进的电子设备进行了"实时实况"跟踪报道。但法国学者鲍德里亚却在《解放》一文中，令人惊诧地提出：海湾战争未曾发生。鲍德里亚的表述不无耸人听闻的味道，但其意思并非像"字面"上所说，否定这场战争曾经真实发生，而是想强调：当全球观众在电视屏

---

① 斯各特·拉什：《信息批判》，杨德睿译，北京大学出版社2009年版，第113页。
② 尼古拉斯·阿伯克龙比：《电视与社会》，张永喜等译，南京大学出版社2002年版，第11页。

幕上，以一种比好莱坞大片更引人注目的方式目睹战争的进行，这让他们没能或者说无法深入地去对其进行思考和理解；其结果便是有意无意、多多少少地忽视了对这场战争的后果的进一步反思。症结在于，正是电视化的效应逐渐消除了真实与虚拟之间的界线。其结果是，与小说读者和电影观众对故事到底是真是假十分在意不同，一个老到的电视受众早已有意无意地对所看对象的真实与否不加关心。

再触目惊心的实际发生的现象，在电视人眼里只是面对惊悚镜头而已，与观看一部以刺激性为娱乐的黑色影片无异。因为在电视的作用下，他们对于所接收图像的真假，已经成为一种信息化的建构。这种"信息化过程"让全程观看这场战争的电视人身上的人性因素受到了伤害。但这种"非人"化或者说人性的"异化"现象，并未以电视的出现暂告一个段落。相反，随着网络技术超出人们想象的迅速发展和随之而来的最新产品不断更新换代地升级，一种完全依赖网络服务器而生存的"电子人"，已在同步地取代电视人成为信息人的最佳代表。电子人的一般特征是对诸如各种平板电脑和智能手机等的熟练使用，这让他们对信息的吸纳与汇集比电视人更为有效也更有兴趣。所以有学者敏锐地提出：当今社会与技术相关的最紧迫的问题，已不再是对机器不负责任的使用导致生存环境的恶化，和对高科技终将给人类带来福音的"迷思"，而是关于"电子人的本质"的认识。[1]

这种提示里清楚地昭示着对电子人的非人化实质的恐惧。凡此种种都传递着一个"信息"：信息时代的文化嬗变的结果，是一种"新人类"的诞生——对"生命意义"和"存在价值"的前所未有的冷漠。这种走向彻底信息化的趋势正是电子人的普遍特征，它来自片面鼓吹网络民主化的人们对"网络的排他性和独裁性"的忽视。诚然，网络的这种特性并不以明目张胆地驱逐意义的方式表现，而是通过"意义即信息，意义即连贯性"[2]的方式呈现。其可怕之处不仅仅在于通过这种形式消解意义，更在于让意义彻底失去意义。因为"信息科学把消息看作是发生在个人之间的事件，而不是社会流"。[3]这是一场货真价实的"静悄悄的革命"，其结果是人类将从一种极端"集体主义"文化走向"原子化"的极端个人主义，这样的人还能是名副其实的"人"吗？一个对"生命意义"不再有感觉的人又将会走上一条怎样的人生之路？对这些问题的思考已经迫在眉睫。

---

[1] 马克·波斯特：《互联网怎么了》，易容译，河南大学出版社2010年版，第29页。
[2] 肖恩·库比特：《数字美学》，赵文书等译，商务印书馆2007年版，第243页。
[3] 肖恩·库比特：《数字美学》，赵文书等译，商务印书馆2007年版，第244页。

由此可见，所谓"小说危机"或者"电影危机"的实质是"意义危机"。小说与电影间的良性竞争让它们处于同舟共济的命运。信息时代"放逐意义，清除思考"的文化嬗变，不仅大量地吞噬了潜在的小说读者，也使电影的观众群体发生了根本性的改变。当年轻人不再像以前的观众那样全神贯注于银幕上的故事，而是把豪华的电影院当作时尚的娱乐场所和打情骂俏的理想空间，这无疑表明电影黄金时代的落幕。当代艺术文化究竟该如何做出应对？这才是事情的关键。

让我们再来回顾一段历史。20世纪80年代的中国曾有"文学新时期"之称。在那段时期，尽管"全国人民读文学"的盛况已经不再，但无论诗人还是小说家，文人墨客的身份仍因"灵魂工程师"的荣誉而受到尊敬。但在1988年，身为重量级小说家的王蒙，却出人意料地写了篇《文学：失却轰动效应以后》的文章，意在彻底打消一些人对"文学黄金时代"能够东山再起的期待。王蒙提出，20世纪70年代末，随着"文革"结束而掀起的那种近乎可用"沸腾"来形容的"文学热"，其实并非文学本身所理当承受的。相反，一部作品在社会上引起的反应显得相对平静甚至于某种程度上的冷落，这应该被视为常态。不妨引用一段文章中的话：

> 如果一个社会动辄可以被一篇小说、一篇特写、一个文学口号所激动所"煽动"起来，只能说明这个社会的运行机制特别是言论与决策状况不大健全，不大顺畅。说明这个社会的人心不稳，思想不稳，处于动荡之中或动荡前夕。反过来说，如果一个社会的许多成员只是为了"解闷儿"而读文学作品，冷落了一些救世型的思想家和救世玩世型的艺术家的巨作，也并非完全可悲。[①]

对于曾亲历过这段历史的人们来说，王蒙这篇文章在当时中国的文化界所引起的"轰动效应"仍是记忆犹新。但今天重新来看，这篇文章之所以能引起这样的反响，在于其道出了一个曾被国人忽略的基本事实：艺术对个性化的强调同时也意味着多元化的形成，因此即使再优秀的作品，它所能产生的"关注度"总是有限的，其"广泛"性充其量只能达到属于它的"圈子"的边缘。从中我们可以看到"危机说"与"消亡论"的根本区别：后者就像是一位不负责任或缺乏经验的医生，对尚有很强生命力的患者开出一张"病危通知书"；前者只是出于清醒的理性态度，对小说艺术的价值本质的一种还原。由此看来，我们无须对小说的未来究竟会逐渐光

---

① 王蒙：《风格散记》，人民文学出版社1991年版，第234页。

明还是日益黯淡作出盲目的猜测，但有必要对小说的文化价值与社会意义给予相对准确的阐释。必须承认，小说提供的文化效果主要属于"消极意义"而非"积极意义"。换句话说，关于小说艺术之门道的阐释，并不能让小说的市场供需关系产生显著改变，从而也无法解除小说的危机。但反之，不做这种努力却肯定会对小说实现其应有的艺术价值造成妨碍，为"小说危机说"的扩散推波助澜。对小说及其他艺术形态所具有的文化意义的阐释，其目的并不应该是企图让那些早已心甘情愿地向以自恋型功利主义俯首称臣的人，有兴趣加入"文学俱乐部"成为合格的小说读者，而是为那些面对虚无主义的吞噬仍在进行顽强抗拒、不甘于让此生成为匆匆过客的人们，送去一点小小的鼓励和慰藉；而小说的这种功能源于其蕴含着的"意义"。显而易见，那些以迎合读者消遣和打发时间为主要功能的杂闻故事，在"发挥信息功能"方面具有显著作用。① 由此也能看出，如果说以发现大自然的规律为目标的科学活动，包含着一个对"普遍事物"的合乎逻辑的意义问题，那么像小说这样的艺术文化拥有的一个普遍特征，则是打开通往属于"存在的意义空间"的门径。

二、 叙事实践的哲学分析

在这样的阐释活动中，我们事实上已进入"叙事哲学"的领域。为了兑现本文提出的"重新认识小说艺术"这项任务，接下来有必要弄清：究竟什么是"叙事哲学"？它对于小说艺术的研究，究竟有怎样的作用？诚然，顾名思义，"叙事哲学"这个概念由两个重要的词构成："叙事"与"哲学"。为了有助于读者更好地理解这个概念，我们不妨将它一分为二分别作出解释。先从"叙事"谈起。在现代文艺理论界，这个词通常总是会与另外三个词组合起来使用：叙事理论、叙事研究、叙述学。对"叙事哲学"的理解，需要从它与另外两个概念的差异性认识入手。

按照文艺理论界已经形成的惯例，一般说来，关于小说艺术的讨论被认为属于第三种即"叙述学"（narratology）范围，所以美国学者阿伯拉姆斯在其编撰的《文学术语词典》（*A Glossary of Literary Terms*）中，干脆将"小说学"与"叙述学"相提并论（Fiction and Narration），言外之意当然是视二者为一回事。叙述学属于产生于20世纪60年代的法国结构主义文学理论的一个分支。自那以来，它在人文学界

---

① 弗兰克·埃夫拉尔：《杂闻与文学》，谈佳译，天津人民出版社2003年版，第38页。

迅速发扬光大,与所谓"语言—符号学转向"和"文化—人类学转向"一起,构成了"文本—叙述学转向"。这三大"转向"一度对全球范围内的整个人文学界产生了一种超乎想象的影响。因为它在很大程度上完全改变了传统人文学奠定的学科格局与研究方法,成为引领"学术新世纪"的一种时尚化的主流意识形态。作为一门学问,叙述学的建构由若干核心术语为基础,但它的产生有着创作方面的需求背景。它们让叙述学有了施展身手的舞台。

比如马原的代表作《虚构》中,有这样一段文字:"我就是那个叫马原的汉人,我写小说,我喜欢天马行空,我的故事多多少少都有那么一点耸人听闻。"① 在这段讲述中,小说的作者、隐含作者、叙述者似乎三位一体地一起出现了。但实际上,这里只是隐含作者与叙述者的"重叠",并不包括作者,因为这两者都在小说所讲的故事"之内",属于小说虚构世界中的主体;而作为这个故事的创造者的作者只能永远处在其所讲的故事之外,因为只有这样,作者才能掌控局面,让故事释放出最大魅力与价值。在这篇作品中,马原让小说的真实作者、隐含作者、叙述者以"三位一体"的方式出现,充分体现了其作为"先锋作家"的特点。采用这种方式最鲜明的一大好处是增添了故事的游戏性与趣味性。这与博尔赫斯那篇著名的《小径交叉的花园》有异曲同工的味道。但如果有读者不懂这个门道,真的将这篇文字当作马原的自传,就不那么好玩了,因为如果按照人们对"意义"概念的通常理解,这篇小说其实没什么意义而只是有那么点让人觉得新鲜的"意思",就在于叙事方式上的"以假乱真"。由此可见,所谓"先锋性"的特色,说白了就是以"叙述的冒险"替代"冒险的叙述",重在故事的"怎么讲"而不是"讲什么"。一旦读者舍弃这种手法试图另觅奥秘,这篇故事的意思也就不复存在。

由以上所述来看,叙述学的繁荣多少有据可循。它是随着小说在现代社会中越来越受到重视,为希望进一步理解这门语言艺术的人们提供了方便。不过与此同时我们也不难发现,这种学说其实是一种以学术的名义进行的智力游戏。它不仅对于实际的小说创作与欣赏并无真正的意义,而且还为这种做法的正当性寻找到一个冠冕堂皇的理由。按照这门学科的主要创始人之一茨维坦·托多罗夫的明确界定:叙述学最基本的问题涉及"叙述的模式",即"叙述者向我们陈述故事、表现故事的方式"。② 这意味着叙述学就是一种叙事理论。它以"理论是'元批评'"(metacriti-

---

① 马原:《虚构》,作家出版社1997年版,第3页。
② 安德烈·戈德罗:《从文学到影片》,刘云舟译,商务印书馆2010年版,第71页。

cism）为由，拒绝关心任何具体作品的成败得失与优劣高下的品质。叙事理论的基本任务就是对小说作品的结构进行分析；通常包括三大项目：叙事语法、叙事系统、叙事修辞。所以美国加州大学伯克利分校西摩·查特曼教授曾精辟地指出：作为叙述学的总代理，叙事理论给自己提出的是这样一个问题：关于"像叙事这样的结构以何种方式组织其自身"，我们能说些什么？换句话说，它的问题并不在于诸如"是什么使得莎士比亚的《麦克白》伟大"，而在于"是什么使它成为悲剧"。[1] 尽管它利用逻辑框架所组装的概念系统显得十分精致，仍然不能掩饰其作为冒牌理论的拙劣。原因在于科学理论永远来自实践经验并给予其至高无上的尊重，而所谓的"叙述学"与"叙事理论"却是一种由一些自我感觉良好的文人墨客在书斋中发明出来的"主义"。出于对这个问题的认识，21 世纪以来，叙述学领域发出了一种改革之声。他们首先攻击渊源于巴黎结构主义的叙事理论是"叙述学帝国主义"，尔后将既有的叙事理论贴上一张"经典叙述学"的标签，将自己的叙述学说命名为"新叙述学"。虽说只有一字之改，却有两方面的变化：内容的增加和边界的扩展。前者指这些学者在已经十分成熟的既有的叙述学内，加入了诸如"性别、种族、文化"等方面的元素；后者指不同于传统叙述学将其叙事分析方法明确地界定在以小说文类为主的文学领域，而是响亮地提出了"走出文学叙事"的口号。

这些说法让人备受鼓舞，但事情听起来让人仍有点耳熟。因为被他们贴上"经典叙事学"给"OUT"掉的那些学者，当年不仅有着同样的激情，甚至有比他们更出众的才华。问题不在于这些自称为"新叙述学"的文章，在文字表述上几乎无一例外地佶屈聱牙令人费解；而在于其本身在根本上仍属于"叙事理论"范围，没有摆脱脱离实际的"为理论而理论"的毛病。他们的问题如出一辙：以关于"叙述技术"的讨论代替了关于"小说艺术"的思考。事实早已表明，这是一种浪费生命的行为。问题的症结首先在于，技术之于艺术的意义存在一种"悖论"性：既重要又不重要。在这个问题上，拥有丰富创作经验的艺术家们的心得，比擅长理论游戏的学院人士的话更值得注意。若干年前，小说家张炜在一篇文章里发出过这样的感叹：很多作家在不那么知名和成熟的时候，他的作品倒有可能是真正动人的、长久的，有一股难以言喻的东西在其间左右你，使你怀念至今。这番经验之谈值得我们细加回味，它道出了在文艺界存在已久、却让人有意无意地忽略的一个事实：许多小说家的成名作往往也就是其毕生最优秀的作品。最能说明问题的莫过于法国小说家弗

---

[1] 西摩·查特曼：《故事与话语》，徐强译，中国人民大学出版社2013年版，第17—19页。

朗索瓦丝·萨冈（Francoise Sagan，1935—2004）。1954年，年仅18岁的萨冈出版了小说《你好，忧愁》。虽说这只是一部关于"成长的烦恼"的典型的"青春写作"，却一举夺得当年法国的"批评家奖"，不久便被改编成电影，5年内就被翻译成22种语言，在全球的销量高达500万册，成为轰动一时的文化事件和出版现象。萨冈一生共创作了30多部小说、10部剧本和若干个电影脚本以及一些歌词和短篇小说。但让人难堪的是，每当人们谈到这位曾经的"青春写作偶像"时，印象最深的仍然只是那部她于18岁出版的作品。事情当然不是由于快速成名妨碍了这位美少女作家对小说技术的重视。恰恰相反，成名后的萨冈的创作对技术越来越讲究，证明了她的"一夜成名"并非偶然。问题的症结就在于，她以娴熟的技术代替了生活体验的苍白和阅历的肤浅。这让人再次想起张炜另一句耐人寻味的话：技巧是好东西，有了它作家才能活着；可技巧又是坏东西，它能使一个作家快乐地死去。① 美国著名小说家福克纳说得更干脆："作家假如要追求技巧，那还是干脆去做外科医生、去做泥水匠吧。"②

　　这并不是否认技术之于艺术具有其不可轻视的重要性，而在于不能本末倒置地把为艺术服务的技术置于艺术之上。换言之，关于小说艺术的讨论中，将关注的核心聚焦于各种充其量只是属于技术范畴的，诸如"叙事策略"与"叙事语法"方面，这种喧宾夺主的行为无助于我们真正理解这部运用了叙事技术的小说的价值。只有懂得这些道理我们才能明白，为什么歌德会说："莎士比亚的最优秀的剧作有些地方也还欠缺技巧，其中有些东西超出了应有的范围。正因为这样，就显示出了一个伟大的诗人。"③ 何以俄国著名文论家什克洛夫斯基在评论著名电影人爱森斯坦的杰作《罢工》时，会讲出这样的话："这部电影是如此非同寻常，如此缺乏技巧，反倒是溢出天才。"④ 什克洛夫斯基提醒我们：创造杰作的奥秘在于领悟生命，理解艺术的途径即是认识生活。因为归根到底，作家是用人的命运的秘密说话。因此"人的遭遇这才是小说中主要的东西，长篇小说的内容就是坎坷人生"。⑤

　　美国作家亨利·詹姆斯有句话让人回味：每一个人都按照自己的趣味选择小说，

---

① 张炜：《随笔精选》，山东友谊书社1993年版，第153页。
② 崔道怡等："冰山"理论，《对话与潜对话》（上册），刘保瑞等译，工人出版社1987年版，第95页。
③ 歌德：《歌德的格言和感想集》，程代熙译，中国社会科学出版社1982年版，第89页。
④ 维·什克洛夫斯基：《散文理论》，刘宗次译，百花洲文艺出版社1994年版，第106页。
⑤ 维·什克洛夫斯基：《散文理论》，刘宗次译，百花洲文艺出版社1994年版，第140、231、298页。

如果他不关心你想说些什么,那么自然,他也不会关心你是怎么说的。① 此话精辟地指出了重在"讲故事的形式和方式"而不是"所讲的故事的内在价值"的所谓"叙事理论"的症结所在。唯其如此,在叙述学领域享有盛誉的法国学者托多罗夫,才会在其著作中对所谓"原始的叙事"表示怀念,理由是:这种叙事"完整且简单,没有现代叙事的那些缺陷"。他甚至批评乔伊斯和"法国新小说"等"当今的小说家们数典忘宗,不再遵循老的叙事规则"。在进一步分析其产生原因时他提出:这是缘于这些小说家"绞尽脑汁的创新欲望",其后果是让"五花八门的文学手段"吞没了真正的小说艺术。② 他的说法是否在理?事实胜于雄辩,来自小说实践的情形早已给出了肯定的回答。

深入地来看,上述分析并非只是对新旧"叙述学"的"中看不中用"的否定,同时也清楚地表明,在关于小说艺术的讨论中,那些出于"稻粱谋"的目的、擅长"理论操练"的"书斋分子",没有任何说三道四的话语权。诚如一位有识之士所说:当理论家把每一件艺术品都用这些术语破译一遍以后,留下的就只是一种徒劳无功和索然寡味的感觉。③ 任何对这句话缺乏认识的人,只要读读罗兰·巴特在《S/Z》中对巴尔扎克名不见传的小说《萨拉辛》信口开河的东拉西扯,就会深明其意。问题的症结就在于"文学理论"对"文学实践"的抛弃。用意大利学者艾柯的话讲,在有关美学和文学的探讨中总是存在这样的危险:只是将这些说法维持在纯理论的层面。④ 所谓"纯理论层面",是委婉地表示将"文学艺术的实践经验"拒之门外。这样的做法难道不能让人觉得匪夷所思?

英国经济学家舒马赫有句名言:一盎司的实践经验通常比一吨的理论更有价值。⑤ 这个幽默的比喻原本属于常识,但怪异的是人们却往往容易陷入叙述学理论的迷思。这是由于曾经有过一个所谓的"理论时代"(Moment of Theory)这个"时代"始于 20 世纪中期,其标志性事件是英国伯明翰大学成立"当代文化研究中心"(The Center for Contemporary Cultural Studies,简称 CCCS)。在所谓"理论时代",为众人瞩目的唯一的现象就是"理论的表演"。由此而导致原本应该唇齿相依、荣辱与共的文学家与文学理论家之间,呈现出一种敌对与仇视关系。

---

① 亨利·詹姆斯:《小说的艺术》,朱雯等译,上海译文出版社 2001 年版,第 21 页。
② 茨维坦·托多罗夫:《散文诗学:叙事研究论文选》,侯应花译,百花文艺出版社 2011 年版,第 18 页。
③ 韦勒克:《批评的诸种概念》,丁泓等译,四川文艺出版社 1988 年版,第 321—331 页。
④ 安伯托·艾柯:《开放的作品》,刘儒庭译,新星出版社 2005 年版,第 252 页。
⑤ E. F. 舒马赫:《小的是美好的》,李华夏译,译林出版社 2007 年版,第 24 页。

这样的结果可想而知。中国明代学者李东阳有"诗话作而诗亡"的说法。作为一位资深的文学理论家,美国学者希利斯·米勒不久前也诚实地表示:"不可否认,文学理论促成了文学的死亡。"① 这究竟是怎么回事?答案在于弄清这种属于"文学死亡通知书"的文学理论到底是什么东西。"理论是什么?"以《结构主义诗学》成名的美国学者乔纳森·卡勒,在其普及性小说《文学理论》第一章中以此为题。根据他的陈述:"要称得上是一种理论,它必须不是一个显而易见的解释,这还不够,它还应该包含一定的错综复杂性。"于是耐人寻味的事发生了:卡勒认为,像"叙述学"这样的文学理论只是"谈论文学"的理论,而不是"关于文学"的理论。也就是说这是一种"借着"文学说事的"话语",所以不仅很难界定它的范围,而且其正确或谬误都是很难证实的。不仅如此,为了能够让读者接受这种奇谈怪论,卡勒干脆挑明:今天的文学理论早已改弦易辙为文化研究。"文化研究是我们称为'理论'的实践,简称就是理论。"因为他们认为,"文学理论著作已经在非文学现象中找到了'文学性'"的东西。② 卡勒曾毫不掩饰地表示:这种"挂羊头卖狗肉"的所谓"文学理论"已经使文学研究发生了根本的变化,概括地讲主要有两点。

首先是通过所谓的"文本"重构,剥夺其作为"艺术"的特有价值,将属于审美范畴的语言文学作品转换为意识形态的载体,从而让以往由文学批评所掌管的这片领域,成为诸如"女权主义"、"后殖民主义"、"文化批判主义",等等一展身手的舞台。通过这种"循环论证",他们干脆将"文学"这个多余的前缀也取消,直接称为"理论"。用卡勒的话说:"理论的主要效果是批驳'常识'。"③ 这句话需要作点解释。所谓"常识"自然就是把小说当作一种语言艺术对待,而所谓"批驳常识",也就是不再把小说当作小说。其次是通过这种"非常识化",体现出一种符号学的"能指与所指一体化"。由于彻底切断了与文学实践的联系,以"文学"研究发家的"理论"从此卸下了对于文学事业之繁荣兴旺负有的责任,成为一种自恋文化。用卡勒的话说:理论使你有一种掌握它的欲望。你希望阅读理论文章能使你掌握归纳组织并理解你感兴趣的那些现象的概念,然而理论又使完全掌握这些成为不可及。④ 把话说得更明白些:"理论"实质上与日常生活中的"毒品"没什么不同,

---

① 希利斯·米勒:《文学死了吗》,秦立彦译,广西师范大学出版社 2007 年版,第 53 页。
② 乔纳森·卡勒:《文学理论》,李平译,辽宁教育出版社 1998 年版,第 3、45、19 页。
③ 乔纳森·卡勒:《文学理论》,李平译,辽宁教育出版社 1998 年版,第 5、28 页。
④ 乔纳森·卡勒:《文学理论》,李平译,辽宁教育出版社 1998 年版,第 17 页。

它不仅同样能让人着迷上瘾，而且一旦沾上便永远无法根除。

如果说由于各种原因，生活世界中那些行尸走肉般的"瘾君子"还有让人同情之处；那么至今仍过着养尊处优的日子的形形色色"理论贩子"，则让人只有痛恨。用英国小说家毛姆的话说：这些"不学有术"之徒们其实比吸毒成瘾的人好不了多少，甚至更坏。因为吸毒的人至少还不会像他们那样自以为是、盛气凌人。① 这样的批评并不过分。那些盛气凌人的"理论家"并不关心文学事业的发展，而是他们自己在校园政治的权力。就像美国文学理论界大佬詹姆逊教授所说："具体的阅读只有在它包含理论要旨的情况下才令我感兴趣。"② 人们怎么能指望从这样的所谓"文学专家"或者说"职业读者"中，获得关于文学艺术本身真正有价值的心得？问题是"一部作品之所以成为经典并不是由于评论家的交口称誉、教授们的分析阐释或是在大学课堂里在进行研究，而是一代一代的读者在阅读中获得乐趣"。③ 对此，任何一个具有起码文化素养的人都很清楚。古往今来，从来没有一部真正称得上优秀乃至伟大的文学作品，是为了满足所谓"学者"的高谈阔论而创作的。

真正热爱文学的人都会赞同这个观点："在文学中，唯一的麻烦就是如何让读者感兴趣。"④ 但在"那些认为艺术只是哲学和理论思潮衍生物的教授"⑤ 的眼里，对文学的尊重从来就无从谈起。以法国学者罗兰·巴特为例，他不仅将文学划分为"可读的"与"可写的"两类，而且明显偏爱后者也即"可写的"这类。有必要追究下这所谓"可写的"作品到底由谁来写？回答这个问题无须多少智商。结论是明摆着的：当然不是原作者，而是指像巴特这类虽说自身缺乏文学创造力、却又渴望在文学领域里获得掌声的投机者，以一个冠冕堂皇的说法在别人（尤其是杰出作家）的作品中随心所欲地乱来。值得一提的是有证据表明，这位倡导"可写文本"的理论家，在入睡前津津有味地品赏的恰恰是最不具有可写性的畅销小说《基督山伯爵》。

这个事实涉及的已不仅是一位理论家个人品质虚伪的问题。正如人们曾指出的，在所谓的"理论时代"，文学领域中一直进行的最持久的"缠斗"就是对为广大文学读者所普遍认同的"文学常识"的打压。但历史已经表明，"理论对常识发动的

---

① 威廉姆·毛姆：《毛姆读书随笔》，刘文荣译，上海生活·读书·新知三联书店2000年版，第66页。
② 詹明信：《晚期资本主义的文化逻辑》，陈清侨等译，生活·读书·新知三联书店1997年版，第16页。
③ 威廉姆·毛姆：《巨匠与杰作》，王晓明等译，华东师范大学出版社1987年版，第90页。
④ 杰克·哈特：《故事技巧》，叶青等译，中国人民大学出版社2012年版，第4页。
⑤ 米兰·昆德拉：《小说的艺术》，董强译，上海译文出版社2004年版，第41页。

攻势反而自受其害"①，这场战斗最终以理论的一败涂地宣告结束。大张旗鼓地开张的"理论时代"在悄无声息中收场并不让人奇怪。"文学理论无法应用"是其症结所在，换句话说，"文学理论在许多方面更像是某种虚构"。有人甚至建议：出于"文化环保"的考虑，人们或许能够"置理论家的意图于不顾，将理论当作小说来读"。② 这种调侃式的说法当然无法当真。归根到底，问题在于叙述学理论"关注的不是叙事的内容，而是叙事的形式特点"③。它利用叙事文本的结构性总是需要通过一定的表达方式来建构，为其获得一种合法性：不管这个故事是由个人讲述的、书中讲述的，还是银幕上讲述的，结构都是故事的基础。④ 在某种意义上我们同样无法否认这样的说法：小说家是一定要陈述、一定要讲述、一定要叙述的，除此之外他还能做什么呢？⑤

但问题的关键在于，小说家之所以为小说家，是因为他或她"有话要说"。一部小说的价值高低归根到底取决于其"说了什么"而不是"怎么说的"。叙述学理论恰恰以对"怎么说"的关注取代"说什么"，这就像是把"电影艺术"看成为"摄影技术"。尽管每年一度的奥斯卡专门设有一项"最佳摄影奖"，说明了高明的摄影技术对于优秀的电影艺术的成功具有相当重要的意义，但毕竟不能本末倒置地将电影艺术当作摄影技术。而这恰恰就是贴着"叙述学"标签的叙事理论所做的事。所以很难想象，这样一种学说能为人们深入理解"小说艺术"提供切实有效的帮助。这种差异的根源在于文学观的变异：叙述学理论之所以将"叙事的形式特点"作为其关注重心，是因为他们认同以"反经典"出名的后现代思潮的基本立场：意义的产生过程已经比意义本身更有意义。⑥ 这使得他们费尽心机建构的"叙述学理论"与"小说的艺术"没有实质性关系，因为这种理论根本无意、也无法为作为一种叙事艺术的小说作品提供积极的建设性意见——而这恰恰是叙事哲学的宗旨。

---

① 安托万·孔帕尼翁：《理论的幽灵：文学与常识》，吴泓缈等译，南京大学出版社2011年版，第244页。
② 安托万·孔帕尼翁：《理论的幽灵：文学与常识》，吴泓缈等译，南京大学出版社2011年版，第245页。
③ 艾米娅·利布里奇等：《叙事研究：阅读、分析和诠释》，王红艳等译，重庆大学出版社2008年版，第5页。
④ 希拉伯纳德：《纪录片也要讲故事》，孙红云译，世界图书出版公司2011年版，第63页。
⑤ 福斯特等：《小说美学经典三种》，方土人等译，上海文艺出版社1990年版，第46页。
⑥ 芭芭拉·查尔尼娅维斯卡：《社会科学研究中的叙事》，鞠玉翠等译，北京师范大学出版社2010年版，第87页。

与"叙事"相比,"哲学"一词并不让人感到陌生。因为事实上哲学并不是一门与哲学家和数理学家有关的学问,它和我们人人有关。① 但让普通人容易产生困惑的是,通常意义上"哲学"似乎就是"理论"的另一种表述而已。不能说这种印象完全没有根据。事情肇始于19世纪德国哲学家黑格尔。他对体系化思想的追求,不仅让哲学成为了一种理论,而且造就出一种"主义"。这让原本以"对话"的方式达到"求善"宗旨的西方哲学传统,发生了革命性的颠覆。"理论出现于伟大哲学体系的终结点"② 这句话正由此而来。但因此而把"哲学"与"理论"相提并论,却是对哲学本质的歪曲。哲学的关键词是"存在、意义、真理",理论的关键词是"革命、解构、专政"。所以"从本质上讲,呼唤理论就是呼唤对立,呼唤颠覆,呼唤起义"。③ 由此可见"哲学"与"理论"的根本差异:如果说哲学是"思想的田野",那么理论则是"思想的牢房"。努力将复杂的问题给予澄清使之变得简单,这是哲学家的使命;而想方设法地把简单的事情搞复杂,这是理论家的特色。好的哲学并不终结问题,而只是"帮助我们继续追问下去,使我们一次比一次问得更好。使我们能够与追问永久性地和谐共存"④。所以哲学的结果常常是没有结果,尤其是那些关于伟大命题的思考总是显得"在路上"。哲学精神总是处于一种自我批判之中。

真正的哲学家们追随"我只知道我一无所知"的苏格拉底,互相提醒着"不要忘记那种承认自己所知甚少的苏格拉底式的谦虚"。⑤ 对哲学家来说,"谁不能学会在疑问中生活,谁就永远不可能真正地进行思考"⑥。由于这个缘故,就像苏格拉底会对喜欢以他为讽刺对象的古希腊喜剧大师阿里斯托的作品给予掌声,与哲学史相伴的是嘲弄哲学家的传统。杰出的西班牙哲学家加塞尔这样看待他的工作:"我们并不放弃任何带有批判眼光的严谨态度,相反,我们要把这种态度推衍到极限。可是我们是朴朴实实地这样做的,不以什么批判者和大宗师自居。"⑦ 所以哲学史同时也就是民主政治的发生与发展史,因为"哲学就是在民主中诞生的。从某种本质的意

---

① 威廉姆·毛姆:《毛姆读书随笔》,刘文荣译,上海生活·读书·新知三联书店2000年版,第39页。
② 詹明信:《晚期资本主义的文化逻辑》,陈清侨等译,生活·读书·新知三联书店1997年版,第4页。
③ 安德烈·戈德罗:《从文学到影片》,刘云舟译,商务印书馆2010年版,第16页。
④ 费尔南多·萨瓦特多:《哲学的邀请》,林经纬译,北京大学出版社2007年版,第6页。
⑤ 卡尔·波普尔:《通过知识获得解放》,范景中等译,中国美术学院出版社1996年版,第405页。
⑥ 费尔南多·萨瓦特多:《哲学的邀请》,林经纬译,北京大学出版社2007年版,第202页。
⑦ 奥·加塞尔:《什么是哲学》,商梓书等译,商务印书馆1994年版,第50页。

义上讲，哲学是离不开民主的"①。但当代文学理论的发达史却是一部"观念的屠杀"史，一种理论的崛起无不以消灭对手取而代之来证明自身的价值。比如把福楼拜的名著当作社会学读本的法国理论家布尔迪厄，就在他的《艺术的法则》中傲慢地宣称："《情感教育》这本著作虽被成千上万次地评论过，却无疑没有被真正读过。"② 这种傲慢的态度昭示的是一种无知的狂妄。

三、 关于故事的小说诗学

能够帮助我们走出"理论迷思"的正是哲学。因为"哲学不是一种理论，而是一种直面事物根本的思维活动"。③ 在此我要套用一位法国学者的话：本文无意倡导理论的幻灭，而是想促使大家进行理论的怀疑。④ 只有在这样的怀疑中我们才能还哲学以本来面目。无论人们如何给哲学下定义，也无论有多少个哲学定义，最重要的是懂得：归根到底，"哲学是关于生命的思考，是通过生命来说明生命"。⑤ 这就是哲学本然的普世性和形而上学性，前者指"哲学并不是一门仅仅与哲学家和数理学家有关的学问，它和我们人人有关"⑥；后者是指真正的哲学不会满足于那些无关痛痒的现象，而只会对事关人类文明和人生意义的重大问题产生兴趣。所谓"叙事哲学"便是这样一种东西，只不过它的领域显得相对"狭隘"：对作为语言艺术的"小说形态"拥有的"审美价值"提供一种整体性理解。

人们早已注意到，"叙事理论较少关注人物这一概念"⑦。出于不同学者的各种版本的叙述学，不论其作者的知识背景和阐释方法有何不同，始终遵循着这样一个基本原则："叙述者是叙事文本分析中最为核心的概念。"⑧ 这其中的原因并不复杂：只有关注人物才能真正切入"小说艺术"的命题。但以叙述学为主体的叙事理论，

---

① 费尔南多·萨瓦特多：《哲学的邀请》，林经纬译，北京大学出版社2007年版，第150页。
② 皮埃尔·布迪厄：《艺术的法则》，刘晖译，中央编译出版社2001年版，第263页。
③ 石里克：《哲学的未来 [I]》，哲学译丛，1996，(6)。
④ 安托万·孔帕尼翁：《理论的幽灵：文学与常识》，吴泓缈等译，南京大学出版社2011年版，第247页。
⑤ 威廉·狄尔泰：《历史中的意义》，艾彦等译，中国城市出版社2002年版，第205页。
⑥ 威廉姆·毛姆：《毛姆读书随笔》，刘文荣译，上海生活·读书·新知三联书店2000年版，第39页。
⑦ 雅各布·卢特：《小说与电影中的叙事》，徐强译，北京大学出版社2011年版，第78页。
⑧ 雅各布·卢特：《小说与电影中的叙事》，徐强译，北京大学出版社2011年版，第21页。

感兴趣的不是小说的"艺术"而是"技术"。因为叙述学关心的是"人们对一个叙事文本要求什么?一个文本怎样才能成为一个叙事?"① 他们围绕这个方面殚精竭虑地发明出各种术语并建构起一种无比复杂的概念系统,尽管在"小说分析"上并非毫无用处,但对于"小说艺术"无济于事。如上所述,叙述学的目标通过几个阶段实现:从确定"叙述客体"入手,通过"描述每一种叙述文本的构成方式"来从中获得"关于叙述系统的描述"。② 叙述学的功能就是提供进行这种分析的工具。业界人士评价不同叙述学著作的优劣标准,主要就是着眼于所提供的工具的丰富性和有效性。这也就是可以有关于"叙事哲学"的思考,也可以有关于"叙事理论"的讨论,但不存在"叙述哲学"(narration philosophy)这样的用法,而只有"叙述学"(narratology)这样的概念的原因。虽然在英文中译方面,"叙述"与"叙事"由于两者来自同一个词而经常会产生纠葛,但细加分辨不难发现彼此的差异。从英文中我们也能发现"叙述"概念的基本意思只有在其动词形式中才能得以体现,因为它的名词形式(narration)意指一种"记叙性"文体,通常表示一种以记述人物的阅历或事物的发展变更进程等为主的一种体裁。这一概念与侧重于形象化"显示"的"表述"(representation)化表达形成一种对照,强调一种对情境和事态的"抽象化表达",而这种体裁功能只有凭借其动词形式(narrate)才能完成。换句话说,作为一个"叙述学"范畴的"叙述",强调的是讲述一个故事的"行为"。它是作为文本的叙事在传播活动时的两种基本模式之一:作为直接的舞台演示的"表述",和作为超越在表述中不可缺少的具象性的"叙述"。这个行为的具体表现方式,又可以有诸如"陈述"(statement)与"讲述"(telling)等不同形式。它们的区别主要在于文体风格方面。

概括地说,"讲述"意味着对讲述者主体(也即"叙述者")主观性的相对突出,和在所表达的内容上对细节表现的相对缺少。"陈述"并不一定指所述内容缺少细节,而体现出叙述主体性相对"隐性"化,在表达上相对客观化而显得"平静",给人以"人性化降低"的色彩。在此意义上,叙述作为一种文学概念使用时的基本意思,就是与"内容"相对的"表达"(后者的意思是指凭借一定的媒介手段来传递某种内容)。从"叙事"方面看,"表达"具有"形式"与"材料"两个方面。在作为叙述学范畴使用时,就像"内容"同"故事"相近"表达"与"话

---

① 安德烈·戈德罗:《从文学到影片》,刘云舟译,商务印书馆2010年版,第61页。
② 米克·巴尔:《叙述学》,谭君强译,中国社会科学出版社2003年版,第1页。

语"的意思相近。需要再予以明确的是，叙述行为所表达的内容可以是一系列的事件，也可以是非故事的某种思想学说和单纯的事件。但即使是包含"事件"的叙述行为，也并非就是"故事"的叙事文本。因为"事件"的含义重在"发生了什么"，比如美国前总统尼克松任期内著名的"水门事件"。只有当这个"事件"通过"添枝加叶"予以丰富并得到相应的安排，才能转换成具有情节因素的"故事"。

许多被搬上银幕的具有纪实风格的影片，就是由这类"事件"发展而来的"故事"。而叙述行为中的"事件"是无须解释的，它强调的或者是一种行为的"发生"，如"张三打开了窗户"，或者是"雨开始下了"这种让人一目了然的"现象"；叙事文本里的"行动"则不仅能够而且需要得到进一步的解释，因为它不只是"发生了"，而且还总是蕴含着"为什么"的言外之意，涉及诸如人物的性格、情节的推进，等等。举例讲，"张三从路边捡起一块砖头砸碎了旁边屋子的窗户"这个句子陈述了一个"行为"，它在功能上完成了一个"事件"，具有自成一体的封闭结构。而"张三砸碎了旁边一间屋子的窗户并跳了进去"这个句子就属于一种"行动"，因为它埋伏着可以进一步展开的因素，在读者的"潜意识"中启动了某种悬念。从中我们不难发现"叙述"与"叙事"在小说艺术方面的一些重要差别，主要有这么几点：首先，所谓"叙事"通常指的是一种"文本"，其中包含着以某种方式表达的一个以上的故事。叙述主要依赖线性时间，充其量只是呈现一种"现象"。而叙事则存在于由时间与空间共同形成的一种"场域"之中，从而建构起一个人性化的"世界"。所以在强调叙事的重要性时，人们可以将它说成是"不同形式的文化表达的基础"和"我们洞察自己生活的基础"。[1] 其次，叙事对故事的讲述涉及真实性问题，我们常常在涉及"叙事"时提出"叙事真实"（narrative truth）的问题。这是因为存在着"虚构叙事"（fictional narrative）和"非虚构叙事"（narrative nonfiction）的区分。换言之，"不管故事的情节是事实还是虚构的，所有好听的故事都需要一个核心因素，那就是真实。"[2] 但对于"叙述话语"不存在这个问题，这或者是因为"叙述"无关内容，它的出场本身作为一种"实际行为"就取消了关于"真实"的质疑；或者是叙述内容即使包含有事件的元素，由于显得相对零碎和缺乏足够吸引力，而无须向受众提供真与伪的证明。再次与此有关：叙述活动无所谓"大与小"的区分，而叙事文本则存在着前现代的"大叙事"（grand narrative）

---

[1] 雅各布·卢特：《小说与电影中的叙事》，徐强译，北京大学出版社2011年版，第1页。
[2] 安妮特·西蒙斯：《说故事的力量》，吕国燕译，化学工业出版社2009年版，第27页。

与后现代的"小叙事"（little narrative）的重要差异。最后，叙述由于其本身具有一定的省略性而无所谓"概述"，与此不同，叙事由于包含着一个相对完整的故事，往往可用概述的方法"缩写"（paraphrase）出一个简略的"行动纲要"来。

最后也是最重要的一点是，"叙述"对技术方面有一定要求，即流畅、准确、完整，等等；但"叙事"讲究的是艺术性。比如著名的阿拉伯作品《天方夜谭》（又名《一千零一夜》），这个让人耳熟能详的故事道出了一个"故事"最引人注目的特色：让人欲罢不能的吸引力。它的经典性就在于形象地告诉我们：无论故事的核心究竟是构成人物特质的性格还是由人物行为决定的情节，最重要的在于"故事的行为绝不是平凡无奇的"。① 换言之，让人们保持永不厌倦的好奇心，这是一个成功故事必须做到的。但这只是故事的起点，一个好故事除此之外还得拥有另一个品质：让人读之潸然泪下。以此标准看，《天方夜谭》是成功的故事，或者说是对一个杰出故事所拥有的价值的暗示；但其本身并未达到这一步。原因就像托多罗夫所说：人们在读它时往往显得"无动于衷。"② 由此可以看出，叙述活动的实质是"完成传递"，而叙事文本的宗旨是"进行交流"。前者的重点自然非"信息"莫属，后者的核心也就是"故事"。考核一次叙述成功与否的主要标准是信息量的清晰度，考察一种叙事成败得失的唯一要求在于其所讲的故事本身的价值。这种价值取决于其所体现的意义。由此来看，虽然在中文语境里，"叙事"与"叙述"只有一字之差，但各自的语义内涵却相去甚远。概括地讲，这两者的不同可以从两个概念的差异中得出："行动"与"行为"。后者具有"自律性"，而前者不具有，它只有在"嵌入"别的行动中并构成某种结果才有意义。

而如上所述，一种行为就是其本身（比如"张三砸碎了一扇窗户"），它让我们知道发生了一件事。但一个行动只是另一个行动的前奏（比如"张三砸碎了窗户并跳了进去"）；我们关心的是接下来还有什么。叙述时间的突出的线性化决定了它即使讲述某些具有故事元素的事件，也只能是"单声道"的。但作为"文本"的叙事的最大特点，就是它事实上往往都是"另一个故事的故事"。③ 这有点类似于巴赫金的"复调"概念。比如《天方夜谭》中的故事，是叙述者山鲁佐德对受叙者（narratee）国王山鲁亚尔所讲的一系列故事。尽管在这部作品中，叙述者通过故事最终

---

① 韦勒克：《批评的诸种概念》，丁泓等译，四川文艺出版社 1988 年版，第 47 页。
② 茨维坦·托多罗夫：《散文诗学：叙事研究论文选》，侯应花译，百花文艺出版社 2011 年版，第 52 页。
③ 茨维坦·托多罗夫：《散文诗学：叙事研究论文选》，侯应花译，百花文艺出版社 2011 年版，第 129 页。

大圆满的结局表明了受叙者感到心满意足，但对于真实读者而言却并非如此。这个故事的"另一个故事"就在于关于故事本身的探讨，强调了故事虽然总是与人物有关，但并非人物性格的附属，除此之外也有其自身的价值。这就是故事逻辑的连贯性所具有的魅力。就像毛姆所说：假如这部叙事文本中的山鲁佐德只知道刻画人物性格而不讲那些奇妙的故事的话，她的脑袋早就被砍掉了。① 这是讲述故事的叙事所具有的美学优势。此外，通常意义上的"叙述"只是指一种言语行为，但包含着一个故事的"叙事"则不同，因为故事并不是通过媒介由叙述者简单地告诉我们的一些事件，它是对一件事或一系列事件进行"有趣的叙述或讲述，以吸引倾听者"②。

任何"有趣的叙述"都离不开"意义"，这是阐释学的所谓"价值循环"论的另一种呈现。换言之，"所谓意义，指的是故事的形式和形式所表达的内容。"③ 后现代所谓"作者创造文本，读者带来意义"的说法早已不攻自破。因为从读者方面讲，你无法将意义先行带入故事，只能从故事中寻找并提取意义。这正是故事重要性的体现：不同的故事拥有可供合格的读者提取的不同的意义。由此可见，叙事哲学承担着寻找和确认一个相对意义上的"好故事"的职责。它会认同这样的见解：对真相和正义的执着才能最大化地释放叙事的能量。④ 换言之，对于只是作为"传达模式"的叙述活动而言，并不存在"是否道德"的问题；但叙事文本总是存在着一种"伦理之维"，必须经受"道德评判"。这种情形在作为小说的叙事文本中更为突出。因为尽管优秀的小说总是讲述人物的故事，但通常意义上的故事与小说在伦理方面仍存在着区分：如果说一个好故事往往会在经验交流中给予听者以某种道德方面的劝诫；那么，任何一部名副其实的小说杰作则责无旁贷地必须集中于"生活的意义"问题。只有从这个方面着眼，我们才能理解这句话中所蕴含的含义：叙事等于生存，没有叙事则意味着死亡。

显而易见，这份沉重感是作为叙述学范畴的"叙述"概念所不具有的。虽说在某种意义上，人们可以把"叙述"说成是"最小故事"（minimal story），但这里的"小"无疑强调了其"容量"上的局限性，意味着由叙述提供的"散事"只能是在

---

① 威廉姆·毛姆：《毛姆读书随笔》，刘文荣译，上海生活·读书·新知三联书店2000年版，第27页。
② 希拉伯纳德：《纪录片也要讲故事》，孙红云译，世界图书出版公司2011年版，第1页。
③ 杰克·哈特：《故事技巧》，叶青等译，中国人民大学出版社2012年版，第147页。
④ 杰克·哈特：《故事技巧》，叶青等译，中国人民大学出版社2012年版，第253页。

内涵上根本无法与之相提并论的碎片化的"事件"。"容纳于故事中的事件因被视为完整整体的一个部分而获得其意义。"① 叙述所表达的单纯的"事件",的确是构成"故事"所不可缺少的基本元素:但只有在一种情况下,前者才能向后者转换,这就是必须产生某种能让人感兴趣的"问题"。只有"当问题出现时,故事就发生了"。② 如果说理论家手中的叙述只是一种用来拆卸叙事文本的技术,那么"小说家的叙述是一种艺术"。③ 由此而呈现出一种叙述之"轻"与叙事之"重"的对比。这是因为"叙述事情"通常意味着"搬弄是非",但"讲个故事"的性质完全不同,它事关重大:"不讲故事赔命!"④ 虽说这个话题由《天方夜谭》引申出来,但它以一种不经意的方式,机智地揭示了"讲个好故事"的意义。

由此看来,相比之下似乎"叙事哲学"与"叙事研究"不无共同点:彼此都关心"叙事交流"(narrative communication)的问题。但深究起来,两者即使不能说相去甚远,实质上也完全不同。所谓叙事研究,是以叙事理性为基础,借助于由一定的叙事范式和叙事功能建构起来的一种叙事方法,来从事跨学科的研究。它的主要范围涉及社会学、人类学、教育学、心理学、语言学、历史学、法学和经济学以及性别研究,等等。无论这个范围还能拓展到哪里,有件事我们必须明白:"叙事研究"并不是关于作为一种"叙事文本"的小说艺术的思考,而是"在社会科学中使用叙事方法",让人们在从事相关研究和"阅读过程中受到更多的启发"。一言以蔽之,这种研究"主要考虑把叙事方法以及它所包含的文学和文学理论的相关手法带入社会科学",以便让这个领域拥有一个充满希望的未来。⑤ 在一些社会科学家看来,通过研究和诠释叙事,研究者不仅能够了解叙述者的自我认同和它的意义系统,也可以由此进入他们的文化和社会世界。这在方法论上弥补了现有社会学的不足。比如有这样的说法:如果我们能认识到,经济学家是故事的讲述者和诗的制作者,我们就能更好地了解经济学家们做了什么。⑥

---

① 雅各布·卢特:《小说与电影中的叙事》,徐强译,北京大学出版社2011年版,第75页。
② 杰克·哈特:《故事技巧》,叶青等译,中国人民大学出版社2012年版,第27页。
③ 斯各特·拉什:《信息批判》,杨德睿译,北京大学出版社2009年版,第206页。
④ 茨维坦·托多罗夫:《散文诗学:叙事研究论文选》,侯应花译,百花文艺出版社2011年版,第50页。
⑤ 芭芭拉·查尔尼娅维斯卡:《社会科学研究中的叙事》,鞠玉翠等译,北京师范大学出版社2010年版,第172页。
⑥ 芭芭拉·查尔尼娅维斯卡:《社会科学研究中的叙事》,鞠玉翠等译,北京师范大学出版社2010年版,第138页。

这种说法无疑有点夸张。但叙事研究如今已成为一门所谓"跨学科"方法这是事实。社会学者们发现,"叙事方法可以被看作适合于调查现实问题的现代方法";他们意识到,"运用叙事方法得出的结果是丰富而且独一无二的资料,而这些资料是通过单纯的实验、调查问卷或观察无法获取的"。① 所以,叙事研究可以被称为"诗学社会学",但不能被当作"社会学诗学"。这当然并非玩弄文字游戏。从广义上讲,叙述研究同样是站在"后结构主义"阵营中,对传统解释学的一次"背叛":它的基本问题不再是"文本'说'了什么",而是"文本'做'了什么"。社会学所采用的叙事方法主要有两种形式:作为认识方式与作为交流方式。正是以这种"借花献佛"的方式,叙事研究巧妙地把关于叙事艺术的研究路径,转换成了关于社会政治问题的研究工具。由此来看,叙事研究与叙事理论之间显然具有一种亲近关系。它们都体现着一个特点:如果说在某种意义上,一篇布局巧妙的游戏性学术论文具有类似于小说的某些特点;那么就如相关人士所说:理论就是这篇学术论文的情节。② 正是在玩弄各种术语的理论话语中,才能让这类学术游戏进行到底并获得成功。这也清楚地昭示出,归根到底叙事"研究"仍是属于叙事范围内的"理论"。但耐人寻味的是,两者间的关系并非如此简单,而是呈现出一种暧昧性。

叙事理论是对叙事文本的一种"解构",它的种种"形式—技术分析",以将一个完整故事"碎片化"为前提。但叙事研究却正相反,只有通过在不同语境中对叙事文本实现"重构",才能有效地运用叙事方法来解决它所面临的问题。当社会科学家们自问"我们为什么要做叙事研究"时,他们的结论很明确:叙事中所包含的生活化的故事,提供了获悉自我认同和个人性格的机会,因为故事模拟了生活。对于叙事研究而言,关键所在就是"依照这个方法"开辟一条社会研究的新路径。③ 他们不是纯理论的书斋生物,因为他们懂得所有这些必须以故事文本的完整性存在为前提。有必要进一步澄清的是,曾经以"科学"为榜样的社会科学,之所以会通过"叙事方法"的运用出现这种"人文化"转向,间接地是由于意识到了科学方法的局限性。有一个惨痛的案例。2003 年 1 月,美国航天局(NASA)通过录像确认,

---

① 艾米娅·利布里奇等.《叙事研究:阅读、分析和诠释》,王红艳等译,重庆大学出版社 2008 年版,第 8 页。
② 芭芭拉·查尔尼娅维斯卡:《社会科学研究中的叙事》,鞠玉翠等译,北京师范大学出版社 2010 年版,第 128 页。
③ 艾米娅·利布里奇等.《叙事研究:阅读、分析和诠释》,王红艳等译,重庆大学出版社 2008 年版,第 6 页。

哥伦比亚号飞机发射 82 秒后受到一块从外燃料箱上脱落的硬泡沫的撞击。这对于这架将绕地飞行 16 天的飞机，在返航时到底有何影响或者影响究竟有多大？NASA 有足够的时间进行分析，得出准确的结论并提出最好的方案。波音公司的工程师们进行了认真研究，用了 28 张 PPT 最终说服了 NASA，让他们觉得没什么大碍。但在 2 月 1 日，当哥伦比亚号结束了 16 天飞行任务，却在返航途中解体，机上 7 名宇航员全部罹难。事故发生后，有人将这归咎于 NASA 专家们的官僚主义；甚至有不少美国媒体报道，事先 NASA 高层就已经知道将会发生灾难性后果。这让为缺乏足够的"人咬狗"这类奇闻怪事而犯愁的媒体界，获得了一次难得的机会。但在媒体一致将矛头对准 NASA 相关人员，指责他们缺乏人性的同时，美国信息学家爱德华·塔夫特（Edward Tufte）仔细分析了波音公司的这次 PPT 展示。结果他发现这次展示与这起重大事故有密切相关性。这当然并非是指他们做的 PPT 使这架飞机失事，而是说这种陈述方式为 NASA 的错误判断提供了根据。因为这种陈述方式把关于整个事件的讨论碎片化，使用 PPT 这种形式拥有强烈的层次，却只是一个没有完整句子的短语。这种展示方式有着典型的经过简化的信息表述：简洁、清晰、明了，突出了叙述逻辑的力量，除非是有丰富人文经验者，对于那些习惯于工具理性思考的人，很容易受到这种逻辑理性的迷惑。自此之后，NASA 作出一项规定：在重要问题上禁止使用 PPT 的形式来作演示性汇报。[①] 这个案例告诉人们，有些形式特别适合于使事情整体"信息化"，这不利于人们得出全面的判断。为了改变这种局面，"讲述一个完整的故事是重要的"。因为故事之所以是故事，就在于它的内容无法被简单地"减缩"为信息。这就是让以"讲故事"为核心的叙事，越来越以一种"方法论"的形式受到"非文学界"重视的一大原因。

由此看来，叙事研究与叙事理论的接近有点貌合神离，它游离于叙事理论与叙事哲学之间。无论如何，关于"小说艺术"的思考，最终别无选择地只能落实于叙事哲学。那么到底什么是"叙事哲学"？或者说，关于"叙事哲学"究竟该如何理解？可以给予一个简单明确的界定："叙事哲学"就是关于故事的"小说诗学"。这种界定有其根据。就像一位优秀的小说学者所言：哲学家和小说家都对特殊的个性予以了大大超过以往的关注。[②] 但即便如此，为了真正理解这句话的意思，我们仍需要首先作出一个解释：什么是"诗学"？众所周知，这个概念来自亚里士多德的

---

① 弗兰克·施尔玛赫：《网络至死》，邱袁炜译，龙门书局 2011 年版，第 65 页。
② 伊恩·瓦特：《小说的兴起》，高原等译，生活·读书·新知三联书店 1992 年版，第 11 页。

同名著作，规定了它的基本内涵：不是指作为一种文学体裁的"诗歌学"，而是指对整个文学创作原理的研究。但随着时代的发展，这个概念的内涵也有了新的变化。一是外延的扩充，不再局限于以语言文字为媒介的"文学"，还包括作为一种文化现象的所有的艺术形态，比如有"建筑诗学"、"音乐诗学"、"电影诗学"、"空间诗学"、"神话诗学"，等等。其次是内部的狭义与广义的分流。狭义的"诗学"指的是"文学形式论"。具有代表性的例子是叙述学中口碑颇佳的著作：里蒙·凯南的《叙事虚构作品：当代诗学》（narrative fiction: contemporary poetics）此书的优点体现于对叙事文本的构成进行了不仅全面而且简洁清晰准确的"形式分析"。之所以这么说，是因为它主要涉及叙事文本的"形式方面"，也就是通过阐释"怎么叙述"让人们明白一部虚构作品是如何"形成"的。这种阐释不涉及这个文本究竟成功与否或成就高下。

这是现代意义上"诗学"概念的一种主流用法，它是西方传统本体论哲学精神的发扬光大，也是亚里士多德诗学思想的一种延续。有一种普遍默认的说法：直到今天，亚里士多德的《诗学》仍是文学理论的范本。[①] 这并没什么不妥，问题在于对其宗旨究竟该作怎样的阐释。亚里士多德这本著作以两个明显不同的问题开篇：诗的文类及其功能。被认为"经典"的意见偏重前者，并据此得出结论：《诗学》关注的是"诗"的结构问题。这意味着诗学研究的对象不是那些"艺术杰作"，而是不分优劣的所有"艺术作品"。用美国著名学者纳尔逊·古德曼的话说：我们必须明确区分"何为艺术"与"何为优秀艺术"这两个问题。但同时我们也应该清楚，前者比后者更值得关注。理由是：大多数艺术作品都很拙劣，因而，如果我们用"优秀艺术"来界定"艺术作品"，那将会让我们迷失。[②] 言外之意：拙劣的艺术也还是艺术。这话听起来似乎不无道理，但细加考虑则会发现似是而非。为人类艺术文化带来伟大荣誉并因此而流芳百世的，是那些使历代读者和观众深受感动的艺术杰作。只有这样的作品才值得我们去关心。

所以，存在着另一种"非主流"却"更正宗"的诗学。它以"优秀艺术"为对象，重在对其"何以优秀"的品质核心展开研究。用法国学者达维德·方丹的话讲：这种诗学注重的是文字信息中的美感，是能让读者留下深刻印象的东西，而不

---

① 安托万·孔帕尼翁：《理论的幽灵：文学与常识》，吴泓缈等译，南京大学出版社2011年版，第11页。
② 安托万·孔帕尼翁：《理论的幽灵：文学与常识》，吴泓缈等译，南京大学出版社2011年版，第215页。

是那种随着信息的传递而立即消失殆尽、在交流的过程中转瞬即逝的东西。① 如果说前者可以称为"信息化诗学",那么后者便属于"反信息诗学"。托多罗夫曾谈到,我们对文学的认识不断受到两种对立方式的威胁:要么构建一种理论,它连贯却空洞;要么满足于描述事实,它具体生动但缺乏洞察力。② 虽说都是法国学者,但与罗兰·巴特的"花腔男声"完全不同,这是一位货真价实的优秀学者的肺腑之言,它道出了建立"反主流诗学"所面临的两难困境。走出这个境界的一条途径是追根溯源,回到"诗学"之祖亚里士多德的思想。无须讳言,强调技术与形式的"主流派"诗学,一直将其合法性建立在这位思想家的著作上,这是它们能够被接受为"主流"的基本根据。因为正如许多常规性教材所一再重复的,《诗学》中对悲剧艺术的结构的研究的确是亚里士多德这本著作的一大亮点。但需要再进一步讨论的是:除此之外还有什么?

显然,在亚里士多德《诗学》中,"摹仿"和"情节"两个概念是其用来把握悲剧艺术的核心范畴。因为尽管性格是悲剧摹仿的真正对象,但若不通过合适的情节,这种特定的性格是无法呈现的。在这个意义上,人们将这本著作归纳为"关于行动的艺术"也未尝不可。但问题在于,就像亚里士多德的思想中,事实上将人类定义为理性动物、政治动物、摹仿动物的三位一体;他的伦理学、政治学、诗学也呈现出一种内在的统一性:存在的价值和意义。这也就是强调艺术的精神品质而不是制作技术的"非主流"诗学同样能从亚里士多德的著作中获得"正宗性"根据的原因。由此来看,亚里士多德的这部《诗学》的确允许人们以两种方式来解读:它既是关于悲剧艺术的创作技术的,但也是关于以悲剧性为特征的人类行动的。③ 如果我们承认这点,那就意味着与其说《诗学》的主题属于政治学,不如说更偏重于伦理学。因为归根到底,它是借对艺术的肯定来探讨现世人性的希望所在。由此来看,认为"亚里士多德一开始就把文学毁了"④的说法,显得并不准确。

以上所述不仅让人对这句老话有重新认识:"诗人其实是真正的群众哲学家"⑤,而且还给予我们一个明确的提示:小说诗学的基本问题,涉及故事的本质及其功能。尽管从文类学上看,"小说"并不等于"故事",两者间存在着一种"不对称性"。

---

① 达维德·方丹:《诗学:文学形式通论》,陈静译,天津人民出版社2003年版,第6页。
② 茨维坦·托多罗夫:《散文诗学:叙事研究论文选》,侯应花译,百花文艺出版社2011年版,第47页。
③ 伯恩斯等:《诗学解诂》,陈陌等译,华夏出版社2006年版,第19页。
④ 马克·爱德蒙森:《文学对抗哲学》,王柏华等译,中央编译出版社2000年版,第10页。
⑤ 锡德尼:《为诗辩护》,钱学熙译,人民文学出版社1998年版,第22页。

比如，一个很有吸引力、符合好故事标准的故事并非就是一部好小说；但反之，一部好小说一定包含着一个有吸引力的故事。由此可见"写小说"与"讲故事"的不可分离性：正是由于"故事的目的并不是给我们提供真实信息，而是表达可以称之为道德真理的东西"，才使它成为优秀的小说创造不可缺少的东西。因此伊格尔顿的这个观点值得一提："小说的存在并不是为了告诉我们懒猴是行动缓慢、夜间活动的灵长类动物，或海伦娜是蒙大拿州的首府。它们动用这些事实，是作为道德模式的一部分。"① 如果说"一部小说成功与否的关键点在于作者能否把一个故事讲得惊天地、泣鬼神"，此话未免有些夸大其词；更贴切地说，一个好的故事就像坠入爱河的体验一样，让读者全身心地被情感的洪流裹挟而去，在一种由理智与情感所产生的复杂的化学反应中，直抵你的心灵深处。②

在这个意义上，认为"小说"说到底也就是"讲一个关于人的故事"③，这个朴实的观点道出了小说艺术的实质。小说产生于故事并且始终依靠故事，把故事从小说中取消意味着小说也随之不复存在。而"好小说"意味着包含着一个"好故事"。当代电影史告诉我们，从1916年开始，美国成为世界市场上头号电影供应商，至今并且一直保持着这个地位。它的奥秘何在？一位电影学者说得很精辟：好莱坞的成功建立在对故事清晰、生动以及颇富娱乐性的讲述上。当然，与此同时各种拍摄技巧也随着高科技的发展而在电影中得到广泛运用；但重要的是认识到，这些手段不仅是为了提供具有吸引力的形象，更主要的是引导观众每时每刻都注意突出的叙事事件。④ 由此再次说明：告诉人们"什么是一部好小说所需要的好故事"，让人们明白"这样的故事究竟具有怎样的意义"，这就是"关于故事的小说诗学"必须履行的承诺。但我们需要不断推进继续追问：它如何兑现这个承诺？事情仍得重新回到叙事哲学。

在通常的哲学教材中，关于"西方哲学之父"的认定似乎早已尘埃落定，但深入地来看，问题其实并未得到解决。哲学真正应该关心的是人世间的根本问题，这就是"每个人如何更好地度过属于我们自身的今生今世"。正是在这个方面，苏格拉底的思想对后世哲学产生了无人可比的影响。这种贡献具有双重性。首先是以

---

① 特里·伊格尔顿：《理论之后》，商正译，商务印书馆2009年版，第86—87页。
② 杰里·克利弗：《小说写作教程》，王著定译，中国人民大学出版社2011年版，第8页。
③ 杰克·哈特：《故事技巧》，叶青等译，中国人民大学出版社2012年版，第74页。
④ 克莉丝汀·汤普森：《好莱坞怎样讲故事》，李燕等译，新星出版社2009年版，第1页。

"认识你自己"这句名言,让人们注重不同于自然思辨的关于人类自身行为的根本问题;其次是在强调自我反省的同时,把一种严格的论证方式应用于这些问题。其最终的结果就是以人的"美好生活"为主题的伦理学的诞生。正是在这个意义上我们看到,哲学有科学和诗这两幅肖像,但肖像本身是诗化的。① 无须过多的解释,哲学的这两幅肖像意味着这门学科的两种基本形态:以逻辑推理为主导的理论化哲学和以直觉经验为基础的体验性哲学。人们之所以容易将理论与哲学混为一谈,症结也就在这里。但无论是理论化的还是体验性的,哲学作为对人类世界中"德性之善"的认识,离不开对以生命现象为根本的"存在意义"的充分肯定。这种肯定体现着"人性关怀",这是哲学的本色,而在这个意义上看,哲学这幅肖像的确具有显著的诗性意味。

这也进一步表明,"叙事哲学"与"小说诗学"其实是同一回事,理解"故事与小说"的关系以及意义,是它们共同的目标。毛姆以其丰富的经验指出:尽管故事对于小说家事关重大,但它其实是小说家为拉住读者而扔出的一根性命攸关的救生绳索。小说的艺术价值体现于好故事,而不是有趣的故事。不过,尽管许多有趣的故事未必是真正的好故事,但反之,名副其实的好故事往往蕴含有趣的元素。托多罗夫曾谈起,在读亨利·詹姆斯的小说时,一方面必须努力寻找其作品的意义,同时牢记,他的"作品的意义就是对意义的寻找"。② 这个评价很有意思,不仅准确指出了亨利·詹姆斯小说的要害,而且让我们推而广之,认识到"优秀的小说"与"有趣的小说"之间常常显得相当微妙的区别。毛姆曾经在《美国文学漫谈》中指出:亨利·詹姆斯讲故事的才能确实高明,故事中的悬念设计确实奇妙,所以他自始至终都能把你吸住。但阅读经验告诉我们,亨利·詹姆斯的小说虽然是有意思的,但没有很大的意义。在某种意义上,他开了以卡尔维诺的《寒冬夜行人》、艾柯的《玫瑰的名字》等为代表的所谓"后现代小说"的先河。这类小说就像托多罗夫所说作品的意义就是对意义的寻找。

这种"寻找游戏"具有一定的趣味性,但它们算不了好小说。那么,不仅有趣而且还真正"有意义"的小说又该是怎样的呢?在这方面毛姆也从自身的经验给了我们一点启发:通过"人物塑造"来呈现"人性本色"。他仍以亨利·詹姆斯的小说为例,指出导致其作品离真正的好小说总是差一口气的原因,在于他对自己所要

---

① 斯坦里·罗森:《诗与哲学之争》,张辉译,华夏出版社2004年版,第22页。
② 茨维坦·托多罗夫:《散文诗学:叙事研究论文选》,侯应花译,百花文艺出版社2011年版,第146页。

描写的人物好像总是不太了解，以至于常常显得不近情理。亨利·詹姆斯小说的长处在于他具有出色的讲故事的才能，这是作为小说家最重要的才能，但并不是成为优秀小说家的才能。① 这个才能就是对人性的洞察力。在谈到优秀文学的标准时，一位法国学者如此说道：我选择的是关于文学的非文学指标，伦理的、人生的指标，因为"这些指标在支配着我生活的方方面面"。② 这个说法更早的版本来自诗人艾略特。他曾经说过：一方面"我们必须记住，测定一种读物是否文学，只能用文学标准来进行"；但另一方面同时还得看，"文学的'伟大价值'不能仅仅用文学标准来测定"。③ 这当然并没有违背"把文学当文学"的宗旨，而只是道出了一个秘密：我们对艺术的需要不是为了做虚无缥缈的"白日梦"，而是为了获得创造美好人生的动力。这是健康地享受文学杰作与不健康地吸食毒品的区别。

　　今天的人类仍未走出对电子技术的"迷思"，但这并不说明这种状况将会永远延续下去直到人类成为非人。人类的祖先从"听故事"中学会自我塑造，有史以来世界各地的人们就一直聚集在篝火旁或者市井处听故事。这种"往日情怀"会重新恢复吗？毛姆认为，听故事的欲望在人类身上就像对财富的欲望一样根深蒂固。④ 他的话不是毫无根据。甚至有学者利用现代生物医学的进展，得出了人类由来已久的爱听故事的特点有其生物方面的原因。比如一些科学家对美国科普小说家斯蒂芬·霍尔的大脑进行了核磁共振扫描，证实了当他进行故事构思时，在其大脑右脑额叶上一个与视觉皮质等脑中心部位相连的糖块大小的区域，会同步产生反应。他们将它命名为"故事叙述系统"。⑤ 这项研究或许能够推翻关于人类历史的决定论，按照这种理论，自从进入"文明时代"后，人类就只能沿着从"政治人"到"经济人"、由"符号人"到"信息人"的路线图不断前行。

　　但并不是没有"另外的声音"。它不仅同样存在，甚至对人们更有吸引力。比如有越来越多的证据表明，当我们在互联网上或者手机上搜寻信息或者答案时，我们最原初的本能被调动起来。这就是与生俱来的永无止境的好奇心。人类喜欢听故事的欲望显然与这种好奇心有着同一个渊源。但当这样的本能逐渐被现代科技征服，成为不断追新逐异的心结的奴役，我们对于由好故事构成的小说杰作的阅读渴望就

---

① 威廉姆·毛姆：《毛姆读书随笔》，刘文荣译，上海生活·读书·新知三联书店2000年版，第288页。
② 安托万·孔帕尼翁：《理论的幽灵：文学与常识》，吴泓缈等译，南京大学出版社2011年版，第18页。
③ 托·艾略特：《艾略特文学论文集》，李赋宁译，百花洲文艺出版社1994年版，第237页。
④ 威廉姆·毛姆：《毛姆读书随笔》，刘文荣译，上海生活·读书·新知三联书店2000年版，第22页。
⑤ 杰克·哈特：《故事技巧》，叶青等译，中国人民大学出版社2012年版，第4页。

会逐渐消失。事情因此而显得有些滑稽,就像德国学者施尔玛赫所说:工程师并不是讲故事的人,但他们却书写了我们这个时代最真实的小说。① 这是一部属于"非虚构叙事"的作品,讲的是越来越多的人自觉不自觉地成为电子产品的俘虏,在网络世界中流连忘返,最终耗尽其全部智力与情感,成为现实生活里的"隐形动物"。这样的情景清楚地昭示着,人类以"进步"的名义在倒退。如何从这两种截然不同的描述中得出关于"小说艺术"的命运的最终结论?对于"小说诗学"而言,既无法又无必要给予回应。尽管以知识论为主导的现代教育歧视人文叙事,但科学其实也需要通过"讲故事"的方式,来向人们说清其之所以重要的理由。②

在好故事中,我们能清楚地意识到人性的存在,即使这个故事的主角并非人类。比如那些关于大自然和野生动物的纪录片,许多这类影片都会采用聚焦于人性的主题来讲述非人类的故事。也有一些影片完全将动物置于拍摄中心,比如由吕克·雅克特导演的《帝企鹅日记》,其中的主角就是帝企鹅。但这部影片获得成功的原因仍然在于,从中让观众感到这是一部讲述爱、失落和生存的故事,一切都体现着人性因素。同样的例子还有法国著名电影人吕克·贝松制作的两部描述大自然的纪录片《迁徙的鸟》与《海洋》。当我们随着影片的进展而进入其中,心中的感动便会随之而加深。我们之所以禁不住热泪盈眶,是因为这样的故事让我们在一种感同身受中懂得了生命的意义。故事就是作为"人类"的我们的生活本身。因此,从"小说诗学"的视野来重新认识"小说艺术"的重要性显而易见。有句话说得好:虽然没有理由相信,你希望有的东西就一定会有;但是也很难说,你无法证明的东西就一定不能相信。③ 由此来看,小说的希望掌握在我们自己手中。

原载《杭州师范大学学报》(社会科学版)2013 年第 9 期

---

① 弗兰克·施尔玛赫:《网络至死》,邱袁炜译,龙门书局 2011 年版,第 64 页。
② 芭芭拉·查尔尼娅维斯卡:《社会科学研究中的叙事》,鞠玉翠等译,北京师范大学出版社 2010 年版,第 9 页。
③ 威廉姆·毛姆:《毛姆读书随笔》,刘文荣译,上海生活·读书·新知三联书店 2000 年版,第 57 页。

重构中国小说的叙事伦理

谢有顺

一、 叙事伦理与中国小说

据英国叙事理论家马克·柯里转述,新批评派代表人物约翰·克罗·兰塞姆在1937年写了一篇题为《批评公司》的很有影响的文章。文中提出了一个观点,即在这职业化的新时代,文学批评家的学术特征是很弱的,批评家必须开拓不同于历史学家和哲学家的属于自己的专业领域。兰塞姆认为,文学研究中的身份危机是可以通过发展独特的专门知识来解决的,这一专门知识应该能使批评家提高描述文本本身的能力,而无须参照历史语境或哲学思想。[①] 这个观点一度赢得了批评家的赞赏,以致相当长一段时间来,中国批评界也有过许多关于批评专业化的讨论。批评不愿意再附庸于哲学和美学,它们想争得自己的专业领域——这一诉求获得了许多人的支持。尽管当代文学批评的思想资源更多的还是来自福柯、哈贝马斯、德里达、利奥塔、萨义德、詹姆逊等思想家,描述文本时更多的也还是"参照历史语境或哲学思想",但自20世纪90年代以来,批评话语的产生呈现出越来越专业化和学术化的趋势,也是一个不争的事实。

但是,哪一种知识才能缓解文学批评的身份危机,才算得上是文学批评以及文学研究中比较成熟的"专门知识"呢?如果要说出答案,叙事学恐怕会是首要的选择。华莱士·马丁在《当代叙事学》的开篇就说:"在过去十五年间,叙事理论已

---

① [英] 马克·柯里:《后现代叙事理论》,宁一中译,北京大学出版社2003年版,第9页。

经取代小说理论成为文学研究主要关心的论题。"① 作为研究小说的一种重要方法和专业知识，叙事学在 20 世纪的崛起，不仅推进了小说写作的复杂性和多样性，更由于它对叙事形式的有效进入而独领风骚、并压制了历史研究方法达数十年之久。当代叙事学让我们看到，小说写作在本质上并非单纯地反映社会人生，它更是一种语言建构。叙事文学除了故事的讲述之外，还存在着许多不容忽视的结构、形式、视角、叙事时间等艺术问题。离开语言建构的一系列规则，你就无法理解 20 世纪以来世界文学中的种种变革和实验。因此，一个批评家若要进行 20 世纪叙事文学的研究，掌握叙事学的知识和方法就成了必要的工作；同理，一个作家要想进行新的文学创造，也必须找到自己对世界的独特的观察方式和叙事方式。正如一段时间里批评家所喜欢说的那样，重要的不是看你写了什么，而是看你怎么写。从"写什么"到"怎么写"的变化，正是叙事艺术在文学上的胜利。它直接改写了小说写作的固有图式，使小说不再只做故事的奴隶——对许多小说家而言，语言远比故事重要得多，写小说也远比"讲故事"要复杂得多。

叙事之于小说写作的重要意义，已经成为一种文学常识，无须我再饶舌。中国作家在接受现代叙事艺术的训练方面，虽说起步比较迟，但在 20 世纪 80 年代中期之后的数年时间，文体意识和叙事自觉就悄然进入了一批先锋作家的写作视野。语言实验的极端化，形式主义策略的过度应用，以及由此导致的对固有阅读方式的颠覆和反动，这些今天看来多少有点不可思议的任性和冒险，在 80 年代中后期却获得了前所未有的关注。文学创新的渴望和语言游戏的快乐，共同支配了那个时期作家和读者的艺术趣味，形式探索成了当时最强劲的写作冲动——无疑，这大大拓宽了文学写作的边界。事实上，叙事学理论的译介和当时中国先锋文学的出现有着密切的对应关系。据林岗的研究，1986 年至 1992 年，我国开始大量译介西方叙事理论，而中国当代先锋文学的兴盛大约也是在 1985 年至 1992 年。先锋文学的首要问题是叙述形式的问题，与之相应的是叙事理论使"学术关注从相关的、社会的、历史的方面转向独立的、结构的本文的方面"②。今天，尽管有不少人对当年那些过于极端的形式探索多有微词，但谁也不能否认它的革命意义，正如"先锋派"文学的重要阐释者陈晓明所说："人们可以对'先锋派'的形式探索提出各种批评，但是，同时无法否认他们使小说的艺术形式变得灵活多样。小说的诗意化、情绪化、散文化、

---

① [美] 华莱士·马丁：《当代叙事学·导论》，伍晓明译，北京大学出版社 1990 年版，第 1 页。
② 林岗：《建立小说的形式批评框架——西方叙事理论述评》，《文学评论》1997 年第 3 期。

哲理化、寓言化，等等，传统小说的文体规范的完整性被损坏之后，当代小说似乎无所不能而无所不包……无止境地拓宽小说表现方法的边界，结果是使小说更彻底地回到自身，小说无须对现实说话，无须把握'真实的'历史，小说就对小说说话。"① 形式主义探索对于当代文学的变革而言，是一次重要而内在的挺进。没有文体自觉，文学就谈不上回到自身。

令人困惑的是，不过是十几年时间，叙事探索的热情就在中国作家的内心冷却了——作家们似乎轻易就卸下了叙事的重担，在一片商业主义的气息中，故事和趣味又一次成了消费小说的有力理由。这个变化也许可以追溯到20世纪90年代中期或者更早的时候，但更为喧嚣的文学消费主义潮流，则在进入"新世纪"以后的近十年才大规模地兴起。市场、知名度和读者需求，成了影响作家如何写作的决定性力量。在这个背景下，谁若再沉迷于文体、叙事、形式、语言这样的概念，不仅将被市场抛弃，而且还将被同行看成是无病呻吟抑或游戏文学。与此同时，政治意识形态也在不断地改变自身的形象，部分地与商业意识形态合流，文学的环境变得越来越暧昧、越来越复杂。在这一语境下，大多数文学批评家也不再有任何叙事研究的兴趣，历史主义的研究方法或者文化批评、社会批评的模式再次卷土重来，批评已经不再是文本的内在阐释，不再是审美的话语踪迹，也不再是和作品进行生命的对话，更多的时候，它不过是另一种消费文学的方式而已。在文学产业化的过程中，批评的独立品格和审美精神日渐模糊，叙事的意义遭到搁置。

尽管民众讲故事和听故事的冲动依然热烈，但叙事作为一种写作技艺正面临着窘迫的境遇。尤其是虚构叙事，在一个信息传播日益密集、文化工业迅猛发展的时代，终究难逃没落的命运。相比于叙事通过虚构与想象所创造的真实，现代人似乎更愿意相信新闻的真实，甚至更愿意相信广告里所讲述的商业故事。那种带着个人叹息、与个体命运相关的文学叙事，正在成为一种不合时宜的文化古董。尽管20世纪三四十年代，巴赫金把小说这种新兴的文体，看作是近现代社会资本主义文明在文化上所创造的唯一的文学文体。所以在巴赫金的时代，"还可以觉得小说是一种尚未定型的、与现代社会和运动着的'现在'密切相关的叙事形式，充满着生机和活力，具有无限的前景和可能性。然而，这种看法显然是过于乐观了。经典的小说形式正在作古，成为一种'古典文化'。"② 而与巴赫金同时代的本雅明，却在1936年

---

① 陈晓明：《表意的焦虑：历史祛魅与当代文学变革》，中央编译出版社2002年版，第111—112页。
② 耿占春：《叙事美学·绪论》，郑州大学出版社2002年版，第2页。

发表的《讲故事的人》一文中宣告叙事艺术在走向衰竭和死亡,"讲故事这门艺术已是日落西山","讲故事缓缓地隐退,变成某种古代遗风"。①

我想,小说叙事的前景远不像巴赫金说得那样乐观,但也未必会像本雅明说得那么悲观。作为一门学科,叙事学还是很新的。据研究,茨维坦·托多洛夫在1969年才第一次提出"叙事学"这一概念,而叙事理论则是以色列学者里蒙·凯南的《叙事虚构作品:当代诗学梦》② 一书于1983年出版之后才受到广泛关注。更值得我们注意的是,叙事本身就是一门古老的艺术。从穴居人讲故事开始,广义的叙事就出现了。讲述自己过去的生活、见闻,这是叙事;讲述想象中的还未到来或永远不会到来的生活,这也是叙事。叙事早已广泛参与到人类的生活中,并借助记忆塑造历史,也借助历史使一种生活流传。长夜漫漫,是叙事伴随着人类走过来的,那些关于自己命运和他人命运的讲述,在时间中渐渐地成了人类生活不可缺少的段落,成了个体在世的一个参照。叙事是人类生活中的重要内容,"没有叙事,就没有历史"(克罗奇语);没有叙事,也就没有现在和未来。一切的记忆和想象,几乎都是通过叙事来完成的。从这个意义来讲,人确实如保罗·利科在其巨著《时间与叙事》中所说的,是一种"叙事动物"。而人既然是"叙事动物",就会有多种多样的叙事冲动,单一的叙事模式很快会使人厌倦。这时候,人们就难免会致力于寻求新的"叙事学",开拓新的叙事方式。

我还想指出的是,叙事这一古老的艺术,早在它的诞生之日,就开始参与对人类伦理感受活动的塑造、延续与改写。也就是说,阅读小说,除了叙事学的视角,还需要引入叙事伦理学的视角。这与叙事本身的特殊功能有很大关联。很多人都把叙事当作是讲故事。的确,小说家就是一个广义上的"讲故事的人",他像一个古老的说书人,围炉夜话,武松杀嫂或七擒孟获,《一千零一夜》,一个一个故事从他的口中流出,陪伴人们度过那漫漫长夜。然而,进入现代社会之后,写作不再是说书、夜话、"且听下回分解",也可能是作家个人的沉吟、叹息,甚至是悲伤的私语。作家写他者的故事,也写自己的故事,但他叙述这些故事时,或者痴情,或者恐惧,或者有一种受难之后的安详,这些感受、情绪、内心冲突,总是会贯穿在他的叙述之中,而读者在读这些故事时,也不时地会受感于作者的生命感悟,有时还

---

① [德]本雅明:《讲故事的人》,《本雅明文选》,张耀平译,中国社会科学出版社1999年版,第296页。
② [以色列]里蒙·凯南:《叙事虚构作品:当代诗学》,姚锦清等译,生活·读书·新知三联书店1989年版。

会沉迷于作者所创造的心灵世界不能自拔，这时，讲故事就成了叙事——它深深依赖于作家的个人经验、个体感受，同时回应着读者自身的经验与感受。当我们阅读不同的故事，我们往往能得到不断变化的体验，"我们感到自己的生活得到了补充，我们的想象在逐渐膨胀。更有意思的是，这些与自己毫无关系的故事会不断地唤醒自己的记忆，让那些早已遗忘的往事与体验重新回到自己的身边，并且焕然一新。"①

在讲述故事和倾听故事的过程中，讲者和听者的心灵、情绪常常会随之而改变，一种对伦理的感受，也随阅读的产生而产生，随阅读的变化而变化。作家未必都讲伦理故事，但读者听故事、作家讲故事的本身，却常常是一件有关伦理的事情，因为故事本身激发了读者和作者内心的伦理反应。

让我们来看这段话：

> 我现在就讲给你听。真妙极了。像我这样的弱女子竟然向你，这样一个聪明人，解释在现在的生活中，在俄国人的生活中，发生了什么，为什么家庭，包括你的和我的家庭在内，会毁灭？……②

这是帕斯捷尔纳克的《日瓦戈医生》一书中，拉拉和日瓦戈重逢之后说的一段话。它像一个典型的说故事者的开场白："我现在就讲给你听……"革命带来了什么，平静的日常生活是如何毁灭的——拉拉似乎有很多的经历、遭遇要诉说，但在小说中，拉拉没有接着讲故事，也没有赞颂或谴责革命，她接着说的是她内心的感受，那种无法压制的想倾诉出来的感受：

> ……我同你就像最初的两个人，亚当和夏娃，在世界创建的时候没有任何可遮掩的，我们现在在它的末日同样一丝不挂，无家可归。我和你是几千年来在他们和我们之间，在世界上所创造的不可胜数的伟大业绩中的最后的怀念，为了悼念这些已经消逝的奇迹，我们呼吸，相爱，哭泣，互相依靠，互相贴紧。③

---

① 余华：《没有一条道路是重复的》，作家出版社 2010 年版，第 133—134 页。
② ［苏联］帕斯捷尔纳克：《日瓦戈医生》，蓝英年、张秉衡译，漓江出版社 1997 年版，第 467 页。
③ 同②。

日瓦戈和拉拉抱头痛哭。我想，正是拉拉叙事中的那种伦理感觉，那种在生命的深渊里彼此取暖的心痛，让两个重逢的人百感交集。它不需再讲故事，那些百死一生的人生经历似乎也可以忽略，重要的是，那种"互相依靠，互相贴紧"的感觉，一下就捕获了两颗孤独的心。叙事成了一种对生活的伦理关切，而我们的阅读、经历这个语言事件的同时，其实也是在经历一个伦理事件。在拉拉的讲述中，故事其实已经停止了，但叙事背后的伦理感觉在继续。

还可以再引一段话：

> 师傅说凌迟美丽妓女那天，北京城万人空巷，菜市口刑场那儿，被踩死、挤死的看客就有二十多个……①

这是莫言《檀香刑》里的话。"师傅说……的语式，表明作者是在讲故事，而且是复述，也可以说是复叙事。这个叙事开始是客观的，讲述凌迟时的景况，但作者的笔很快就转向了对凌迟这场大戏的道德反应："在演出的过程中，罪犯过分的喊叫自然不好，但一声不吭也不好。最好是适度地、节奏分明地哀号，既能刺激看客的虚伪的同情心，又能满足看客邪恶的审美心。"② ——这样的转向，可以说就是叙事伦理的转向。从事实的转述，到伦理的觉悟，叙事经历了一场精神事变，"师傅说"也成了"作者说"：

> 面对着被刀脔割着的美人身体，前来观刑的无论是正人君子还是节妇淑女，都被邪恶的趣味激动着。③

"都被邪恶的趣味激动着"，这就是叙事所赋予小说人物的伦理感觉。康德说"美是道德的象征"，但他也许没有想到，邪恶有时也会洋溢着一种美，正如希特勒可以是一个艺术爱好者，而川端康成写玩弄少女的小说里也有一种凄美一样。在这些作品中，叙事改变了我们对一件事情的看法，那些残酷的写实，比如凌迟、檀香刑，得以在小说中和"猫腔"一起完成诗学转换，就在于莫言的讲述激起了我们的

---

① 莫言：《檀香刑》，作家出版社2001年版，第240页。
② 同①。
③ 同①。

伦理反应,我们由此感觉,在我们的世界里,生命依然是一个破败的存在,而这种挫伤感,会唤醒我们对一种可能生活的想象,对一种人性光辉的向往。生活不应该是这样的!生活可能是怎样的?——我们会在叙事中不断地和作者一起叹息。于是,他人的故事成了"我"的故事——如钱穆谈读诗的经验时所说的:"我感到苦痛,可是有比我更苦痛的;我遇到困难,可是有比我更困难的。我哭,诗中已先代我哭了;我笑,诗中已先代我笑了。"①

由此可见,叙事作品本身,不仅是一个阅读的对象,更是一个人在世和如何在世的存在坐标。叙事不仅是一种讲故事的方法,同时也是一个人的在世方式,能够把我们已经经历、即将经历与可能经历的生活变成一个伦理事件。在这个事件中,生命的感觉得以舒展,生存的疑难得以追问,个人的命运得以被审视。我们分享这种叙事,看起来是在为叙事中的"这一个"个人而感动,其实是通过语言分享了一种伦理力量。那一刻,阅读者的命运被叙事所决定,也被一种伦理所关怀。所以,真正的叙事,必然出示它对生命、生存的态度;而生命问题、生存问题,其实也是伦理问题。叙事不仅是一个与美学有关联的领域,也是一个与伦理学关联甚密的领域。对叙事作品的研究,除了从叙事学的角度切入,还可以从叙事伦理学的角度切入。

正是基于这样一种认知,在最近几年,我常常将叙事伦理作为观照小说作品的一个重要维度。同时,我也试图在对这些作品的历史性考察中离析出一些重要的精神价值。多年前,我曾在《中国小说的叙事伦理》② 一文中相对集中地陈述了我的看法,如今,我更意识到,在进入新世纪以后,中国当代小说要想获得更广阔的发展空间,就必须对本国的文学传统——不管是古典文学的"大传统"还是现代文学的"传统"或"新传统"③ ——有所反思,以激发传统的活力。而对传统的继承与反思,不可避免地是在现代思想的照耀下展开的,总是会带有重新阐释的意味。一方面,曾作为文学作品的土壤而存在的"周围世界"早已在历史中灰飞烟灭,只留

---

① 钱穆:《中国文学论丛》,生活·读书·新知三联书店2002年版,第124页。
② 本人的《中国小说的叙事伦理》(《南方文坛》2005年第4期)、《文学叙事中的身体伦理》(《小说评论》2006年第2期)、《当代小说的叙事前景》(《文学评论》2009年第1期)、《小说叙事的伦理问题》(《小说评论》2012年第5期)等文,均探讨了小说的叙事伦理问题,本文是在这些论述基础上作的整合、扩充和再思。
③ 有关"大传统"与"小传统"或"新传统"的区分,出自温儒敏的文章。具体论述可参看温儒敏、陈晓明等著《现代文学新传统及其当代阐释》,北京大学出版社2010年版。

下些许踪迹，我们所看到的作品本身可以说是被架空的。缺乏了"周围世界"的参照，无疑给理解作品增加了不少难度。在《精神现象学》一书中，黑格尔曾鉴于古代生活及其"艺术宗教"的衰亡而哀叹道：缪斯的作品"现在就是它们为我们所看见的那样，——是已经从树上摘下的美丽的果实，一个友好的命运把这些艺术品给予了我们，就像一个姑娘端上了这些果实一样。这里没有它们具体存在的真实生命，没有长有这些果实的树，没有土壤和构成它们实体的要素，也没有制约它们特性的气候，更没有支配它们成长过程的四季交换——同样，命运把这那些古代的艺术作品给予我们，但却没有把那些作品的周围世界给予我们，没有把那些作品得以开花和结果的伦理生活的春天与夏天一并给予我们，而给予我们的只是对这种现实性的朦胧的回忆"①。另一方面，人不是全知全能的上帝，总有其作为一个历史主体的种种局限。在面向历史的时候，我们难以完全摆脱自身的视域限制，就如伽达默尔所说的："每一个时代都必须按照它自身的方式来理解历史传承下来的文本，因为这文本是属于整个传统的一部分，而每一个时代则是对整个传统有一种实际的兴趣，并试图在这传统中理解自身。当某个文本对解释者产生兴趣时，该文本的真实意义并不依赖于作者及其最初的读者所表现的偶然性。至少这个意义不是完全从这里得到的。因为这种意义总是同时由解释者的历史处境所规定的，因而也是由整个客观的历史进程所规定的。"② 对文学传统的解读，就不只是简单的复原，而只能是一种"重构"。虽然"被重建的、从疏异中召回的生命"，可能"并不是原来的生命"③，但是对当代人来说，这种重构仍然有它的意义。毕竟，它提供了一种重要的精神参照，借此我们可以更好地理解自身，而传统也可以在重构中得到持续的更新。因此，笔者试图从一个超越性的精神视点出发来解析中国小说在不同时期的叙事成就和叙事转向，重构中国小说的叙事伦理，同时希望找出一道中国现当代小说中不太被人重视的叙事潜流——那种用灵魂说话，用生命发言，用良知面对世界，超越世俗道德判断的写作。

---

① 转引自［德］伽达默尔《诠释学 I：真理与方法》（修订译本），洪汉鼎译，商务印书馆 2007 年版，第 235 页。亦可参看［德］黑格尔《精神现象学》，贺麟、王玖兴译，商务印书馆 1996 年版，第 231 页。
② ［德］伽达默尔：《诠释学 I：真理与方法》（修订译本），洪汉鼎译，商务印书馆 2007 年版，第 403 页。
③ ［德］伽达默尔：《诠释学 I：真理与方法》（修订译本），洪汉鼎译，商务印书馆 2007 年版，第 234 页。

二、通而为一的生命世界

中国人一直对生命有深切的觉悟，对伦理的关注以及在伦理中所舒展的生命感觉也异常丰富。因此，也有人称中国文学是"生命的学问"（牟宗三语）。中国文人重视立心，其实就是重视生命的自我运转。文人写作不向外求娱乐，而向内求德性修养，最终冀望于人生即艺术，艺术即人生，把艺术和人生，看作是一个不能分割的整体。艺术如何能和人生相通？简单地说，就是艺术和人生共享一个生命世界。钱穆说，中国以农立国，即便普通一人，也知道视自然、天地为大生命，而个人的生命则寄存于这个大生命之中，生命和生命相呼应之后而有的手之舞之足之蹈之，即成为最好的中国艺术。

因此，中国艺术从生命出发，它重在创造世界，而非模仿世界。中国画尤其如此。山水、人物要入画，不在摹其貌，而在传其神。神从何来？必定是画家对自己所画之物多方观察、心领神会之后，才能由物而摹写出自己的性情，由笔墨而创造出一个全新的意境。不理解这一点，就不明白，何以中国人读一首诗、看一幅画，总是要去探究作者是谁，甚至他的身世、家境，都在考察之列，其目的就是要通过其人，先知其心，再见其笔法之巧。有心之人，才能以其心感他心，以其心状景物，技巧反而是其次的了。知其心，也就必定知其为何喜、为何悲、为何怨，以心来觉悟这个世界，世界就变得活泼、生动了。

中国的文学，强调作品后面要站着一个人，也是表明文学要与人生相通，文学和人生要共享一种伦理。作品后面若没有人，人生若没有被一种生命伦理所照亮，那就是失败。这令我想起《红楼梦》第四十八回里写的一件事。香菱姑娘想学作诗，向林黛玉请教时说："我只爱陆放翁的诗'重帘不卷留香久，古砚微凹聚墨多'，说得真有趣！"林黛玉听了，就告诫她："断不可学这样的诗。你们因不知诗，所以见了这浅近的就爱，一入了这个格局，再学不出来的。"后来，林黛玉向香菱推荐了《王摩诘全集》，以及李白、杜甫的诗，让她先以这三个人的诗"做了底子"[①]。林黛玉对诗词的看法，自然是很精到的，只是，我以前读到这里，总是不太明白，何以陆放翁的诗"重帘不卷留香久，古砚微凹聚墨多"是不可学的，直到后来读了

---

① 曹雪芹、高鹗：《红楼梦》（上），人民文学出版社2009年版，第515页。

钱穆的《谈诗》一文,才有了进一步的了悟。钱穆是这样解释的:"放翁这两句诗,对得很工整。其实则只是字面上的堆砌,而背后没有人。若说它完全没有人,也不尽然,到底该有个人在里面。这个人,在书房里烧了一炉香,帘子不挂起来,香就出不去了。他在那里写字,或作诗。有很好的砚台,磨了墨,还没用。则是此诗背后原是有一人,但这人却教什么人来当都可,因此人并不见有特殊的意境,与特殊的情趣。无意境,无情趣,也只是一俗人。尽有人买一件古玩,烧一炉香,自己以为很高雅,其实还是俗。因为在这环境中,换进别个人来,不见有什么不同,这就算作俗。高雅的人则不然,应有他一番特殊的情趣和意境。"① 这是很深刻的一种文学看法。中国文学的后面是有人的,所以,中国古代的文人,无须写自传或他传,因为他们的诗和文,就是他们的传记,所谓"诗传"。我们读李白或杜甫的诗,就知道他们的为人、胸襟和旨趣,不必再找旁证做解释的材料了。这是中国文学极为独特的一种写作伦理:它以生命为素材,以性情为笔墨,目的是要在自己笔下开出一个人心世界来。

由此看来,中国文学可以说是关于人的伦理的文学,也是关于生命伦理的文学,理解了这一点,就会发现,文学的叙事,不仅关乎文学的形式、结构和视角,也关乎作家的内心世界,以及他对这个世界的基本认识。而叙事伦理的根本,说到底就是一个作家的世界观。有怎样的世界观,就会产生怎样的文学。

需要指出的是,强调文学与人生的遇合,对于中国文学来说,也并非没有负面的影响。其中最大的问题在于使得中国文学(尤其是中国的小说、戏曲)多是有关现世人伦、国家民族的叙事,也就是王国维所说的《桃花扇》这一路的传统,较少面对宇宙的、人生的终极追问,也较少有自我省悟的忏悔精神,缺少文学的超越意识,甚至形成了一种以宣扬道德训诫为旨归的简单化的叙事伦理。在这些叙事作品中(例如"三言二拍"),写作的目的主要在于通过故事的形式来讲述因果报应,破除忘恩负义的非道德倾向,而叙事的过程也完全成了伦理教化的过程。像《喻世明言》、《警世通言》、《醒世恒言》这"三言",仅是从书名,就能嗅到道德训诫的气息。这些作品,往往陷于现实经验与现世道德的窠臼,很难开出有重量的精神境界。

但我也注意到,在中国古典小说中有一部分作品,比如《红楼梦》,不仅写人世,也写天道,能做到人心与天道、人世与宇宙的通而为一。作为一部小说,《红楼梦》并没有回避世俗或现实,相反,曹雪芹在写作这部大书的时候,是怀着一颗坚

---

① 钱穆:《中国文学论丛》,生活·读书·新知三联书店2002年版,第111—112页。

强的、具体的、无处不在的世俗心的,否则,他就写不出那种生机勃勃、栩栩如生的大观园里的日常生活了。即便是作诗这样高雅的场面,作者也还穿插了贾宝玉和史湘云烤鹿肉吃的生动场景。这事是在《红楼梦》的第四十九回。而《红楼梦》对贾、史、王、薛四大家族之间那种繁复细密的关系的书写,对贵族家庭中所使用的器物的描写,无不体现出杰作的形成正是以对现实世界的观察为基础的。这种"写实"的能力,即使到了以写实主义为大宗的20世纪,也仍然是不可企及的典范。有一次,我听格非说,当代作家写历史,一般都不敢写器物,为什么?因为他没有这方面的常识,即便写,也写不好。像苏童的《妻妾成群》,可以把那种微妙的人与人之间的关系写得入木三分,但他还是不敢轻易碰那个时代的器物。格非说这个话的时候,还举了《红楼梦》第三回的例子。林黛玉进荣国府,第一次去王夫人的房里见她。小说中写道:

> 茶未吃了,只见穿红绫袄青缎掐牙背心的一个丫鬟走来,笑说道:"太太说,请林姑娘到那边坐罢。"老嬷嬷听了,于是又引黛玉出来,到了东廊三间小正房内。正房坑上横设一张炕桌,桌上垒着书籍、茶具。靠东壁,面西设着半旧的青缎靠背引枕。王夫人却坐在西边下首,亦是半旧的青缎靠背坐褥。见黛玉来了,便往东让。黛玉心中料定这是贾政之位。因见挨炕一溜三张椅子上,也搭着半旧的弹墨椅袱,黛玉便向椅上坐了。①

初读这段话,并无特别之处。但脂砚斋在评点的时候,就上面的三个"旧"字,大发感叹:

> 三字有神。此处则一色旧的,可知前正室中亦非家常之用度也。可笑近之小说中,不论何处,则曰"商彝"、"周鼎"、"绣幕"、"珠帘"、"孔雀屏"、"芙蓉褥"等样字眼。②

甲戌本的眉批接着又说:

---

① 邓遂夫校订:《脂砚斋重评石头记甲戌校本》,作家出版社2005年版,第121页。
② 同①。

近闻一俗笑语云：一庄农人进京回家，众人问曰："你进京去，可见些个世面否？"庄人曰："连皇帝老爷都见了。"众罕然问曰："皇帝如何景况？"庄人曰："皇帝左手拿一金元宝，右手拿一银元宝，马上掮（原误稍）着一口袋人参，行动人参不离口。一时要屙屎了，连擦屁股都用的是鹅黄缎子，所以京中掏茅厕的人都富贵无比。"试思凡稗官写"富贵"字眼者，悉皆庄农进京之一流也。盖此时彼实未身经目睹，所言皆在情理之外焉。①

只有像曹雪芹这样经历过富贵与繁华的生活，并且怀有世俗心的人，才能事无巨细地写荣国府的器物，甚至把荣国府的引枕、坐褥、椅袱全部写成"半旧"的——那些"未身经目睹"的，一定以为荣国府的引枕、坐褥、椅袱都是绸缎的、簇新的、闪闪发亮的，因为他没有富贵生活的经验和常识，所言必然是"在情理之外"，正如上面说的那个"庄农"，没见过皇帝，只能想象皇帝"左手拿一金元宝，右手拿一银元宝"。没有世俗心，缺乏细致的观察，光凭不着边际的想象，是写不出可信的文字来的。像曹雪芹这种写实的能力，没有世俗心，没有对世俗生活的体验与浸染，是不可能做到的。

但是，《红楼梦》的书写，始于现实，却不止于现实；而是由实而虚，讲求虚实结合，虚实相生。它在开篇即讲到，作者自云，因曾历过一番梦幻之后，故将真事隐去，而借"通灵"之说撰写此书。在将"真事隐去"的同时，它又采取了"假语村言"的叙述方式，并强调作者本意原为记述当日闺友闺情，并非怨世骂时之书；虽一时有涉于世态，然亦不得不叙者，但并非本旨。② 因此，《红楼梦》既是世俗的，又是宇宙的、"通灵"的。它从俗世中来，却深入灵魂，着意于从更高的精神视点来体察俗世，打量人生。

像《红楼梦》这样的作品，一旦进入一个通达的生命世界与天地境界，就会超越道德、是非、善恶、得失这些现世问题，走向宽广和仁慈。阿城在《闲话闲说——中国世俗与中国小说》中也曾专门谈过这个问题。他说，曹雪芹对所有的角色都有世俗的同情、相同之情，例如宝钗、贾政等乃至讨厌的老妈子。他还指出，作家往往受到"道德"、"时髦"等很多方面的束缚，缺乏广泛的相同之情的能力。

---

① 邓遂夫校订：《脂砚斋重评石头记甲戌校本》，作家出版社2005年版，第121页。
② 曹雪芹、高鹗：《红楼梦》（上），人民文学出版社2009年版，第1页。

这就要求作家具有多重自身,具备超越现实限制的意识与能力①。这又让我想起胡兰成在《文学的使命》一文中关于"新的境界的文学"的相关论述。他说:"新的境界的文学,是虽对于恶人恶事亦是不失好玩之心,如此,便是写的中日战争,写那样复杂的成败死生的大事,或是写的痛痛快快,楚楚涩涩,热热凉凉酸酸的恋爱,蛮仍是可以通于……那单纯、喜气、无差别的绝对之境的。"②尽管我不喜欢胡兰成这人,但他这话却是颇得中国文学的深意的——它说出了一种新的文学伦理。确实,对于"恶人恶事",作家若能"不失好玩之心",抱"相同之情",文学或许能从一种道德的困境、经验的困境中解放出来,从而走向一个"新的境界"。对于习惯了以俗常的道德标准来理解人世、关怀此在的中国作家来说,在如何对待"恶人恶事"这点上,很少有人提出辩证的声音。总有人告诫写作者,小说的伦理应和人间的伦理取得一致,于是,惩恶扬善式的叙事伦理,不仅遍存于中国古代戏曲和小说之中,即便在现代作家身上,也依然像一个幽灵似的活跃着,以致整个20世纪的文学革命,最大的矛盾纠结都在如何对待文明和伦理的遗产这个问题上——甚至到了21世纪,诗歌界的"下半身"运动所要反抗的依然是文学的伦理禁忌,所以,他们对性和欲望可能达到的革命意义抱以很高的期待。现在看来,将文学置于人间伦理的喧嚣之中,不仅不能帮助文学更好地进入生活世界与人心世界,反而会使文学面临简化和世俗化的危险。

对于小说而言,它固然要取材于现实,却也应该有其超越现实的一面。小说的伦理和人间的伦理并不是重合的。小说之为小说,不在于它有能力对世界作出明晰、简洁的判断,相反,那些模糊、暧昧、昏暗、未明的区域,更值得小说家流连和用力。阿城所说的"相同之情",胡兰成所说的"好玩之心",大概就是为了提醒小说家们,过分执迷于现实的伦理诉求是产生不了好的小说的,只有当小说家具备相对超越的立场与眼光,才能获得新的发现——唯有发现,能够帮助小说建立起不同于世俗价值的、属于它自己的叙事伦理。用米兰·昆德拉的话说,"发现唯有小说才能发现的东西,乃是小说唯一的存在理由。一部小说,若不发现一点在它当时还未知的存在,那它就是一部不道德的小说。"③昆德拉将"发现"当作小说的道德,这意味着,再现固有的伦理图景不能成为小说的最高追求,相反,小说必须重新解释世

---

① 阿城:《阿城精选集》,北京燕山出版社2011年版,第357页。
② 胡兰成:《中国文学史话》,上海社会科学院出版社2004年版,第119页。
③ [捷克]米兰·昆德拉:《小说的艺术》,董强译,上海译文出版社2004年版,第6—7页。

界，重新发现世界的形象和秘密。也就是说，小说家的使命，就是要在现有的世界结论里出走，进而寻找到另一个隐秘的、沉默的、被遗忘的区域——在这个区域里，提供新的生活认知，舒展精神的触觉，追问人性深处的答案，这永远是写作的基本母题。在世俗伦理的意义上审判"恶人恶事"，抵达的不过是小说的社会学层面，而小说所要深入的是人性和精神的层面；小说应反对简单的伦理结论，着力守护事物的复杂性和丰富性——它笔下的世界应该具有无穷的可能性，它所创造的精神景观应该给人们提供无限的想象。

昆德拉的写作，很多时候是在实践这样一种文学理想，他在《帷幕》一书中也曾以大江健三郎的《人羊》为例，解释小说的写作何以需要一束超越的眼光。《人羊》是一个短篇小说，它的故事并不复杂：有一天晚上，一辆公交车上挤满了日本人，后来还上来了一帮喝醉酒了的士兵，他们属于另一个国家的军队。这些士兵上车后开始吓唬一名大学生乘客，逼迫他脱掉裤子。士兵们并不满足于只有这么一个受害者，转而迫使一半乘客都露出屁股来。在公交车停下来后，士兵们离开了，那些人终于得以穿上了裤子。别的人从他们的被动状态中清醒过来，要求那些受了侮辱的人到警察局去告发那些外国士兵，惩罚他们的所作所为。其中有一个小学教师，尤其不肯放过那个大学生，要求知道他的名字，以将他所受到的侮辱公之于众，指控那些外国士兵。最后，这两个人之间爆发了仇恨。

昆德拉在分析这篇小说的时候，特别指出一点：小说提到的外国士兵是第二次世界大战后留守日本的美国兵，但大江健三郎在行文的时候并没有说出士兵的国籍。在昆德拉看来，大江健三郎这么做并非是为了追求文体上的效果，也并非是出于政治上的忌讳，而是出于对小说精神的维护。他认为，这种有意淡化现实政治色彩的处理方式是值得称道的："试想，假如在整篇小说中，一直都是日本乘客在与美国士兵对峙！在这个明确说出的定语的力量之下，整个短篇都会被简化为一个政治文本，变成对占领者的控诉，而只需要放弃这个词，就可以让政治的一面覆盖上一层朦胧的阴影，让光线完全聚集到小说家感兴趣的主要谜语上面：存在之谜。"①

在昆德拉看来，"让政治的一面覆盖上一层朦胧的阴影"，转而关注"存在之谜"，正是《人羊》的奥妙所在。正是经由这一途径，《人羊》可以将作者与读者的眼光聚拢在更具普遍性的"存在之谜"上，例如小说中所涉及的人性的懦弱、廉耻，施虐与受虐的辩证，等等。和具体的政治诉求相比，"存在之谜"显然更值得

---

① ［捷克］米兰·昆德拉：《帷幕》，董强译，上海译文出版社2006年版，第87页。

我们关注，理由在于，"大写的历史，带着它的运动，它的战争，它的革命和反革命，它的民族屈辱，并不作为需要描绘、揭示、阐释的对象，因其本身而让小说家感兴趣；小说家并非历史学家的仆人；如果说大写的历史让他着迷，那是因为它正如一盏聚光灯，围绕着人类的存在而转，并将光投射在上面，投射到意想不到的可能性上，这些可能性在和平时代，当大写的历史静止的时候，并不成为现实，一直都不为人所见，不为人所知。"①

　　昆德拉的这些见解，引人深思。的确，对于小说而言，它要探究和追问的是存在之谜，是人类精神中那些永恒的难题。它所表现的，是永远存在着争议、处于两难境遇的生活。小说家的精神世界里，不该有过于明晰、清楚的结论。有了预设结论的写作，会使作品的精神空间变得狭小，那些有答案的生活，也会缩小文学的想象空间。伟大的小说之所以伟大，就在于它们着力探询永恒的、与人类一直共存的精神难题，也就是那些过去解答不了、今天也解答不了、以后可能也永远解答不了的问题，比如时间与空间，生与死，绝望与拯救，这些都是无解的难题。小说不是被善恶、是非的力量卷着走的，而是被人物的命运推着走的。是命运，就不能简单地下结论。一个不幸的人，也可能有许多微小的幸福；一个快乐的人，也可能有不为人知的伤心和忧愁。是命运，就有两难，就有无法抉择的时候。20世纪的小说向内转以后，开始回答人类内心的提问和内在的精神难题了。卡夫卡的小说，一直追问人能不能在现世里获得拯救；伍尔芙的小说，也是在不停地拷问人，尤其是女人，在无限的时间里如何寻找自己存在的价值；鲁迅却在思索，绝望之后，人该如何带着绝望生活——小说就是处理这种两难的、无法抉择的精神经验的，同时也是超越俗常的善恶是非的。一个人杀了人，这应该是一个恶人了吧，可是他在法庭上说出的理由，又可能值得同情；一个人为了让孩子读好书，天天严格教育他，这是善良的愿望吧，可他过于严格，孩子受不了，自杀了，这又成了恶了。人生就是这样复杂，善恶就是这样难以区分。

　　小说是要回答现实所无法回答的问题，安慰世俗价值所无法安慰的心灵。这样的超越意识，其实不仅为纯文学所追求，即便是像金庸的武侠小说也未能全然忘怀。比如，《射雕英雄传》的最后，憨厚的郭靖也突然思索"我是谁"的问题；《神雕侠侣》里，小龙女中毒难治，对着一灯和尚说："这些雪花落下来，多么白，多么好看。过几天太阳出来，每一片雪花都变得无影无踪。到得明年冬天，又有许许多多

---

① ［捷克］米兰·昆德拉：《帷幕》，董强译，上海译文出版社2006年版，第87—88页。

雪花，只不过已不是今年这些雪花罢了。"① 一个青春少女，达观知命，少受物感，实已达到人生化境；《倚天屠龙记》里，写到张无忌、赵敏等人在那个孤岛上，"五人相对不语，各自想着各人的心事，波涛轻轻打着小舟，只觉清风明月，万古常存，人生忧患，亦复如是，永无断绝。忽然之间，一声声极轻柔、极缥缈的歌声散在海上：'到头这一身，难逃那一日。百岁光阴，七十者稀。急急流年，滔滔逝水。'却是殷离在睡梦中低声唱着小曲。"接着她又唱着："来如流水兮逝如风，不知何处来兮何所终！""她反反复复唱着这两句曲子，越唱越低，终于歌声随着水声风声，消没无踪。各人想到生死无常，一人飘飘入世，实如江河流水，不知来自何处，不论你如何英雄豪杰，到头来终于不免一死，飘飘出世，又如清风之不知吹向何处。"② ——这样的人生叹息，也是很深的。因此，金庸的小说会如此风靡，实和他对中国文化的浸淫、中国人生的领会有很大的关系。而曹雪芹在《红楼梦》中感叹"空对着山中高士晶莹雪，终不忘世外仙姝寂寞林"，"纵然是举案齐眉，到底意难平"——很显然，这里的"终不忘"，并非忘不了世界的繁华，这里的难平之"意"，也不是说欲望得不到满足。

曹雪芹之所以了不起，就在于他使文学超越了这些世俗图景，他所创造的是一个任何现实和苦难都无法磨灭、无法改写的精神世界。在这个世界里，没有是非、善恶的争辩，没有真假、因果的纠结，它所书写的是与天道相通之后的人情之美，并在这种人情之美中写出了一种悲剧中之悲剧。曹雪芹写林黛玉"泪尽而亡"，突出的是她的心死。在《红楼梦》第四十九回中，黛玉对宝玉说："近来我只觉心酸，眼泪却像比旧年少了些的。心里只管酸痛，眼泪却不多。"③ 以眼泪"少了"来写一个人的伤心，这是何等深刻、体贴、动情的笔触。所以，脂砚斋指出，曹雪芹在写林黛玉"泪尽而亡"的同时，他自己也是"泪尽而逝"。这点可在脂砚斋对"满纸荒唐言，一把辛酸泪"这句的批语上看出："能解者方有辛酸之泪，哭成此书。壬午除夕，书未成，芹为泪尽而逝。余尝哭芹，泪亦待尽。"④ 没有一颗对世界、对人类的赤子之心，又何来"泪尽"、"泪亦待尽"这样的旷世悲伤？而《红楼梦》中的赤子之心，其实正是"好玩

---

① 金庸：《神雕侠侣》（三），生活·读书·新知三联书店1999年版，第960页。
② 金庸：《神雕侠侣》（三），生活·读书·新知三联书店1999年版，第962—964页。
③ 曹雪芹、高鹗：《红楼梦》（上），人民文学出版社2009年版，第526页。
④ 邓遂夫校订：《脂砚斋重评石头记甲戌校本》，作家出版社2005年版，第82页。

之心"，作者让贾宝玉常常发傻、发呆，两眼发直，他最后因自责、负疚，离开家里这个伤心地，还不忘向父母告别作揖，有悲有喜，唯独没有怨恨，感情上实在是达到了"无差别的绝对之境"——在此之前，中国文学中从未出现过这种具有自在之心、"好玩之心"的人物。

写作上的"相同之清"、"好玩之心"，远比严厉的道德批判抑或失禁的道德放浪要深刻得多。然而，当代中国的写作，似乎总难超脱善恶、是非，总忘不了张扬什么，或者反叛什么，在艺术上未免失之小气。以前，是政治道德在教育作家该如何写作，等到政治道德的绳索略松之后，作家们又人为设置了新的善恶、是非，供自己抗争或投靠——"写什么"和"怎么写"的论辩，"公共经验"和"个人写作"的冲突，"中国生活"该如何面对"西方经验"，"下半身"反抗"上半身"，等等，主题虽然一直在更换，但试图澄明一种善恶、是非的冲动却没有改变。因此，中国文学的根本指向，总脱不了革命和反抗，总难以进入那种超越是非、善恶、真假、因果的艺术大自在——这或许就是中国文学最为致命的局限。

写作既是一种发现，那么对任何现存结论的趋同，都不是文学该有的答案。写作的真理存在于比人间道德更高的境界里。在中国，较早洞察这个秘密的人，是王国维，他的《〈红楼梦〉评论》，包含着他对《红楼梦》的伟大发现，也全面阐发了他关于小说艺术的观念。可惜，那个时代的小说家，无心倾听王国维的声音，也毫不留意小说在艺术和美学上的追求，而大多是受"小说界革命"思想的影响，追随梁启超，把小说简化成了政治或道德的工具，他们写出来的小说也显粗糙、简陋。有意思的是，当时推崇"新小说"的一批新派人物，提倡师法外国小说，却走回了"文以载道"的老路；相反，一直研究旧小说《红楼梦》的王国维，却提出了全新的艺术观念——文学是带着人生的体验去描写人生的，并通过艺术来寻得人生的慰藉和解脱。王国维的《〈红楼梦〉评论》贯穿了这一主张，个中论述虽有不少牵强之处，但必须承认，他是当时少有的能够理解《红楼梦》的生命世界、并深入体会作者的写作用心的人。他把《红楼梦》称之为"彻头彻尾的悲剧"，不仅重新诠释了悲剧的境界，还使我们认识了一种在"无罪之罪"中承担"共同犯罪"之责[①]的叙事伦理。王国维的"由叔本华之说"，把悲剧分为三种，他以《红楼梦》为例对

[①] 这是刘再复对王国维的进一步解释。刘再复和林岗合著的《罪与文学——关于文学忏悔意识和灵魂维度的考察》一书，以"《红楼梦》与'共犯结构'"为题，设专章谈《红楼梦》，我认为这是中国当代学者对《红楼梦》最有创见的研究之一。《罪与文学》一书由牛津大学出版社2002年出版。

悲剧所作的解读，即便是在今天也深具启示意义：

> 第一种之悲剧，由极恶之人，极其所有之能力以交构之者。第二种，由于盲目的运命者。第三种之悲剧，由于剧中之人物之位置及关系而不得不然者；非必有蛇蝎之性质与意外之变故也，但由普通之人物、普通之境遇，逼之不得不如是；彼等明知其害，交施之而交受之，各加以力而各不任其咎。此种悲剧，其感人贤于前二者远甚。何则？彼示人生最大之不幸，非例外之事，而人生之所固有故也。若前二种之悲剧，吾人对蛇蝎之人物与盲目之命运，未尝不悚然战栗；然以其罕见之故，犹幸吾生之可以免，而不必求息肩之地也。但在第三种，则见此非常之势力，足以破坏人生之福祉者，无时而不可坠于吾前。且此等惨酷之行，不但时时可受诸己，而或可以加诸人；躬丁其酷，而无不平之可鸣：此可谓天下之至惨也。若《红楼梦》，则正第三种之悲剧也。……不过通常之道德、通常之人情、通常之境遇为之而已。由此观之，《红楼梦》者，可谓悲剧中之悲剧也。①

王国维指出《红楼梦》是第三种悲剧，而这一悲剧，并非由几个"蛇蝎之人"造成的，也非盲目的命运使然，而是由《红楼梦》中的每一个人（包括最爱林黛玉的贾母、贾宝玉等人）共同制造的——他们都不是坏人，也根本没有制造悲剧的本意，"但由普通之人物、普通之境遇，逼之不得不如是"，这就使这一悲剧既超越了善恶的因由（"极恶之大"），也超越了因果的设置（"意外之变故"），从而在"通常之道德、通常之人情、通常之境遇"中发现了一种没有具体的人需要承担罪责、其实所有人都得共同承担罪责的"悲剧中之悲剧"："贾母爱宝钗之婉嫕"，"信金玉之邪说，而思压宝玉之病"，王夫人"亲于薛氏"，都属情理中的事，无可指摘；宝玉和黛玉虽然"信誓旦旦"，但宝玉遵循孝道，服从自己最爱的祖母，也是"普通之道德使然"，同样无可厚非。这中间，并无"蛇蝎之人"，也无"非常之变故"，每个人都有自己为何如此行事、如此处世的理由，每个人的理由也都符合人情或者伦理，无可无不可，无是也无非，既无善恶之对立，也无因果之究竟；然而，正是这些"无罪之罪"、这些"通常之人情"，共同制造了一个旷世悲剧。而曹雪芹的伟大也正在于此——他从根本上超越了中国传统小说中那种惩恶扬善、因果报应的陈

---

① 王国维：《〈红楼梦〉评论》，见《王国维文学论著三种》，商务印书馆2001年版，第14—15页。

旧模式,既写俗世,又写俗世中的旷世悲剧;既写人世,又写人世与天道的相通,为小说开创了全新的精神空间和美学境界。它对中国文学最大的贡献,就是创造了一种新的叙事伦理:小说的写作,就是要从俗世中来,到灵魂里去,写出人生和天道的通而为一。

三、写出"灵魂的深"

《红楼梦》"不外悲喜之情,聚散之迹"(鲁迅语),但它超越善恶、因果,以"通常之人情"写出了至为沉痛的悲剧。重提《红楼梦》,是因为当代小说正沦陷于庸常的、毫无创见的价值趣味之中,而《红楼梦》中那束超越是非、善恶的审美眼光,实在有助于当代作家将自己的写作深入经验的内部,通达人类精神的大境界。写作一旦为俗常道德所累,被是非之心所左右,其精神格局势必显得狭小、局促。可惜,文学史常常是一部道德史、善恶史、是非史,少有能超越其上、洞悉其中的人。

曹雪芹之后,鲁迅算是一个。鲁迅所生活的年代,是一个充满变动与转折的大时代,一个激烈地告别传统、企求中国现代性的大时代。在这一时期,建立一个现代民族国家,是包括多数知识分子在内的中国人的共同愿望。而按照学者刘禾在《文本、批评与民族国家文学》一文中的说法,现代文学的发展与中国进入现代民族国家的过程刚好是同步的,两者之间有密切的互动关系,因此,就性质而言,现代中国文学实际上是一种民族国家文学。[1] 刘禾的判断稍嫌绝对,却也说出了部分的真实。起码就 20 世纪中国小说而言,确实是充分地甚至是过多地与现代民族国家的诉求关联在了一起。因此,若论及 20 世纪中国小说的叙事伦理,占主流地位的,可以说是一种国族伦理的宏大叙事。虽然这种国族伦理在不同时期、不同作家的小说创作中会有不同的表现,但大体上和刘小枫所说的"人民伦理的大叙事"是相同的。按照刘小枫的说法,"在人民伦理的大叙事中,历史的沉重脚步夹带个人生命,叙事呢喃看起来围绕个人命运,实际让民族、国家、历史目的变得比个人命运更为重要……人民伦理的大叙事的教化是动员、是规范个人的生命感觉。"[2] 鲁迅小说的

---

[1] 参见唐小兵主编《再解读:大众文艺与意识形态》,北京大学出版社 2007 年版,第 1 页。
[2] 刘小枫:《沉重的肉身》,华夏出版社 2007 年版,第 7 页。

叙事伦理，也是在这一叙事语境与社会语境中形成的。他的小说，直接取材于当时的现实，从未回避时代的"主要的真实"（索尔仁尼琴语），也有很多国族层面上的承担。这就不奇怪，为什么詹明信在解读鲁迅的《狂人日记》时，会把它看作是"民族寓言"来阅读。①

我想进一步指出的是，鲁迅的小说，既从当时的现实取材，有现实层面的诉求（也就是他所说的"揭出病苦，引起疗救的注意"），又不拘泥于现实，更没有被俗世的伦理逻辑吞没。这种既贴近现实、又超越现实的立场，使得他的小说写作具有非常复杂的面相，远比一般意义上的民族寓言要丰富得多。鲁迅小说的叙事伦理，也绝非通常的"国族伦理的宏大叙事"所能涵盖。它有国族层面的承担，也注重伸展个人的生命感觉，尤其注重传达鲁迅自己的切身体验。

对于当时的黑暗现实，鲁迅常常持一种激烈的批判立场，同时又对世界存有大悲悯。所以，他虽以冷眼看世界，却从来不是一个旁观者。当他说"中国历来是排着吃人的筵宴，有吃的，有被吃的。被吃的也曾吃人，正吃的也会被吃"时，不忘强调，"但我现在发现了，我自己也帮助着排筵宴"②——也就是说，鲁迅的思想并没有停留于对"吃人"文化的批判上，他承认自己也是这"吃人"文化的"帮手"，是共谋。他的文化批判，没有把自己摘除出去，相反，他看到自己也是这"吃人"传统中的一部分，认定自己对一切"吃人"悲剧的发生也应承担不可推卸的责任。所以，鲁迅是深刻的，因为他充当的不仅是灵魂的审判官，他更是将自己也当作了被审判的犯人——他的双重身份，使他的批判更具力度，在他身上，自审往往和审判同时发生。在20世纪的中国作家中，具有这种自审意识的人极为稀少。鲁迅说："我的确时时解剖别人，然而更多的是更无情面地解剖我自己。"③ 这样的自我解剖，迫使鲁迅不再从世俗的善恶、是非之中寻求人性的答案，而是转向内心，挖掘灵魂的黑暗和光亮。没有这一点，鲁迅也不可能这么深刻地理解陀思妥耶夫斯基的作品：

> 凡是人的灵魂的伟大的审问者，同时也一定是伟大的犯人。审问者在堂上举劾着他的恶，犯人在阶下陈述他自己的善；审问者在灵魂中揭发污秽，犯人

---

① ［美］詹明信：《处于跨国资本主义时代中的第三世界文学》，《晚期资本主义的文化逻辑》，生活·读书·新知三联书店1998年版，第523页。
② 鲁迅：《而已集·答有恒先生》，《鲁迅全集》（第三卷），人民文学出版社1981年版，第454页。
③ 鲁迅：《写在〈坟〉后面》，《鲁迅全集》（第一卷），人民文学出版社1981年版，第284页。

在所揭发的污秽中阐明那埋藏的光耀。这样,就显示出灵魂的深。

……在甚深的灵魂中,无所谓"残酷",更无所谓慈悲;但将这灵魂显示于人的,是"在高的意义上的写实主义者"。①

和陀思妥耶夫斯基一样,鲁迅也是能写出"灵魂的深"的作家。他同样兼具"伟大的审问者"和"伟大的犯人"这双重身份,不仅超越了善恶,而且因为深入到了"甚深的灵魂中",达到"无所谓'残酷',更无所谓慈悲"的境界——这远比一般的社会批判要广阔、深邃得多。然而,在如今的鲁迅研究中,总是过分强调他作为社会批判家的身份,恰恰淡化了鲁迅身上那自审、悔悟、超越善恶的更深一层的灵魂景象。这或许正是鲁迅精神失传的原因之一。

这令我想起夏志清的一个说法:现代的中国作家普遍存在着一种感时忧国的精神。他们非常感怀中国的问题,能无情地刻画中国的黑暗与腐败,着力于以文学来拯救时世、改善中国民生、重建人的尊严,但恰恰是这种过于强烈的道义上的使命感,过多的爱国热情,使得中国作家未能获得更为宽广的精神视野,以至于整个现代文学当中,真正有成就的作家屈指可数。② 我认可夏志清的这一判断,却不完全认同他在《中国现代小说史》中对鲁迅的分析。夏志清指出:"中国现代小说家中,大概只有四个作家凭着自己特有的性格和对道德问题的热情,创造出一个与众不同的世界。他们是张爱玲、张天翼、钱钟书、沈从文。"③ 而鲁迅的成就,实在不能说在这几位作家之下。鲁迅的小说,既能写出时代的"主要的真实",又能深入人的内心世界,写出"灵魂的深"。即使在今天看来,他的《呐喊》与《彷徨》,仍旧是一笔异常珍贵的叙事遗产。

在鲁迅之后,同样能写出"灵魂的深"的,是张爱玲。张爱玲有一副俗骨,但必须看到,她的虚无和无意义背后,还是有一种超越现实、超越世俗的渴望。她的文字,有"很深的情理,然而是家常的"④。但这样的家常,并没有使张爱玲沉溺于细节与琐屑之中,因她很早就敏锐地察觉到:"因为对一切都怀疑,中国文学里弥漫着大的悲哀。只有在物质的细节上,它得到欢悦——因此《金瓶梅》、《红楼梦》仔

---

① 鲁迅:《集外集·〈穷人〉小引》,《鲁迅全集》(第七卷),人民文学出版社1981年版,第95页。
② 夏志清:《中国现代小说史》,刘绍铭等译,香港中文大学出版社2001年版,第461页。
③ 夏志清:《中国现代小说史》,刘绍铭等译,香港中文大学出版社2001年版,第434页。
④ 胡兰成:《中国文学史话》,上海社会科学院出版社2004年版,第194页。

仔细细开出整桌的菜单,毫无倦意,不为什么,就因为喜欢——细节往往是和美畅快,引人入胜的,而主题永远悲观。一切对于人生的笼统观察都指向虚无。"①——这是一个很高的灵魂视点,因为看到了"中国文学里弥漫着大的悲哀","一切对于人生的笼统观察都指向虚无",所以,世事、人心在张爱玲笔下,自有一种苍凉感、幻灭感。但张爱玲并不是一味地尖刻,她也有着超越善恶之上的宽容和慈悲,"她写人生的恐怖与罪恶,残酷与委屈,读她的作品的时候,有一种悲哀,同时又是欢喜的,因为你和作者一同饶恕了他们,并且抚爱着那受委屈的。饶恕,是因为恐怖,罪恶与残酷者其实是悲惨的失败者……作者悲悯人世的强者的软弱,而给予人世的弱者以康健与喜悦。人世的恐怖与柔和,罪恶与善良,残酷与委屈,一被作者提高到顶点,就结合为一。"②胡兰成当时真不愧是张爱玲的知音,能这样准确地理解张爱玲——他看到了张爱玲超越于人间道德之上的宽容心,看到了"饶恕",看到了"罪恶与善良"被她提高到顶点能"结合为一",看到了她在世界面前的谦逊和慈悲,看到了她对这个世界爱之不尽。

张爱玲写了许多跌倒在尘埃里的人物,如果不是她有超越的眼光,有敏锐的生命感悟,就很难看出弱者的爱与生命力的挣扎——因为强者的悲哀里是没有喜悦的,但张爱玲的文字里,苍凉中自有一种单纯和喜气。她笔下那些跌倒在尘埃里的人物,卑微中都隐藏着一种倔强和庄严,原因也正在于此。像《倾城之恋》,战乱把柳原和流苏推在一处,彼此关切着,这时,即便"整个的世界黑了下来",张爱玲也不忘给他们希望:"可是总有地方容得下一对平凡的夫妻的";又如《金锁记》里的长安,面临最深的苦痛的时候,脸上也"显出稀有的柔和"——能将生之悲哀与生之喜悦结合为一者,除张爱玲之外,在其他中国作家中并不常见。

夏志清说:"对于普通人的错误弱点,张爱玲有极大的容忍。她从不拉起清教徒的长脸来责人为善,她的同情心是无所不包的。"③ 胡兰成则说:"张爱玲的文章里对于现代社会有敏锐的弹劾。但她是喜欢现代社会的,她于是非极分明,但根底还是无差别的善意。"④ 这就是张爱玲小说的叙事伦理:无所不包的"同情心",对世界永不衰竭的爱,能将生之悲哀和生之喜悦结合为一的力量,以及那种"无差别的

---

① 张爱玲:《中国人的宗教》,《张爱玲文集》(第四卷),安徽文艺出版社1992年版,第111页。
② 胡兰成:《中国文学史话》,上海社会科学院出版社2004年版,第171—172页。
③ 夏志清:《中国现代小说史》,刘绍铭等译,香港中文大学出版社2001年版,第355页。
④ 胡兰成:《中国文学史话》,上海社会科学院出版社2004年版,第114页。

善意"。——她无论写的是哪一种境遇下的人物,叙事伦理的最终指向,总是这些。她的平等和深刻,成就了她非凡的小说世界。

还有沈从文。在 20 世纪以来的中国作家当中,沈从文体量庞大。他所创造的文学世界有着非常复杂的面相,也贯穿着大体相通的写作伦理。沈从文的小说写作,对社会与人生也是充满关切的,当有人问沈从文"你为什么要写作"时,他是这样回答的:"因为我活到这个世界里有所爱。美丽,清洁,智慧,以及对全人类幸福的幻影,皆永远觉得是一种德性,也因此永远使我对它崇拜和倾心。这点情绪同宗教情绪完全一样。这点情绪促我来写作,不断地写作,没有厌倦,只因为我将在各个作品各种形式里,表现我对于这个道德的努力。"[1]

若不了解沈从文的写作,那么他所说的"德性"、道德这样的词汇,恐怕是容易引起误会的。作为一个作家,沈从文也确实有很强烈的感时忧国的精神,甚至有非常复杂的对民族国家的想象,而他对国家、民族与时代的关心,常常是站在一个艺术家的立场上的,如他所言:"我就是个不想明白道理却永远为现象所倾心的人。我看一切,却并不把那个社会价值掺加进去,估定我的爱憎。我不愿问价钱上的多少来为百物作一个好坏批评,却愿意考察它在我官觉上使我愉快不愉快的分量。我永远不厌倦的是'看'一切。宇宙万汇在运动中,在静止中,在我印象里,我都能抓定她的最美丽与最调和的风度,但我的爱好显然却不能同一般目的相合。我不明白一切同人类生活相联结时的美恶,另外一句话说来,就是我不大能领会伦理的美。接近人生时我永远是个艺术家的感情,却绝不是所谓道德君子的感情。"[2]

沈从文说,他"不大能领会伦理的美",在切近人生时"冰远是个艺术家的感情,却绝不是所谓道德君子的感情"。这一番话,说得如此决绝,照见的是他那一颗丰沛的艺术之心,以及他对中国古典小说叙事伦理"伟大传统"的继承与发扬。不说《边城》,即便是《雪晴》、《长河》等作品,他也都注重天人合一之境、强调和美的大自然对健全人格的感召,尽管那一时期他写的这一系列短章加大了对"恶"的批判力度,尤其是不再回避发生在乡村里的恶劣事。城市罪恶不是唯一的罪恶,希腊小庙里供奉的人性,揭下了圣洁的面纱,它终归要直面人间的普遍危机,他的人性世界里,出现了与纯净不相和谐的杂音。但沈从文怀着伤感写暴力,不是为了显示暴力多么强大无阻,而是为了拯救,为了爱。他在小说里想象了无边的爱,因

---

[1] 沈从文:《萧乾小说集题记》,《沈从文全集》第 16 卷,北岳文艺出版社 2002 年版,第 325 页。
[2] 沈从文:《从文自传·女难》,《沈从文全集》第 13 卷,北岳文艺出版社 2002 年版,第 323 页。

为只有爱，才能承担、和解那些冲突的重担，只有爱，才能让暴力低下不可一世的头颅。沈从文终归还是要把爱存放在乡村，因为天尽头的虫鸣、鸟叫、松落、雪飘、风吹，最能撮合肉身与灵魂的相遇。将美、善、爱合而为一，赞美没有恶意的生命景观，开启旷野里的自在呼吸，这一直是沈从文的叙事伦理。

沈从文和鲁迅一样，都对自己身处的人世，有着不同于别人的发现。只是，鲁迅的发现是黑暗、凄厉的，而张爱玲、沈从文的发现则不乏柔和、温暖。尤其是沈从文，他有一颗仁慈、宽厚之心，他所书写的湘西土地上那些平凡的人物、平凡的欢乐和悲伤，都焕发着美丽和诗性的光泽。他笔下的女性都是美的化身，如《三三》里的三三，《长河》里的夭夭，《边城》里的翠翠，还有《菜园》里那个"美丽到任何时见及皆不免出惊"的媳妇，等等，就连妓女也是可爱而敬业的，他并不严厉地批评，他坚持以善良的心解读世界。这点他和鲁迅有很大的不同。鲁迅笔下的女性形象，不是像杨二嫂那样"凸颧骨、薄嘴唇"、"两手搭在髀间，没有系裙，张着两脚，正像一个画图仪器里细脚伶仃的圆规"，便是如祥林嫂般"脸上瘦削不堪，黄中带黑，而且消尽了先前悲哀的神色，仿佛是木刻似的；只有那眼珠间或一轮，还可以表示她是一个活物"，即使刚开始时"总是微笑点头，两眼里弥漫着稚气的好奇的光泽"的子君，到最后，也露出了"凄惨的神色"。这就是鲁迅先生对人世的理解，麻木的、悲凉的，里面藏着大绝望。鲁迅对人性的总体看法是很灰暗的，他笔下的人世，多为沉重、腐朽、不堪的人世。鲁迅当然也有大爱，但他的爱是藏得很深的。沈从文所看到的世界则是美的、温润的、纯朴的、仁慈的。应该说，他们以同中有异的方式成了现代中国的灵魂见证人。

在曹雪芹、鲁迅、张爱玲、沈从文这样一些作家身上，我们可以看到中国小说的另一种叙事伦理：它们不仅是关怀现实、面对社会，而是直接以自己的良知面对一个心灵世界。中国文学一直以来都缺乏直面灵魂和存在的精神传统，作家被现实捆绑得太紧，作品里的是非道德心太重，因此，中国文学流露出的多是现世关怀，缺乏一个比这更高的灵魂审视点，无法实现超越现实、人伦、国家、民族之上的精神关怀。这个超越精神，当然不是指描写虚无缥缈之事，而是要在人心世界的建构上，赋予它丰富的精神维度——除了现实的、世俗的层面，人心也需要一个更高远、纯净的世界。所谓"天道人心"，"人心"和"天道"是可以通达于一的。中国小说惯于写人的性情，所以鲁迅才把《红楼梦》称为"清代之人情小说的顶峰"，而在人的性情的极处，又何尝不能见出"天道"之所在、"人心"之归宿？但是进入20世纪以后，中国小说是越写越实了，都往现实人伦、国家民族上靠，顺应每一个时代的潮流,参与每一次现实的变动,"小说"成为"大说",结果是将小说写死了——因为小说是写人的,而人毕竟不能全臣服于现世,他一定有比这高远的想象、希望和梦想,正如别尔嘉耶夫所说的:"人是社会性的存在物,这是无可争议的。但人也是精神性的存在物。人属于两个世界。只有作为精神存在物,人才能认识真正的善。作为社会存在物,人只能认识关于善的不确定的概念。有一种社会学,它否定人是精神存在物,否定人从精神世界里获得自己的评价,这样的社会学不是科学,而是虚假的哲学,甚至是虚假的宗教。"① 既然人是一种精神性的存在物,就总会有属于他个人的想象、希望和梦想。如果忽视了人的这些精神属性,那么人就不复是健全的人,这样的文学也就是死的文学,或者是社会学、政治学的变体。

所以说,小说的精神维度应是丰富和复杂的,简化是小说的大敌。文学当然要写人世和现实,但除此之外,包括小说在内的中国文学自古以来也注重写天地清明、天道人心,这二者不该有什么冲突。比方说,中国人常常认为个人的小事之中也有天意,这就是很深广的世界观,它不是一般的是非标准所能界定的——现实、人伦是非分明,但天意、天道却在是非之初,是通达于全人类的。中国文学缺的就是后一种胸襟和气度。因此,文学不仅要写人世,它还要写人世里有天道,有高远的心灵,有渴望实现的希望和梦想。有了这些,人世才堪称是可珍重的人世。"可珍重的人世是,在拥挤的公车里男人的下巴接触了一位少女的额发,也会觉得是他生之缘。可惜现在都觉得漠然了。"② 正是因为作家们对一切美好的、超越性的事物都感到"漠然"了,他们的想象也就只能停留在那点现实的得失上,根本无法获得更丰富的精神维度。现实或许是贫乏的,但文学的想象却不该受制于现实的是非得失,它必须坚持提出自己的超越性想象——只有这样的文学,才能远离精神的屈服性,进入一个更自在、丰富的境界。

四、叙事困境及其可能性

周作人在 1920 年有一个讲演,他说:"人生的文学是怎样的呢?据我的意见,

---

① [俄]别尔嘉耶夫:《论人的使命 神与人的生存辩证法》,张百春译,上海人民出版社 2007 年版,第 25 页。

② 胡兰成:《中国文学史话》,上海社会科学院出版社 2004 年版,第 125 页。

可以分作两项说明：一、这文学是人性的，不是兽性的，也不是神性的。二、这文学是人类的，也是个人的；却不是种族的，国家的，乡土及家族的。""古代的人类文学，变为阶级的文学；后来阶级的范围逐渐脱去，于是归结到个人的文学，也就是现代的人类的文学了。要明白这意思，墨子说的'己在所爱之中'这一句话，最注解得好。浅一点说，我是人类之一；我要幸福，须得先使人类幸福了，才有我的份，若更进一层，那就是说我即是人类。所以这个人与人类的两重特色，不但不相冲突，而且反是相成的。"[1] 周作人这话，在今天读来，还是新鲜的。文学是人性的，人类的，也是个人的——如果作家真能以这三个维度来建构自己的写作，那定然会接通一条伟大的文学血脉。现在的问题是，中国作家中，能写出真实人性的人太少了，很多作家都把"兽性"和"神性"等同于人性，这是一个巨大的误区。所谓"神性"，说的是作家要么把写作变成了玄学，要么在作品中一味地书写英雄和超人（这在中国当代文学"前三十年"中尤为常见），没有平常心，这就难免显露出虚假的品质；所谓"兽性"，说的是作家都热衷于写人的本能和欲望（这在中国当代文学"后三十年"中尤为常见），多为肉身所累。另一方面，文学是"人类的，也是个人的"，表明在个人的秘密通道的另一端，联结的应是人类，是天道，是人类基本的精神和性情，却不仅仅是种族的、国家的、乡土及家族的。可惜的是，整个20世纪，中国文学基本上都徘徊于种族、国家、乡土及家族的命题之中，个人的视角得不到贯彻，人类性的情怀无从建立，所以，20世纪中国小说的局限性，不幸被周作人过早地言中。

进入当代以后，中国曾经历了一个极端政治化的时期，人的日常生活，人的思想的方方面面，都被政治意识形态统率起来。文学写作也一度被纳入政府与国家的体制中，具有计划经济的性质。文学几乎成了社会学、政治学或政治经济学。从新中国成立到20世纪70年代末之间的小说，几乎都受政治意识形态所规定的总体话语的支配。这个时代性的总体话语，从指导思想上说，是"文艺为政治服务"；从表现手法上说，是"革命现实主义与革命浪漫主义相结合"；从人物塑造上说，是歌颂正面人物，批判反面人物……总体话语为文学写作制定了单一的目标、方向、内容、路线和手法，艺术的个性和创造性被长期放逐，尤其是到了"文革"期间，文学完全成了意识形态的宣传工具，处于一种死寂的状态。而在"文革"结束以

---

[1] 周作人：《新文学的要求——一九二〇年一月六日在北平少年学会讲演》，《周作人自编文集·艺术与生活》，河北教育出版社2002年版，第19、21页。

后,声势浩大的"伤痕文学"、"反思文学"、"知青文学"等,在反抗一种意识形态独断的总体话语的同时,实际上,自己的写作也是按照总体话语的思维方式进行的。这些作品,虽然和"前三十年"的作品有着本质的区别,但它的基本思想依旧是先验的、意识形态的,人物依旧是意识形态的载体,结论也依旧和当时的意识形态是一致的。这样的一致,就为那个时代的写作制造了新的总体话语——不过是把内容从"革命"和"阶级斗争",换成了苦难和人道主义而已,它依凭的依然是集体记忆而非个人记忆。这种新的时代性的总体话语,在当时有它的进步意义,但随着它们成为历史被凝固,与之相伴而生的文学也作为政治学、社会学的标本一起进了历史档案馆。

除了政治上的承担太重,以致成了负担之外,消费文化的兴起,也给了20世纪特别是90年代以来的中国小说带来了不少的负面影响。这种叙事伦理上的变迁,和当代中国的社会语境与文学语境的变化有很大关系。20世纪90年代前后,中国开始了进一步的改革,市场经济在体制方面获得了合法性,开始全面铺开,文学体制的改革也开始进入实际操作阶段。小说家、文学刊物、出版社的存在和发展,原则上不再依赖于国家的资助和扶持,而是遵守市场的法则。与此同时,政治也改变了进入日常生活的形式,是消费,而不再是政治,成了社会生活的中心议题。在这样一个背景下,经验、身体和欲望,借助消费主义的力量,成了当下小说叙事的新主角。故事要好看,场面要壮大,经验要公众化,要发表,要出书,要配合媒体的宣传,获得市场效益——所有这些消费时代的呼声,都在不知不觉地改写作家面对写作时的心态。翻开杂志和出版物,举目所见,多是熟练、快速、欢悦的欲望写真,叙事被处理得像绸缎一样光滑,情欲是故事前进的基本动力,场景、细节几乎都指向阅读的趣味,艺术、叙事、人性和精神的维度逐渐消失,慢慢地,读者也就习惯了在阅读中享受一种庸常的快乐——这种快乐,就是单一的阅读故事而来的快乐。那些善于讲故事的人,尤其是善于以私人经验为主要故事内容的人,越来越成为这个时代的宠儿——市场意识形态所青睐的,总是这样一些人。

小说作为叙事的艺术,正在经受各种消费主义潮流的考验。到20世纪90年代,小说日渐成为一种消费品,从刊物到出版社,充满对情爱故事的渴望,加上电影、电视剧对小说的影响,而且每天大量的社会新闻主导着人们的日常阅读,所有这些,都是故事在其中扮演第一主角——不过,这里的故事不再是艺术性的叙事,它成了文化工业对读者口味的揣摩和满足。

从这个意义上说,消费的力量介入小说写作之后,使叙事发生了另外一种命运:

叙事与商业的合谋,在电影、电视剧和畅销小说等领域都获得了巨大的成功。这是消费社会里新的叙事图景:"现代社会一方面把叙事分解为新闻报道或新闻调查之类的东西,另一方面资本社会并没有忘记人们爱听故事的古老天性,现代社会把叙事虚构变成了一种大规模的文化工业。古老的叙事艺术和讲故事的能力在认真严肃的小说叙事领域没落了,却成了一本万利的文化工业。讲故事的艺术从小说叙事中衰落,为广告所充斥的商业社会却到处都在讲述商业神话,用讲故事的形式向人们描述商品世界的乌托邦。"① 这种文化工业对叙事的改造,正在影响小说写作的风貌,使得中国小说的叙事伦理出现了新的演变。为了迎合读者的口味和走向市场,已经有不少作家以牺牲写作难度的代价来满足出版者的要求;即便是严肃的写作,许多时候也得容忍和默许出版者用低俗的理由进行炒作。商业和市场遏制了许多作家试图坚守写作理想的冲动,叙事的艺术探索更是在萎缩。消费社会的叙事悖论也许正在于此:任何严肃、专业的艺术创造,甚至艰深、枯燥的学术思想,都有可能被消费者改造成商业用途。消费社会的逻辑根本不是对商品的使用价值的占有,而是满足于对社会能指的生产和操纵;它的结果并非是消费产品,而是在消费产品的能指系统。文学消费也是如此。读者买一本小说,几乎都被附着于这部小说上的宣传用语——这就是符号和意义——所左右。小说(产品)好不好越来越不重要,重要的是,它被宣传成一个什么符号,被阐释出怎样一种意义来。最终,符号和意义这个能指系统就会改变小说(产品)的价值。我们目睹了太多粗糙的小说就这样被炒作成畅销书或重要作品的。叙事如果完全受控于消费符号的引导,真正的叙事艺术就只能退守到一个角落了。

在这样一种背景下,强调身体和灵魂的遇合,召唤一种灵魂叙事,由此告别那种匍匐在地上的写作,并在写作中挺立起一种雄浑、庄严的价值,使小说重获一种肯定性的、带着希望的力量,这可能是接下来中国小说叙事发展的趋势。当写作日益变成一种养病的方式,小说日益变成一种经验的私语和欲望的加油站,也许必须重申,文学更应该是人心的呢喃、灵魂的叙事。

当小说日益变成故事的奴隶和消费主义的信徒,重申曹雪芹、鲁迅、张爱玲、沈从文这一具有超越性的"伟大传统",对于我们认识一种健全的中国文学,有着不同寻常的意义。曹雪芹以"通常之人情"写旷世之悲剧,鲁迅以"伟大的审问者"和"伟大的犯人"这双重身份写"灵魂的深",张爱玲以无所不包的同情心和

---

① 耿占春:《叙事美学:探索一种百科全书式的小说》,郑州大学出版社2002年版,第2—3页。

"无差别的善意"写生之悲哀和生之喜悦,沈从文以他的仁慈书写生命的淳朴和庄严——他们写的都是人性、人情,但他们又都超越了人间道德的善恶之分,超越了国家、种族这样一些现世伦理,都在作品中贯注着一种人类性的慈悲和爱。他们的写作,不能被任何现成的善恶、是非所归纳和限定,因为他们所创造的是一个伟大的灵魂世界,在这个世界里,每个人都是悲哀的,但又都是欢喜的;每个人都在陈述自己,但又都在审判自己——在我看来,这是中国文学中最为重要、但至今未被充分重视的精神传统。

中国当代小说只有重建起这一叙事伦理,才有望为人类性的根本处境做证,才能进入一个新的境界。当代小说经过了这么多年的变革,再指望通过一些局部的改造而获得新的前景,已经没有可能;它需要的是整体性的重建。其中,至关重要的一点,就是要在文学中建立起灵魂关怀的维度,从而写出灵魂的丰富性和复杂性。这一灵魂叙事的重要性,不仅被曹雪芹、鲁迅、张爱玲、沈从文等人的写作所证实,它也是整个西方文学的精神基础。

在中西方伟大的文学中,几乎都有共通的叙事伦理——它高于人间的道德,关心生命和灵魂的细微变化;它所追问的不是现实的答案,而是心灵的回声。这样一种叙事伦理是超越的,也是广阔的。它不解答社会学和政治学意义上的问题,而是通过一种对人性深刻的体察和理解,提出它对世界和人心的创见。有了这个创见,才能建立起小说自身的伦理———一种不同于人间伦理或理性伦理的诉求。因此,要真正理解《红楼梦》,要准确进入鲁迅、张爱玲和沈从文的世界,我们就必须知道这种以生命和灵魂为主角的叙事伦理。

叙事伦理也是一种生存伦理。它关注个人深渊般的命运,倾听灵魂破碎的声音,它以个人的生活际遇,关怀人类的基本处境。这一叙事伦理的指向,完全建基于作家对生命、人性的感悟,它拒绝以现实、人伦的尺度来制定精神规则,也不愿停留在人间的道德、是非之中,它用灵魂说话,用生命发言。刘小枫说:"叙事伦理学不探究生命感觉的一般法则和人的生活应遵循的基本道德观念,也不制造关于生命感觉的理则,而是讲述个人经历的生命故事,通过个人经历的叙事提出关于生命感觉的问题,营构具体的道德意识和伦理诉求。叙事伦理学看起来不过在重复一个人抱着自己的膝盖伤叹遭遇的厄运时的哭泣,或者一个人在生命破碎时向友人倾诉时的呻吟,像围绕这一个人的、而非普遍的生命感觉的语言嘘气。"[①] 因此,以生命、灵

[①] 刘小枫:《沉重的肉身》,华夏出版社2007年版,第4页。

魂为主体的叙事伦理，重在呈现人类生活的丰富可能性，重在书写人性世界里的复杂感受；它反对单一的道德结论，也不愿在善恶中挣扎——它是在以生命的宽广和仁慈来打量一切人与事。

在中国当代，认识这一叙事伦理的价值的作家还太少。大多数人，还在走"种族的，国家的，乡土及家族的"路子，把"兽性，当人性来写的人也不在少数，只有少数作家，开始从现世的伦理、是非中超越出来，正走向生命的宽广，正试图接续上中国叙事文学传统中最为重要的伦理血脉。

余华比较早就觉察到了一种叙事伦理转向的意义。20年代80年代中期，余华和格非、苏童等年轻作家一起走上文学舞台。在不少研究者看来，以他们为代表的先锋写作具有鲜明的"去政治化"的意味，事实上，这种对政治的拒绝，在先锋小说中并不彻底，至少余华在80年代中后期的小说写作中并没有脱离政治。相反，他对待政治的态度是相当激进的。王德威在对余华于1987年发表的短篇小说《十八岁出门远行》进行分析时曾指出，这一貌似漫不经心的作品实际上"成为对政治的挑衅"。在王德威的解读中，《十八岁出门远行》的革命性意义正在于，它以一种游戏的笔调对当时占主流的国族伦理的宏大叙事进行了颠覆①。这种解读，同样是将之看作是一个"国族寓言"。如果说《十八岁出门远行》的反叛性还过于温和、过于隐晦的话，那么在他的《一九八六》、《往事与刑罚》、《现实一种》、《四月三日事件》、《死亡叙述》等中篇小说里，这种对国族伦理的大叙事的反抗就更明朗了。在这一系列中短篇著作中，余华形成了独特的暴力美学：将暴力书写泛滥化，并借此解构中国当代前三十年文学所建立起来的宏大叙事。这一批小说，在政治层面上的解构意义自不待言，从文学史的序列来看也自有其意义，但这种以牙还牙、以暴制暴式的写作也使余华无法自我撇清，更无法填补解构后的空无，如阿城所言："近年评家说先锋小说颠覆了权威话语，可是颠覆那么枯瘦的话语的结果，搞不好也是枯瘦，就好比颠覆中学生范文会怎样呢？"②

对于这种写作方式的局限，余华也是有所反思的。1993年时，他说：

> 我一直是以敌对的态度看待现实的。随着时间的推移，我内心的愤怒渐渐平息，我开始意识到一位真正的作家所寻找的是真理，是一种排斥道德判断的

---

① 王德威：《当代小说二十家》，生活·读书·新知三联书店2006年版，第131页。
② 阿城：《阿城精选集》，北京燕山出版社2011年版，第385页。

真理。作家的使命不是发泄，不是控诉或者揭露，他应该向人们展示高尚。这里所说的高尚不是那种单纯的美好，而是对一切事物理解之后的超然，对善与恶一视同仁，用同情的目光看待世界。①

当许多作家都还停留在发泄、控诉和揭露的阶段，余华已经意识到，写作的真理"是一种排斥道德判断的真理"，并能够"对善与恶一视同仁"，能"用同情的目光看待世界"，这是一种不同凡响的写作觉悟。余华后来能写出《活着》和《许三观卖血记》这样的小说，显然是得益于这一叙事伦理的影响。因为有了这种"超然"、"一视同仁"和"同情"，《活着》才如余华自己所说，讲述了眼泪的宽广和丰富，讲述了绝望的不存在，讲述了人是为了活着本身而活着的，而不是为了活着之外的任何事物而活着的；《许三观卖血记》才成了"一本关于平等的书"。必须承认，余华对善恶、是非以及道德判断的超越，对"超然"和"平等"的追求，使他走向了一个新的写作境界。尽管这样的转向没有了他早期的凶猛和冲击力，但就着一个作家对现实的描写而言，余华找到了一条更切合中国人生存状态的写作路径。

东西的小说，从《没有语言的生活》开始，就一直在探索个人命运的痛苦、孤独和荒谬。他的小说有丰富的精神维度：一面是荒谬命运导致的疼痛和悲哀，另一面他却不断赋予这种荒谬感以轻松、幽默的品质——正如张爱玲的小说总是能"给予人世的弱者以康健与喜悦"一样，读东西的小说，我们也能从中体验到悲哀和欢乐合而为一的复杂心情。他的《没有语言的生活》，写了三个人：王家宽、王老炳、蔡玉珍，一个是聋子、一个是瞎子、一个是哑巴，他们生活在一起，过着没有语言的生活，但即便如此，东西也不忘给王老炳一个简单的希望："如果再没有人来干扰我们，我能这么平平安安地坐在自家的门口，我就知足了。"他的《不要问我》写的是另一种失去了身份之后的荒谬和焦虑。主人公卫国是一个大学副教授，酒后冒犯了一个女学生，为了免于尊严上的折磨，他决定从西安南下，准备到另一个城市谋职。没想到，他的皮箱在火车上遗失，随之消失的是他的全部家当和一应证件。他成了一个无法证明自己是谁的人。麻烦接踵而来：他无法谋职，甚至无法在爱情上有更多的进展，总是处在别人的救济、同情、怀疑和嘲笑之中。原来是为了逃避尊严上的折磨而来到异地，没想到，最终却陷入了更深的折磨之中。因为没有证件，卫国的身体成了非法的存在，这本来是荒谬的，但东西在小说的结尾特意设置了一

---

① 余华：《为内心写作》，《灵魂饭》，南海出版公司2002年版，第222页。

个比赛喝酒的细节,从而使这种荒谬带上了一种黑色幽默的效果,越发显得悲怆。他的长篇小说《后悔录》,写了一个叫曾广贤的人,这个人本性善良、胆怯,可是,他的一生好像都在为难自己,因为他做的每一件事情,最终都使自己后悔,他的一生也为这些事付出了巨大的代价:因为自己一不小心将父亲的情事"泄密"出去,父亲遭受残酷迫害,三十年不和他说话,母亲死于非命,妹妹失踪了;因为一时冲动,闯进了漂亮女孩张闹的房间,虽然什么事也没发生,却得了个"强奸"的罪名,身陷牢狱多年;因为对感情和性爱抱着单纯、美好的想象,他失去了一个又一个对他示好的女友;因为被张闹的一张假结婚证所骗,他多年受制于她,等到明白过来的时候,已经人财两空;一个在很小的时候就对性充满热情的人,却一直没有享受过真实的性爱——不是没有机会,而是,"不知道为什么,这些年来,只要我的邪念一冒头,就会看见女人们的右掌心有黑痣,就觉得她们要不是我的妹妹,就是我妹妹的女儿。我妹妹真要是有个女儿,正好是你这样的年龄,所以,直到现在,我都四十好几了,都九十年代了,也没敢过一次性生活,就害怕我的手摸到自家人的身上。"所以,曾广贤最后为自己总结道:"我这一辈子好像都在挖坑,都在下套子,挖坑是为自己跳下去,下套也是为了把自己套牢。我都干了些什么呀?"① 曾广贤受了许多委屈和错待,但他心里没有憎恨,他饶恕一切,承担一切,将一切来自现实的苦难和重压,都当作是生活对自己的馈赠。《后悔录》仿佛在告诉我们,小人物承担个人的命运,跟英雄承担国家、民族的命运,其受压的过程同样值得尊敬。这个用自己的一生来后悔的人,最后用自己的后悔证明了人生的荒谬,以及荒谬世界里那渺小的悲哀和欢乐。东西通过一种"善意"和"幽默",写出了生命自身的厚度和韧性;他写了悲伤,但不绝望;写了善恶,但没有是非之心;写了欢乐,但欢乐中常常有辛酸的泪。他的小说超越了现世、人伦的俗见,有着当代小说所少有的灵魂追问。

贾平凹的叙事伦理也值得研究。他在长篇小说《秦腔》的"后记"中说:"我的写作充满了矛盾和痛苦,我不知道该赞颂现实还是诅咒现实,是为棣花街的父老乡亲庆幸还是为他们悲哀。……古人讲:文章惊恐成,这部书稿真的一直在惊恐中写作……"② 在"赞颂"和"诅咒"、"庆幸"和"悲哀"之间,贾平凹"充满矛盾和痛苦",他无法选择,也不愿意做出选择,所以,他只有"在惊恐中写作"。《秦

---

① 东西:《后悔录》,《收获》2005 年第 5 期。
② 贾平凹:《秦腔·后记》,作家出版社 2005 年版,第 563—564 页。

腔》之所以会被认为是当代中国乡土写作的重要界碑,与贾平凹所建立起来的这种新的叙事伦理是密切相关的。假如贾平凹在写作中选择了"赞颂现实",或者"诅咒现实",选择了为父老乡亲"庆幸"或者为他们"悲哀",这部作品的精神格局将会小得多,因为价值选择一清晰,作品的想象空间就会受到很大的限制。但贾平凹在面对这种选择时,他说"我不知道",这个"不知道",才是一个作家面对现实时的诚实体会——世道人心本是宽广、复杂、蕴藏着无穷可能性的,谁能保证自己对它们都是"知道"的呢?《庄子》载:"啮缺问乎王倪曰:子知物之所同是乎?曰:吾恶乎知之。子知子之所不知耶?曰:吾恶乎知之。然则物无知耶?曰:吾恶乎知之。虽然,尝试言之,庸讵知吾所谓知之非不知耶?庸讵知吾所谓不知之非知耶?"——称知道这些吗?我不知;你知道你不知吗?我也不知。我只是一个"无知",但我这个"无知"何尝不是一种生命的真知?这种真知,既是自知之明,也是生命通透之后的自觉,是一种更高的智慧。遗憾的是,中国当代活跃着太多"知道"的作家,他们对自己笔下的现实和人世,"知道"该赞颂还是诅咒;他们对自己笔下的人物,也"知道"该为他庆幸还是悲哀。其实这样的"知道",不过是以作者自己单一的想法,代替现实和人物本身的丰富感受而已。这令我想起胡兰成对林语堂的《苏东坡传》的批评。苏轼与王安石是政敌,而两人相见时的风度都很好。但是,"林语堂文中帮苏东坡本人憎恨王安石,比当事人更甚。苏与王二人有互相敬重处,而林语堂把王安石写得那样无趣……"①胡兰成的批评不无道理。相比之下,当代文学界的很多作家在帮人物"憎恨"(或者帮人物喜欢)这事上,往往做得比林语堂还积极。

中国当代文学界太缺乏能"对善与恶一视同仁"、太缺乏能宣告"我不知道"的作家了,"帮苏东坡本人憎恨王安石"式的作家倒是越来越多。结果,文学就越发显得庸俗和空洞。就此而言,余华、东西和贾平凹等人在叙事上的伦理自觉,值得推崇。

迟子建小说的叙事伦理也值得我们重视。在中国当代的女作家当中,迟子建、铁凝、魏微等人的笔墨,常常带着精神暖意。她们小说中的那种美好、坚韧和隐忍的高尚,总是让人对生存心怀希望。迟子建的短篇小说《逝川》,长篇小说《额尔古纳河右岸》、《白雪乌鸦》等,都给我留下了极深的印象。她的这些作品,也是能抵达"对善与恶一视同仁"的境界的。阅读她的小说,仿佛是置身于一个深邃广

---

① 胡兰成:《中国文学史话》,上海社会科学院出版社2004年版,第119页。

大、充满灵性的世界当中，让我想起德国思想家舍勒所说的"爱的共同体"。海德格尔曾把"操心"、"贯"、"烦"等看作是人生在世的基本状态，但是在舍勒看来，"'爱与亲密无间'、心心相印与携手共进，才是人生在世的最深沉的基础结构。"①这是舍勒"爱的共同体哲学"的起点，也可以说是迟子建小说叙事伦理的基本内容。

《逝川》中的吉喜，年轻时曾与阿甲村的村民胡会相恋。吉喜本以为胡会一定会娶她，胡会却选择了毫无姿色与持家能力的彩珠。胡会不娶吉喜，主要是因为觉得吉喜太能干了，男人在她的屋檐下会慢慢丧失生活能力。后来吉喜一直独身，除了捕鱼，也替人接生。小说里吉喜为爱莲接生时的场景是动人的，这里面有个人的记忆与恩怨（爱莲是胡会的孙子胡刀的爱人），也有个人得失的卷入。接生这天，本是捕捉泪鱼的日子，传说这天谁一无所获家里就要遭灾，可独身的吉喜最后还是放弃了捕鱼，全力替难产的爱莲接生。阿甲村的村民也在吉喜的木盆中放了十多尾泪鱼。他们都把吉喜当作是自己的亲人。

在迟子建的小说世界中，恶一直都是在场的，但是善和爱本身，也从未退场。在深入地挖掘人性之恶的同时，迟子建也不忘扎根于灵魂，出示她的信心与希望。以《白雪乌鸦》为例，小说中的王春申本来是个不幸的人物，他的一妻一妾，都与别人偷情。其中妻子吴芬的情人叫巴音，当巴音暴尸街头时，知道王春申家事的人，以为他会因此解气。但是，"王春申为巴音难过，他没有想到十多天前还好好的一个大活人，说死就死了。他平素厌恶巴音的模样，觉得他长着鹰钩鼻子，一双贼溜溜的鼠眼，不是善面人。可现在他一想起他的眉眼，就有股说不出的怜惜与心疼。王春申更加鄙视吴芬，觉得她自私自利，无情无义，合该无后。在王春申想来，巴音的精血，是被吴芬吸干了，一场伤风才会要了他的命。"②

在更年轻一些的作者当中，葛亮的小说也别具风格。近年来，他在港台地区和内地出版了《谜鸦》、《德律风》、《七声》、《朱雀》等作品。《阿德与史蒂夫》、《阿霞》、《德律风》等短篇小说以近乎白描的手法书写底层人物的卑微人生，长篇小说《朱雀》则以南京这一城市空间为根据地，聚拢起20世纪中国的历史与创伤。在切近历史的暴虐和宿命般的创伤时，葛亮不忘投以一束有情的眼光，从中可以看到沈

---

① 转引自靳希平《海德格尔传·译后记》，[德]萨弗兰斯基著：《海德格尔传》，商务印书馆1999年版，第578页。
② 迟子建：《白雪乌鸦》，人民文学出版社2010年版，第29页。

从文与张爱玲的遗风。这部小说中的人物，各有其现实身份，但葛亮在走近他们的时刻，并未受限于历史与现实的恩怨，而是一视同仁地试图深入人物的灵魂，倾听他们心灵深处的声音。《朱雀》的行文，涉及南京大屠杀、国共内战、反右、"文革"等重大历史事件，但它们在小说中并没有成为表现的中心。葛亮有意将大历史的暴虐分散在日常生活当中，并以程囡、程云和、程忆楚等人的情与爱加以融化。在叙事状物写人的时候，葛亮往往能超越于一般的政治与伦理立场，忠实地表现自己真实的艺术感觉，最终创造了一个属于自己的艺术世界。

像余华、东西、贾平凹、迟子建、葛亮这样的作家，不是仅在现实的表面滑行，更非只听见欲望的喧嚣，而是能看到生命的宽广和丰富，他们其实正在接续中国小说叙事的伟大传统——"饶恕"那些扭曲的灵魂，能有无所不包的同情心，能在罪与恶之间张扬"无差别的善意"，能对坏人坏事亦"不失好玩之心"，能将生之悲哀和生之喜悦结合为一，能在"通常之人情"中追问需要人类共同承担的"无罪之罪"，能以"伟大的审问者"和"伟大的犯人"这双重身份写出"灵魂的深"——这些写作品质，已经超越了我们对文学叙事的一般理解。

只是，在一个民族、国家的命运，革命、政治的理想成了伟大的人民伦理的时代，任何的个体伦理，以及任何个体对生命、生存所发出的叹息和劝慰，都会湮没在历史匆忙的脚步声中。因此，中国小说常常被时代的总体话语所劫持，不得不加入到时代的大合唱中，而个体的生命感觉、个人的命运故事，只能在革命、政治和消费文化的缝隙中，艰难地发出自己微弱的声音。因此，20 世纪以来中国小说叙事的每一次伦理转向，都包含着个体伦理与政治伦理、消费伦理的冲突，也都在证明，唯有个体伦理、生命伦理，才是文学叙事最终的栖息之地。

原载《文艺争鸣》2013 年 2 月号

作家性格： 文学研究不应忽略的维度

沈金浩

长期以来，特别是近六七十年来，文学研究在机械唯物主义、社会学（尤其是庸俗社会学）研究的影响下，在讨论某种文学现象成因的时候，常常把原因归于社会，特别是在分析那些所谓怀才不遇的作家作品时，总是从社会、制度、作家生存环境等外围因素方面去分析，让读者感受到的是，屈原这样的人生与创作，全是楚怀王的问题（笔者不是说楚怀王没有问题，而是觉得在君主面前，比屈原更委屈忧愤的人肯定有，为什么他们不投江，也没写或写不出屈原式的作品）；贾谊的失落也是汉宣帝的责任；李商隐的挫折则是牛李党争的原因……很少有人会从作家性格的角度去讨论。韦勒克、沃伦在其《文学理论》中谈到西方一些人使用一般科学的方法和自然科学的方法于文学研究时说："这种科学上的因果律的运用往往过于僵化，即将决定文学现象的原因简单地归结于经济条件、社会背景和政治环境。"[1] 而这样的僵化现象，在中国近六七十年的文学研究中也长期存在。今天的人们在思考问题时已经更为开放了，我们已不再把一个人的苦，完全归因于阶级剥削与压迫。相反，"性格决定命运"这句话，被人们广泛接受。虽然这话是属于"偏激的深刻"，但性格与命运的关系非常密切，本来就是一个不争的事实。而命运及相应的主体感受与文学创作有至关重要的关系，这也是不言而喻的。所以，笔者拟借本文，把这一原本不应深隐的问题加以彰显，梳理一下作家性格与文学创作的关系，同时呼吁，文学研究中应该加强对作家性格的关注。

---

[1] 韦勒克、沃伦：《文学理论》第1部，凤凰出版传媒集团、江苏教育出版社2005年版，第4页。

一、 性格影响人生道路

决定一个人的人生道路的因素,从大类上来讲,有命运、机遇、性格等几项。命运,比如你生于何国何地、什么家庭、什么时代,你生下来时体质如何、长相如何,等等。生于偏远地区、穷困家庭、动乱时代,你的人生道路顺利的概率就低。你生下来体质就不好,像李贺、李商隐,或你后来生长发育不好,像徐祯卿、黄景仁,就可能影响仕途发展。你长相不好,有时也倒霉,像左思、胡天游、赵翼。机遇的类型数不胜数,座师升官、官位出缺、皇帝路过、长技得施之类,不一而足,偶然遇到的成事机会都是,其特点是可遇而不可求。而性格,则是另一个对人生有长期影响的重要因素。陶渊明、李白、杜甫、李商隐之所以仕途不顺,我们过去喜欢为他们找外部原因,其实主要还是其性格因素。陶渊明不肯折腰,这种性格在任何时代都难做官,在当时的体制下就更难了。李白嗜酒放浪,酒后不遵礼法,也不太适合做官;杜甫虽然不如李白那么放浪,但性情迂阔疏宕,《新唐书·杜甫传》说:"甫旷放不自检,好论天下大事,高而不切。"[1] 他与房琯为布衣交,房为相,指挥战争失败,肃宗要罢房的相位(这本是合理问责),杜甫竭力为房说话(不合时宜)。杜甫与严武家庭是世交,又比严武大十四岁,所以尽管严武性格"暴猛",还是很关照杜甫。《旧唐书·杜甫传》说:"武与甫世旧,待遇甚隆。甫性褊躁,无器度,恃恩放恣,尝凭醉登武之床,瞪视武曰:'严挺之乃有此儿!'武虽急暴,不以为忤。甫于成都浣花里,种竹植树,结庐枕江,纵酒啸咏,与田夫野老相狎荡,无拘检。严武过之。有时不冠。其傲诞如此。"[2]《新唐书·杜甫传》也说杜甫"性褊躁傲诞"[3],所以与他这个待自己很好的晚辈靠山也处不好。可见杜甫的穷困潦倒、仕途不顺,其性格也占很大一部分原因。《新唐书》本传中所说的"高而不切",或许正好从一个角度说明,他适合做诗人,而不适合做官。因为作诗,"高"可以体现理念、情感上的优势,而又不需要落到实处。所以综合杜甫的性格、人生、创作来看,他应是个善说而不善做的人,有忠君爱民之心,却不具备做官的素质,

---

[1] 《新唐书》,中华书局 1975 年版,第 5738 页。
[2] 《旧唐书》,中华书局 1975 年版,第 5054—5055 页。
[3] 同[1]。

以至于不可能取得一个岗位，去落实其忠君爱民之念。李商隐做短时间县官即与上司交恶，后到处为幕，大概性格只适合做文书杂事。苏轼才大于其弟，官不如其弟当得顺，也是性格不同之故。苏轼多言露才，苏辙寡语渊默。《河南程氏外书》卷一一记载苏轼在国忌日之逸事："祷于相国寺，伊川令供素馔。子瞻诘之曰：'正叔不好佛，胡为食素？'正叔曰：'礼，居丧不饮酒食肉。忌日，丧之余也。'子瞻令具肉食，曰：'为刘氏者左袒。'于是范淳夫（范祖禹）辈食素，秦（观）黄（庭坚）辈食肉。"① 苏轼这么做，当然很豪放，也有点朋友间开玩笑的性质，但程颐、范祖禹都是很讲礼法的人，在国忌日，苏轼这么闹，一来程、范两人肯定认为过分触犯礼法，是对朝廷的不敬；二来也让在场的难做人。结果秦观、黄庭坚辈食肉，因为他们是苏门学士，不能不附和苏轼；程、范可以不听苏轼的，且范是个正直严肃的人，遇到事情，"别白是非，少不借隐"②。他也因此而晚运不佳，终贬死化州。这样直率豪放、旗帜鲜明的结果，显然对苏轼没有什么好处。苏轼还非常喜欢调侃人，用尤侗的话说："逢场但游戏，笑骂起雷风……掀髯天地间，万物皆顽童。"③ 朱弁《曲洧旧闻》亦云："东坡性不忍事，尝云'如食中有蝇，吐之乃已'。"④ 叶梦得《石林诗话》则谓："熙宁初，时论既不一，士大夫好恶纷然，（文）同在馆阁，未尝有所向背。时子瞻数上书言天下事，退而与宾客亦多以时事为讥消，同极以为不然，每苦口力戒之，子瞻不能听也。出为杭州通判，同送行诗有'北客若来休问事，西湖虽好莫吟诗'之句。及黄州之谪，正坐杭州诗语，人以为知言。"⑤ 除文同外，晁端彦、毕仲游、弟苏辙等都极力规劝苏轼要管住自己的嘴与笔，但苏轼还是非常难改。他仕途中之坎坷，不少是由他的笑骂引起的，这些笑骂不全是为国为民，有些是属于一时意气甚至恃才傲物，如讥程颐为"鏖糟陂里叔孙通"⑥（传统解释"鏖糟陂里"为村俗或脏，但苏南吴江地区方言今仍存"鏖糟"一语，大意是给人添烦的人、难弄的人之意），引发了两人及追随者之间的不快，所以苏轼虽很有魅力，但官场的敌人还是挺多。

明代的唐寅、文徵明也是性格影响人生的例子。唐、文生于同年、同地，但两

---

① 程颢、程颐：《河南程氏外书》卷一一，《二程集》下册，中华书局2004年版，第415—416页。
② 《宋史》，中华书局1975年版，第10799页。
③ 尤侗：《古五君咏·宋苏轼》，《西堂诗集·剩稿》卷上，清康熙年间刻本。
④ 朱弁：《曲洧旧闻》卷五，中华书局1985年版，第41页。
⑤ 胡仔：《苕溪渔隐丛话》前集卷三九引，人民文学出版社1962年版，第263—264页。
⑥ 程颢、程颐：《河南程氏外书》卷一一，《二程集》下册，中华书局2004年版，第263—264页。

人之性格大不同，人生亦不同。《明史》说唐寅："性颖利，与里狂生张灵纵酒不事诸生业，祝允明规之。"① 文徵明的父亲告诉文徵明说："子畏之才宜发解，然其人轻浮，恐终无成。吾儿他日远到，非所及也。"② 宁王朱宸濠厚币聘之，唐寅去了，但察其有异志，佯狂使酒，露其丑秽。宸濠不能堪，放还。但这样一来，唐寅自己的形象也受损了。而文徵明对宁王的厚币之聘则"辞病不赴"，避免了赴易返难的尴尬。在科举的道路上，唐寅因为天才俊逸，认真读书一年就中解元，但他很快就涉入科场案，虽是一桩冤案，但无论是因都穆的嫉妒，还是有人要打击考官程敏政，抑或说主要起因是另一举子徐经，这都与唐寅的不够低调有关。根据《明孝宗实录》卷一五一所载，徐经的最后招供是"与唐寅拟作文字，致扬于外"③，自己拟作的文字本该秘而不宣的，但唐寅、徐经二人都不谨慎稳重，张扬出去了。这就造成了后来的极大被动，并害程敏政惨遭横祸。而文徵明天分恐怕不如唐寅高，他数试不得一举人，但他的人生中没有什么负面的内容，所以后来被请去北京，待诏翰林三年。虽因没有进士"文凭"而在官场不那么愉快，但这三年对他后来在文艺界的地位还是极有帮助的，使他不致终身只是布衣文人。唐寅经历科场案后，愤世自放，纵情酒色，年五十四岁就去世了。而文徵明则持身谨严，生活检点有规律，遐寿九秩，高寿使其得以主持吴中风雅三十余年。

这方面的例子或许可说是不胜枚举。患得患失的性格，使钱谦益人生进退失据。钱谦益的性格与人生，被黄人指为"愈巧而愈拙"，其《牧斋文钞序》说：

> 点将东林（《东林点将录》，明王绍徽纂），蒙叟有天巧星之目。而其一生之佹得佹失，卒之进退失据者，皆以巧致之。其初巧于科名，欲为宋郑公、王沂公，而一败于韩敬，再败于温体仁。时重边才，巧于觊觎节钺，欲为王威宣、韩襄毅，而有张汉儒之狱。迨清师南下，首签降表，不能取巧于先朝者，欲为冯道、王溥，以收桑榆之效。而老臣履声，新主厌闻，则又巧假郑、瞿二杰师生之谊，欲为朱序助晋，梁公反唐……盖蒙叟才大而识暗，志锐而守馁，故愈巧而愈拙。④

---

① 《明史》，中华书局1974年版，第7352页。
② 文嘉：《先君行略》，《甫田集》卷三六第1273册，影印文渊阁《四库全书》本第1273册，台湾商务印书馆1986年版，第294页。
③ 台湾"中央"研究院历史语言研究所校印《明实录·孝宗实录》第31册，上海书店1984年版，第2660页。
④ 黄人：《牧斋文钞序》，《黄人集》，上海文化出版社2001年版，第292—293页。

钱氏因为性格太巧，投机心重，反致宦途不顺，后人评其人生是进退失据，连带他的创作，至今都让人难以判断其感情之真伪①。与钱氏同列"江左三大家"的龚鼎孳也是个性格软弱者，闯来则降闯，满来则降满。鼎革之际正青春年少，故其在男女之事上比钱氏更风流放纵。然而他受时人和后人责骂却比钱谦益少，做官虽有起伏，但总体上比钱谦益顺利，在清廷官至刑、礼、兵部尚书。个中因由，还在于他的性格有比较仗义、豪爽的一面，所以获得了较好的人缘，连许多坚决不与清廷合作的人，与他也有很好的私交。仕途的相对顺利，使他反过来又有能力接济、救济别人，增强他的影响力，使清廷更看重他的价值。

稍晚于钱谦益与吴伟业的尤侗，清人入关时，已26岁了，但他对清朝不抵制，而且"性度宽和，与物无忤，喜汲引后进，一才一艺奖借不容口。兄弟七人，友爱无间，白首如垂髫"②。所以他能心平气和地活到八十七岁。潘耒曾发感慨说："艮斋始蒙章皇帝叹赏，继被今上褒擢，受知两朝，恩礼终始，岂不尤荣。古来文人类多浮薄，或贪荣躁进，或扬己傲物，先生独笃厚谦冲，恬于荣进，有古君子长者风。王元美伤才士多贫穷卑贱，甚至夭年无子，故有文章九命之说。先生一一与之相反，以是知文人多穷，容有自致之道，非尽天之陋之。"③

现代文学史上，这样的例子也很多。如同为左翼文人，郭沫若性格善于适应社会，他即使多次恋爱结婚，人生还是比较平稳；而郁达夫一个王映霞即处理得鸡飞狗跳，爱情既影响了他的形象，也影响了他的人生道路。

二、性格影响创作心态与内容

性格影响人生，自然也影响创作内容与心态。性格沉稳、豁达、乐观、合群的，其创作心态往往可能比较阳光。性格不谐世，不能适应当时社会，可能导致贫穷、孤独。贫穷的人，笔下的内容也往往寒苦或多牢骚、忧愁；孤独的人，其创作也常述其孤独感受。历史上许多的寒苦诗人，常常有不善于处理人际关系、不善于应对事务的特点。《新唐书·韩愈传》附《孟郊传》说孟郊"少隐嵩山，性介，少谐合……年五

---

① 严迪昌：《清诗史》上，人民文学出版社2011年版，第331页。
②③ 潘耒：《尤侍讲艮斋传》，《遂初堂集·文集》卷一八，《续修四库全书》本集部第1417册，上海古籍出版社2002年版，第679页。

十,得进士第,调溧阳尉。县有投金濑、平陵城,林薄蒙翳,下有积水。郊闲往坐水旁,裴回赋诗,而曹务多废。令白府,以假尉代之,分其半奉。"① 这么个为吟诗而不管公务的人,当官不顺,穷到"一贫彻骨"②,这恐怕也是必然,不能怪制度,也不能怪他人。他的同僚和上司还算客气的,拿他一半薪俸,为他找了个顶班县尉,使他能有半俸过日子。李贺人称"鬼才"③,其性格显然是孤僻、内向的,他的集中很少有与人唱和之作。他常常带个僮仆,骑羸马,背一旧锦囊,孤单地外出寻诗。即使是担任太常寺奉礼郎时,也是"扫断马蹄痕,衙回自闭门"④。或谓李贺之所以如此,是因被要求避父讳,不能参加进士试,心灵压抑所造成。但这似乎不应成为主要理由,许多比他更不幸的都未必如此孤僻。李商隐《李长吉小传》说:"长吉生时二十七年,位不过奉礼太常,时人亦多排摈毁斥之。"⑤如果他身体本不好,又被要求不参加进士试,那应该很受同情才是,时人多排摈毁斥之,显然李贺也有许多不合常人之所为的地方。所以李贺的创作充满孤独感,"秋坟鬼唱鲍家诗,恨血千年土中碧"⑥。他诗中的鬼气,与他孤僻内向的性格与离群索居的生活有很大的关系。

性格又影响人的心态,性格狂傲的人,其创作心态往往富于激情,目空一切。性格柔弱的人,可能就孤芳自赏,低回自伤。忧郁型的人,看事多悲观,其诗也多忧郁;乐观豁达型的人,往往对未来较有信心,或者虽无信心,却能找到解脱之道(如陶渊明)。屈原忠君爱国,又性格执着,所以心情长期郁结,终于创作出《离骚》这样的回环往复地表达忠君爱国的长诗。如果他善于解脱,换了心态,不仅不会投江,可能也不会有写《离骚》的心境,写不出如此作品。与钱谦益、龚鼎孳同为"江左三大家"之一的吴伟业,其创作心态、身后境遇,明显与钱、龚有差别,而这种差别即与吴伟业性格相关。吴没有钱的算计和儇巧,也没有龚的灵活与豪爽,他缠绵多情、优柔寡断,鼎革之际,欲上吊,却让想法被家人知道,受到家人阻拦;与朋友相约出家,别人践行了,他未落实,终被征召出山。出则出矣,又充满对明帝之歉疚,导致清廷对他也不看好,没给他什么要职,不久即归。这种性格,使他在明亡后,不断用创作来伤悼故国、继而不断表达自责之情,直到离世。他也赶时

---

① 《新唐书》,中华书局1975年版,第5265页。
② 辛文房:《唐才子传》卷五《孟郊》,辽宁教育出版社1998年版,第67页。
③ 严羽:《沧浪诗话·诗评》,人民文学出版社1961年版,第178页。
④ 吴企明笺注:《李长吉歌诗编年笺注》,中华书局2012年版,第138页。
⑤ 李商隐:《樊南文集》卷五,上海古籍出版社1988年版,第466页。
⑥ 吴企明笺注:《李长吉歌诗编年笺注》,中华书局2012年版,第688页。

髦，找个名妓情人卞玉京，当女方问其是否有意将其娶回时，他又退缩，不像钱谦益敢娶柳如是、龚鼎孳敢娶顾媚。但若干年后卞玉京要嫁人了，他又去约她相见，致玉京伤心生病。不过比起钱、龚来，吴虽优柔寡断，却显单纯、真诚，所以乾隆皇帝对他表示肯定，其诗文在清代不仅不似钱氏之被禁，反而甚受好评。真诚加优柔寡断，带来后世评价上的一些好处，亦甚吊诡。

有三首同题诗，或许可以更加生动地说明性格、人生、创作内容、心态间的关系。虞世南、骆宾王、李商隐都写过咏蝉诗，虞世南《蝉》云："垂緌饮清露，流响出疏桐。居高声自远，非是藉秋风。"①骆宾王《在狱咏蝉》云："西陆蝉声唱，南冠客思深。不堪玄鬓影，来对白头吟。露重飞难进，风多响易沉。无人信高洁，谁为表予心？"②李商隐《蝉》云："本以高难饱，徒劳恨费声。五更疏欲断，一树碧无情。薄宦梗犹泛，故园芜已平。烦君最相警，我亦举家清。"③清施补华《岘佣说诗》云："同一咏蝉，虞世南'居高声自远，端不藉秋风'，是清华人语；骆宾王'露重飞难进，风多响易沉'，是患难人语；李商隐'本以高难饱，徒劳恨费声'，是牢骚人语。"④"世南性沉静寡欲，笃志勤学"⑤，后来唐太宗说"世南有五绝：一曰德行，二曰忠直，三曰博学，四曰文辞，五曰书翰"⑥，如果不是天性沉静寡欲，又能笃志勤学，他也很难有后来的五绝。其中第二绝尤其需要性格支撑，因为尽管唐太宗鼓励进谏，但忠直毕竟也需要表达方式。虞世南一定有非常吸引人的性格，才使唐太宗说"虞世南于我犹一体也"⑦。而对蝉的"饮清露"、"居高"的关注和展示，正是他性格中有一种高贵的因素，一种支撑其名望和地位的心态。骆宾王一生坎坷，在其《畴昔篇》中曾感慨道："十年不调为贫贱，百日屡迁随倚伏。只为须求负郭田，使我再干州郡禄。"⑧最后他还参与了徐敬业之讨伐武则天。说明他是个很有才华而不能找到自己出路的人。而李商隐则更是处世的弱者，在复杂的晚唐官场，李商隐始终无法找到自己安身立命之所。所以两人的创作心态，只能是满怀痛苦、忧患、牢骚了。

---

① 《全唐诗》第 1 册，中州古籍出版社 2008 年版，第 219 页。
② 陈熙晋笺注：《骆临海集笺注》卷九，上海古籍出版社 1985 年版，第 157 页。
③ 刘学锴、余恕诚：《李商隐诗歌集解》，中华书局 2004 年版，第 1135 页。
④ 施补华：《岘岘说诗》，《清诗话》，上海古籍出版社 1978 年版，第 974 页。
⑤ 《旧唐书》，中华书局 1975 年版，第 2565 页。
⑥ 同⑤。
⑦ 《旧唐书》，中华书局 1975 年版，第 2570 页。
⑧ 陈熙晋笺注：《骆临海集笺注》卷九，上海古籍出版社 1985 年版，第 161 页。

三、 性格影响审美趣味、作品风格

性格也与人的审美趣味有密切关联。陶渊明、李白、白居易、刘禹锡、辛弃疾，等等，大量的作家都明显显示出性格与审美趣味、创作风格的相同性。欧阳修性情温和，其散文也迂徐有致；苏轼好议论，其诗也多议论。钟惺与谭元春同为"竟陵派"，钟惺性严冷，故其诗也冷清纤仄，而谭元春性格相对平和，故其诗也比钟诗明朗平和。"钱宗伯载诗，如乐广清言，自然入理。纪尚书昀诗，如泛舟苕雪，风日清华……翁阁学方纲诗，如博士解经，苦无心得……袁大令枚诗，如通天神狐，醉即露尾……黄二尹景仁诗，如咽露秋虫，舞风病鹤……赵兵备翼诗，如东方正谏，时杂诙谐。阮侍郎元诗，如金茎残露，色晃朝阳。凌教授廷堪诗，如画壁蜗涎，篆碑藓蚀。"①洪亮吉《北江诗话》中列举的这些诗风，明显与诗人的性格或兴趣相关。

人的性格在一生中常会有变化，青年时激进、躁动，审美上可能更喜欢新颖华丽，中年可能变深沉，晚年可能变平和。王维、白居易的诗，就有这样的变化趋势。杜甫老去渐于诗律细，既是艺术上登峰造极，也是性格上更有耐心去品味、打磨自己的作品。袁中道少年狂躁，中年因病而收敛，晚年性格平和了，作品的思想和风格都回归传统。袁宏道晚年也对年轻时的诗论创作有所反拨，这既是见识的变化，也是老年心境使然。

这里再以几位清人为例。雍乾时期诗人胡天游的性格，清人记述颇多。商盘《越风》说他"疏放不羁，博极群书，下笔千言，未尝起草"②。陶元藻《凫亭诗话》说胡天游："尝自谓所作，当在储昼山、方望溪、李穆堂三人之上。第恃才谩骂，人多恶之。"③ 齐召南《石笥山房集序》说："稚威操行清严，不但以词章显。初入都，与余共馆座主任宗伯邸第，晨夕商榷读书，未尝挟一刺干卿。公卿素慕其名，思一见而不可得。'④ 朱士琇《胡天游传》说："桐城方苞为古文有重名，天游力低之。前人如王士禛、朱彝尊诗文，遍撅其疵疣无完者，士大夫皆重其才而忌其

---

① 洪亮吉：《北江诗话》卷一，人民文学出版社1983年版，第5页。
② 转引自钱仲联主编《清诗纪事》第8册，江苏古籍出版社1989年版，4820页。
③ 转引自钱仲联主编《清诗纪事》第8册，江苏古籍出版社1989年版，第4821页。
④ 转引自钱仲联主编《清诗纪事》第8册，江苏古籍出版社1989年版，第4822页。

口。"① 乾隆曾问臣下："今年经学中胡天游何如"？大学士史贻直回答说："宿学有名"。乾隆又问："得毋奔竞否？"史摇头："以臣所闻，太刚太自爱。"② 乾隆默然，此后荐举亦无人敢再言胡天游。同时的全祖望对胡天游深恶痛绝，而名望颇著的方苞，也对其并无好感。胡的第一知己，当是郑板桥。郑在《潍县署中寄胡天游》一信中说："人生不幸，读书万卷而不得志，抱负利器而不得售，半世牢落，路鬼揶揄，此殆天命也夫！稚威旷代奇才，世不恒有，而乃郁郁不自得，人多以狂目之。嗟夫！此稚威之所以不遇也。"③ 胡天游的文章风格，符葆森《国朝正雅集》之《寄心庵诗话》说其散体文"古奥峭折"④，朱庭珍《筱园诗话》谓其诗风："幽峭拗折，笔锐而奇，虽法郊、岛、山谷，取径僻狭，有生涩、晦僻、枯硬诸病，然笔力较为沉着深刻，亦足以成一家。"⑤

稍后之厉鹗，也是位不谐世的人。全祖望《厉樊榭墓碣铭》有云："其人孤瘦枯寒，于世事绝不谙，又卞急不能随人曲折，率意而行。"⑥ 陈康祺《郎潜纪闻初笔》有云："厉樊榭上计至都，同郡汤侍郎右曾夙慕其才，将礼致焉。樊榭即日襆被出城，不与相见，其峻洁多类此。家居既久，思得禄为养，亟办装，将诣吏曹谒选。至天津县，羁滞数月，意忽不可，浩然而返，竟未入国门也，其诡越又多类此。"⑦ 王昶《蒲褐山房诗话》卷上也说："征君（厉鹗）性情孤峭，义不苟合。读书搜奇爱博，钩新摘异，尤熟于宋元以来丛书稗说。"⑧《郎潜纪闻初笔》所云"竟未入国门"，王昶认为是厉途经天津，被查为仁（莲坡）留他在水西庄觞咏数月，同撰《周密绝妙好词笺》，遂不就选而归。这些记载透露出，厉鹗爱文学胜过爱官位，又是孤峭寡合、坚持自己想法的人，厉鹗有这样的性格，其诗风也"孤淡"，可以看到两者间的关系。他喜欢宋元以来的丛书稗说、冷僻典故，也与他这种较孤僻的性格有关。这样的性格，也影响了他对诗体与流派的认识，其《查莲坡蔗塘未

---

① 转引自钱仲联主编《清诗纪事》，江苏古籍出版社1989年版，第4823页。
② 袁枚：《胡稚威哀词》，《小仓山房文集》卷一四，上海古籍出版社1988年版，第1441页。
③ 郑燮：《郑板桥集》，岳麓书社2002年版，第260页。
④ 同①。
⑤ 转引自钱仲联主编《清诗纪事》，江苏古籍出版社1989年版，第4824页。
⑥ 朱铸禹：《全祖望集汇校集注》卷二〇，上海古籍出版社2000年版，第363页。
⑦ 陈康祺：《郎潜纪闻初笔》卷一三，中华书局1984年版，第278页。
⑧ 王昶：《蒲褐山房诗话》卷上，人民文学出版社2011年版，第4页。

定稿序》中说:"诗不可以无体,而不当有派。"① 这反映了他特别重视个性、不欲与人同的创作追求。

清嘉道间重臣阮元是宦达的典型,一生"勋勤懋著"(道光谕言)②。而这与其"持躬清慎……为政崇大体"③。富于包容性的性格有很大的关系。阮元"爱才好士,凡挟一艺之长者,皆胼茧归之,相与搜采篇章,钩稽典故"④,所以他著述宏富(他很大程度上是个学术组织者),35岁就辑撰成《淮海英灵集》、《两浙輶轩录》、《经籍籑诂》等书。而他的性格,从他给孙韶写的《孙莲水春雨楼诗序》,即可见一斑,其文曰:

> 元孙君莲水之诗,盖出于随园而善学随园者也:莲水从随园游,奉其所论所授者以为诗,而本之以性情,扩之以游历,以故为随园所深赏,有"一代清才"之目。而莲水亦动必曰"随园吾师也",不敢少昧所从来。谓莲水之诗非出于随园不可,然随园之才力大矣,门径广矣;有醇而肆者,亦有未醇而肆者,使学之者不善,益其所肆者而肆焉,以为出于随园,而随园不受也。即不敢肆其词,而遗其醇焉,以为出于随园,而随园亦不受也。⑤

袁枚是个很有争议的人,因其好色油滑,颇受保守人物诋诃。但这篇序中,阮元能如此平静、客观地看待孙韶的言行和袁枚的诗,这是极有雅量的。也是"尼山道大"的表现。正是有这样的性格,所以阮元46岁时因受浙江刘凤诰科场舞弊案牵连而被剥夺官职,也没有发牢骚,第二年很快又被嘉庆皇帝起用。阮元的性格与地位,自然会显现在其创作内容和心态之中,许多人对阮元改昆明大观楼长联"啧有烦言"⑥,认为改得不好。事实究竟如何呢?不妨作一比较分析。昆明地方名士孙髯翁撰写之原联曰:

> 五百里滇池,奔来眼底,披襟岸帻,喜茫茫空阔无边。看东骧神骏,西翥

---

① 厉鹗:《樊榭山房文集》卷三,上海古籍出版社1992年版,第735页。
② 张鉴等撰:《阮元年谱》,中华书局1995年版,第218页。
③ 张鉴等撰:《阮元年谱》,中华书局1995年版,第245页。
④ 王昶:《蒲褐山房诗话》卷上,人民文学出版社2011年版,第157页。
⑤ 阮元:《揅经室集三集》卷五,中华书局1993年版,第684—685页。
⑥ 梁章钜:《楹联丛话》卷七,中华书局1987年版,第91页。

灵仪，北走蜿蜒，南翔缟素。高人韵士，何妨选胜登临。趁蟹屿螺洲，梳裹就风鬟雾鬓；更苹天苇地，点缀些翠羽丹霞。莫孤负四围香稻，万顷晴沙，九夏芙蓉，三春杨柳。

数千年往事，注到心头，把酒凌虚，叹滚滚英雄谁在！想汉习楼船，唐标铁柱，宋挥玉斧，元跨革囊。伟烈丰功，费尽移山心力。尽珠帘画栋，卷不及暮雨朝云；便断碣残碑，都付与苍烟落照。只赢得几杵疏钟，半江渔火，两行秋雁，一枕清霜。①

阮元的改作是：

五百里滇池，奔来眼底，凭栏向远，喜茫茫波浪无边。看东骧金马，西翥碧鸡，北倚盘龙，南驯宝象。高人韵士，惜抛流水光阴。趁蟹屿螺洲，衬将起苍崖翠壁；更苹天苇地，早收回薄雾残霞，莫孤负四围香稻，万顷鸥沙，九夏芙蓉，三春杨柳。

数千年往事，注到心头，把酒凌虚，叹滚滚英雄谁在！想汉习楼船，唐标铁柱，宋挥玉斧，元跨革囊。曩长蒙首，费尽移山气力。尽珠帘画栋，卷不及暮雨朝云；便藓碣苔碑，都付与荒烟落照。只赢得几杵疏钟，半江渔火，两行鸿雁，一片沧桑。②

不难看出，孙作中的"风鬟雾鬓"、"一枕清霜"之类，含有布衣文人的苦相，"伟烈丰功"一词也含有对古代杰出人物的仰视。而阮元用"苍崖翠壁"写实，以"一片沧桑"替换"一枕清霜"，就明显有时空上的广度和高度。梁章钜《楹联丛话》说金马、碧鸡、蛇山、鹤山皆滇中实境③。孙髯翁的"看东骧神骏，西翥灵仪，北走蜿蜒，南翔缟素"，用替字，这是小家子气的布衣文人喜欢玩弄的妆点，以缟素为鹤，亦似未安，四语的语法也不一致。阮元把原句改为"东骧金马，西翥碧鸡，北倚盘龙，南驯宝象"，"马"、"鸡"、"龙"、"象"四面排开，就严谨规范，有庙堂所尚之大气。

现代文学史上，鲁迅的性格中富有忧患意识、斗争精神，故他从事文学事业，常如处于临战状态，选择的文体也以杂文为主，文风犀利，如投枪匕首；而梁实秋

---

①②③　梁章钜：《楹联丛话》卷七，中华书局1987年版，第91页。

这样的人，性情风雅，其关注点颇"小资"，其写作心境颇风雅，喜欢"费厄泼赖"，文风也从容而多修饰。

四、 性格影响作品传播与知名度

性格也会影响作品的传播，影响作家的知名度。作品传播的速度与范围，作家、作品知名度的高低大小，成因当然非常复杂多变，既有作家的因素，也有作品的因素，还有时代、环境等方面的因素。所以文学史上经常有作家名甚大而其作品水平一般，作品好而名一般甚至不太有名，当世有名而后世不看重，当世无名而后世有名等种种现象。作家性格只是影响作家作品传播与作家知名度的因素之一，只是这一因素也比较重要。前面说的"人生道路"，"心态、内容"，"审美趣味、作品风格"实际上都与传播有关。而性格与作品传播、作家知名度的更具体的关系，主要体现为：性格外向、强势，善于操作经营的，一般来说其传播的速度可能快一些，范围可能广一些，反之则可能少一些传播的助力。性格影响"推销"的主动度，影响"推销"的力度，影响"推销"的途径与渠道，影响"推销"的方式。当然这是从一般意义上来讲，并不能一概而论。作家喜欢座上客常满，杯中酒不空，其作品写出来容易传开。陈子昂性慷慨有侠气，致有摔名琴发作品之事，使其一夕名扬长安。苏轼对人热情，朋友众多，即使被贬，以戴罪之身到新地方，也很快就有朋友来往，所以他在每个地方都有作品被传诵，在僧道系统也很有知名度。柳永有风流才子的性格，多游狭邪，倚红偎翠，有"才子词人，自是白衣卿相……忍把浮名，都换了浅斟低唱"[1]的处世态度。这对他的仕途当然不利，然而也使他经由当时最重要的歌词传播方式——歌妓传唱，让自己名扬天下，到达"有井水处皆歌柳词"[2]的地步。有的诗人写诗后喜欢邀和于同人。王士禛说："萧子显云：'登高极目，临水送归；早雁初莺，花开花落。有来斯应，每不能已。须其自来，不以力构。'王士源序孟浩然诗云：'每有佳作，伫兴而就。'余生平服膺此言，故未尝为人强作，亦

---

[1] 柳永：《鹤冲天》（黄金榜上），姚学贤、龙建国纂：《柳永词详注及集评》，中州古籍出版社1991年版，第200页。
[2] 叶梦得：《避暑录话》卷下，中华书局1985年版，第49页。

不耐为和韵诗也。"① 然而,这位不喜欢为人作、和人诗的人,自己写了诗却是另有处置。他写就《秋柳》四首后,即"以示同人,为我和之"。又云:"余少在济南明湖水面亭,赋《秋柳》四章,一时和者甚众。后三年官扬州,则江南北和者前此已数十家,闺秀亦多和作。南城陈伯玑(允衡)曰:'元倡如初写《黄庭》,恰到好处,诸名士和作皆不能及。'"② 另外,《渔洋山人自撰年谱》也说《秋柳》"诗传四方,和者数百人"③。有的诗人喜欢结社结派,办诗人雅集,也会扩大知名度,引人关注。有的诗人写后即刻印赠送,有的诗人性格张扬,到处题壁,也可能偶有好句,名噪一时。郭麐是乾嘉时期比较有名的诗人,他虽是布衣,以塾师幕宾终身,但交游广泛,与王昶、阮元、姚鼐、袁枚等许多达官贵人、文坛耆宿有交往。冯登府《频伽郭君墓志铭》谓郭麐:"性通爽豪隽,好饮,酒酣嬉讥骂……顾家穷空,胥疏江湖,不能不与世俗游,卒谐于时好。"④ 一般墓志铭都会帮人拔高几分。袁枚《随园诗话补遗》中曾记一趣事:"郭频伽秀才寄小照求诗,怜余衰老,代作二首来,教余书之,余欣然从命……渠又以此例求姚姬传(鼐)先生,姚怒其无礼,掷回其图,移书嗔责。"⑤ 袁枚把这个私下交往说出来,有损郭麐形象,不过这里恰好可让人拿来解读冯登府为郭写的墓志铭中的"不能不与世俗游,卒谐于时好",郭其实不能免俗,他竟然也做自己写诗、让著名前辈签个名来壮自己声名的事(颇似今天有些人让名人"写"书评)。而郭能以布衣而名噪当世,即与其活跃的交游有很大关系,故其作品也多见于当时人的诗话评论之中。洪亮吉《北江诗话》说"郭文学麐诗如大堤游女,顾影自怜"⑥,他的诗如此,他的为人也与此相近,不仅自怜,也较喜欢、较会自我推销。清初的吴嘉纪,也是一位布衣,他的最好的朋友汪楫说他"性严冷,穷饿自甘,不与得意人往还;所为诗古瘦苍峻,如其性情"⑦,所以,他的诗尽管在清初堪称一流,但原本识者不过数人,名不出百里。其出名,完全是由于汪楫为他传播给官员、大名人周亮工,周亮工对他大加赞扬,才在扬州的文人圈里出名。周又将他推介给王士禛,于是便进入了主流文人的视野。作为不喜欢与人

---

① ②《王士禛全集》第 6 册,齐鲁书社 2007 年版,第 4772 页。
② 《王士禛全集》,齐鲁书社 2007 年版,第 4752—4753 页。
③ 《王士禛全集》,齐鲁书社 2007 年版,第 5061 页。
④ 闵尔昌纂录:《碑传集补》卷四七,民国十二年刊本,第 909 页。
⑤ 袁枚:《随园诗话补遗》卷七,《随园诗话》,人民文学出版社 1982 年版,第 752 页。
⑥ 洪亮吉:《北江诗话》卷一,人民文学出版社 1983 年版,第 5 页。
⑦ 汪楫:《陋轩诗序》,杨积庆笺校:《吴嘉纪诗集笺校》附录四,上海古籍出版社 1980 年版,第 489 页。

交际的穷书生，在作品传播这个方面，吴嘉纪算是幸运的。还有一些作者，不重视自己作品的传播（有时并非全因穷困），写好后久不付印，结果先是家藏稿，抄本，后来可能就散佚了。陶元藻曾劝胡天游把自己的诗集付梓，胡天游回答说："未能糊八口，何暇镌五言？"① 所以胡的作品就未能很好地保存。《随园尺牍》中有一封致阮元的信，是袁枚恳求阮元帮忙刻童钰（二树）的诗集的。童钰不事科举，专心作诗，但他显然不善安排，所以自己的诗集，临死时都未刊刻，还要自己的偶像（袁枚）来帮他处理。这致使他的诗不仅当世传播不广，后世知者亦甚稀。像王士禛、袁枚、翁方纲这些性格精明的人，都非常善于利用写诗话、笔记来拉关系，使其他诗人靠拢自己，而自己因此地位愈隆。

作品的传播范围、作家的知名度，直接影响着作家在当世与后世的评价。许多善于造名的人，在文学史上受到较多的关注，无论是受好评还是被恶议，他们都导致研究者为其写专章专节。正是从这点讲，我们今天从事文学史研究，还应当超越前人已有的关注和评论，去发现文学史的真实状况。近十多年来，随着研究队伍的扩大和文学史研究的深入，一些研究成果为我们展现了以前不太关注的作家，这也正是研究者们透过作家所建立的知名度，重新审视文学史后获得的结果。

作家性格与文学的关系，应该还不止以上四点，这里仅略举其要。这四点，相互之间也有复杂的联系，常常共生共存，相互影响。关注作家性格与文学的关系，将有助于我们更加全面、立体、深刻地认识文学生成的作用力、相关因素，有助于我们更好地认识文学的原生态，使文学研究深入到其作品及其影响之生成的历史场景中去，看到恩格斯所说的"无数互相交错的力量，无数个力的平行四边形"②，从而使我们能给作家作品更加准确的评价。

原载《文艺研究》2013 年第 4 期

---

① 转引自钱仲联主编《清诗纪事》，江苏古籍出版社 1989 年版，第 4821 页。
② 恩格斯：《致约·布洛赫》，《马克思恩格斯选集》第 4 卷，人民出版社 1995 年版，第 697 页。

鲁迅与果戈理遗产的几个问题

孙 郁

一

鲁迅对果戈理的关注持续了 30 年。虽然断断续续，但与其遗产的对话一直占据其审美领域的重要部分。20 年代就有人看到了他与果戈理趣味的接近性，把幽默与批判精神看成彼此接近的因素①。鲁迅曾坦言受过果戈理的批判意识的影响，也自认有许多地方别于果戈理。幽默与忧郁在文学里看似是相反的因素，但在果戈理那里却奇妙地联系在一起。西方的幽默作家，很多人有过忧郁症的经历，果戈理和自己的母亲谈健康情况时，就毫不掩饰自己的这样病状。不过作品中却难见这样的形影，夸张、带笑的声音把时空罩住了。这样复杂的情况，引起鲁迅的关注，他对幽默背后的存在并非不懂。就其己身的经历言，苦楚的感受也常常有的。这可能是他喜欢果戈理的原因。他在几十年的阅读俄国人作品的经历中，果戈理复杂性的存在是挥之不去的长影，与他的默默的对话，在其阅读史里有着非同小可的意味，也由此，形成了审美中的重要经验。

鲁迅藏品里关于果戈理的著作颇多，仅日译本就达十余册。如《近代剧全集》（山内封介译，昭和三年东京第一书房版）、《监察官》（米川正夫译，昭和三年东京岩波书店版）、《外套》（伊吹山次郎译，昭和九年东京岩波书店版）、《死魂灵》（远藤丰马译，昭和九年东方文化公论社版）、《旧式地主——附"地妖布衣"》（伊

---

① 1922 年，周作人在《关于〈阿Q正传〉》一文中就指出鲁迅的小说与果戈理之间的联系，所谈甚为恳切和中正，可作参照。

吹山次郎译,昭和九年东京岩波书店版)、《果戈理全集》(平井肇等译,昭和九年东京纳乌卡社版)①。这些是我们进入其世界的重要参照。他所译的《死魂灵》就根据的是德文版。而所译《鼻子》据日文而成。此外还介绍过阿庚的《死魂灵百图》,以及评论作品。他所收集的图书中,讨论俄国作家的文集很多,也有多本书涉猎对果戈理的评价。对这位俄国作家的了解的途径,都非来自原态,是间接的渠道。许多学者早就指出,深解果戈理者,鲁迅是一个,也是最早的一个②。从鲁迅自己的文章里可以看到,留日时期就注意到了果戈理,他最早谈及果戈理,是《摩罗诗力说》③。那时候他已经读过果戈理的小说,心以为然。俄国的作家颇多,青年以普希金、莱蒙托夫最为诱人,以其诗歌诱人之故。而鲁迅却偏偏倾向于小说,觉得果戈理的张力更大④。鲁迅的喜爱俄国文学,固然有写实主义的倾向和批判意识的闪耀,但那里的智性之高,晦涩里的幽默也是吸引他的原因无疑。直到晚年,在《我怎么做起小说》中回忆早期的文学活动,他依然念念不忘对果戈理的感激:

> 因为所求的作品是叫喊和反抗,势必至于倾向了东欧,因此所看的俄国,波兰以及巴尔干诸小国作家的东西就特别多……记得当时最爱看的作者,是俄国的果戈理（N. Gogol）和波兰的显克微支（H. Sienkiewitz）。日本的是夏目漱石和森鸥外。⑤

把果戈理看得如此之高,在他是自然的。我们对照他们之间的审美偏好,似乎存在着一种暗合。比如他们都极为敏感,对事物有种冷意的洞悉力,笔端含着幽婉而肃杀的气息,直逼生活的隐秘。而且不都是爱怜者的悲悯,常常是跳将出来,以俯视的眼光,嘲笑了对象世界。他们都有抒情的笔致,但总是节制着,清醒地看出人性的底色。这在鲁迅的创作中可以感到,他接受了果戈理的意象,且自如地改造了那个东正教世界的音符,完全中国化了。前期的《狂人日记》,后期的《铸剑》,似乎都有果戈理的影子。嘲笑、反讽、自审,但不失灵智力中的美。对鲁迅来说,

---

① 见鲁迅博物馆藏《鲁迅藏书目录》,1959年内部版。
② 除瞿秋白外,曹靖华、胡风、冯雪峰、戈宝权等,在自己的文章里均言及此点。参照"回望鲁迅"丛书,河北教育出版社2000年版。
③ 《鲁迅全集》一卷,人民文学出版社2005年版,第66页。
④ 《鲁迅全集》一卷,人民文学出版社2005年版（下同）,人民文学出版社2005年版,第89页。
⑤ 《鲁迅全集》四卷,第511页。

果戈理是一个不尽的源泉,那流淌的过程,罪与尘垢都被洗刷了,而人的智性,也在此间得到了提升。

真实的果戈理如何,鲁迅所知有限。他尽力收集相关的资料,而所得者,不过简单的片段。在致孟十还的信里,他曾表示要系统译介果戈理的作品,都是内心的真言①。他欣赏这位俄国作家的无所顾忌的肆无忌惮的笔触,那些延伸到灵魂里的目光,把一个个暗区照亮了。30年代,他苦译《死魂灵》,引介《死魂灵百图》,都存有一个梦想,希望中国也有这类的佳作。在鲁迅看来,批判的文学不都是流泪者的歌吟,而是感伤的文体后那睿智的目光。这些,都是中国最少有者。

冯雪峰论述鲁迅和果戈理时,用的是革命的理论,这固然不错。但在言及深层问题时,则语焉不详,被那时候的语境所困,不得深谈②。其实鲁迅之于果戈理,是一种精神的连接,那些忧愤之处的爱意暖暖地流着,所谓"含泪的笑"正是③。那里是脆弱的人性之光的折射,还有不是上帝的上帝般的神眼的烛照。一方面是无所不在的黑暗,一方面乃灼人的光泽。正是此点,俄国文学在中国得以呼应,被传神般地汇入知识阶级的语境。不独鲁迅,在张天翼、莫言这样的作家那里,其传统被慢慢地中国化了。

先前人们言及鲁迅翻译《死魂灵》,考虑的是写实精神的强化,这很重要,是进入其世界的重要的通道。但我们瞭望鲁迅的译文世界,能见到常人看不见的修辞的王国。鲁迅其实在果戈理的文本里也意识到了修辞的魔力,那和认识论与审美的因素复杂地交织在一起。其间也有周作人所说的民间谣俗的因素的作用④。这种交织蒸发了焦虑与忧郁引起的悲怆的气息,燃烧在对象世界的冲动慢慢被一种冷静的哲思代替了。这是一种看似夸大的游戏,其实也有奔波之苦。那苦隐含在文字的背后,只是不能轻易被看到罢了。

《死魂灵》的翻译是鲁迅走进果戈理世界的一次自愿的而又异常艰难的选择。在动手翻译此书时,他才感到问题的复杂。俄国日常生活的许多概念,自己都颇为隔膜,而要走进他的世界也是大难的。"德译本很清楚,有趣,但变成中文,而且还

---

① 《鲁迅全集》十二卷,第379页。
② 《冯雪峰选集·论文编》,人民文学出版社2003年版,第254页。
③ 《鲁迅全集》六卷,第371页。
④ 周作人在《鲁迅的青年时代》一书中,多次言及这个问题。他们彼此对民俗与小说之间的关系,理解颇深。

省去一点形容词,却仍旧累赘,无聊,连自己也要摇头,不愿再看。"① 在这种转译里,只能得其意,难以传其神。果戈理的意象被遗漏也是自然的。鲁迅知道这种劳作的折扣,但对中国读者和作家而言,是难得的存在。在他看来,哪怕得其一点意蕴,也是好的。佛经翻译史就有这样的例子,那种译介至少在神韵上,把汉语的表达丰富起来。鲁迅自信,对果戈理的译介,亦有此类价值无疑。

二

果戈理的不拘小节的生存方式和文不雅训的叙述语言,在等级制森严的世界,是一种颠覆性的放逐。他拒绝极度的感伤和自我膨胀,而是冷楚地奚落存在的荒谬。他的最大特点是对美丽的幻象下的罪感的还原。所有的神圣在他那里都被剥落下来,遮掩的外饰脱落了,而精神在高高的上空闪耀着。

屠格涅夫曾说果戈理的作品标志了俄国文学史上的一个时代②,不是夸大之词。细读其作品,处处有令人惊异之地。文人腔在他那里消失了,非文人化的另类写作诞生的是另一种形象,直逼生活的隐秘。《涅瓦大街》的神异的外表,在他的笔下神风楚楚。他描写那些穿梭的人流、各色人等,竭尽生花之笔触,对珠光宝气的描摹像画师般奇妙。但那里的真的人生却是不幸的跌倒,无望的泪眼和欺诈下的梦想。作者写人在无奈面前的梦幻,笔力千钧,有醍醐灌顶之态。果戈理深沉地写道:

> 但不光是路灯,一切都充满了欺骗。这条涅瓦大街,它任何时候都在撒谎,特别是在浓浓的夜色降临到街上,把房屋的白色墙壁和淡黄色墙壁分别开来的时候,在整个城市轰鸣起来,闪烁起来,无数马车从桥下蜂拥而下,前导马驭手在马背上呼叫、跳跃,而恶魔亲自点燃路灯、只为了给一切制造假象的时候。③

这种在真中见假的描写,用鲁迅的话说是一种真悟,撕掉外衣看到本然之所。

---

① 《鲁迅全集》十三卷,第490页。
② 屠格涅夫等:《回忆果戈理》,蓝英年译,东方出版社2008年版,第217页。
③ 《果戈理全集》三卷,安徽文艺出版社1999年版(下同),第49页。

鲁迅说中国文学中的瞒与骗,都是这个意思。好的作家常常是这样:他们不屑在习惯的用语里描述世界,对他们而言首先是放弃,放弃被人们所污染过的词语里建立与世界的联系。他们在叙述里断掉了逻辑的链条,在整体的荒诞里以具体的真实而改写整体的板块。鲁迅对果戈理的价值有时毋宁说恰在这个层面。

果戈理的夸张的描写也令人倾倒。鲁迅曾高度评价他的《鼻子》。小说描述了一个八等文官丢失鼻子的故事。作者用离奇的手法,精彩处理了这个荒诞的人和事。一切都不可思议,世界在怪诞里延续着一个个生命的主题。卡夫卡的作品在一定程度也呼应了这样的主题,看似荒诞不经,而实则是一曲真实的世界图。《鼻子》在夸张里以假为真,其实是真中见假,俄国社会的平庸可笑在此一一呈现,可谓笑料的集合。卡夫卡与果戈理不同的是,进入了哲学的层面,有哲思的因素在。而果戈理则停在讽刺之中,但那荒唐的感悟亦可让世人作审视之想,此亦世间奇文者也。

在《外套》与《马车》里,果戈理的讽刺艺术达到了炉火纯青的地步。在等级制和流氓主宰世界的时候,所有的精神都是歪曲的或者说是颠倒的。作品里的小人物和长官的样子都很可笑。这样的讽刺对国民性无疑是一种漫画式的总结。在果戈理眼里,人们在可怜的世间,存活着的过程也就是远离自我的过程。人在欺骗、压榨里,也只能以虚伪和苟活的方式处世,爱意在哪里呢?除了精神的奴役和创伤,已毫无完整的美的存在。陀思妥耶夫斯基说过:"我们大家都是从《外套》走出的。"① 俄国作家从这里发现了小人物悲剧后的社会悲剧。这个主线一直也贯穿在鲁迅的小说里。祥林嫂、阿Q、魏连殳的精神里,都有阿卡基·阿卡耶维奇的血液。他们被宰割着,在畸形的世界里无路可走,最后只有死亡。鲁迅的叙述是中国式的。可是我们联想起果戈理的世界,他们之间的血脉联系,都一一可见。

作为一个俄国社会的逆子,果戈理对精神变态的世界的描述,也多少虚幻式的照应。以怪诞的思维织成思想之网,打捞着弃置的遗物。鲁迅在阅读《狂人日记》的时候,就感到了那种超常规感知的穿透力。他自己模仿果戈理,连题目也是克隆的。但题旨却在不同的语境里。鲁迅意识到自己所面临的问题,乃另一种荒诞,那灰暗之地是人们死亡之所,故他笔下的人与事,比果戈理更为凄惨和可怖,可谓悲楚极矣。

果戈理描绘狂人,还有小说的松散的架子,故事和心绪都放得很开,是俄罗斯式的忧郁。鲁迅笔下的狂人则不妨说是诗式的或者是一种寓言。时空迷离而无序,

---

① 《果戈理全集》三卷,安徽文艺出版社1999年版,第221页。

但丁的地狱式的惊恐就在这里。我们不妨说还有莫奈与蒙克那种洞穴里的冷照吧。果戈理写狂人,不过对社会、对人的压抑的一种漫漶的描述,在怪诞里不失写实的精致,到了鲁迅那里,则完全是抽象的隐喻了。人物甚少,心绪无边地流淌,像一幅幅森然的画面,直通地狱的入口。

鲁迅在《〈中国新文学大系〉小说二集序》里曾讲过他与果戈理及尼采的联系,他自信地说:

> 在这里发表了创作的短篇小说的,是鲁迅。从一九一八年五月起,《狂人日记》,《孔乙己》,《药》等,陆续的出现了,算是显示了"文学革命"的实绩,又因那时的认为"表现的深切和格式的特别",颇激动了一部分青年读者的心。然而这激动,确是向来怠慢了绍介欧洲大陆文学的缘故。一八三四年顷,俄国的果戈理(N. Gogol)就已经写了《狂人日记》;一八八三年顷,尼采(Fr. Nietzsche)也早借了苏鲁支(Zarathustra)的嘴,说过"你们已经走了从虫豸到人的路,在你们里面还有许多份是虫豸。你们做过猴子,到了现在,人还尤其猴子,无论比那一个猴子"的。而且《药》的收束,也分明的留着安特莱夫(L. Andreev)式的阴冷。但后起的《狂人日记》意在暴露家族制度和礼教的弊害,却比果戈理的忧愤深广,也不如尼采的超人的渺茫。[①]

从鲁迅的《狂人日记》里,我们读出了精神囚笼的人的撕裂自己的诗情。日常的一切都在夜色里。无边的黑暗雾一样弥散着,只有月光流泻于地,却显得异样的惊恐。人在吃人,而自己也是吃人的人。这就不是果戈理笔下小人物的痉挛式的低语,而有了哲思般的缠绕,与尼采和陀思妥耶夫斯基颇为神似了。

鲁迅一再在自己的文字里强调四千年的历史,有意把话题引入时光的洞穴里。他和果戈理一样,将视野聚焦在一点上,又以非逻辑的线索直进主题。这时候你会感到他在与一个巨大的时空的无数死去的灵魂交谈,沉重的步履里,难见到果戈理式的游弋。果戈理处理狂人是日常生活不正常的妄想,多与职业、功名利禄有关。而鲁迅的人物却是抽象的音符与色彩的碎片。对鲁迅来说,狂人乃旧文化的解构,也是另一种文化意象的开始。鲁迅笔下的狂人承载的希望一定比果戈理的人物要多,虽然他常常是变形的存在。

---

① 《鲁迅全集》六卷,第 238 页。

因了精神背影的差异，中国作家的思维是和俄国人的气质隔膜的地方。在鲁迅的文字里，狂人不是妄想者，果戈理笔下的小人物却是另一种形态。他们身上有一种对己身之外的世界的妄念，一会儿国内，一会儿域外，看出了精神的癫疾很重。而鲁迅笔下的狂人，却是一种被遮蔽的隐秘的发现者。狮子似的雄心、兔子的怯懦、狐狸的狡猾，都一一被感知到，而且他惊人之处是"我翻开历史一查，这历史没有年代，歪歪斜斜的每页上都写着'仁义道德'几个字。我横竖睡不着，仔细看了半夜，才从字缝里看出字来，满本都写着两个字是'吃人'"①。这个狂人对隐秘的发现，不是在日光之下，而是黑夜里，在一切都睡着的时候，于是意识之门大开，沉睡的灵魂被唤醒了。这里没有果戈理夸张时的幽默，而是无泪的惊异。而且目光如炬，直射着对象世界。那背后的启蒙式的独语以非正常的姿态表达出来了。

别林斯基在果戈理世界里，是感受到俄国文化的遗传的，他说果戈理的作品"是一种平静的，在愤怒中保持平静、在狡猾中保持了仁厚的幽默"②。他在文章中进一步指出，果戈理"对生活既不阿谀，也不诽谤；他愿意把里面所包含的一切美的、人性的东西展示出来，但同时也不隐蔽它的丑恶"③。虽然那遗传是一种精神的变种。在果戈理同代人那里，普希金、别林斯基都有明亮的精神的辐射，俄语已经有了个性意识的表达。可是鲁迅的行文与儒家的话语方式完全不同。那是一种对旧的感知方式背叛的开始，所有的无聊的道德话语都被埋葬了。鲁迅身上传递的不再仅仅是对小人物式的悲悯，而有了精神自新的冲动。狂人的背后的启蒙之光灼灼，而放逐之心切切。这个维度里的意象，在宽度和广度上，都与果戈理大为不同。始于果戈理的世界，却走向更辽阔的天地，那不是进化论可以简单解释的。

三

因为不懂俄语，鲁迅对俄国作家的判断多靠己身经验和转译中的理解。一些看法也存有简单化的问题。其实理解俄国文学，实则应从哲学、宗教的层面入手。周作人就意识到过此点，他在文学革命的初期就译过《俄国革命之哲学的基础》，已

---

① 《鲁迅全集》一卷，第425页。
② 《别林斯基选集》一卷，满涛译，上海译文出版社1979年版，第196页。
③ 《别林斯基选集》一卷，满涛译，上海译文出版社1979年版，第187页。

经开始从政治和哲学的层面入手讨论问题。但不久就中断了。鲁迅与周作人都没能继续自己的思路，这可能与中国的现状与他们的知识背景有关。周作人起初对俄国颇感兴趣，后来意识到古希腊遗产更为重要，俄国经验便慢慢被放弃了。在周作人看来，古希腊遗产与日本遗产可能更有参考的意义，而俄国文学的价值走向是远离理性者多，过于宗教式的凝视。在周作人看来，虚无主义与无政府主义都非中国所需者，重要的在于科学理性与宽容的情怀①。

这样的观点鲁迅并不认同。他以为俄国式的冲动恰可以打破国人宁静的思维。他们的经验至少对知识阶层存有价值。鲁迅的出发点建立在文学家感性的直觉里，周作人的人类学视角显然就多了鲁迅所没有的另一种维度。这也能够理解周作人何以不断讽刺鲁迅的选择，他们不同视角下的艺术的选择，对后来的文学走向都产生了不同的影响。

小说家不必计较人类学视角的精神自白，他们只关注现实问题与心灵的表达。在这样的层面打量果戈理这样的作家，鲁迅有着异样的亲切感。他们之间相似的地方甚多，都做过短期的大学教师，都和周围的人关系紧张，鲁迅在文章里常常有厌恶对象世界的意象，并且是一种离奇的变形的表述。那是一种疏离后的反观。对那些荒唐的存在，有离间的处理。在鲁迅笔下，上流社会的雅士多为可笑者，从精神的真实性看，那些灰色的存在的确不足为观。这很易让人想起果戈理的《死魂灵》，雅士们除了无聊之举，还有什么呢？《死魂灵》里的乞乞科夫与马尼洛夫对话的时候，摆出的那种庄重之姿，不过虚伪的外饰。这个靠购买死魂灵而发家的人，慈善的外表，通往的恰是唯利是图的路。果戈理叙述这个故事时，以假为真，真真假假。看那人物与情节，乃灰色幽默者的独吟，笑之后乃无奈，乃感伤，乃绝望。俄罗斯的苦运已积重难返，果戈理笑那群舞台上的表演者，他自己也表演着，复述着人间的故事。

《死魂灵》别致的地方，是在司空见惯里看见了人间的可悲之态。鲁迅在译介此书时，说其是"几乎无事的悲剧"。他这样描述自己的感受：

> 那创作出来的脚色，可真是生动极了，直到现在，纵使时代不同，国度不同，也还使我们像是遇见了有些熟识的人物。讽刺的本领，在这里不及谈，单说那独特之处，尤其是在用平常事、平常话，深刻的显示出当时地主的无聊生

---

① 周作人在《我的杂学》里系统地介绍了自己的思想，可以看出其审美观与文化情怀与鲁迅的不同。

活。例如第四章里的罗士特来夫，是地方恶少式的地主，赶热闹，爱赌博，撒大谎，要恭维，——但挨打也不要紧。他在酒店里遇到乞乞科夫，夸示自己的好小狗，勒令乞乞科夫摸过狗耳朵之后，还要摸鼻子——

"乞乞科夫要和罗士特来夫表示好意，便摸了一下那狗的耳朵。'是的，会成为一匹好狗的'。"他加添着说。

"'再摸它那冰冷的鼻头，拿手来呀！'因为要不使他扫兴，乞乞科夫就又一碰那鼻子，于是说道：'不是平常的鼻子！'"

这种莽撞而沾沾自喜的主人，和深通世故的客人的圆滑的应酬，是我们现在还随时可以遇见的，有些人简直以此为一世的交际术。"不是平常的鼻子"，是怎样的鼻子呢？说不明的，但听者只要这样就足够了。后来又同到罗士特来夫的庄园去，力览他所有的田产和东西——

"还去看克里米亚的母狗，已经瞎了眼，据罗士特来夫说，是就要倒毙的。两年以前，却还是一条很好的母狗。大家也来察看这母狗，看起来，它也确乎瞎了眼。"

这时罗士特来夫并没有说谎，他表扬着瞎了眼的母狗。……这和大家有什么关系呢，然而世界上有一些人，却确是嚷闹，表扬，夸示着这一类事，又竭力证实着这一类事，算是忙人和诚实人，在过了他的整一世。

这些极平常的，或者简直近于没有事情的悲剧，正如无声的言语一样，非由诗人画出它的形象来，是很不容易觉察的。然而人们灭亡于英雄的特别的悲剧者少，消磨于极平常的，或者简直近于没有事情的悲剧者却多。[①]

鲁迅对果戈理的洞察力的表扬是由衷的。"几乎无事的悲剧"也是只有鲁迅这样的作家才能体味到。他晚年翻译《死魂灵》，其实就是研究这种滑稽荒诞文学的基因，也有移植中土的渴念。至于鲁迅自己，他在杂文里对世俗社会的人们以为不是问题的问题的打量，不能说与果戈理没有相似的地方。也恰是那相似，才有心理的呼应。作家之间的理解，是没有国界的。

的确，在鲁迅看来，果戈理给我们带了诸多的可笑的画面，人物之间的悲楚之情，散落在每个变形的细节里。一面是奚落的词语的跳跃，一面有无边的绝望。这时候我们会感受到他的淡淡的哀伤。哀伤是一种无奈的面对，而讽刺后的忧思却有

[①] 《鲁迅全集》六卷，第370—371页。

超越哀伤的精神的照射，叙述者的形象就因此获得了一种思想的强力。果戈理之于鲁迅，是智慧者的攀援。鲁迅喜欢他的幽默的笔触。他知道，那幽默不过是对抗世俗的武器，而内心柔软的地方，也是有的。他很赞佩普希金的观点，以为是"含泪的笑"：

> 听说果戈理的那些所谓"含泪的微笑"，在他本土，现在是已经无用了，来替代它的有了健康的笑。但在别地方，也依然有用，因为其中还藏着许多活人的影子。况且健康的笑，在被笑的一方面是悲哀的，所以果戈理的"含泪的微笑"，倘传到了和作者地位不同的读者的脸上，也就成为健康：这是《死魂灵》的伟大处，也正是作者的悲哀处。①

我们细细品味鲁迅的话，会觉得与俄国的批评家的眼力颇为相似。别林斯基、普希金都对果戈理有批评的声音，中国的读者对此一直有模糊的认识。鲁迅感兴趣的不是那些弱点，却带着中国人的经验进入到这位俄国作家的内心。他在气质上接近于果戈理，而非托尔斯泰。虽然他永远感念着托尔斯泰。而果戈理的对生活的极为高超的智慧游戏，那种飞跃于精神上苍后的反观大地的全景视角和宽广的胸襟，才出离了凡庸之所，己身的哀怨与憧憬，也历历在目矣。

四

滑稽的文字会常因为无爱而流于玩世不恭的浅薄。鲁迅在中国典籍里曾看到过这样的现象。不过《史记》、《汉书》、《世说新语》里保存的片段，亦有出奇的美质在，这些在鲁迅的记忆里是深刻的。看破红尘却又有情怀在，则会有另一种伟力在。不过滑稽的文字，可能也出自内心矛盾者之手，他们的分裂人格也会隐含于此吧。鲁迅对浅薄的幽默表示过不满，他以为那不过化屠户的凶残为一笑②。那原因还是缺乏精神的维度，他在果戈理世界看到的是不同于中国士大夫的另一种意识。

不过，由于接触的材料有限，他对果戈理的想象也不免多曲解之地。魏列萨耶

---

① 《鲁迅全集》六卷，第371—372页。
② 《鲁迅全集》四卷，第567页。

夫在《果戈理是怎样写作的》一文中，谈及果戈理内心的矛盾和冲突，提供了许多细节资料。在一些作品里，果戈理也把自己内心不好的东西陈列起来①。这一点上，鲁迅未必知道。别尔嘉耶夫在《俄罗斯精神》中所批评的俄国劣根性和矛盾性的痼疾，果戈理的世界也有②。从后人的回忆录中，可以看到这位作家表里不一的一面。这些，像鲁迅这样的读者和译者，没有系统的了解，有些问题是毫无所知的。他从果戈理那里得到的大概有国民性的思考是自然的吧。这个俄国作家洞悉生活的慧眼，让鲁迅有一种颠覆性的快感。在《死魂灵》里，各种地主的形态，那些人性里丑陋、可气、可笑的因素，何尝不像我们中国？《儒林外史》曾以漫画的笔法讽刺过中国的读书人，还带着一丝儒者的宽厚，而在果戈理那里，所有的虚幻的外表统统被击碎，露出的是畸形的精神。作者写百姓的痛楚，以恶者的形影为衬托，精神的拷问是彻底的。在作品里，他没有给世俗社会留下一点温情，叙述者的口吻来自天国的寒宫而非上帝之所。我们在《堂·吉诃德》里看到一个追索幻象的人，在《苏鲁智语录》里独思的是一个超人。而《死魂灵》呢，总是一个丑陋者的奔走。乞乞科夫的游荡也恰是俄罗斯幽魂的游荡呢。

在这个游荡里，许多人间隐秘纷纷现露。我们常常感到西谚里的隐喻。果戈理有时候也说出这样的隐喻来：

> 人类在追求永恒真理的过程中，选择过多少弯曲、荒凉、狭窄、坎坷、远远偏离了方向的道路，而在他的面前却明明摆着一条像宫前御道一般笔直的坦途！人们不走这条白昼阳光灿烂夜晚灯火通明的阳光大道，却在茫茫的黑暗中奔波。多少回，尽管有上天的指引，他们仍能走偏一步而迷失方向，仍能在大白天重新陷入无法通过的荒野，仍能再次互相蒙蔽，跟着幽幽的磷火步履艰难地前行，他们依然走到万丈深渊的边缘，然后才惊恐的发问：出路何在？当今一代把这一切都看得明明白白，对先辈的迷误，他们觉得奇怪，他们耻笑先辈的不明智，他们看不到，这部历史每页都灼燃着上天的圣火，字字都发出强烈的呼喊，处处都用锋利的指尖正对着他们——当今的一代；但是当今的一代只顾耻笑着先辈，并且自负而骄傲地开始着一系列将来同样会遭到后人耻笑的新的迷误。③

---

① 屠格涅夫等：《回忆果戈理》，蓝英年译，东方出版社 2008 年版，第 390 页。
② 尼古拉·别尔嘉耶夫：《俄罗斯的命运》，汪剑钊译，凤凰出版集团、译林出版社 2011 年版，第 5 页。
③ 《果戈理全集》(8)，第 274 页。

这分明是一种悲观者的叹惋，连一点福音也听不到了。果戈理的无奈感在鲁迅那里也是相通不过的了。他们在对国民性的看法上，都有相似的逻辑在。我们现在阅读鲁迅的关于果戈理的感受，自然晓得审美的路径是有交叉的时候。鲁迅选择果戈理的作品为一种参照，其实也看出了精神走向的感人的因素。

天才的果戈理给鲁迅的另一个难忘的印象，或许是那种天马行空的走笔。这个俄国文学的骄子，在处理灰暗的故事时，总有出其不意的笔法，用中国的问题概念来说，是夹叙夹议的杂文手段。果戈理对生活描述的时候，不是托尔斯泰那么正襟危坐，或者说不那么庄重。他喜欢破坏自己的叙述脉络，自己成为自己的对立者，以丑角的口吻，将沉闷的空气换掉，觉出调侃的狂欢。《死魂灵》第七章的开头，就是颠覆性的口吻，插科打诨。《阿Q正传》的开笔也是如此，几乎是一条线路下来，以非正经的口吻达到"不诗""不文"的效果。到了《理水》那里，借古喻今的反讽与夸张，似乎也染有《死魂灵》的意味，许多研究者从这里见到审美的关联①。果戈理的议论，可能是对抗俄罗斯雅士的一种文体，而鲁迅的修辞，则近乎戏曲与明代戏谑小品的风格，但表述却有果戈理式的洒脱②。这只能说明两人气质的接近，说前者对后者的影响也未尝不可。较之于尼采的独吟苦诉，鲁迅更喜欢果戈理藏着哀怨的无所顾忌的突奔。这种从苦恼里走出故意与苦恼对抗的笑的词语，是把自己从对象世界里解脱的一种亢奋。

我们如果对比两人的精神气质，就会感到他们的一些交叉的地方。果戈理曾坦言自己内心常常有着大苦，感到自己是一个囚徒，被一种看不见的绳索所缠绕。在致友人的信中，果戈理一再强调自己的不自由，整日埋头抄写公文，变为信服的仆从了。他早年在都市里求职，历经困苦，那种被奴役的感觉水一般浸透着灵魂。他慨叹自己的生活和周边的生活一无是处，"俄国人洋化了，彼得堡的寂寞是非同寻常的，人民表现不出任何精神的闪光"③。而他看那些高高在上的人，就叹道"越有名望，越是高等级，就越蠢"④。这样的感叹，在百年后的中国，被来自绍兴的鲁迅重新演绎了一遍，而且那么神异。鲁迅在《灯下漫谈》、《关于中国的两三件事》中所

---

① 张芬：《几乎无事的悲剧——鲁迅的〈死魂灵〉翻译和1935年〈故事新编〉的创作》，载《翻译与20世纪中国文学研讨会论集》，人民文学出版社2012年版，第201页。
② 王瑶在《论〈故事新编〉》时，专门谈到鲁迅与戏曲的关系，参见《王瑶文论》，人民文学出版社2009年版，第169页。
③ 《果戈理全集》（8），第47页。
④ 《果戈理全集》（8），第82页。

说的话，似乎也是俄国社会的另一种版本。而鲁迅以幽默愤慨的笔触面对世界时的神姿，也是驱逐自己身上的忧患的一种表达吧。在那些刀一般锋利的笔触后，他的寂寞照样是有的。

鲁迅对中国传统文化的对话，以及对现实的凝视，在神情上与六朝人和晚明文人颇为接近，而勾勒人物的手法，则无疑带有俄国人的色调。他对下等人的理解，是和杜甫的传统有别的，因为有了刻骨的痛感在。这痛感，在俄国文学里常常存在，且有相当的分量。中国的问题不都是俄国的理论可以涵盖的。鲁迅知道其间的主要的问题在于古老的遗产里多封建的基因，剔除这些，才可能进入广阔的天地。他面对的是儒教体系下的人的等级制度，和无我的奴性。这奴性在许多方面，和俄国的形态接近。而果戈理对此的处理所表现的智性是别人所不及的。他在智性和诗意的王国所呈现的境界，恰是鲁迅自己所需要的存在。

或可以说，果戈理之于鲁迅，乃一种通往精神洞穴的一盏夜灯。人们面对灰暗的存在，不都只是控诉，而还应有超脱于苦难的从容的俯视。可以笑，可以蹙眉，可以奚落和拷问。叙述者不但承担着道德的义务，还有对存在本质的另一种非正宗的解释。恰如梅尔文·赫利茨所说："好的幽默本身正是悖论，即合情合理的事儿与相互矛盾的事儿并列在一起。"① 果戈理从这种复杂性里直达被淹没的本然之所，以自己的笑所带来的痛感，唤起了鲁迅久久的共鸣。

五

专制土壤的国度，造就了奴性的文化，而反奴性的选择，有时候不得不进入变形的世界里。我们细读他们的信件，也可以感到他们对艺术的态度，往往为世风所反对。他们总在责怪自己，以为是有限的存在，甚至对自己的文字没有信心。他们身边都有华贵、绅士气的文人，可是他们不喜欢那样的笔墨。果戈理说自己要做的是"表达某种不能表达的东西"②。鲁迅也是要在没有路的地方走路吧。梳理这些，我们可以看到艺术家对华贵的书写拒绝后的一种力量感。只有自信与无畏的人才能如此。不过，鲁迅对果戈理也有批评和不满，这大抵是新时代的阅读和多样思想的

---

① 李静：《幽默二十讲》，天津人民出版社2008年版，第348页。
② 《果戈理全集》（8），第80页。

参照对比的缘故。鲁迅觉得这个俄国作家写丑陋的人物时栩栩如生，而写好人时却没有什么办法①。鲁迅自己，也似乎如此。在检讨别人时，也对照自己，那是细心者可以感到的。

被人们所遗忘的，且一遍遍缠绕着我们生活的，不都是眼前的活蹦乱跳的人们，还有那些不死的幽灵。那些曾有的存在以不同的方式还在我们今天的世界里。鲁迅也曾想过灵魂的有无的问题，他借着主人公追问过类似的难题。但丁《神曲》涉猎过此，果戈理也想借着类似的意象解决这个问题。一旦进入这个话题，世界就敞开了。我们在那些作家身上看到了一种未曾有过的奇异之景。这也是"表达某种不能表达的东西"。鲁迅对果戈理偏爱的原因，也有这个成分在的。

在19世纪，俄国的出版监察制度十分森严。果戈理作品的上演和出版都面临着麻烦。这个现象大约也吸引鲁迅去注意并面对类似的问题。俄国舆论界对果戈理的围剿，或许有宗教与皇权文化的痕迹，那情形与中国是十分接近的。鲁迅一生多在逆境里，围剿的生活改变了其写作的路向，有时不得不横站着，面对一切。而横站的时候，不仅仅是气度的表达，也存在精神呈现的技巧。果戈理选择的是流亡国外，在异域写作，而主旨一以贯之。鲁迅则在旋涡里，其境更惨且苦。俄国文人是一面镜子，在专制的时代，所有的精神的闪光都在与现存制度的对抗里。而这种对抗，不单是观念的达成，还有对美的另一种获取。扭曲的美也是一种突围。他们都在无所不在的灰暗里找到了突围的路径。

鲁迅在突围里，是燃烧自己的生命，或者说以与时代对话的方式表达自己。他苦苦译介俄国文学，也有一种内心净化的渴望。人如何得救呢？鲁迅说在"无所希望中得救"②。那么与一切士大夫的路径绝缘，与一切独裁的体系对抗，且坚守着对底层的立场。这是一种自我的躬行。俄国作家类似的选择很多。托尔斯泰不断与自我的争扯，陀思妥耶夫斯基无休止的低语，其实也在对彼岸的瞭望。陀思妥耶夫斯基在论述果戈理的时候说，《钦差大臣》写出了貌似规矩，实则空虚的人物。而背后则有宗教之心的照耀。鲁迅知道自己没有那些人的场域，表达的空间又是那么不同。他不再寄希望靠塑造新人画一个缥缈的梦。一切都在于自己的选择。所以绝无乌托邦的梦想。这和果戈理的内心冲突大不一样。胡风曾注意到果戈理的矛盾与困苦，他更欣赏的是鲁迅的选择，而看到了果戈理的更深的无奈：

---

① 《鲁迅全集》二卷，第207页。
② 《果戈理全集》（17），第362页。

果戈理的《死魂灵》是很有名的,里面塑造了一个骗子典型乞乞科夫和几个各具鲜明个性的地主形象。同时,这部作品还留下了极大的教训:果戈理的理想是他的主人公经过"净罪"阶段变为品德高尚的人,但他无法克服他那个理想和他所达到的现实主义之间的矛盾,他不得不承认他写的人物的净罪经历是虚伪的,只好烧掉了。烧掉了再写,还是无法走进"净罪界",他自己也终于痛苦而死了。①

生活的冲突与人性的丑陋,以审美的方式未必得以解决。在这个意义上说,鲁迅一度认为"文学无用"②,自有其内在的逻辑在。可是除了文学,他们还有什么呢?文学所能做的,其实还在对我们存在的可笑的描摹,那是一种从死寂里呐喊的快感。我们在不幸的世界可以存活下来的理由,或许恰在有一个是我们暂时游离其间的智性与趣味的场所。那个让我们看见了自己的有限性和可笑的镜子,不是上苍的符号,恰是我们自己创造出来的影子。人类在看似无路的绝境里还有攀援之径,则善矣无憾也。

有趣的是,鲁迅在1935年,专门编印了阿庚的《死魂灵百图》。那是一本稀有之作,最早问世于俄国革命前半个世纪。鲁迅印它,有两个目的:

第一,是在献给中国的研究文学,或爱好文学者,可以和小说相辅,所谓"左图右史",更明白19世纪上半的俄国中流社会的情形;第二,则想献给插画家,借此看看别国的写实的典型,知道和中国向来的"出相"或"绣像"有怎样的不同,或者能有可以取法之处。③

以图证史,或说以感性的形态进入域外的文化景观里,在鲁迅看来极为有趣。俄国的地图,如果只以文字来理解,在不懂俄文的人看来,大概会有盲点。恰是那些图片、漫画,提供了诸多的参照。鲁迅从中看到了一个可以触摸到的俄国。而且那些画像都栩栩如生。线条里奇异的因子和人物的传神的目光都流散着,读起来颇有忍俊不禁的感受。

---

① 《胡风书话》,北京出版社1998年版,第82页。
② 《鲁迅全集》七卷,第121页。
③ 《鲁迅全集》六卷,第446页。

那些夸张的漫画，在鲁迅看来，和果戈理的文字一样，都是少有的。中国需要的恰是这些东西。漫画不都是小玩意儿，也有精神的隐语在。小说家于此，也可得到灵动的感觉。在鲁迅那里，杂文、漫画、幽默小品，它们背后有相近的意味在。但这意味是什么呢？乃是对界限的突围，对无趣面孔的夸张的笑，对苍白街市的一抹光的聚焦。那些存在颇为刺激人心，亦有我们时代没有的光泽。阿庚的笔触是极为切实的，画面有我们黯淡世界本然的面目的雕刻。那些细小的存在被一种放大的哈哈镜反射着，另一王国的侧影在此涵泳出带笑的诗句。丁聪其实就模仿了这些，后来的漫画家借着《死魂灵百图》进入了我们世界的另一隅①。

小说里的果戈理与漫画里的果戈理的世界，多重地叠加在一个躯体里。陀思妥耶夫斯基对《死魂灵》的插图亦多惬意的感受，他觉得那是相得益彰的创作②。鲁迅的感受可能比陀思妥耶夫斯基更为复杂，他由此触摸到了俄国的灵魂。在他看来，也许只有这样的诙谐和变形的描摹，可能更接近真实。讽刺小说和漫画乃是我们这个世界的录像机，它穿透了格式化的图景而进入折射的世界，那里才接近真实和快乐。鲁迅在《漫谈"漫画"》里说：

> 漫画是 Karikatur 的译名，那"漫"，并不是中国旧日的文人学士之所谓"漫题""漫书"的"漫"。当然也可以不假思索，一挥而就的，但因为发芽于诚实的心，所以那结果也不会仅是嬉皮笑脸。这一种画，在中国的过去的绘画里很少见，《丑百图》或《三十六声粉铎图》庶几近之，可惜的是不过戏文里的丑角的摹写；罗两峰的《鬼趣图》，当不得已时，或者也就算进去罢，但它又太离开了人间。
>
> 漫画要使人一目了然，所以那最普通的方法是"夸张"，但又不是胡闹。无缘无故的将所攻击或暴露的对象画作一头驴，恰如拍马家将所拍的对象作成一个神一样，是毫没有效果的，假如那对象其实并无驴气息或神气息。然而如果真有些驴气息，那就糟了，从此之后，越看越像，比读一本作得很厚的传记还明白。关于事件的漫画，也一样的。所以漫画虽然有夸张，却还是要诚实。③

---

① 参见拙著《鲁迅藏画录》，花城出版社2008年版，第86页。
② 参见《果戈理全集》(17)，第51页。
③ 《鲁迅全集》六卷，第233页。

这是鲁迅的美学观无意间的流露，以此证之于他对讽刺小说及果戈理的认识，亦当如此。果戈理小说的生动处，是看似一种夸张的笑谈，有时候甚至过度显现，但那精神却是活龙活现的。我们看鲁迅小说丑角式的处理，就有漫画的意味。其间打动人心者，恰是那不正规的嬉戏。中国戏曲里多有这样的因素，《儒林外史》用到了类似的意象。但较之于果戈理，似乎气象不足，被压抑在儒者的笨拙的叙述里，缺少的是狂放的戏谑。果戈理在这里给鲁迅的启示尤为深切，他自己从中得到的审美快感，比起翻译的煎熬来，实在也算不得什么。

有趣的是，当他潜心翻译《死魂灵》的时候，并没有受到列宁主义文学批评观的影响，其判断视角还是普列汉诺夫式的[①]。在思想激进的30年代，他介绍了许多新俄的作品，而审美判断保持了对革命前的俄国艺术的尊重，而非列宁主义者对传统的黑白分明的态度。鲁迅没有像卢那察尔斯基简单地否认革命前的知识分子那样，单一化地处理各类遗产。在他看来，30年代的中国还处于果戈理生前的环境中，那些革命的作品，在认识国民性的过程中，是不及传统作家的力量的。

这样，我们自然可以得到如下的结论：鲁迅三十余年间对果戈理的阅读、翻译和理解，映现出中国新文学作家摄取域外文学时的心境和价值取向。中国文学的批判意识及审美的演进，都和作家自身的有意识吸收域外文学紧密地联系在一起。鲁迅在借用俄国作家的资源时，其问题意识一直缠绕在当下中国的矛盾之中，也纠葛着历史的难题。较为难得的是，在面对果戈理遗产的时候，不是教条的在形神上保持一致，而是立足于民俗和中土文化的土壤，像果戈理那样成为度苦的智者。只有回到中国问题的现实中来，才会有精神的对话。寻找什么，转换什么，建立什么，都是在互为参照里完成的。

原载《文学评论》2013年第3期

[①] 关于此话题，拙文《鲁迅与列宁主义的几个问题》有专门论述。当列宁主义流行的时候，俄国左派理论家对旧式作家的态度大多是否定式的，或取其部分思想而用之。鲁迅对待旧俄作家的态度，是普列汉诺夫式的，而非列宁式的。参见2013年4月哈佛大学《鲁迅与东亚问题》会议论文提要。本文系国家社会科学基金一般项目（11BZW088）成果。

月夜里的鲁迅

王彬彬

1936年10月19日晨5时25分，鲁迅辞世。当天晚上，与鲁迅并不相识的日本著名作家佐藤春夫写了悼念鲁迅的文章，题为《月光与少年——鲁迅的艺术》（文末注明写于"十月十九日闻鲁迅讣之夜"）。在文章中，佐藤春夫说："假若你读鲁迅作品时稍加注意，使你奇怪的是《阿Q正传》、《故乡》、《孤独者》等比较长的文章不消说，就是在像《村戏》（《社戏》——引者按）等的小品中，在什么地方也一定表现着月光的描写与少年的生活。我想月光是东洋文学在世界上传统的光，少年是鲁迅本国里的将来的唯一希望。我永远忘不掉从鲁迅文中读到的虽然中华民国的全部都几乎使自己绝望，然而这绝望并不能算是真的绝望，中国还有无数的孩子们的这种意味。假若说月光是鲁迅的传统的爱，那少年便是对于将来的希望与爱。这样看来，就可理解了鲁迅诸作中的月光与少年。"[1] 鲁迅小说中经常写到月光与孩子，这表明鲁迅的内心并没有真的被绝望所充塞，因为月光和少年，在佐藤春夫看来，都意味着希望和爱。

鲁迅辞世十多年后，曾经师事鲁迅的日本学者增田涉出版了《鲁迅的印象》一书。书中有一篇是《鲁迅跟月亮和小孩》，一开头就说："鲁迅先生好像喜欢月亮和小孩。在他的文学里，这两样东西常常出现——这是佐藤春夫先生和我谈到鲁迅时说的话。"佐藤春夫不但在悼念鲁迅的文章里强调鲁迅喜欢月光与孩子，还在与他人谈到鲁迅时强调这一点。与鲁迅交往颇深的增田涉，认同佐藤春夫的感觉和判断。增田涉认为，作为诗人的佐藤春夫凭借其敏锐的感受性抓住了鲁迅艺术精神的要点。

---

[1] 佐藤春夫：《月光与少年——鲁迅的艺术》，鲁迅先生纪念委员会编：《鲁迅先生纪念集》，上海书店1979年根据1937年初版复印。

增田涉并且这样描绘鲁迅的精神形象:"在月亮一样明朗、但带着悲凉的光辉里,他注视着民族的将来。"他还提供了鲁迅喜欢月夜的另一个证据,即鲁迅曾对为自己治病的日本医生须藤说过这样的话:"我最讨厌的是假话和煤烟,最喜欢的是正直的人和月夜。"①

并未与鲁迅见过面的佐藤春夫,仅凭阅读鲁迅小说作品,就感觉到鲁迅喜欢月亮,的确是敏锐的。其实鲁迅在文学创作中,对月亮的描写并不特别多。老舍的中篇小说《月牙儿》,对月亮的描写非常多,甚至多得有时让人觉得有点多余。张爱玲中篇小说《金锁记》中开头和结尾出现的月亮,也给读者留下深刻印象。鲁迅小说中对月亮的描写并不显得很特别。坦率地说,读鲁迅文学创作,我没有感觉到鲁迅对月亮分外喜爱。我是在读鲁迅北京时期的日记时,感到鲁迅对月亮特别留意的。鲁迅的日记很简略,而月亮却频频出现在北京时期的日记中,尤其多见于1918年以前的日记中。1918年,是鲁迅创作《狂人日记》并登上文坛的年份。1918年以后,月亮在鲁迅日记中渐渐消失。月亮在鲁迅日记中从频频出现到渐渐消失,为我们提供了一个观察、思考鲁迅心理状态变化的角度。

一

1918年4月2日,鲁迅开始写作《狂人日记》。在用文言写了几百字的序言后,进入正文的写作。而正文的第一句是:

今天晚上,很好的月光。②

这是一个独立的自然段。鲁迅的新文学创作,以《狂人日记》开其端,而《狂人日记》又以对月光的描写开其端。在这个意义上可以说,鲁迅的新文学生涯,是以对月光的言说开始的。《狂人日记》模仿狂人的思维写成。鲁迅在替一个想象中的狂

---

① 增田涉:《鲁迅的印象·鲁迅跟月亮和小孩》,鲁迅博物馆等编选:《鲁迅回忆录》下册,北京出版社1999年版,第1384页。
② 《鲁迅全集》第1卷,人民文学出版社1981年版,本文所引《狂人日记》、《故乡》、《白光》原文均见此卷。

人写日记。虽然鲁迅必须在必要的程度上让小说给人以"胡言乱语"的感觉,但不可能真的是胡言乱语。在"胡言乱语"的外表下,《狂人日记》其实有着严密的内在逻辑。鲁迅要通过"狂人"的自述,表达自身的情思。所以,并没有哪一句话完全是随意写下的。鲁迅替一个狂人写日记,第一句却写的是月亮,应该也不是没有来由的。其实,在此前六年的鲁迅日记中,月亮就经常出现。明白了鲁迅在自己的日记中经常写到月亮,或许就懂得了为何鲁迅提笔为一个虚构的狂人写日记时,首先写到的竟是月亮了。

鲁迅于1912年5月5日到达北京,第二天即到教育部上班。现在能读到的鲁迅日记,也是从1912年5月5日开始。月亮在鲁迅日记中第一次出现,是1912年7月27日。这天的日记,有这样的记述:

晚与季市赴谷青寓,燮和亦在,少顷大雨,饭后归,道上积潦二寸许,而月已在天。①

这天晚上,鲁迅从友人处饭后归来,大雨过后,路上积水二寸深,但天已放晴,月亮出来了。查万年历,1912年7月27日是农历六月十四日,月亮当然很好。明月照着积水,景色是很美的。鲁迅用寥寥十来个字,把雨后的月夜写得令人神往。大雨造成的积水还未开始消退,月亮却出现在天上。这样的日记,并非有意识的文学创作,但文学性是很强的。

1912年8月22日,鲁迅日记有这样的记述:

晚钱稻孙来,同季市饮于广和居,每人均出资一元。归时见月色甚美,骤游于街。

这一晚,又是与友人聚餐后,归途中与月亮相遇。在1912年5月6日的日记中,有"坐骡车赴教育部"的记载。乘骡车的记载,数见于鲁迅北京时期的日记。所以,所谓"骡游于街",应该是乘骡车逛街的意思。月色很美,在这样的月夜里,鲁迅不忍回屋,于是雇了辆骡车,在月夜里游荡着,在月光下流连着。查万年历,1912年8月22日,是农历七月初十。初十的月亮,大体可算上弦月,只有半个大小,或

---

① 《鲁迅全集》第13卷,本文所引鲁迅日记均见此卷。

者比半个略大些。可就是这半个大小的月亮,也令鲁迅爱而不思归。鲁迅的确是喜欢月夜的。

1912年9月25日,是农历中秋节。这一天,鲁迅日记有这样的记载:

> 阴历中秋也……晚铭伯、季市招饮,谈至十时返室,见圆月寒光皎然,如故乡焉,未知吾家仍以月饼祀之不。

这天晚上,是回到室内,从窗户看见圆月的。"举头望明月,低头思故乡"。北京的中秋月,令孤身寓居绍兴会馆的鲁迅,动了思乡之情。鲁迅日记中,是极难见到情语的。这种思乡之情的表达虽然并不强烈,但已是很特别的了。是寒光皎然的中秋月,让鲁迅动情;也是寒光皎然的中秋月,让鲁迅在日记中流露了情感。

如果以1918年4月创作第一篇白话小说《狂人日记》为界,将鲁迅在北京生活的时期分为前期和后期,那前期日记中,关于月亮的记述还有多处。

1912年10月30日:"阴,午后雨……夜风,见月。"下午本来下起了雨,晚上,风吹云散,月亮出来了,鲁迅觉得可记。

1913年1月24日:"雪而时见日光……晚雪止,夜复降,已而月出。"白天是"太阳雪"的天气,晚上雪停了,但后来又下了一阵,终于雪过天晴,看见了月亮。顺便说明一下,在鲁迅北京前期的日记中,"夕"、"晚"、"夜"是分得很清楚的,"夕"指傍晚,"晚"指天虽黑而夜未深的那段时间,"夜"则指更晚至天亮的时光。

1913年5月13日:"晴……夜微雨,旋即月见。"白天是好天,入夜下了点小雨,但很快微雨止,薄云散,天上有了月亮。查万年历,这天是农历四月初八,只有一弯上弦月。一弯新月,可能让鲁迅注目良久。

1913年10月14日:"晴,风……午后雨,夜见月。"这一天是上午晴,下午雨,而入夜又晴了,看见了月亮。

1914年3月12日:"雨雪杂下……午后雪止而风,夜见月。"这一天,上午是雨夹雪,下午雪停了,起风了,风吹散了云,于是月亮露出来了。

1914年5月8日:"曇……夜季市来。大风,朗月。"所谓"曇",就是浓云密布。这一天,白天满天是云,但入夜后,大风吹散满天云,于是明月高照。

1915年2月25日:"雨雪……夜月见。"这一天,白天下着雪,到了夜里,雪停了,天晴了,月出了。

1915年2月27日:"大风,霾,……夜风定月出。"这一天,白天是沙尘暴的天气，到了夜间，风停了，尘埃落定，露出了月亮。

1915年4月27日："雨雪……夜月出。"这一天，又是白天落雪，而夜间天晴月照。

1917年9月30日："晴……旧中秋也……月色极佳。"这一天是中秋，又是晴天，月色当然极佳。

当我把鲁迅日记中记述了月亮的地方基本标出后，我发现，北京前期的鲁迅喜欢在日记里记述月亮，尤其喜欢记述雨雪后、云霾后的月亮。雨停了，雪止了，云散了，月亮出来了。雨住雪霁，天分外蓝，月也分外洁净、明亮，鲁迅的心情应该也分外好，于是要在日记里记下这给他带来好心情的月亮。

既然鲁迅在自己的日记里屡屡记述月亮，当他以一个"狂人"的口吻写"旧记"时，首先写到月亮，也就不难理解了。1918年4月2日，鲁迅开始《狂人日记》的写作。鲁迅是习惯于夜间写作的。1918年4月2日的日记，有"午后自至小市游"的记述。鲁迅一般起身很晚，不可能是上午开始写作的。下午独自逛了小市，看来没买到中意而又买得起的旧书、碑帖、古玩。所以《狂人日记》一定是夜间动笔的。查万年历，1918年4月2日，是农历二月二十一日。据鲁迅日记，这一天北京是晴天。这一天的月亮，大体可算下弦月，出来稍迟，有大半个。前面说过，1912年8月22日夜间，鲁迅在外饭后回寓途中，见"月色甚美"，于是"骤游于街"。这一天是农历七月初十。农历初十的上弦月与农历二十一日的下弦月，在大小上差不多，只是一个出来较早而一个出来较晚，一个偏东一个偏西而已。既然初十的上弦月，能让鲁迅觉得"甚美"而乐不思归，那二十一日的下弦月，也会让鲁迅觉得"很好"。我们可以还原一下这天夜间鲁迅开始写作《狂人日记》的情景——时间从"晚"到"夜"了，大半个下弦月升起来了；鲁迅坐在绍兴会馆的窗前灯下，开始构思《狂人日记》；这是在模仿狂人的口吻写"旧记"；既然也是写"旧记"，当然会想到"今天"的事情；首先记天气，是日记的惯例，也是鲁迅一直的做法。"今天"的天气如何呢？鲁迅举头看窗外，窗外月光皎洁，于是，鲁迅替一个想象中的"狂人"写下了第一句话："今天晚上，很好的月光。"

鲁迅《狂人日记》的第一句话，其实是在"写实"。

二

写完了短短的第一节，便写第二节。第二节也以"月光"开头：

> 今天全没月光，我知道不妙。早上小心出门，赵贵翁的眼色便怪：似乎怕我，似乎想害我……

"今天全没月光"是顺着"今天晚上，很好的月光"说的。这当然不再是"写实"，而是以"狂人"的口吻写下的"狂言"。这里说的是"早上"的事，是白天的事，是"今天"而不是"今天晚上"。"早上"、白天、"今天"，当然"全没有月光"。按照"狂人"的想法，即便在白天，也可能有"月光"，也应该有"月光"的。这固然可以理解为鲁迅是在以"狂人"的逻辑说胡话，但恐怕又不仅仅如此。如果说在这第二节里，"狂人"因未能在白天看见"月光"而感觉"不妙"，那在第八节里，"狂人"的确在白天看见了"月光"，并因此而"勇气百倍"：

> 其实这种道理，到了现在，他们也该早已懂得……
> 忽然来了一个人；年纪不过二十左右，相貌是不很看得清楚，满面笑容，对了我点头，他的笑也不像真笑。我便问他，"吃人的事，对么？"他仍然笑着说："不是荒年，怎么会吃人。"我立刻就晓得，他也是一伙，喜欢吃人的；便自勇气百倍，偏要问他。
> "对么？"
> "这等事问他什么。你真会……说笑话。……今天天气很好。"
> 天气是好，月色也很亮了。可是我要问你，"对么？"
> 他不以为然了。含含胡胡的答道，"不……"
> "不对？他们何以竟吃？！"
> "没有的事……"
> "没有的事？狼子村现吃了；还有书上都写着，通红斩新！"
> 他便变了脸，铁一般青。睁着眼说，"也许有的，这是从来如此……"
> "从来如此，便对么？"

"狂人"对这个来访者步步紧逼，大义凛然。从前后文看，这场对话发生在白天。按中国人的习惯，"今天天气很好"这样的话，是白天使用的寒暄语。陌生人的来访，一般也发生在白天。然而，在这白日里，"狂人"却看见"月色也很亮"了。白日见月，固然也可视作是鲁迅特意在让"狂人"显示其"狂"，但看不见月光

"狂人"便"知道不妙"，而月亮很亮，则令"狂人"大义凛然，"勇气百倍"，又能让我们感到，月光、月亮，在鲁迅的语境里，的确意味着温暖、希望、爱，的确象征着纯洁、正义、无畏。白日的天上，虽然并不会"月色也很亮了"，但"狂人"的精神天空上，有明月高悬。

在鲁迅北京前期的日记中，月亮出现得较频繁，后来，月亮在日记中就渐渐少起来，到了上海时期，日记中就几乎没有对于月亮的记载了。其原因简要说来有两种：一是心理状态的变化，一是生活环境的变化。

先说心态。在北京前期，在未登上文坛、成为著名作家之前，鲁迅的内心虽然苦闷、虽然悲观甚至绝望，但心境又是平静和悠闲的。那时的教育部是清水衙门，也是清闲衙门，没有多少"公"要"办"。上班要求也并不严格，早到一点晚到一点，早走一点晚走一点，似乎都不碍事，生病、有事而旷工一天，好像也不要紧。鲁迅孤身寓居绍兴会馆，也谈不上有什么家务、家累。大部分日子里，都会去逛逛琉璃厂或小市，买几样不太破费的东西，也常常与友人聚饮。平静、悠闲、孤独、寂寞，人在这种心境中，特别留意自然景物，尤其会留意那些本就为自己喜爱的自然之物。鲁迅本就喜爱月亮，自然也就对月亮分外留意。而1918年以后，鲁迅的心态发生了很大变化。《狂人日记》石破天惊，鲁迅声名大振，从此进入文学界、思想界，以战士的姿态摧陷廓清、追亡逐北。要在教育部上班，要写这样那样的文章，要办刊物，要为别人看稿，又在几所学校兼课，终日忙忙碌碌。1919年底，鲁迅结束了孤身寓居绍兴会馆的生活，把母亲、妻子接到了北京，1923年与周作人失和前，是三代同堂。先前的平静和悠闲没有了，也不像孤身一人时那般孤独和寂寞。在这样的心境中，就没有了留意、欣赏自然景物的闲情逸致，哪怕是本来很喜爱的月亮，也难得留意了，即便留意到了，也没有了在日记里记上一笔的闲心。

再说生活环境。鲁迅生活的北京，空旷、辽阔，没有什么高楼大厦也没有多少霓虹灯，空气中也没有多少污染，很容易见到月升月落。而鲁迅生活的上海，则高楼林立、霓虹闪耀，人们往往生活在狭窄的弄堂和弯曲的巷道里，要见到月亮并不容易。即便在今天，北京也远比上海更容易赏月。轻易见不到月亮，是上海时期日记里几乎不出现月亮的一种原因。

喜爱月亮，自然关心月食。鲁迅日记中，有多次月食记载。1912年9月26日的月食，还引出鲁迅在日记中对北人与南人的比较："七时三十分观月食约十分之一，人家多击铜盆以救之，此为南方所无，似较北人稍慧，然实非是，南人爱情漓尽，即月真为天狗所食，亦更不欲救之，非妄信已涤尽也。"这样的借题发挥，在鲁迅日记中并不多见。这里，作为南人的鲁迅，毫不含糊地褒北人而贬南人。这是一个到北地未久的南人，在月食之夜发泄着对南方的不满。在南方，鲁迅饱受伤害，这些伤害他的人，自然都是南人。他是带着对南人的厌弃、愤怨到了北方的。但他毕竟到北京才几个月，不能说对北人有了真正的了解。仅凭北人在月食时击铜盆以救月而南人并不如此，就对南北之人作出褒贬，就断言南人"爱情漓尽"，显然过于情绪化了。二十多年后的1934年，在上海已生活多年的鲁迅，写了《北人与南人》一文，对南北之人进行了正式的比较。这回，观点有了明显变化，倒是同情南人的成分居多。当然，文章的重点是强调南北之人各有长短："据我所见，北人的优点是厚重，南人的优点是机灵。但厚重之弊也愚，机灵之弊也狡，所以某先生曾经指出缺点道：北方人是'饱食终日，无所用心'；南方人是'群居终日，言不及义'。就有闲阶级而言，我以为是大体的确的。"①

实际上，鲁迅后来的日记中，也有上海市民救月亮的记载。1928年6月3日："星期。昙……夜月食，闻大放爆竹。"放爆竹，就是南方人在救月亮。中国人代代相传的对月食的解释是天狗在吃月，救月亮的方式是制造声响吓跑天狗。北京人以击铜盆的方式吓，上海人以放爆竹的方式吓而已。

说鲁迅上海时期的日记里几乎没有对于月亮的记载，当然不意味着绝对没有。月食之外，也有与北京前期类似的记载。1931年9月26日："晴……传是旧历中秋也，月色甚佳，遂同广平访蕴如及三弟，谈至十一时而归。"这天是中秋，又是晴天，月亮大好。在这样的月夜里，鲁迅坐不住了，于是与许广平一起走出家门，踏月向三弟周建人家走去，在周建人家谈到深夜才回。

三

《野草》② 中的第一篇是《秋夜》，其中这样写到后园的枣树：

> 枣树……简直落尽叶子，单剩干子，然而脱了当初满树是果实和叶子时候的弧形，欠伸得很舒服。但是，有几枝还低亚着，护定他从打枣的竿梢所得的

---

① 《鲁迅全集》第5卷，第435—436页。
② 参见《鲁迅全集》第2卷，本文所引《野草》、《孤独者》原文均见此卷。

皮伤，而最直最长的几枝，却已默默地铁似的直刺着奇怪而高的天空……直刺着天空中圆满的月亮，使月亮窘得发白。

篇末注明写于1924年9月15日。查万年历，这一天是农历八月十七日。鲁迅日记这一天的记载是："昙。得赵鹤年夫人讣，赙一元。晚声树来。夜风。""赴"即"讣"。这一天，得到赵鹤年夫人去世的讣告，送赙金一块大洋。晚上有一个来访者。鲁迅应该是在来访者告辞后开始写《秋夜》的。中国有俗语曰："十五的月亮十六圆。"月亮最圆，往往不在十五而在十六，有时则是十七夜里月亮最圆。总之，农历八月十七日，中秋过后的两天，应该是有很圆很大的月亮的，只不过升起得稍晚一点。日记说这一天是阴天，又说"夜风"。既然特意记到风，说明风刮得并不小。也可能夜间大风吹散了阴云，于是朗月在天。如果是这样，枣树的树枝"直刺着天空中圆满的月亮"就是当夜的写实。在《秋夜》里，月亮成了被诘问、被质疑、被责难的对象，或者说，月亮因其过于明亮圆满则显得不太光彩。月亮似乎成了一个负面的形象。

这与鲁迅一向对于月亮的喜爱并不矛盾。如果说月亮在鲁迅那里代表着希望，那鲁迅本就有着对希望的怀疑。希望着，同时又怀疑这希望；绝望着，同时也怀疑这绝望。这是鲁迅的基本心态。鲁迅用"圆满"来形容月亮，本来就颇奇特。"圆月"、"满月"，都是常见的说法，但圆、满连在一起形容月亮，却很少见。鲁迅用"圆满"形容月亮，目的是要让月亮受窘、让月亮因其"圆满"而难堪。这不是在否定月亮，而是在否定"圆满"。怀疑"圆满"，否定"至善"，是鲁迅固有的思想，也是鲁迅固有的性格。《野草》的第二篇是《影的告别》，写于1924年9月24日。《影的告别》，是《野草》中特别阴郁的篇章之一。如果说，《秋夜》中还有着明艳和美丽，那《影的告别》则是一片灰暗。来告别的"影"，首先说出的是这样的话：

有我所不乐意的在天堂里，我不愿去；有我所不乐意的在地狱里，我不愿去；有我所不乐意的你们在将来的黄金世界里，我不愿去。

憎恶地狱，但也并不向往天堂，这是鲁迅的精神特征。鲁迅执着于人间，希望人间越来越美好，但又并不相信会有一个黄金世界的到来。对黄金世界的否定，与对"圆满的月亮"的质疑，在思想感情上是一致的。两年多后的1926年11月7日，鲁迅在厦门给友人写信，其中说："我本来不大喜欢下地狱，因为不但是满眼只有刀山剑树，看得太单调，苦痛也怕很难当。现在可有些怕上天堂了。四时皆春，一年到头请你看桃花，你想够多么乏味？即使那桃花有车轮般大，也只能在初上去的时候，暂时吃惊，决不会每天做一首'桃之夭夭'的。"① 拒绝地狱，也拒绝天堂，这与《影的告别》表达的意思一脉相承，也与《秋夜》中对"圆满"的否定若合符节。

鲁迅是在谈及厦门的花长开不败时说了这番话的。鲜花固然美丽，初开时也令人欣喜，但若日复一日、月复一月，总是那么鲜艳着，却也令人生厌。在北京生活了好多年，见惯了花虽好而易败，对厦门的花长开不败，反而不习惯了，甚至有些"怕敢看"了。再美好的东西，如果单调、僵滞、呆板，也令鲁迅"怕敢看"。鲁迅并非不爱花，而是不爱花的长开不败。对月亮的感情亦复如此。鲁迅喜欢月亮，但比起满月、圆月来，鲁迅更喜欢那种缺月、残月。前面说过，鲁迅特别喜爱雨雪之后出现的月亮，现在应该说，鲁迅特别喜爱雨雪之后出现的缺月、残月。这样的月亮，分外明净，但又带着几分冷寂、凄清。这样的月亮，让鲁迅感到更真实，也更能令鲁迅生出亲切之感，而那种过于圆满的月亮，带着些热闹、喜庆，反而可能让鲁迅感到虚假、感到幻灭。

"我早先岂不知我的青春已经逝去了，但以为身外的青春固在：星，月光，僵坠的胡蝶，暗中的花，猫头鹰的不祥之言，杜鹃的啼血，笑的渺茫，爱的翔舞……虽然是悲凉漂渺的青春罢，但毕竟是青春。"这是《野草》中《希望》里的一段。在列举"身外的青春"时，鲁迅首先说到了星、月光。星、月，象征着希望，这在小说《故乡》②中也表现得很明显。《故乡》中有两次"深蓝的天空中挂着一轮金黄的圆月"。第一次是"我"回乡后因母亲提及闰土而想起闰土少年时在月光下看瓜捕猹的情形，第二次是结尾："我在朦胧中，眼前展开一片海边碧绿的沙地来，上面深蓝的天空中挂着一轮金黄的圆月。我想，希望是本无所谓有，无所谓无的。这正如地上的路；其实地上本没有路，走的人多了，也便成了路。"这象征着希望的月亮，虽然是"金黄的圆月"，但却不给人以热闹、喜庆之感，倒也有几分冷寂、凄清。

说鲁迅对过于圆满的月亮反而有些拒斥，是在与缺月、残月相比较而言的。鲁迅喜欢月亮，缺残之月、圆满之月都喜欢，但比较起来，更喜欢前者，如此而已。

---

① 《鲁迅全集》第 3 卷，第 374 页。
② 《鲁迅全集》第 1 卷，人民文学出版社 1981 年版，本文所引《狂人日记》、《故乡》、《白光》原文均见此卷。

月亮因过于圆满而受质疑，也仅仅在《秋夜》中有过。在《故乡》中，"圆月"是以正面的形象挂在天上的。在小说《白光》①和《孤独者》②中，出现的也是圆月。《白光》中的陈士成，参加十六回县考，都以失败告终，精神错乱了。他的邻居们，每到县考后发榜，看见陈士成呆滞、绝望的目光，都早早关了门、熄了灯，不敢惹他。第十六回落第后，邻居们又是如此。陈士成回到家中，四周一片寂静，而"独有月亮却缓缓的出现在寒夜的空中"。四邻躲避落第的陈士成，月亮却偏偏要出现在陈士成的头顶：

> 空中青碧到如一片海，略有些浮云，仿佛有谁将粉笔洗在笔洗里似的摇曳。月亮对着陈士成注下寒冷的光波来，当初也不过像是一面新磨的铁镜罢了，而这镜却诡秘的照亮了陈士成的全身，就在他身上映出铁的月亮的影。

这时的月亮，是以嘲讽者的姿态出现的。月亮像一个智者，看透了陈士成的内心，它以冷峻的眼光注视着陈士成。它无力阻止陈士成疯狂的升级，它带着冷峻，也带着哀怜，来与陈士成告别。这天晚上，精神错乱的陈士成，死于城外的湖中。在陈士成溺水前，小说又一次写到月亮："陈士成似乎记得白天在街上也曾听得有人说这种话，他不待再听完，已经恍然大悟了。他突然仰面向天，月亮已向西高峰这方面隐去，远想离城三十里的西高峰正在眼前，朝笏一般黑魆魆的挺立着，周围便放出浩大闪烁的白光来。"如果说，月亮是带着冷峻、带着哀怜来与陈士成告别，它却又不忍见到陈士成最后的时刻，于是在陈士成的疯狂达到顶点前"隐"去了。这是冷酷的月亮，但冷酷的外表下有着温暖；这是无情的月亮，但道是无情却有情。

小说《孤独者》中，当魏连殳的棺盖正在盖上时，也有月亮来告别：

> 敲钉的声音一响，哭声也同时迸发出来。这哭声使我不能听完，只好退到院子里；顺脚一走，不觉出了大门了。潮湿的路极其分明，仰看太空，浓云已经散去，挂着一轮圆月，散出冷静的光辉。

---

① 《鲁迅全集》第1卷，人民文学出版社1981年版，本文所引《狂人日记》、《故乡》、《白光》原文均见此卷。
② 《鲁迅全集》第2卷，本文所引《野草》、《孤独者》原文均见此卷。

魏连殳的死，令"我"悲哀，但悲哀中却又有着释怀。魏连殳以精神自虐的方式表达着对世俗的愤嫉，活着，对于他早已是十分痛苦的事情，死，倒是一种解脱。魏连殳的活着，令"我"牵挂、令"我"担忧。现在魏连殳死了，"我"也可以把牵挂和担忧放下了。魏连殳的死，无论对于他本人还是对于作为友人的"我"，都不仅是坏事，同时也是好事。月亮"散出冷静的光辉"，说明月亮也不以魏连殳的死为单纯的不幸。这是"冷静"的月亮，更是"浓云"散去后的月亮。小说以这样的方式结束：

> 我的心地就轻松起来，坦然地在潮湿的石路上走，月光底下。

在"心地轻松"之前，"我"听见了一种声音，像是一匹受伤的狼在深夜的旷野中嗥叫，"惨伤里夹杂着愤怒和悲哀"。这是魏连殳活着时的哀鸣。现在，魏连殳终于从这样的"愤怒和悲哀"中解脱，"我"也便从对魏连殳的牵挂和担忧中解脱。在"冷静"的月光下，"我"轻松、坦然地走着。

四

1933年6月8日，鲁迅写了《夜颂》。《夜颂》作为杂文收入《准风月谈》，是集中的第一篇。这篇《夜颂》也可算是一篇奇文，作为散文诗出现在《野草》中也完全够格。《夜颂》以这样的话开头："爱夜的人，也不但是孤独者，有闲者，不能战斗者，怕光明者。"鲁迅自己，无疑是一个"爱夜的人"。在鲁迅看来，夜间的世界是更真实的人间：

> 人的言行，在白天和在深夜，在日下和在灯前，常常显得两样。夜是造化所织的幽玄的天衣，普覆一切人，使他们温暖，安心，不知不觉的自己渐渐脱去人造的面具和衣裳，赤条条地裹在这无边际的黑絮似的大块里。[①]

爱夜，是因为在夜间人们往往脱去了伪装，露出真面目。鲁迅强调："爱夜的人要有听夜的耳朵和看夜的眼睛，自在暗中，看一切暗。"白日的"光明"并不是真正的

[①]《鲁迅全集》第5卷，第193页。

光明，是"黑暗的装饰，是人肉酱缸上的金盖，是鬼脸上的雪花膏"。而在夜间，由于没有了"旧光"这虚假的"光明"，反而让善于"听夜"和"看夜"者，感到夜间的世界比白日的世界更为光明："爱夜的人于是领受了夜所给与的光明。"白日的黑暗并不比夜间更少，夜间的光明或许比白日更多，这是爱夜者爱夜的理由。

黑暗和光明，是《夜颂》的两个关键词，也是鲁迅全部作品的两个关键词。鲁迅爱夜，鲁迅的作品，基本是在夜间完成的。在夜间，鲁迅凝视着人间的黑暗；在深夜里，鲁迅更清楚地看到了白日的黑暗。鲁迅爱夜，更爱月夜。日光，是黑暗的装饰，月光却并不具有这样的性质。月光不能掩饰人间的黑暗，所以，月光是比日光更真实的光明。

鲁迅1927年9月10日的日记是这样记述的："旧历中秋。晴。下午陈延进来，赠以照相一枚。夜纂《唐宋传奇集》略具，作序例讫。"这一天夜间，鲁迅将《唐宋传奇集》基本编纂好，并写了《〈唐宋传奇集〉序例》。这是中秋夜，日记中虽未记述月亮，在《〈唐宋传奇集〉序例》的末尾，却写下了这样的话："中华民国十有六年九月十日，鲁迅校毕题记。时大夜弥天，璧月澄照，饕蚊遥叹，余在广州。"①"大夜弥天"与"璧月澄照"，形成一种强烈的对照，这是黑暗与光明的对照。再明亮的月夜，也仍然是夜，月亮并不能改变夜的性质；但璧月澄照的夜，毕竟不同于黑絮一般的夜。澄照的璧月虽然不能改变夜的性质，但却让夜充满光明，一种比白日更真实的光明。"大夜弥天"而"璧月澄照"，让人有无穷的回味。

喜欢月夜的鲁迅，有时在与人通信时也谈到月亮。1926年9月22日，到厦门未久的鲁迅，给许广平信中说："昨天中秋，有月。"② 几天后的9月25日，给许广平信中则说："今夜的月色还很好，在楼下徘徊了片时，因有风，遂回，已是十一点半了。"③ 21日是农历十五，25日这天已是农历十九了。十九的月亮，已是缺月了，升起得也较迟。夜间十一点左右，大半个月亮挂在天上，周遭十分安静，人们大抵进入了梦乡，间或有最早的秋虫开始有一声无一声地鸣叫。这样的月夜，鲁迅在屋中坐不住了，走到了月光下。可惜因近海而风大，不然，鲁迅会在这样的月光下徘徊许久吧。

1927年1月16日，鲁迅在厦门登上海轮，前往广州。当夜，在船上，鲁迅给友人李小峰写了一封长信，谈了些生活中的琐事。最后，鲁迅写了这样一段：

---

① 《鲁迅全集》第10卷，第143页。
② 《鲁迅全集》第11卷，第123页。
③ 《鲁迅全集》第11卷，第128页。

我的信要就此收场。海上的月色是这样皎洁；波面映出一大片银鳞，闪烁摇动；此外是碧玉一般的海水，看去仿佛很温柔。我不相信这样的东西会淹死人的。但是，请你放心，这是笑话，不要疑心我要跳海了，我还没有跳海的意思。①

查万年历，1927年1月16日，是农历腊月十三。十三的月亮，也还是缺月。这种并不"圆满"的月亮本就是鲁迅分外喜欢的。在信的开头，鲁迅说海上"毫无风涛，就如坐在长江的船上一般"。皎洁的月光照在风平浪静的海面，使碧玉一般的海面银光闪闪。面对如此美景，鲁迅竟然想到了死。这让我们相信，这样的月光，触动了鲁迅心中最柔软的那一块。这样的月光，让鲁迅伤感，让鲁迅心中涌现出说不清道不明的情绪。

1927年9月24日。鲁迅离开广州前夕，写了《小杂感》，其中一段是：

要自杀的人，也会怕大海的汪洋，怕夏天死尸的易烂。
但遇到澄静的清池，凉爽的秋夜，他往往也自杀了。②

我以为，这段话表达的意思，与鲁迅年初在海上的体验有关。"澄静的秋池，凉爽的秋夜"，容易让人产生死的念头。这段小杂感没有说到月亮，但我们分明感到，这是月色醉人的秋夜，这是在月光照耀下银鳞闪闪的清池。如果没有皎洁的月光，池塘如何显现其澄与清呢？所以，要诱人自杀，月光是必不可少的。

月夜里的鲁迅是伤感的。当我们想象着月夜里的鲁迅，当我们看到鲁迅举头凝视着那或大或小、或圆或缺的月亮，我们更多地感受到了鲁迅性格中温软的一面，更深地体味到了鲁迅精神上阴润的一面，更强烈地意识到了鲁迅心理上柔弱的一面。我们对鲁迅性格中坚硬的一面、对鲁迅精神上阳刚的一面、对鲁迅心理上强大的一面，已经说了很多。当然不能说已有的这种言说是在歪曲鲁迅，但如果仅仅只看到鲁迅的坚硬、阳刚、强大，却感受不到鲁迅的伤感，体味不到鲁迅的温软、阴润、柔弱，那呈现在我们面前的，就不能说是很真实的鲁迅。

原载《文艺研究》2013年第11期

---

① 《鲁迅全集》第3卷，第401页。
② 《鲁迅全集》第3卷，第532—533页。

作为文学批评家的孙犁

张 莉

前 言

很少有人将孙犁视为文学批评家，一方面大约由于他的小说成就卓著，另一方面也囿于一般人对功成名就作家晚年从事评论工作的某种"偏见"。但孙犁是"这一个"。他的晚年并非瞩意花鸟草虫，自1978—1995年，以书信、随笔形式谈论作家作品是孙犁晚年最重要的工作，这几乎构成了他的全部生活。晚年孙犁留下的近百万字作品中，1/2以上是评述作家作品及文学现象的，他鼓励和扶持的那些青年作家如铁凝、贾平凹、莫言等已经进入中国当代最优秀作家行列，这充分证明了他作为文学批评家的艺术判断力，这是讨论孙犁作为文学批评家的前提和基础。

孙犁的批评大约分三部分，一部分是序文。这些序文大约在1982年终止。另一部分评论文字出于与朋友的信件。多数情况下是朋友或文学青年主动写作求教。这些信件都已公开发表，它们或长或短，但皆出于严谨。将朋友间的通信发表在孙犁晚年生活中是普遍现象。朋友间通信是私人行为，但发表在报章则又具公共特征，一些矛盾的东西发生在孙犁生活中。一方面，他性格内向，不主动与人交往；另一方面，他渴望交往，渴望与人谈论文学及小说。公开发表私人通信的行为，成为孙犁晚年生活意味深长的症候：他以一种既私密又公共的方式丰富自己的内心生活，也以这样的方式建构了自己与当时的文学现场之间若即若离的关系。第三部分文字是孙犁对文学作品及文学现象的有感而发，其中包括多篇关于20世纪80年代现场文学的"读作品札记"，这在他的批评写作中最丰富，也最有光泽。

寻找同道

多年的读书生涯使孙犁建立了完整的阅读谱系，也建构了他完整的阅读趣味。他偏爱现实主义，如他说喜欢唐人小说，因为"他们从简单重复的神奇怪异的小圈子里走出来，到现实社会生活中去"①。他之所以对《聊斋志异》百看不厌，因为"大如时代社会，天灾人祸；小如花鸟虫鱼，蒲松龄都经过深刻的观察体验，然后纳入他的故事，创作出别开生面、富有生机、饶有风趣的艺术品"②。他喜爱《金瓶梅》，因为这部著作深深关注它所在的时代。"作者深刻写出了，这种暴发户，财产和势派，来之易，去之亦易；来之不义，去之亦无情的种种场面。写得很自然，如水落石出，是历来小说中很少见到的。"③ 当然，他更看重作品的艺术追求，尤其执着于中国小说白话传统，比如他爱《世说新语》，原因在于它"三言两语，意味无尽"④。在他看来，《红楼梦》是"严肃的现实主义"，是在丰富的现实生活基础上产生的"完全创新的艺术"。⑤

当然，在所有作家中，孙犁最为热爱鲁迅，对鲁迅的不间断阅读从少年时代就开始了，到了晚年，他几乎按鲁迅书目购书，以此期待与鲁迅在精神上交汇。晚年的他也会不断提到对鲁迅的景仰，鲁迅的文字和血脉潜藏在这位写作者的身体里，以至于他不断地引用、化用、重述。

把孙犁的阅读和批评对象梳理在一起，会发现他是一位瞩意中国文学现实主义写作传统，致力于中国文学民族化道路的批评家。一种与人道主义现实主义有关的文学价值判断尺度在孙犁那里稳定生成：优秀作品应是现实主义的，但书写"现实"并不是书写它的表象；作品要反映时代，但不能投时代之机；文学作品的艺术性是第一位的；最重要的是，作家要有"赤子之心"，一位伟大作家首先得是伟大的人道主义者。这样的阅读也意味着孙犁已然建立了他作为批评家的个人趣味，他

---

① 孙犁：《关于〈聊斋志异〉》，《耕堂读书记》（上），百花文艺出版社2012年版，第5页（以下引用书目除特别标明外，均出于百花文艺出版社2012年版，不另注）。
② 孙犁：《关于〈聊斋志异〉》，《耕堂读书记》（上），百花文艺出版社2012年版，第8页。
③ 孙犁：《金瓶梅杂说》，《耕堂读书记》（上），第8页。
④ 同②。
⑤ 孙犁：《红楼梦杂说》，《晚华集》，第168页。

有他的好恶，有时候甚至有"偏见"，比如他反对当时流行的"复杂性格论"一说；他喜欢契诃夫而不喜欢陀思妥耶夫斯基；王彬彬认为他有某种"审美洁癖"①，他对作品的语言极为敏感和挑剔；孙犁喜欢清洁的、有节制的美，不喜欢读悲剧性作品，不欣赏具有浓烈色彩的、破坏性的"美"。

这样的美学趣味意味着，孙犁并非宽容的、博爱的、对每一位新作家作品都喜欢评点的"职业批评家"，他有所为有所不为。整体而言，孙犁只评价他心仪的作家作品，对于他不喜欢或并不进入他审美系统的作家作品，他选择沉默，从不主动"点名"批评。孙犁无意做批评领域无往不胜的"战士"，抑或"清道夫"、"警察"，他的批评只为"同道者"而歌，只为"同道者"而写。

孙犁的趣味或评价标准自始至终、一以贯之。因为他以他的趣味/偏见选择言说对象，所以，同为解放区文学代表，他写《谈赵树理》便在情理之中。他认为赵树理小说是"突破"，"突破了前此一直很难解决的，文学大众化的难关。"② 赵树理的成功是"时势造英雄"③。这与孙犁自我分析何以写出《荷花淀》的缘由相似。他提到赵树理进城之后的变化，"就如同从山地和旷野移到城市来的一些花树，他们当年开放的花朵，颜色就有些暗淡了下来。政治斗争的形势，也有变化。上层建筑领域，进入了多事之秋，不少人跌落下来。作家是脆弱的，也是敏感的。他兢兢业业，唯恐有什么过失，引来大的灾难。"④ 孙犁评论赵树理，也是在评论他自己。"他们批评赵树理写的多是落后人物或中间人物。吹捧者欲之升天，批评者欲之入地。对赵树理个人来说，升天入地都不可能。"⑤ 这是同道中人才有的理解。其中沉痛，其中同情别有意义。尽管孙犁认识到赵树理晚年对于民间文艺形式的热爱近乎偏执，不免令人遗憾，但在他眼里，他依然是优秀的值得尊敬的作家，因为"他的作品充满了一个作家对人民的诚实的心"⑥。

孙犁对早逝的萧红有亲近感，因为这位女作家"走在鲁迅开辟的现实主义道路上"。孙犁感念她的"赤子之心"，"她写人物，不论贫富美丑，不落公式，着重写他们的原始态性，……不想成为作家，注入全部情感，投入全部力量的处女之作，

---

① 王彬彬：《孙犁的意义》，《文学评论》2008 年第 1 期。
② 孙犁：《谈赵树理》，《晚华集》，第 128 页。
③ 孙犁：《谈赵树理》，《晚华集》，第 131 页。
④ 孙犁：《谈赵树理》，《孙犁全集》（5），人民文学出版社 2004 年版，第 111 页。
⑤ 孙犁：《谈赵树理》，《晚华集》，第 132 页。
⑥ 孙犁：《谈赵树理》，《晚华集》，第 133 页。

较为写作而写作，以写作为名利之具，常常具有一种不能同日而语的天然的美质。"① 孙犁也欣赏汪曾祺80年代以来的艺术探索，在他看来，《故里三陈》是对传统写法的传承，"它好像是纪事，其实是小说。情节虽简单，结尾之处，作者常有惊人之笔，使人清醒。"② 汪曾祺写出了他想写而写不出的东西，这让孙犁感叹自己晚年小说"不能与汪君小说相比"③。

从《世说新语》、《聊斋志异》、《红楼梦》、鲁迅、萧红到汪曾祺，它们共同构成了孙犁的人道主义现实主义写作美学谱系，而孙犁本人无疑也是此谱系中的重要成员，所以，在写到与他的审美追求有某种相似性的同时代作家赵树理、萧红、汪曾祺时，他的评说不免带有"自传"／"自况"意味。这也充分表明，晚年的批评实践之于孙犁的意义不再如一般职业评论家那样单纯，批评对于孙犁来说具有复杂性：通过批评写作，晚年孙犁将他对个人的处境、对文学的理解全部投射到他引以为同道的作家那里。他的批评文字，既反射他人，也反射自己。通过一种自我反射式写作，孙犁展示了他热情、敏锐、严谨而独特的批评家面影。

披沙捡金

作为作家，孙犁在意他人的评论。看到批评家到位的评述，他抱有隐秘的惶恐与喜悦。每每此时，与人交往颇为被动的他会主动写信表达"知音之感"。曾镇南发表关于他的评论后，孙犁找来通读并写信于他，认为他的评论有很多新见解新内容："读后，有一种感激之情，也有很多感慨。"④ "有一种感激之情"，这是作为作家的孙犁对批评家工作的尊重和回馈。而这种回馈也不是孤立的，读到青年作家铁凝写他的印象记，他专门写《谈"印象记"》回应，"这并非是从中看到她对我的什么捧场，而是看到了她的从事创作的赤诚之心。"⑤ 贾平凹《孙犁论》发表后，他对家人说："贾平凹出手不凡，一语中的，一句顶一万句。九三年那么多人写我，数他

---

① 孙犁：《读萧红作品记》，《尺泽集》，第153页。
② 孙犁：《读小说札记》，《老荒集》，第90页。
③ 孙犁：《读小说札记》，《老荒集》，第90—91页。
④ 孙犁：《致曾镇南》，《曲终集》，第404页。
⑤ 孙犁：《谈"印象记"》，《老荒集》，第75页。

写得最好。"①

　　这不是作家的虚荣之心,而是寂寞孤单的写作者在漫漫行程中对知己的渴盼。作为优秀作家,孙犁身边并不乏赞美之声,但他看重的并非赞扬,而是理解,是恰如其分的肯定,是知心与知音。孙犁理解的评论者和批评者的理想关系是,寂寞写作途中互相浇灌、互相温暖、互相照亮。

　　当孙犁以一位批评家身份写作时,他也在竭力践行一种坦率诚恳的评论方式。看到一部优秀作品,他会发自内心地向他人推荐,倾心赞美,毫不掩饰热忱,哪怕对方是晚辈、青年、后学。读完内蒙古青年作家佳峻的作品,他说:"如果已经开始的,你的富有创造性的艺术,能够不弃涓细,把我的微薄的作品,潺潺的音响,视为同流,引为同调,我将感到非常荣幸。"② 在孙犁诸多批评文字中弥漫着一种令人感喟的真诚,他的内心完全是敞亮的、赤诚的、无私的。他真心喜爱那些处于黄金创作年龄的青年人,将那些正在闪现迷人微光的作家作品视为珍宝。在近十七年的批评写作实践中,孙犁的批评文字不仅从精神上鼓励了这些年轻人,甚至也改变了他们的命运。

　　关于孙犁与铁凝的师生关系早已成为文学史常识。当铁凝还是文学爱好者时,孙犁便是她的读者和导师。他读她的儿童文学作品、诗歌,也读她早期小说《盼》、《灶火的故事》,每一次阅读都会认真写下感言,他鼓励她,哪怕一点微小的进步,也要进行肯定。孙犁与铁凝之间的通信是亲切的和有情谊的,他为她提供阅读书目,他为她讲解真实性与艺术性的关系,他甚至也赠她自己喜爱的书籍。孙犁关于铁凝的评价字里行间都表明他为她的每一个进步和成长倍感骄傲。说青年铁凝是在孙犁爱护下成长起来的并不夸张。年轻的铁凝发表了《哦,香雪》,孙犁读后甚为兴奋,他写信给她:"今晚安静,在灯下一口气读完你的小说《哦,香雪》,心里有说不出的愉快。"③ "是的,我也写过一些女孩子,我哪里有你写得好!"④ 这封热情洋溢、赞赏有加的信使未能入围第二届全国优秀短篇小说奖的《哦,香雪》搭上了第二批入围名单,并最终获得一等奖。这是铁凝的成名小说,她也因此广为文坛瞩目。孙犁对铁凝的关注也是持久的、不间断的,1992 年,孙犁在写给徐光耀的信中,再次

---

① 孙晓玲:《布衣:我的父亲孙犁》,三联出版社 2011 年版,第 55 页。
② 孙犁:《谈作家的立命修身之道》,《远道集》,第 99 页。
③ 孙犁:《读铁凝的〈哦,香雪〉》,《孙犁全集》(7),人民文学出版社 2004 年版,第 91 页。
④ 孙犁:《读铁凝的〈哦,香雪〉》,《孙犁全集》(7),人民文学出版社 2004 年版,第 112 页。

表达了对铁凝的欣赏，言语间是自家人的自豪情感："铁凝的文章，才真正是行云流水。我的'行云流水'远不如她。"①

三十年前，贾平凹只是初入文坛的新人，孙犁与他并不相识，读到贾的散文《一棵小桃树》后，他按捺不住喜悦之情，迫切渴望将美妙的阅读感受与万千读者分享。"我不愿意说，他在探索什么，或突破了什么。我只是说，此调不弹久矣，过去很多名家，是这样弹奏过来的，它是心之声，也是意之向往。是散文的一种非常好的音响。"② 收到贾平凹的回信后，他说，他只是想表达对作者的"敬意"。孙犁几乎阅读贾平凹早期的每一篇散文，在读到《腊月·正月》后他写信给刊发期刊编辑，表达欣赏之情。他认为贾平凹的文字进入了一种高超的艺术境界，因为他"能以低音淡色引人入胜"③。他对贾平凹的喜爱发自内心，他为他的文集写序，和他讨论文学语言问题、通俗文学的意义问题，他们之间有师生之情，也有"知音"之谊，这最终凝聚为两代作家间的深厚情感，某一次写信，孙犁对贾平凹说："前几个月，我也忽然梦到你，就像我看到的登在《小说月报》上你的那张照片。"④

鲜为人知的是，孙犁当年对莫言成长有过重要激励作用。80 年代初，莫言在河北保定当兵，"对孙犁心向往之"。⑤ 很幸运，这种向往得到了孙犁的回应。1982 年，孙犁在保定内部刊物《莲池》读到莫言小说《民间音乐》，随后写下了评论并公开发表："去年的一期《莲池》，登了莫言作的一篇小说，题为《民间音乐》。我读过后，觉得写得不错。……小说的写法，有些欧化，基本上还是现实主义的。主题有些艺术至上的味道，小说的气氛，还是不同一般的，小瞎子的形象，有些飘飘欲仙的空灵之感。"⑥ 当内心的向往最终获得孙犁首肯，年轻的莫言内心有着何等激动？这不足三百字的评论甚至成为了改变莫言命运的重要因素。在当年莫言自荐进入解放军艺术学院的材料中，最有代表性也最打动主考官徐怀中的便是莫言的小说及孙犁的评论。无独有偶，当时的主考官徐怀中本人也深为热爱孙犁，他在许多创作谈中多次谈起对孙犁作品的喜爱，并自称"常常流连于孙家的瓜棚豆架之下"。因缘际合促使年轻的莫言进入了军艺，正是在那里，莫言开始构建他的高密东北乡，进

---

① 孙犁：《致徐光耀》，《孙犁全集》(9)，人民文学出版社 2004 年版，第 530 页。
② 孙犁：《读一篇散文》，《澹定集》，第 46 页。
③ 孙犁：《再谈贾平凹的散文》，《尺泽集》，第 163 页。
④ 孙犁：《致贾平凹》，《远道集》，第 107 页。
⑤ 莫言：《碎语文学》，作家出版社 2012 年版，第 304 页。
⑥ 孙犁：《读小说札记》，《老荒集》，第 87 页。

而走上他通往诺贝尔文学奖的道路。

并不夸张地说，孙犁是80年代文学现场当之无愧的"披沙捡金者"。三十年前，孙犁是最早为铁凝、贾平凹、莫言写下评论文字的批评家，是最早给予这些名不见经传的"文学青年"赞扬者，当一位批评家"前无古人"地断言一位写作者未来将成为优秀作家时，他需要拿出他的勇气、胆识和精准的判断力，也需要冒风险。孙犁并不是靠"广撒网"寻找新锐作家的批评家，他只依凭他的艺术直觉，便成为了最原初的发现者。三十年来中国文学的发展证明，孙犁当年的"冒险"意义重大，他不遗余力推荐的那些作家已然跻身中国当代文学最优秀作家行列，他们以骄人的写作成绩使他最早的夸奖变成了闪光的预言，也向世人证明，孙犁是从不虚言和妄言的批评家，是为中国当代文学不遗余力寻找"千里马"的重要"伯乐"。——如果说判断一位批评家优秀与否的标尺在于漫长的时光，在于这位批评家当年热烈鼓吹和赞扬的那些作家作品是否经得起文学史的考验，那么，作为批评家的孙犁无疑值得景仰。当年，那些活跃的、每年以无数评论面世的批评家热烈推崇和推荐的作家作品早已随风而散，而孙犁为数不多的批评文字却能历久弥新。

除去以上三位，孙犁欣赏和扶持过的青年作家还有从维熙、贾大山、佳峻、李贯通、韩映山等。孙犁曾分析过鲁迅晚年扶持年轻人的隐衷，"鲁迅晚年不再写小说，他自己说是因为没有机会外出考察。他又说，他后一阶段的小说，技巧虽然更为成熟，但已不为青年读者注意。他心里是十分明白小说创作与人生进程的微妙关系的。虽雄才如彼，也不能勉强为之的。他就改用别的武器，为时代战斗，并用全力去培植、扶持、鼓吹能真正表现时代风貌的，青年作家的小说。"[①] 孙犁对青年作家的扶持也是出于此等心境。在对青年人的夸奖中，他常说，"你比我写得好"，"我是低栏"。——孙犁内心中当然有作为作家的自我，但他却谦虚地视自己为"低栏"、"台阶"，乐见青年人超越，一方面因为他视他们为"同道中人"，另一方面，作为嗜古籍者，孙犁深晓文化传承的意义，他期盼更为年青的一代能将中国文学的优秀传统传承下去。

孙犁视那些处于黄金创作年龄的青年人为同道，反过来，他也被青年人视为最值得骄傲的知音。这位知音，不同寻常：他的作品是这些年轻人初进文坛的必读书目；他的创作风格是他们写作起步时的范本（铁凝、贾平凹、莫言早期文字都有过短暂的"荷花淀派"风格）；他的评价是青年人当年写作的巨大动力，多重原因使

---

① 孙犁：《小说杂谈》，《尺泽集》，第91页。

孙犁的评论比一般批评家更令青年作家感激。而最为难得的是，那些年轻人后来不仅成为优秀作家，还果真成为了他的知音。一如铁凝与贾平凹都曾经写下让他颇为感激的知音文字，孙犁逝世后莫言的缅怀也令人难忘："中国只有一个孙犁。他既是位大儒，又是一位大隐。……他后半生偏偏远离官场，恪守文人的清高与清贫。这是文坛上的一声绝响，让我们后来人高山仰止。"① 毫无疑问，孙犁以"惺惺相惜"的文学批评最终寻找到了诸多优秀的同路人和后来者，他们懂得他、了解他，也理解他，中国传统文学中作家与批评家之间互为"知音"的关系在晚年孙犁与青年作家的交往中得到了有效的传承。

赤子之心

孙犁用"人的声音"写文学评论，他的文字里饱含情感，这在80年代以来日益为"学科化"、"理论化"所累的批评界独特而珍稀。——孙犁文学批评最重要的特征是以情动人、以真动人。这样的写作风格可能与他的《天津日报》副刊编辑身份有关，副刊编辑的身份使他可以及时传达阅读感受，也使他对阅读对象有清晰定位，他必须使用一种可以与读者产生互动的表达方式，他必须与读者互动与分享。

但是，也应该把这种"人的声音"视为这位批评家的本真追求。作为读者，孙犁多次说起他厌恶当时流行的评论文章，认为它们架子起得太大，识见实在平常；有的不过是"先有概念，然后找一部作品来加以'论证'"②。这是对他人的批评，也是对个人的警醒。回到他个人的批评实践，孙犁首先并不谋求理论支撑，不自视为"特殊读者"，不以"导师"面目示人。因而，选择中国文学传统中的"知音式"批评方式似乎是顺理成章：以"赤子之心"赞美他的评论对象，对所论作家有惺惺相惜之感，以个人的阅读体验打动读者，与他们共享艺术的美妙。

尽管孙犁的表达是家常的，不使用生僻冷语，不故作高深，但他的判断却并非纯粹出于感性层面，他对作品的理解比那些"持理论话语者"更为深入和透辟。孙犁深谙文学创作的规律，他的文学批评判断建立在他坚实的阅读与创作经验之上，建立在他敏锐的艺术感受力和判断力之上。——与当时大多数批评家判断首先以作

---

① 从维熙：《孙犁的背影》，《解放日报》2007年7月12日。
② 孙犁：《信稿》（二），《晚华集》，第152页。

品的"时代"/"政治"主题趣味相悖,他坚定地将"艺术性"视为作品价值的第一判断标准,这也是孙犁的批评最终能在文学现场里"披沙捡金",能从大量作品中辨识出"珍宝"的重要原因。

孙犁对作品"艺术品质"的强调改变了铁凝《哦,香雪》的命运。《哦,香雪》最初发表时,并未受到批评家们的重视,在80年代初的文学语境里,批评家和读者更青睐写社会热点问题的"政治小说",看重"写什么",这样的范式一哄而起,颇为热闹。孙犁的文学批评却别开路径:"这篇小说,从头到尾都是诗,它是一泻千里的、始终一致的。这是一首纯净的诗,即是清泉。它所经过的地方,也都是纯净的境界。"[1] 在孙犁的批评世界里,他不断重申的是,一部作品的价值在于它首先是"诗",而不是别的什么,虽然孙犁在当时并不是评委,但他真诚坦率的赞扬和真切动人的感受提醒评委们不得不重新认识这部小说,认识它的艺术之美。当年参与评选年度优秀短篇小说的《人民文学》编辑崔道怡多年后回忆过评价标准潜在迁移的艰难,"《哦,香雪》之美能被感知,感知之后敢于表达,存在一个短暂过程。这个过程表明,在评价作品文学性和社会性的含量与交融上,有些人还有些被动与波动。"[2]《哦,香雪》最终能冲出"政治小说"的重重包围,重新回到当年文学批评家们的视野中并胜出,孙犁评价功莫大焉。"虽然1982年获奖作品的第一名,是蒋子龙的《拜年》;但是,代表短篇小说创作成就与特色的,是《哦,香雪》。多年之后,时过境迁,《拜年》也许会被忘记,而《哦,香雪》则将以其纯净的诗情、隽永的意境,常被忆及,不会忘记。"[3] 三十年后重新回看那段文学史,读者们意识到,孙犁对作品的判断是对的,他对《哦,香雪》的评价是公允的,当然,他的批评意义不仅仅在于使一部作品获奖、改变一部小说的文学史地位,更重要的是,他的看法使当时的文学评价标准开始回到文学和艺术本身。

作品的整体艺术性是孙犁理解作品艺术性和"美"的角度,在他看来,作品的艺术性与美从来都是整体的而非割裂的和片断的。"有些评论,不是从作品的全部内容和它的全部感染力量着眼,不是从作品反映的现实,所表现的时代精神,以及人民在某一时期的思想感情着眼,而仅仅从作品的某些章节和文字着眼,使得一些读

---

[1] 孙犁:《读铁凝的〈哦,香雪〉》,《孙犁全集》(7),人民文学出版社2004年版,第112页。
[2] 崔道怡:《春花秋月系相思——短篇小说评奖琐忆》,《小说家》1999年第4期。
[3] 同[2]。

者在阅读这些作品的时候，就只是去'捕捉'美丽的字句，诗意的强调。"① 这样的做法值得怀疑，那些为了赞美而寻章摘句的评论是投机的和不负责任的。美既不抽象，也不孤立，它是活生生的，在深刻反映现实并寄予写作者情感的时候，美才能产生，才能有力量。孙犁说，"美永远是有内容的，有根据的，有思想的。"②

强调文学作品艺术的整体性不只是指判断作品的完整性，也包括将作品交付整个文学史去考量。优秀作品的价值不能放在一时一地，应该在文学传统的背景下去认知。孙犁将读《哦，香雪》的感受与读《赤壁赋》的感受相类，将贾平凹散文比作"此调不弹久矣"，实际上是将这些文学作品放在整体的文学史框架里去认知。也因而，他看到当时某些流行的"政治小说"受到批评家们的热烈欢呼时会"不屑"，认为不过是三四十年代文学潮流又一次沉渣泛起。

在纪念茅盾的文章中，孙犁慨叹说好的批评文字就是"从艺术分析入手，用字不多，能说到关键的地方，能说到要害，能使人心折息服"③。他又说："文艺批评，说大道理是容易的，能说到'点'上，是最难的。"④ 这是他眼中文学批评的难度，也是高度。孙犁晚年对铁凝早期小说的"清新"、"明净"；对贾平凹散文的"泼辣"、"不带架子"⑤，对萧红作品的"天真"、"原始态性"；对林斤澜的"怪石"的看法都堪称精当，皆因为他艺术感觉超凡。

孙犁讲究表达的艺术性，这是他毕生的创作追求。进入批评实践中，他往往从个人阅读感受入手，寻求及物、形象的表达，强调读者与文本的情感互动。谈起读佳峻的文字，孙犁动情地说："你的作品，使我深受感动，你那些深沉的、真实的、诗一般的描述，竟使我干枯的老眼，饱含热泪。……我感觉到了你的艺术良心的搏动。它的音律、它的节奏，是我所熟悉的，是我能理解的。它引起我对你所描述的生活的向往和热爱。它为我的心灵所接收容纳。它的全部音量，长时间在我的胸膛里汹涌。"⑥ 这样的表达中，潜藏有一位有血有肉的人的情感、声音与感受。读铁凝散文，他说："我读这种文章，内心是愉快的，也是明净的，就像观望清泉飞瀑一

---

① 孙犁：《作画》，《孙犁全集》(3)，人民文学出版社2004年版，第499页。
② 孙犁：《作画》，《孙犁全集》(3)，人民文学出版社2004年版，第500页。
③ 孙犁：《大星陨落——悼念茅盾同志》，《澹定集》，第188页。
④ 同③。
⑤ 孙犁：《致贾平凹》，《澹定集》，第138页。
⑥ 孙犁：《谈作家的立命修身之道》，《远道集》，第98页。

样。"① 在这简短而生动的场景里，是读者与作者之间的心心相通。

无形的、难以言传的阅读感受在孙犁笔下变得有形有色，立体可感。他说读贾平凹散文，"就像走在幽静的道路上，遇见了叫人喜欢的颜面身影，花草树木，山峰流水，云间飞雀一样，自动地停下脚步，凝聚心神，看看，听听。"② 他将《静虚村记》的美妙感受与作品的美好意境合而为一："这不是一篇大富大贵的文字，而是一篇小康之家的文字。读着它，处处给人一种风调雨顺，五谷丰登，光亮和煦，内心幸福的感觉……"③ 他对林斤澜小说的比喻令人难忘，"在深山老峪，有时会遇到一处小小的采石场。一个老石匠在那里默默地工作着，火花在他身边放射。锤子和凿子的声音，传送在山谷里，是很少有人听到的。但是，当铺砌艺术之塔的坚固、高大的台基时，人们就不能忘记他的工作了。"④

孙犁多次将好的文字比作好的音律，他为能与作家在某一个高度"当风而立"而沉醉，——和他欣赏的那些作家一样，面对文字，孙犁深具"文学之心"、"赤子情怀"，他的表达坦诚直率，也直言不讳，这种"直言不讳"在语言层面的表现上是洗炼，简洁，直接，有力，毫不含混。这与文坛当时暧昧的、夸张的、天马行空、夸夸其谈的文学批评形成巨大反差。在内容上，他坦白、直率，有一说一，有赞有弹，即使面对他多年的朋友和他满心喜欢的青年作家。读完刘心武的新作《花瓣》，他说，如果老是写"文革"时期那些表面的、司空见惯的东西，究竟是对"四人帮"罪恶的类型性表现。所谓表现现实，其实需要表现表层之下的现实，那才是作家的真正领域，因而，在他看来，《花瓣》有"油滑"⑤ 之苗头，且作品格调不够。谈到林斤澜的"白描"，孙犁认为"冷隽有余，神韵不足"。在语言上，"有时伤于重叠，有时伤于隐晦"⑥。对于铁凝早期小说《盼》，他以为"后面一段稍失自然"，"小说开头用的语言，可能看出你的立意是要创新，但也有伤自然，读着也绕口了。文字还是以流利自然为主。"⑦ 而《灶火的故事》呢，"但结尾的光明，似乎缺乏真

---

① 孙犁：《谈"印象记"》，《老荒集》，第 76 页。
② 孙犁：《再谈贾平凹的散文》，《尺泽集》，第 163 页。
③ 孙犁：《再谈贾平凹的散文》，《尺泽集》，第 167 页。
④ 孙犁：《读作品记（三）》，《澹定集》，第 25 页。
⑤ 孙犁：《读作品记（二）》，《澹定集》，第 15 页。
⑥ 孙犁：《读作品记（三）》，《澹定集》，第 23 页。
⑦ 孙犁：《致铁凝》，《澹定集》，第 129 页。

实感"。① 世俗生活中的人情世故、虚与委蛇，在这位批评家的文字里是不存在的，孙犁是知行合一的批评家，这是另一种意义上的"赤子之心"。

许多研究者都发现了两个孙犁的存在。杨联芬在《铁木前传》中听到了文本的"两个声音"，② 李敬泽在《铁木前传》中看到了两个作家孙犁，"这是一部'旧'小说，历史在它的表面留下了刺目的痕迹，但这又是一部'新'小说，它依然能和今天的读者获得充分的共鸣，依然能让人感到新如朝露"③。某种意义上，两个孙犁也出现在孙犁的文学批评实践中，一个是作家孙犁，一个是批评家孙犁；一个是有着丰富创作经验的写作者，一个是有着丰富阅读经验及良好文学修养的、热烈为青年作家"鼓"与"呼"的评论者。将作为作家的形象感性表达与作为批评家的理性思考恰到好处地恰切融合在一起，属于孙犁的"知音"式批评美学已经形成。

孙犁那些出色的文学批评篇章很难不让人想到鲁迅的文学批评篇什，平易、锐利、及物、抵达，举重若轻；而他热忱地为写作者而歌的方式也令人自然想到现代文学史上同样具有双重身份的茅盾。孙犁批评成就与小说成就并重的特点，使他得以与鲁迅、茅盾一起，成为中国现代文学以来少有的文学创作与文学批评都能达到一定高度的写作者。

曲未终，人未远

"文革"之后重新写作，孙犁对自己的文学事业有暗自期许。他将复出后的首部集子命名为"秀露集"，"希望略汰迟暮之感，增加一些新生朝气。"④ 但是，这位"赤子之心"的老人发现自己越来越不适应文学批评这种工作，在给一位老友写序后，他因未能直接赞美而被老友坚决请求不要发表并告之也不准备放在书中。这使孙犁困惑不已，难道作序只能用颂体，书评只能赞扬？文学批评为什么不能直言不讳、坦诚直率，难道评论者只是作家的"乐俑"？

孙犁日益发现自己"格格不入"。（有时候他甚至会对以前自己的"直言不讳"

---

① 孙犁：《致铁凝》，《澹定集》，第 132 页。
② 杨联芬：《孙犁：革命文学中的"多余人"》，《中国现代文学研究丛刊 30 年精编·作家作品研究卷》，复旦大学出版社 2009 年版，第 352 页。
③ 李敬泽：《近半个世纪，两个孙犁》，《铁木前传（纪念版）》，百花文艺出版社 2012 年版，第 216 页。
④ 孙犁：《后记》，《秀露集》，第 284 页。

深感歉意，甚至刻意不将过于严肃的批评文字发表。）但使孙犁对文学评论、对文坛、对青年、对文学批评最终产生深刻怀疑，来自于一位成名作家对其批评的出言不逊。那位作家对孙犁批评其文字中某一句话语句不通深为不满，公开发表文章反驳。使孙犁迷惑的是，反驳者不是从文学本身、而是对他的年纪进行挖苦。他不能接受。一个月的时间里，81 岁的老人连续写了八篇文章回应，足见此事对他的冲击。这导致了他就此搁笔。

"人生舞台，曲不终，而人已不见；或曲已终，而仍见人。此非人事所能，乃天命也。孔子曰：天厌之。天如不厌，虽千人所指，万人诅咒，其曲终能再奏，其人仍能舞文弄墨，指点江山。细菌之传染，虮虱之痒痛，固无碍于战士之生存也。"①这是 1995 年 1 月 30 日孙犁写下的文字，也是他为《曲终集》写的后记。写下这段话的时候，孙犁内心似乎有某种悲怆感。书名之所以定为"曲终"，起于钱起诗："曲终人不见，江上数青峰。"友人们谓之"不祥"，但孙犁坚持使用。

《曲终集》之后至 2002 年去世，孙犁放弃写作，放弃写"芸斋小说"，放弃写"耕堂笔记"，放弃写"读作品记"……七年间，世间虽有孙犁，却再没有了孙犁作为文学现场中人的表达。他日见衰老，缄默不语。《曲终集》果真成为他最后一部著作。

孙犁的选择令人迷惑，但了解他的读者沉痛之余却也明了，这是主动选择。孙犁以一种决绝的、同时也是充满意味的方式将自己放在一个矛盾的值得不断回味的空白处。害羞、腼腆、深受儒家传统思想影响的他，只能以这样的行为方式表达他的不合作、他的不低头。这个嗜书如命、惜字如金的读书人，将他的耿直、他的倔强、他的无法遏制但又一直压抑的忧郁气质，全部交付给沉重的虚空里。他也以这样的方式对他作为文学批评家的尊严、对属于他的独立精神生活作出了孙犁式的捍卫和辩护。

但，孙犁和他的文字终归是"天不厌"者。那些闪光的并不过时的文字表明，这位叫孙犁的写作者，其曲从未终了，其人从未远离。

原载《中国现代文学研究丛刊》2013 年第 6 期

---

① 孙犁：《后记》，《曲终集》，第 424 页。

论莫言小说

张志忠

莫言获得2012年度诺贝尔文学奖，是对莫言创作的高度肯定，也是中国当代文学发展到新的历史阶段后，一个水到渠成的结果，是中国当代文学赢得世界关注的一个醒目的标志。从20世纪70年代末期，即我们常说的新时期以来，中国文学华丽转身，进入了一个面向世界、多元探索、蓬勃进取的时期，在30余年间，产生了一大批优秀的作家作品，堪与世界文学比肩者亦可以数出若干，他们以艺术的方式向世界传递了来自古老而又年轻的东方国度的信息，显示了正在经历巨大的历史转型期的中国特色和中国经验。莫言是这灿烂星河中的一颗明星，是其杰出代表之一。本文纵览其30余年的小说创作，力图对其小说的基本特征和发展轨迹进行阐述，并力图由此辨析中国文学如何传达中国特色中国经验，如何与世界文学对话的内在机制。

为农民和乡土中国立言

莫言创作的精神特征之一，是身为农民，为农民立言。百年中国文学，为农民代言者不在少数，但如莫言这样，能作为农民，表现原生态的农民的精神状态和情感方式的，却极为难能可贵。代言和立言，一字之差，内在的区别却不可忽略。代言者，是自觉到了某种历史的和道德的使命感，有意识地为某一社会阶层、族群或者团体的利益发声，代言者未必就是他所代言的群体中的一员；立言，更多地是出自个人的不吐不快，在自我表达的同时，就本能地表达出某一社会阶层或团体的心声。

"五四"之前的中国古代小说中，农民形象付之阙如。《水浒传》在特定的语境下，被诠释为是表现农民起义的作品，就梁山义军的基本构成而言，也确实是以农民为兵卒的。但作为作品聚焦点的梁山一百零八将，有几人是出身于农家且以务农为业的呢？宋江是郓城县小吏，卢俊义是京城豪门，林冲是八十万禁军教头，就连黑旋风李逵，也是江州的狱卒；严格地说，只有阮氏三雄以打渔为生，是渔民。毛泽东在延安时期和斯诺谈话中讲道：

> 我继续读中国旧小说和故事，有一天我忽然想到，这些小说有一件事情很特别，就是里面没有种田的农民。所有的人物都是武将、文官、书生，从来没有一个农民做主人公。对于这件事，我纳闷了两年之久，后来我就分析小说的内容。我发现它们颂扬的全都是武将，人民的统治者，而这些人是不必种田的，因为土地归他们所有和控制，显然让农民替他们种田。①

这段话一方面表明了毛泽东要在历史和文化领域为中国农民争得一席之地的思想渊源，这和他在之后所推行的文艺要表现工农兵、为工农兵服务的方针一脉相承；另一方面，对于中国古代文学尤其是小说、戏剧而言，农民的形象确实难以寻觅。五四新文化运动以后，这个现象得到了彻底的扭转。鲁迅先生的小说，表现了两个全新的人物形象系列，中国的知识分子和中国的农民。随之出现了大批表现乡村生活的作家作品。莫言的创作，首先应当放在这个序列中进行考察和鉴别。

表现乡村生活的作家，或者是在乡村生长起来的，或者是曾经有过乡村生活的记忆。鲁迅先生作为时代的先行者，作为较早地受到世界性的现代化思潮和民族独立、个人觉醒、启蒙潮流熏陶的作家，他从事文学创作，是要揭出病苦，唤起人们的关注，寻找疗救的注意，改造国民性。沈从文写乡村，表现湘西风情，是在走出湘西之后，来到北平、上海、青岛和昆明，在远离故乡的地方，在城市和文化人中间，感受到现实生活的嘈杂、平庸、污秽，以及人际关系的扭曲和畸变。在这样的感遇之下，回忆遥远的湘西世界，把湘西的小小边城，描绘成理想的桃花源。赵树理说他的小说可以称为"问题小说"，是在乡村中推行新婚姻法，推行减租减息，指导乡村基层政权的建设等工作中发现了

---

① 埃德加·斯诺：《西行漫记》，董乐山译，生活·读书·新知三联书店1979年版，第109页。

一些问题,他用《小二黑结婚》、《李有才板话》揭示乡村文化和旧式农民的复杂性,希望读小说的人们可以从中得到启悟、得到点化。而莫言,可以把他确定为当代的本色的农民作家。

莫言如是说:

> 我的祖辈都在农村休养生息,我自己也是农民出身,在农村差不多生活了20年,我的普通话到现在都有地瓜味。这段难忘的农村生活是我一直以来的创作基础,我所写的故事和塑造的人物,甚至使用的语言都不可避免地夹杂着那里的泥土气息。最初,我总是习惯在记忆里寻找往昔的影子直接作为素材,之后,写作注重审视现实生活的时候,有段时间总是觉得不太顺手,直到重新回到故乡高密,才终于找到问题的答案。所以,现在再从现实生活中挖掘素材的时候,我常常自觉地把它放在故乡的背景中构建,寻找默契。……我本质上一直是个地地道道的农民。①

莫言1955年出生于山东高密,从12岁到21岁,一直到1976年当兵入伍离开家乡,莫言彻头彻尾地当了10年农民。比之路遥、贾平凹等也是在乡村出生和成长的同代作家,他们在上中学读书时,要到县城去,离开了乡村生活和土地,中学毕业后回乡劳动,几年后又被推荐上了大学。这样的离去和归来,使他们改变了观察和体验乡村生活的角度,产生了疏离。莫言对于乡村生活,对于乡村的劳动,有着更为本真、持续和深入完整的体验。路遥也写劳动,《人生》中写高加林在村里泼命干活,近乎自我惩罚,付出那么多的血汗和苦痛;劳动越是沉重越是艰辛,离开乡村的愿望就越是强烈。高加林在县城读过高中,他知道外面的世界很精彩,和乡村生活差距很大。莫言写《透明的红萝卜》,劳动就是劳动,瘦骨伶仃的小黑孩在劳动工地上砸石头,羊角锤都握不稳,每一次似乎都要砸到他的另一只手上。他明明是力不胜任,承受不了那么沉重的体力劳动,却还得勉强为之。他也没有试图逃离,他无处可逃。那么,小黑孩的希望在哪里呢?在小黑孩和大自然的亲密联系,感受世间万物,感受大自然那种独特的感受能力,以及由此展开的神奇想象。

---

① 朱洪军:《文学视野之外的莫言》,《广州日报》2002年9月15日。

儿童视角、神奇意象和生命通感

莫言创作的第一次"爆炸",是在 80 年代中后期。1981 年 5 月,莫言在河北保定的《莲池》上发表了小说处女作《春夜雨霏霏》,这尚且处于文坛试笔,是"小荷才露尖尖角";到 1985 年春天在《中国作家》第 2 期发表《透明的红萝卜》,堪称是"映日荷花别样红"了。

《透明的红萝卜》中的黑孩,既是作品的主人公,又是作品中各种事件的在场者、观察者和隐形的叙事者。他进入一个成人的世界,在展开自己的心灵想象的同时,也在观察、认识、体验着特定年代的成人生活的世界。黑孩的一双眼睛,既看到现实生活的沉重,也看到现实生活的欢乐,同时还拥有一个神奇的想象世界。他有一种超常的感觉能力,同时有一种独特的理想追求。他保持了对现实、对自然万物的一种敏锐感受,一种奇特的通感,把听觉、视觉、触觉、嗅觉等都放大了数倍而且融为一体的那样一种能力。黑孩在成人的世界里很难与人交流,他从头到尾不说一句话,"莫言",没有语言怎么交流?但是这个小黑孩,用自己的全部感官,与周围的大自然,与乡村生活的各种景物,进行交流,具有一种非常奇特的感觉能力。他还有一种独特的追求和美好向往。童心当中的理想,通过透明的红萝卜的意象表现出来。

> 铁砧踞伏着,像只巨兽。……黑孩的眼睛原本大而亮,这时更变得如同电光源。他看到了一幅奇特美丽的图画:光滑的铁砧子,泛着青幽幽蓝幽幽的光。泛着青蓝幽幽光的铁砧子上,有一个金色的红萝卜。红萝卜的形状和大小都像一个大个阳梨,还拖着一条长尾巴,尾巴上的根根须须像金色的羊毛。红萝卜晶莹透明,玲珑剔透。透明的、金色的外壳里仓孕着活泼的银色液体。红萝卜的线条流畅优美,从美丽的弧线上泛出一圈金色的光芒。光芒有长有短,长的如麦芒,短的如睫毛,全是金色……①

紧接着,在短短两年间,莫言一鼓作气推出了《枯河》、《白狗秋千架》、

---

① 莫言:《透明的红萝卜》,当代世界出版社 2004 年版,第 29 页。

《爆炸》、《金发婴儿》、《球状闪电》等一批中短篇小说，不仅是以其井喷般的写作炫人耳目，更以其鲜明而新颖的艺术风格吸引了众多的读者。《红高粱》、《高粱酒》、《高粱殡》、《奇死》、《狗道》等系列中篇小说，辉煌壮丽洸成血海的红高粱，敢爱敢恨纵情尽性的快意人生，荡气回肠惨烈悲壮的抗日故事，以至作品主人公"我爷爷""我奶奶"的独特称谓，都使它们不胫而走，名满天下。"红高粱系列"经张艺谋改编为《红高粱》电影，赢得了更多的关注，而且走出了国门。

莫言的这一时期，以一种具有巨大的冲击力的笔墨，描写中国乡村的历史和现实，建构了齐鲁大地上的"高密东北乡"的文学领地，在80年代万马奔腾的文学创新竞赛中，脱颖而出，震撼文坛。其艺术风格可作如下概括：

其一，童心盎然的叙事视角。孩子的目光，从《透明的红萝卜》开始，在莫言的作品当中，就形成一个先后相承、不断采用的叙述视角。不管作品讲的是什么年代，讲的是什么样的故事，儿童的参与，儿童的观察和思考，都给这些作品带来了一种别致的、对读者有很多诱惑力的艺术元素。比如《红高粱》故事的主体，写的是"我爷爷"余占鳌、"我奶奶"戴凤莲那一代人的故事。作品中，既有成人世界的爱与死，情感与心灵，又有中国农民和日本侵略者之间的殊死搏斗。在《透明的红萝卜》中，如果拿掉小黑孩，这个作品不能成立，在《红高粱》中，如果把七八岁的小豆官这个人物拿掉，这个作品的主体恐怕不会受到大的伤害，但是恰恰是由于小豆官的在场、插叙，不谙世事又强作解人，使得这个作品非常生动和鲜活，有了一种童心童趣。莫言的作品里，多采用儿童视角，或者是一些心智不全的成人，以长不大的孩子的心态叙述故事，这在《丰乳肥臀》、《四十一炮》等作品中都有很好的体现。《生死疲劳》中的西门闹经历六道轮回，转世为驴、牛、猪、猴子，但是作品结束之处，却是西门闹最终投胎为人，作为新生儿，一开口就会讲故事，奇哉神也。

其二，在写实和幻奇之间自由穿行，而以象征意象的营造为其熔接点。孩子童心未泯，对真实和虚幻没有严格的区分，似有特异功能。莫言的写实，源于其远胜他人的足足20年的乡村生活经验；幻奇，得益于马尔克斯和拉美文学的魔幻现实主义，也植根于胶东半岛地域文化中的浪漫、炫奇、夸诞不经的因子，植根于莫言那种天马行空、无拘无束的艺术想象力。"透明的红萝卜"、"红高粱"、"枯河"、"球状闪电"等，既切合于乡村生活经验，又经过作家的生花妙笔超拔为或精美或豪壮的意象。红高粱是北方的田野上最为常见的农作物，但是，在莫言笔下，它成为自由奔放的生命的外化。在这里，象征意象的营造，内在地接通了中国古典文学的血脉——象征意象，不仅是古典诗歌的追求，在千古绝唱的《红楼梦》中，大者从"太虚幻境"到女娲遗石，小者从一个谜语、一只风筝到一首诗词，都具有象征性；同时，又与西方现代主义文学有某种暗合，如卡夫卡的《城堡》、萨特的《恶心》等。

其三，象征意象的营造，得益于丰盈敏锐的艺术感觉。在莫言笔下，触觉、嗅觉、视觉、听觉、味觉等都变得分外灵敏，而且可以互相转换，即所谓"通感"。莫言是以一种独具的生命感觉和神奇想象，将心灵的触角投向生生不息的大自然，获得超常的神奇感觉能力，建构了一个充满生命活力、生命激荡的世界，一个农业民族在几千年的生存和劳动中创造出来的属于人的世界。农业，包括种植业和养殖业，都是创造活的机体，都是自然生命的诞生、成长、繁盛、枯朽的运动。万物皆有生有灭，有兴有衰，都以自己的生命活动同人的生命活动一起参加大化运行，既作为人们生存需要的物质环境，又作为人们的劳动对象，在几千年间与人们建立了不可分割的密切关系。而且，作为农业劳动对象的自然物，不仅是有生命的，还是有情感、有灵魂的，丰收的粮食，好像在酬答人们辛勤的汗水，驯化的禽畜，似乎能理解人们美好的心愿；在人类自己的创造面前，人们惊呆了，仿佛冥冥之中有一个赋万物以生命的神灵主宰着人和自然的命运。这也是我所说的莫言的农民本位的重要方面——他不但在情感和思想上代表了农民，他的感觉世界的方式也是地道的农民式的。这表现在若干方面。例如，他的修辞方式，总是在人—植物—动物之间进行换喻。如前面引用过的《透明的红萝卜》中对红萝卜的描述，《生死疲劳》中的西门闹，遭受不公正的处决而死，投入六道轮回，莫言也让他投胎变猪、变牛、变驴，都是乡村中常见的家畜。

不停顿的创新与超越

郑板桥诗云："四十年来画竹枝，日间挥写夜间思。冗繁削尽留清瘦，画到生时是熟时。"不断地求新求变，不断地超越自己，开拓出新的局面，这是每一个出类拔萃的艺术家的共同追求。从发表第一个短篇小说《春夜雨霏霏》至今，莫言的创作已达30余年。回望既往，莫言正是在不断地寻找和探索中，实现了重大的艺术突破，超越他人，超越自我，从而创造了新的艺术高峰的。对此，莫言有着充分的自觉。早在10余年前，他就这样说：

> 尽管我的"高密东北乡"与福克纳的"约克纳帕塔法县"毫无共同之处，但我还是愿意坦率地承认我受过这位前辈作家的影响。我与福克纳有许多可比之处，我们都是农民出身，都不是勤奋的人，都没有受过正规的教育，但我与他的不同点更多。我想最重要的是福克纳的创作自始至终变化不大，他似乎一出道就成熟了，而我是一个晚熟的品种。晚熟的农作物多半是不良品种，晚熟的作家也好不到哪里去。我从事小说创作二十年，一直在努力地求变化。就像我不愿意衰老一样，我也一直在抗拒自己的成熟。这种抗拒的努力，就使我的小说创作呈现出比较多彩的景观。①

莫言是否超越了福克纳的问题，这里不拟讨论，但是，莫言的艺术创新的自觉，确是其创作动力持久保持旺盛状态，源源不断地推出富有新变化的新作，一直领跑中国当代文坛的重要原因。

莫言的创作甫一起步就达到了一个相当的高度，表现出一种汪洋恣肆不择地而涌流的自由放纵。但莫言并没有陶醉在已经取得的成就中，他不屑于重复自我，而是将80年代文学的锐气和热情保持下来，在一次次的文学探险中上下求索，在曲折的创新小径上勇敢攀登。当然，他也有低迷和困惑，有一个失去了文学追求的方向感造成的迷茫时期。在《红高粱》等作品名满天下之后，他曾经继续家族小说的创作，写了《食草家族》和《欢乐》，也有过拓展文学题材的努力，写了《天堂蒜薹之歌》、《十三步》、《酒国》。但是，《食草家族》和《欢乐》显然失去了《红高粱》等作品的历史蕴含和自由意志，在审丑上走得过远；《天堂蒜薹之歌》、《酒国》等，在国外受到欢迎，在本土却没有引起充分的关注。在福克纳和马尔克斯之后，外来文学影响的减弱，对中国作家具有普泛性，但如何激活本土文化资源却仍然是一个问题。何况，还有市场经济时代对文学的冲击和框范。这都让莫言感到莫名焦虑。

90年代初期，莫言写了中篇小说《你的行为使我们恐惧》。被乡间的朋友们称为"骡子"的吕乐之，从农村走向城市，带着童年的生活记忆和乡村音乐的旋律登上歌坛，以乡村的清新质朴、雄健粗犷，给歌坛带来新的气象。他一举成名，赢得

---

① 莫言：《努力抗拒成熟——加拿大华汉网文化栏目负责人川沙采访录》，莫言：《说吧，莫言——作为老百姓写作》，海天出版社2007年版，第14页。

了世俗社会所追求的一切，在名声、金钱和女人的旋涡中打转，可谓功成名就，志得意满。可是，风水轮流转，他以创新的姿态闯入歌坛，现在，那造就了他的成功的东西，反过来压迫他追逐他——他以创新成名，人们在熟悉了他以后，就不再满足和陶醉于昨日之他，而是强求他继续出新，玩出新的花样，形成新的风格。在强大的压力下，吕乐之几乎走投无路，黔驴技穷，又不甘引退，只好出奇制胜，悄悄回到乡间自阉，以求获得新的音色，创造世界上从来没有过的新唱法，创造"抚摸灵魂的音乐"。这种奇想，当然是来自莫言的大脑，不过，这一比《红高粱》中的活剥人皮还要惨烈的情节，怎么会写得出来？

吕乐之的那种苦闷和焦躁，似乎也透露出莫言自己的焦灼不安。80年代中后期，莫言以《透明的红萝卜》一举成名，出手不凡。他是以创新而出众的，而且起点很高，这表明他的成熟，却也为他后来的继续创作，留下了很大的难题。就像一个歌手，一开始起的调子高了，接下来该怎么唱，还有没有后劲儿，如何再创新高，就成了严峻的考验，他能否实现自我超越呢？

莫言很快就回到了他所熟悉的乡村生活和童年记忆的路子上，为了表达丧母的哀痛而写出的《丰乳肥臀》，是他心灵和情感的又一次迸发燃烧。据我的追踪研究，在此前的作品中，莫言并没有对母亲的形象进行过深刻的描绘，不只是情感的遮蔽，还由于艺术的困惑，使他难以下笔。《红高粱》中的戴凤莲，烈性情人和女中豪杰是其主调，其母性特征并不突出；《枯河》中母亲的形象只是一个配角，未能得到深度的刻画；还有《欢乐》中的母亲，坦率地说，尽管作家着墨不少，但是作品的某些具有生理刺激的描写，遮蔽了其情感的力度。莫言母亲的去世，激发了他的情感和记忆，刺激了他的写作欲望，在短短的两三个月时间里，莫言挥笔写下了曾经引起很大争议的《丰乳肥臀》。哀悼生身母亲之感情的真切，为作品提供了坚实的基础，艺术想象的灵动，营造了瑰丽多姿的文学世界。

命运多舛的上官鲁氏，因为只生女不生男，一连生了7个女儿，在家庭中的地位每况愈下，以致她再次临产的时候，婆婆和丈夫宁愿去关照即将生小驹的母驴而弃她于不顾；在她和驴子都难产、需要请人帮助的时候，家里人又是以先驴后人的顺序来对待她。就是这样一个卑微的女人，却不得不承担起沉重的使命，独自要抚养包括新出生的孪生姐弟金童玉女在内的9个孩子，而且，在后来的世事如棋、跌宕起伏中，她又先后收留了一群外孙和外孙女们，继续哺育新的生命。高密东北乡和濒临渤海的胶东半岛，在抗日战争和解放战争中，都是兵家必争之地，八路军、国民党军和日军、伪军之间的拉锯战，格外惨烈。这样的情形，在峻青《黎明的河边》、《马石山上》,冯德英的《苦菜花》、《迎春花》,张炜的《古船》和苗长水的《犁越芳冢》中,都有生动酷烈令人心悸的描写,可以与《丰乳肥臀》中的惨烈血腥的场面相互证明。也许,正是因为历史的残酷,生命的贱不如草,才激起了作家们对人性和母亲的咏赞,博大的母爱才格外动人。在《苦菜花》中,就出现过母亲代替参加了革命工作的娟子哺乳抚养年幼的外孙女的情节,在张炜的《古船》中,我们也不难感悟到作家的悲天悯人的情怀。在莫言笔下,则是基于不可抗拒的死亡而产生的对于生命的崇拜,因为崇拜生命,所以歌颂孕育生命、哺育生命、护佑生命的母亲。是历史的风霜使它变得坚强刚毅,"我变了,也没变。这十几年里,上官家的人,像韭菜一样,一茬茬的死,一茬茬的发,有生就有死,死容易,活难,越难越要活。越不怕死越要挣扎着活。我要看到我的后代儿孙浮上水来那一天,你们都要给我争气!"① 这是掷地有声的"母亲宣言"。

如果说,丧母的切肤之痛,再一次地激发了莫言最深挚的情感,构成了作品中母亲朴素平凡而又大气磅礴的襟怀,那么,金童的出现和他作为故事的重要叙述者,让莫言又接通了《透明的红萝卜》和《红高粱》中的儿童视角叙事。他的笔触,再一次地摇曳多姿,左右逢源,再度领悟到叙述的力量。《丰乳肥臀》成为莫言创作中一个重要的转折点,标志着他再度走向辉煌,而且更加开阔。由此,莫言又推出了《檀香刑》、《四十一炮》、《生死疲劳》、《蛙》等一系列重要作品。这不仅是说,莫言的创作开始以长篇小说为主,作品的情感和叙事的容量都大为增强,更为重要的是,他把沉重的创伤性的历史记忆,与主人公的个人命运融合得更为贴切,在讲故事的方法上,在故事的叙述者身份上,花样翻新,层出不穷。他的重要作品,几乎每一部都有鲜明的创新性。《檀香刑》将地方戏曲的"七字句"、"十字句"、"十四字句"等唱词结构和合辙押韵融入作品的语言构造,让赵甲、赵小甲、孙丙、钱丁、眉娘等分别充当了各章节的叙事者,而且把作品分为"凤头"、"猪肚"、"豹尾"的三段式,其胆魄可嘉。《生死疲劳》采用了古典小说的章回体,语言上文白杂糅,内容上则化用了佛教的六道轮回观念,让西门闹经历了猪、牛、驴、狗和猴子的生死轮转。《蛙》的结构方式是多文体并置,既有书信体,也有剧本式,在艺术的表现力上,作出了很大的拓展。

---

① 莫言:《丰乳肥臀》(增补修订本),中国工人出版社2003年版,第255页。

生命的英雄主义和生命的理想主义

在经历过 90 年代之初的困惑和迷茫之后，从《丰乳肥臀》开始，莫言创作中的英雄主义、理想主义再度迸发出来，而且一发而不可收。

前面说道，莫言在《欢乐》、《食草家族》等作品中，对现实中的丑陋、悲凄，进行了决绝的揭露和控诉，其艺术情趣也趋向于审丑，即对一些丑陋、阴暗、卑污现象的倾力描写。平心而论，这样的写作，也有其存在的充足理由。西方现代主义文学可以说在很大程度上就是审丑的文学。波德莱尔的《恶之花》首开其端，卡夫卡《变形记》中那个丑陋的、受伤的背上嵌入了霉烂的苹果而在天花板上乱爬的大甲虫，戈尔丁的《蝇王》中那一群从少年童真向兽性残暴转换的孩子，闻一多的《死水》中描绘的那一沟藏污纳垢"五彩斑斓"的绝望死水……《欢乐》也是沿着这条线路前行的。教室里充塞的高考之前的紧张和喧嚣，县种猪站散发热乎乎腥气的种猪精液，在母亲的身体上乱跳、从衰老的胸脯跳入阴毛和阴道的跳蚤，用来杀虫而过量使用的"六六六"粉弥漫在田野上的刺鼻气息，用暴力手段推行计划生育政策形成的暴力和恐怖……你不能否认这就是乡村中的现实之一种，也由此接近了那个最终绝望至极自杀身亡的落榜生永乐。《酒国》中"红烧婴儿"匪夷所思，不但有"婴儿宴"，还有"肉孩饲养室"，在"红高粱系列"中酒壮英雄胆，在"酒国市"，美酒成为残害婴儿飨宴助兴的重要帮凶。《欢乐》和《酒国》都是极致写作，把乡村的凋敝、生命的困境和人性的荒诞、残忍，都推到了无以复加的地步。这样的写作，固然痛快淋漓，却因为它给出的生活图景，背离了人们的切身体验，或者说，因为其赤裸裸地剖析人性之恶，展览丑恶，却未能在这邪恶和残忍中生发出真正令人深思的情思，在中国本土，它们很难让人们喜爱和认同。

在此意义上，《丰乳肥臀》同样是一个重要的转折点。"眼前无路想回头"。这倒不是说，《欢乐》和《酒国》没有得到应有的读者回响，就必然是败笔；而是说，莫言的极致写作，在将对丑恶和残暴的描述推向极致以后，要么就一再地强化这种趋向，要么就需要做出必要的转换。莫言的选择是后者。从《丰乳肥臀》开始，莫言逐渐地变得有了温馨，有了关爱，有了对人性和历史的洞达宽容。在接通了《透明的红萝卜》和《红高粱》时期的浪漫、理想情怀的同时，其历史视野更为廓大。而源自乡村的原生态的蓬勃生命力，也在更为质实的情景中，得到了新的展现。我将这称之为生命的英雄主义，生命的理想主义。

残酷、暴力、苦难、血腥，通常被读者和评论家用来概括莫言的作品特征，有人将其提升到"暴力美学"的高度，也有人提出了"残酷叙事"。细读莫言的作品，在残酷、暴力、苦难、血腥的描写中，经常会有让人的生理心理受到强烈刺激的段落。但是，莫言并不是单纯一味地表现残酷、暴力、苦难、血腥。透过这些描写，他的作品中经常涌动着的，是对于中国农民的自由精神的一种推重和倡扬，是烧成血海的红高粱地上飞翔的自由精灵。无论在什么样的不堪承受又不得不承受的困境中，人们都表现出一种不屈和自由的意志。

《透明的红萝卜》中的小黑孩，家中无爱，身上无衣，疟疾初愈，身单力薄却加入成人的劳动中，砸石头，拉风箱，都超出了他的体力所能承担的极限。但是，他面对种种艰辛，硬是死撑到底，不曾逃避。他一是变被动为主动，从被迫接受到主动挑战。菊子姑娘心疼他身体瘦弱难以承受铁匠炉的烟熏火烤和超体力劳动，要强行带他离开，他竟然在菊子的手腕上咬出两排牙印，挣脱出来，坚决地守在铁匠炉那里。另一个情节是，小铁匠要他把刚从炉火中取出的炽热的钢钻子捡回来，黑孩接连捡了两次。第一次因为不知尚未冷却的钢钻子的厉害，把手心都烫焦了。但是，他出乎意料地再次出手，硬是忍着烧灼的剧痛把钢钻子握在手中，连旁观的小铁匠都无法承受，他却泰然自若，云淡风轻。他的另一种对抗苦难的方式是驰骋想象力，用亦真亦幻的想象世界对抗这冷酷残忍的现实世界。

《枯河》中的小男孩小虎，在玩耍时从树上坠落下来，把一同玩耍的村支书的小女儿砸坏了。在成人看来，这当然是对乡村权威人物的绝大冒犯，会给小虎一家人带来厄运。于是，父亲和哥哥轮番殴打他，全无半点亲情可言。小虎当然无力抵抗父兄的暴力，无力保护自己；殴打场景的描写也确实残酷万端。但是，小虎无法选择暴力交加下的生存，他就选择了死亡，在夜深人静中逃出家门，在枯河上死去，用自己的爬满阳光的屁股向冷漠的家人和村民们示威，而感到一种报仇雪恨后的欢愉。

再说到《红高粱》中"红高粱精神"的提出，与余占鳌和戴凤莲那荡气回肠的爱情、舍命拼搏的抗战。他们敢于在儒教传统根深蒂固的孔孟之乡反叛"父母之命，媒妁之言"，敢于用血肉之躯决战现代武装的日本侵略军。我们习惯于说，个性解放，恋爱自由，是五四新文化运动倡导的启蒙精神的重要组成，似乎它们需要觉醒了的新一代知识分子"先知觉后知"地向蒙昧的普通民众进行传导，莫言却明确宣布，余占鳌和戴凤莲是农民个性解放的先锋。而且，他们的反叛和抗战，没有经过任何的启蒙，只是顺应生命的召唤和人性的本能。由此说开去，期盼个性解放，争取自由发展，本来是每个人心灵中应有之义，或者说心中的"慧根"，只是看有没有合适的契机得以醒觉，只是看你有没有强大的生命爆发力，看你有没有舍生忘死地进行追求的勇气。

从《丰乳肥臀》到《生死疲劳》和《蛙》，莫言的创作，格局更为开阔，气象更为壮观，在近代以来的严酷血腥的历史风云中，烘托出中国农民的卑微而顽强的希望，执着而坚韧的抗争。《丰乳肥臀》中的母亲上官鲁氏，是为了延续生命、传宗接代这样的念想而存在的，这是人类繁衍自身的需要，甚至也可以说是生物界的一种本能，各个物种都要尽力地繁衍传承自己的后代。就其精神价值而言，这说不出有什么形而上的玄妙，但是她为此付出的常人难以承受的艰辛努力，穿越历史的苦难动荡的坚韧不拔，却是感人至极，充塞激荡于天地之间。

而且，这样张扬的背后是有厚重的历史底蕴的，就是农民的信念、农民的执着、农民的质朴，中国农民强悍的生命力。这是中国农民的特征中的另一面，不容忽视而今天又经常会视而不见的一面。一个民族，一个国家，几千年农业文明的传统文化延续下来，儒家也好、道家也好，都增强了一个民族的向心力、凝聚力，但是它的真正的践行者应该是普通民众，中国的广大农民。按照马克思的理论，在现代化的进程当中，农民会消亡，会无产阶级化，这也可能是未来的走向，但是，在20世纪，中国的农民再一次爆发出了强大的、蓬勃的生命力，现代革命是以农民为主体的，抗日战争、解放战争，是农民组成的小米加步枪的军队，战胜了装备精良的部队。改革开放新时期，改革的最重要的标志是什么？在先是各地农民自发的包产到户，在后是农民工进城，推进城市化进程。中国这30年、100年历史的进程，就是农民一次又一次地证明他们的生命力，证明他们即使活得很卑微、很艰难，但是也有非凡的创造性、博大的生命力。追溯其基本动因，为什么敢冒风险实行包产到户，是因为吃够了"大锅饭"的苦头，种了几十年庄稼，连饭都吃不饱。为什么含辛茹苦进城打工，是要改变家庭的经济状况，牺牲自我，造福全家。从这个意义上，没有什么高深的理论，没有多少缜密的思考，都是为了维持和改善生活的基本需要。就像鲁迅所言，一是要生存，二是要温饱，三要发展。但是，就是这些切近的现实的追求，在社会条件许可的情况下，付诸实行，才推动了历史，创造了历史。这才是我所说的生命的英雄主义、生命的理想主义的最终的立足点吧。

回到莫言的作品阐释上来。《丰乳肥臀》铺张了"生"，"生生不息"，虽然是一个普通的农家妇女，却让我们想到"天地之大德曰生"。《檀香刑》展现的是"死"

的命题。如何坦然面对死亡，坦然走向死亡。孙丙是如此，钱丁也是如此。"民不畏死，何以死惧之。"德国殖民者在强大的军事力量支持下在胶州半岛修胶济铁路，孙丙们的奋起抗争，与其说是出于民族大义，不如说是现实的伤痛。传言中的每一条枕木之下埋着一根中国男人的辫子，使得被剪去辫子的男人失去了精气神，和现实中的因为修铁路造成的祖坟搬迁，破坏了固有的风水，似乎都很蒙昧可笑，但是，这不过是列强肆虐造成的现实的和精神的创伤的一种投射罢了。有其蒙昧的一面，也有其合理性的一面。直接造成孙丙揭竿而起的事件，是两个德国工程人员在大庭广众之下，肆意地凌辱孙丙的年轻妻子和一双小儿女。此后，事件就像滚雪球一样越滚越大，直至形成大规模的义和团起义，又在德军的强大火力下归于失败。不过，莫言的关注点在于最后的酷刑。面对这举世罕见的刑罚，孙丙本来是可以逃脱的，小山子自愿冒名顶替代他去死，丐帮首领朱八爷率众前往救他出狱。但孙丙拒绝了救援，自愿走向刑场。檀香刑令他痛不欲生是可想而知的，他却顽强地唱起了猫腔。如果说，阿Q在赴死之前唱了一句戏文，是他没有掂量出死亡的临近，孙丙的唱戏，既是合乎其猫腔演员的身份，更有一种威武不能屈的超人气概。进一步而言，不仅是孙丙，作品中的几个主要人物，个个都不简单。县令钱丁，有胆有识，有强烈的民本意识，也有独身闯入孙丙营帐的勇气；刽子手赵甲，在他的职业生涯中，把杀人的刑罚做到了极致，也不能当凡夫俗子相看；即便是窝窝囊囊地活了许多年的赵小甲，在危急关头，能够舍身替孙丙挡住了锋利的尖刀，为他的生命终点画了一个令人刮目相看的惊叹号。

还有《生死疲劳》中的西门闹和蓝脸，他们以各自的方式对抗着无法抵抗的命运。莫言通过两个村民的顽强抗争，展现了农民对土地的无限眷恋，令我们拍案惊奇。西门闹因其地主的身份，在土改运动中被处决，死后下了地狱，在长达两年多的地狱生涯中遭受了各种酷刑，下油锅被炸成冒青烟的焦干，"像一根天津卫十八街的大麻花一样酥焦"，仍然不肯屈服，这样的执着，让西门闹拒绝饮下孟婆汤，拒绝遗忘他的冤情和仇恨，带着沉重的记忆，回到高密东北乡，以驴、马、猪、牛、猴子的身份经历六道轮回，旁观世事变化。另一位村民蓝脸，本来是西门闹捡回来的冻馁濒危的弃婴，在西门家长大后当起了长工。好不容易分得了土地，他死守着自己的"一亩三分地"，在从互助组到人民公社的历次运动中，死拖赖抗，坚决不放弃自己的土地所有权，遭受了那么多的磨难，做了几十年的个体农民，也印证了数千年间形成的农民与土地的生死相依、不可分离的关系。

本文勾勒了莫言的创作历程，从两个方面阐发了莫言为中国农民立言的精神特征：在审美特性上，基于乡村世界的生命浑融所形成的艺术感觉和象征意象的营造；在价值评判上，在残酷、血腥、艰辛无比的生存境遇中张扬生命的英雄主义和理想主义。改革开放 30 余年，可以总结很多经验，农民的贡献，农民的创造性，是最为突出最为可敬的。他们承受最底层的、最艰辛的生活状况，却在努力改变社会生活的面貌，改变中国的命运，也改变了自身——这些改变，和国家工作人员、国企职工、军人等在 30 余年来的变化相比，恐怕是当代中国最为重要、最为普遍的改变。从这个层面来讲，莫言的小说正好印证了中国农民强大的生命力、创造力，生生不息，追求不已。这就是文学化了的中国特色、中国经验。不能说莫言就全部涵盖了中国特色，但是他在很大的程度上强化了 20 世纪中国农民的形象，农民的苦难和农民的追求，尤其是生命的英雄主义、生命的理想主义。

进一步而言，当下的中国文学既要有本土性，又要有普世性，要和世界文学有一个对话的平台，两者之间的平衡，分寸感是很难把握的。只讲中国特色，关起门来"孤芳自赏"，那中国的裹小脚、抽大烟云云，都是地地道道的土特产，但是却无法赢得世界的目光。反之，简单地照搬西方，克隆西方，那西方人就看西方自己好了，何必要看它的仿制品呢？莫言的意义就在于，他在本土性与全球化两个方面都做得非常出色。莫言的创作植根于中国的土地上，强调中国的本土性，写出中国农民的神髓，写出中国 20 世纪的苦难而辉煌的进程，与此同时，它本身就是人类的共性、世界历史的有机组成部分。生命的英雄主义，生命的理想主义，是人类乃至生物界最基本的一种本能，这可能也是有人指责莫言创作缺乏思想性的缘由；但是，它所具有的人类的普泛性，却是毋庸置疑的。

原载《文学评论》2013 年第 1 期

"仁义" 传统与铁凝小说

刘惠丽

在当代文学的流变过程中，铁凝是其中一位非常重要的作家。她的创作不仅体认了中国传统文化在历史前行过程中的精神回音，更重要的是以开放性的视野对当代文化的重建与当代人格的重塑进行了不懈的追求。从这个意义上来说，铁凝的创作就成为一个颇有意味的现象。遗憾的是，针对"铁凝现象"，多数评论者往往是从其作为"大众文化的欢迎者、主流意识形态的支持者与纯文学体制的认同者"的身份意识及审美取向入手，很少触及到其创作中内蕴的传统与现代的双向维度。事实上，从1973年开始，铁凝的创作就一直追随着中国当代社会的内在脉搏，并以其特有的方式探寻着文化的现代传承与人性的圆满建构。为此，我们才可以在其创作中清晰触摸到以"善"为支点的"温暖情怀"[①] 与"直面世故的真淳"[②]，可以真切体验到以淡远的笔墨皴染而成的"从头到尾都是诗"[③] 的田园图景，也可以感受到以儒学精神浇铸而成的理想主义人格，更可以聆听到铁凝对风云变幻中人性多层面之间衍化与畸变的深沉思考。当然，铁凝对传统文化的投射也充满了种种困惑，但不容置疑的是她的创作整体凸显了历史因袭在现代化场景展开之后的种种遭际，并以沉浸与反拨、回望与建构的写作精神对生命的圆满与人性的和谐给予了深情的凝望。这种"凝望"及其蕴含的对创作使命的允诺，常常让人联想到铁凝作为中国作协主席的身份，铁凝也在很多场合表达了文学所应肩负的社会意义，诸如"文学始

[①] 贺绍俊：《作家铁凝》，昆仑出版社2008年版，第58页。
[②] 戴锦华：《真淳者的质询——重读铁凝》，《文学评论》1994年第5期。
[③] 孙犁：《孙犁文集》续编二，百花文艺出版社1992年版，第173页。

终承载着理解世界和人类的责任，对人类精神的深层关怀"①。诸如"怎样捕捉人类精神上那最高层次的梦想：唤醒这梦想或者表达这梦想，并且不回避我们诸多的焦灼与困惑"②。但我以为，铁凝首先是以一个作家，其次才是以一个官员的身份面向大众的。因为她的作品中最醒目的主线就是对传统、现代两极的眺望，这种渗透着浓郁关怀意识的眺望使铁凝始终站在一个绝不单纯"守成"，也不单纯"抗阻"的特殊位置，而其对于生活、人性的诊释也就自然超越了将传统与现代简单对立的惯性思维，相反体现出以精神层面的"善"、"真"来弥合对立，继而超越对立、重塑和谐的新的追求。照此理解，铁凝应该是一个对民族心路历程有着深刻自觉的精神维护者，一个秉持着传统之烛火希望照亮历史夹层与人性褶皱的文化重建者，一个对现代性主题不断打量、叩问的理性忧思者。其中，对"传统"的接续与扬弃就成为铁凝体察现实的一个重要维度。

在中国传统文化的价值范畴中，"仁"是最为核心的元素之一，也是最能表征儒家家国一体化思维特征的重要价值观念之一。"仁"缘起于家族血缘秩序中道德关系的调适与维护，以"爱"起笔，然后依据平行顺延的方式向外生发，由家及国，由父子及君臣，直至由子孝推及臣忠，由父慈推及君仁，故而有"仁者爱人，仁由亲始"之说。既然是"爱人"，则施爱者必有恻隐之心，即孟子所说"不忍人之心"，方能使建立在血缘关系基础上的宗法礼仪关怀外化为对非血缘关联群体的道德自觉。正如钱穆所云："孔门论学有两大主干，曰礼曰仁……而仁则为孔子之新创，盖及指人类内心之起乎小我个己之私而有以诉合于大群体之一种真情，亦可谓是一种群己融洽之本性的灵觉"③。

作为中国人文精神的要旨，"仁"常与"义"相伴而行。"义"即"宜"，指合乎"道"的行为。"道"当然是不偏离"礼"的有度、持中的行为。而"礼"则是一种兼及家族、宗法、典章的统摄社会关系与人伦关系的行为规范。由此而知，在中国传统文化的内在逻辑中，"礼"是协调社会秩序的顶级法则，这种法则一则内塑为以家族为中心的"仁"意识，一则外溢为影响他人世界的"义"行为。为此，孔子言"克己复礼为仁，忠恕为仁"。因为"义"的动机是为他人，与"利"相对，

---

① 铁凝：《无法逃避的好运》，《像剪纸一样美艳明净》，人民文学出版社2006年版，第171页。
② 铁凝：《从梦想出发》，《像剪纸一样美艳明净》，人民文学出版社2006年版，第179页。
③ 钱穆：《中国民族之宗教信仰》，见段怀清编《思想与时代》文选之《传统性与现代性》，浙江大学出版社2007年版，第17页。

故有"君子喻于义,小人喻于利"一说。至于"善",则是由"礼"所规范的"仁"、"义"两种价值元素所共同辉映出的一种和谐境界。对此,钱穆有过精彩的评说,"整个人生社会唯一之理想境界,只是一个善字……而中国人则明白提倡这一道德精神而确然成为中国的历史精神了。"① 其实,这里钱穆所言的"历史精神"是针对中国文化的生活理性及其运行方式而言的。铁凝显然把握了这种历史精神的审美向度,其创作中一直隐伏的悲悯情怀,分明对应着传统文化意义秩序中的"仁义"观念及"善"的境界。正是在这个意义上,"仁义"成为铁凝小说秩序中一个不容忽视的意义单元。

一、"仁义"的诉求与"暖意"的视角

统观铁凝的小说创作,"仁义"始终作为一种有形或无形的精神力量贯穿其中,或是一种不计前嫌的宽容,或是人性暗层陡然闪烁的一点星火,或是一种深沉的负罪与忏悔,或是一种面对生活的艰辛与无常而勇于担承的果敢。这些思绪如续连的藕丝一样,形成铁凝以"仁义"来结构人生社会的独特精神诉求。有关"仁义"的叙事,曾是传统社会的主流叙事,其间的敦促力量自然是背后无时不在的礼乐传统。现代以降,在新文化运动标举的"民主科学"旗帜的引领之下,以"仁义"为核心元素的传统文化面临了从未有过的窘境。民族危亡加剧之后形成的战时文化,进一步推动了民族人格实现方式的快速转向,也使"仁义"所弘扬的阶层和谐的主题快速被阶级解放的宏大叙事所替代。特别在政治激进年代,"仁义"概念简直沦落为丑化异己力量的一种文化标签。新时期以来,传统文化一度也曾受到文学的青睐,但"寻根文学"轻描淡写的笔锋与形式主义的借用并没有改变传统文化的"他者"②地位。直至 20 世纪 90 年代以来,长期热切追踪现代性洪流的国人这才发现,社会的和谐与心灵的高贵,很大程度上并不是"启蒙"话语所能完全涵盖的。何况,一个民族的文化土壤及由此形成的文化心理结构,也断不是现代化的进程所

---

① 钱穆:《中国历史精神》,见郭齐勇《中国儒学之精神》,复旦大学出版社 2009 年版,第 88 页。
② 作者注:这里所说的"他者"的意涵,是指当时虽然有些寻根文学作家如王安忆、钟阿城等也涉及了传统文化的一些元素,但究其动因,主要还是借此来表达一种对现实生活的反诘,并不含有以传统文化为支点来重建当代文化的诉求。所以,从本质上而言,他们的作品对传统文化并不"认同",也不可能通过认同而趋向同化。在这个意义上,我借用了"他者"的概念。

能粗暴置换的。于是，对民族文化传统中一些延续性存在的，并具有内在合理性的价值元素的重新考量，就成为历史前行的必然要求。铁凝的创作无疑扣准了这种要求，只不过她对传统文化的深情早在创作初期就有体现。这样来看，铁凝创作中洋溢出的"仁义"诉求更多是一种受地域文化所滋养，经民族文化性格所培育的个性诉求。

铁凝对"仁义"的诉求，目的是建构一个"善"的理想境界。在与王尧的访谈中，铁凝这样来表达自己的创作理想，"但我希望我有个大善，不是小善，不是小的恩惠。我认为作家应该获得一种更宽广的胸怀和境界。"① 由此可知，铁凝所追求的善，不是俗世逻辑中的行善、与人为善等简单的道德行为，也不仅仅是一瞬之中的善念与守护众生的善心，而是一种以尊重与理解为基础的，以对人性病象的深沉质疑为理性关怀的，以人类灵魂的宁静与和谐为终极探求路向的，同时克服了性别立场与道德判断的宏远的"大善"世界。

在铁凝的小说创作中，对这种"大善"境界的追求与实现是以一种富含暖意的写作视角展现出来。铁凝深知现代化语境下这种追求的无力，但她却坚守着自己的理想，恍若那个终生都在推石头的西西弗斯一样，充满了一种神圣的殉道精神。为此，她动情地说："我没有达到，远远没有达到，一辈子我都不一定达到，这些都是说起来容易做起来难的事情。"② 其实，单就是这样一种孤奋的心念就让人感佩不已。对于铁凝小说中的"温暖"气息，好多评论者都有涉及，谢有顺称"我不知道还有哪一个有现代意识的年轻作家能如此执着地发现人性的善，积攒生活的希望，并以此来对抗日常生活中日益增长的丑陋与不安"③。郜元宝称"作者对人性和历史的宽容态度和永远不变的柔美之情始终不变"④。马云称铁凝的小说"关联着一个重大的文学母题——宽容，宽容的底子是爱"⑤。其实，这些评论者或许都忽略了铁凝自己的声音，她对生活的温暖关照不仅体现在一些具有诗化风格的场景中，即使在一些深度剖析人性病象的小说中也时有显露，铁凝曾言："是不是一个作家写了温暖

---

① 铁凝：《文学应当有捍卫人类精神健康和内心真正高贵的能力》，《像剪纸一样美艳明净》，人民文学出版社2006年版，第210页。
② 铁凝：《文学应当有捍卫人类精神健康和内心真正高贵的能力》，《像剪纸一样美艳明净》，人民文学出版社2006年版，第210页。
③ 谢有顺：《发现人类生活中残存的善——关于铁凝小说的话语伦理》，《南方文坛》2002年第6期。
④ 郜元宝：《柔顺之美：革命文学的道德谱系——孙犁铁凝合论》，《南方文坛》2007年第1期。
⑤ 马云：《铁凝小说与绘画、音乐、舞蹈》，河北人民出版社2006年版，第27页。

的故事就能带来暖意,是不是一个作家写了一些惨烈的东西就阴暗了呢?我想不是这样……我想还是有一种对世界和人类的巨大的理解。"① 而这种"巨大的理解"恰是铁凝小说"暖意"的内质,唯有对这种内质的求索与体验,才可能靠近她一直在苦苦寻觅的"大善"境界。如果仔细来盘点铁凝小说中的暖意,我们大致可以作如下简单的归类:

一是"人性本善",最典型的可谓《永远有多远》中的白大省,"脾气随和得要死,用九号院赵奶奶的话说,这孩子仁义着呐。"② 这是一个头脑看似不太清楚,与生活距离较远的形象。从她对弟弟无原则的忍让,从她主动性十足却处处遭人愚弄的几次恋爱,从她辗转反侧企图改变自己,却一次次宿命式的旋回来看,白大省似乎是一个完全与社会常识没有多少现实联系的人。所以,这一形象显现的表层意涵才招致了女性主义批评的猛烈抨击,如沈红芳所言"白大省抱残守缺地以'仁义'为本处理她与众多男性的关系,完全不因为缺乏女性的自我意识而不断地被他们即用即弃?"③ 沈红芳可能没有理解铁凝的本意,其实,铁凝的创作意图在于揭示:这是一个以人性的纯色而展现出来的"真人",一个善良的充满仁义之心的"素人",她的种种遭际反向映衬出生活与常识的悖谬,以此来揭示人的成长过程恰是善根泯灭的过程,常识形成的过程恰是人性畸变的过程。"永远有多远",背后潜藏的真正的话语是:善良的本性、纯真的人性离现在的社会是多么遥远?唯有如此,我们才可理解铁凝在这个形象身上投射出的缕缕温情。这种力主"人性本善",继而张扬宽容、理解的思绪,在《笨花》中也时有表现。如向桂对拾花女子小妮儿的善待,与窝棚里同大花瓣的厮闹迥然不同。小妮儿枯瘦的黄脸,十五六岁笼罩在小棉袄里"很旷"的身体,躺在棚里两眼紧闭、无比慌乱紧张的情绪,使他根本不忍心伤害。不但让小妮儿随意去拾花,而且给她十块大洋的盘缠。可见,性格放浪的向桂也自有其仁义之处。再如向喜的妻子同艾,更是一位厚道、贤淑的善者。她兴致勃勃地从老家去汉口探亲,没想到丈夫已在城市另娶他室。二太太顺荣连同两个儿子的突然出现,同艾悲从中来,昏倒在地。苏醒后,她并没有呼天抢地,反而"不卑不亢

---

① 铁凝:《文学应当有捍卫人类精神健康和内心真正高贵的能力》,《像剪纸一样美艳明净》,人民文学出版社2006年版,第210页。
② 铁凝:《永远有多远》,人民文学出版社2008年版,第6页。
③ 沈红芳:《女性叙事的共性与个性——王安忆、铁凝小说创作比较谈》,河南大学出版社2005年版,第107页。

地对待二丫头，她待文麒、文麟也如同亲生"①。只是坐在返乡的火车上时，她的眼泪才如泉涌出。回村时，却又一脸光鲜了。这是一个善良与尊严同在的女性，丈夫的移情别恋一度让她悲痛欲绝，但她却能非常自如地把握怨愤宣泄的时机与方式。这种方式以文化的形态展开，不仅维护了一个家庭的完整，同时也顾全了丈夫的颜面，更重要的是体现了"仁义传统"本身所内含的牺牲性的元素。

二是人性夹缝里的温暖，这是铁凝一直在极力寻找的一种精神元素，也是铁凝将现代社会与传统文化微妙内接的一条有效路径，如《玫瑰门》中的司绮纹。在当代文学史上，这是一个对我们素常的审美经验构成严重挑战的艺术形象，诡谲的社会风云与不幸的感情经历，将其人性中大部分与温暖相关的因素彻底消磨，对外在世界的精心设防，对小姑子惨死的不动声色，尤其在"文革"岁月中为保全自己所展露出的种种伎俩，使这个浑身洋溢着求生欲望、不断在逼仄的现实中主动开掘着生存空间的女性充满了逼人的寒意。但铁凝的微妙之处就在于并没有把她彻底塑造为习见的"恶妇"形象，反而隐隐展现出这颗被时代所异化的灵魂暗层下无声流淌的温情与善意来。如庄晨想把二女儿苏玮托付给母亲代管，司绮纹开始是绝对不答应的，她精明地和女儿"算了一笔账，讨价还价之下，司绮纹同意将苏玮留下了"②。这种母女关系的叙写看似缺乏温情，甚至有些阴冷与残酷，但对于"文革"中受到重重挤压与敌视的司绮纹而言，这种因保全自己而暗生的自私心理与功利意识，更切合她真实的内心世界。何况，她最后还是大度地收容了外孙女，并且对女儿难得地施以温暖的一瞥："她也沏了一杯茶，她看出了庄晨对于那茶的贪婪，便不自主给女儿茶杯里加了些开水。"③ 又如司绮纹看望朱吉开母亲时的举止与神情，让我们看到了另一番情态的她，温顺、细腻、多情，就连外孙女苏眉也突然觉得司绮纹"不像婆婆了"。还有她对华致远的一往情深，也为其怨毒的内心增添了别样的温情色彩。当外调者妄图从她嘴里得到华致远投敌的信息时，这个处处给自己留有余地、以图反击的司绮纹却没有丝毫的迎合与顺从。当晚年远远目睹到华致远苍老的背影时，青春的记忆顿时将她人性中多年来累积的风尘与诡谲彻底熨平，转而"脸上出现了明显的惊讶，然后是瞬间的羞涩"④。这一久违的"羞涩"，不仅是司绮

---

① 铁凝：《笨花》，人民文学出版社 2006 年版，第 66 页。
② 铁凝：《玫瑰门》，人民文学出版社 2006 年版，第 278 页。
③ 同②。
④ 同②。

纹畸变人性的复归,更是铁凝对人性夹缝之处残存善意的用心采集与精心抒写。在《大浴女》中,尹小跳一直在现实与回忆的布景转换中经受着良知与道德的拷问,直至吐露了内心世界中的所有隐秘之后,那个在冥冥之中不断向她召唤、却时时被现实所阻隔的"心中的花园"才向她訇然中开。铁凝以细腻的笔墨一刀一刀地划开尹小跳的灵魂肌理,在剖开童年世界以尊严的名义演绎出来的冷酷之余,也顺势展开了与冷酷、刻薄相伴的始终没有被泯灭的人性的温存。当尹小跳发现母亲章妩的私情后,怒不可遏地向父亲写信,因为母亲不但没有尽到照顾她们的责任,反而使整个家庭蒙受了耻辱。可当寄完信件的尹小跳回到家里,看到神情疲惫的母亲一边为妹妹织毛衣,一边不断为生涩的眼睛涂抹眼药水时,忏悔之情油然而生。她向街道上的邮筒跑去,想把信件取出来,但一切只是徒劳。好在那封信因没贴邮票被退了回来,欣喜的尹小跳"直把信撕得像雪花一样细碎……她想原谅她母亲,她甚至觉得,假如唐医生再来,她也能尽量地不去反对"①。又如尹小跳看到晚年的章妩在商场遇到两个女人的欺侮一脸无助时,她冲了过去,把尴尬的母亲解救了出来,因为"女儿必将获得母性情感之后,才有可能善待和关爱她的母亲"②。在文学史上,我们看到的更多是母女相依的情景,很少体验到其间剑拔弩张的滋味。铁凝在《大浴女》中却给我们展现了非常态生活中难得的"善意",一种虽遭风雨冲击,甚至一度以阴冷的形态出现,却在渐渐萌生的理解与宽容中,变得更清晰、更彻底、也更纯粹的伦理之爱。从这个意义上来说,对这种非常态"善意"的把握,使我们更能体味到铁凝苦涩的目光下那缕始终不改却萦绕着巨大纠结与痛苦的温情。而这种底色斑驳、取向参差的"温情",正是铁凝区别于其他以"爱"为支点的亲情写作者的主要原因。

二、"仁义"的规约与形象的"文化"浸染

在铁凝的小说创作中,"仁义"不仅体现在铁凝难以割舍的"温情"与"善意"中,同样也承担着结构文本的重要功能。在很大程度上,"仁义"不仅是作为铁凝一种独特的文化视角而存在,同样是作为一种辉映整体文本意义秩序的美学氤氲而

---

① 铁凝:《大浴女》,人民文学出版社2006年版,第74页。
② 同①,第328页。

存在。既然是整体性的规约，则说明作品中的人物、情节、环境、风格都成为文本意义秩序的组构单元。既然是美学氤氲，则说明作品中的人物、情节、环境、风格又只是作为一种艺术性的策略，在内在精神气质上契合着"仁义"传统，但在时空性上又与传统文化本身有着一定的间离。这种叙写方式往往在现代社会的情景中展开，但其人物又深受着传统仁义观的深刻影响，由此形成以传统来考量现代社会的生成，以现代来回溯传统文化绵延的创作理想。铁凝无疑是这种创作理想的坚守者与传达者，她极善于根据作品表现的内容与人物活动的具体语境来巧妙安排"仁义"元素的在场效果，并自觉地将其内化为一种切合历史逻辑与生活逻辑的精神品格，同时又不造成传统意识与现代身份的冲撞与矛盾。反映在铁凝的小说创作中，即是以"仁义"精神来统摄文本秩序的文化写作方式，而这种文化写作方式在"形象"的文化性浸染方面显得尤为突出。

如《笨花》中向喜的成长背景及其人生归宿，无不焕发出传统文化的光晕，铁凝也处处给这个形象留下了与传统文化建立广泛联系的艺术空间。其父虽然晚年有点癫狂，可祖上一直崇尚文治武功，从其取名为"鹏举"，足可见这是一个深受儒家文化传统所滋养的特殊家庭，也自然造就了向喜本人以"仁义"为核心的人格形态与处世原则。向喜6岁时即入私塾，后来尽管以小贩为业，但"孟子和梁惠王那些耐人寻味的对答，一直让他铭记不忘"[①]。这就不能不引发我们的思考，为何这样一个因家境贫寒而被迫从商的乡村孩子，对儒家文化中的经典篇章如此钟情？我们知道，孟子与梁惠王的对答分为上下两编，共十八章，以梁惠王问治国之策的方式，展现了孟子的雄辩才能，以及以仁义治天下的民生襟怀。择其要者，即"未有仁而遗其亲者也，未有义而厚其君者也"的孝亲忠君意识，"民欲与之偕亡，虽有台池鸟兽，岂能独乐哉"的与民同乐意识，"不违农时，谷不可胜食也；数罟不入洿池，鱼鳖不可胜食也"的效法自然意识，"王无罪岁，斯天下之民至焉"的反征伐、兴耕读意识，以及"仰足以事父母，俯足以畜妻子，乐岁终身饱，凶年免于死亡"[②]的仓廪实才知礼意识。铁凝特意强调向喜的文化内存，目的是让向喜的农民身份与传统文化中农桑为主、孝亲为重的精神指向产生内在的对应关系，继而建构其喜耕、识礼、行善、仁爱的心理图景，为其人生路向的展开与选择提供厚实的文化资源。

---

① 铁凝：《笨花》，人民文学出版社2006年版，第14页。
② 以上引文均出自《孟子与梁惠王》，日本庆长中用古活字印本景刊，见东京大学东洋文化研究所所藏"汉籍善本全文影像资料库"。

这也从另一方面揭示出,铁凝本身就没有把向喜作为一个普通的宦海浮沉的人物来简单描摹,而是把他作为一个深具传统文化内蕴的特殊形象来用心塑造。又如向喜应征入伍时,主考王士珍得知其熟读《四书》时,特意提到了孟子与梁惠王的问答,向喜从容不迫,侃侃而谈,王士珍甚为惊异。还有向喜做完生意回家时,看到田里瘦弱的谷穗,不禁感慨万千,"又想起《孟子》中的一段文字:'五亩之宅树之以桑,五十者可以衣帛也。鸡豚狗彘之畜无失其时,七十者可以食肉也。谨庠序之教,申之以孝悌之义,颁白者不负戴于道路也。'"[①] 这段话容易理解,孝悌之本在于老吾老,使其衣不愁穿,食无不饱,这是做子女之本分,也是血缘人伦之要求。但对于治国而言,便不能仅从一家一户的孝悌出发,必须使"仁爱"之心扩及他人,且以事亲之态来事君。如此,则家国一体,孝忠同源。铁凝在向喜尚为农者时便这样来强化其内心的孝悌意识,一则彰显其受传统文化濡染之深重,另则也为其从军报国、移孝为忠的人生抱负与道德品格提供内在的支持。又如向喜回家路经乱坟岗时,突见一位老者向其索要吃食,随后又有不少人前来同享,向喜逐一款待,毫无怠慢。这段场景往往被评论者所忽略,即使有言及者,也多从灵异现象着笔,不求深解。其实这些从乱坟岗而来的"亡者"在此别有意味。其一,审度向喜对"义"、"利"的态度。我们知道,儒家文化最讲究求义舍利,因为"义"乃"仁"之外化形态,有仁心才能爱人,爱人才能舍利。尽管向喜是个生意人,但他对于这些亡者的要求并没有从商人重利轻义的角度来思量,古道热肠,实有仁者之风。其二,叩问向喜的精神厚度。"老者"与青年的复合形象模式是中国传统文化中常见的一种母题或原型,意在考量青年对重大社会责任担负的可能性。古时老者对张良的几次相戏,看似有某种恶作剧的成分,放诸现在的年轻人身上,早已内心受伤,绝尘而去了。但细想之下,这种"戏弄"又分明暗合着传统文化对人之整体性成长的期待,即所谓"天将降大任于斯人也"的境遇考验。向喜的这段经历,当然难与张良捡靴励志的场景相比,但在内在的诉求上无疑有一定的关联。事实上,这段经历也成为向喜仁义本色不改,直至舍生取义的"儒者"气象的重要旁衬。

向喜的妻子同艾,也是一个深具传统文化意蕴的形象。与向喜相比,作为一个乡间的传统女性,她的仁义似乎更具有生活性的色彩。而且,同艾的这种价值取向随着向喜的升迁及家道的殷实从无实质性的改变,厚道、亲民、厌利、向善,略有矜持又不做作,稍显高贵又不喧哗,铁凝以细腻的笔墨舒展出同艾身上所映射出来

---

① 铁凝:《笨花》,人民文学出版社2006年版,第15页。

的斑斑点点的文化星火。如同艾黄昏买酥鱼的场景,"同艾看见鱼,迫不及待地伸出筷子便尝,但那人口的东西却并不像鱼,像什么?同艾觉得很像煮熟的干萝卜条,才知受了坑骗。"① 尽管受了生意人的蒙骗,气恼的同艾想揭穿卖酥鱼的把戏,也想痛骂几句以排遣内心的情绪,但还是强忍作罢。这一"忍"字自然有向家门风的影响,也与同艾宽容、仁义的个性相关,但也触及到"仁义"所维系的基本语境。一是理性力量的干预,仁者不排除对不人道现象的反感,但更重要的是举止有度,合乎礼义。二是物质基础的夯实,古人言仓廪实才知礼节,饿殍遍野难言仁义。向家因向喜从军,位及中将,自然衣丰食足,所以同艾在天性宽厚的基础上才有为仁之举,断不至于如西贝小治的媳妇一样,每天在房檐上跳踉大喊,恶语相向。又如同艾一家逛庙会的一幕,已是官太太的同艾没有听从向桂预订饭店的安排,她还是选择去庙会的大棚里去吃饸饹,坐着细车的同艾已不是普通的庄稼人,"明眼人一看就知道同艾的衣着是有别于当地人的。"而且在吃饭时,"同艾也尽量显出些身份,她想,这里的饸饹好吃是好吃,但吃时应该有几分矜持才是。她吃了两口,把筷子往碗上一搭。"② 这是一个很知道显示身份、品位与修养的人,且断无穷人乍富的炫耀与粗放,从容中显着练达,矜持间透着平和,大有传统文化中君子亲民之风。当然,同艾的这种仁义之风也影响到向家的其他人,儿媳秀芝在拿鸡蛋换葱时就从不像其他女子一样,到处"抓挠"。即使被卖葱人捉弄也不争执,按她的话说,"天天见哩,随他去吧,吆喝半天也不容易"。向桂亦然,"买烧饼时不挑不拣,甚至还忘了找钱。"③

如果说向喜与同艾集中体现了儒家文化的仁义传统,但在本质上仍具有旧时人格的某种特性的话,其子向文成则是铁凝巧妙连接传统与现代的特定形象。作为向家的长子,向文成继承了向家的仁义门风,谦恭有礼,品行高洁。民族危亡关头,他又能坚守正义,兴办新学。作为儒者,他通晓古今之变,深怀良知仁心。作为智者,虽视力有碍,然天下大事莫不了然于胸。作为医者,他熟读中医典籍,然不拘成法,遍采西学精髓。作为师者,他既有复古追昔之念,又有推陈出新之为。铁凝为这个形象赋予了浓郁的文化内涵,细加梳理,不难发现向文成深具传统叙事文学中"通才"类形象的诸多特征。如向喜托人捎回建宅的图纸时,众人莫能明白,向

---

① 铁凝:《笨花》,人民文学出版社 2006 年版,第 10—11 页。
② 同①,第 121 页。
③ 同①,第 9 页。

文成虽不观图，但对房间的方位、宽度及整个宅院的布局津津乐道，可谓毫厘不爽。就连向喜的副官甘运来也感叹不已，"桂叔，太太，我服了，这是怎么鼓捣的呀，刘伯温、诸葛亮也不过如此吧。"① 再看向文成量地一景，"算盘雨打芭蕉似的一阵乱响，他嘴里还念叨着只有自己才明白的口诀，他再次得出等数，还是九分六厘一毫一丝一忽"②。对九章算学之精通，令人瞠目。再如向文成与山牧仁牧师有关中西医学的对答，可谓高瞻远瞩，"国外的医学在诊断学和药物学方面对医界有着不可忽视的贡献。当显微镜和X光都在证明着一些不容置疑的现象时，我们光用一个人的脉象来解释一切，就显得很荒唐。"③ 这种不讳中医之弊端，兼取西学之长处的视野，对于一个自学成才的乡下郎中而言，内在气象已非俗人所能望其项背。至于其知识之渊博，更是中西古今，汇聚一胸，不出山门，天下如握。但这个形象并不给人"多智而近妖"的感觉，铁凝通过向喜在外行军，适时安排了向文成与母亲的多次游历，为其从传统的饱学之士向现代知识分子的思想过渡提供了必要的支撑。对这个形象的着力刻绘，高度体现出铁凝对传统儒学现代命运的深切思考。至于为何让向文成以视疾出场，我想更多是为了彰显其才智超群，或可在另一方面也为了应征传统文化之"感悟"一脉吧，即所谓"心游万仞，神及八荒"。

其实，形象的文化内蕴在铁凝笔下并非《笨花》中所独有，即使在反映现代生活的作品中，也有类似表现，如《无雨之城》中的普运哲市长。作为一市之长，他外表儒雅，面容俊朗，同时又恪尽职守，执政为民。尽管后来与小报记者陶又佳缔结私情，一度时间风雨满楼，但最后还是巧妙化解，终归平静。而且他深晓中国传统文化的为官之道，守中持度，趋正弃邪，显示出端正的品行与良好的修养。如他与陶又佳散步时，谈到自己的从业理想，把自己的为官之道归结于"六正"中的"智臣"类④。西汉刘向曾在《说苑》中言："故人臣之行有六正六邪，行六正则荣，犯六邪则辱。"⑤ 铁凝之所以让普运哲在此提到刘向的《说苑》，一则是显示其文化素养，二则体现其为官精明、处世谨慎的一面。他与妻子冷战中求平衡的高明策略，他对陶又佳爱之激情澎湃，离之从容冷静，一切以大局为重的掌控思路，真有刘向所言"塞其间，绝其源，转祸以为福"的"智者"风范。而普运哲在生活

---

① 铁凝：《笨花》，人民文学出版社2006年版，第102页。
② 同①，第109页。
③ 同①，第226页。
④ 铁凝：《无雨之城》，人民文学出版社2008年版，第176页。
⑤ 刘向：《说苑·臣术》，王锳、王天海译注，贵州人民出版社1992年版，第61—63页。

中、情感间、官场里处处闪烁的"为官之智",正是传统文化在现代生活中的典型显现与适度置换。

三、"仁义"传统的现代性阐释

以"仁义"传统来考察铁凝小说与中国传统文化的内在关系,并不意味着铁凝完全是以"仁义"的本质内涵来读解生活,也不意味着这些本质内涵完全构成了铁凝笔下各类形象的精神时空。事实上,铁凝在透视人类历史前行的艰难步履时,一直持有一种双向平视的理性目光。一方面,她为民族文化传统中始终葆有的某种精神的光亮而欣喜不已。另一方面,她又对这种连续性存在的历史基因所背负的某种一维性的价值偏向而感慨不已。所以,这种理性沉思的书写方式决定了铁凝在精神皈依上与传统文化的同一,也决定了铁凝在价值取向上与传统文化的适度疏离。其中,"适度"是指铁凝对传统文化内涵指认的选择性,而"疏离"是指铁凝面对这种选择的态度与立场,即重释"仁义"传统的自觉性。这是一种非常难得的现代性品格,也是一种维系传统而不简单移植传统、立足现代却不粗暴抗阻传统的人文素质。这种精神的高度,与铁凝的特殊身份当然有一定的关系,但不能排除冀中大地的丰厚滋养。20世纪70年代中末期的插队经历,保定5年的编辑生涯,20世纪90年代涞水山区的生活体验,乡民淳朴、仁义的品格影响了她的创作,而他们身上所体现的率真、健朗的生命气息,也进一步加深了铁凝对传统文化内在精神的理解。尤其当这种体验在现代生活中得到不同的映射时,一种弥合传统与现代的强烈冲动便油然而生。为此,我们才看到铁凝的小说创作中处处流淌的理性气息,也看到了铁凝对高度影响了民族精神的"仁义"传统的崭新阐释。

具体而言,主要表现在以下方面:一是"善"的二律背反问题。传统文化中的"善"以仁义为重,作为一种内在的道德自觉,讲究献身、悲悯,宽人律己,不求回报。这种道德原则一直处于中国传统文化的塔尖,直至成为一种砥砺人性的精神磨石。尽管这种道德信条在20世纪中叶受到革命文化的致命一击,并施以美学意义上的颠覆。但作为一种基本的道德修养,其所含蕴的奉献、团结、品性方正、情操崇高等精神主旨却从未改变。问题是,在中国文化演进的版图上,多有对"善"的二元划分,可对"善"的内在紧张关系却少有触及。其实,作为一种美德的善与作为一种伤己的善往往同时存在,尤其是施善者不以此种行为为"善",而是在环境的敦促下被迫朝"善"的方向努力，直至认为这种"善"羁勒了内心的真正诉求，成为一种欲语还休的精神负重时，"善"本身的吊诡之处就显露无遗了。《永远有多远》中的白大省就是这样一个被"善"所伤的典型形象。普通的外表，懦弱的个性，有求必应的行为，呆钝愚笨的表情。旁人以为这孩子仁义，并以仁义之名来进一步掠夺其内心的丰富，使其不由自主地变为一个道德上的"单面人"。弟弟理直气壮地要求她让房子，小玢义正词严地享用她的午餐，举止猥琐的郭红几乎把一切龌龊的手段都用上了。所有人都把白大省作为一张可以即用即弃的仁义名片，且不用担负任何道德的谴责与心灵的愧疚。白大省的"仁义"业已成为众人行一己之私的共享资源，其实她也渴慕浪漫的爱情，甚至她也幻想如西单小六一样放浪地坐在单车后面，在众人的侧目与惊叹中一路向前。但没人接受她的这种想法，尽管她一再声称"可是你不明白，我现在成为的这种好人，根本就不是我想成为的那种人"①。当然，她的单纯、仁义虽与性格相关，但更多是环境对其部分品行的强悍放大，使其朝着自己本不愿行进的道路一去不归。难怪铁凝对此也纠结不已，"白大省的悲剧在于约定俗成背景下，大众对她不可改变的认可，使她的羡慕的梦想永远无法实现。"②

二则是"善"的节制性问题。作为人类最高的道德原则，"善"所投射的范围并不是无限的，但施善者与受善者的交互性关系一直被传统文化所轻慢。尽管农夫与蛇的故事令国民寒栗顿生，但只是为了揭示施善者不分对象的迂腐与教条，并没有明确意识到"善"的有条件性。随着现代社会关系的日益复杂与民众平等观念的进一步夯实，"善"的限度、"善"的适用性及"善"所引发的心理反应，越来越促使人们对"善"传统进行新的解读，也越来越推动着"善"内涵的不断深化。否则，行善极有可能被粗浅理解为一种因品格而生成的行为常态，"善念"所本应建构的和谐双向的共同感难免会滑向彼此之间毫无应答的对立感。铁凝正是以这样一副多思的表情对日常生活中的"善意"进行了重新的打量，并以一种肯定的口吻对"行善者"自我"抗善"的举动给予了同情与理解。如《有客来兮》这篇小说，表姐一家三口来李曼金家做客，表姐是在南方长大的，又是大干部家庭出身，虽夫妻二人已双双下岗，但在李曼金的心里，表姐还是有别于自己的上等人。所以，表姐来前李曼金事无巨细，精心准备。来后，她又万般周到，滴水不漏。可一连七天，

---

① 铁凝：《永远有多远》，人民文学出版社2008年版，第42页。
② 铁凝：《关系一词在小说中》，《像剪纸一样美艳明净》，人民文学出版社2006年版，第190页。

李曼金不断忍受着表姐与表姐夫对城市环境、房间布置的评点与不屑，忍受着表姐女儿不懂任何规矩的乱翻东西与煲电话粥。在表姐一家行将返程的前夜，李曼金再也不能抑制自己的怨愤，她一改表姐心目中温柔贤惠的形象，"冷着脸对餐桌上的他们说：我讨厌你们，你们一点都不知道吧，我早就讨厌你们！"[①] 这部小说细腻地写出了一位疲于应付的家庭主妇的困惑，写出了道德秩序中真实的内心颤动。为什么俗世的亲情有时会成为一种沉重的负担？为什么当人的承受底线被强行突破时，"善"的光影会转瞬即逝？难道亲情之间的和谐仅仅是一种彼此之间互不捅破的忍让？一个素朴的生活场景，铁凝却融合了诸多思量，核心的一点就是"善"如何能与尊重、理解并行不悖的问题。

　　三则是"善"与"勇"、"善"与"哀"的对抗性问题。在中国传统文化的价值体系中，"仁"具有本质的规定性，以"仁"辐射开来的道德原则，如信、义、勇、智、慕、忠等，兼由"仁"来规约，然又各有侧重，目的是在伦理的高度上构建一个整体协调的社会关系。如"信"强调的是守约、践行，"义"强调的是超越血缘施爱于他人。而"勇"强调的是在担负道德重任的过程中所体现出的至大至刚的精神气质等。而"善"则是道德秩序中诸多子单元所整体形成的一个理想性的意义空间。至于喜怒哀乐爱恶惧等心理情绪，自然也是由"仁"来统摄、调理，并最终指向"善"的境界。也就是说，"善"与内生于自身的道德元素并不发生相互的影响与转化关系，即绝少存在对抗性的问题。但铁凝却以她独特的眼光看到了"善"与其内在元素的紧张性，使缺少双向运动的"善"秩序变为彼此激荡、互为映射的平行秩序。其中，铁凝在对"善"与"勇"、"善"与"哀"的关系处理上尤见功力。细读铁凝的小说作品，"善"的形象俯拾皆是，最常见的有大致相似的两种形象类型，或"身材粗壮，胸脯分外地丰硕，斜大襟褂子兜住口袋似的一双肥奶"[②]，或"满头银丝，皮肤白净，胸脯宽厚"[③]。其共同的特征是心胸豁达、忍辱负重，重情义，轻功利，危急关头，还有一种让人难以想象的勇毅与果敢。可在热情与善意的背后，这些形象分明又经受着暗夜的侵袭，孤独的身影，凄然的神情，内心中永难平复的伤痛如精神的隐痣一样，秘不示人，却刻心裂肺，《麦秸垛》中的大芝娘便是如此。大芝娘命运多舛，丈夫外出工作后不久，即回家提出与她离婚。

[①] 铁凝：《有客来兮》，《安德烈的晚上》，春风文艺出版社2005年版，第47页。
[②] 铁凝：《麦秸垛》，《永远有多远》，人民文学出版社2008年版，第48页。
[③] 铁凝：《玫瑰门》，人民文学出版社2008年版，第15页。

她深知自己没有文化,又在田间务农,再看丈夫手上那个女护士的照片,也明显比自己要时髦亮丽得多。她并没有捶胸顿足地发泄悲愤的情绪,相反还思忖着,"那一定是一个好脾气的人"①,并把那位空军护士的照片摆在了自家的相框里。20世纪60年代,当她听说城里闹饥荒,托人带信把已经另组家庭的丈夫一家四口接到端村,"临走时,那护士看着墙上镜框里的照片不住流泪,还给她留下两个孩子的照片。大芝娘又把他们装进镜框里,她觉得他们都比大芝好看。"② 这是一种从土地与母性的深处所焕发出来的善意,也是有着内在实现前提的"仁义"传统所难以涵盖的。正是这种以赤子之心来正视现实苦难的"大善",才有可能在生命蒙受冷落与弃绝时,被迫转化为一种淋漓酣畅的"大勇"来。如大芝娘认定丈夫一去不归,而自己却空担了妻子的名分,尚没有一儿或一女来昭示这场婚姻的有效性时,一种执着的渴望做母亲的信念,促使她去省城找自己的丈夫。见了丈夫,她快人快语,直奔主题,"我不能白做一回媳妇,我得生个孩子","孩子生下来我养着,永远不连累你,用不着你接济。"③ 这种近乎对仁义传统进行挑战性改写的形象在文学史上非常罕见,却又有高度的现实性与文化性,大芝娘对于生育权利的大胆索求,可令一切道德性书写相形见绌。而她对丈夫责任的自觉排除,包括以一己之力来对抗生活的勇气与率真,也令一切以权力与责任为借口的女权主义者的朗朗表白委顿如泥。其实,大芝娘的勇毅不仅体现在对母性角色的维护上,同样体现在对幼小生命的呵护中。当花儿的前夫来端村找寻花儿时,面对不敢担负责任的四川男人,大芝娘如母兽护犊一般,声色俱厉,"畜生不如!孩子谁的也不是,是我的!"④ 但铁凝并没有将大芝娘置于"善"与"勇"的单纯转换中,大芝娘苦涩的生命,寂寥的内心,无时不冲击着她的写作。于是,我们又看到了另一层面的大芝娘:大芝死后,"大芝娘独个儿就着锅台喝粥。墙上,她有满镜框相片"⑤。晚上,"大芝娘睡得很早,晚饭前就铺好了被窝,被窝里放一只又长又满当的布枕头。大芝娘说:'惯了,抱了它,心里头就像有了着落'。"⑥ 个中滋味,读来令人怅然。贺绍俊曾这样称《麦秸

---

① 铁凝:《麦秸垛》,《永远有多远》,人民文学出版社2008年版,第59页。
② 同①,第61页。
③ 同①,第60页。
④ 同①,第78页。
⑤ 同①,第62页。
⑥ 同①,第92—93页。

垛》"试图通过一种文化的解读,揭示女性的本源性"①。我看不尽然,大芝娘这个形象既内蕴着传统文化中"善"的基因,又超越了"善"所能单纯指称的范围,大芝娘身上所体现的仁义厚道、勇于承担的精神向度,与其苍凉凄冷的情感世界紧密相连。铁凝以深沉的笔墨来书写这个形象,歌哭与共,悲欣交集,在浓郁的人道主义立场下,在直面文化传承与族群衍化的重重幕褶中,体现出高度的生活理性与历史理性。而这种将生活理性与历史理性统一起来的整体性视野,恰是铁凝能对"仁义"传统进行现代性阐发的重要前提。

余 论

其实,对"传统"的钟情不为铁凝所独有,20世纪80年代的寻根文学思潮中,知青出身的作家群曾集中表达了对这一问题的关注,由此还引发了批评家对于这一特殊群体创作资源的思考②。问题是,这场意在为文学的发展寻求文化支持的运动,很快便随价值取向的分歧走向终结,其中的一些代表作家如王安忆、阿城、韩少功等在20世纪90年代后纷纷选择了参与现实的别样表述方式。相比之下,铁凝显得"另类"不少。首先,她不是一个典型的知青作家,尽管有四年的农村插队经历,但从未以主动者的姿态去应答意识形态的需要,剖析生活本身的意涵一直是其创作的主旨。为此,贺绍俊才言"这也就是铁凝与新时期文学初期这段最壮大的文学潮流擦肩而过的主要原因"③。其次,在寻根文学繁盛的时期,铁凝仅有一部葆有寻根意味的小说《麦秸垛》,可细观这部小说,又断然不同于同期作品对传统文化内质的二元判断。至于铁凝笔下的"文化",也绝非某种道德观念的简单描摹或寓言性启示,更多是对民族整体性生活方式的理性把握。再次,尽管摇曳多姿的现代主义实验一度时间也影响了铁凝的创作,但铁凝一直坚守着一种基本的文化视向,随着创作的逐步成熟,她对"传统"本身的内在紧张关系有了更为深入的思考,并在现

---

① 贺绍俊:《作家铁凝》,昆仑出版社2008年版,第100页。
② 樊星在《当代文学新视野讲演录》言,"由于'文革'从而在课堂上被迫中断的传统文化教育,竟然在上山下乡的知青运动中奇迹一般地补上了,这种补课当然谈不上是系统的,但重要性不可低估。'文革'的爆发不仅没有将传统连根拔起,反而阴错阳差地促成了传统文化的中兴,这不能不说是文化的奇迹。"广西师范大学出版社2007年版,第52页。
③ 贺绍俊:《作家铁凝》,昆仑出版社2008年版,第27页。

代性的晴雨表上界定了"传统文化"有效存在的合理刻度。从这个角度而言,铁凝应该算是当代作家中对传统文化最为痴情的传承者。

如果借此来考察铁凝"文化意识"的形成原因,不能排除以下几个方面的因素。一则,传统文化的内在规约,铁凝曾言"我的资源在本土……资源是泥土里的东西,影响是空气里的东西"[1]。这种资源,我们权且可以把它表述为铁凝耳濡目染的冀中地域文化,以及深受这种文化所影响的具有稳定性的人性与人格。二则,生活体验的集中表现。铁凝在多次访谈中一再提到她对笔下人物的态度是"培育",而不是塑造。同时也特别强调对生活纹理的细腻刻绘,按她的话来讲就是"思想的表情以及表情的力度、表情的丰富性"[2]。这里的"培育"与"表情",既是一种对日常生活倾心投入的创作态度,也是一种对俗世众相抚形追神的创作方法。而能从生活的培育与思想的表情中捕捉到长期绵延的一些元素,便自然触摸到传统文化的精神光影了。三则,父亲与孙犁的影响。铁凝的父亲铁扬是当地一位卓有成就的油画家,笔下常有青纱帐里劳作、土炕边休憩的性别特征夸张的女性,这种对蓬勃的生命原力的崇拜背后,是对农耕文化的礼赞与抒情。尤其是画作中人物的自在与场景的和谐,深具传统文化的内里,对铁凝创作资源的夯实及文化视向的展开起到了不容忽略的作用。相比之下,孙犁对铁凝的影响可能更为深远,评论者常常关注作为文艺园丁的孙犁对铁凝创作的支持[3],岂不知孙犁对铁凝人文精神的形塑方面启示更大。"一九八一年,孙犁先生赠我手书'秦少游论文'一帧:采道德之理,述性命之情,发天人之奥,明生死之变,此论理之文,如列御寇、庄周之所作是也。"[4] 这段话来自《秦少游诗话》,秦观对论理之文、论事之文、叙事之文、托词之文、成体之文分别阐述,最后得出"高妙之格、豪逸之气、冲淡之趣、峻洁之姿、藻丽之态"才是"诸家所作所不及也"的结论。孙犁的这帧手书,意在告诉初涉文坛的铁凝在创作中务必坚守有理、有论、有事、有致、有辞的原则。尽管孙犁先生用心颇深,当时的铁凝未必能完全领会,但孙犁的谆谆教导开启了铁凝对传统写作精神的追求之路,也时时敦促她以坚实的脚步实践着"文"缘何载道的宏远内涵。

---

[1] 铁凝:《文学应当有捍卫人类精神健康和内心真正高贵的能力》,《像剪纸一样美艳明净》,人民文学出版社 2006 年版,第 219 页。
[2] 铁凝:《优待的虐待及其他》,《像剪纸一样美艳明净》,人民文学出版社 2006 年版,第 185 页。
[3] 贺绍俊在《铁凝评传》中谈道,1980 年,铁凝写《灶火的故事》受押击后找孙犁;1982 年夏,铁凝的《哦,香雪》受到孙犁高度评价后,引起了文坛热评。
[4] 铁凝:《怀念孙犁先生》,《会走路的梦》,人民文学出版社 2008 年版,第 207 页。

"传统"本就是"世代相承的某种根本性的东西"①,而"文化"恰就是这种根本性之所在,如"统"(茧的头绪)一样,指称的是"历史性获得和选择的"②。带有稳定性的思想观念、思维方式、情感心理、民情风俗的复杂集成体。铁凝的创作不断聚焦于这种复杂集成体在历史与现代幕景中的大幅转换,并在文化本身的位移与变迁中敏锐地发现了作为"一种积极的、不懈的、坚韧的连续性"③而存在的传统文化的正面价值元素。对这种正面价值元素的提领与开掘,构成了铁凝小说创作的美学版图,也锻造了铁凝不拘传统、现代的理性视野,不拘男性、女性的"中性写作"立场,以及不拘混浊、清澈的"杂色"书写模式。她的创作不但对现代化场景下传统文化的快速退离表达了一种深切的忧虑,而且还以自己特有的写作方式在传统与现代之间力图建立新的意义联系。正因为此,铁凝的小说创作便与传统文化有了内在的呼应,也有了精神层面上的契合之处。

原载《文学评论》2013 年第 3 期

---

① 谭好哲等:《现代性与民族性》,社会科学文献出版社 2005 年版,第 425 页。
② 唐光斌:《传统与现代的抉择》,湖南人民出版社 2009 年版,第 45 页。
③ 铁凝:《〈笨花〉与我》,《人民日报》2006 年 4 月 16 日。

萤火虫、幽灵化或如佛一样

——评贾平凹新作《带灯》①

陈晓明

2013年伊始，人民文学出版社全力推出贾平凹的新长篇小说《带灯》，这多少有些让评论界感到意外，在《废都》之后，贾平凹出版《秦腔》，关注乡土中国的困境，小说写得回肠荡气，西北大地的苍凉，与贾平凹的孤愤之情，都让人难以释怀。仅仅过去三年，贾平凹又有60多万字的《古炉》，当人们耐心读完这部厚重之作之后，争议之声时有起伏。但欣赏这部作品的大有人在，而且评价很高。我个人认为，《古炉》在《秦腔》之后，贾平凹的创作抵达一个相当自由的境地，它在驾驭如此大的历史时，能有举重若轻之感。通过几个乡村人物的行为与命运的书写，就写出乡土中国历经这场政治浩劫的全部痛楚。乡土中国以这样盲目的方式卷入了20世纪的各项政治，现代性暴力与乡村传统暴力如此荒诞地结合，还有什么比这样的悲剧更让人绝望的呢？20世纪中国历史的特质在这样的宿命中暴露无遗。书写这样的大历史，贾平凹却能完全回到物的书写中，回到土地的质感表层，他几乎是抚摸着土地上的所有物来接近和接纳现代性的政治暴力，如此地分裂，如此地自然，如此地自在，这难道不是汉语文学书写的自由吗？确实，说《古炉》是汉语文学的登峰之作一点都不为过。在《古炉》之后，贾平凹的创作如何展开？我们还能更奢望一点吗？如何推进？

现在《带灯》摆在我们的面前，我们阅读、思考——作何理解？贾平凹又一次考验文学批评的阐释能力，他总是把我们带到难题面前。今天我们来理解贾平凹这样创作历程已然漫长的作家，我们是否也有必要把他放在当代文学的难题的语境中

---

① 贾平凹:《带灯》，人民文学出版社2013年版。

去把握？贾平凹几乎是与新时期及其转型一起拓路的作家，他的每一部长篇小说几乎都与当代现实的难题相关，如此来看，他的大多数作品都在书写乡土中国的当代困境，即是变革的窘境，又是回到传统的困局。贾平凹大多数的长篇小说其实都隐含着这样的思想意向。也正因如此，我以为可以用这样的主题来理解《带灯》，那就是：政治伦理的困境与美学理想的终结。何以要用这样宏伟的主题来理解这个土得掉渣儿的西北老汉的作品呢？我以为《带灯》在贾平凹写作历程中几乎具有总结性的意义，这倒不是因为它居于这个漫长历程的尾部，或者说艺术更加高妙；更根本的在于它具有如此强劲的突破性的意义，然而，突破又不得，这就是对过去的终结，也是试图面向未来转折的不可能。这项关乎过去的终结的意向，其实也是要了结当代文学由来已久的夙愿。这就确实要有一个历史语境去把握这部作品包含的现实的和美学的意义。

一、萤火虫：带灯夜行而熠熠发光

《带灯》写西北乡村一个叫作樱镇的地方发生的故事，其主角带灯作为镇上的一个女干部，为乡镇的综合治理竭尽全力，却事与愿违，终至于落下辛酸的结局。所谓"综合治理"，诸如治安冲突、突发事件、邻里纠纷、上访、计划生育，等等，明眼人一看便知道是这些年基层最难弄的"维稳"工作。小说开篇就是高速公路修进秦岭，要经过樱镇，引发樱镇农民群体事件，元老海带领几百人阻止开凿隧道。小说写道："元老海带领着人围攻施工队，老人和妇女全躺在挖掘机和推土机的轮子下，喊：碾呀，碾呀，有种的从身上碾过去呀？！"这开篇就写出当今乡土中国面临的现代化冲击及农民的激烈反应。要致富，修公路，这是中国今日现代化的一项主导措施。乡土中国走向现代化乃是不可避免的历史过程，所有的一切都被描绘成一幅美好的蓝图，但由此带来的问题却被遮蔽了。其实，贾平凹相当多的作品一直都在回答这个问题，乡土中国走向现代经历了怎样的创痛？《浮躁》最早涉及这个问题，后来的《秦腔》、《古炉》其实根本上也是这个主题，《带灯》则写得更为直接尖锐。这个主题当然不是什么特别的或新鲜的主题，当代中国文学，甚至 20 世纪的中国乡土文学都以不同的方式去表现这个主题。但贾平凹的表现尤其独特和有力，他是贴着乡土中国粗陋的泥地来写的，写出泥土的质地，泥土的性状，写出泥土气味。

樱镇是个不寻常的地方，地处偏远，经济落后，带灯对竹子解释综治办的由来说："人贫困了容易凶残，使强用狠，铤而走险，村寨干部又多作风霸道，中饱私囊；再加上民间积怨深厚，调解处理不当或者不及时，上访自然就越来越多。既然社会问题就像陈年的蜘蛛网，动哪儿都往下落灰尘，政府又极力强调社会稳定，这才有了综治办。"① 小说中列出的"樱镇需要化解稳控的矛盾纠纷问题"，竟然有三十八条之多。综治办的主要职责有四大点，年度责任目标有六大条。这里能称得上人物的太多了：上访名人王后生，老村长元老海，元老海的族人元黑眼，另有张膏药、王随风、朱召财、孔宪仁、马副镇长，还有换布和拉布。当然还有一直未露面的省城里的元天亮。在这些人物构成的现场，我们的主人公带灯要做"综合治理"工作，她是何等地艰辛？快乐并痛着？带灯原名叫作萤，一日在到村民家里，目击给妇女做结扎，萤坐在屋后的麦草垛下，看到萤火虫明灭不已，萤火虫夜里自行带了一盏小灯，于是改名为带灯。由此我们可以知道贾平凹写带灯这个人物的隐情：带灯是一个夜行自带小灯的女子。

这是怎样的夜行？这是怎样的小灯？

贾平凹此番表现的带灯这个人物实则是一个值得探究的"新人物"——不只是今天，而是自从社会主义革命文学创建以来就梦想的"新人物"。她的身上汇集了社会主义新人的元素，又打上贾平凹的印记。这两种质地如何被结合在一起，这倒是颇有挑战性的问题。

带灯这样一个基层农村干部形象，立即就有三个特征不容回避：其一，她是具有现实化的当今农村干部形象；其二，她与贾平凹过去写的人物形象相比有何新的特质？其三，这样的女性形象在当代文学的女性人物谱系中具有何种意义？这部作品如此突出这个人物，她几乎是唯一被凸显出来的人物，不读透这个人物，无法理解这部作品的独特含义。

20世纪中国文学的主角是男性形象，启蒙与救亡的现实主题，都选择男性作为历史的代表。有限的女性形象，或作为陪衬，或作为被损害、被压抑的承受者（直到80年代的伤痕、反思文学还是如此），即使从历史中站立起来（如林道静），又承载太多的观念化意义。80年代中期以后，中国男性作家摆脱政治想象，选择从文化角度去写作女性形象，中国有几个男作家擅长写女性，莫言、苏童，再就是贾平凹，很显然，贾平凹擅长写女性形象，贾平凹的女性散发着西北风情，韵味隽永。

---

① 贾平凹：《带灯》，第39页。

带灯在贾平凹所有的女性形象中是崭新的，她从贾平凹的"文化性情"中脱颖而出，具有了政治伦理的色彩。贾平凹笔下过去的女性形象带着清峻的西北山野风情，总有一种丰饶多情与豁达坚韧，有时贤良，有时放任；有时专情，有时迷乱，总能显示出贾氏家族的独有特征——她们是一些有性情的女子。如《黑氏》中的黑氏，那是有一种爽朗和坚韧，对生活自有敢作敢为的承担。《五魁》中的少奶奶可以说是贾平凹前期作品中最为出色的女性形象。尽管这篇小说的主角是五魁，但柳家少奶奶的性情却是写得活脱脱地生动。这位鲜亮动人的少奶奶却有怪异体征"白虎"，最后与家里的长工五魁私奔到山野荒地，却忍受不住欲望而与狗交媾。贾平凹，在这篇小说里启用了诸多的地域文化的怪异元素，但这些"怪异"元素却是把少奶奶的性情表现得十分独异。这些女性性格元素在后来的《废都》里的唐宛儿身上再度演绎，只是风情与水性表现得过度充分，那些地域文化特征也全部转化为女人的品性韵致。这也使贾平凹的女性书写在这一谱系里登峰造极，写女性写到如此地步，也确实是贾平凹的过人之处，但也意味着跨越的困难。《秦腔》里再度出现白雪这个人物，但贾平凹已经不能放开笔墨去表现，而是借了那个痴迷少年引生的眼光去看。白雪其实在性情的流露方面是被动的和压抑的，引生能看到的只是一个性感但却圣洁的理想化的女性。《高兴》和《古炉》里都有女性形象，也不能说写得不精彩，那是贾平凹的笔法高妙，功力所在，随便几笔就有了不俗的形象。但对于贾平凹自己来说，那并不是放开手去写的女性形象。若无新的体验和强大的富有现实感的冲动，如何去跨越自己？带灯则是贾平凹倾尽全心去写的女性形象，这样的形象，一定是立足于他所有的过去写作的基础上，却又与时代紧迫的难题结合在一起。

实际上，这个紧迫的难题是双重的：一方面是社会现实的难题，文学如何重新把握现实难题；另一方面是五六十年代以来的代表着历史前进性的人物形象是否可能重建？也就是说，有一种与社会主义体制结合在一起的人物如何表现？他们不再是反腐倡廉的标签式的反面人物，而是代表了这个制度的正面的、前进性的具有开启未来面向的人物。贾平凹此番遭遇一个女性形象，它不仅是要重新勾连起那个断裂的激进现代性的谱系，而且要用女性形象来重建一个社会主义新人的女性形象，其意义在于使历史与女性都获得新生。很显然，男权文化曾经体现的政治想象断裂之后，文学政治想象中的女性形象始终是一个未完成的形象，即使是批判性书写也始终未能清晰。21世纪初以来，有些作品开始了重新书写，如范小青的《赤脚医生万泉和》、《女同志》等。女性形象在这样的历史断桥边界（美学的），在现实冲突的交合点（政治伦理的）双重关系中，政治想象中的女性形象，有可能有效地缝合这样的双重矛盾。

贾平凹就这样捡起了历史遗忘的那个谱系，既作为最后的填补，又作为自我突破的一次越界选择。

谁能想到，擅长写作山野风情欲望如水的女性形象的西北老汉，却要写出一个带灯夜行的社会主义新农村的女干部？

带灯这个基层女干部，可能是在建设社会主义新农村的某种召唤下来到樱镇，她还显得稚嫩，甚至有些孤傲，她还穿着高跟鞋，在贫瘠荒凉的乡镇，无疑落落寡合。但贾平凹此番并不想去表现她与环境有多么深入的冲突，甚至男女私情都不落墨。她只能在具体的基层工作中成长，磨砺自己。总之，贾平凹讲述一件件故事，一次次遭遇，她是在行动着的人。她柔弱又刚强，犹豫又执着，她能与村民打成一片，靠的是她的用心和真诚。她的综治工作如此繁杂、如此琐碎，看似无关紧要，杂乱且平常，却无比重要。今天的乡村如此不稳定——毋庸讳言，其核心要害就是阻止上访发生，预防群体事件。对于乡镇工作来说，轻则丢掉樱镇的先进奖金，或者镇长升书记、副镇长扶正无望；重则一点小事可能酿就大祸。带灯看上去在不停地调解平息，但能感受到她的身边危机四伏。今天乡村中国并不平静，欲望机遇，利益争执，宗族敌视，贫困与不公是其根本问题。带灯终于面对一次大规模的恶性群体事件，她自己也因此遭遇沉重的身体创伤和精神打击。这个柔弱的小女子，如萤火虫般飞到这个小镇，她要在黑夜里给自己带来一盏灯，也想点亮一丝希望，结果她失败了，她已经气若游丝，但她的精神却是熠熠闪光，至少她曾经闪亮过，发出过正能量的光。带灯这个形象体现的，正是党的基层干部的优秀品质。这样的形象在中国激进现代性的进程中，并没有被完整塑造起来，现在贾平凹倾注笔力要创造带灯这样的人物，其积极意义当然不能被低估。

二、 如此微弱的光如何照亮现实？

带灯这只萤火虫是从外部飞来樱镇的，她其实与这个环境并不协调，她几乎差点就要成为丁玲当年的《在医院中》的陆萍。时代不同，知识分子已然没有高高在上的外来者的优越感，带灯很快就融入了乡村，做起了综合治理工作。但在整部小说中，带灯在前台活动（理想化的乡镇干部的舞台），后台则是另一个世界（困窘且无法"维稳"的乡村现实），她不断地从前台进入后台。所有关于带灯的叙事——关于她的描写，她的行为和心理的刻画，她不厌其烦地给元天亮写信；那么优美的散文，几乎是诗情画意，都充满了浪漫美学的色彩。但所有关于村民的生活，关于综合治理工作的所有的事件、人物，却都是现实的：上访、冤屈、计划生育、邻里纠纷、族群恶斗、建大厂和沙厂……所有的人物：王后生、张膏药、六斤、元黑眼、换布和拉布、陈医生，等等，所有的这些都是贴着土地的实打实的描写。

贾平凹在带灯的身上，还是写出了他对今天中国乡村基层干部的一种理解，也写出了他对今天中国乡村政治的期盼。他的现实关怀是实际而恳切的，他的人物是真实而具有现实感的。

然而，那么一点灯光如何照亮如此广袤的现实呢？她几乎是打着灯笼带着我们看到那些现实，这又使我们疑心贾平凹写的这个带灯只是一个视点，就像《秦腔》里那个引生是一个视点一样，带着我们看到了今天乡村所有的困窘，所有不稳定的因素。难道说带灯只是一个虚写的人物吗？所有的实写都是当今乡村的现实。看看描写现实的篇幅，那些艰难困苦的现实，随时都在带灯的身边呈现。在这个美丽善良有着菩萨心肠的党的基层女干部出现的时刻，她的善良与仁慈是伴随着那些苦痛出现的。

小说描写带灯到了黑鹰窝村去看望卧病在床的范库荣，情景十分凄凉：

一进去，屋里空空荡荡，土炕上躺着范库荣，一领被子盖着，面朝里，只看见一蓬花白头发，像是一窝茅草。小叔子俯下身，叫：嫂子！嫂子！带灯主任来看你了！带灯也俯下身叫：老伙计！老伙计！范库荣仍一动不动，却突然眼皮睁了一下，又合上了。小叔子说：她睁了一下眼，她知道了。带灯就再叫，再也没了任何反应在。带灯的眼泪就流下来了，觉得老伙计凄凉，她是随时都可以咽气的，身边竟然连个照看的人都没有。

自打丈夫去世后，范库荣家里就垮下来了。儿子太老实，在矿区打工，媳妇又得了食道癌，年届七十的范库荣过的什么日子？带灯带着政府的救济来了，但是来得有点晚，带灯嘱咐范库荣的小叔子，这1500元的救济款只能给范库荣买些麻纸等倒头了烧。这显然是不露声色的反讽笔法，农村人哪能拿这么多钱去烧麻纸，小叔子是明白人，对带灯说："这钱一个子儿我都不敢动地给侄儿的。"

所有带灯的善举都体现着她个人的慈悲心，也表达了政府新的农村政策对农民的关怀。但所有的这些体现的背后都呈现出乡村存在着的严重的贫困和不公正的现象。贾平凹的笔法已经十分老到,相当多的负面的东西他都正面来写。南河村也要建沙厂,这些都不是村民自己能决定的,只有那些村里的"能人"为着自己的利益去上面活动,才能有结果。而无能的村民只能捡点便宜。村民能得到一点公平就对政府感恩戴德。小说写到带灯到南河村通知那几户人家去河滩筛沙,那些人起初都不敢相信,后来证实了是真的,就要拉带灯到家里吃饭。有个光头就从他家把一头奶羊拉来,说他妈瘫在床上了,他专门买了这羊每天给他妈挤一碗奶喝的,今日不给他妈喝了,给带灯喝,就当场挤羊奶。就这事,村民感念政府好,还要给政府放一串鞭炮,"但没有鞭炮,就拿了牛鞭子连甩了几十个响"。① 一点小恩德,村民就感激涕零,这只能说明中国乡村多么需要公平公正。

小说的高潮部分是那两场元家兄弟和拉布兄弟的恶斗。"元老三的眼珠子吊在脸上"这一节写拉布用钢管把元老三眼珠子抡出来了,这场恶斗写得凶恶异常。可想而知,元家兄弟并不罢休,但没想到翻过二节,"元家兄弟又被撂倒了两个"这一节,打斗更加凶狠,那场在粪池边上的打斗,把暴力与荒诞、仇恨与滑稽、凶恶与无聊如此任意地结合在一起。这暴力写得淋漓尽致,却又如此痛楚。贾平凹从未如此书写暴力,这回他何以要如此彻底地书写乡村暴力?乡土中国变了质的现实矛盾已经让人难以辨认,如此难以掌控的乡土中国,它最为艰险的局面,岂是带灯这样的女子所能驾驭的?这是带灯彻底失败和破灭的现场,任凭带灯如此善良,怀着怎样的辛劳献身,带着她所有的光亮,也无法照明如此无边的黑暗。小说的第三部分,短促的篇章一定要列出这被命名为"幽灵"的部分。她/它本是一只萤火虫,在夜晚独自飞行,如同幽灵。果然到后来,带灯因处理打斗不力被处分,她患上了夜游症,确实如幽灵一般。

三、 社会主义新人的幽灵化

为什么贾平凹要把带灯作幽灵化的处理?从对她的命名——萤,带灯,到解释,夜行自带灯,她是"一只在暗夜里自我燃烧的小虫","一颗在浊世索求光明的灵魂"。幽灵化的隐喻具有神秘性,具有非现实性。在关于现实的叙事中,在如此具有现实感的"西汉品格"的文字书写中,何以一定要如此强调幽灵学?我们不得不追

---

① 以上这一段的情节见《带灯》,第156页。

问，带灯（这样的形象）来自何处？从哪里来，到哪里去？

贾平凹此番书写的带灯这么个人物，显然具有现实性，又具有理想性。带灯这个人物既要介入社会主义新农村建设，又要承载着当今困难重重的政治伦理建构的重负。也就是说，她身上能折射出多少今天政治伦理建构的光芒，或者她能预示出怎么样的出路？

这个萤/带灯，并不仅仅是面对现实时，她是夜行自带灯的萤火虫；她有着"不可告人"的历史性，漫长的已然被隐瞒的历史性——在这一意义上，她具有幽灵重现的意义。她是那段已经掩埋的历史还魂的肉身，穿着打扮已经十分不同，但骨子里却有着那样的精神魂灵——那就是社会主义革命文学一直幻想的引领历史前进的新人形象，关键在于他们扎根于体制中，他们的现实行动要推进和发挥体制的优越性，向着体制的乌托邦未来挺进。尽管带灯的"引领"不可能像梁生宝、萧长春、焦淑红们那么强大和能动，她只是勉强去维护，更严格地说，只是去化解矛盾，使这个庞大的体系制度可以更好地运转。贾平凹在"后记"中写道：

> 正因为社会基层的问题太多，你才尊重了在乡镇政府工作的人，上边的任何政策、条令、任务、指示全集中在他们那儿要完成，完不成就要受责挨训被罚，各个系统的上级部门都说他们要抓的事情重要，文件、通知雪片似的飞来，他们只有两只手呀，两只手仅十个指头。而他们又能解决什么呢，手里只有风油精，头疼了抹一点，脚疼了也抹一点。他们面对的是农民，怨恨像污水一样泼向他们。这种工作职能决定了它与社会摩擦的危险性。在我接触过的乡镇干部中，你同情着他们地位低下，工资微薄，喝恶水，坐萝卜，受气挨骂，但他们也慢慢地扭曲了，弄虚作假，巴结上司，极力要跳出乡镇，由科级升到副处，或到县城去寻个轻省岗位，而下乡到村寨了，却能喝酒，能吃鸡，张口骂人，脾气暴戾。所以，我才觉得带灯可敬可亲，她是高贵的、智慧的，环境的逼仄才使她的想象无涯啊！我们可恨着那些贪官污吏，但又想，房子是砖瓦土坯所建，必有大梁和柱子，这些人天生为天下而生，为天下而想，自然不会去为自己的私欲而积财盗名好色和轻薄敷衍，这些人就是江山社稷的脊梁，就是民族的精英。[①]

[①] 贾平凹：《〈带灯〉后记》，《东吴学术》2013年第1期。

这里之所以不惜篇幅引述这么大一段文字，是要更清晰地表明贾平凹写作带灯这个人物，是以有责任感的态度去反映当今中国乡镇的现实，既表现出乡镇干部的艰难困苦，表现出他们奉献的品格，当然也反映乡镇存在的严峻问题。很显然，带灯是作为积极正面的主人公来塑造的，一旦在体制的正面意义上来塑造人物，就与现代主义思潮习惯表现的边缘人、局外人、陌生人显著不同。带灯这样的人物必然不可回避现实主义的传统，甚至中国社会主义文学的传统。这个传统一直要创造出与资产阶级颓靡文学不同的积极前进的文学，这样的文学带着对历史乌托邦的浪漫想象。众所周知，这个传统随着中国"文革"的结束而终结。除了在改革文学中出现过概念化的人物外，当代文学再难有所谓积极进取代表正面前进能量的人物形象。贾平凹此番要塑造带灯这个人物，既要关怀当今乡镇现实，又要显示出人物作为"江山社稷的脊梁"、"民族的精英"的品格，这就不可避免要接通五六十年代文学想象的某路命脉；也就是带灯这个人物重建了"社会主义新人"这个漫长的政治/美学想象的谱系。如果这一点可能成立，那么也不妨把《带灯》看成是贾平凹试图重新开启政治浪漫想象的一个努力。我们的问题在于，带灯这样的人物真正连接起这个谱系，是否给予这个谱系以当下的肯定性？带灯这个人物的精神品格的内涵到底是什么？也就是说这个谱系的政治理想性是否有确实性？如果说政治理想性中断了，转向了其他的含义，那又意味着什么？意味着我们再也无法在政治理想性的肯定意义上来建构未来面向的人物形象？这等于是说"社会主义新人"这个中国激进现代性的文学想象也归于终结？

塑造社会主义新人形象一直是社会主义革命文学的梦想，也是它迄今为止都未能完成的梦想。冯雪峰最早从理论意义上提出这一问题，这从他早年在评论丁玲的《水》时就可以看到他自觉的理论意识。冯雪峰渴望有一种无产阶级的新文学，人民可以摆脱底层被动弱者受损害的形象，能够自觉起来反抗。冯雪峰本来是最有可能建立中国现实主义革命文学的新理论的评论家，但历史没有给他机会；况且他建立在阶级斗争论的基础上的新人想象也必然要解体。固然，后来的中国社会主义革命文学也力图去开拓自己的道路，从《创业史》的梁生宝到《艳阳天》的萧长春，这一社会主义"新人"过度的理想化，完全建立在阶级斗争路线基础上，终至于概念化。"文革文学"的造反有理，以红卫兵一代人完成继续革命的想象，无法在经济、文化、政治的三元整合中展开令人信服的实践，新人形象只是变成政治运动的空洞标签。80年代的反思文学也无法完成，那是由老干部、归来的右派和迷惘的知青构成的一个时代的形象群体，那是反思性的，即使向着当下也不具有未来面向。

只有《新星》中的李向南称得上是"社会主义新人",李向南实则是对制度叛逆的"新人"（改革家）,他引起的是对制度的批判性,他站在制度的对立面,其本质是"反旧体制的新人"。另有路遥的《平凡的世界》中的孙少平这一底层自我奋斗的典型人物形象,他也试图接通牛牤、保尔·柯察金这些人物的血脉,但他成就的终究只是个人,而与革命、集体的阶级意识无关。因此,也难在"社会主义新人"这个谱系中来超越断裂。90年代的浪漫想象的解体才有现实主义的落地。但90年代的文学是如此实际、如此现实,除了日常生活的合理性外,再就是弥漫浓重的失落情绪。只有女性主义完全退出历史的总体性,在个人生活圈子里,书写创伤性的自我,这倒是与现代主义快捷地接通了血脉。但断裂的政治浪漫想象如何在中国当代文学中重建？五六十年代的那种政治想象中建构起来的面对现实又面向未来的人物,如何有可能重塑？贾平凹的《带灯》就这样义无反顾地要挑战历史难题。

五六十年代的中国文学并非只是政治的附庸,它借助政治的动力也试图开创社会主义文学自己的道路。如果说在文学的现代性进向中它有什么独特的开创的话,那就是它要顽强地创建新的历史主体,创建社会主义新人形象来作为引领历史前进的主体。即使历史那样前进的方向是错误的或者过于超前的,它也有其存在的理由,它总是在资产阶级现代文学的颓废萎靡之外另辟蹊径,那是试图创建新的历史主体向着奋发有为的未来前进的文学想象。如此看来,五六十年代的中国文学的想象本质上具有浪漫派的特征,它如此观念性地给予现实以未来的想象。尽管说它在美学上严格地要求现实主义为规范,那只能理解为政治化的浪漫想象是借现实主义之名来掩盖其浪漫派的本质。在过去关于五六十年代的政治及其文学的阐释中,政治集权主义或极"左"路线是主要的阐释基础,这种阐释语境把文学、审美牢牢地附着于政治之下,这是政治与文学的二元论。这种二元论的阐释空间狭窄,除了相互颠倒,没有更大的空间。是否可以考虑引入浪漫派论述？再大胆一步,引入政治浪漫派的论述？众所周知,卡尔·施米特关于政治浪漫派作过权威性的阐释,而卡尔·施米特本身的政治身份,使得这个论题只能严格限定于西方政治哲学领域。浪漫派当然不是什么新话题,老之又老,或许因为其老旧也有可能勾连起被遮蔽和遗忘的漫长的历史谱系,有一种贯通中西的语境,会让我们今天脱开政治/文学二元论的窠臼。

本文并不能把五六十年代的政治定义为政治浪漫派,在如此有限的篇幅去触及如此复杂的问题吃力不讨好。但可以在一定程度上把五六十年代的政治想象理解为具有政治浪漫派的特征,这一点并不为过。按照施米特的看法,他把当时苏俄政治归结为政治浪漫派,并且认为无产阶级的革命政治也具有浪漫派特质。他在《政治的浪漫派》中写道:"在社会主义阶级运动的神秘宗教中,无产阶级变成了经济价值的唯一生产者。最终,(无产阶级)这个拣选的种族把一种神秘的种族浪漫主义精神(Ranssenromantik)用作自己要求世界支配权的根据。错觉变成了强大的动力之源,让个人和整个民族产生出漫无边际的希望和行动。这一切都叫做'浪漫派'。"① 浪漫派的显著特征就在于把历史的必然要求转化为从"人性本善"的人的天性来解释历史;把民族国家的重大事物转化为个人的事物,把可计算的历史必然性转化为偶然的机缘性,把启蒙理性主义转化为神秘性。在18至19世纪关于浪漫派的争论,可以看成是德法之争。我们也确实可以看到,马克思严厉批判过浪漫派,但他的思想在某种程度上——按施米特的说法,也与浪漫派脱不了干系。施米特解决无产阶级革命的浪漫派的特征问题时,把阶级的集体性转向个人,因为这样的阶级被统一为整体,它如同个体在起作用,也总是被设想为严整的个体。而领袖则代表了这个集体的全部,集体其实是个人化了。故而,时代、历史、现实都可统一在个人的意志中,也可以建立起属于个人的情感关系(例如,所有的人都有同一种感情崇拜领袖)。② 卢卡奇曾经谈到马克思主义政治经济学对于事物的特殊的质地、具体的性质的美学关注,其实质是把随意的主观的内容赋予具体客体。施米特在《政治的浪漫派》中所观察到的,浪漫派寻求客体和场景只是把它们作为表达他们主观感情的机缘。③

本文之所以在这里引入一段绕舌的理论讨论,实在是想打开五六十年代乃至整个当代的现实主义文学论述的狭窄领域。借助贾平凹的富有个性的创作与新时期以来的历史互动的关系,来看看当代文学的历史抱负发生了多大的变化,以及还有多少可能性。

很显然,贾平凹这部作品试图弥合两个时代的裂缝,想要重建社会主义新人形象,并且给予他自己面向现实的写作以新的动力。这是他自己在《秦腔》的绝唱之

---

① 卡尔·施米特:《政治的浪漫派》冯克利、刘锋译,上海人民出版社2004年版,第25页。施米特此一观点,主要是受到塞利埃尔(Ernest Seillière)《帝国主义哲学》等著作的影响。

② 施米特写道:"这种特殊的机缘论态度,在其他东西——大概是国家或人民,甚至某个个人主体——取代了上帝作为终极权威和决定性因素的位置时,依然能够存在。这种可能性的最新表现就是浪漫派。"见《政治的浪漫派》,第15页。

③ 有关论述见[美]约翰·麦考米克(John P. Mcconmick)《施米特对自由主义的批判》,徐志跃译,华夏出版社2005年版,第59页。

后，在《古炉》的废墟之上，要重温柳青的《创业史》的努力。带灯身上无疑有我们久违了的"人民性"，有那种与穷苦百姓打成一片的"阶级性"，甚至有着高度自觉的"党性"。但所有这些具有政治性的品格，却没有向政治方面升华，而是向着另外的逃离政治的方向转化，结果这些品格找不到政治的源泉，却只有道德的、伦理的，甚至宗教的内涵。带灯只是一个带灯夜行的女子，她不断地深入现实，努力和所有的村民打成一片，但她还是如此孤独，如此独往独来，她身边有一位竹子，还有同学镇上的书记，但没有一个人能理解她，没有一个人能真正和她的内心交流，她的内心属于遥不可及的省委领导散文家元天亮，她不断地与他用手机短信倾诉衷肠。带灯不是一个现实的人，她是政治浪漫想象的产物，只是一个美学的半成品，她的内涵是政治与道德、佛教的结合，也是善的伦理的结合。这里期盼的政治也只能是政治伦理的期盼，也只能是具有伦理性的政治的期盼。带灯结果只能是现实主义浪漫地邂逅的幽灵——萤火虫与幽灵，如此相似，如此相怜。恰恰是这种无法完成的半成品，转向的、中途变异的"新人"具有真实性，贾平凹回到了自己的书写谱系，回到他的直接的现实经验，他放弃了不可能性。他只是敏感地预见到了，这对于一部封顶之作来说，或许就足够了。

四、 如佛一样的自我救赎

中国当代文学一直以现实主义为主导，倡导文学反映现实。然而，所有关于现实的叙事，不可避免地都包含着对现实的理想化的或者批判性的态度，很显然，在今天，现实主义的批判性不可能太激烈，也不可能彻底。其批判性带着理想性，即期盼有更好一些的政治治理，有好干部能把上面的好政策及时传导实施到下面。所有这些所谓的现实批判性，只能理解为对政治伦理的理想化期盼，它回避了任何关于制度的思考。关于现实的批判性思考实际上限制在政治伦理的范畴内，这在某种意义上可以视为一种有效的策略。五六十年代关于现实的思考从阶级斗争或路线斗争出发，它总是有强大的历史理念作为背景，观念性决定了现实性。如今对现实的反映除了反映一些表象和日常琐事，或者创造一些现实奇观，还能有什么作为呢？这是怀着巨大的理想抱负反映现实面临的最大的难题。不管是对现实的期盼还是批判，都无法建立起一套政治理念的想象。

贾平凹也不可能，但他适可而止，见好就收。这又使他宁可做一个预见者。其实，贾平凹有着惊人的预见性，《废都》当年最早预见到传统文化与古典美学的复活；今天又以《带灯》预见到政治浪漫主义的重返——它是以政治伦理的重建和理想性美学的再现为形式。"中国梦"的表述就是这样的政治浪漫的想象，它本身就闪现着浪漫美学的光辉。但是，因为其美学色彩的浓郁，它几乎成为唯一的美学性，也就是说它无须也无法派生出审美的支流，没有普遍的政治伦理与之相适应，也没有普遍的浪漫美学给予多样化的表现。"唯一性"总是绝对的，超现实的，既引领现实，又不能被现实化。贾平凹几乎总是能毫无准备地预见这些文化和美学的大走向，这就是说，他并不是要对现实的总体性揣摩、研究或感悟，而是他的直觉，几乎是纯粹地对他自己的文学写作的体会，去寻求那么一点艰难的突破。但总是能无意地触碰到历史的大根茎——他不知道那是什么，他不管那是什么，他只是他自己，他成就的只是他的文学，甚至很不自信地勉强去完成他手边的创作，或许还有自我救赎——如他笔下的人物一般。谁能想到他当年找来几本商州笔记写出那些"记事"会成为寻根今天留下的最有质地的作品呢？他自己也无法想到《废都》何以触碰到90年代知识分子的精神主动脉，我们也肯定想不到《古炉》对乡村"文革"的书写终究会成为一个时代的纪念。现在他自己肯定也想不到这部困难地完成的《带灯》可能提出了当代政治伦理与美学的最重要的难题。

贾平凹带着理想的情怀，想写出新一代的乡村基层女干部的形象，如此多的现实涌溢而出，这不是理想性的愿望和想象所能遮挡得住的。带灯的理想性存在是什么？是给元天亮写信，一个个富有文学性想象和修辞的短信。这也像贾平凹一样，他要重建带灯的形象，也是依靠某种幽灵学的神秘暗示。但现实与幽灵学的博弈太激烈了，在实际的写作中，其实是现实性占据了主导篇幅。不是说带灯这样的人物完全没有现实性，而是她的精神是靠了理想性和美学想象建立起来的。带灯面对着如此杂乱、困窘以及被新的市场欲望所调动起来的现实暴力，这样的理想性形象是无论如何也维系不下去的。贾平凹最终服从了现实性，这样嘈杂琐碎而又锐利的现实，最终必然要汇集起它的能量，必然要爆发，那样一场由元黑眼和拉布主导的恶斗才能把现实感汇集起来，才能把理想击碎，才能让带灯回到现实。回到现实的她只能是一只萤火虫，或者梦游症患者，她不能连接起一度中断了漫长时间的经典形象，也不可能在新的时代想象鼓动下活生生地重现。小说最后写道：

带灯用双手去捉一只萤火虫，捉到了似乎萤火虫在掌心里整个手都亮透了，再一展手放去，夜里就有一盏小小的灯忽高忽下地飞，飞过芦苇，飞过蒲草，往高空去了,光亮越来越小,像一颗遥远的微弱的星……那只萤火虫在夜里又飞来落在了带灯的头上,同时飞来的萤火虫越来越多,全落在带灯的肩上,衣服上。竹子看着,带灯如佛一样,全身都放了晕光。①

带灯其实无法在现实落地,她一直是飞行的小动物,她能给予的只是一些微弱的光,结果她只能远去高空,更不着地了。

贾平凹本来是要怀着巨大的热情去写作一个现实人物的,但这样的现实人物本来是一个非现实的人物,贾平凹也是在非现实地重建现实。多么浪漫的情怀,多么浪漫的文学梦想。读读这部小说的后记,没有人不会为之动容。中国当今作家没有一个作家的后记像贾平凹的作品的后记如此重要,而且写得如此深切动情。贾平凹每部作品的秘密似乎都隐藏在"后记"里,不读他写的后记,是无法真正理解他的作品的。读《废都》后记,才知道贾平凹写作《废都》时惦记着古典美文,他对古典美文的敬仰之意,可以理解为他要让古典美文在他的写作中重现荣耀。读《秦腔》后记,可以知晓贾平凹对乡土中国今天的荒芜忧心如焚。读《带灯》的后记可以体味到,贾平凹是怀着真情要写出乡村基层干部的艰辛,他们的奉献和坚韧不拔。贾平凹说,《带灯》不再用明清的笔法,要用两汉的文字,要有两汉史的风格,"它没有那么多的灵动和蕴藉,委婉和华丽,但它沉而不糜,厚而简约,用意直白,下笔肯定,以真准震撼,以尖锐敲击"。② 当然,这不只是文字笔法风格问题,这是如何面对现实,如何著史的问题。读了"后记"可以知晓,文中所写的大部分故事,尤其关键的人物和故事,都有原型。带灯这个想象的人物,这个几乎是社会主义新人幽灵重现的人物,竟然是有现实原型的。写短信竟然也是有原样的,族群之间的恶斗也是有事实的。他都亲历了这些事,这都是活生生的现实。他甚至多次走到乡村里去,去和那些人物事件在一起。然而,书写却如此困难,写写停停,加上病痛,竟然难以为继,他甚至"伏在桌子上痛哭"。对于鬼才贾平凹来说,竟然还有这等事?

他可能并不知道他在做一件不可能的事,他在做一件补天的事。所有的现实性都没有难倒他,他在《秦腔》处理过一回,而在《古炉》里更有过之而无不及,写得那么自由随心所欲。现在这样的现实他处理起来驾轻就熟,水到渠成。他的笔只

---

① 贾平凹:《带灯》,第352页。
② 贾平凹:《〈带灯〉后记》,《东吴学术》2013年第1期。

要落地就成形。但是他不愿像《秦腔》、《古炉》那样,他要怎么样?西汉文字可能是一个方面,根本还在于带灯这个女子。这是一个在漫长的中国当代文学自我开创中要续上香火的人物,对于他,对于当代文学未竟的事业来说都是如此。他写了那么多的女子,都那么性感诱人,那么活脱脱水灵灵,但她们活在文化想象中,或者活在欲望的白日梦中。但这回这个小女子却要在现实的泥地上立起来,多少人没有完成,那么大的梦想——社会主义现实主义的新人形象——政治浪漫派在美学上的投射,一项未竟的伟业,他想接过来。不是把政治观念性任意赋予对象,而是有现实依据的理想化表现。但理想化表现依据的现实太庞大,四处弥漫,杂乱而岌岌可危,它不是支撑理想化的大地,毋宁说是颠覆理想化的不稳定力量。带灯这个理想化的人物,她介入到那无边的现实中去,她带着光亮,她是美丽、善良且仁慈的。

这使这篇小说其实有两套体系:一套是属于现实性的当今中国乡村的艰难困境;另一套是理想性的,那是寄寓了贾平凹对乡村政治的期待,也企图复活五六十年代关于社会主义新人的文学想象。这就是政治浪漫派的想象与现实主义的历史实在性的调和,然而,这项调和的尝试还是让位给了现实主义的实在性,现实性击垮了理想性,带灯没有从现实向理想升华,在现实中她是一个失败者。

从现实的经验看,贾平凹肯定也意识到带灯这样的基层干部其实很少。小说中的镇长书记并不坏,都是正常的干部,他们也在辛苦工作,但可以看到他们都在忙着对付上级的任务,都在创造个人的政绩,主要的愿望是往县上调。小说对这些镇长书记着墨不多,这也没有什么奇怪,小说只能集中笔力表现主要人物带灯。带灯被突出出来,几乎成为唯一的理想化人物。这也让我们疑心,单靠带灯这样的理想化的人物介入现实有何作用呢?她的所有作为,她的所有无私的优秀品质,都无法在政治理想性上升华为普遍经验,无法建构起普遍的政治伦理。我们今天的理想性的政治伦理的重建依据来自何处?带灯只是一个人,带着一个什么也不会的影子一样的竹子,就像堂·吉诃德带着桑丘一样,带灯难道就是一个当今的女堂·吉诃德吗?在竹子看来,"带灯如佛一样",充其量只能完成自我救赎。贾平凹伏在书桌上"痛哭"什么?或许秘密就在这里。

贾平凹无疑怀着热情,怀着他的理想,试图写出带灯作为社会主义新农村建设的基层干部的新形象,给她的身上注入优秀品质。但这种品质已经不再是阶级斗争实践成长起来的品质,不再具有阶级属性。失去了这样的历史与阶级意识的(幽灵学的)支撑,带灯的理想性来自何处呢?是人性本善的古训,还是党的教育培养的结果?带灯不断地给元天亮写信,元天亮作为一个党的高级干部,文中他几乎没有给带灯这个基层干部回过一次以上的信。对于带灯来说，一个高级干部，能允许她不断地给他发短信就已经是十分宽容厚道的表现。或许那个手机就不在元天亮手上，在他秘书手上，或许根本上就是错号，带灯没有获得来自"那方面"的支持是事实。直到小说的后半部分，带灯给元天亮写信说，她这才知道"农民是那么地庞杂混乱肆虐无信，只有现实的生存和后代依靠这两方面对他们有制约作用"。多少年过去了，毛泽东说的"重要的是教育农民"在社会主义革命和实践中并未完成，甚至没有一点成效。带灯还能企盼什么样的思想引领？她只好向元天亮谈到"修炼"。"我从小被庇护，长大后又有了镇政府干部的外衣，我到底是没有真正走进佛界的熔炉染缸，没有完成心的转化，蛹没有成蝶，籽没有成树。"① 带灯抵达善的境界依靠的是抵达佛界的境界，一个关于社会主义"新人形象"的谱系，结果只是"外衣"，这方面的思想资源没有充分的动力，元天亮在这个过程中甚至没有给她任何有用的教诲。元天亮是一个象征："镇街上有三块宣传栏，邮局对面的那块永远挂着你的大幅照片。你是名片和招牌，你是每天都要升起的太阳……"带灯很明白："你是我的白日梦。"今天要成为一个好的基层干部，依靠什么？只有自己的修炼，抵达佛界。贾平凹的解决方案当然很无力，也很无奈，无力与无奈本身表明浪漫派残余的幽灵学已然无法完成美学的投射。

　　小说的结局，带灯这个人物，没有在现实的斗争中成长，没有与历史实践一起发展出面向未来的本质规律，总之没有与漫长的历史谱系接轨，也没有修复和重建那样的历史。她如佛一样，她只是成为贾平凹谱系里的又一个人物，一个超凡脱俗的"如佛一样"的人物。

　　贾平凹的所有努力，如此有现实依据的努力，也就是说，只是在现实基础上做了一点理想化的努力，最终都无法实现其理想性。贾平凹骨子还是一个现实主义者，他没有让理想完全超越现实，不管是浪漫派还是幽灵学，都要回到现实中；他让带灯离去，她本是萤火虫，就还是萤火虫，飞向远方的天空，或者去梦游，神不知，鬼不觉。再或者如佛一样，立在萤火虫之中。这未竟的理想，对于贾平凹虽然是一个现实的选择，但也是一个终究无奈的选择。与其说贾平凹怀着久远的社会主义理念，不如说他的思想其实是儒道释三位一体。他的儒的一面使他总是怀着与当代政

---

① 贾平凹：《带灯》，第264页。另外可见"昆虫才是最凶残的"这一节，竹子看昆虫之间恶斗残杀吃惊不已，那其实是象征底层民众生存环境的残酷。这不再是阶级斗争，而是生存的动物本能的残杀，尤其是同属等级的动物（阶级）内部的残杀。

治浪漫派相近的济世情怀；这种情怀也经常表现为现代性的激烈的批判性立场，如《秦腔》与《古炉》，后者结果是求助于"道"来解决问题。《带灯》则放弃了道，从儒转向了佛，只是似儒非儒，他的儒中混合着重建当代政治伦理的渴望。

　　当然，从文学更为朴素的意义来看，贾平凹或许真的把带灯当作一个现实的人物，那个乡镇女干部就领着他走了那么多的村庄，不断地给他发很长的短信，但他还是想要有一个"文字的带灯"，这就不小心触碰到中国文学的一个未竟的脉络了。她是理想化的，但又是幽灵化的，贾平凹看着她，在那山坡上，"她跑到一草窝里蹲身而卧就睡着了，我远远地看着她，她那衫子上的花的图案里花全活了，从身子上长上来在风中摇成鲜艳……"她真的活过来了吗？他到底是怀着爱和悲悯看着她，还是怀着那个宏大历史谱系的崇敬和理想看着她？贾平凹显然有所疑虑，摇摆不定，而且更有可能是前者逐渐占据了叙事的主导地位，他还是让带灯回到他的谱系中，带灯还是他的人。他只好"且自簪花，坐赏镜中人"，这也就是"如佛一样"了。

原载《当代作家评论》2013 年第 3 期

准列传体叙事中的整体性重构

——韩少功《日夜书》评析

张 翔

在知青一代开始引领这个国家的时间节点，《日夜书》不无巧合的面世，为我们提供了重新思考知青时期与今天之间有何种断裂与关联的契机，提供了在历史与今天的变迁中洞见未来的契机。"知青"只是这一代人曾经拥有过的共同身份，在经历了历史的断裂之后，他们拥有了各种新的身份。韩少功在这部新作中，让叙事者"我"承续史、汉笔法，连缀十余位普通人物的虚构式传记，辅以一些特别的结构性提示，述写了一部别具洞见的时代史。

所谓"大雅久不作"，"正声何微茫"，面对处于巨大变迁中纷繁复杂的中国现实，晚近二十余年来，只有少数作家展现出20世纪重要作家常见的那种勇气与心力，敢于以自己所创造的叙事，从整体上去把握这个时代的变迁。《日夜书》的出现，标示着勇气与心力的不绝如缕：叙事者"我"纵览知青一代所经历的两个时代，尝试以区别于"情节性很强的传统小说"[1] 的方式，提供一个可供反思和批评的当代史书写实验。

一、具象叙述的辩论意涵

近二十年前的《马桥词典》（1996）是在"短20世纪"的尾声[2]结束之后

---

[1] 韩少功：《马桥词典》，作家出版社2011年版，第55页。
[2] 指从辛亥革命（1911）前后至1976年前后中国革命的世纪，70年代后期至1989年间的"80年代"是其尾声。见汪晖《去政治化的政治》，生活·读书·新知三联书店2008年版。

不久,对"短20世纪"中的"马桥"的地方史叙事;这部词典体结构的作品事实上也可以看作"世纪史"叙事,它对"短20世纪"变迁的钩玄提要类似于中国水墨画的勾勒笔法,点到即止,布局空灵而藏有机锋。《日夜书》则是对知青一代人的"代际史"叙事,也是从知青时代到"90年代"的"时代史"叙事。知青一代不仅经历了中国革命世纪的终结,而且经历了所谓"90年代"(并不与90年代完全重合)的终结;现在一个新的社会格局和新秩序开始清晰地呈露它的面貌,它提示"90年代"的终结其实也是"后革命"时代的终结。[1] 知青史是20世纪政治史的产物,在"短20世纪"终结之时,它已经作为一个整体存在;但恰恰是在知青一代登上权力中心的时刻,"后革命"时代甚至也结束了,这既提供了更为纵深地整体性审视知青史的历史条件,也提供了整体性审视"90年代"的条件。《日夜书》再次显示了韩少功对于断裂性的时代变迁的高度敏感,他重叠描述知青史与当代共和国史,呈现了知青作为"一代人"的整体性图景。

当代史的叙述有着特别的困难,一个主要原因是每个时代都会不断进行自我表述,当代叙事者难以拉开与当代主流的自我表述之间的距离。韩少功对这一困难有其自觉,他不仅试图与主流论述保持批评的距离,也试图与处于分歧、对立和辩论中的各种社会思潮保持批评的距离。他是90年代以降关于社会性质与社会史论争的重要参与者,曾主编这一论争的重要平台《天涯》杂志,也曾写作大量思想随笔。他与各种历史解释之间的辩论和对话,向长篇小说创作大举渗透,《马桥词典》中已有不少关于历史解释和解释方法的辨析,而《暗示》(2002)整个可以理解为对历史解释方法及事例的讨论。所谓"90年代"是思想辩论的年代,从90年代争论中国究竟仍然处于前现代,还是已经全面呈现了现代社会的困境和问题,到新世纪争论中国究竟是国家资本主义、权贵资本主义,还是有着自身独特性的社会主义或

---

[1] 汪晖在2008年3月初定稿的《去政治化的政治》"序言"中指出,"90年代"的脚步正在迈向终点,这个时代并非与90年代完全重叠,它更像是"漫长的19世纪"的延伸和"历史的重新开始",社会主义实践力图压抑的各种社会要素破茧而出,成为新秩序的基础,那些构成"19世纪"之特征的社会关系重新登场,仿佛从未经历革命时代的冲击与改造一般。当时他提出,"90年代"的离去需要一个事件作为标记。现在看来,这样规模的系列事件就发生在2008年以降的数年间。出处同上。

者其他性质①，这些关于中国社会性质的争论延展到关于中国 20 世纪历史写作诸多领域（比如民国史、共和国前 30 年史，等等）。在中国社会日益分化、中国何去何从的分歧日益明显的新时期，这些关于当代中国社会性质、现代中国历史叙述的论争，是关于国家前途的社会博弈的非常重要的组成部分。这些辩论可以称之为新的社会史与社会性质论争。如果说，20 世纪 20 年代末到 30 年代的社会性质和社会史论战的根本问题是要不要开辟一个新的未来，开辟一个怎样的未来，如何开辟未来，这一辩论奠定了革命历史观和世界观的文化领导权地位。那么，这一新的社会史与社会性质论争的根本问题，则是要不要告别、如何告别"90 年代"这一"短 20 世纪"的余绪，这一辩论意味着历史观、世界观的深刻危机与文化领导权的权势转移。这些辩论今天仍在延续，但焦点正在逐渐发生变化。这些辩论的涌现，既意味着"90 年代"面目模糊、难以把握，也意味着不能将"90 年代"看作前一个时代的简单延续。在这个意义上，《日夜书》如何叙述发生过重大断裂的近半个世纪的历史，有怎样的经验得失，值得深入探究。

有意思的是，在《日夜书》中，有关历史解释的理论辨析和方法论思考突然变得有节制起来，仅仅零星可见，它比《马桥词典》和《暗示》要更接近常见的小说。我们可以在这三部小说的变化中发现一条理论辨析出现频率的凸形曲线，《暗示》处于最高峰，《日夜书》处于最低处。《暗示》在讨论历史解释方法论的时候强调，对具象"真实"的解释多种多样、混乱不堪，需要对"大量涌现的现代'真实'"、"判断标准的悄悄转换"，等等状况有充分的意识，"用语言来揭破语言所能掩蔽的更多生活真相"，也就是说，要了解具象及其真实，需要具体的辨析。②《日夜书》可以看作对《暗示》的反向运动，即只提供对"呕吐出来，放到显微镜下细细测试"③的具象细节的叙述，而将其所针对的各种解释言辞隐而不提；读者需要将其置于当代辩论语境，才能发现具体的辨析意涵。《日夜书》对具象细节的叙述因而往往有着较强的观念色彩。

小说提供了对特定具象细节的不同叙述，直接呈现历史解释中的重要辩论。典

---

① 除国家资本主义、权贵资本主义等概念之外，这些争论中还出现了北京共识、中国道路、中国模式、小资产阶级社会主义、去政治化政治、代表性断裂、后政党政治等试图进行总体性描述的概念。与此有关的，是金融危机、三农危机、医疗保障体制危机、住房体制危机、劳动权利危机、教育危机，等等论题的讨论。
② 韩少功：《暗示》，人民文学出版社 2002 年版，第 276—279、346—348 页。
③ 韩少功：《暗示》，人民文学出版社 2002 年版，第 1 页。

型的例子是对马涛被"告密"的叙述。接近真实的叙述是阎小梅参与了"告密",另一种叙述是马涛后来认为是郭又军"告密",再一种叙述是郭又军像祥林嫂一般不断向大家否认自己曾经"告密"。而这些历史叙述的分歧背后存在着一致性,即无论是叙事者"我",还是马涛和郭又军,都将"告密"视为关乎个人往事是否"干净"[①]的关键问题。"告密"与"守密"的预设都是权力机构与个体之间存在对立关系。"告密"意味着依附权力机构,参与对同伴的管控或迫害,它其实也是知青叙事(以及"文革"叙事)的一个中心问题,与此相应,20世纪革命对自身的叙述主题是"忠诚与背叛"。无论在20世纪的共产党还是国民党内部,"忠诚与背叛"都是涉及政治认同的根本性问题,20世纪的政治人物往往非常在乎组织鉴定是否忠诚,它包含的预设是敌我之间的尖锐对抗;在敌我关系之上,才有对政党和革命的忠诚与背叛的问题。因此,知青叙事所追究的主题从革命叙事念兹在兹的"忠诚与背叛"问题转向"告密",标示着历史意识发生了深刻的断裂:政治的敌我关系,已经转变为个体与国家政权之间的对立关系;在后者的问题架构中,革命价值及对它的"忠诚"失去了政治性的含义,逐渐成为反讽的对象。

小说还有一处细节涉及"告密",即暗示(但并未肯定)贺亦民热心帮助的石油国企很可能为了获取其技术专利,查到了他曾过失杀人的案底,并将其告发。在此一细节中,"告密"已经是一种被正常化的、日常化的阴谋诡计;在个体与国家机器的对立结构中,后者被企业所利用,成为帮助完成前者商业阴谋的暴力机器。这一对石油国企与国家机器的叙述,提示了"90年代"基本语境的去政治化。其中并非没有政治含义,贺亦民对石油国企的慷慨帮助包含了他对国家的一种"忠诚",石油国企基于私利的"告密"客观上是对这种"忠诚"的压制乃至清除,但它是以去政治化的方式完成的。

由此看来,《日夜书》中的具象细节叙述往往有结构性的含义。一方面,韩少功一直强调碎片细节的重要性,《日夜书》也不例外,他在接受记者访问时说:"我写小说,特别是写长篇,愿意多留一点毛边和碎片,不愿意作品太整齐光滑,不愿意作者显得'太会写'。也许这更符合我对生活的感受。"[②] 也就是说,"毛边和碎片"的主要含义需要放在它们与整体结构的关系中,才能得到充分的理解。

另一方面,他其实也将结构性线索作为具象细节来叙述。韩少功曾在《马桥词

[①] 韩少功:《日夜书》,上海文艺出版社2013年版,第111页。以下引自该书内容只注明页码。
[②] 胡妍妍:《韩少功:好小说都是"放血"之作》,《人民日报》2013年3月29日第12版。

典》中提到,在那种情节性很强的小说里,"主导性人物,主导性情节,主导性情绪,一手遮天地独霸了作者和读者们的视野,让人们无法旁顾。即使有一些偶作的闲笔,也只不过是对主线的零星点缀,是专制下的一点君恩。"在他看来,从欧洲小说的主线叙事模式中解放出来的主要理由则是,事实上一个人常常处在"万端纷纭"的因果网络里。①"主线"叙事(包括虚构文学叙事与以通史形态出现的历史叙事)的内核是现代社会理论所提供的总体性的历史观与世界观,不过社会历史理论与叙事之间的关系比较复杂,有可能是叙事成为理论的简单图解,也有可能是作家在理解现实及理论的基础上建立起总体性的历史观,并以此组织叙事,即叙事本身也可以提供社会历史理论的探索。韩少功对"主线"叙事的批评,与20世纪70年代以降形成的反总体论潮流有关,自由主义与后现代主义从不同角度将总体与"专制"相等同。总体论(或整体性,totality)的危机也就是现代社会理论及其历史观的危机。"短20世纪"的终结意味着总体性思考面临极其真实的挑战;如果个体与现代社会理论及其历史观的有机关联(包括认同、信仰等)同样坍塌,事实上意味着需要又一次重建历史观与世界观。尤其是对当代大变局的理解和叙述,并无现成结论可以依凭,需要展开新的思考。韩少功感受到了社会理论与历史观在社会体制中坍塌的基本氛围,他并不能自外于这一危机,其叙事形式探索既是历史观危机的一种表征,也是对此的一种回应。不过,有意思的是,韩少功并没有满足于仅仅强调"毛边和碎片"以及叙事线索"万端纷纭"的分岔,而是仍然保留了从整体上把握世纪史和当代史的努力,例如,《日夜书》尝试给出"白马湖"知青群体的整体图景。也就是说,虽然总体性思考已经非常困难乃至不可能,但对总体性的需求始终存在,问题是总体性思考如何在毛边、碎片、分岔,等等基础上重新出发。

正是在这个意义上,需要考察《日夜书》在叙事结构布局、叙事线索安排、整体图景构造等方面的工作,把握包含于其中的结构性的具象叙述。

二、 准列传体叙事中的断裂现象

在《日夜书》中,叙事者证实了"小说主线"的存在,如第37节开头说道:

---

① 韩少功:《马桥词典》,作家出版社2011年版,第55页。韩少功2004年3月在香港国际英语文学节上的主题演讲中,特意引用了关于主导性情节的这段话。见《马桥词典》"语言的表情与命运",同上,第317页。

"我需要再次离开小说主线，拾取一些记忆碎片"。这里提到的"小说主线"指的是什么？

就小说所写的一群知青而言，在叙事所跨越的四十余年中，一直将他们联系在一起的只是下乡所在地"白马湖"。这是多年以后他们重聚在一起的根据（只有第27节集中写了他们的重聚），但知青生活结束之后他们之间很少交集，没有"主线"。白马湖这一将他们维系在一起的地理象征正在消失，他们在重聚途中由于就餐费用无法收齐而欠账，意味着这个群体正在瓦解。已经没有力量能将这个已无中心的群体维系在一起。

《日夜书》将这群人物联系起来的结构方式比较隐晦，需要前后勾连才能发现。作者从《史记》、《汉书》所开创的列传体（或称纪传体）传统那里，拿来了断代历史叙事的结构方法，并加以变形改造。他戏仿列传体的结构，每个人物的传记都以这个人物为中心，却没有传主的标识，同时又把一篇传记分拆为两个、三个或更多的部分，与其他被分拆的传记相互穿插，形成看起来杂沓、实则有其秩序的另类叙事结构。如果说《日夜书》有"主线"，首先是这种准列传体结构。

《日夜书》所连缀的不同人物"传记"，当然不是那种按生平时间顺序记述的传记，而是虚构叙事的准传记。其中，有的人物着墨相对较多，有的角色着墨相对较少①。其叙事安排也带有《史记》、《汉书》等列传体史书中"互见法"的特点：由于不同传主的人生轨迹有交集，有时某传主的事迹未必在本传中提及，而放到其他传主的部分去写（比如，马涛在"我"的成长过程中有着非常重要的地位，他的故事不少就放在以"我"为主要线索的部分）；如果同一个事件在不同传主的部分都会写到，则有的详细、有的简略。

而《日夜书》对列传体的改造，也可以让不同人物的传记之间相互承接和切换，形成一个个存有一定联系但并非连续性情节的"意群"。例如，第43节至第46节从贺亦民到郭又军，又从郭又军到郭又军的妻子小安子，再接着写贺亦民。

---

① 着墨较多的如，"我"（陶小布）的部分，包括第2—3、12—15、20—21、28—29、31节；吴天保的部分，第4—6、36节；小安子的部分，第8—9、45节；郭又军的部分，第10、44节；马楠的部分，第17—19、22—23节；马涛的部分，第26、32—33节；笑月的部分，第30、49—50节；贺亦民的部分，第40—43、46—48节。着墨较少的如，第1节姚大甲，第7节杨场长，第16节阎小梅，第24节马母，第37节秀鸭婆，第38—39节"酒鬼"。除各有其中心人物的章节之外，其余六节都是关涉全篇的评论性或抒情性的章节。

其实《马桥词典》已经运用这种准列传体来结构叙事，只不过由于其词典体形式和不断插入的评论性章节，这种结构隐藏得更深。《日夜书》突出具象叙述而节制议论，更切合《史记》"载之空言，不如见之于行事之深切著明"的传统，准列传体结构反而凸显出来了。①当年围绕《马桥词典》是否抄袭了米洛拉德·帕维奇《哈扎尔辞典》的争论，其实并未抓住这部作品在叙事上真正重要的创新之处。

不过，《日夜书》的准列传体结构与《马桥词典》的区别在于，它们以有所不同的结构形式，透露了不同的"断裂"信息。《马桥词典》主要通过不同人物来叙述不同时代的变迁，而《日夜书》则主要通过同一批人物在不同时期的不同遭际来叙述时代巨变。《马桥词典》的各传记主要按照历时性的结构组合，不同的时期分别由不同的传主故事来叙述。例如，带来科学的外来户希大杆子对应现代史在"马桥"的开端，1948年的县长马文杰对应新中国成立前的历史，万玉、罗伯、马本义、铁香、兆青等对应知青时期，魁元对应"90年代"。同时，也有盐午、盐早、复查等少部分人的叙事呈现横跨知青时期与后知青时期的特点，尤其是盐午在这两个时期的命运发生了重要转折，反映出这两个时期之间的断裂。这为后来的实验做了一些准备。《日夜书》的各传记则主要按照共时性的结构组合起来，绝大多数知青传主都横跨知青时期与后知青时期（后知青时期主要叙述的是"下岗"潮兴起及此后转而强调"公平"的"90年代"），而且这两个时期的叙事往往分割开来，从形式上凸显了这两个时期之间的深刻断裂。

仅就《日夜书》而言，改造后的准列传体与断代的列传体史书的区别是明显的：其一，它并非亦步亦趋地写一部断代史，而是以虚拟的笔墨写从知青时代到"九十年代"的共和国史。其二，叙事者"我"也是入传的人物之一，这是列传体史书中都不曾见的。其三，人物选择比较随意，并不像列传体史书对入传人物的甄选有严格的讲究。其四，小说人物曾有共同的生活经历，他们之间的"互见"要远比列传体史书频密，从整体上说，小说的系列人物叙事之间既是并列的，又是相互交叉的。

从打破带有通史气息的"主线"叙事的角度来说，准列传体的确是一种有很强针对性的文体，它以"复古"的方式，从通史之前的叙事传统那里寻找到突破的

---

① 司马迁：《史记·自序》引孔子言。韩少功在《文汇报》（2013年3月18日第8版）记者吴越的访谈《文学，敏感于那些多义性疑难》中，也强调了"人们在理论之外还需要文学"。

资源。

近代以来在西方历史撰述的冲击之下，中国历史编撰体例在清末民初以降曾经历一次根本性的变动：列传体和编年体这两种传统主流撰述模式，因为难以提供对于社会历史演化逻辑的直接和清晰的说明，而较少再被采用；致力于分析归纳人类社会发展逻辑的通史撰述则成为主流。有意思的是，中国传统长篇小说的结构方式并非由列传体所主导，而是自《三国演义》、《西游记》以降，便形成了一种更接近于纪事本末体（被视为接近通史体例）的叙事结构方式。无论是中国传统长篇小说，还是西方小说，都很少以列传体为基本结构展开叙事，以单人传记的形式结构长篇比较常见，而以断代的系列纪传的形式结构长篇则罕见。因而以列传体的形式结构长篇叙事，也是对中国长篇小说传统的一种突破。

不过，虽然中国古典历史撰述（包括列传体和编年体）并没有西方现代的总体概念，但也提供了某种总体性，简而言之，王朝及其内外更替是框架，天地君亲师及其伦理是整体的内核。在这一框架中，古典史家通过叙事表达惩恶劝善等宗旨。

与此相应，从准列传体的文体选择来看，韩少功很可能只是拒绝"主线"叙事，而希望换一种方式从总体上把握和叙述历史。他也表现出了对总体史观的兴趣，《马桥词典》在篇末的"归元（归完）"词条讨论了悲观主义者与乐观主义者两种类型的历史观。《日夜书》则企图从总体上把握各位传主，"我"按"泄点和醉点"、"准精神病"的名目对主要传主做了归类。这里"我"的视角与作家的视角有所重叠，韩少功在接受采访时强调了这些分类。① 不过，作家以文学界的流行观念作为主要理论"对手"，大大限制了理论视野。这种抽象归类很难解释贺亦民、姚大甲、马涛等不同人物在各自类型中的独特性，也很难解释其成因。基于人性的类型学解释的弱点，主要不在于类型分析的形式，而在于它割裂了与历史/现实之间的联系。这使得它既不能表现出传统列传体那种历史感，也不能表现出部分现代社会理论的历史感。

《日夜书》的准列传体叙事包含的总体性意识要比表面上表达的理论兴趣更为丰富。主要可注意者有二。一是小说人物之间的"互见"比较频密，他们之间的联系是否呈现了某些总体性的图景；二是叙述时代之间的断裂现象，需要总体性的把

---

① 司马迁《史记·自序》引孔子言。韩少功在《文汇报》（2013年3月18日第8版）记者吴越的访谈《文学，敏感于那些多义性疑难》中，也强调了"人们在理论之外还需要文学"。

握。一方面是所选取的历史断片的开始或收束之处的断裂。虽然《马桥词典》和《日夜书》都并非断代史，但它们在起止时期的选择上却并不随意，而有着接近于"断代史"的意识，注意其开端与收束。《马桥词典》将科学进入马桥作为开端，《日夜书》中对"我"的知青生涯开端的叙述，以及将马涛的可能一去不返、贺亦民的入狱、郭丹丹的救援、马笑月的自杀作为收束，都有其讲究。另一方面，前面已经提到，《日夜书》对所选取的历史时段的叙述中，也出现了知青时期与"90年代"之间清晰的断裂感。《日夜书》对断裂已然发生的历史的叙述之得失，也是可以进一步探究的问题。

三、 两种家庭共同体的对比

根据"我"的分类，来自同一大家庭的郭家兄弟（郭又军、贺亦民）和小安子都被归入"泄点和醉点"，而马母和马楠、马涛兄妹这些马家的人物则被归入"准精神病"。而且，小说的主要人物基本分属于这两个大家庭，他们的故事构成了小说的主体部分。

我们可以根据这两家人物频繁"互见"的细节，重构这两个大家庭的故事线索。郭家的梗概是：小安子远走异国，郭又军因贫病而自杀；贺亦民充满活力上下折腾，有些玩世不恭，善发明，又能干，为郭又军打抱不平、失手杀人而身陷囹圄，最后是郭的女儿丹丹放弃母亲朋友安排的留学机会，留下来做律师，和同学组建律师团为贺亦民打官司。马家的梗概是：自我中心的马涛成为客居海外、习惯表演的异见人士，但他作为表演者的虚荣，被富起来的、自私的二姐以冷冰冰的傲慢感摔得粉碎；兄妹情因而彻底瓦解；他的女儿笑月因失落、挫折而吸毒，最后自杀；"我"（陶小布）和马楠对此爱莫能助。

从郭家与马家的故事线索来看，中心问题是如何维系大家庭。两个大家庭最大的区别，在于他们对家庭内部的分歧和矛盾一直有着不同的态度，形成了不同的性格。它们都遭遇了溃散的危机，但前景并不一样。

郭家的特点是在重大问题上会将家庭内部（包括父子、兄弟之间）的不同意见表达出来，其表达有时比较强硬，固然经常会让家庭关系变得紧张，但总的来看，反而会使子女和兄弟在这种冲撞中调校自身，从而更可能让家庭中的个体确立比较健康的生活态度。长辈对晚辈的教训和同辈之间的相互批评并不是家庭共同生活的主要内容，却是维系家庭共同体的一种关键方法，原则、方向、风气通过这些教训或相互批评而在家庭共同体内得到有力展现。因而它不同于那种沉陷于无休止争吵的家庭。郭父一直棍棒训子，表达方式显得粗暴强硬。棍棒之下未必一定出孝子，但在这里，父亲的教训是让贺亦民有其规矩的重要基础。小说还给出了郭又军和贺亦民的一个相近细节，以砸脑袋来表达自己：郭又军为了训导女儿丹丹回归校园，"抡起手中砖块"，"砸在自己脑门上"；贺亦民为了向同学证明清白，"急得一头撞到墙上"。贺亦民认为郭又军对女儿丹丹过于溺爱，批评并拒绝援助他的这种溺爱。这些不避忌矛盾的相互砥砺，有助于养成能真正负责任的性格。

马家的特点则以一种看起来温良的方式面对和处理内部矛盾，在重大问题上即使有不同的看法也经常隐忍，这种表面和气的氛围形成了家庭中一部分人的自我中心与另一部分人的软弱和无原则牺牲的格局。在这种格局中，每个人不能通过矛盾中的相互砥砺来促进各自的调校，最后家庭也在矛盾中走向瓦解。马涛知青时期蹲监狱时不体恤倾其所有的母亲和卖血的妹妹，霸道地要求吃澳洲鱼肝油；出国之后为名利勤于表演和内斗，将女儿笑月甩给家人，几乎不闻不问。大姐、二姐也都是自私和势利之人。与之相应，马母和马楠的性格则是软弱和不惜一切的溺爱或忍耐牺牲。她们对马涛固然是如此，马楠对侄女笑月同样如此。马家性格的截然分途在某种意义上互为因果，一部分人的自我中心，因为另一部分人的沉默、软弱和牺牲而变本加厉，促使牺牲者更多地甚至是屈辱地付出。即使是有所不同的"我"已经清晰意识到马涛的问题所在，仍然把自己的意见憋了回去，只是在想象中有所爆发。这些性格并非天生，而与避忌矛盾、维护表面和谐、对重大原则问题隐忍不发的家风有着深刻关联。马笑月延续了自我中心的性格，因残缺的家庭和挫折而吸毒，最后选择自我放弃，投入天坑自尽，呈现了这种性格养成机制的深刻悲剧。

对比这两个大家庭，可以进一步发现，回避矛盾或正视矛盾有其思维方法的原因。如果把亲人之爱想象为无条件的同意（或者用"我"的归类，这是一种偏执的"准精神病"式的爱），那么，这种"爱"会回避矛盾，这是马家的情形；如果把基于爱的批评仍然理解为一种亲人之爱，那么，也可以有不回避矛盾的复杂的"爱"，这是郭家的情形。

而郭家和马家也有共同之处，那就是，都存在以承担和忍耐维系大家庭的努力。

作家在全篇中安排了一些结构性的设置和提示①，我们可以在部分被提示的章节中，看到"我"对承担、忍耐等品质的强调。其一，"我需要再次离开小说主线，拾取一些记忆碎片"，提示此后三节所述的"秀鸭婆"和"酒鬼"的故事可能有重要含义。② 前者强调的是勇于承担和坚韧，后者强调的则是知回报。其中，绰号"秀鸭婆"的梁队长在父母过世之后，东讨西借把两个因家贫送人的妹妹接回家，坚持还完一位堂叔借给自己的高利贷，而且最后为这位孤老堂叔送终。他对此的解释是，"不是一家人，不进一家门"，通达、坚韧而淡然。

其二，整部小说只有两处"补记"，分别写母亲小安子全球流浪"去寻找高高大山那边我的爱人"与女儿丹丹留守故国。其实这两个片段未必不可以融入小说的"正文"，但叙事者特别将它们拈出来，形成对比的关系，强调了郭丹丹更有所承担与敢于迎接挑战。

两个大家庭线索的对比深刻的地方就在于，它显示了，同样是承担和忍耐，但因为关联对象的行为不同，而有不同的含义和后果："秀鸭婆"的承担是宽容，马楠和马母的承担是纵容，郭又军的承担是责任，郭丹丹则可能与她要救助的叔叔贺亦民一样，承担的是道义。如果说，承担和忍耐是维系大家庭的基本要素，是维护家庭共同生活的必要品质，但只有这一品质还不足以克制那些破坏共同体的极端自私的行为；当这种破坏性的力量出现的时候，如果家庭共同体内部没有批评和规训的力量，无法克制它们及其带来的分离效应。通过家庭成员之间相互砥砺，才能使有所承担等品质成为共同体成员共同的品质，才能形成并保持共同的生活和目标。郭丹丹的成长是一个很好的例子。从根本上说，家庭成员之间是否存在相互砥砺的风气和习惯，是将马家与郭家区分开来的关键所在。

这两条线索显示，准列传体结构中潜藏了另一种形式的全局性线索，包含了有关家庭共同体维系的伦理秩序。不过，这一家庭内部伦理秩序只能部分地解释两个家庭不同的状况和前景，并不能解释何以马涛和他的姐姐们会不欢而散，何以郭又军会因贫病而自尽，何以贺亦民会被其所帮助的国企所起诉，等等。接下来需要继续分析《日夜书》如何呈现历史断裂的整体图景。

---

① 前面讨论的人性类型学分析的三个章节，就在结构上有特别的强调，整部小说只有第11、25、43节给出了系列文字小标题。其中第43节单独对贺亦民作不同侧面的描述，提示贺亦民可能是"我"的叙事中最为重要的人物。

② 另一处特别指出叙事次序的"分岔"的地方是第2节开头："我醒了过来，再次醒过来了，发现很多事情还得从头说起"，提示第1节姚大甲的故事可能需要特别注意。

四、 表演性舆论的笼罩及其突破

与郭家、马家两条历时性线索的并置不同,《日夜书》对作为整体的知青群体的叙述出现了两个不同时期之间非常有意思的对比：知青时期的白马湖知青存在一个集体生活的共同体,但恰恰是这一时期的历史成了无法概括的历史现象；后知青时期的白马湖知青是分散的,但"我"反而可以对知青群体的群体命运与后来形成的群体意识提供一种总体性的描述。这一现象意味着什么？

我们可以在《日夜书》中发现三种对知青史的概括性叙述：第一种是当代主流舆论的叙述方式,即"'地狱'、'劳改'、'大迫害'、'大骗局'、'水深火热'、'暗无天日'、'九死一生'、'万劫不复'……这些出现在媒体上的流行用词"所标示的"后悔史学"。第二种是知青群体自我分裂的历史意识,即在他们那里存在两个不同的知青时代,有的时候,过去的岁月黯淡无光；而有的时候,他们又似乎在夸耀什么。前一部分概叙与当代主流舆论相切合,后一部分概叙则与知青时期的主流自我表述有一定关系,因而这种自我分裂也可以理解为当代主流历史叙述与当时主流自我表述之间的分裂。第三种是知青时代的自我表述。这一方式并没有出现,但它事实上像一个幽灵时时在场,其痕迹一是知青回忆中的"自豪",晚年吴天保的"折腾"（勇于教训湖吃海喝的县财政局长、组织被欺负的"郊农班"孩子成立"抗暴维权"的队伍）,等等；一是"我"对知青传主们故事的叙述,往往隐含了对当时主流自我表述的解构和反讽。

而"我"并没有试图给出知青史的总体性概括,只是呈现了上述不同的概括方式,"我"并不同意其中的任何一种。总体历史观的形成,是对知青史有总体性把握的前提；而只有在试图探索未来的明确方向的时候,才会需要总体历史观,否则并不需要对历史有总体性的把握。但总体历史观的形成,并不是对历史必然性的一厢情愿的抽象想象,而需要历史分析的积累和实践的契机。"我"给出了对现在的部分知青群体的概述,但并不给出知青史的概括,这是"我"对自身困难的坦诚面对。

正是在这一部分,"我"对"万端纷纭"的线索的需求,真正深切地呈现出来了。准列传体在叙述知青史部分的功能,是在"我"暂时无法给出总体性叙述的时候,提供另一种全局性的、充满分岔的叙述组织方法；它包含了重建总体性图景的可能，同时不可避免地包含了分岔、自我解构、反讽等要素。限于篇幅，这里简要指出"我"的知青史叙述的一些要点：其一，试图叙述"真实"状况。例如，在"我"的知青生涯的开端，知青郭又军"给我一种出门旅游的气氛"，从而"自投罗网青春失足"。这样的叙述包含了排除各种既定观念的干扰、重返"真实"具象的努力。其二，主要主题有日常生活、形式化的政治、"争面子和抢风头"的"斗争"和告密，等等。例如，杨场长被以牙还牙指出形式上侮辱毛主席而吓出癔症。其三，"我"逐渐疏离当时主流表述的过程，也是不断自我解构的过程，"我"对这一过程的叙述经常带有反讽意味。例如，场长吴天保对"我"的人生启蒙与对"革命"的解构；又如，有一次"我"发现"红薯比革命更能消除自己的头晕目眩"。其四，对知青经验的肯定性运用，主要来自两位知青时代的边缘人姚大甲和贺亦民，贺亦民甚至并未真正做过知青。

当今主流舆论、知青群体、"我"自己的知青史叙述的更大范围的"混杂"状况的呈现，也是理解当今时代的契机。其中有难以从历史叙述中自然产生的变迁，有断裂、缝隙，有的新现象从根本上不可能从知青史内部衍生出来，而这些新的现象深刻地映现在曾经是知青的人身上，但他们的各不相同的反映方式已经不能用知青的历史来加以说明。我们已经无法仅仅从"知青"的视野来理解当下了；当年的知青，在今天已经拥有各种新的身份，例如金融家、博士、教授、下岗工人，等等。

"我"对后知青时期的叙述呈现了"90年代"的复杂性。在这部分叙述中，准列传体的功能发生了重要变化：在知青史叙述部分，它是对总体性叙事的一种替代；而在"90年代"叙述部分，它容纳了相对于概括性叙述的游离和反讽。其中，"我"对返城后沦落的知青群体与"一些知识精英"及其所代表的社会力量之间关系的叙述，是概括性的叙述；对贺亦民与他所帮助的石油国企之间关系的叙述，则是一种游离和反讽。

"一些知识精英"与沦落的知青群体之间一定程度上是表述与被表述的关系。根据"我"的描述，"一些知识精英"一直是掌握着话语权的、试图表述知青的群体，他们昨天"认定"后者是"必须赶下岗的人（为了效率）"，今天则"鼓吹"后者是"必须闹上街的人（为了公平）"。从下岗过程来看，沦落的知青们的确被这些知识精英所表述了，而据"我"的观察，他们其实"不想下岗，也不想上街"，未必同意知识精英的表述，但他们不能表述自己，于是以抱怨知青经历作为对现实困顿的心理补偿。

"我"指出了"一些知识精英"表述的表演性，这种表演性舆论的要害在于把部分问题从整体中割裂出来加以强调。"认定"和"鼓吹"这两个词看似简单，其实包含了深刻的洞见。"认定"意味着真实的意见，"鼓吹"则意味着表演性的姿态。知识精英翻云覆雨的表演所呈现的"自我分裂"和自相矛盾，只是心知肚明的表演被看穿了之后呈现出来的破绽，而不是真正内在的自我分裂。他们事实上是前后如一的：昨日他们可以公开"认定"人们应该下岗，但一旦下岗的人多了，这种公开"认定"就会触犯众怒，主张"公平"的呼声就会发展成社会主流意见，形成新的"政治正确"，于是他们转而表演性地主张"公平"；但是他们的方案的核心并未改变，只是在策略上戴上"公平"面具做各种表演，以争取更多人的支持。此时他们尤其需要将"效率优先"时期以来逐渐加剧的社会不公平的责任完全归咎于他者，即他们在公共部门的合作者、垄断国企或以往那段被抽象化处理的历史。戴上公平面具进行表演，寻找卸责的方式，成为今天人们实现资本扩张诉求的必修课，成为资本（包括权力化资本）在扩张进程中自我表达的本质特征。这些引导和转移矛盾的方法，都是进行政治权力斗争的策略。知青们之为"影子"，乃是作为利益攫取对象与政治权力斗争工具的"影子"。

上述"知识精英"及其代表的社会力量与部分沦落的知青之间的关系结构，与马涛与马母、马楠之间的关系颇多接近之处，同样是前者极端自我中心，而后者一味沉默、隐忍、承担。就像马楠面对马涛过分但尚可承担的要求会沉默地承担下来，知青面对尚可承担的下岗要求也会沉默地承担下来；马楠面对马涛无理且无法承担的要求会沉默地回避，知青面对无法承担的上街鼓动也会沉默地回避。就像在马家的结构中有一种片面抽象的爱作为中轴一样，在知识精英与沦落知青之间也有一种对国家及其体制的片面抽象化理解、对抽象国家的抽象同意作为中轴。就像马涛设置了是否同意他、是否支持他的议题，马楠和马母只能选择"是"还是"不是"，知识精英也为知青们设置了面对抽象国家和体制是否同意的议题，知青们也只能选择"是"还是"不是"。在"为了效率"的20世纪90年代，议题是"是否同意下岗"；在"为了公平"的新世纪，议题则是"是否为了不满而上街"。这些议题变化背后的理论要点，是从"僵化的、无效率的、计划的社会主义"到"权贵资本主义"或"国家资本主义"的变化，一种以偏概全、抽象描述中国体制性质和社会性质的核心概念的变化。如果知青们跟着这些议题走，那么，他们只能要么选择"是"，要么选择"不"。在这种情况下，无论"下岗"，还是成为国家（国企）的累赘，无论"上街"（反体制），还是沉默（以抱怨历史作为心理补偿），国家相对于知青个体而言都是抽象的，个人对国家的态度只能有非此即彼的选择，要么赞同，要么反对。

而"我"对"知识精英"与知青之间关系的叙述，与对马家关系叙述的最大不同在于，前者呈现了"知识精英"颇具说服效果的舆论引导能力。这是取代了20余年前的舆论权威的新力量。于"我"而言，这个时代真正强大有力的理论"对手"，其实是玩转"效率"与"公平"的理论话语、又有着灵活而强大的议程设置能力的这些知识精英。虽然在《日夜书》中，马涛可谓表演性的集大成者，不过，由于他长期客居海外，并未身处20余年来的国内巨变进程，比起这些知识精英来要差一大截。"我"不大会受马涛表演性言辞的迷惑，但在一些方面却深受知识精英片面抽象的议题设置的牵制与束缚。"我"对这种舆论引导的反应，充分表现了其说服效果。

其一，"我"对知青们当年下岗的解释与知识精英的表述并无区别。"我"借乡下人说出来的想法是，知青们下岗主要怪他们自己，是"城市户口"和"国有企业"养懒了自己，废了武功。这一看法部分地有理，知青们自然要为自己的命运负责任，不过，这一看法其实正是那些知识精英在"为了效率"的年代给出的"下岗"理由，它的要害在于当时他们反对强调改制下岗应有"公平"，而今天精英事实上并没有抛弃昨天那种"效率"至上和利益最大化的追求，只不过避而不谈了。虽然"我"不赞成今天知识精英的"上街"鼓动，但与昨天的精英意见拉不开距离。

其二，"我"指出了下岗知青群体的历史意识中真正的内在分裂，但值得注意的是，随后"我"只强调了知青们从"后悔史学"中寻求心理补偿的一面。"我"同情和赞同知青们在"知识精英"的议程设置之前被动隐忍，认为这是一种不得不如此的选择。另一面是，知青们对知青时代的"自豪"和"夸耀"，超出了表演性舆论的覆盖之外，对精英们的片面割裂构成了挑战（姚大甲对知青经验的后现代式运用是一个例子），但这一面是否会延展出另一种反应方式，"我"并没有提及。

在《日夜书》中，是贺亦民以他对公共部门应有公共性、对平等与爱国等价值的倔强坚持，对流行于国企内部的表演性舆论作出了尖锐的批判。

小说以加系列小标题的单节特别强调了贺亦民，有关他的篇幅在整部小说中也最多。恰恰是贺亦民这样一个当年玩世不恭、不守常规的另类分子，"连红领巾也没摸过的二流子"，后来成为网络上的大龄爱国愤青，把国企当作"心目中最具体、最实际、最有手感的国家"，把石油城当作"远方童话"，以自己的技术发明能力，不计回报为石油城的技术改造贡献具革命性的新方案，想"为国家出一把力"。更为重要的是，是他不满于石油城的官僚化国企在知识产权、课题机密上充满私欲的种种手段，学习"叫板微软、英特尔以及一切市场规则的IT好汉"，Linux创始人林纳斯，在因多年前的过失杀人案将被警察逮捕之际，把多项发明资料打包上网，开放共享，成为"中国的林纳斯，一颗共产主义的技术炸弹"。

贺亦民同样批判了被冠名为"国家资本主义"的那些现象，却有别样的观察（既是"童话"，又弊病丛生），提出了别样的选项（既热爱又批判）。他在技术专业讲座中这样对"这些政府和国企的官员"提出疑问："怎么就没碗大（远大？）的理想和钵大（博大？）的胸怀？……爱一下国就这么难？"贺亦民与他要帮助的毛雅丽等国企的技术官僚们的矛盾，呈现了当代中国"公"与"私"的复杂状况：虽然国企被认为是体现"公"的制度，但它的技术管理者们的思维和实际运作方式事实上已经是"私"了，反而是贺亦民这样的个体户才具备真正的公共性意识。从这个角度说，前面所说的具表演性的知识精英对国企的批评，的确有一定的根据；但贺亦民与他们之间的根本区别在于，贺亦民对于真正的爱国、"公"和公共性的追求，是他们反对乃至于畏惧的事物。表演性舆论最担忧害怕的恰恰是对于公正平等价值的坚持和全面深入的求索，最不乐见的是那种不看怎么说、而看怎么做的深入追问。这也是贺亦民与毛雅丽等官僚们之间的区别所在。后来油田方面指控贺亦民将自己的发明上网共享损害了其商业利益，对自身如何利用贺亦民的赤子之心毫无反省，将知识产权私有化格局之下"点共产主义"与国企非公共化之间的矛盾和冲突暴露无遗。

由此看来，正是因为贺亦民突破了对国家和体制的抽象化想象，具体问题具体分析，才有可能超越下岗/吃大锅饭、上街/无原则忍受这样的二元对立，做出更切合实际状况的选择（既热爱和认同国家共同体，又果断指出其中存在的各种弊病）。这种具体复杂的态度，是突破抽象教条束缚的力量。

就此而言，贺亦民一定程度上与不少知青以集体上访表达对基本制度认同的复杂态度是共通的。十余年前知青们大量下岗的时代，相当部分知青针对国企改制的种种不公正现象，曾经采取各种非常规的维权方式（比如向各级党委政府集体上访）来表达他们的抗议和期望。在多数情况下，他们表达的不是简单的反体制，而是既认同和信任基本体制，甚至愿意为"大局"做出一定牺牲，同时又有强烈批判的复杂态度。这与今天知识精英所鼓吹的反体制的"上街"，有着本质的不同，前者是在认同国家基本制度的前提下，根据包含在国家基本制度中的原则，来表达自己的诉求、主张和批判，他们不断地要求党委重新站出来，回到群众中协调和处理问题。国家基本制度内含的原则和价值追求，是知青诉求的依托，它们也通过这些诉求得以展现。只是因为知青们的这些运动与复杂态度并没有在《日夜书》中得到呈现（与此相应，《暗示》中"文明地掠夺"的老木这类成为经济精英的知青、后知青时代的主角，也没有出现），贺亦民才显得颇为另类。

虽然"我"的叙事中出现了贺亦民这样的形象，但"我"对知青群体的概括中却忽略了以批判表达认同的脉络，似乎除了从抱怨中寻求安慰就不再有其他出路。"我"作为马楠的丈夫，在这一关键点上表现出马楠和马母以和气隐忍的方式面对矛盾的性格。虽然"我"是作家直接表达意见的一个出口，但"我"与其他人物一样，也有自身的性格逻辑。"我"在品格上更接近于贺亦民，有正气也有能力，官至厅级干部，在当下堪称社会中坚。"我"处于社会主流思想之中，视野开阔，对一切都保持批评的距离，同时又善于理解和平衡，例如曾在"点共产主义"方面给予贺亦民启发，显示当下的社会中坚仍然有着一定的活力；"我"在工作中面对丑恶现象并不是一个隐忍的老好人，曾坚持既有规范抵制腐败干部并因此提前退休。但当"我"感觉打破和气的社会表达可能给共同体和个体带来难以承受的风险，"我"面对和处理矛盾的马家方式就呈现出来了。

"我"的叙事与意见之间的张力，也使得在小说中有着比其他人物更为全面表现的"我"，具有特别的认识价值。尤其重要的是，这一张力可以让我们认识表演性舆论的引导能力乃至统治能力：即使"我"发现了它们的前后矛盾，仍然会在它们用割裂的方式所设置的议题中打转，或多或少地接受基于片面抽象的割裂而提出的概念和命题。当"我"所同情的部分知青以抱怨历史而求解脱的自我压抑机制跃然纸上的时候，当代社会矛盾演化及其在意识形态领域的纵深扩展就显现出来了。"我"越是社会中坚，就越能显示占据主流的表演性舆论的力量和霸权，越能显示这一危机的深度。"我"这个有反思能力，同时倾向于以忍耐和平衡避免社会冲突表面化的当代史撰述者，是中国当代文学中的重要形象。

由此我们可以看到国家共同体发展的一种图景。郭家与马家的关系结构不无隐喻性，它们可以让人联想到维系国家共同体的不同结构方式和道路：一个共同体内部的矛盾和分歧，如果能够在维护共同体的前提下得到充分表达，反而会有利于消除矛盾，维系共同体，促进有分歧的各部分的共同发展；如果一个共同体内部刻意回避或者掩饰必然会存在的分歧、矛盾或冲突，则恰恰使问题愈演愈烈。① "白马

---

① 由此切入，或可理解小说何以命名为《日夜书》。第34节与最后一节关于死与生的抒情，也许不仅是对于个体生命的感叹，也可能是对社会共同体的感叹。韩少功的《第四十三页》（2008）已经展现了其隐喻写作的娴熟。

湖"的日趋消失，上述知识精英及其代表的社会力量呈现出舆论领导能力，贺亦民的"点共产主义"行为被油田指控严重侵权，以及石油国企公共性的丧失，都意味着一种新秩序的框架已经确立，国家和社会共同体逐渐呈现出向马家式关系发展的态势。而贺亦民和郭丹丹这些形象的存在，① 意味着这一演变趋势未必一马平川，仍然充满变数。

五、 在断裂与混杂之上重建整体性

《日夜书》在知青一代将写下最重要一章的时刻，整体性地叙述了知青的代际史。这"一代人"曾经历重大的历史断裂，他们拥有的共同身份属于断裂前的时代，断裂之后他们经历了深刻的社会分化，相互之间已经千差万别。

知青一代的社会分化以及由此形成的巨大的意见分歧，给当代史叙事带来了特别的困难。虽然重建知青史叙述整体性的条件已经具备，但整体性思考的难度很大；事实上在今天这个时期，整体性思考是否仍然可能，都已经成了一个问题。在这一社会与思想背景下，《日夜书》提供了难得的历史叙述经验。

其一，准列传体在一定意义上可以视为一种能承载整体性重建的文体。正如古典列传体提供了一种有关王朝更替的整体性视野，准列传体也可以提供一种有关"代际"或者"时代"的整体性视野，一种与通史型"主线"叙事迥异其趣的叙事结构。它既是对重建历史观的召唤，也提供了重建历史叙述整体性的一种形式基础。

《日夜书》对知青一代的整体性叙述尚未完全形成，其原因在于它本身是当代历史观危机的产物和征兆，新的历史观尚有待建构。但《日夜书》以及《马桥词典》对于历史断裂的敏感，显示新历史观的重建已经开始，真正的难点在于如何解释20世纪历史的断裂及延续。

在新的历史观形成的过程中，准列传体提供了与主流舆论、各种概括性叙述保持距离和展开辩论的框架。准列传体是作为一种超越现代"主线叙事"及其社会理论教条的实验出现的，这种超越能力也使得它同样可以突破今天流行的那些教条化理论。对于那些片面抽象的概念或理论教条而言，具体而丰富的叙事是一种突破性

---

① 贺亦民这样的致力于公而偶然陷入囹圄者，其言行会影响和感召郭丹丹这样的下一代的后继与援手；这类人当前少见但具有强大的能量，因为其不随流俗而让与其合作的人感到是一种阻碍。

的力量，往往带有强烈的反讽色彩。一方面，如卢卡契所指出，叙事是基本的范畴，抽象的知识至多只是第二位的。"我"的叙事往往能超越自身的理论思考，要更为丰富和深刻。另一方面，还要看到，对当前理论状况和抽象知识的不满，又是推动新的叙事实验、使其成为"对现实进行分析的特殊工具"① 的基本动力。虽然叙事是更基础的部分，但突破仍然有赖于叙事与社会历史理论的持续对话与共同努力。

其二，《日夜书》的叙事安排凸显了知青时期与"90年代"之间的断裂，而在意识到这一断裂之后，如何叙述知青的代际史，则值得进一步讨论。

"我"指出，下岗知青在改革年代的遭遇另有后来的原因；同时，"我"对他们以抱怨求安慰的做法的同情，又显示出一定的暧昧。在"我"对知青史的解释和叙述中同样存在这样的氛围，那就是，总是有着从知青史中寻找解释当下的因素的冲动，无法克制对于此段历史的怨恨情绪，从而无法摆脱"后悔史学"的基本意识。而历史断裂出现的真正含义在于，当今的时代再也不能视为前一个时代的简单延续，从而也难以从对前一个时代的历史总结中提出新的时代分析。"我"对知青抱怨的心理需求的同情可以理解，但对于这种情绪对历史解释的渗透却需要更为自觉的节制，不能过于依赖经验性的认知。"我"没有对知青史给出整体把握，而主要是经验性的叙述，与此有很大关系。也就是说，对于知青史的叙述和解释，可以更重视把握其内在的脉络，而对于后革命时期的历史，则需更重视新的要素的出现及其重要性。

其三，对混杂与多元的自觉意识，以及在叙事中对碎片的重视，是探索新的总体性的关键所在。"我"的叙事对其自身意识的突破与超越，即显示了呈现多元、混杂、矛盾和冲突的叙事的力量与重要性。"后革命"时代在晚近的终结，意味着可以将"90年代"当作整体来把握，也可以将知青一代的代际史作为整体来把握了；整体的成立，意味着新的裂变和正在形成中的新的总体，这个新的总体尚未以总体的形式存在，从而需要在碎片和潮流的变迁中探索。

准列传体叙事"混杂"视野的凸显，要以一种新的整体意识的萌生为前提；只有在自觉的整体感和历史感出现之后，"混杂"的全貌才能显现出来。没有整体意识的重新萌生，就无法觉察到知青历史意识中普遍存在的内在分裂，也无法穿透形形色色表演的遮蔽。颠三倒四和刻意突出碎片、毛边的叙事，吸引读者发现缝隙，

---

① 弗雷德里克·詹姆逊：《语言的牢笼：马克思主义与形式》（下），钱佼汝、李自修译，百花洲文艺出版社2010年版，第176页。前引卢卡契观点亦参见此页。

开始反思那些循环论证的历史叙述。"混杂"的发现和呈现,既是总体性意识在新的历史条件下复兴的第一步,也是把握总体性的必由之路。

其四,《日夜书》的叙事提供了不同于古典列传体的另一种伦理秩序,即相互砥砺与承担负责相结合的家国共同体秩序。

发现各种"混杂"、矛盾和冲突,同时意味着会面临这些矛盾和冲突如何演变发展、各种混杂的要素能否重新整合的问题。无论在家庭共同体还是在民族、国家共同体中,总是会出现可能推动共同体解体的各种矛盾冲突,而以承担与批判表达认同的复杂态度,事实上提供了一种重新将矛盾中的各个部分整合起来、维系共同体的路径。一是,在一个共同体之内,当矛盾与冲突出现之后,相互批评或争论有利于共同体和每个个体的健康发展;那些使共同体得以建构和维系的基本原则、政治方向及其支柱性力量,通过这些相互批评和争论才能真正有活力地呈现。反而是无原则的忍耐,会使得共同体内极端自私的另一部分人毫无约束、变本加厉地膨胀,最终将不仅伤害共同体中那些不断忍耐的个体,而且将使原则与方向隐没不彰,推动共同体走向瓦解。二是,面对矛盾与冲突,孤立强调部分要素、将部分从整体中割裂出来的抽象化做法,会制造出要么无条件同意、要么一味反对的二元对立,这是共同体走向撕裂乃至对抗的思想意识基础;如果能在很容易被割裂的不同部分之间建立联系,分清主次,则可以超越二元对立,从而提供重新将走向撕裂对抗的社会共同体整合起来的思想基础。

总之,韩少功善于抓住中国当代作家的机遇,即中国正处于迅速变化的进程中,一切都未完成,有不确定性,也有丰富的可能性。他不仅是观察者,在积极介入当代社会性质与社会史论争的意义上也是时代生活的深度参与者,这使得他有可能成为从总体上把握时代变迁、更能抓住历史断裂与关键问题的现实主义作家。《日夜书》是少有的以小说历史叙事涉及和介入这场论战的高质量作品,它的出现是当代文学创作重新积极介入社会政治进程的一个重要迹象。从批判和解构开始青年期思考的知青一代,在重新展开整体性思考、试图重构历史叙述整体性的时候,很难也不再可能重复此前的路。在新的实验探索所开辟的道路上产生出来的整体性,或许才能真正为这个时代所接受。整体性需要找到它在新时代的新形式,路就在这一代人的脚下。

原载《文学评论》2013 年第 6 期

从"传奇"到"故事"
——《繁花》与上海叙述

黄 平

上帝不响,像一切全由我定……

——《繁花》,扉页题记

讲得有声有色,其实是悲的。

——《繁花》,第442页

不知是/世界离去了我们/还是我们把她遗忘。

——《繁花》,第202页

一、"传奇"之外

《繁花》[①]后记,金宇澄以"旧时代每一位苏州说书先生"自喻,表示"我的初衷,是做一个位置极低的说书人"。[②] 这部35万字的小说叙述方式很特别,以大量的人物对话与繁密的故事情节,像"说书"一样平静讲述阿宝、沪生、小毛三个童年好友的上海往事,以10岁的阿宝开始,以中年的小毛去世结束,起于60年

---

① 金宇澄:《繁花》,上海文艺出版社2013年版。该小说首发于《收获》2012年秋冬卷(长篇专号),单行本比《收获》版增加约六万字,本文据单行本。
② 金宇澄:《繁花》,第444页。

代,① 终于90年代。其写法，如作者在后记中的概括，"口语铺陈，意气渐平，如何说，如何做，由一件事，带出另一件事，讲完张三，讲李四，以各自语气、行为、穿戴，划分各自环境，过各自生活。对话不分行，标点简单"。②

在"上海叙述"的历史脉络里，《繁花》这种特别的叙述方式值得深入分析，通过形式分析，有可能洞察宰制"上海叙述"的历史哲学变化。这也是笔者读完《繁花》后极感兴趣之所在。不过对于《繁花》，无论作者还是评论家，都不自觉地将其指认为一部地方化的"上海小说"，将小说的历史性笼罩在怀旧的氛围中。比如金宇澄在后记中谈及自己的写法后，马上讲起贝聿铭以上海话接受采访的故事，由此引出感慨，"在国民通晓北方语的今日，用《繁花》的内涵与样式，通融一种微弱的文字信息，会是怎样"。③ 程德培谈《繁花》延续金宇澄这个思路，开篇即谈到，"摆在我们面前的《繁花》无疑是一个特殊的文本，那是因为你如果要感受到其特殊性，就必须要用'上海话'去阅读。"④ 坦率地讲，笔者觉得这种读法把充满丰富性与先锋性的《繁花》读"小"了，把小说单单读成了语言的艺术。容笔者直言，上海文学的一个致命伤，就是从对于上海话乃至于上海风俗文化的无限热爱出发，吊诡地把上海文学变成了地方文学。

正如张屏瑾对于《繁花》的看法，其上海叙述远远超出地域意义，"上海无疑就是研究中国现代转型中的人性和社会过程的实验场所，而就一个移民城市来说，划地为界也没有多大意义。相反，这一百多年来的现代历史，为上海叙事注入了不可替代的国族寓言意味，这也是今天，在文化、经济和政治建设各方面有所迷惘的我们，依然觉得上海经验与上海叙事是如此重要的原因。"⑤《繁花》既不能被限定为一部仅仅关乎上海的地域小说，也不能脱离"上海叙述"的历史脉络来理解。换句话说，笔者尝试在文学谱系而非地域文化中解读《繁花》。

在文学谱系的背景下，《繁花》以"故事"隐隐对抗着"上海叙述"的"传奇"，但却不是重复"传奇"所对抗的"史诗"的写法。众所周知，张爱玲在著名

---

① 小说第18页，写到沪生与阿宝正式交往，同时在买电影票排队中认识了小毛："有天早上，沪生去买票，国泰电影院预售新片《摩雅傣》。"《摩雅傣》系徐韬导演，上海海燕电影制片厂1960年出品，由此可推算小说开始时的历史时段。
② 金宇澄：《繁花》，第443页。
③ 金宇澄：《繁花》，第443页。
④ 程德培：《我讲你讲他讲，闲聊对聊神聊——〈繁花〉的上海叙事》，《收获》2012年秋冬卷，第159页。
⑤ 张屏瑾：《日常生活的生理研究——〈繁花〉中的上海经验》，《上海文化》2012年第6期。

的《谈音乐》中,以交响乐比喻五四运动:"大规模的交响乐自然又不同,那是浩浩荡荡五四运动一般地冲了来,把每一个人的声音都变了它的声音。"这种交响乐的写法属于史诗,深植于对于社会总体性想象的自信,构建一个统一的世界。关于上海的史诗,最典型的是《子夜》——在这张宏伟的施工图上,各个人的位置是固定的,"每一现象的生命和意义是通过分派其在世界结构中的位置而直接赋予的"。①《子夜》的阶级分析,就像层层叠上的格子间,把每一个人物的语言、神情、思想、命运安妥好了。借用卢卡奇对于总体性文学的分析"史诗可从自身出发去塑造完整生活总体的形态"。② 张爱玲以"流言"对抗"呐喊",将"史诗"转为"传奇",用"传奇"解构"史诗"的总体性根基,在历史巨手的指缝间,重点描摹从坍塌的"史诗"世界中逃逸出来的"个人",将尘世男女的纠葛写得惊心动魄。世界因为意义的离散已经干枯下去了,守得住的似乎只有寄寓肉身的一点真心。降落到尘世中、沾染着烟火气的爱情,吊诡地成为唯一可靠地摆脱尘世的通道,成为离开失火的伊甸园后一处栖身之地。难得的是,张爱玲老辣的文笔再翻一层,在写作的同时不断拆解,反讽地重写"倾城之恋",嘲讽这可怜的情爱小宗教。还是借助卢卡奇的说法,张爱玲笔下的人物把世界的某个小角落看作井然有序、百花盛开的花园,并颇受感动地把它提升为唯一的现实,同时张爱玲又让读者看到这个小角落的周围,是无边无际和混乱的天然荒地。③ 毕竟,史诗世界里璀璨夺目的意义已经黯淡下去了,"在新世界里做一个人就意味着是孤独的"。④

卓越的张爱玲之后,一切"上海叙述"都要回到张爱玲并再次出发。可惜在"上海叙述"的尺度上,有充沛的艺术能量、可以和张爱玲真正对话的作家不多,笔者就此能想到的是王安忆,从《长恨歌》写到《启蒙时代》,对于作家本身不亚于一场战争。这场战争很吃力,毕竟我们仍然生活在张爱玲凛冽笔触所揭示的"现代",个人的孤独无法仅仅通过文学而获救,张爱玲所展开的"现代"将格外漫长。大多数作者,只不过学到张爱玲的皮毛,自怜、自恋地渲染老上海的风情,这类旗袍小说在本质而言都是通俗小说,无法承担任何严肃的历史哲学的考量,毫无能力回应人类的精神史。

---

① 卢卡奇:《小说理论》,燕宏远、李怀涛译,商务印书馆2012年版,第71页。
② 卢卡奇:《小说理论》,燕宏远、李怀涛译,商务印书馆2012年版,第53页。
③ 卢卡奇:《小说理论》,燕宏远、李怀涛译,商务印书馆2012年版,第41页。
④ 卢卡奇:《小说理论》,燕宏远、李怀涛译,商务印书馆2012年版,第441页。

在此我们回到《繁花》，小说结尾，阿宝与沪生依照小毛的遗言，去帮助法国人芮福安和安娜，这两位法国青年借宿在小毛的房子里，雄心万丈地准备写一个上海剧本：老上海1930年，苏州河畔，法国工厂主爱上了中国的纺织女。这场对话对于流水般的小说整体显得生硬，这对法国作者对于《繁花》的世界仿佛天外来客，但作者把如此重要的小说结尾交给他们来展开，看中的是这对人物所附着的寓意。阿宝、沪生与芮福安、安娜的对话，作者写得让人忍俊不禁：法国青年满脑子上海传奇，阿宝们不断据史实提醒苏州河畔有中国厂，有日本厂，当年独无法国厂；法国青年安排纺织女轻驾扁舟，阿宝劝导这个女孩子设办法逆流而上；法国青年安排男女主角在装满棉花的驳船里做爱，阿宝表示当时的棉花船上都养着狗，如何避过恶狗耳目，此事殊为不易。安娜辩驳说剧本需要虚构、想象，阿宝与沪生吃几口茶告辞，出门一声叹息："活的斗不过死的。"①

结尾处这个故事像一出寓言剧，作者暗讽时下流行的上海传奇，不过是一些滥俗的套路，仿佛出自外国人的手笔，对于真实的上海很隔膜。作者以"故事"对抗"传奇"，希望借此写出活的生活、活的上海。然而，何为传奇？何为故事？在《传奇》中，张爱玲认为自己就是在讲故事，"拟说书"的方式在张爱玲的小说中并不鲜见，且回忆：

请您寻出家传的霉绿斑斓的铜香炉，点上一炉沉香屑，听我说一支战前香港的故事。您这一炉沉香屑点完了，我的故事也该完了。
——《沉香屑·第一炉香》

我给您沏的这一壶茉莉香片，也许是太苦了一点。我将要说给您听的一段香港传奇，恐怕也是一样的苦。
——《茉莉香片》

胡琴咿咿哑哑拉着，在万盏灯的夜晚，拉过来又拉过去，说不尽的苍凉的故事——不问也罢！
——《倾城之恋》

无论张爱玲怎样认为自己写的是"故事"，这些故事依旧是"传奇"。"故事"与"传奇"的分野，就像"传奇"与"史诗"的分野一样，归根结底在于文本对于

---

① 金宇澄：《繁花》，第441页。

人自身的理解、人与世界关系的理解，这是小说的灵魂，并非来自作家的天赋灵感，而是暗地里受着历史潜意识的操纵。张爱玲的小说世界虽然疏离了宏大的意义说辞，但并非没有意义，尘世男女以魔力般的情爱自我灌注，"克林、克赖"的电车声取代了教堂里的管风琴而成为俗世的赞美诗。曹七巧与欲望的搏斗，单凭生命力的蛮悍，活脱脱一个古希腊式的悲剧英雄，"麻油店的女儿"这副皮囊不过是英雄的尘相。

故而，张爱玲哪怕写到菜场，瞩目的还是从菜场呼啸而过的少年。① 《繁花》则不同，小说第一行，沪生就来到了菜场，被卖大闸蟹的朋友陶陶拉进摊位攀谈。陶陶对沪生大吐苦水，抱怨性生活过度亢奋的老婆。"引子"结尾处，沪生再次在菜场被陶陶拉住，这次陶陶津津有味讲起弄堂里的捉奸故事。这个疲沓的男人没有力气超脱，陷在满地鱼腥与皮渣的菜场里了。小说临近结尾时陶陶幻想借小琴的爱情奋力一跃，作者却冷冷地通过小琴的日记告诉大家，这场陶陶心中壮丽的私奔，不过是小琴虚与委蛇的圈套。而真实的小琴，又在陶陶和发妻芳妹离婚当天，天谴般地撞上松动的栏杆坠楼而死，这也是飞身一跃，却慌乱狼狈，毫无意义。

这个引子奠定了《繁花》的味道与气息，大上海这纸醉金迷的国际大都会，却像20年前的《废都》一样，骨子里自有一股颓败。面对废弃的长安城，贾平凹写下"百鬼狰狞，上帝无言"；在上海滩的《繁花》中，作者写下了很有意味的扉页题记："上帝不响，像一切全由我定……"

这句题记十分重要，查小说全文，共出现两次：

第一次在《繁花》第306页，春香结婚："我对上帝讲，我要结婚了。上帝不响，像一切全由我定。"

第二次在《繁花》第437页，小毛去世："小毛动了一动，有气无力说，上帝一声不响，像一切全由我定，我恐怕，撑不牢了，各位不要哭，先回去吧。"

何为"上帝"？一方面可以解释为基督教话语体系中的上帝，春香是虔诚的基督徒，作为丈夫小毛也受其影响；另一方面更指向高于自身的价值律令，生老病死，婚丧嫁娶，上帝从凡人的世界中脱身而去。"上帝之缺席意味着，不再有上帝显明而确实地把人和物聚集在它周围，并且由于这种聚集，把世界历史和人在其中的栖留嵌合为一体……由于上帝之缺席，世界便失去了它赖以建立的基础。"② 回到卢卡奇

---

① 张爱玲：《更衣记》，《古今》半月刊第34期，1943年12月。
② 马丁·海德格尔：《林中路》，孙周兴译，上海译文出版社2004年版，第281页。

《小说理论》的卷首,像地图一样指引我们的星光黯淡了。自我与世界变得彼此陌生,诸神升天,上帝无言,在现代社会中,个体选择与承担各自的命运。

意义的悬空导致传奇的瓦解,《繁花》是上海叙述中罕见的从"老上海"结束的时刻讲起的小说,阿宝这群少男少女,算年龄都是共和国生人。由于生活意义的空洞化,这部自叙传式的"50后"成长史,进入90年代的故事所标志的成人世界后(小说偶数章)越来越变得扁平:从一场饭局到另一场饭局,无论李李的"至真园"还是玲子的"夜东京";从一场偷情到另一场偷情,无论阿宝与李李、陶陶与小琴,还是康总与梅瑞、徐总与汪小姐。作为小说的外在形式,传记小说往往指向对于自我的发现,"小说内部形式被理解的那种过程是成问题的个人走向自身的历程,是从模糊地受单纯现存的、自身异质的、对个人无意义的现实之束缚到有明晰自我认识的过程"。① 而在《繁花》中,人物在各自人生的跋涉越来越凝滞,最终原地不动,虽生犹死,无聊地消耗着对于孤独的个人过于沉重的时间。阿宝与李李在一起的那一夜,李李在阿宝怀中痛忆堕落风尘的往事,阿宝讲起他心中的天堂真相:

> 阿宝说,佛菩萨根本是不管的,据说每天,只是看看天堂花园的荷花。李李不响。阿宝说,天堂的水面上,阳光明媚,水深万丈,深到地狱里,冷到极点,暗到极点,一根一根荷花根须,一直伸下去,伸到地狱,根须上,全部吊满了人,拼命往上爬,人人想上来,爬到天堂来看荷花,争先恐后,吵吵闹闹,好不容易爬了一点,看到上面一点微光,因为人多,毫不相让,分量越来越重,荷花根就断了,大家重新跌到黑暗泥泞里,鬼哭狼嚎,地狱一直就是这种情况,天堂花园里的菩萨,根本是看不见的,只是笑眯眯,发觉天堂空气好,蜜蜂飞,蜻蜓飞,一朵荷花要开了,红花莲子,白花藕。李李说,太残酷了,难道我抱的不是阿宝,是荷花根,阿宝太坏了。阿宝抱了李李,觉得李李的身体,完全软下来。②

这个残酷的寓言再次重述了一百年来关于上海的核心意象之一:上海,造在地狱上的天堂。这个母题在《繁花》中的重现,没有往昔的阶级批判或都市迷惘,而是显示着个人与意义的断裂。《繁花》中成年男女欲望的放纵,不过是贪恋"荷花

---

① 卢卡奇:《小说理论》,第70页。
② 金宇澄:《繁花》,第239—240页。

根"以摆脱黑暗的泥泞,希冀攀上天堂,反而跌下地狱。《繁花》中出场人物繁多,但相貌模糊,面孔混沌,像一个个影子,交织重叠,绘成一片灰。合乎逻辑,李李在小说最后遁入空门,削发为尼,意义的虚无过于沉重,苦海迷航,在宗教中寻求安慰成为唯一的可能。

二、 上海故事的讲法

上帝无言的历史情境,锻造了《繁花》的艺术形式。小说大量使用短句,停留在人与事的表面来描摹,几乎没有任何心理独白,也没有经典现实主义的景物描写。作者在后记中表示,他要放弃"心理层面的幽冥",向话本小说致敬。但笔者觉得和话本小说比较,《繁花》形似而神非《繁花》多用三言至七言,基本不用"的"字,这些特征如程德培指出符合上海话的句式与口气,注重"对话"对小说的推动,符合话本小说的特征。但是,话本小说引人入胜的对话与情节,一直围绕"礼教"在旋转,作为一种低级的史诗文类,或者说史诗的残余(如卢卡奇说的主人公不再是国王,而是国王的子民),情节的因果性服膺于伦理的因果性。话本小说无论怎样喧哗,依然是一个秩序井然的世界。诚如赵毅衡的精辟洞见:"俗文学实际上是使中国成为一个礼教国家的强大动力"。①

《繁花》颓然的喋喋不休,则呈现了故事与伦理、人与世界离散后的破碎,《繁花》与其说是"俗文学",不如说是"先锋文学"。在现代的世界里"讲故事"并不容易,金宇澄所引用的"心理层面的幽冥",即来自本雅明著名的《讲故事的人》,这一点论者不可不察。在《讲故事的人》第八节,本雅明开篇写道:"使一个故事能深刻嵌入记忆的,莫过于拒斥心理分析的简洁凝练。讲故事者越是自然地放弃心理层面的幽冥,故事就越能占据听者的记忆,越能充分与听者的经验融为一体,听者也越是愿意日后某时向别人重述这故事。"② 对于本雅明的这一分析,不能简单地就这一段来理解,联系上下文来看,本雅明并不是说放弃"心理层面的幽冥",就能重新变成一个"讲故事的人"。本雅明想说的是"讲故事的艺术行将消亡",强

---

① 赵毅衡:《礼教下延之后:中国文化批判诸问题》,上海文艺出版社2001年版,第18页。
② 本雅明:《启迪:本雅明文选》,汉娜·阿伦特编,张旭东、王斑译,生活·读书·新知三联书店2008年版。

调一种原本对我们不可或缺的东西消失了：交流经验的能力。交流经验在现代社会之不可能，在于个人与共同体的疏离，这种疏离最核心的在于"智慧（真理的史诗方面）"①的灭绝。这里所谓的"智慧"，可以置换为《繁花》中的"上帝"：维系共同体、支撑我们生活的意义轴心。智慧灭绝，上帝无言，不再有所指教。正是在这个逻辑上我们才能理解本雅明的判断："讲故事者是一个对读者有所指教的人。"②沿着这个逻辑，本雅明比较了"小说"与"故事"的不同："小说诞生于离群索居的个人。此人已不能通过列举自身最深切的关怀来表达自己，他缺乏指教，对人亦无以教诲。"③

在本雅明的意义上，金宇澄自认为在讲"故事"，其实是在写"小说"，在写真正的现代小说。"故事"与"小说"的分野，与其说是心理层面的探索，不如说是柄谷行人所谓的"内面的人"的出现——也即作为孤独个体的现代人的诞生。本雅明的文论，归根结底在追索"现代"的"文学"的处境。在《繁花》中，作者既痛惜讲故事的艺术行将消亡，又不愿重复"现代文学"向人的内在深度的开拓，结果面临双重的"荒原"：其一，人物的内在感觉变得麻木，《繁花》中都是缺乏深度内心生活的人；其二，世界变成模糊的背景，《繁花》中的世界是一个无法细致打量的世界。

像深秋时分苏州河弥漫的水雾，《繁花》中的一切都是朦胧的，都只可感，不可触，像一个灰暗的梦。在《讲故事的人》的逻辑上，我们的经验彼此分裂、不可分享，我们可以共享的只有感觉。真正富于现代意味的讲故事的艺术，属于20世纪的叙事机器：电影。西飏在《坐看时间的两岸——读〈繁花〉记》中，触及到了《繁花》和电影的相似，"这是看电影长大的一代人，他们的意识中渗透了电影的种种元素。关于蓓蒂在旧货店寻找钢琴的往事，在沪生和阿宝的回忆里，是镜头的走势，兼顾到色彩、服饰，甚至字幕，他们所描述的马路的画面中，'好钢琴坏钢琴，摆得密密层层'。他们的回忆，经过调整和渲染，非常电影化了。也比如樊师傅巧手将钢板做成流行的美女汽水扳头，在小毛眼里，是'一段动人的纪录电影'。梅瑞讲到姆妈落眼泪时，康总马上就用'像电影'来形容。有时还没等到回忆，眼前就

---

①② 本雅明：《启迪：本雅明文选》，汉娜·阿伦特编，张旭东、王斑译，生活·读书·新知三联书店2008年版，第98页。

③ 本雅明：《启迪：本雅明文选》，汉娜·阿伦特编，张旭东、王斑译，生活·读书·新知三联书店2008年版，第99页。

已经是电影了：李李削发为尼的剃度仪式，在阿宝的感觉中当场转化成'西方电影'中'我愿意'画面。在闪烁的瞬间《繁花》的人物仿佛已在电影中，有时是一个镜头，有时是一组画面"。①

《繁花》少年往事与疲沓中年的对照结构，可以被视为一组"平行蒙太奇"：奇数章表现60年代，偶数章表现90年代。爱森斯坦认为蒙太奇是电影艺术的基础，电影的魔力不在于单一的镜头（这与照相术不同），而在于镜头和镜头的关系，如路易斯·詹内蒂的概括："含义在镜头并列中，而不再单一镜头中"。② 以此来读《繁花》的对照结构，其奥妙也在于两组镜头的参差对照。而在每一个大段落内部，则是细碎的分切镜头，表现着几乎无事的生活，因过于安静而有一种甜蜜的忧伤，窗外则是轰轰烈烈的上海史《繁花》的追忆，由于既告别了"上帝"，又匮乏对于深度个人的坚信，故而是双面的单薄。这里的"单薄"不是一个贬义词，而是将一切都细密地编织在人与物的表象。在《繁花》中，生活的河流平坦地流过一切，而不是像《追忆逝水年华》围绕玛德莱娜点心那深不可测的旋转。

值得进一步讨论的是，《繁花》的"表面化"，不是一个偶然的选择，而是历史的结果。《繁花》解构了人物的深度模式，拒绝对于内心世界的追问，在小说结尾沪生和阿宝站在苏州河畔，沪生问道："阿宝的心里，究竟想啥呢。"阿宝笑笑大家彼此彼此，"搞不懂沪生心里，到底想啥呢"。③ 在90年代的故事里，他们无论穿越怎么热闹的生活，骨子里也是沉默的，这份内心的沉默也维系着成年的阿宝与沪生唯一的尊严。无论阿宝还是沪生，他们对于内在自我描述的能力、语言与欲望，遗留在童年的边界。

这需要对照阿宝们的童年与成年去阅读，潜意识没有历史，对于潜意识的压抑则是高度历史化的——这是杰姆逊在《政治无意识》中对于弗洛伊德著名判断的超越。在《繁花》中，正是"文革"的暴力，冲击着阿宝一代人童年的消逝。"人"与"上帝"的解约，在金宇澄这代人看来，是"文革"的结果——某种程度上，"50后"的一代作家无论写什么故事，都和"文革"有关。这不仅体现在阿宝的口头禅"我不禁要问"，"文革"腔调的语言铭刻在灵魂内部；更是在精神分析的意义上体现在"父亲们"的缺席中。在奇数章的童年往事中，作者貌似闲笔地交代着阿

---

① 西飏：《坐看时间的两岸——读〈繁花〉记》，《收获》2012年秋冬卷。
② 路易斯·詹内蒂：《认识电影》，崔君衍译，中国电影出版社2007年版，第158页。
③ 金宇澄：《繁花》，第442页。

宝们的父亲：他们都是一群失败的革命者。沪生的父亲由于是和林彪集团纠葛密切的空军干部，在"文革"后期被打入异类；阿宝的父亲作为大家庭的少爷背叛了自己的出身，投身大革命的洪流，却由于被捕入狱过而遭到无端的怀疑，在"文革"中被发配到曹杨新村的"两万户"。"文革"对于秩序的颠倒，导致阿宝、沪生对于"父之名"（Name of the Father）的秩序认同混乱。而且，阿宝、沪生们爱恋的女孩，无论姝华、蓓蒂，还是雪芝，都是文静、精致，带有冬妮亚气质的，① 而这种"爱"被"文革"所禁止。小说中作者写得十分动情的情节，就是蓓蒂在"文革"中无望地寻找她的钢琴。

故而，无论对于"父亲"的认同，还是对于"爱"的渴念，都被"文革"压抑了。阿宝们无法进入"语言"的世界，他们无法言说，只能沉默。作为对照来读小毛的故事，小毛的父亲——曾经的电车司机、上钢八厂的工人——在小说中近乎不存在，小毛娘则信仰天主。小毛工人家庭的出身使得他可以不受"文革"影响，唯一近似父亲角色的拳头师傅是一位习武之人，小说很巧妙地写了一个细节：这位师傅不仅和女徒弟不干不净，而且在师徒聚餐中津津乐道他当年的老师傅怎么让弟子去看女人的裸体。小毛不自知地陷入一种过于自由的处境中，他的欲望因没有约束而沸腾，结果被邻居、海员的妻子银凤所挑逗，在这段偷情中被成人的欲望所焚毁吞噬。

"文革"之后的90年代，无力重建"父之名"，而是以经济建设为中心，刺激并引导欲望沿着无形的资本流水线流淌。在偶数章的90年代故事中，无序的、高度欲望化的生命实践，无法赋予小说以形式，《繁花》的偶数章仿佛讲了很多人很多事，骨子里只是周而复始地重复，除了一场又一场饭局，就是一场又一场偷情。这种基于食色的欲望化的生活既是高度流动的，也是高度静止的，小说意义上的"人"不复存在，生命的成长已然终结，一切支离破碎，狰狞可怖——在腥气阴森的汪小姐的故事中，她怀上的不是孩子，而是双头蛇般的怪胎，对于欲望的追逐最终让人沦为了兽。欲望的故事最终必然走向虚无，临终前的小毛像一个濒死的哲学家一样慨叹，为一代人作出了总结，"上流人必是虚假，下流人必是虚空。"②

---

① 比如小说中如此描述姝华："姝华翻了翻，另一本，同样是民国版，编号431，拉玛尔丁《和声集》，手一碰，封面滑落，看见插图，译文为，教堂立柱光线下，死后少女安详，百合开放在棺柩旁。姝华立刻捧书于胸，意识到夸张，冷静放回去。"（《繁花》，第71页）
② 金宇澄：《繁花》，第437页。

三、上海的花朵，或诗意

值得补充的是《繁花》不是关于上海的"恶之花"，上海的花朵，或者说小说的诗意，悄然开放于阿宝们的少年时代。作者写起蓓蒂、雪芝这些少女，笔端充满温情，和他笔下的成年男女比起来完全是两套笔墨。小说中有两处魔幻笔法，其一是汪小姐怀上怪胎；其二是蓓蒂变成金鱼，对比如此显豁。作者就这样让天真的蓓蒂与沧桑的阿婆消失在"文革"的喧嚣中。见到她们最后一面的姝华，向阿宝重述了当晚神奇的蛛丝马迹：

> 阿宝不响，心里想到了童话选集，想到两条鱼，小猫叼了蓓蒂、阿婆，乘了上海黑夜，上海夜风，一直朝南走，这要穿过多条马路呢，到了黄浦江边，江风扑面，两条鱼跳进水里，岸边是船舾、锚链、缆绳。三只猫一动不动。阿宝说，这肯定是故事，是神话。①

这个例子可以被写入卡尔维诺《未来文学千年备忘录》"论轻逸"一章，卡尔维诺通过精读柏修斯（Perseus）斩断美杜萨首级的神话揭示文学的"轻"，"只要人性受到沉重造成的奴役，我想我就应该像柏修斯那样飞入另外一个空间里去"。② 在蛇蝎爬行的世界里，金鱼被小猫叼住，像飞起来一样轻盈地掠过一个又一个屋顶，消失在黄浦江中。这是"故事"飞翔起来后的样子，无论被叫作"童话"还是"神话"。套用纳博科夫的名言，没有这样的童话，世界会显得不真实。

同样，阿宝的少年恋情，也像一个童话故事。他第一次见到雪芝时，作者以古典口吻形容："吐嘱温婉，浅笑明眸。"③

雪芝也确实像从古典时代穿越到上海的少女，喜欢临帖、打棋谱、集邮，称呼对联为"堂翼"。小说中其他人物都很暗，但是作者笔下的雪芝仿佛被一束光照亮，一切栩栩如生、气韵流动。作者写起雪芝就像雕琢一件艺术珍品，反复回想，似乎

---

① 金宇澄：《繁花》，第169页。
② 卡尔维诺：《未来千年文学备忘录》，杨德友译，辽宁教育出版社1997年版，第5页。
③ 金宇澄：《繁花》，第278页。

渴望雪芝在小说中活过来，贪心地不放过每一处细节：

　　雪芝背了光，回首凝眸，窈窕通明，楚楚夺目，穿一件织锦缎棉袄，袖笼与前胸，留有整齐折痕，是箱子里的过年衣裳，蓝底子夹金，红、黄、紫、绿花草图案，景泰蓝的气质，洒满阳光金星。①

而当雪芝与阿宝最终分手时，小说满含深情，回归一种古典式的写法，这是小说中极感人的段落之一：②

　　雪芝靠近一点，靠近过来。阿宝朝后退，但雪芝还是贴上来，伸出双手，抱紧了阿宝，面孔紧贴阿宝胸口。阿宝轻声说，松开，松开呀。雪芝不响，阿宝说，全身是油。雪芝一句不响，抱紧了阿宝。阳光淡下来，照亮了台面上，阿宝寄来的信。雪芝几乎埋身于阿宝油腻的工装裤，轻声说，阿宝，不要难过，开心点。雪芝抱紧阿宝。复杂的空气，复杂的气味。阿宝慢慢掰开雪芝的手，朝后退了一步，仔细看雪芝的前襟与袖口。

有意味的是，小说结尾，少年时代的繁花近乎枯萎，作者神来之笔地又布施一点希望，雪芝和阿宝经历了各自人生的历练，在凝滞的中年似乎又出现一丝可能：

　　此刻，河风习习，阿宝接到一个陌生电话，一个女声说，喂喂。阿宝说，我是阿宝。女声说，我雪芝呀。阿宝嗯了一声，回忆涌上心头。阿宝低声说，现在不方便，再讲好吧，再联系。③

尽管雪芝已然嫁作商人妇，但这里的重逢不涉及道德评判，更像是一处隐喻：现代的、太现代的上海人，对于古典时代的怀念。在卢卡奇看来，古典时代是极幸福的时代："世界广阔无垠，却又像自己的家园一样，因为在心灵里燃烧着的火，像

---

① 金宇澄：《繁花》，第371页。
② 另一处是小毛的妻子春香难产而死："感动"总是要和"爱"与"死"这类笼罩在"上帝"世界中的永恒主题相关。在"上帝"即核心价值维系的世界里，个体和他人是彼此联系的，我们能够感知陌生人的喜乐悲欢。
③ 金宇澄：《繁花》，第442页。

群星一样有同一本性。"① 借用特里林在《诚与真》中的论述，那是现代之前的时代，是自我尚未分裂的时代，是高于"真实"与"真诚"的时代。② 在古典的秩序中，"心灵的每一行动都变得充满意义"，③ 上帝所代表的超验秩序的解体，固然是作为现代意识形态核心的个人主义"世界的祛魅"的必然结果，标志着现代小说诞生的鲁宾逊式的"外在于社会而成为完全胜任的人类主体"的个人固然也有其伟大的进步性，但查尔斯·泰勒也深刻地指出："人们过去常常把自己看成一个较大的秩序的一部分……借助于怀疑这些秩序，现代自由得以产生。但是，这些秩序在限制我们的同时，它们也给世界和社会生活的行为以意义。"④

只有在和少年初恋的重逢中，在和少年老友的重聚中（比如《繁花》第388页唐传奇一般的小毛宴客），从这些现代世界的罅隙里，永恒的光才会透进来，让不成熟的、病态的现代自我与更大的价值相遇，卢卡奇意义上的星光铺就的道路重新出现于天宇。相反，成年男女的世界矫揉造作、逢场作戏，空气中充满着腻腻歪歪、令人厌恶的味道，这个小世界让人窒息。《繁花》是一部献给上海童年的小说，像一封成年后寄出的信，寄给消逝的上海。

原载《当代作家评论》2013年第4期

---

① 卢卡奇：《小说理论》，第1页。
② 见莱昂内尔·特里林《诚与真》，刘佳林译，江苏教育出版社2006年版。
③ 卢卡奇：《小说理论》，第2页。
④ 查尔斯·泰勒：《本真性的伦理》，程炼译，上海生活·读书·新知三联书店2012年版，第3页。

中国学家对现代中国文学的译介与研究

杨四平

一

中国学，是相对传统汉学而言的，特指现代以来海外研究现代中国的学问。第二次世界大战后，美苏之间为了"争夺"中国，均强化了对中国的研究与交往。具有象征意味的事件是：1946 年，美国国务院邀请老舍访美；而作为及时性的外交回应，苏联政府则邀请茅盾访苏。在这种冷战对抗思维的影响下，在美国政府与学术界的合谋和助力下，美国的中国学进入了前所未有的发展期，并最终居世界中国学之首，引领世界中国学之潮流。尤其值得提出的是，1974 年 11 月，美国学术团体理事会和美国社会科学理事会在纽约召开"关于优先考虑中国研究的规划会议"，确立"以后十年一定要继续采取以发展中国研究为主的方针"[①]。德国中国学家顾彬说："二战之后，英语在高奏凯歌的同时，也在中国学研究领域造成了这样的印象：第一流的汉学研究似乎多半只存在于美国"，"作为讲英语的汉学家，其优势在于享誉世界并遍及全球的读者"[②]。历史悠久的欧洲汉学与后来者居上的新兴的美国中国学之间的乾坤颠倒，自然影响了现代中国文学海外译介与研究格局的调整。

在现代中国文学的译介与研究方面，最早是亚洲中国学界，然后是欧洲中国学界，最后才是美国中国学界。据现有文献资料显示，世界上最先关注与译介现代中国文学的国家是日本。1909 年，《日本和日本人》杂志第 808 号"文艺杂事"栏报

[①] 转见宋绍香《世界鲁迅译介与研究六十年》，刊《文艺理论与批评》2011 年第 5 期。
[②] ［德］顾彬：《汉学：路在何方？——对汉学状况的论辩》，刊《中国图书评论》2010 年第 11 期。

道了"周氏兄弟"《域外小说集》的出版信息。1920年9—11月，日本的《支那学》月刊1卷第1—3期连载青木正儿的《以胡适为漩涡中心的文学革命》，对唐俟（鲁迅）的诗歌与《狂人日记》进行了精到的点评。他说鲁迅的诗是"平淡的"①，而《狂人日记》"达到了中国小说家至今尚未达到的境界"②。此乃日本中国学家研究现代中国文学的开山之作。有趣的是，朝鲜中国学家梁白华很快就把它译成朝鲜文，发表于当年11月至第二年2月的《开辟》上。那么，欧洲最初的情况又如何呢？1926年1月12日，侨居瑞士的罗曼·罗兰给巴黎《欧罗巴》月刊的编者巴查尔什特写信，推荐敬隐渔用法文节译的《阿Q正传》。他说："我相信巴黎的任何刊物或出版社都没有接触过当代中国文学。"③ 随后，《阿Q正传》就发表在《欧罗巴》5—6月号上，由此开启了以法国中国学界为主体的欧洲中国学界译介现代中国文学的先河。美国中国学界在这方面要迟缓些。当时在中国报道战事的美国记者、后来成为有名的中国学家的埃德加·斯诺说，30年代之前，由于很多英语世界的人士认为现代中国文学"没有什么有价值的东西"，所以它们"很少的零零星星的几篇被译成英语"④。针对英语世界的读者对现代中国文学所表现出来的令人难以忍受的高傲与偏见，斯诺和史沫特莱夫妇愤愤不平，花了五年的时间，译出了《活的中国——现代中国短篇小说选集》；同时，还撰写了论文《鲁迅——白话大师》，一开始发表在美国的《亚洲》杂志上，后经修改作为《活的中国》的"前言"。像不少中国学家那样，斯诺把鲁迅比作高尔基。以上就是亚洲中国学界、欧洲中国学界和美国中国学界最早译介与研究现代中国文学的大致情况。

二

中国学家群体中既有专事"文学研究"的中国学家，又有"非文学研究"的中国学家，后者也为现代中国文学海外译介与研究做出了不可小觑的贡献。如，耶鲁

---

① ［日］青木正儿：《以胡适为漩涡中心的文学革命》，《鲁迅研究资料》第13辑，天津人民出版社1984年版，第98页。
② ［日］青木正儿：《以胡适为漩涡中心的文学革命》，《鲁迅研究资料》第13辑，天津人民出版社1984年版，第99页。
③ ［法］罗曼·罗兰：《鲁迅的〈阿Q正传〉》，《人民日报》1982年2月24日。
④ ［美］埃德加·斯诺：《鲁迅——白话大师》，《鲁迅研究年刊》，陕西人民出版社1979年版。

大学历史系和东亚研究中心主任史景迁教授，以研究中国历史见长，是蜚声国际的中国学家。他的《天安门：中国的知识分子与革命》论及萧军等现代中国作家。又如，麻州卫斯利学院亚洲研究和历史学教授柯文，在他的《在中国发现历史——中国中心观在美国的兴起》这本影响甚巨的中国学著作里，也无独有偶地谈到萧军。还如，美国神学家陶普义，1994年在《传教工作研究》1月号发表《论老舍对中国基督教会和"三自"原则的贡献》，从神学和文献学的研究角度，披露了不少青年老舍加入基督教的过程以及中国基督教的发展历史；1999年，美国陶氏基金会出版了他的著作《老舍：中国讲故事大师》。他还在美国建立"陶氏老舍藏书"和"老陶网站"。他对老舍情有独钟。这些海外"非文学研究"的中国学家把现代中国作家作品带到了海外更为广阔的学术时空。那么，中国学家是通过哪些常态化的有效手段翻译、传播和接受现代中国文学的呢？除了大部分中国学家是单打独斗地译介与研究现代中国文学外，大约还有以下八种常见的合作互动的方式。

第一，中国学家与中国学家合作。如，1951年，日本中国学家铃木择郎等集体翻译大部头的《四世同堂》，上市后成为畅销书，在日本刮起了一阵"老舍旋风"。《四世同堂》之所以在日本广受欢迎，是因为"这部描写抗日战争中中国人民所蒙受灾难、牺牲的巨作，正触动人们心灵的隐痛，加深了人们的忏悔"①。在这种由中国学家组成的合作团队中，师徒之间的合作尤为抢眼，如，捷克最杰出的中国学家、布拉格学派创始人普实克，曾与他的波兰弟子斯乌普什基合译《老舍短篇小说集》。第二，中国学家与中国学者联手。如，翻译界的夫妻搭档戴乃迭与杨宪益，从50年代开始就一起参与创办外文版的《中国文学》，又从80年代初开始向海外不断推出系列"熊猫"丛书，为现代中国文学的海外传播做出了不可估量的历史贡献。第三，中国学家与美籍华人学者合作。如，有海外翻译现代中国文学"第一人"美誉的葛浩文与他的妻子——现为美国圣母大学教授的美籍华人林丽君——合译毕飞宇的《玉米》，并获2010年度英仕曼亚洲文学奖。第四，中国学家与中国作家本人合作。如，曾以《萧红评传》获印地安那大学博士学位的葛浩文，虽然对萧红有所偏爱、袒护而对萧军多有苛责，但这并不影响他对萧军的关注与交往。1942年，他翻译的《八月的乡村》，成为首部被译成英文的现代中国长篇小说。"他发表的首篇文章（1975年与郑继宗先生合作）是关于萧军的，第一篇中译英小说是萧军的《羊》，第一封寄到大陆的信是写给萧军的，而其到大陆访问见到的第一位作家也是萧军。

---

① 孟泽人：《印在日本的深深的足迹——老舍在日本的地位》，《新文学史料》1982年第1期。

此后，两人曾数次在北京、哈尔滨以及美国等地互访并切磋。葛浩文曾将 1942 年版的《八月的乡村》的英译本送给萧军，而后者也曾将自己的多部作品赠予前者。在获取了大量资料并与萧军取得了直接联系，并从其处获得了一些手抄本、照片等原始文献的基础上，葛浩文在多部著述与数篇文章中论及萧军的生活与创作。"① 又如，曾以《沈从文笔下的中国社会与文化》获哈佛大学博士学位的金介甫，为了深入研究此项课题，来到中国，七下湖南，十访沈从文，最后写出了 30 多万字的《沈从文传记》。30 年代，王际真为了更好地翻译沈从文作品，曾经写信给沈从文，向他讨教。当年还是史丹福大学博士的许芥昱，1973 年拜访了沈从文，回美国后发表了《沈从文会见记》，该文随后收入 1975 年出版的《中国文学大观》。再如，1947年，正在纽约讲学的老舍，除将手头正在写作的《鼓书艺人》手稿逐章交给郭镜秋翻译外，还每天晚上去埃达·普鲁依特家。他们联袂翻译《四世同堂》：由老舍口授，埃达打字，最终共同译出《四世同堂》的英文节译本②。澳大利亚中国学家杜博妮为了翻译好阿城的小说，除了征求阿城本人意见外，专程到阿城小说中描写的西双版纳进行田野调查，还参观了陈凯歌拍摄电影《孩子王》的现场，并与导演、演员进行交流。最后如，顾彬与中国当代"前线"诗人有着密切的接触，与北岛、杨炼、欧阳江河、王家新、西川、张枣是关系亲密的诗友。他们的诗歌大多是经顾彬翻译成德文，流播到德语世界。尤其值得提出的是，顾彬对现代中国文学的研究造诣很深，2008 年华东师范大学出版社出版他的学术专著《二十世纪中国文学史》就是很有说服力的明证。第五，中国学家委托中国著名作家推荐现代中国作家作品。如，1932 年，日本改造社计划编译、出版《世界幽默全集》，其中的中国文学部分由田增涉负责。他请求鲁迅推荐现代中国文学作品。鲁迅向他推荐了张天翼的《皮带》和《稀松的爱情故事》。又如，1933 年，左联的朝鲜朋友金湛然想用世界语编一部"世界文学"，向他的朋友王志之求助，而王向他推荐张天翼，但他不知道选张的哪部作品为好，于是写信请鲁迅推荐张天翼的作品。再如，1934 年，鲁迅和茅盾一起为美国中国学家伊罗生编译的名为《草鞋脚》的现代中国小说集推荐具体的选目。第六，中国学家与中国作家和海外出版机构合作。如，赛珍珠的丈夫沃尔什从中国回到美国后，创办了庄台公司。林语堂在美国期间共有 13 本书由其出版。老舍在回国前的作品也交其出版。尽管他们俩均因稿费纠纷最终与赛珍珠夫妇关系疏

---

① 胡春燕、张鹤、宋立英：《论美国汉学界的萧军研究》，《作家》2011 年第 10 期。
② 乔志高：《老舍和朋友们》，上海生活·读书·新知三联书店 1991 年版，第 175 页。

远,但是,他们最初的合作还是愉快的,而且为他们在英语世界的声名远播起到了催化的功效。又如,海外权威的出版机构,在确定了现代中国文学作品的翻译选题后,通常会挑选他们认为最合适的,也最权威的中国学家来进行翻译。葛浩文是英语世界翻译界里的热门人选,所以他也就顺理成章地成为向英语世界译介中国现当代小说最多、口碑也最好的翻译家。比如,英国企鹅出版集团聘请他翻译《狼图腾》,获得了巨大成功。现在"葛浩文译本"成了世界顶尖级品牌,无人能及。第七,中国学界与中国学术机构合作。2011年4月底,北京师范大学文学院与美国俄克拉荷马大学文理学院及其《当代世界文学》杂志社和《今日中国文学》杂志社联合在北京召开"中国文学海外传播"国际学术会议,共有11个国家的中国学家出席会议,共商中国文学海外传播大业。此前,北京大学、清华大学、苏州大学、北京语言大学等国内知名大学,或召开这方面的学术研讨会,或邀请海外知名中国学家来中国讲学,加强沟通,探究现代中国文学海外传播的方方面面的问题。第八,中国学家与中国作家协会、国务院新闻办合作。近年来,中国作家协会面向海外中国学家提供项目和资金,如"中国作家百部精品工程"、"国家图书推广计划的工程"等。由国务院新闻办主导的"中国图书对外推广计划"也面向全球中国学家。也就是说,他们均是站在"文学走出去"的国家战略层面,期待与中国学家携手共进。

毕竟现代中国文学的海外译介的难题是传统意义上的翻译学解决不了的!它远非在中文与外语之间进行语码转换那么简单。它涉及目的语国家的文化传统、国家价值观、意识形态、读者的思维习惯,以及文学的历史、观念与审美等传统翻译学之外诸种复杂因素,因此,我们要把它放到文学社会学、译介学、翻译研究文化学派、传播学和接受美学等多种领域里来考察它。而以上中国学家们所采取的种种合作方式,恰恰是为了应对现代中国文学海外译介的繁复境况,同时,也为现代中国文学在海外的传播与接受降低了成本和风险,使其发挥更大的效应:除了让中国文学"走出去",让世界了解中国文学,乃至还有可能深入影响到目的语国家的文学系统。

三

各种外文期刊、网站、图书馆、专集、高校等公共空间是中国学家推介现代中国文学的重要介质和渠道。外文期刊有:中国的《天下》、《中国文学》,日本的

《中国文学》、《北斗》、《热风》、《鲁迅研究》、《野草》、《中国文艺研究会会报》、《未名》、《猫头鹰》和《飚风》，美国的《亚洲》、《东西方评论》、《现代中国文学与文化》、《今日中国文学》、《中国文学：散文、文章与评论》、《当代世界文学》、《东西方文学》、《哈佛亚洲学报》和《20世纪中国》，法国的《欧罗巴》，英国的《生活与文学》等。外文网站有："中国现代文学与文化资源中心"，"港书网"等。海外图书馆有：美国华盛顿大学图书馆，纽西兰威灵顿维多利亚大学图书馆，加拿大阿尔伯塔大学图书馆，澳洲国家图书馆，马来西亚南方学院图书馆等。英文专集有：1936年斯诺编译的《活的中国：中国现代短篇小说选》，1944年王际真编译的《当代中国小说选》，1946年袁家骅、白英合编的《当代中国短篇小说选》和赵景深编译的《当代中国短篇小说选》，1961年米尔顿、克里夫德合编的《亚洲现代小说宝库》，1965年翟楚、翟文伯父子合编的《中国文学宝库：新散文文集，包括小说和戏剧》，1971年夏志清编选的《20世纪中国短篇小说选》，1972年白之编译的《中国文学选集》第二卷，1979年芒如编译的《革命的起源：中国现代短篇小说集》、杜博妮、罗宾逊编译的《遗腹子》和刘绍铭、夏志清、李欧梵合编的《中国现代短篇小说和中篇小说：1919—1949》，1981年伊布雷编译的《中国文明与社会》，1995年刘绍铭、葛浩文合编的《哥伦比亚中国现代文学选集》，2002年沙博理编译的《中国现代名家短篇小说选》以及由王德威长期与哥伦比亚大学出版社合作推广的"中国文学翻译系列"等。设有中国文学研究机构的国外高校也是数不胜数，美国有哈佛大学、耶鲁大学、普林斯顿大学、哥伦比亚大学、斯坦福大学、布朗大学、圣母大学、加利福尼亚大学圣塔芭芭拉分校和伯克利分校等；日本和韩国也有很多大学设立中国文学研究所等。

中国学家还经常邀请现代中国作家到国外去朗诵、讲学，进行文学交流，充分利用各种艺术氛围浓烈的公共空间，如城堡、教堂、图书馆和会馆，向海外传播中国文学。在这方面顾彬为当代中国作家所付出的辛劳是值得称道的。如，1997年，欧阳江河在波恩大学美丽节大厅这个古老城堡中"唱诗"之前，顾彬"邀请了所有人到隔壁的典雅的波恩大学的元老大厅，在那里有满堂的面包和酒"。又如，2004年12月，当郑愁予、杨炼和张枣在波恩举办朗诵会时，除了精心安排朗诵外，顾彬还"给来听关于中国文学的大约五十人做饭，有酸辣汤和木须肉等"。再如，2011年，为了向德语公众推广欧阳江河的德语诗集，顾彬特意安排了欧阳江河在德国和奥地利开巡回诗歌朗读会，因为欧阳江河的《舒伯特》、《泰姬陵》等诗与宗教有关，顾彬努力说服波恩大学老城堡教堂的皇家牧师，使得诗歌朗读会最终在那个圣洁的地方成功举行。后来，顾彬回忆道："我让大家不要有以往的自由提问和高谈阔论，因欧阳江河坐的地方和我站的地方是进入或靠近教堂高坛的地方。我想尊重那圣洁的场合。我们用一个小时以德语和汉语作了简短介绍，大约五十人的听众静静地坐在那。对我个人来说这是我一生中最好的朗诵会，它有不可抗拒的魅力。"①

四

选择什么样的现代中国文学作品译介到海外，或者说，制约现代中国文学名典海外译介的因素是什么？这些制约性因素严重影响着现代中国文学在海外的译介与接受。我想，至少有以下五种。

第一，与中国学家的个人兴趣和文学趣味有关。据有关材料统计，日本最早翻译郁达夫的作品是《过去》，而不是他的代表作《沉沦》；而且，在日本，郁达夫小说被翻译、复译、收入作品集频率最高的是《过去》，其次是《春风沉醉的晚上》。首次把《过去》译成日文的大内隆雄说："对我来说，在郁达夫的作品里，最难忘的是《春风沉醉的晚上》和《过去》。最大的原因是因为自己翻译了这些作品，同时我自己也觉得是杰作。"② 冈崎俊夫曾公开表示，他最喜欢郁达夫的《春风沉醉的晚上》。他说："我对那主人公，在上海一个陋巷的卖垃圾的二层，被蜡烛照着呆呆看书的神经脆弱的他，喜欢得不得了。"③ 大久保洋子说："日本作家小田岳夫编选的《现代支那文学杰作集》所收录的作品在一定程度上说明译者喜好的倾向。这部译文集除了他自己翻译的《过去》以外还收录：鲁迅的《孤独者》（佐藤春夫译）、郭沫若的《喀尔美萝姑娘》（武田泰淳译）、落华生的《春桃》（松枝茂夫译）、沈从文的《灯》（松枝茂夫译）等。可见这些作品在风格上有一定的相通之处，他还在后记里向中国新文学初学者极力推荐这些作品。"④ 当然，需要说明的是，除了个人的文学审美趣味左右译者的选择外，外部环境的因素和作品本身的内容也是译者

---

① ［德］顾彬：《城堡、教堂、公共会馆：如何向外国传播中国文学》，《当代作家评论》2011 年第 5 期。
② ［日］大内隆雄：《中国文学杂记——郁达夫的作品に就いて》，《书香》1931 年 5 月第 26 号。
③ ［日］冈崎俊夫：《粗陶器上的郁达夫》，《中国文学月报》1935 年 6 月第 4 号。
④ ［日］大久保洋子：《郁达夫小说研究在日本》，《中国现代文学研究丛刊》2005 年第 5 期。

考量的因素,比如,像《沉沦》这样带有鲜明民族情感的爱国主义作品在日本就不被看好。

第二,与中国学家所属国家的历史命运有关。如,中韩两国一衣带水,文化交往源远流长,本同属汉文化圈,长期共享汉文化成果。进入现代以来,中国的东北与韩国都经受着日本法西斯的侵略和蹂躏,产生了相似的文学现象:中韩现代文学曾经一度都抒写着日本军国主义入侵下,大地的苦难、人民的悲剧、文化的积弱和生命的体验。所以,此期韩国中国学家就特别倾向于译介"东北作家群"的作品。又如,日本人之所以喜欢观看《白毛女》,主要是因为白毛女悲惨的遭遇暗合了日本底层民众的感同身受。关于这一点,我在《贺敬之文学创作在海外的传播与接受》[1] 一文中有较详细的论述。本文[2]就不赘述。

第三,与中国学家所属国家的意识形态有关。比如,当纽约雷诺与希区考克出版社将译介老舍小说纳入出版计划,在考虑选择译者时,之所以最终选定了伊文·金,是因为他曾经在中国做过外交官,还写过《亚洲人的亚洲:日本人占领的手段》[3],对中国社会和文化比较了解。1945年,他翻译了《骆驼祥子》。1948年,他又翻译了《离婚》。在翻译中他对老舍的这两篇小说都有不同程度的改写,如他把《骆驼祥子》的结尾改成祥子与小福子大团圆。他这样做的目的是为了配合美国国务院邀请老舍访美的政治需求,彰显了强国对弱国惯有的文化霸权心态。在文化学派翻译理论家图里看来,"没有哪篇译文能跟原文完全一致,因为文化准则总会使原文文本结构发生迁移"[4]。虽然老舍很不满意伊文·金的改写,但是这样的译文客观上在美国产生了良好反响,广受欢迎,《骆驼祥子》成为当年美国的"每月一书"里的畅销书。这种情况表明,中国学家对现代中国文学名典的"改写",既符合他所属国家意识形态的政治需要,又能满足读者的个体需求,实现了双赢。《狼图腾》在海外出版时,出版商也打出了意识形态这张牌:在进行"作家生平简介"时,着力于含沙射影地渲染作者经历与中国当代敏感历史里的"时间节点"之间的联系,迎合了某些西方国家读者的政治口味,销量特好。环视一下当今世界,凡是在大陆被禁止出版的或有争议的文学作品,在西方世界都会受到热捧,比如,卫慧的《上海宝

---

[1] 杨四平:《贺敬之文学创作在海外的传播与接受》,刊《文艺理论与批评》2012 年第 4 期。
[2] 本文系国家社会科学基金项目"20 世纪中国文学的海外接受研究"(项目号 10BZW106)、教育部人文社会科学研究基金项目"'现代中国文学'的域外传播研究"(项目号 09YJA761005)的阶段性成果。
[3] Evan King. *Asia for the Asiatics*: *The techniques of Japanese occupation*. University of Chicago Press, 1945.
[4] 转见廖七一《当代西方翻译理论探索》,译林出版社 2000 年版,第 69 页。

贝》、阎连科的《为人民服务》和李晓的《门规》等。

第四，与中国学家所属国家的文化传统有关。比如，因《美食家》，陆文夫赢得了"作家中的美食家"之美誉。《美食家》自1987年被译介到法国后，十分热销，仅在巴黎就销售十万余册，此后还年年加印，成为中国当代小说在法国最畅销的作品。之所以选译《美食家》进行法译，是因为法国有着深厚的美食文化传统。法国人崇尚美食文化。译者之一陈丰在回忆当初选译它的动机时说："凭直觉我觉得像中国人一样崇尚食文化的法国人最能体会书中的酸甜苦辣，便把《美食家》推荐给了那时刚成立而如今名扬欧洲的专门出版远东文学的法国比基埃出版社（Philippe Picquier），并和安妮·居里安女士合作把作品翻译成法文。法文版书名是《一位中国美食家的生活与激情》，为的是与19世纪法国著名美食家布里亚·萨瓦兰的名著《美食家的生活与激情》相呼应。"① 陆文夫还多次被邀请到法国出席各种文学活动或美食节，每每受到法国各界的好评，同时，也促销了《美食家》，使之声名远扬。陈丰在回忆性散文《陆文夫先生和美食文化》里写道："2004年在法国波尔多市举行的一次介绍中国文学的活动中，一位中国厨师按照《美食家》中的菜谱炮制的一桌菜肴把活动推向高峰，与会者狼吞虎咽地吃光了菜，买光了展台上的《美食家》。"②

第五，与中国学家所属国家读者的审美习惯有关。如果说夏志清是20世纪在英语世界里传播张爱玲的第一人；那么李安就是通过拍摄获奖影片《色·戒》成为21世纪在英语世界宣传张爱玲的第一人，随即，《纽约时报书评》把张爱玲的作品集列为"经典图书"。西方读者喜欢读苏童的小说，也与他们难以改变的审美习惯有关。由于受到电影《大红灯笼高高挂》的影响，在西方读者那里，苏童被绑定在"《大红灯笼高高挂》小说原本的作者"上面。尽管苏童小说题材多种多样，但是法国读者只喜欢他的新历史主义小说和"妇女系列"小说，如《妻妾成群》、《红粉》、《米》和《我的帝王生涯》等。而且，由于译者考虑到法语读者阅读欣赏的习惯，对它的结构和叙述方式都进行了改写：将原小说里没有加引号的对话全部加上引号；将多处对话结束处的句号改成感叹号；还把许多长段改成短段。为了促销，出版社还特意用巩俐剧情影照片作封面，同时，在封底赫然标明它是电影《大红灯笼高高挂》小说原本。对于此类在翻译中进行大幅度改写，就连《米》的译者诺埃尔·杜特莱也表示出不满。他说："在形式方面，苏童将对话融于叙述之中，没有使用引号

---

①② 陈丰：《陆文夫先生和美食文化》，刊《南方周末》2005年8月25日。

将其明显地标示出来，有时会令人难以分辨这些话是出自对话还是人物的内心独白。英文版保留了这种手法，而遗憾的是法国出版社并没有这样做。"①

五

人们常说的"欧美中国学界"或"西方中国学界"这样的学术共同体，其内部也是存在差异和分歧的。当夏志清的《中国现代小说史》出版后，一时颇获好评。芝加哥大学的大卫·洛埃的观点具有代表性，说这是"专论中国现代小说的第一本严肃英文著述，更令人稀罕的，现有各国文字书写的此类研究中，也推此书为最佳"②。与美国中国学界的一片叫好声不同，欧洲中国学家却发出了抨击之声。1961年，普实克发表了《中国现代文学史的根本问题》，就夏志清著述中表现出来的强烈的意识形态和冷战思维进行了严厉的批评。他说："我素来反对以武断的偏执和无视人的尊严的态度进行学术讨论。"③ 他的意思是，尽管夏志清口口声声宣称，自己是以"优美作品之发现和评审"④ 来取舍经典作家作品，并进行科学的评说；但是他的这种所谓的新批评性质的客观标准，由于背后受到"反共"意识形态的驱动，而常常显得十分感情用事：但凡共产主义作家及作品都会遭到他强烈的批评和有意的冷落，而对大陆文学史中缺席的、或者不那么重要的作家，则给予异乎寻常的位置和高度的评价，似乎是故意与大陆意识形态唱反调，最终落得个"反共学者"的"骂名"。1963年，夏志清发表反批评文章《关于中国现代文学的"科学"研究：答普实克教授》予以回应。这就是中国学界众所周知的有名的"普夏之争"。中国学界向来认为，以普实克为代表的中国学左派战胜了以夏志清为代表的中国学右派。而在普实克的高足高利克看来，这是中国学家制造出来的"普实克神话"；其实，这是一场没有输赢的论争。后来，普夏还偶然会面，私下保持良好关系。高利克回

---

① 转见杭零、许钧《对苏童的小说，历史只是一件外衣——苏童小说在法国的翻译与接受》，《文汇报》2007年3月5日。
② 转见［美］夏志清《中国现代小说史》，复旦大学出版社2005年版，第11页。
③ ［捷］普实克：《中国现代文学史的根本问题》，《普实克中国现代文学论文集》，湖南文艺出版社1987年版，第211页。
④ 转见［美］夏志清《中国现代小说史》，复旦大学出版社2005年版，第15页。

忆说:"在他们的学术对话和偶尔见面时一直保持着友好态度。"①

普夏之争表明,因学术背景、立场、观点和现实要求等方面的差异,中国学家在译介和研究现代中国文学名典时视角和维度也就不尽相同。第一,史学维度。中国学家普遍比较重视现代中国文学资料的搜集、整理和汇编,以稳固研究之根基,如伊藤虎丸等编辑了《创造社资料汇编》。他们也看重实证性的索引考据,如北冈正子撰写了《摩罗诗力说材料来源考订》。他们又不止满足于单一的资料考订,而是有着汇通文史的学术抱负和修为,如受费正清和史华慈等前辈的影响,李欧梵对现代中国文学进行了像《上海摩登》那样的文史兼备的学术研究。第二,思想维度。以美国现代中国文学研究为例。从夏志清,到李欧梵,再到王德威,似乎可以勾勒它的三个基点。他们都主张以"日常生活叙事"消解"五四"叙事和左翼叙事,尤其是王德威主张的"晚清现代性"产生了持续的影响,如他的《历史与怪兽:二十世纪中国的历史、暴力和叙事》着重阐释了历史、暴力和叙事之间的关系,把现代性与"怪兽性"勾连起来。他认为,相对于历史叙事,文学虚构更能道明中国现代史的晦暗与不明。此乃他所说的"史学正义"与"诗学正义"之辩证②。美国现代文学研究专家们对"现代性"的阐发,打通了晚清与"五四",把现代中国文学向前拓展到晚清乃至晚明,重新厘定了经典格局,创新了述史范式,出现了启蒙主义叙事、晚清叙事和新左派叙事三足鼎立的文学史述流向。第三,哲学维度。中国学界,尤其是欧美中国学界把主体性、民族国家、公共空间、本体论等哲学视点引入现代中国文学研究领域,促使海外现代中国文学研究向纵深掘进。如在《抒情与史诗——现代中国文学论集》中,普实克对鲁迅小说的抒情性与史诗性进行了那个时代最高水平的学术研究,认为主体性与抒情性的熨帖结合是鲁迅对现代中国小说所做出的巨大贡献③。当然,东亚中国学界也不乏从哲学层面研讨现代中国文学的成果,比如,韩国中国学家李福熙在《论萧红小说的悲剧意识》中说:"萧红小说的历史性考察,在哲学的意义上确认了萧红小说悲剧意识,在形式的层面上分析了萧红小说中的悲剧意象";"萧红所体验到的悲剧已远远超出了像阶级压迫、社会不公、封建礼教、红尘等层次,

---

① Galik, Marian. *Jaroslav Prusek: A myth and reality as seen by his pupil*. Asian and African Studies 7 (1998): 151—161.
② [美]王德威:《历史与怪兽:二十世纪中国的历史、暴力和叙事》,台湾麦田出版社2004年版。
③ [捷]普实克:《抒情与史诗——现代中国文学论集》,上海生活·读书·新知三联书店2010年版。

而是作为存在本体的生命悲剧";"正是这种生命意识,使得她的作品打通了生与死的界线和人与动物的界线,使她的悲剧精神表现出十分罕见的广度和深度"①。第四,美学维度。在这方面,美国现代中国文学研究专家们已然形成了特色独具的"学术传统",如夏志清的"优美美学",李欧梵的"浪漫美学"和"颓废美学";王德威的"怪诞美学"和"抒情美学"。正如有的学者指出的那样,"美国汉学界的诸位相关学者基于美学视域对于中国现当代小说予以了独到而深入的考察。其中,夏志清、李欧梵与王德威等批评家的相应小说批评实践展现出从优美美学、浪漫美学、颓废美学、怪诞美学到抒情美学的审美范式与标准的转向,进而不仅从不同视角印证了当代西方美学的发展轨迹,而且从不同层面揭示了其所涉及的小说文本的诸种美学特质"②。第五,跨文化维度。有的是用比较文学的研究方法,如松山久雄的《鲁迅与漱石》。有的属于地域文化研究,如《上海摩登》运用文化研究和现代性视点对"上海文化"和"海派文学"进行宏观而新颖的研究;又如史美书的《现代的诱惑》,以现代中国"半殖民主义"的文化政治及实践为理论研究对象,从全球性和地区性的双重视野研究京派与海派,勾画出了中国、日本与西方现代主义交叉之处,及其中国现代主义的跨国路线图。有的属于性别文化研究。如周蕾的《妇女与中国现代性》,从电影影像、大众文化、主流文学及心理学等多种角度,深入剖析女性主义理论的洞见和不见,同时,检讨了在中国现代化进程中,女性主体的建构与反挫;又如刘剑梅的《革命与情爱》,从社会和历史的角度考察了革命与情爱之间的互动,认为这一经典主题重述是不断变化着的文化存在,革命话语的变化促成文学对性别角色和权力关系的再现,而女性身体又凸现了政治表现与性别角色之间的复杂纠缠。第六,原型批评视角。如因为茅盾1929年底写过《北欧神话ABC》,高利克就把"北欧神话"与《子夜》的创作过程联系起来进行比较研究。他说:"从《北欧神话》中借来的悲剧和庄严的要素贯穿了整个小说:'众神末日'的母题渗透了整个情节,实际上相当促进了小说情节的发展,只是在最后时刻,'夜、黎明和白昼'的母题参加进来,占据了主要地位,以缓和夕阳的沉重和朦胧。"③他乃至认为,茅盾由从初取

---

① [韩]李福熙:《论萧红小说的悲剧意识》,《中国现代文学研究丛刊》1998年第3期。
② 胡燕春、张鹤:《论美国汉学界的中国现当代小说研究的美学视域——以夏志清、李欧梵与王德威为例》,《喀什师范学院学报》2012年第1期。
③ [捷]马立安·高利克:《中西文学关系的里程碑》,北京大学出版社1990年版,第125页。

名《夕阳》到最后定名《子夜》，除了时代的、现实的和作家信念等因素外，北欧神话中的"夜之子"的典故也是茅盾的一个重要考量①。这样的阐释，深化了人们对《子夜》文化内涵的理解和认识。第七，传记维度。如柳亚子之子柳无忌70年代在印地安纳大学教授传记文学课时，33岁的葛浩文投奔到他的门下，以"萧红评传"为论题攻读博士学位，1974年，葛浩文借此获得博士学位。两年后，美国杜尼公司出版了英文版的《萧红评传》。这是海外第一本从传记角度研究萧红并用英文出版的"萧红传"。由此，英语世界的萧红研究展开了深度研究的旅程。此后，美国的传记研究成果颇丰，如金介甫的《沈从文传记》、胡志德的《钱钟书》、梅仪慈《丁玲的小说》等。第八，文学本体维度。这属于文学的"内部研究"，有利于对现代中国文学进行深层互释，如李欧梵在《中国现代作家的浪漫一代》中，比较了《八月的乡村》中的铁鹰队长与法捷耶夫《毁灭》中的莱奋生之间的异同，用的是所谓的"文本交易"方法考察中外文学之间的"互文"关联。

当然，有不少译介和研究是多种维度和视角并用。美国著名左翼学者、中国学家杰姆逊在研究现代中国文学时，将意识形态分析、文化分析与艺术形式分析统合起来，体现了海外学院派的高水准。他的《跨国资本主义时代的第三世界文学》把鲁迅作品视为第三世界文学的典范。他既从力比多和寓言结构等维度切入《狂人日记》和《阿Q正传》内部，又以之为参考体系，反思和批判西方第一世界文学及西方知识分子的困境。他认为，在西方的现实主义文学和现代主义文学、诗学与政治、公与私之间存在严重的分裂，而在第三世界文学那里，这种分裂被共同的民族意识所弥合②。可以说这种研究是"视域融合"的典范。毋庸讳言，海外的现代中国文学研究也的确存在"史学想象"与"过度阐释"之弊端。

六

与通常意义上的传教士、留学生、作家（当然他们中的有些人本身就是汉学家、中国学家）、记者和外交官译介与研究现代中国文学相比，中国学家的译介和研究表

---

① ［捷］马立安·高利克：《中西文学关系的里程碑》，北京大学出版社1990年版，第126页。
② ［美］杰姆逊：《跨国资本主义时代的第三世界文学》，生活·读书·新知三联书店1998年版。

现出如下几个方面的特点：1. 选题对象的名典性。一般而言，必须是现代中国经典作家作品才能进入中国学家的法眼，因此，鲁迅、胡适、郭沫若、茅盾、郁达夫、萧红、沈从文、丁玲、张爱玲、老舍、赵树理、王蒙、张洁、北岛、莫言、苏童、余华、残雪等就成为中国学家之首选。2. 研究视角的多样性，如我们前面讲到的史学视角、哲学视角、思想视角、美学视角、跨文化视角、传记视角和文本视角等。3. 译介和研究的系统性和学理性。有的中国学家长期研究一个对象，如竹内好就有"竹内鲁迅"之称，葛浩文以研究萧红见长，梅仪慈是沈从文研究专家等。有的中国学家以研究某一命题而在该领域取得了卓越成绩，如王德威对晚清小说的研究，张英进对现代中国文学中的文学与电影关系的研究，刘剑梅对革命加恋爱这一重大主题的重新阐发等。4. 研究成果的代表性和经典性。中国学家并非因为他们选择的现代中国文学名家名典而出名，而是因为他们的研究成果而名世。像夏志清的《中国现代小说史》，普实克的《抒情与史诗》，高利克的《中西文学关系的里程碑》，李欧梵的《中国现代作家的浪漫一代》和《上海摩登》，王德威的《被压抑的现代性》，周蕾的《妇女与中国现代性》，刘禾的《跨语际实践》，奚密的《现代汉诗》等都是蜚声海内外的现代中国文学研究的标杆性著作，而且对大陆文学史的"重写"以及研究方式、方法和观念都产生了深刻的影响，宛如一股股冲击波，震荡了整个现代中国文学研究界。

中国学界译介与研究现代中国文学的价值和意义，除了向世界翻译、介绍和传播现代中国文学外，让外国人了解现代中国及其文学，还使现代中国文学当年在大陆受挫的危情下，在海外却能保持一定的历史延续性，如60—70年代，大陆对郁达夫的研究几乎是一片空白，但中国学家却一如既往地研究他。我们不难从《郁达夫研究资料索引（1915—2005）》[①]中见出。

另外，需要指出的是，尽管当年歌德提出"世界文学"的视域与他"发现"中国文学有关，尽管陈季同在20世纪末就提出了要把中国重要作品全都翻译出去的愿景，并在世界文坛上不断发出中国文学的声音，尽管中国书写真切地影响了世界"中国观"的形成，尽管中国文学经验在全球化语境中最终赢得了"诺贝尔文学奖"的认同；但是，现代中国文学在海外的影响远不及欧美文学和日本文学，而且也不及古代中国文学，质言之，在中外文学交易中，我们的输入远远大于输出，"文学赤字"十分严重！面对如此令人扼腕的事实，我们也不必自暴自弃。毕竟，中国学家

[①] 参见李杭春等编《郁达夫研究资料索引（1915—2005）》，浙江大学出版社2006年版。

对现代中国文学的翻译、传播与研究，经过时间的淬炼后，有一些作家作品最终还是能够消弭现代中国与目的语国家之间文化传统的差异、国家价值观的分歧、意识形态的壁垒、"字思维"与"词思维"之间的沟壑、文学历史观念和审美趣味之间的不同，对目的语国家的文学系统产生了不可小觑的影响。在现代中国文学海外传播与接受的版图上，鲁迅是第一位对海外作家的创作产生过深刻影响的作家。比如，缅甸作家貌廷的小说《鄂八》，在主人公塑造、人物关系以及小说结尾等方面都受到了《阿Q正传》的影响，因而，当有位华侨将它翻译成中文时，干脆将其取名为《阿八正传》[1]。又如，1952年，当燕卜荪离开中国前，重新提笔写《中国谣曲》时，用《王贵与李香香》来"起兴"、开头："他见过了香香姑娘，正要回游击队上"。还如，1971年，意大利诗人弗朗西斯科·里昂内在鲁迅《一件小事》的启发下写出了诗歌《阶线》。再如，美国当代作家布莱德·马罗在《残雪进入了我的小说》里写道："我第一次知道残雪的作品是在1989年暮春，当时我正在写我的一部长篇——《年历分枝》……似乎残雪的书里有某种东西在持续不断地对我发生作用（我直到后来才发现她的笔名是'顽固的雪'的意思，即被煤烟弄脏的、顽固不化的雪，直到春天的解冻快要结束才最后融解）……我刚读了开头的两个故事就被完全吸引住了。我立刻迷上了残雪的小说，这种入迷到了这样的程度，以至于我（当时我整个地与我的叙述者格雷斯搅在一起）意识到残雪也一定会介入格雷斯的生活。所以在那一天，也许第二天，格雷斯遇见了一个叫张力的人，他有一本《天堂里的对话》，他对于残雪的作品是如此的虔诚，所以他给他的小猎狗取了个名字叫'残雪'。"[2]

当然，也有人，特别是国内某些学者排斥中国学家及其研究成果，认为他们是在受到本国主流学术界排挤后的无奈选择，还说他们传播了中华文明的同时也损害了中华文明。残雪等人对之很激愤，认为这种自闭式的观点是过去自大的"天朝中心"的当代翻版[3]，在全球化进程中是逆历史潮流而动的，终会成为历史的笑柄。对此，我想以陈国球《如何了解"汉学家"——以普实克为例》文末的一段话予以回应，并结束本文："面对纷至沓来的'汉学'成品，我们固然要具备判断能力，是其是，非其非；然而，我们若要充分领受'海外汉学家'的创获，也需要有开阔的

---

[1] 转见夏康达、王晓平主编《二十世纪国外中国文学研究》，天津人民出版社1992年版，第188—189页。
[2] [美]布莱德·马罗:《残雪进入了我的小说》,《中华读书报》2004年5月12日。
[3] 转见赵晋华《中国当代文学在国外》,《中华读书报》1998年11月11日。

胸怀，最好还能探索其学问的根源，体察其文心。为文论学，贵乎知音；而心照神交之余，更可以进一步反躬，省思自己的短长优缺。比方说，何以普实克在热心支持中国史诗式革命写实的同时，还能感应到'新文学'中的抒情精神？为什么中国的现代文学史叙述会对这固有的抒情精神如此冷漠甚至恐惧？这些方向的思虑，或者可以有助我们鉴远知今，从而更清醒地往前迈步。"①

原载《文学评论》2013 年第 4 期

---

① 陈国球：《如何了解"汉学家"——以普实克为例》，《读书》2008 年第 1 期。

媒体之于经典的传播和建构

詹福瑞

在经典的传播与建构历程中,对传播与建构的影响在相当程度上超过了政治权力的,应该是今天所说的媒体。

在古代,经典的传播途径除了口耳相传之外,其主要的物质手段就是雕版印刷,而现在的传播媒体,除了传统的书籍、报刊等印刷品外,还包括了广播、电视、网络等新兴媒体。经典与政治权力的关系,如果说可以用影响与被影响及反影响、同流和非同流来概括的话,考察经典与媒体的关系则远非那么简单。媒体对经典的评价、传播的影响比政治更直接,在某种意义上甚于政治权力的干预,这一点是十分明显的。"要成为文学传统的一部分,一部文学作品必须有读者,这意味着,传统必须通过将作品介绍给读者的机构而成为人们的注意对象"[1]。将作品介绍给读者的机构之一,就是我们所说的媒体。一部作品的存在,要靠这些媒体;一部作品不仅存在,而且成为有生命力的阅读活体,即引起读者的注意,更需要这些媒体。传播媒体对经典的影响,虽然并非如同政治权力那样,表现为强制性的干预,但是却发挥着比政治权力更直接、更强大的影响,因此在本文中称其为"亚权力"。

从经典流传的历程考察,经典无论多么优秀,都必须依赖于媒体才会传播久远,产生广泛的影响,从而确立它的经典地位。如果我们接受经典是建构起来的理论的话,那么经典的建构则是在经典文本的传播过程中得以完成的,也就是说,建构理论只有用于经典的传播才适用,才有意义。文化遗产是经典的基本属性,它必须经过时间的检验和淘洗,才得以确立。所以经典传播的过程就是经典接受时间检验的过程,也就是经典的建构过程。换句话说,经典的建构不是当下完成的,而是历时

---

[1] 爱德华·希尔斯:《论传统》,傅铿、吕乐译,上海人民出版社2009年版,第153页。

完成的。从经典的本质属性方面来看,也就是从理论界常说的本质主义立场来看,经典之作正因其为优秀的文化遗产,才得以被历代读者不断重视,因而付诸版刻,所以可以说经典因为其优秀而得以流传,但这仅仅是考察经典传播的一个方面。从另外一个重要方面,即理论界所说的建构主义立场来考察经典,经典之作必须依赖媒体而得以传播,也因传播而被确立为经典。如现在热议的诺贝尔文学奖获得者莫言。人们可以说,对莫言小说不同语种的翻译、电影改编和诺贝尔奖的获得,证明了莫言小说优秀,说明了他的作品的广泛影响。但是,反过来看,如果没有诸多对莫言作品的不同语种的翻译、特别是瑞典语的翻译,使莫言的小说引起诺贝尔文学奖评委的注意,就很难说莫言的优秀小说能有机会获得诺贝尔文学奖。莫言2012年12月11日在诺贝尔奖晚宴演讲时说得好:"我还要感谢那些把我的作品翻译成了世界很多语言的翻译家们,没有他们创造性的劳动,文学只是各种语言的文学,正是因为有了他们的劳动,文学才可以变为世界的文学。"[1] 此可以说是媒体帮了莫言的大忙,换句话说,是传播媒体影响了经典的确定。由此可以看到,媒体所发挥的是类似于权力的作用。媒体之于经典传播的重要从上所述可见一斑。

的确,经典就是在历代读者传播过程中得以确立的。如果没有出版印刷,中国古代诸多文献包括经典文本就难以保存下来,经典地位的确立也就无从谈起。当然,保存下来还仅仅是精神产品的留存,只能说是经典确立的前提,但是一部作品能否如爱德华·希尔斯所说的,由"无生命力的积存"[2] 变为读者关注的精神活体,媒体所发挥的则是更为重要的作用。所以,在古代,经典显然要依赖出版而得以流传,也因出版而得以传播广远。如金圣叹《读第六才子书西厢记法》所说:"圣叹深恨前此万千年,无限妙文已是觑见,却捉不住,遂成泥牛入海,永无消息。今刻此《西厢记》遍行天下,大家一齐学得捉住。仆实遥计一二百年后,世间必得平添无限妙文,真乃一大快事。"[3] 在中国古代,诗文为正宗,被冠以"经国之大业,不朽之盛事"的地位,所以,历代官刻(包括宫廷刻本、藩府刻本、书院刻本等)都以诗文为主。这自然影响到中国古代的文学经典以诗文为主。然而,自唐代书坊出现,尤其是宋代以后书坊大量涌现起,出版的内容逐渐有了变化。书坊的出现,主要是

---

[1] 参见《文艺报》2012年12月12日"本报综合消息"《莫言领取2012年诺贝尔文学奖》。
[2] 爱德华·希尔斯认为,积存的传统,有的会被沿袭下来,有的则变为没有生命力的积存,处于无法发展的状态,详见爱德华·希尔斯《论传统》,第27页。
[3] 《金圣叹全集》第二册,陆林辑校整理,凤凰出版社2008年版,第858页。

缘于社会对精神产品大量阅读的需求。如果说唐代之前书籍的阅读，以士大夫为主的话；宋代之后，由于市民阶层的兴起，书籍的阅读开始向有一定文化的市民阶层延展。阅读群体的变化，带来了阅读取向的多元化。以科举和获取知识为目的的阅读，分化为既有为了以上目的的诗文阅读，也有市民以及士人中以消遣娱乐为主要目的的阅读。正是迎合了阅读群体阅读需求的变化，以营利为主要目的的书坊，除了印制满足举业需要的图书以及医学、宗教书籍外，开始大量刻印小说、戏曲等不登大雅之堂的通俗作品。据张秀民《中国印刷史》："杭州在北宋时已有书坊，南渡后私人书铺更多，纷纷设立，称为经铺、经坊或称经籍铺、经书铺、书籍铺，又叫文字铺。"① 可考的有20家。南宋时期，福建建阳与建宁府附郭的建安县，作为南宋出版业的中心之一，可考书坊有37家之多②。这些书铺，从称谓即可看出，所谓"上自六经，下及训传"，仍此刊印经史及诗文为主。但是，这些书坊，也开始注意印笔记小说、异闻杂录。《中国印刷史》载，临安府陈道人书籍铺，除了刊有《释名》、《画继》、《图画见闻志》外，所刻《湘山野录》、《灯下闲谈》、《剧谈录》、《续世说》、《挥麈录》，多是笔记小说。而临安太庙前尹家书籍铺，所刻书籍10种，除了《箧中集》外，《述异录》、《续幽怪录》、《北户录》、《康骈剧谈录》、《钓矶立谈》、《渑水燕谈录》、《茅亭客话》、《曲洧旧闻》、《却扫编》都是小说异闻类。而到了明清两代，书坊极度发达，张秀民在《中国印刷史》中统计，明代南京可考者94家，杭州可考者25家，苏州37家，建阳84家；清代北京114家，苏州57家。"明代两京国子监及各省布政司衙门刻了不少制书、官书及一般所谓正经书，远不能满足社会上的需要，于是这个任务便落在南京、北京、苏州、杭州、徽州、建阳的书坊上，尤以后者能迎合顾客心理，书坊主人自己或请人编写了很多举业切要的八股文试策、字书、韵书、杂书、类书、小说、戏曲及带图书。"又写道："文学类有诗文总集及汉、晋、唐、宋、元、明各家文集六七十种，同时又出版了大量通俗文学书籍，如《三国志演义》、《水浒传》、《列国志》、《西厢记》、《全像牛郎织女传》、《唐三藏西游释厄传》、《琵琶记》等。万历甲午双峰堂余文台梓《水浒传》云：'《水浒》一书，坊间梓者纷纷；偏像十余副，全像仅一家。'《三国志演义》就有余象斗、刘龙田、熊冲宇、杨起元、杨美生、黄正甫、郑少垣等家版本，多为上

---

① 张秀民：《中国印刷史》，浙江古籍出版社2006年版，第53页。
② 张秀民：《中国印刷史》，浙江古籍出版社2006年版，第66—68页。

图下文连环画式,成为畅销书。"① 又据黄仕忠为《国家图书馆藏西厢记善本丛刊》所作序言,现在尚存的《西厢记》明代刊本,就有六十余种②,其中多为坊刻。如起凤馆刻本《元本出相北西厢记》、容与堂刻本《李卓吾先生批评北西厢记》、玩虎轩元刻崇祯间补刻本《元本出相北西厢记》、文秀堂原刻金阊十乘楼印本《新刊全像评释北西厢记》、明末笔峒山房刻本《新刻笔峒先生批点西厢记》等。另有陈旭东、涂秀红《明代建阳书坊刊刻戏曲知见录》一文考证,仅明代福建建阳坊刻《西厢记》就有:黄裔我存诚堂刻本《新刻魏仲雪先生批点西厢记》、刘氏日新堂刻本《崔莺莺待月西厢记》、刘龙田乔山堂刻本《重刊元本题评音释西厢记》、刘应袭刻本《李卓吾先生批评西厢记》、潭邑书林岁寒友刻本《新刻徐文长公订西厢记》、王敬乔三槐堂刻本《重校北西厢记》、萧氏师俭堂刻本《鼎镌西厢记》、《鼎镌陈眉公先生批评西厢记》、《汤海若先生批评西厢记》、熊龙峰中正堂刻本《重刻元本题评音释西厢记》、游敬泉刻本《李卓吾批评合像北西厢记》③。又据郑振铎《劫中得书记》,明末又有孙月峰评点、明末诸臣刻本《硃订西厢记》④。现在人人尽知的《三国演义》、《水浒传》、《西游记》和《红楼梦》四大经典名著以及《西厢记》、《琵琶记》等戏曲经典,如果没有明清以来极其发达的版刻,尤其是民间书坊对小说和戏曲的大量印制,就不会在社会上有广泛的传播和影响。因为它们不似儒家经典四书五经那样,依靠官方的力量成为国学和地方官府乃至书院的教材得以大量印刷传播;它们的传播主要是因书坊出于营利目的、迎合了读者的需要而大量出书实现的。所以,在古代,由于传播途径的单一,出版印刷对经典的传播与确立,发挥着十分重要的作用。

　　书坊的出现,固然带有浓厚的商业色彩,但是它却打破了印刷出版的官方垄断,使出版的内容冲开了传统的以诗文为正宗的观念,带来小说和戏曲的繁荣。书坊对小说和戏曲的大量印制,扩大了包括四大名著等经典在内的小说和戏曲在读者中的影响,巩固了经典在读者中的根基,为经典的确立提供了契机。当然我们必须看到,明清两代版刻的小说和戏曲品种很多,但是被确定为经典的却为数不多。比如坊刻历史演义小说,除了《三国演义》外,尚有《隋唐演义》、《东周列国志》、《说

---

① 张秀民:《中国印刷史》,浙江古籍出版社2006年版,第272页。
② 黄仕忠:《国家图书馆藏西厢记善本丛刊·序》,国家图书馆出版社2011年版,第2页。
③ 陈旭东、涂秀红:《明代建阳书坊刊刻戏曲知见录》,《中华戏曲》第43辑。
④ 郑振铎:《西谛书话》,生活·读书·新知三联书店2005年版,第214页。

唐》、《西汉演义》，等等，但是真正可称经典的却只有《三国演义》。这是因为精神产品在某一时期的传播多寡，固然是我们考察经典的重要视角，然而这些作品能否得到长久的流传，却取决于作品自身的质量，取决于其是否具有永久而又普遍的价值。小说四大名著和《西厢记》、《琵琶记》等戏曲之所以成为经典，除了传播原因之外，亦有这些作品自身的品质在。坊刻使小说、戏曲这类本来不登大雅之堂的精神产品，不仅进入寻常百姓之家，同时也引起士人的关注，并吸引他们积极投身于小说、戏曲的创作和改编。这在一定程度上提高了作品的内容含量、思想深度和艺术水平，为作品成为经典奠定了文本基础。如《三国演义》，其故事在宋代就已流传，金元杂剧也多用之，但却经文人罗贯中而闻名。鲁迅《中国小说史略》云："说《三国志》者，在宋已甚盛，盖当时多英雄，勇武智术，瑰伟动人，而事状无楚汉之简，又无春秋列国之繁，故尤宜于讲说。东坡（《志林》六）谓：'王彭尝云，途巷中小儿薄劣，其家所厌苦，辄与钱，令聚坐听说古话，至说三国事，闻刘玄德败，频蹙眉，有出涕者，闻曹操败，即喜唱快。以是知君子小人之泽，百世不斩。'在瓦舍，'说三分'为说话之一专科，与'说《五代史》'并列（《东京梦华录》五）。金元杂剧亦常用三国时事，如《赤壁鏖兵》、《诸葛亮秋风五丈原》、《隔江斗智》、《连环计》、《复夺受禅台》等，而今日搬演为戏文者尤多，则为世之所乐道可知也。其在小说，乃因罗贯中本而名益彰。"① 《水浒传》一书，也是先有民间的口头和书本创作，尔后经过施耐庵和罗贯中等文人加工而成。鲁迅《中国小说史略》说："《水浒》故事亦为南宋以来流行之传说，宋江亦实有其人……然宋江等啸聚梁山泊时，其势实甚盛，《宋史》（三百五十三）亦云'转略十郡，官军莫敢撄其锋'。于是自有奇闻异说，生于民间，辗转繁变，已成故事，复经好事者掇拾粉饰，而文籍以出……意者此种故事，当时载在人口者必甚多，虽或已有种种书本，而失之简略，或多舛迕，于是又复有人起而荟萃取舍之，缀为巨帙，使较有条理，可观览，是为后来之大部《水浒传》。其缀集者，或曰罗贯中（王圻、田汝成、郎瑛说），或曰施耐庵（胡应麟说），或曰施作罗编（李贽说），或曰施作罗续（金人瑞说）。"② 《西游记》也是如此，在其成书过程中，文人发挥了重要作用。郑振铎《西游记的演化》言："所以，吴承恩之为罗贯中、冯梦龙一流的人物，殆无可疑。吴氏的《西游记》，其非《红楼梦》、《金瓶梅》，只不过是《三国志演义》和《新

---

① 鲁迅：《中国小说史略》，《鲁迅全集》第九卷，人民文学出版社 2005 年版，第 134—135 页。
② 鲁迅：《中国小说史略》，《鲁迅全集》第九卷，人民文学出版社 2005 年版，第 145—146 页。

列国志》,也是无可疑的事实。唯那么古拙的《西游记》,被吴承恩改造得那么神骏丰腴,逸趣横生,几乎另成了一部新作,其功力的壮健,文采的秀丽,言谈的幽默,却远在罗氏改作《三国志演义》、冯氏改作《列国志》以上。只要把《永乐大典》本的那条残文和吴氏改本第九回一对读,我们便知道吴氏的润饰的功力是如何的艰巨。"① 郑振铎的意见就是说,《西游记》同《三国演义》一样都不是文人的原创,乃是文人改编润饰之作,但是,却对小说整体艺术水平的提高发挥了十分重要的作用。这些小说皆因文人的参与创作,得以成书,并扩大影响。

中国古代的书籍,按照传统的分类方法,分为经、史、子、集四部。其中集部的总集类,既有"网罗放佚,使零章残什并有所归"的搜罗殆尽的文章汇编类,亦有"删汰繁芜,使莠稗咸除,菁华毕出"② 的作品选编类。而作品选编类总集,比起全编类总集,流传量大;而且因为选编者来自不同时代、不同阶层,个人修养以及对精神产品的兴趣不同,选编目的和所选作品自然也有很大差异。如鲁迅所言:"凡选本,往往能比所选各家的全集或选家的文集更流行,更有作用。册数不多,而包罗诸作,固然也是一种原因,但还在近则由选者的名位,远则凭古人之威灵,读者想从一个有名的选家,窥见许多有名作家的作品。所以自汉至梁的作家的文集,并残本也仅存十余家,《昭明太子集》只剩一点辑本了,而《文选》却在的。读《古文辞类纂》者多,读《昔抱轩全集》的却少。凡是对于文术,自有主张的作家,他所赖以发表和流布自己主张的手段,倒不在作文心、文则、诗品、诗话,而在于出选本。"③ 虽然不同选本对作家作品有个人不同的好恶评价,但是,依据经典在历代阅读过程中"趋同"和"共识"的规律,历代众多的选本,自然会呈现出判断趋同的倾向,而这种趋同倾向是我们考察经典的重要视角。所以,历代作品选本是我们考察经典如何得以确立的重要因素。譬如宋代的著名词人苏轼、辛弃疾、周邦彦、姜夔、秦观、柳永、欧阳修、吴文英等,根据刘尊明和王兆鹏所著《唐宋词的定量分析》统计,其存词数量、版本种数和词选篇数都可以反映出其经典作家的地位。下面是他们的统计情况:辛弃疾存词629篇,在综合名次排行榜前30名中,存词数量第1;版本34种,排名第2;古代词选选词235篇,排名第4;历代品评篇数478篇,排名第4;当代词选207篇,排名第1。苏轼存词362篇,存词排名第2;版本

---

① 郑振铎:《西谛书话》,生活·读书·新知三联书店2005年版,第47页。
② 《四库全书总目》,卷一八六《总集类序》,中华书局1965年版。
③ 鲁迅:《集外集·文选》,《鲁迅全集》第七卷,第138页。

23种，排名第6；古代词选选词197篇，排名第6；历代品评篇数861篇，排名第1；当代词选163篇，排名第3。周邦彦存词186篇，排名第21；版本28种，排名第4；古代词选选词320篇，排名第1；历代品评523篇，排名第3；当代词选186篇，排名第2。姜夔存词87篇，排名第54；版本41种，排名第1；古代词选选词153篇，排名第12；历代品评547篇，排名第2；当代词选116篇，排名第5。秦观存词90篇，排名第52；版本33种，排名第3；古代词选选词186篇，排名第8；历代品评452篇，排名第5；当代词选100篇，排名第8。柳永存词213篇，排名第14；版本14种，排名第14；古代词选选词246篇，排名第2；历代品评409篇，排名第7；当代词选71篇，排名第11。欧阳修存词242篇，排名第12；版本18种，排名第11；古代词选选词236篇，排名第3；历代品评258篇，排名第10；当代词选92篇，排名第9。吴文英存词341篇，排名第4；版本18种，排名第11；古代词选选词165篇，排名第11；历代品评325篇，排名第9；当代词选116篇，排名第5[1]。分析以上统计数字，可以得到以下印象：词人作品存世的数量固然是衡量词家重要与否的参照之一，但是和别集的版本种数、历代词的选本选词数量以及历代评论条数相比，其影响的分子显然位居其次。这是因为词人的词存世多少，有多方面原因：既有词的质量的原因，也有词人写得多少的因素，之后才是传播。所以，从存世作品多少无法判断词人优秀与否，当然仅凭此项数据也不能判断词人是否为经典作家。但是综合版本种数、词选篇数和词评篇数这些传播情况，应该可以初步判断出词人及其作品在历代优秀与否，并从而确定其是否为经典词人。所以做此项工作的刘尊明和王兆鹏说："词人的文学影响和历史地位，主要是由历代词评家和词选家予以认定和确立的。词评家通过理论性的阐释、批评和品赏等形式，来判断和评估词人词作的价值、意义、影响和地位；词选家则是通过选择、介绍和刻印等手段来传播和宣传词人的作品，并动态地显示其文学影响、凝定其历史地位。""可以看出，词评家和词选家在对待以上词人的态度和评价上，绝大多数都是相同、接近的，有些还具有相当的一致性。这就是说，词评家和词选家在对待宋代这些著名词人及其词作时，其价值取向和评判标准是大体相近的。这也表明，我们所作的'宋代著名词人综合名次排行榜'对词人历史地位的排名，乃是历代大多数词评家、词选家的共识。"[2]

近现代以来，期刊成为传播的一种重要手段。据刘增人统计，仅文学期刊，从

---

[1] 刘尊明、王兆鹏：《唐宋词的定量分析》，北京大学出版社2012年版，第140—141页。
[2] 刘尊明、王兆鹏：《唐宋词的定量分析》，北京大学出版社2012年版，第149页。

20世纪初到40年代末，就有3504种之多①。由于期刊发行量大、传播迅速和连续性传播等特点，拥有众多的读者群，因此对于经典的传播与建构而言，其重要作用既类于古代的选本，又比古代的选本影响更大，尤其是中国现代精神产品中经典的形成，与期刊的传播有极为密切的关系。这是因为，在现代，期刊不简单是作品的发表之地，同时也是精神产品的组织生产之地和精神产品评价之地。从组织生产到期刊发表，再到产品出书和推介，形成了一个完整的生产营销线。因此，期刊不仅成为作家、人文社会科学专家的摇篮，也成为经典潜在的建构者。由于期刊办刊的目的及方向的不同，编者的趣味不同，编者对作家和作品的选择更带有鲜明的主观性。例如在现代文学史上，文学研究会、创造社、新月派、七月派、左联、文协，等等，都有自己的期刊。这些期刊都贯彻了不同文学流派的文学主张，所以一些作家被推崇，其作品得以不断刊出；另外一些作家不被欣赏，作品遭到拒绝甚至批评和封杀，这些都给精神产品的传播带来一定影响。当然刊物都有其特定的读者群，对精神产品传播的影响也多在其特定的读者群内。地方刊物和专业刊物以及同人期刊，其传播有一定的范围。但是，有的期刊存在时间较长，影响范围和程度很大，属于全国乃至世界性的。如在中国现代文学史上颇有影响的文学流派文学研究会所办《小说月报》，就是一本办刊时间长、发行量广的刊物。据刘增人等著《中国现代文学期刊史论》称："改革后的《小说月报》从1921年1月算起，一直坚持到1931年1月日本侵略者炸毁出版该刊的商务印书馆为止，刊行时间在十年以上。"②而且发行广及全国各地，包括港澳地区，拥有"数万的老读者和无数的新读者"，"具有全国的影响，乃至海外的影响"③。《小说月报》不仅推出鲁迅、周作人等知名作家的作品，还注意发表当时不甚知名的作家作品，培养出了一批在中国现代文学史上很有影响的作家。"以《小说月报》为背景而成长起来的知名作家，有冰心、许地山、叶绍钧、王统照、朱自清、李金发、徐志摩、丁玲、巴金、老舍，等等，这些属于不同流派的作家，大都是首先在商务印书馆的知名期刊露面，然后才一举成名"。④"粗略统计，在商务版的'小说月报丛刊'和'文学研究会丛书'中出现的著名作家除冰心、许地山、叶绍钧之外，还有徐志摩、周作人、朱自清、王统照、鲁迅、黄庐隐、孙伏园、沈雁冰、郑振铎、老舍、李金发、朱湘、刘大白、顾一樵、敬隐渔、瞿秋白、王以仁、徐玉诺、张闻天、梁宗岱、许杰、张天翼、萧乾、

---

①② 刘增人：《中国现代文学期刊史论》，新华出版社2005年版，第3页。
③④ 刘增人：《中国现代文学期刊史论》，新华出版社2005年版，第76页。

蹇先艾、巴金、卞之琳、艾芜、李健吾、李广田、王任叔、沈从文、靳以、熊佛西，等等。另外还有许多著名译者、理论家。这些作家的成名，大部分都是经过商务的文学期刊——主要是《小说月报》的一番策划，由期刊走向了丛书"①。从文学研究会的《小说月报》与现代著名作家的关系，可以发现，在期刊媒体十分发达的现代，作家与读者交流的渠道，由古代发行甚慢而且数额有限的单本书籍，变为以期刊为主。不仅如此，期刊同时还扮演着读者阅读指导者的角色，它评价作品的优劣，扩大或减损作家及其作品的声誉和影响，因此，作家的成名越来越依仗期刊。正因为如此，期刊也成为潜在经典的孕育者。从《小说月报》来看，在其旗下，不仅汇集了鲁迅、周作人等经典作家，同时还培养和推出了冰心、巴金、朱自清、老舍、沈从文等经典作家。

到了当代，由于信息技术的快速发展，尤其是互联网技术和计算机技术在传媒上的广泛应用，精神产品传播的媒介和途径异常发达，精神产品已经不再是少数作家、学者的专利，也不再单靠书籍而传播，这给大众参与精神产品的生产以及精神产品迅速而广泛地传播带来了便利，由此产生了网络文化。有一些学者认为，网络文化是与经典相对立的文化，大众在网络上的文化狂欢，就是对经典的消解。孟繁华在《新世纪：文学经典的终结》文章中的一段话颇有代表性："科学技术主义霸权的建立，是带着它的意识形态一起走进现代社会的。虽然我们可以批判包括网络在内的现代电子传媒是虚拟的'电子幻觉世界'，以'天涯若比邻'的虚假方式遮蔽了人与人之间更加冷漠的关系，但在亚文化群那里，电子虚幻世界提供的自我满足和幻觉实现，是传统的平面传媒难以抗衡的。它在通过'开放、平等、自由、匿名'的写作空间的同时，也在无意中结束了经典文学的观念和历史。"② 其实网络文化与经典既非完全对立，亦非没有矛盾。网络文化的基础是大众，大众写作、大众传播、大众评价是其主要特征。经典自然是文化产品中的少数精品，但是作者之众，传播之广，乃是建构经典的雄厚物质基础。因此可以预测，流传于未来的当代经典，有的可能就产生于当代的网络作品；而经典作家，有的可能就来自网络的无名写手。不仅如此，现代传媒的高度发达，从理论上说，经典和当代优秀精神产品也因此而应该具有快速拥有广大读者的条件。但是我们要看到，实际情况是，传播手段的现代化，也给经典的生产、传播和确定，带来了诸多变化和不确定性。就网络写作而

---

① 刘增人：《中国现代文学期刊史论》，新华出版社2005年版，第79页。
② 童庆炳、陶东风主编：《文学经典的建构、解构和重构》，北京大学出版社2007年版，第113页。

言，互联网自由的发表空间，确实给大众的精神产品写作与发表提供了广阔天地；相对宽松的检查以及由此带来的较少禁忌，也激发了创作者的自由想象。这些自然都是网络传播手段给精神产品生产带来的解放。但是，以互联网为发展趋势的现代传播手段，传播快，更新亦快。快速更新带动了精神产品生产的快速度。然而经典恰恰是经典作家沉潜相当长一段时间思考与打磨的产物。如果作者没有定力，被网络的更新速度所左右；更有甚者，被媒体或利益所牵绊，其精神产品的质量就会大打折扣，影响到优秀精神产品的产生。

从传媒手段来看，中国当代社会的传播媒体，分化为传统媒体和现代大众传媒两种类型。而这两种类型的传播媒体，对于精神产品的传播，发挥着不同的作用。传统的传播媒体，如书刊等，有一部分已经向着大众化方向发展，向电视、网络等现代媒体的大众化方向靠近，但是也有相当一部分媒体还在坚守着传统，以发表纯文学作品和学术性作品为主，并以阐释和创造当代文化精品作为自己的责任，是当代传承经典、传播经典精神的重要阵地。而现代大众传媒，则表现出明显疏离或颠覆经典的倾向。现代大众传媒的特点，不仅表现在其传播手段的迅速快捷，同时还体现在其受众范围的极其广泛。所以追求传播的受众范围、收视率、收益的最大化，既是其属性所决定的，也是其利益所决定的。如王一川主编《大众文化导论》所言："作为感性愉悦型的文化形态，大众文化背后的商业机制显然起着极为重要的塑造作用。保持大量受众、充分占有市场、通过审美娱乐的提供获取巨额的商业利润，这是电视产业作为大众文化在生产过程中始终存在的制约性机制。"[①] 就客观原因而言，经典作为人类文化遗产中的精华产品，其思想的高度、内涵的深度以及语言表现上的阳春白雪，对以视觉影像及快速传播手段为主的大众传媒来说，自然成为其传播的一个短板。而就主观方面来说，投合普通受众的文化水平和趣味，以追求受众范围之广以及与此密切相关的利益的最大化，亦是现代大众传媒疏离经典的主要原因之一。当然，经典作为文化遗产，亦是现代大众传媒无法回避的重要文化现象。对于这样的文化现象，现代大众传媒既然不能轻易绕过，就要设法把它转化为可以传播并且能为受众接受的文化资源，因此经典也成为现代大众传媒传播的内容之一。

考察经典与现代大众传媒的关系，重要的不是看大众传媒是否传播了经典，而

[①] 王一川主编：《大众文化导论》，高等教育出版社 2004 年版，第 69 页。

是看其如何传播经典。那么，现代大众传媒是如何对待经典的呢？从形式上看，现代大众传媒传播经典，主要是改编和讲授两种。改编经典，无论中外由来已久，发端于电影，延展到电视。而利用现代大众传媒讲授经典，如中国中央电视台的"百家讲坛"，则是中国近年的新事物。无论改编，还是讲授，对待经典一般都有两种态度：一种是真实地想要传播经典、力图忠实于原典的态度，如1987年版的《红楼梦》、1986年版的《西游记》、1995年版的《三国演义》等；一种则是非严肃地对待经典，或解构经典、或利用经典，把其作为材料，另搞一套的态度。如1995年在中国港台和内地放映、并且在高校热极一时的《大话西游》。但是，无论是严肃对待还是非严肃对待，现代大众传媒下的经典传播，都带有明显的削平经典思想高度、减损经典内容深度，以投合大众接受水平的倾向。譬如，中央电视台的"百家讲坛"，其讲《史记》、讲《汉书》、讲中国古代名著，等等，都带有古代勾栏瓦舍讲史的特点，一讲之中，十之七八是在讲故事。当然也有讲儒家经典和先秦诸子的，如于丹讲《论语》和《庄子》。但是，无论是出于普及的局限，或者是受制于编导以及主讲者的思想和专业水平，所讲内容，多比较肤浅。如在"百家讲坛"上讲过的《于丹〈庄子〉心得》就颇具典型性。本来，在中国古代先秦诸子中，《庄子》最难讲，其原因不仅仅来自其"无端崖之辞，时恣纵而不傥"，"以天下为沉浊，不可与庄语，以卮言为曼衍，以重言为真，以寓言为广"① 的表现形式；更在于《庄子》"谬悠之说，荒唐之言"的思想，以及其思想内涵"独与天地精神往来"② 的深刻。对于这样一部经典，主讲人能够以轻松之语讲述其内容，自有其普及经典之功在。但是，主讲者不把《庄子》作为经典来对待，却给讲述定了认识水平不高的调子："《庄子》这本书，历代被奉为经典。"③ 这自然不错，反映的是《庄子》这部书的实际，但是又说："在所有的先秦经典中，它也许是最不带有经典意味的，它带给我们的是一种无边无际的奇思异想。"④ 这就颇叫人无法理解。显然，"奇思异想"，不是主讲者把《庄子》排除在经典之外的原因。如果这样看，就把主讲者的水平看得太低了。主讲者之所以说《庄子》不像经典，恐怕并未认识到《庄子》的奇思异想，并不是思想的片段，而是有其思想体系的，并且都是出于庄子对于社会人生深刻的思考。然而于丹讲《庄子》，为了使《庄子》的思想嫁接到当代人的生

---

① 《庄子·天下》，上海中华书局《四部备要》本，第53册第130页。
② 同①。
③④ 《于丹〈庄子〉心得》，中国民主法制出版社2007年版，第2页。

活实用，则把庄子的类似于《逍遥游》中的大鹏之思，降低为枋榆间的蜩与学鸠之飞。如《庄子·逍遥游》篇，是庄子思想的重要组成部分，表达的是庄子面对个体人的生存困境所展开的极为深刻的思考，逍遥游就是他思考的结果。这一思想的本质，就是摆脱所有对人的精神的束缚和制约，追求个体人精神的自由境界。这一境界的基本特征表面看起来描述得很神秘，所谓"乘云气，御飞龙"，"游于六极之外"，逍遥于无何有之乡，其实质就是追求精神的绝对自由，既要外物——超越现实，同时也要外生——超越自我，与道为一，达到一种合于道的自然状态。于丹说："我们知道，庄子是大智之人。大智慧者，永远不教我们小技巧。他教我们的是境界和眼光。"① 这段话讲得很好。但是，于丹讲的境界和眼光是什么呢？因为此书是心得，没有严格的逻辑，亦缺乏明晰的表达，因此非耐心寻觅，很难得其要领。但是认真阅读于丹的心得，还是可以看出，于丹实际上已经把庄子的自由境界降格为人调整自己心态的兰个方面。首先，此书认为，调整人的视野宽窄和人的识见的短浅与长远，才能看到事物的真正价值，由此而带给人不同的效果和人生。如同此书给读者介绍《隐藏的财富》里的故事一样，哥哥目光短浅，只能在金矿上种菜；而弟弟换了一种眼光，则在菜底下发现了一座金矿。因此，于丹在此书的第16页至第18页，告诉读者不要安于现状，要跳出自己现有的经验系统，换一种方式生活，让自己目前所拥有的技能，发挥更大的作用。其次，只要打破人的常规思维，用一种完整的眼光看待事物，就可以使人实现有用和无用的转换，人们就能够抓住从眼前走过的每一个机遇。因此，于丹提醒读者，永远不要去羡慕他人，要问问自己的"核心竞争力是什么"，自己"究竟有哪一点是不可替代的"②。最后，在现代社会，不要急功近利，要有一种大境界，这个大境界就是人生的觉悟，"庄子的人生哲学，就是教我们要以大境界来看人生，所有的荣华富贵，是非纷争都是毫无意义的，最重要的是你能不能有一个快乐的人生"③。其实稍微懂得一点《庄子》的读者都会知道，于丹关于《庄子·逍遥游》的前两点解释似是而非，根本与庄子无关，或者说违背了庄子的精神，因为庄子"逍遥游"的实质就是要超越现实与自我，而于丹之所讲落脚点恰恰正是在现实与人的自我。抛弃眼前的遮目一叶，不过是为了谋取人的更大利益而已。所以于丹教给读者的不是超越，而是讨巧，是谋求更大利益的机

---

① 《于丹〈庄子〉心得》，中国民主法制出版社2007年版，第21页。
② 《于丹〈庄子〉心得》，中国民主法制出版社2007年版，第22页。
③ 《于丹〈庄子〉心得》，中国民主法制出版社2007年版，第26页。

心。这岂不恰与庄子的精神超越和由超越而获得的精神自由南辕北辙! 第三点解释表面看来似乎与庄子的超越现实和自我比较接近,至少提倡"看破名利"这一点还是符合庄子精神的,但是再深究一下,于丹所说的觉悟又偏离了庄子的原义。在于丹看来,看破荣华富贵、是非纷争,目的是有一个快乐人生。然而庄子"逍遥游"之意,不仅要做到无物,即超越外在生死功利的束缚;还要做到无我,摒弃人内在的欲求乃至情感的负累。《庄子·庚桑楚》云:"贵富显严名利六者,勃志也;容动色理气意六者,谬心也;恶欲喜怒哀乐六者,累德也;去就取与知能六者,塞道也。此四六者不荡,胸中则正。正则静,静则明,明则虚,虚则无为而无不为也。"① 庄子所说的四个方面各六种使人胸中不正的因素中,除第一方面的六种属于外在的物累之外,其余三个方面的十八种都是属于人的主观范畴,其中就包括于丹所提倡的快乐情感。庄子认为,人的精神若想获得充分的自由,首先就要解除所有来自个体人自我心灵的枷锁。就人的情感而言,不仅恶怒哀等负面的情感要解除,喜乐等正面的情感同时也要解除,由此才能进入无心无情的状态,保持内心纯然的宁静。于丹所谈至多只浅涉到了庄子"逍遥游"无物中的名利部分,然而"逍遥游"的关键恰恰在于无我。从逻辑上说,只有做到无我,才可能做到无物。因为执着于个人的快乐,必然无法实现无物,最终仍旧深陷于物我的负累之中,精神不得自由。当然,在书的第八部分,作者对庄子"逍遥游"有了更集中的解说,而且与前相比,也开始接近庄子,讲"解心释神",即"解放自己的必灵,释放自己的魂灵"。如说:"天地万物纷纭,应该各回归各自本性,浑然不用心机,其本性才会终身不离。如果使用心机,就会失去本性。"②"人的本性是无羁无绊的,只有释放了人的本性,才能达到逍遥游的境界。"③ 但是,一旦离开对庄子原话的串讲,谈起作者自己的心得,文章马上就从九天回到了榆枋之间。如说:"庄子一向不崇尚人的刻意,一向不崇尚人的矫情。"④ 把庄子的提倡回归人的自然本性,理解为不刻意、不矫情,就是对庄子原意的浅解或曰半解,因为庄子所说的自然本性,是从根本上反对人为和有情的,不仅仅是反对人的用心专心而为和违背常情而已。因此,庄子反对所有的对幸福与快乐的追求,包括刻意的和非刻意的追求。当然这还仅仅是望庄子门墙而不得其入的问

---

① 《庄子·庚桑楚》,上海中华书局《四部备要》本,第53册第95页。
② 《于丹〈庄子〉心得》,中国民主法制出版社2007年版,第107页。
③ 《于丹〈庄子〉心得》,中国民主法制出版社2007年版,第103页。
④ 《于丹〈庄子〉心得》,中国民主法制出版社2007年版,第111页。

题。于丹又说:"人生的幸福快乐,其本身也是人生的一部分,刻意追求,往往得不到,但如果认真地生活,幸福快乐就永远跟随着你。"① 这就与庄子渐行渐远了,因为在庄子那里,既然坚持要回归自然人性,就必然反对所有的用心,反对所有的人为,而认真生活恰恰是用心之深者、人为之至者。在《于丹〈庄子〉心得》一书中,这种似是而非的解说比比皆是,如把"道"解释为规则,把"道法自然"理解为自然之中皆是道理;把"以天合天",解释为不违背规律;把"心养"解释为修养心灵,看清自己;把"心斋"理解为回归心里,确认自我真正的愿望,等等。这既有作者理解的原因,亦有在现代大众传媒条件下,编导和讲解者投合观众的原因。虽然,作者和编导都没明言受众是哪些群体,但是,从作者的讲述中,还是可以看出他们面向的是职场的青年,并且把抚慰这些受众的职场失意和工作所带来的压力作为讲述的目的。他们既要贴近这些读者的关切,同时还要照顾到其接受能力,因此,尽量做到通俗易懂,尽量用穿插的小故事来调节气氛,如同戏曲中的插科打诨,都是为了吸引人的眼球,争取有更好的收视率。而其付出的代价,就是减损经典的内涵,降低思想的高度,甚至曲为之解,把庄子这只薄天而飞的大鹏变成抢树数仞的麻雀。在本文中,无意过多涉及此中问题,仅举个例以见现代大众传媒传播经典降格以媚众之一斑。

在现代大众传播下,不仅媒体本身面对经典出现了分化,而且也给经典的评价造成了极为复杂的局面,其表现如下:

其一,媒体的传播程度与精神产品质量的不对称性

经典必然是传播久远、而且是拥有广大读者的精神产品,但是这里所说的拥有广大读者,是从漫长的阅读历程角度来说的,而不是就某一个时期设论的。具体说,有的经典可能在某一时期颇受欢迎,而且不同时代、不同时期都是阅读的宠儿。譬如中国古代伟大诗人李白,在唐代就有广泛影响,虽然宋代对他的评价有所贬低,与另一位唐代伟大诗人杜甫的评价相比,影响有所降低,但是在元、明、清三代之后,又恢复了他的盛名。有的经典在某个时代或时期,却相对比较冷寂,读者较少。如陶渊明沉寂于当时,初知于百年后的梁代,终负盛名于宋代之后。但是,凡经典都会传播久远,从总体看,经典拥有的读者无疑是众多的。所以,以读者多少来衡量经典,历时性有效,共时性未必有效。现代的传媒,因为技术手段先进,打破了传统的传播手段下精神产品先在一个地区的少数人群中传播,然后逐渐扩散到更广大人群的局限,具有了迅速扩散、无有界域的特征,因此会常常见到一部作品迅速蹿红、作者一夜成名

---

① 《于丹〈庄子〉心得》,中国民主法制出版社2007年版,第111页。

的现象。但是,迅速拥有众多的读者,是否就意味着作品有着很高的水平,具备了经典的品质呢?这个问题无法用简单的是与否来回答。有一点确实可以肯定:即从历时性有效和共时性未必有效的证验来看,在发达的现代传媒条件下,精神产品仅凭其一段时间内拥有读者之众,还无法判定它的水平之高,当然也不能预测、更不能确定其是否可以成为经典。也就是说,精神产品在短时间内拥有众多的读者,有的可以和作品水平之高成正比,有的却不能。个中原因比较复杂。

现代传媒的出现之意义,在于带来了一场精神产品传播途径的革命,这还仅仅是意义的一个方面,而且是比较次要的方面,更为重要的是精神产品的解放。在以传抄和印刷等传统介质为手段的传播阶段,精神产品控制在少数人手中,少数拥有文化的贵族和知识人(即中国古代的士人、士大夫),既是精神产品的创作者,又是占有者。而现代传媒则打破了这种局面,使大众也成为精神产品的创作者和拥有者,这是一场真正的文化革命和文化解放运动。但是,精神产品普及之后,马上面临的则是精神产品以及精神产品占有者的提高问题。而现代传媒恰恰居功于精神产品的普及,掣肘于精神产品和精神产品占有者品位的提升。之所以如此,从中国与外国的实际情况看,问题即出在传媒对集团利益的追逐,使其故意忽略了精神提升的责任,结果就是迎合大众现有的精神品位,表现为削平思想高度,追逐时尚。而大众的时尚,就精神产品阅读而言,更多地表现为快餐式的消遣文化和娱乐文化。因此我们既应看到现代传媒造就了传媒大众,也应看到大众文化也造就了大众传媒。基于以上所分析的情况,我们必须清醒地看到,现代传媒下,一个作品利用传媒迅速而广泛地占有读者,达到一夜成名,是作者、传媒与时尚的合谋,而非常规所理解的精神产品质量发挥作用所产生的效果。如果说在媒体不发达的古代,基于传播的数量,能够从一个比较重要的方面考察是否经典的话,在发达的现代传媒环境下,仅据精神产品一时传播的多寡,已经很难判定精神产品的质量,所以也不能以之作为判定经典的依据。有句话说得好:时尚未必经典,经典未必时尚,此其然也。所以,在现代传媒高度发达的条件下,时间在经典确立中克服时尚的作用,就更为凸显。

其二,评价信息的多元和虚假性

现代传媒条件下,对精神产品评价的信息日益多元化。旧有的官方评价机构自然还是评价的主体,如中国的宣传部门、教育部门、文化部门,欧美的教育和文化机构,等等。但是,网络时代的到来,伴随着博客、微博等新兴传播形式的快速发展,个体对精神产品的评价,打破了官方和少数人文学者的垄断,通过网络传播而得以实现,体现了不同层次人群价值判断的评价信息,呈网状弥漫式特征迅速扩散开来,对来自少数评价机构的评价信息形成挤压之势，或顺势趁风煽火，或壁垒分明形成对峙，由一元而多元，众声喧哗，这自然是值得庆贺和欢迎的精神产品评价机制的进步。但是，这种大众的网络声音，是一种纷纭无序、泥沙俱下的评价信息，也造成了对一部作品判断的困难。如在中国，一部作品，会有官方、学院派学者和大众都公推说好的情况，但是也有学院派学者评价甚高，而网络大众却一片嘘声的现象；或者相反，网络大众一致推许，但是却遭致学者的坚决否定；或者官方评价机构评为优秀作品，但是却遭到普通读者的冷落。譬如，刘心武在中央电视台"百家讲坛"讲《红楼梦》和于丹讲《论语》的节目，在一般观众中颇受欢迎，于丹《论语心得》一书也创下很高的发行纪录，但是在高校和科研院所的学者中却多评价不高或很少给予关注。既有无数的拥趸者、无数的粉丝，也会有无数的批评声和反对声，成为现代传媒下对待精神产品常有的现象。这给读者的阅读选择与判断，带来不小的麻烦。过去，在精神产品旧的评价机制下，少数学者是精神产品评价主体，对精神产品的评价颇具权威性，因此也成为读者阅读的引导者与辅导者。现在则不然。学者的意见，或湮没在嘈杂的众声之中，或失去了导师的光环，成为众声之一。此种情况，对于习惯于精神产品旧的评价机制的社会而言，实在是一种挑战。谁来评定其优劣？似乎已经成为问题，更何况经典的确认。事实情况是，学者仍然还是精神产品评价的主体，但是大众对精神产品的声音不能不影响到学者的评价，甚至在一定程度上左右学者对精神产品的评价，从而形成学者与大众评价整合的新的精神产品评价机制。而读者对精神产品的选择与判断，也必然适应这种新的评价机制，作出调整。

不仅如此，对精神产品的评价，在现代传媒条件下，往往伴随着虚假性。在网络环境下，由于评价主体的非真实性、身份的虚拟性，造成精神产品评价主体与评价意见本体不对接，精神产品评价主体或托名，或遁身，或置换，因此评价主体完全可以对自己的意见不负任何责任。在此情况下，受利益的驱动，恶意炒作的事件层出不穷，评价道德缺失。以作品的点击率为例，有真实自然的点击率，也有受雇佣的"水军"的点击率。因此，从点击率无法真实地判断作品受欢迎与否的程度。还有，是否点击就是阅读了呢？也不尽然。既有点击而且完全阅读了网络传播作品的情况，也有虽然点击了此作品，却没有阅读或者读之半途而弃之的情况。因此可见，网络评价带有一定的虚假性和不确定性。在这种情况下，对精神产品的判断，尤其是经典的确定，就更需要经过时间的沉淀，克服现代传媒下对精神产品判断的不确定性给经典确定带来的困难。

原载《文艺研究》2013 年第 9 期

新媒体与中国文艺学的转向

欧阳友权

应该承认,无论是作为一个学科的知识生产、学理建构,还是作为一种理论的观念表征和方向选择,今天的文艺研究都处在新媒体语境延伸的"理论半径"上,由此引发的中国文艺学理论转向及其内涵转型已经开启了自己的历史性征程。然而,就目前情况看,人们很少从这个角度进行思考,全面、深入和有创见的研究更是不多。在新世纪已进入第二个10年的时候,在新媒体对文学、文艺乃至日常生活影响越来越大的今天,我们有必要也有责任研讨新媒体与文艺学转向的关系。

一、媒介革命与文艺学版图的重新勘定

以互联网为代表的数字媒介的迅速崛起,已悄然置换了新媒体时代的文艺背景,并以观念裂变的方式直接渗进文艺理论的"肌肤",促使人们认真审视媒介革命下文学艺术变迁的新现实,以重新勘定文艺学的学科版图。尽管新媒体带来的冲击是融合在整个文化环境之中,并与其他文化门类共同起作用的,但数字传媒的强劲推力无疑是当今文艺学版图发生改变最重要的原因之一。

数字媒体进入文艺学的理论前沿,首先是从文艺生产的实践现场找到自己的观念入口的。在我国,20世纪90年代中期伊始,互联网开始接纳大众"准文学"的写作,此后,网络文学、手机短信创作、数字化艺术借助媒介革命的强劲推力,以自身的文艺在场性和文化新锐性,迅速成为撬动文艺变局的最大杠杆。最新的互联网统计报告表明,截至2012年12月底,我国网民数量已增至5.64亿人,互联网普及率为42.1%。手机网民规模至4.2亿人,成为迅速壮大的移动互联网终端。还有

3.53 亿的博客/个人空间用户，3.09 亿的微博用户，2.51 亿的社交网站用户，以及 3.31 亿的网络游戏用户，家庭接入网络比例超九成，手机微博用户近三分之一。可见，网络媒体对我国的社会族群已经形成全方位覆盖。① 另有研究表明，我国网络文学的用户达 2.33 亿人，"各种文体注册作者 2000 万人，签约作家 200 万人，文学网站及移动平台日浏览量超过 10 亿人次，在线作品日更新达 2 亿字节"②。这样庞大的写作阵营、读者群体和恒河沙数般的原创作品存量，给中国文坛带来了活力，也改变了文学发展的总体格局，实现了对文艺学版图的调整乃至重构——在消费文化、新型媒体等多重因素的作用下，传统文学所受关注度和产生的影响力大不如前，而以网络文学为代表的新媒体文学却风生水起，以技术化的生产流程、无远弗届的市场覆盖和广泛的阅读受众，一面与传统的精英书写分庭抗礼，一面与产业商贾互动双赢。新媒体文学强劲的生产体制、传播机制和文化延伸力，使它在当今中国文学的整体格局中成为颇具活力的重要一翼。可以预测，小荷初露的新媒体文艺还将继续快速稳步发展，如芬兰数字文学专家考斯基马所说："数字化或直接或间接地几乎强烈触及了文学的全部领域。不过，这仅仅是个开始，就目前具有过渡性质的情况而言，已经可以形成关于文学未来的足以使人惊讶的预言和推测"③。

新媒体及其文学艺术的异军突起，在实践上创造了不一样的文学形态，在理论上向传统的文艺观念提出了挑战，加速了传统文艺学版图的扩容、越界等结构性变化。当传统理论所依赖的文化场域发生背景置换，当其昔日所依存的逻各斯理论原点随着其映照的对象世界的改变而改变，当"正统的文化理论没有致力于解决那些足够敏锐的问题"④，或者，当"关于文学的基本预设、阅读方式以及价值判断标准等受到了挑战"⑤，此时，如丹尼尔·伯斯坦所形容的"数字比特和字节就是用来雕刻一个崭新的世界新秩序的凿子"⑥，我们应切入新媒体文艺现场去理性地回应现实

---

① 数据参见中国互联网络信息中心 2013 年 1 月 15 日发布的《第 31 次中国互联网络发展状况统计报告》，http：//www.cnnic.net.cn/，2013 年 3 月 25 日查询。
② 马季：《跨文化语境中的中国网络文学》，《文艺报》2012 年 7 月 16 日。
③ ［芬兰］莱恩·考斯基马：《数字文学：从文本到超文本及其超越》，单小曦等译，广西师范大学出版社 2011 年版，第 3 页。
④ ［英］特里·伊格尔顿：《理论之后》（前言），商正译，商务印书馆 2010 年版。
⑤ ［英］拉曼·塞尔登等：《当代文学理论导读》，刘象愚译，北京大学出版社 2006 年版，第 367 页。
⑥ 伯斯坦的原话是："这个世界是一块空白的石板，数字比特和字节就是用来雕刻一个崭新的世界新秩序的凿子。"见［美］丹尼尔·伯斯坦、戴维·克莱恩《征服世界——数字时代的现实与未来》，吕传俊、沈明译，作家出版社 1998 年版，第 3 页。

的变化，以通变的心态审视文艺观念面临的危机与焦虑，重新勘定文艺理论的范围和文艺学的版图。今日中国的文学创作活跃而多样，文论研究亦呈新旧交织、多元并存之态。传统的执笔书写、书刊发表、纸介阅读的文化生产、传播、欣赏体制仍然普遍存在；千年积淀的文论传统，以及外来（包括马列文论和其他外来文论资源）理论观念的横向移植与渗透所形成的文学理论范式，依然居于我国文艺学科体系的主导地位。作为一种历史性的理论存在，它们中的许多学理逻辑已经构成任何理论嬗变的观念背景和参照依据，应该得到传承与发展。毋庸讳言，我们的文艺理论现在面临的是一个开放性、差异化、跨学科研究的语境，数字化新媒体就是这一语境"移居赛博空间"的结果。就在人们还在争议是"传统文论的现代转换"还是"回应现实综合创新"的时候，新媒体文艺生产已开始用自己的话语实践向传统文艺学的理论范畴提出质疑，向既有的学科规制发起挑战，又在新的理论构型中创生出特定的知识系统和阐释空间，让媒介革命成为文艺理论对传统的告别和面向新生的开启。这种告别和开启、跨界与扩容、消解与建构不是理论研究的心血来潮，而是"数字化生存"限定的理论重建，是后信息时代的数字媒介、虚拟现实、赛博空间和媒体产业市场对文艺理论空间的渗透与生成。恰如约斯·德·穆尔在论证"走向虚拟本体论与人类学"问题时所说："赛博空间不仅是——甚至在首要意义上不仅是——超越人类生命发生于其间的地理空间或历史空间的一种新的体验维度，而且也是进入几乎与我们日常生活所有方面都有关的五花八门的迷宫式的关联域"。[①]赛博空间与文艺知识生产、理论图景和学理容量、学科边界之间的"迷宫式关联"，正是我们考量数字媒介变革之于文艺学版图勘定的制衡要素。文艺学如何解决新旧媒体转换所带来的理论困惑，在一定程度上取决于我们对当前文艺理论变局的深度把握。这里有三重变化正试图改写我国文艺学的原有版图。

首先，从"大写"走向"小写"，从"整一"发展为"多样"，是新媒体引发的文艺生产和消费形态转向带给这次理论变化的"后理论"风标。拉曼·塞尔登谈到1985年以来"当代文学理论"领域究竟发生了哪些动荡和变化时认为，过去整一性的"理论"或"文学理论"已经不再能够看作一个有用的、不断进步地产生的著作体，"单数的、大写的'理论'迅速地发展成了小写的、众多的'理论'——这些理论常常相互搭接，相互生发，但也大量地相互竞争。换言之，

[①] ［荷兰］约斯·德·穆尔：《赛博空间的奥德赛——走向虚拟本体论与人类学》，麦永雄译，广西师范大学出版社2007年版，第2页。

'理论转向时期'孵化出了大量的、多样的实践部落，或者说理论化的实践"①。传统的整一化文艺学理论命题和学科规范是被时间神圣化了的"大理论"，它们以"单数的"、"大写的"权威姿态构成毋庸置疑的膜拜价值，具有学理坚实的主题性、目的性和历史悠远的连惯性与整一性。从我国当代的文论范式来看，自"五四"以来形成的现代文论传统由于受到社会历史变革和外来理论思潮的影响，其"大写"理论的整一形态走向"小写"文论的多元区分有着更为深刻的社会文化原因，并非肇始于数字媒体的变化，更不源于单一的媒介原因。如伴随后工业文明兴起的雅俗不分、快乐至上的娱乐文化，深受资本与商品逻辑支配的消费文化，模式化、类型化和批量生产的技术复制文化，没有深度体验和历史感、仅仅反映当下瞬间体验的快餐文化等，这些蕴含后现代表征的文化形态，对当今文艺理论从整一的"大写"模式走向多样的"小写"形态已经构成了持续的深度干预，成为文论转型的社会文化引擎。毋庸置疑的是，新媒体及其文艺实践进一步推进了这一范式转换的过程，甚或规制了这次理论转换的内容和方式。我们看到，20世纪90年代以来，就在中国文艺学发展处于"拨乱反正"和"西风东渐"后的理论调整期，数字媒介以其巨大的创生潜能在传统的文艺理论板块上开辟孵化新媒体知识生产的"豁口"，用艺术实践拓进"理论化的实践"进程。较之我国厚重的文艺学传统，新媒体文艺观念及其理论构型的孵化和生成，虽"小写"却"多样"，非学统嫡传却不乏活力，它们正以边缘"小理论"姿态而成为伊格尔顿所说的"理论之后"的一道知识景观。因而，"大理论"消退与"后理论"转向的同时并存，是新媒体文艺变局切入并改写文艺理论发展态势的一个不容忽视的侧面，也是全球文化生态变化的普遍现象。

其次，消费社会兴起之后，文艺理论与文化研究边界模糊、视域叠加成为当代文论演变的普遍状态，而媒介革命在此基础上又以实践的样态进一步推动着、改写着文艺学理论的变局。诞生于20世纪60年代的文化研究（其标志是1964年诞生于英国的"伯明翰学派"），主要是结合社会学、文化人类学、文学理论、传播媒体和大众消费来研究后工业社会中的文化现象，这在西方更多的是研究文化如何与意识形态、种族、社会阶级或性别等议题产生关联，而在中国则主要是关注大众文化娱乐、信息传媒、图像文化、消费方式、文化产业和日常生活审美化等问题。其中，

---

① ［英］拉曼·塞尔登等：《当代文学理论导读》，刘象愚译，北京大学出版社2006年版，第9页。

文化研究与文艺学的关系，以及由文化研究或文化批评引发的文艺学的"边界之争"①是讨论的重点。其实，无论是文艺学研究的越界、扩容或转型，还是文化研究对包括文艺学在内的各种理论的渗透，媒介技术和信息生产都是加剧其变化的重要诱因。媒介革命所引发的"文学性"的扩散、审美泛化和艺术品的商品化，事实上已经消弭了审美经验与日常生活、艺术品与非艺术品的界限，不仅艺术创作可以在技术平台上完成，大众文化生活如文化阅读、影视观赏，乃至信息通信、旅游休闲、美容健身、城市规划、房屋装修、消费广告等几乎所有领域，无不受到新媒体技术功能的巨大影响，"技术的艺术化"和"艺术的技术性"、时尚文化和魅力工业的相互催生，已经成为文化研究深度切入文艺学腹地的媒介和引擎，而理论的历史性、实践性和语境性也要求文艺学关注和切近当代文化和大众日常生活，以找到新的理论生长点，增强理论贴近生活、回应现实的能力。毕竟，正如拉曼·塞尔登所说："理论是要被使用的、批评的，而不是为了理论自身而被抽象地研究的"②。媒介之于理论的革命意义，不仅在于给拓宽了的文艺学版图插上一面"文化"的旗帜，还赋予了理论变革以实践的沃土和时代的精神。

最后，媒介意识形态的理论建构，是文艺学科衍生出新媒体文艺学观念重要的深层机理。从价值律成的意义上看，新媒体时代文艺学理论格局的改变是"媒介因"和"观念因"相互制衡又互相依存的意识形态现象，是观念形态的价值理性和人文规制的技术目标在现代传媒场域的一次意识形态建构。麦克卢汉一直强调"媒介即讯息"，媒介是"人的延伸"，他提出电子媒介对个人和社会的影响，关键是影响人的中枢神经系统而形成一种评价事物的新尺度，因而，"技术的影响不是发生在意见和观念的层面上，而是要坚定不移、不可抗拒地改变人的感觉比率和感知模式"③。麦克卢汉意在说明，媒介可以超越载体、工具等形而下层面，而与人的感觉方式和评价尺度相关联，这与我们理解的媒介的观念属性、人文价值和意识形态功能直接相关。美国社会学家曼纽尔·卡斯特在论及网络技术对社会文化的巨大建构作用时也说："我们的媒介是我们的隐喻，我们的隐喻创造了我们的文化内容。由于文化经由沟通来中介与发动，因而文化本身，亦即我们在历史上创造出来的信念与

---

① 这方面的研究成果甚多，如童庆炳与陶东风就"日常生活审美化与文艺学"关系的论争，参见童庆炳《"日常生活审美化"与文艺学》，《中华读书报》2005年1月26日；陶东风《也谈日常生活审美化与文艺学》，《中华读书报》2005年2月16日。
② ［英］拉曼·塞尔登等：《当代文学理论导读》，刘象愚译，北京大学出版社2006年版，第13—14页。
③ ［加］马歇尔·麦克卢汉：《理解媒介——论人的延伸》，何道宽译，商务印书馆2000年版，第46页。

符码系统受到新技术系统的影响而有了根本的转变，这种转变还会随着时间推移日益加剧。"① 媒介的这个"隐喻"是什么呢？其实就是技术化工具载体所蕴含的人文价值理性，亦即媒介文化的意识形态功能，我们可以称之为"媒介意识形态寻租"——因为媒介本身可以是中性的，但媒介的操控和应用却不能不受到主体倾向性和价值立场的制约，媒介功能的发挥是一种价值的选择或建构，都会有理性的或意识形态的价值判断。不仅如此，任何科学创造、技术发明和媒介创新，都是人类对外部世界的认知和利用，人类在此获得的是自身在自然界中更多的自由，回答的是"认识你自己"这一古老的命题，收获的是大写的"人"的心智成果，确立的是人在宇宙中的主体地位。信息传媒的递进，应该被看作是人类对自身本质力量的欣赏和人性价值的确证，是以媒介意识形态来建设"科技进步—艺术发展—精神健全"的现代人文结构。因此，面对新媒体的革命性影响，不但要有媒介认知和效益省察，还需要有人文价值理性的意义阐释，以破除工具理性对人类精神世界的遮蔽，让传媒技术的文化命意创生与人的精神向度同构的意义隐喻，达成技术与人文的协调统一。当我们面对数字媒介语境，来审视文艺理论变迁、重新勘定文艺学版图时，不应忽视这次媒介革命的价值选择、人文意义和意识形态向度。正如有的文艺理论家所言："面对网络媒介，我们不能做一个只见树木不见森林的'技术白痴'，而要做一个解除遮蔽、洞明本体的守护者，即看到网络载体蕴含的自由精神、共享空间和参与模式对旧文学体制的巨大冲击和根本改变。"②

二、 新媒体与时代文学场的转换

文艺学研究者要化解由数字化媒体引发的理论变革带来的学科焦虑，还是要回到新媒体语境中寻找问题的症结，疏导理论转向的路径。我们知道，自希利斯·米勒在世纪之交提出"文学终结论"以来，对文学和文学理论有效性及其存在意义的质疑就一直争议不断。米勒根据电子时代文学形态的变化和文化研究转向的事实提出，在新的电信时代，文学可谓生不逢时。他说："照相机、电报、打印机、电话、留声机、电影放映机、有线电收音机、卡式录音机、电视机，还有现在的激光唱盘、

---

① ［美］曼纽尔·卡斯特：《网络社会的崛起》，夏铸九等译，社会科学文献出版社2001年版，第407页。
② 敏泽：《学理范式的构建："E媒"文学的反思》，《中南大学学报》（社会科学版）2004年第6期。

VCD 和 DVD、移动电话、电脑、通信卫星和国际互联网……几乎每个人的生活都由于这些科技产品的出现而发生决定性的变化。"于是他得出结论说:"新的电信时代正在通过改变文学存在的前提和共生因素而把它引向终结。"① 两年后，特里·伊格尔顿也开宗明义表达了他的悲观心态，他在列举了雅克·拉康、列维·施特劳斯、阿尔都塞、巴特、福柯、威廉斯、皮埃尔·布迪厄、雅克·德里达、杰姆逊和赛义德等一大批思想家纷纷逝去、退出历史的现象后，不无沉重地宣告："文化理论"时代终结，世界进入"理论之后"②。

　　米勒的"文学终结论"和伊格尔顿的"理论终结说"，一个归因于电信时代的到来，一个喟叹于理论星群的退位，看起来均言之有故，不无道理。把二者的观点联系起来会发现，正是"电信王国"的兴起才真正开启了"理论之后"，但这并不是文学的终结或文学理论的消亡，而是文学转向对新媒体文学的开放，是"电信王国"对文艺理论转向的新的敞亮。面对"终结预言"，我们需要警醒的是："无论文学还是文学研究，它是活着还是死去，并不一定由某些现实条件（如电信技术或大师故去）所决定，也未必取决于我们是一味乐观还是忧心忡忡，重要的是要有对文学与人的生存之永恒依存关系的深刻理解，有建立在这一基础之上的坚定信念，同时还有一种与时俱进、顺势变通的心态"③。事实证明，这些年来，电信王国势头强劲，文学却并未终结；文学非但没有终结，反而开辟了它在数字化世界新的生存空间，创生出新媒体文艺的生产方式；而一代思想家的离去和原有文化研究的衰落也没有导致理论终结，反而延伸出新的文化形态和理论范式，文艺研究在历经新批评、结构主义、女性主义、后结构主义、后现代主义、后殖民主义、新马克思主义，以及性别、种族、性、地缘、生态、酷儿理论等理论风潮后，与信息技术一道成长的"后理论"时代又起于青萍之末，依托新媒体的蛛网覆盖，打造理论建构的新格局。

---

① ［美］J. 希利斯·米勒：《全球化时代文学研究还会继续存在吗?》，《文学评论》2001 年第 1 期。
② 特里·伊格尔顿的原话是："文化理论的黄金时期早已消失。雅克·拉康、列维·施特劳斯、阿尔都塞、巴特、福柯的开创性著作远离我们有了几十年。R. 威廉斯、L. 依利格瑞、皮埃尔·布迪厄、朱丽娅·克莉斯蒂娃、雅克·德里达、H. 西克苏、F. 杰姆逊、E. 赛义德早期的开创性著作也成明日黄花。从那时起可与那些开山鼻祖的雄心大志和新颖独创相颉颃的著作寥寥无几。他们有些人已经倒下。命运使得罗兰·巴特丧生于巴黎的洗衣货车之下，让米歇尔·福柯感染了艾滋，命运召回了拉康、威廉斯、布尔迪厄，并把路易·阿尔都塞因谋杀妻子打发进了精神病院。看来，上帝并非结构主义者。"参见特里·伊格尔顿《理论之后》，商正译，商务印书馆 2010 年版，第 3 页。
③ 欧阳友权：《数字媒介文学转型及其学术理路》，《福建论坛》2008 年第 5 期。

尽管后起建构的新媒体文论与原来"大写"和"整一"的理论有着形态的区别和内涵的异质性，但依然彰显出面向文学新现实的理论有效性和一定程度的学理逻辑赓续性。

从"原子帝国"到"比特之境"①，是网络时代所发生的许多重大变革中最根本的变化。在"后理论"建构的新格局中，基于这个变化了的传媒语境和文化生态，新媒体时代的文艺学转向突出表现为原有"文学场"的转换，米勒所说的"文学终结"究其实质就是文学场的转换，它构成了我们时代文艺学转向的背景。"场"或"场域"（Field）理论源于一种关系主义的哲学观，按照法国思想家布迪厄的说法，"场"即为"一系列可能性位置空间的动态集合"，或"具有自身逻辑和必然性的客观关系空间"②。文学场是文学行为所依托的可能性与必然性相统一的空间，一切文学活动都必须在特定文学场进行，一定的文学场域限定了文学的存在方式、"图—底"逻辑关系与发展方向。我国当代文学场的转换，是改革开放的国情和世纪之交的文艺变迁共同作用的必然结果，是这一必然性与可能性相统一的"位置空间"的关系集合。特别是市场经济的"商业法则"对文化艺术领域的全方位浸透，不仅让许多固有的文论内容被"非语境化"了，而且形成了消费社会中人与社会生产、人与物质消费、人与大众传媒、人与精神存在的新的场域关联。不过助推这一改变、强化这一关联的正是传媒的力量。数字化新媒体出现后，加速了自足统一的文学场的解体，传媒强势的文化力量旋即渗透并覆盖了文学的全部场域，无孔不入的商业元素也借势介入甚至干预文艺生产，以商品逻辑的技术操控为组织原则，悄然打造出新媒体文学场，并以消解和启蒙的双重影响开启我们这个时代新的文学场的理论转向。具体而言，这种理论转向主要表现在以下几个方面：

（一）文学存在场的转换调整了文艺学研究对象的语境规则。自20世纪90年代在北美诞生了汉语网络文学以后，中国的文学存在场便出现了大范围的网络转移。进入21世纪以来，随着网络文学写作的海量"喷涌"，文学存在场的位置空间和权力关系均急遽变化。传统的纸笔书写、印刷文本、物质构型的文学承载体依然存在，但其市场份额和社会影响日渐被鼠标键盘的临屏书写和赛博空间的"比特符码"作品挤压，新媒体文学一步步从文化边缘走向文学中心，文艺理论与研究对象之间的场域关系也随之发生了改变。这时的文学研究，不仅要研究传统文学、经典文本，

---

① 陈定家：《比特之境：网络时代的文学生产研究》，中国社会科学出版社2011年版，第8页。
② ［法］皮埃尔·布迪厄：《实践与反思》，李猛、李康译，中央编译出版社2004年版，第134页。

要解读《红楼梦》或莎士比亚,还要直面网络写手的运字如飞和超文本文学的多媒体链接,懂得欣赏麦克·乔伊斯的《下午,一个故事》或能与网友分享痞子蔡的《第一次的亲密接触》;不仅要敢于对不一样的作品、新奇的文学现象和更为复杂的文学问题进行追问,还要面对文学语境规则的重新洗牌——文学从"物理存在"转向"虚拟空间"、作品从"物质性存在"转向"数字化生存"后,带来的不只是媒介和载体的改变,还有时代文学场延伸出的新的解读对象,以及由新的解读对象规制的新的对象性语境关系。新媒体文学的存在场是一种马克·波斯特形容的"在主客体的边界上书写"。由于"荧光屏—客体与书写—主体合而为一,成为对整体性进行的令人不安的模拟",因而电脑书写类似于一种"临界书写",其主客两边都失去了它们的完整性和稳定性,形成时间的同一性和空间的脆弱性,这会"给笛卡尔二元论所代表的澄明而确定的世界带来些许含混",因为"它颠覆了笛卡尔式主体对世界的期待,即世界由广延物体组成,它们是与精神完全不同的存在"[①]。从"场域"理论看,网络消除主客分立的"临界书写",让文学的创作方式和传承载体发生了改变,形成了电脑网络与印刷文本的媒介易位,其所带来的是文学存在场的转换,即改变了文艺学研究所依凭的客观与主观、对象与主体、文本与创作等二元哲学分野,消弭了由于这种分野所指称的对象权力关系,并通过改写传统文学场中的这一核心语境规则,从根本上改变了文艺学研究对象的逻辑着力点。

(二)文学生产场的转换改变了文艺学研究的理论秩序。新媒体文学生产是在数字媒介场域实施和完成的,形成了基于技术手段的文学生产方式。当然,新媒体创作与传统写作一样,也需要生活积淀、人性体察和艺术审美,也是一种精神生产和艺术创造,从这点上说,它们没有本质的区别。但因为使用媒介的差异、发布载体不同,特别是创作者文学态度和写作心境的迥然有别,新媒体的文学生产不仅在位置空间上发生了平台置换,创作者的身份选择和目标指向也发生了转变。于是,文学生产场的依存关系在此时出现了颠覆性重建,使新媒体创作方式与传统的文字表意有了很大的区别。例如,网上写作需要"以机换笔",用键盘、鼠标和菜单确认打造"指头上的文学乾坤"和"空中的文字幽灵";网络写作可以运用多媒体和超文本技术手段创造只能"活"在虚拟空间的文学艺术作品,它们解除了文学对"语言"这一媒介的依赖,创造了距"文学"更远、离"综合艺术"更近的作品形

[①] [美]马克·波斯特:《信息方式——后结构主义与社会语境》,范静哗译,商务印书馆2000年版,第150—151页。

态；还有，网络写作虽沿袭传统的语言形态和表达方式，但大量"网语"或"火星文"的不断涌现，让许多习得汉语使用习惯的人对汉语网络作品感到了陌生。不仅如此，更有计算机程序设计的自动写作方式对"作家"身份发出挑战，让文学生产场变成机器作文、程序写诗的"试验场"。譬如，取名稻香居老农的网友设计的古典诗词"电脑作诗机"，可以根据点击的程序菜单让电脑自动创作五绝、五律、七绝、七律、排律、古风、藏头、对联等。其中有一首名为《山行》的古诗是这样的：

> 万里空山草路深，三生蔓草印床尘；
> 山栀越女横千古，野葛吴娃出四邻；
> 帝里归来两度春，仙家夜向五侯门；
> 千岩万剑休相隔，万壑千钧尚作尘。①

这首"机器诗"与诗人作诗并无二致，以类似的程序写诗、写小说、编剧本的电脑软件，在我国已有不下百种并层出不穷，它颠覆的不仅是主体身份和作家地位，还有文艺学的逻各斯原点和文学研究的理论秩序，于是，文学生产场中关系要素的变化和理论秩序的调整，便构成了新媒体文艺学转向的一个重要维度。

（三）文学知识场的转换修正了文艺理论研究的学术语法。这里所说的知识场包括两个层面的内容：一是由多元知识系统组成的文学艺术"知识谱系"；二是知识图景的"理论构型"。前者是术语概念层面的知识，后者则属于学理结构层面的范畴。在新媒体语境中，这两类知识构成的文学知识场均出现大范围更新。从知识谱系层看，新媒体文艺学在原有的文艺美学及其相关学科，诸如美学、社会学、历史学、语言学、心理学等知识的基础上，增加了两类新的知识内容：其一是传媒技术和计算机网络类知识，诸如网站、数字化、多媒体、链接、比特、虚拟现实、赛博空间、BBS、博客、电子书，以及更专门化的如"打赏"、"催更"、"置顶"等，了解这些知识是进入新媒体的基础，不懂得它们甚至会被讥为"新文盲"。其二是新媒体文学艺术类知识，如网络文学、手机文学、网络音乐、电脑设计艺术、网络影视、数字动漫等不同数字艺术门类的专门知识。特别是新"网络语言"的大量涌现和时尚化翻新，让新媒体文学知识场时时唤起人们文化心态上的"落伍感"，所谓"三天不上网，秀才变文盲"，正是对这一知识场迅捷转换的形象表达。

---

① 百度快照·国学论坛：bbs. guoxue. com/viewthread. php？tid＝13151，2012 年 8 月 3 日查询。

建立在知识谱系基础上的"知识图景"是文学知识场形而上的理论构型，或者说是基于知识谱系的理论样态和思想全景，即特定知识场所赖以形成的学术话语的关联体，它能为文艺学研究的知识生产提供观念范畴、价值标准和学理基础。沃尔夫冈·伊瑟尔在《怎样做理论》一书中说过，知识图景"具有图式的性质"，承载的是理论构型的一种整体样态。他进一步说："如果理论框架是建构性的，则它实质上是加诸作品之上的一组坐标系以对其进行认知；如果它是操作性的，则是为了解释事物的生成过程而构造的一套网络结构。"① 这样看来，假如说新媒体知识谱系是操作性的，是为了解释一个时代文艺生成过程而使用的知识性概念，那么，它的理论框架无疑将是整体建构性的，因为它在这次理论转向中不仅更新了文艺知识场的理论词汇，还改写了文艺学研究的学术语法，形成了当代文艺学研究的学术疆域和代际特色，从而启发我们在新的知识场中寻找新的基点和角度，以便重新建构新的知识体系。

三、理论转向中的内涵转型

如前所论的时代文学场的转换，主要是从"面"的视野审视新媒体时代的文艺理论转向；这里所谈的理论内涵转型，则是从"点"的角度切入这次转向的观念端口，在学理逻辑的原点上辨析理论转换的位移过程及其内蕴指向，以图把握文艺学转向的理论"聚焦点"。

首先，用"艺术平权"悬置"本质主义"文艺观，是媒介革命转变和消解文艺学逻辑原点的技术策略。本质主义确信，任何事物的背后都蕴藏着特定的本质，人类的思维、科学的任务和学术的使命就是透过现象揭示事物的唯一本质。通过现象/本质的哲学抽象和逻辑预设，可以揭示真理，获得对事物本质的正确认识，以创造普遍有效的知识。文艺学中的本质主义要回答"文学是什么"的问题，目的是要找到复杂的文学现象背后普遍有效的终极本质，揭示"文学之所以是文学"的根本原因。同时，这个终极本质和根本原因也就是人类赋予文学艺术的逻辑原点，通过这个逻辑原点，可以解释人类为什么需要文学艺术，人类从文学艺术中应该期待什么、可以得到什么，因而，确证并表述这样的逻辑原点是十分必要和重要的。中国古代

---

① ［德］沃尔夫冈·伊瑟尔：《怎样做理论》，朱刚等译，南京大学出版社2008年版，第168页。

的"言志"说、"缘情"说、"文与道一",现代文论讨论的"文学是社会生活的反映"、"文学是审美的社会意识形态"等,西方文论史上的"摹仿说"、"绝对理念的感性显现",以及后来的"再现论"、"表现论"、"形式论"等,都是不同时代的人们赋予文学艺术的逻辑原点,都蕴含了本质主义的文艺观,都在人类文艺美学史上发挥了自己的积极作用。它们即是拉曼·塞尔登所说的"单数的、大写的理论"、罗蒂(R. Rorty)所说的"大写的哲学"、利奥塔所指的"宏大叙事"和鲍德里亚要解构的"元叙事"。尽管在中外文论史上并没有形成统一的、普遍主义的文艺本质论,但在后现代主义思潮出现以前,人类对于文艺本质主义的哲学信念却从来没有动摇过。

不过,真正从理论逻各斯的基础上动摇以至置换这一信念的,还是在数字化新媒体文艺出现之后。这次的动摇和置换不是基于传统思维的哲学抽象,也不是像后现代主义或解构论者那样从社会文化或语言分析入手,对文艺本质的整一性逻辑作零散化消解,而是把技术媒介作为釜底抽薪的利器,用"技术平权"的"非中心化"理念绕开"现象/本质"分析的思维路径,悬置本质主义文艺逻辑,以草根话语的"不确定性"、"零散性"和天然的解构性颠覆和置换本质主义的逻辑原点。本质主义文艺观秉持的是一种"精英主义"立场,倡导的是"纯文学"写作,它高擎远大的艺术理想,追求艺术的"膜拜价值"而不是"展示价值"①。新媒体语境中创作理念与之不同,它不崇尚精英写作,一般不追求文学的高雅与经典性,更多地是如何展示自己和被他人欣赏,所诉求的是自况式分享而非崇高理想,是"孤独的狂欢"而不是本质的深度或纯文学意义。我们知道,从早期的"阿帕网"开始,互联网传播技术便预设了"个个是中心、处处是边缘"的技术模式,确立了无中心的平行性、发散性网络架构,每一个联网技术节点都是一个可以同时接受和发布信息的枢纽,节点与节点之间是兼容而共享的平等关系,不再有"金字塔式"的权力结构,没有了"非此即彼"或"表里二分"、"内外层级"的等级秩序和体认规制。于是,网络空间的文学艺术行为,消弭了作者与读者、信息接收与发布、作品本体与艺术本质的界即,把传统的本质主义逻辑原点悄然置换为虚拟世界的自由表达,"搁

---

① 参见[德]瓦尔特·本雅明《机械复制时代的艺术作品》,王才勇译,中国城市出版社2002年版,第19页。本雅明认为,现代复制艺术如广告、摄影、影视、流行音乐、畅销书等成为艺术消费品,源于宗教故事、英雄史诗、传奇、宫廷创作的艺术膜拜传统,被现代文化工业的大规模机械复制所替代,人们普遍感受到的是一种没有根基的平面感和浅表感,于是用"展示价值"取代了"膜拜价值"。

置"抑或淡化了"言志"、"缘情"、"畅神"、"比德"或"再现"、"表现"、"情感"、"形式"等原有的文艺本质论预设,转而追求"自由、平等、兼容、共享"的互联网文化精神,以技术性的"民主平等"达成文艺学逻辑的"艺术平权"。麦克卢汉把电子时代称之为人类经历了"部落化"、"非部落化"之后的"重新部落化"阶段[①],尼葛洛庞帝把网络话语权分享比喻为"沙皇退位、个人抬头",他说数字化生存有四个特质:"分散权力、全球化、追求和谐和赋予权力"[②],网络技术的这些文化精神特质作为媒介革命消解文艺学逻辑原点的技术策略,构成了助推文艺理论转向的观念推力,并试图调整人类文明元典预设的艺术逻各斯的依存形态,开启文论原点的位移过程,重建文艺谱系置换后新的理论逻辑,尝试改写既定的文艺观念成规。不过,这样的"艺术平权"又有它很大并不可忽略的隐忧,就是对于"本质主义"文艺观不加选择的抛弃甚至态度粗暴,这必然导致顾此失彼、盲目自大、随心所欲的倾向,也不利于文学和文艺的真正发展。因此,如何在"本质主义"和"平权主义"文艺学之间找到一个平衡点,使其建立取长补短、相得益彰的关系,这是未来文艺学应该思考和解决的问题。

其次,从"主体性"走向"主体间性"是新的传媒语境对文艺主体身份的重新诠释。主体性哲学观产生于近代启蒙理性,它是笛卡尔提出"我思故我在"、康德倡导"人为自然立法"之后,哲学从本体论转向认识论时,对人的理性和自主能动性的观念确认,由此衍生出的以人(作家、读者)为本位的主体性文论,一直是文艺美学的重要一派。文学活动是一种主体性活动,新媒体文学也不例外。不过与传统主体性理念不同的是,新媒体文学的主体性突出的是一种间性主体(intersubjectivity),是网民在线互动交流构成"间性"的主体性理念。人类的主体性哲学经历了由前主体性到主体性再到主体间性的历史过程。19世纪后半叶以来,从胡塞尔、海德格尔、伽达默尔到拉康再到马丁·布伯等,建构了现代哲学的主体间性哲学。无论是社会学的主体间性、认识论的主体间性还是本体论(存在论、解释学)的主体间性,都试图把孤立的个体性主体看作交互主体,承认存在是主体间的存在,把自我主体看作是与其他主体的共在。这时候的文艺主体性中也蕴含了主体间性,即交互主体性理论,文艺主体与主体间的共在关系,是自我主体与对象主体间的交往与对话。在我国,进入21世纪以来,文艺主体间性研究开始升温,不过在艺术实践

---

① [加]马歇尔·麦克卢汉:《理解媒介——论人的延伸》,何道宽译,商务印书馆2000年版,第8页。
② [美]尼古拉·尼葛洛庞帝:《数字化生存》,胡泳、范海燕译,海南出版社1997年版,第269页。

中得到充分印证的还是新媒体文艺活动的主体间性。在网络行为中,"我在线我存在"、"我交流我在场"、"我虚拟我体验",主体的显性消逝和隐性在场、"我"的能指退位与所指凸显等,真正使孤立的个体主体变为了主体间的共在、对话、交往和"视界融合",由此形成的交互主体性,让新媒体文艺学以更切近的理论自觉,将"主体性"延伸至"主体间性"。在此,网络在线主体既是主体间的存在,又是由交互个体组成的个性间的共在,是被"间性"了的共在,这是被数字化技术逻辑限定的。

马克·波斯特多次谈及数字化写作主体性的改变,他说:"数字化文本易于导致文本的多重作者性。文件可以有多种方式在人们之间交换,每个人都在文本上操作,其结果便是无论在屏幕上还是打印到纸上,每个人都在文本的空间构型中隐藏了所有签名的痕迹"。于是,"作者与读者之间的区分因电子书写而崩溃坍塌,一种新的文本形式因此出现,它有可能对作品的典律性甚至对学科的边界提出挑战"[1]。由此可见,数字媒介载体对主体身份的冲击是巨大的。在传统的文艺体制中,作者与读者间的界限是清晰的,他们之何是一种"施"与"受"、"宣讲"与"聆听"的关系,主体的话语权主导和限定了施受者的先后秩序,形成了意识形态的天然占有。数字化媒体的出现,又一次印证了巴特等人"作家之死"的理念,并在创作领域实践了它,强化了它,表明文学"众声喧哗"时代的到来。进而,创作者与接受者的间隔被拆卸了,原有的文学主体被消解了,"主体性"成了被悬置、被虚位的概念。于是,在新媒体文学的元命题中,已不再有"主体性"的先验预设,只有"主体掩蔽"、"主体退场"造成的"主体间性"。互联网上的交互写作如联手小说、接龙故事、BBS文本等,其作者往往不再是固定的单一主体,而是多重的、流动的。更有甚者,如程序写作、机器作诗等"无人创作"是没有作者(人)的。原本由作家独立构思、写作、发表的文学生产体制被打破,文学人物、情节、主题等各种文学要素均成为可以随机选择、设定生成的东西。文学不再是孤立的个体活动,而是自我主体与对象主体间的交往活动,是主体间共同的生存方式,只有通过对他人的认同才能达到自我认同,其自我体验与对象体验是合而为一的。它要通过互相倾诉和倾听,使自我主体向对象主体敞开心扉,在共在与共识、沟通与交流中彰显自由个性,打造主体间性。这时候的文学,要在隐逸的主体里探询主体性,

---

[1] [美]马克·波斯特:《第二媒介时代》,范静哗译,南京大学出版社2001年版,第99页。

在多重分延的主体中把握文学主体，其所蕴含的只能是间性的主体性，或曰文学主体的间性。因而，从"主体性"破茧而出的"主体间性"体现了这样的文学观念："自我与世界的关系不是认识论的主客分立的'我—他'关系，而是本体论的'我—你'关系；自我与网际交流中他者的关系不是'宣谕—聆听'的关系，而是自我与另一个我之间的'交往—对话'的相遇和互动关系，是自我主体与其他主体间的平等共在、和谐共存"①。新媒体文学文本的实时共享与视窗延异性，进一步规约和强化了这种主体间性，是互为因果的文本间性与主体间性，共同筑就了新媒体主体性的艺术美学。

此外，在价值论上，新媒体对文艺功能指向的价值重建，支配了这次理论内涵转型的意义选择。这包括"内质"和"外因"两种表现形态。从文艺功能的内质上看，新媒体将文艺的功能从有为而作的"大文学"推向自娱娱人的"小叙事"，淡化甚或回避了文学目标的高远指向。文艺创作作为一种有为而作的文化生产，历来被视为艺术自律和社会他律相统一的价值生成和审美承担过程。即在有益于世道人心、有补于时缺民困的社会道义的基础上，追求文学的审美自律和主体干预的有机融合，通过某些预设观念的艺术承诺和对预设承诺的艺术实施，实现创作者的千秋情怀和心灵期冀。现代主义诞生以后，文学不再用"真实"的手法扮演社会斗士和思想督察角色，但现代主义在本质上对社会采取叛逆、批判、忧患和抗争态度。艾略特的《荒原》、卡夫卡的《变形记》、贝克特的《等待戈多》都在沉重的焦虑、愤懑、迷惘和异化感中批判社会、抗争现实、警示人心，作家们编织了一个个"救世寓言"，以此构筑承担性审美观的价值防线。从技术丛林中生长出来的新媒体文学与之大相径庭。在这里，数码技术碾碎了原有的本质主义梦想而代之以"草根"和"脱冕"情怀，自由宣泄的理念刷新了承担性审美观念，更多地是彰显自娱以娱人、消愁以解闷、休闲以悦心的文化娱乐精神。新媒体写作之所以具有这样的文化娱乐精神，基础是由于它借助于网络，但主体上也与作者的文学修养和创作态度有关。优秀的网络文学之所以优秀，重要标准之一就是被传统文学认可、接纳。所以，网络写手骨子里是要打进传统文学圈子的，由在野变成当朝，因而，他们的"娱乐精神"有时未尝不是另一种"本质主义"文艺观的主体策略。网络作家宁财神坦言，他上网写作就是"为了满足自己的表现欲而写，为写而写，为了练打字而写，为了

---

① 欧阳友权：《数字媒介下的文艺转型》，中国社会科学出版社2011年版，第167页。

骗取美眉的欢心而写"①，这样的创作动机可能是存在的，但产生这种动机背后的原因究竟是什么却值得我们深思。面对这样的价值选择性语境，作为中国的人文学者，在体察到了精神生态失衡的现实和思想平面化状态后，应该重新思考如何借助数字媒体资源实现价值赓续与意义重建的可能性。

再从外因条件看，新媒体文学产生的市场化语境，让文学艺术从较注重"非功利"精神创造转向过于重视"功利性"的商业生产。非功利是康德以来备受推崇的艺术规定，远离物质功利性而追求人文审美的目标是中外文艺美学普遍认同的逻辑原点。但在新媒体文学出现后，这一价值选择却被置换为"艺术正向"与"市场焦虑"的矛盾——无论是网络文学、手机文学还是其他数字化媒介艺术，其发展过程都是一个艺术与商业资本接轨与博弈的过程，是文化资本携带艺术行囊追寻文化产业资本保值、增值的文化经济行为。这一过程与人类为文学艺术预设的人文精神和审美创新有时会形成"鱼和熊掌不可兼得"的两难选择。从实际情况看，新媒体文学更多地选择了后者，即选择了文化经济的市场价值。如文学网站和作家签约、付费阅读的运营模式，网络作品的二度加工和版权多次转让（业界称之为"全版权营销"），网络文学携手影视艺术生产实现市场共赢，数字艺术产业链的打造和商业平台建设等，就是商业资本攫取媒介文化功利的市场谋略。此时，以往的文学的非功利观念连同文学的人文精神蕴含均被资本市场的商业利益所遮蔽、击破，"文学的经济性"和"经济的文学性"则被拓宽、拉长，文学艺术的功利化、产业化终于揭去羞答答的面纱公然走向前台，资本的力量在一定程度上支配了这次理论转型。于是，商业因素对当今文学艺术的种种伤害，由于新媒体的介入和操纵而不断加剧，已经从文艺生产、艺术消费层面，渗透到艺术价值评判、人文精神认同层面，导致文艺观念上对意义深度的漠视和正面思想价值观的缺位。

我们知道，数字技术和网络媒体本身就是由市场催生的，产业逻辑是新媒体文艺学另一绕不开的端口，媒介文化的市场体制让网络上的文学艺术行为有时不得不为经济利益的最大化折腰，因而在其功能模式的背后是后现代隐喻的文化消费逻辑，在文化消费逻辑的背后又是商品社会的文化资本逻辑。杰姆逊（F. Jameson）曾说："美、艺术的最大长处就在于其不属于任何商业（实际的）和科学（认识论的）领域，……美是一个纯粹的、没有任何商品形式的领域。而这一切在后现代主义中都结束了。在后现代主义中，由于广告，由于形象文化、无意识以及美学领域完全渗

---

① 宁财神：《度过美丽的夜晚》，《文学报》2000年2月17日。

透了资本和资本的逻辑。商品化的形式在文化、艺术、无意识等领域是无处不在的,正是在这一意义上我们处在一个新的历史阶段,而且文化也就有了不同的含义。"①这样界定"善"和"艺术"显然是不全面和准确的,但指出"商品"和"资本逻辑"的巨大渗透力却是有道理的。新媒体文学的产业逻辑正是数字媒介与后现代主义消费文化的市场合谋,这对于文艺学理论逻辑的价值重建可能是一个意义解构性的文化圈套。在此,我们在价值判断时,一方面应该充分肯定新媒体文学的产业运行机制之于文艺转型的推动力量;另一方面又要对这个"圈套"有所认识,并保持警惕,避免资本通吃的宰制性力量对于文学性的侵袭和覆盖。当然,更为重要的是,基于这种认识,我们应该建起一种有效应对此次中国文艺学转向的理论自信与文化自觉,从而在媒介与功利、艺术与产业之间保持一种自律与他律的张力,达成文学意义生产与技术传媒责任的平衡。正如恩格斯曾告诫我们的:"每一个时代的理论思维,从而我们时代的理论思维,都是一种历史的产物,它在不同的时代具有完全不同的形式,同时具有完全不同的内容。"② 面对新世纪形成的新媒体文艺转型,我们也应持这样的态度,既要尊重历史,又要立足现代,更要着眼未来,以建设者的姿态进行思考和创新。

原载《文学讨论》2013 年第 4 期

---

① [美] 弗·杰姆逊:《后现代主义与文化理论》,唐小兵译,陕西师范大学出版社 1986 年版,第 147 页。
② 恩格斯:《自然辩证法》,《马克思恩格斯选集》第 4 卷,人民出版社 1995 年版,第 284 页。

体验经济与网络文学研究的范式转型

杨 玲

自《文学评论》等学术期刊于 2000 年前后开始刊发网络文学论文以来①,网络文学已经成为当代文学研究的热门领域,形成了数量可观的研究成果②。然而,与纷繁庞杂、日新月异的网络文学现象相比,网络文学研究始终处于相对滞后的状态,缺乏有效的理论框架和批评视角③。近年来,随着学界对网络文学的了解日趋深入,有关网络文学的定位和研究方法的分歧也日渐明显。部分学者针对本土网络文学的主流形态提出,网络文学只是网载的通俗文学,"其营养的各方面都源自传统文学"④,网络文学研究只需要承袭现有的文学研究方法,外加"一定的文化研究的视野"⑤。另一部分学者则坚持强调网络文学的新媒介属性,认为网络文学蕴含了"新鲜的文化元素"⑥,呼吁更多地借鉴西方数字媒介理论的研究成果,将网络文学研究

---

① 此阶段的网络文学研究成果,可参见陈海燕《网络小说的兴起》(《小说评论》1999 年第 3 期);钱建军《第 X 次浪潮——华文网络文学》(《华侨大学学报》1999 年第 4 期);宋晖、赖大仁《文学生产的麦当劳化和网络化》(《文艺评论》2000 年第 5 期);南帆《游荡网络的文学》(《福建论坛》2000 年第 4 期);杨新敏《网络文学刍议》(《文学评论》2000 年第 5 期);王多《解读网络文学》(《探索与争鸣》2000 年第 5 期)等。
② 崔宰溶:《中国网络文学研究的困境与突破——网络文学的土著理论与网络性》,北京大学 2011 年博上论文,第 6 页。
③ 王小英、祝东:《回望与检视:网络文学研究十年》,《山西师大学报》2010 年第 2 期;马季:《繁花似锦流云无痕——2011 年网络文学综述》,《文艺争鸣》2012 年第 2 期。
④ 杨燕:《网络文学何以存在?》,《文艺争鸣》2012 年第 5 期。
⑤ 邵燕君:《面对网络文学:学院派的态度和方法》,《南方文坛》2011 年第 6 期。
⑥ 许苗苗:《精英趣味与大众生产力——网络文学"非线性"特征的转变》,《海南师范大学学报》2013 年第 6 期。

升级为"数字文学研究"①。

显然,当代中国的网络文学同时具备"新"(高度依赖网络媒介)和"旧"(沿袭纸质通俗文学的部分文本特征)两个面向,但仅仅从这两个方面来理解网络文学,只会陷入网络文学的"网络性"与"文学性"孰轻孰重的无谓争执,无助于我们探索网络文学的内在发展逻辑及其与当代社会文化变迁的关联。网络文学究竟是一种什么样的文学?与传统文学相比,它到底有何独特魅力?对于这些基本问题,网络文学读者/爱好者的思考并不比学院批评家少。普通读者的集体智慧或许可以成为我们重新认识网络文学的一个起点。而关注读者的阅读体验、倡导以读者为中心的网络文学研究范式,既是本文所提出的核心观点,也是本文所践行的研究方法。

一、代入感、共鸣与体验经济

尽管学界一直无法有效地介入和引导网络文学的发展,网络文学的读者/作者却已经通过多年的实践和积累,形成了一套普遍认可的民间评价标准。优秀的网络小说通常需要具备新颖的剧情、强烈的代入感、张弛有度的节奏、稳定的更新速度和简洁准确的文笔等五大要素。其中代入感的重要性甚至超过了剧情,成为网络文学的最大看点②。代入感指的是读者在阅读小说的过程中所产生的一种身临其境的感觉,想象自己就是故事里的人物,并跟随故事情节的发展而出现情绪上的变化③。真实度、认同度和爽快度是影响代入感的三个主要因素。真实度指的是小说文本建构的一个富有逻辑性和自洽性的"第二世界"的能力。认同度指的是读者对人物设定的认同程度。网络小说的主人公通常拥有与目标读者相似的身份。如起点中文网(男频)的读者主要是男性青少年,因此发表在该网站的小说大都以学生或初出茅庐的社会新人为主人公,而且清一色是男性④。爽快度或爽点是读者在阅读过程中

---

① 单小曦:《从网络文学研究到数字文学研究的范式转换》,载《学习与探索》2012年第12期。
② 《网文的基本要素有哪些》,2013—07—02,http://vip.book.sina.com.cn/book/chapter_240258_308653.htnl。
③ 参见"代入感",百度百科,http://baike.baidu.com/view/1478064.htm;王宇景:《对网络小说代入感的叙事分析》,华东师范大学2012年硕士论文,第7页。
④ 《网文的基本要素有哪些》,2013—07—02,http://vip.book.sina.com.cn/book/chapter_240258_308653.htnl。

获得的成就感和满足感。它常常来自主人公突破社会常规,"杀伐果断,为我本心"、"天下瞩目,唯我独傲"、"笑看人间,万事不惧"的卓越才能和气度①。

当下,有关网络文学的著述虽已"汗牛充栋",但却鲜有人注意到代入感在网络文学中的重要地位。文学研究者似乎对这个源自游戏产业的新词普遍感到有些陌生。其实,文学领域有一个和代入感相近的术语,那就是"共鸣"。1960 年前后,中国文学界还曾就共鸣的阶级性问题展开过一场激烈的学术论战②。在阶级范畴被消解的后革命时期,学界对共鸣的态度依旧有些模棱两可。一方面,"好的文学作品能引发读者的广泛共鸣"成为不证自明的常识;另一方面,读者在阅读过程中的强烈情感投入又让部分学者心存忧虑。有人将读者"自化为文本中的人物"的行为视作一种缺乏理性的极端化共鸣,认为这不是文学欣赏的最佳状态③。还有学者试图区分文本对读者的同化与读者对文本的同化,担心读者对文本的完全认同将导致其主体性的丧失④。

在文学经典的阅读中,共鸣实际上处于一个相对次要的位置。美国文学批评家布鲁姆认为,"当你(读者——引者注)初次阅读一部经典作品时,你是在接触一个陌生人,产生一种怪异的惊讶而不是种种期望的满足"。《神曲》、《失乐园》、《浮士德》、《尤利西斯》等文学经典的作用是让读者"对熟悉环境产生陌生感"⑤。这种陌生感迫使读者与文本保持一定的距离,犹如布莱希特戏剧的"间离效果"。共鸣(也译作"移情")究其实质是一种"承认他人的情感并对他人做出情感性反应的认知和智识能力"。读者通过共鸣与他人发生社会联结,对他人的不幸给予同情和关心,以期实现人的社会属性⑥,但经典阅读彰显的却是个体的孤独感,"西方经典的全部意义在于使人善用自己的孤独,这一孤独的最终形式是一个人和自己死亡的相遇"⑦。网络文学对于代入感的强调,显然代表了一种与经典阅读不同的通俗文学

---

① 九流之末:《网文中爽点总结!持不同意见者,请入!》,2012—02—23,http://www.lkong.net/thread—552737—1—1.html。
② 本刊编辑部:《关于文学上的共鸣问题和山水诗问题的讨论》,载《文学评论》1961 年第 6 期。
③ 董学文、张永刚:《文学原理》,北京大学出版社 2001 年版,第 138 页。
④ 赵勇:《审美阅读与批评》,中国社会出版社 2005 年版,第 33—49 页。
⑤ 哈罗德·布鲁姆:《西方正典》,江宁康译,译林出版社 2005 年版,第 2 页。
⑥ P. Matthijs Bal & Martijn Veltkamp, "How Does Fiction Reading Influence Empathy? An Experimental Investigation on the Role of Emotional Transportation", *Plos One* 8.1 (2013): 2.
⑦ 哈罗德·布鲁姆:《西方正典》,江宁康译,译林出版社 2005 年版,第 21 页。

阅读。它意味着读者"对文本的投入是主动的、热烈的、狂热的、参与式的","与中产阶级那种对文本保持距离的、欣赏性和批判性的态度正好相对"[1]。此外，网络文学对读者阅读体验的重视，也和当代体验经济的崛起密切相关。

20 世纪 90 年代末，美国学者派恩（B. Joseph Pine II）和吉尔摩（James H. Gilmore）共同提出了"体验经济"的概念。他们将人类的经济发展史概括为四个阶段：农业经济、工业经济、服务经济和体验经济。农业经济的特点是采集可食用的、自然的作物。工业经济的特点是制造有形的标准化产品。服务经济的特点是提供无形的客户定制服务。体验经济的特点是激发值得回忆的私人体验。前三种经济提供的产品和服务都是外在于消费者的，只有体验是内在于消费者的，存在于消费者的头脑之中，需要他们情感、身体、智识和精神的全方位投入。不仅剧院、迪斯尼主题公园等文化领域在为消费者提供体验，电子信息技术，如多人在线游戏、网络聊天室、虚拟现实等也都在鼓励各种新的体验。体验有四个维度：被动参与、主动参与、吸收和沉浸。在看电视等娱乐体验里，消费者被动地观看活动或表演，吸收活动或表演的信息，但不是活动或表演的一部分。在上课等教育体验里，消费者主动地参与并吸收信息，但他们仍然是在活动的外部，缺少沉浸。在参观美术馆等美学体验中，消费者沉浸在一个感官丰富的环境里，但他们只能被动地欣赏，不能改变环境的性质。在演戏、攀岩等逃避性体验中，消费者不仅是能够塑造事件的积极参与者，还沉浸在或真实或虚拟的环境里。只有独特的、难忘的体验才能够创造经济价值[2]。

网络文学的代入感就是在最大限度地拓展小说这种艺术形式所可能生成的体验经济。在阅读过程中，读者主动代入小说中的主人公，体验跌宕起伏的人生，探索未知的世界，接受逆境的考验，享受征服的快感和成功的辉煌。这种代入如同演戏一样，能让读者暂时摆脱压抑无趣的现实生活，自由地沉浸在小说的世界。从网络小说或其他媒介产品中获得的感官体验虽然源自虚构的情景，但却是一种真实发生的体验，和现实生活中的情感体验一样有助于维持我们的身心健康。代入感是读者进入文本的一个契机和门槛。一个文本只有具备了代入感，才会激发读者的意义生产。因为与作品的强烈共鸣，在情节的空白处，读者会"自行补脑"（想象）。在作

---

[1] 约翰·费斯克：《理解大众文化》，王晓珏、宋伟杰译，中央编译出版社 2006 年第 2 版，第 154 页。
[2] B. Joseph Pine II & James H. Gilmore, "Welcome to the Experience Economy", *Harvard Business Review*, July - August (1998): 97—103.

者断更（中断更新）时，读者会猜测、讨论剧情的走向，甚至贴上自己的山寨版更新。在作品完结后，读者还会发表自己的同人续写或仿作。

二、 文学体验经济的两种模式

为了阐明网络小说与文学经典在塑造阅读体验方面的异同，笔者选取了两个文本作对比分析。它们分别是：意大利作家卡尔维诺1979年出版的后现代主义经典《如果在冬夜，一个旅人》（简称《冬夜》），以及网络写手Zhttty（又名"长弓手"，真名"张恒"）2007年至2009年在起点中文网连载的网络小说《无限恐怖》。前者是以实体书形式问世的严肃文学，后者则是首发于商业文学网站的通俗小说。两部貌似截然不同的作品却在叙事结构和创作主旨上形成了一些有趣的关联。

《冬夜》是一部实验性作品，主要由一个框架故事和十篇嵌入文本组成。饶有意味的是，这个框架故事采取了罕见的、具有强迫性代入感的第二人称叙事。小说开头，"你"是一位读者，刚买到卡尔维诺的新作《冬夜》。这位卡尔维诺假想的"普通"读者是一位受过教育、生活舒适的青年男子。"你"打开小说，翻到三十来页，刚刚渐入佳境，却因装订错误而看不到下文。"你"只好返回书店，换了另外一本。然而这本同样出现了装订问题。就这样，在各种错误巧合的影响下，"你"（以及所有阅读卡尔维诺作品的读者）读到了十部毫不相干、风格各异的小说片段。"你"还在追踪完本的过程中遇到了形形色色的读者以及一些与纸质图书相关的文化中介人，如出版社编辑、文学教授、作者、译者、伪书制作者和书籍审查官等。"你"尤其被一位热爱阅读的女读者所吸引。小说的结尾，"你"经过与其他读者的讨论，决定与这位女读者结婚。因为"古时候小说结尾只有两种：男女主人公经受磨难，要么结为夫妻，要么双双死去。一切小说最终的含义都包括这两个方面：生命在断结，死亡不可避免"[①]。《冬夜》的台湾版译者吴潜诚曾评论说：该书"不是一部小说，而是一部关于小说的小说，一篇关于说故事的故事，一本关于阅读和写作的书，一份关于文本的文本，一部明显具有后现代特征的后设作品"[②]。

[①] 卡尔维诺：《如果在冬夜，一个旅人》，萧天佑译，译林出版社2012年版，第299页。
[②] 吴潜诚：《〈如果在冬夜，一个旅人〉：后现代小说的阅读与爱恋》，http://www.ruanyifeng.com/calvino/2007/10/reading_and_love_in_postmodern_fictions.html。

和《冬夜》一样,《无限恐怖》也有一个叙事框架,并嵌入了十五部恐怖片(系列)。故事主人公郑吒("挣扎"的谐音)是一位过着行尸走肉生活的年轻都市白领。一天在公司上班时,他的电脑屏幕上突然弹出了一个对话框:"想明白生命的意义吗?想真正的……活着吗?"① 郑吒点了"YES",然后瞬间就进入了恐怖片《生化危机》的剧情世界。从第一部恐怖片中幸存下来的郑吒随后被送入了一个万能的主神空间,这里贮藏了各种强化的属性、技能、武器和秘籍。郑吒可以用他得到的奖励积分去兑换。修炼后的郑吒随即进入下一部恐怖片,继续完成主神空间分配的任务,完不成任务则会被杀死。在不断经历恐怖片的轮回考验的过程中,郑吒和其他进入恐怖片世界的冒险者组成了一个战斗小队,最后成功地解开了四阶基因锁②。主神空间是由远古人类创造的。这些人类发现整个世界是一个盒子,而他们不过是盒子里被操纵的木偶。于是,他们建立了主神空间,用以帮助未来的人对抗盒子的制造者,也就是具有最高能力的作者③。小说的故事情节主要发生在主神空间和恐怖片空间,但个别人物偶尔也会回到现实空间。《无限恐怖》对好莱坞恐怖大片的挪用,以及将"作者"当作小说世界的终极秘密和大反派的做法表明,它并不只具有玄幻/修真特质,而是颇有后现代小说的拼贴风格和自反性。

虽然《冬夜》和《无限恐怖》都使用了能够延展故事时空的框架叙事模式,但其框架文本与嵌入文本的关系却颇为不同。卡尔维诺用人称转换的方式,让《冬夜》中的框架文本和嵌入文本形成一种对话。在嵌入文本里,框架文本中的第二人称"你"被置换为第一人称"我",从而使"读者'你'成为了'我'的对话者"④。不过,由于十个嵌入文本中"我"的身份和经历各不相同,读者较难认同、代入所有的主人公,较难对这些嵌入文本产生强烈的兴趣。而在《无限恐怖》中,郑吒既是框架故事的主人公,也是所有嵌入恐怖片的主人公。这样的设计使得框架文本和嵌入文本实现了无缝连接。读者只要代入郑吒的角色,就能够和他一起在多个不同的叙事空间中穿梭,开启生命的潜能。

如果说《冬夜》的叙事结构吸纳了多个类型的小说文本,以便让读者获得多重

---

① 长弓手:《无限恐怖》,北方文艺出版社2007年版,第1页。起点中文网址:http://www.qidian.com/Book/109222.aspx。
② 基因锁是《无限恐怖》虚构的一种力量体系,共有六层,指的是人体内隐藏的基本潜能,只有在特殊刺激下才会释放。参见"基因锁",百度百科,http://baike.baidu.com/view/1627028.htm。
③ 对主神空间的解释,来自网友在"百度知道"上给出的回答。
④ 杨黎红:《论〈如果在冬夜,一个旅人〉中的多元人称叙述》,载《学术交流》2012年第S1期。

的小说阅读体验,《无限恐怖》的叙事模式则整合了文学之外的其他媒介文本,以适应当代读者所处的多媒体生活环境。《无限恐怖》可说是开创了一种全新的媒介融合文本,它的故事设定将文学、电影和游戏三种媒介体系完美地结合在一起。恐怖片粉丝能从小说对恐怖片场景的摹写和再现中重温观影的乐趣。而主神空间制定的积点奖励、兑换升级规则又复制了最常见的游戏模式,能激起游戏玩家的共鸣。作者 Zhttty 还利用原创的基因锁设定,找到了联通中西神话的方式,即把盘古、伏羲、耶和华、巨人族等神话人物都当作远古时代开启基因锁的圣人。而且从理论上说,这样的故事设定还可以容纳更多类型的媒介文本,从而无限扩展读者从文字符号中获得的感官体验。较之《冬夜》,《无限恐怖》更像是一本能够"将万千世界万千人生融为一体"[1] 的"真正的小说"[2]。

除了相似的叙事结构,两部作品都试图为小说阅读提供一个终极理由。当代文艺生产正在呈现出一种奇特的两极化发展趋势。一方面,微博、微电影、微小说、微视频等"微文艺"风靡一时[3];另一方面,网络小说却越写越长。截至 2013 年 7 月,起点中文网上的第一部千万字小说《从零开始》已经更新到 1500 万字,并且还在连载中。微文艺的出现尚可用"生活节奏加快"、"休闲时间零散化"的原因来解释,但既然生活节奏紧张,读者为何还要花费大量的时间来阅读超长篇或任何有一定长度的小说呢?

卡尔维诺对这一问题的解释与罗兰·巴特一样:阅读如同做爱,能让读者"爽"[4]。阅读和性交都是一个通过节奏、运动反复追求高潮的过程,"性交与阅读最相似的地方莫过于它们内部都有自己的时间与空间,有别于可计量的时间与空间"[5]。如果以爽感为衡量小说质量的标准,微小说自然无法与长篇小说抗衡。值得注意的是,卡尔维诺的文本实验一方面将爽感当作阅读的原动力,另一方面又在有

---

[1] 蔡晨旭:《网络小说的多元路径与无限可能:以"无限流"为例》,厦门大学"网络文学与网络文化"课程 2012 年课程论文。与生物系 2009 级本科生蔡晨旭同学的课外交流,引起了我对无限流小说的强烈兴趣。

[2] 卡尔维诺:《如果在冬夜,一个旅人》"前言"。

[3] 黄小希:《微博 微小说 微电影日趋流行文艺创作 走进"微"时代》,2011—08—08,http://media.people.com.cn/GB/15348860.html。

[4] 吴潜诚:《〈如果在冬夜,一个旅人〉:后现代小说的阅读与爱恋》,http://www.ruanyifeng.com/calvino/2007/10/reading_ and_ love_ in_ postmodern_ fictions.html。

[5] 卡尔维诺:《如果在冬夜,一个旅人》,萧天佑译,译林出版社 2012 年版,第 178—179 页。

意地打断、干扰读者的爽感。嵌入《冬夜》的十个小说文本，全部都只是一个开头（前戏）。一两次中断，或许还能激起读者追踪下文的兴（性）趣，但反复中断之后，就会让读者感到气馁。卡尔维诺试图"再现对被中断了的长篇小说的阅读"①，但结果不过是导致读者放弃对这些"残本"的阅读，转而聚焦于框架故事。当然，这也是卡尔维诺意料之中的结果。在小说里，男读者自从首次在书店换书，偶遇女读者之后，其追逐完本的动机就主要是为了接近女读者。小说结尾以男女读者在双人床上同时进行阅读，然后合上书本、熄灯睡觉结束。显然，阅读与做爱仅仅是相似，但并不可能代替做爱。做爱的开始（"生命的延续"）也就意味着文本的闭合。

寻求"爽感"，也是读者阅读网络小说的主要动机。网络YY（"意淫"）通常采用打怪升级、种马后宫、主角无敌的创作模式来满足读者对权势和性的渴望。然而，《无限恐怖》却跳出了常见的网文模式，构造了一个既新颖又合理的小说世界。如果说《冬夜》许诺给读者的，是对"真正的小说"的阅读体验，那么《无限恐怖》引诱读者的则是真正的生活，以文字描摹的恐怖电影为媒介。卡尔维诺把阅读描绘为一个自我重复的情欲满足过程，Zhttty则把阅读构想为一个自我超越的生命能量的释放过程。在卡尔维诺的小说中，小说阅读与生命体验是相互矛盾的，选择真实的生命（性爱）体验，就必须放弃对虚构作品的阅读。虚构文本的阅读体验始终次于、低于真实的性爱体验。而在Zhttty的小说中，包括小说阅读在内的娱乐体验也被当作生命体验的有机组成部分，二者没有高下之分。

因平庸生活而麻木的郑吒，依靠最富感官刺激的恐怖电影重新获得了鲜活的生命体验。这个大胆的情节设定，并不单纯是博德里亚所谓的"现实的死亡"或拟像的胜利。如荷兰学者穆尔（Jos de Mul）所指出的，博德里亚是"某种本体论的怀旧之情的牺牲者"，"我们不应该把虚拟现实想象为现实消失的一种形式，而应当视之为另一种现实的展开"。虚拟现实并不是一种幻觉，人们在飞行模拟器中体验到的身体与精神的感觉，"几乎不能与在真实飞行中的那些体验区分开来"②。我们不妨也将《无限恐怖》中的恐怖电影以及《无限恐怖》这部小说本身理解为飞行器一样的、能够激发真实感觉的"虚拟现实装置"。这种"虚拟现实"并不等于法兰克福学派所批判的"虚假现实"，它让读者的生命变得更加丰盈而非枯萎。

---

① 卡尔维诺：《如果在冬夜，一个旅人》"前言"。
② 约斯·德·穆尔：《赛博空间的奥德赛——走向虚拟本体论与人类学》，麦永雄译，广西师范大学出版社2007年版，第149—150页。

《无限恐怖》不仅提供了比《冬夜》更丰富的阅读体验，两部作品所描绘的读—作者关系也形成了引人注目的对照。澳大利亚学者哈特利（John Hartley）曾提出了一个由作者/生产者、文本/表演和读者/受众构成的"意义价值链"。他认为，在前现代社会，神圣的作者/上帝被视为意义的来源。《圣经》这样的文本就是神说的话，其作者意图是不容置疑的。读者需要做的就是借助牧师的力量理解作者/神的旨意。在现代社会，意义被重置于"物自身"。人们开始通过科学地观察一个实存的客体来决定真理，而文本就是一个自足的客体，一个可供挖掘的意义源泉。此时，文学读者不再依靠权威，而是通过细读的技巧来解剖文本的意义。在当代社会，意义漂浮到了读者/受众/消费者那里。某个电视节目或某条新闻的意义不是其制作者的意图，也不是文本分析的结论，而是无数普通大众的理解。各种民意调查、抽样调查、收视率和民族志都旨在呈现大众的理解。消费者决定意义的方式是将现存的材料整合在一起以便制作出新的文本和意义。这是一种编辑式的而非著者式的意义生产方式①。

《冬夜》讽刺地呈现了哈特利所描述的前现代和现代读—作者关系。书中既有把作者视为神圣的宇宙信息传递者的狂热分子，也有坚持用某种政治化的文学理论来分析作品的激进学生。当然，卡尔维诺也描绘了他心目中的理想读者，也就是男读者所爱慕的女读者。这位美丽聪慧的女子在阅读时不仅神情专注，还会在脸上流露出阅读的幸福感。更重要的是，她坚守自己的读者位置，从无非分之想。他认为小说家所创造的世界早已存在，但要借助某些会写的人才能表现出来："理想的作家就是像'南瓜秧子结南瓜'一样创作的作家。"② 作者的任务就是顺应其自然天赋进行创作，而读者的任务就是认真地阅读作者所写的一切。由于读者和作者之间存在着无法逾越的鸿沟，以至于男读者宁愿煞费苦心地寻找完本，也不敢、不愿僭越作者的领地，自己续写中断的小说。

《无限恐怖》则让我们看到了当代文化消费中，作者、文本与读者之间日趋混淆的边界。观众可以穿越到恐怖片里，变身为演员。作品人物可以构筑主神空间，反抗作者。作者也可以跳入作品，变成作品中的一个人物。在以互动性为标志的网络环境里，读者变成作者、作者变成读者都成了轻而易举的事。《冬夜》中的男读

---

① John Hartley, "The 'Value Chain of Meaning' and the New Economy", *International Journal of Cultural Studies*, 7.1 (2004): 131—137.

② 卡尔维诺：《如果在冬夜，一个旅人》，萧天佑译，译林出版社2012年版，第218页。

者虽然阅读了十部小说的开头,并且热切地追踪小说的结局,但从"体验经济"的角度来看,他仍然停留在那些小说文本的外部,无法对它们的结局施加影响。《无限恐怖》中的郑吒则不仅进入了恐怖电影的内部,和恐怖电影中的人物一起并肩作战,还利用自己的力量改写了电影的故事走向和结局。在《冬夜》中,卡尔维诺试图用"自我分裂"的方式,即想象出"一个不是我并且不存在的作者所写的小说"① 来突破"著者式"创作。而《无限恐怖》则以"编辑式"的生产方式,毫无顾忌地挪用着人类现存的一切文化资源,不管是远古神话、神圣经典,还是商业电影。

三、 走向新的研究范式

瓦特(Ian P. Watt)在《小说的兴起》中写道:一切文学都仰赖读者的认同和移情能力,亚里士多德的"净化"说就是以悲剧的代入感为前提,"但是希腊的悲剧,像许多别的先于小说的文学形式一样,包含着许多对自居〔认同〕心理的程度予以限制的成分"。观剧的环境、主人公的崇高身份都在提醒观众,"他们正观看着的不是生活,而是艺术",而小说"在本质上就不具有限制自居作用的成分",可以最大限度地唤起读者的情感共鸣②。然而,文学研究却在相当长的时期里忽略了读者的阅读体验。不管是文学的外部研究,还是内部研究,关注的都是文学的生产过程,都是把作家或作品当作文学与社会的中介。无论是艾布拉姆斯在 20 世纪 50 年代提出的文学"四要素"说(宇宙、作品、艺术家和受众)③,还是基斯(Donald Keesey)在 80 年代提出的文学"五要素"说(现实、作品、文学、作者、受众)④,作品都是以最直观的方式位于文学研究图式的中心。在晚近的本土文学理论教科书里,作者或文学创作会获得专章论述,但读者或接受过程却至多在介绍接受理论时捎带

---

① 卡尔维诺:《如果在冬夜,一个旅人》"前言"。
② 伊恩·P. 瓦特:《小说的兴起——笛福、理查逊、菲尔丁研究》,高原、董红钧译,生活·读书·新知三联书店 1992 年版,第 225—226 页。
③ M. H. Abrams, *The Mirror and the Lamp*: *Romantic Theory and the Critical Tradition*, Oxford: Oxford University Press, 1953, p. 6.
④ Donald Keesey (ed.), *Contexts for Criticism*, 2nd, Mountain View: Mayfield Publishing Company, 1994, p. 3.

提及①。

虽然任何文学解读都早已假设了读者的存在，但这个读者是以抽象的、脱离任何社会文化情境的方式存在的，并常常被假设为中产阶级男性。20世纪70年代以后出现的接受美学和读者反应理论，虽然聚焦读者和文本之间的互动，但其研究方法仍然是从文本出发，而不是从真实读者的反应出发。读者反应批评的基本研究模式是："一个孤独的学者细查某个文本的与真实读者的反应出发。读者反应批评的基本研究模式是："一个孤独的学者细查某个文本的语言结构以便断言其意义和效果。"它和其他批评流派的区别主要在于"表达方式而非方法论"②。关注读者/受众的文学/艺术社会学，也一直隐藏着精英主义的幽灵。如豪泽尔在《艺术社会学》中虽然承认作者与受众之间存在着"复杂的交互作用"，但却认为二者的地位是不可能平等的，因为受众是"外行"，在智识和感受能力方面都低于作者。因此，作品需要经过"解释者、批评家、教师和鉴赏家"等一系列文化中介人的过滤和阐释。作者的职能是通过艺术作品提出问题，受众只能参与问题的讨论，而且受众的声音是"间接地被听到的"，他们在与作者的对话中"扮演的是匿名的和隐藏着的角色"③。

网络文学的兴起有力地驳斥了豪泽尔的理论。首先，在网络文学中，传统的文化中介人的作用几乎为零。读者既是解释者、也是批评家和鉴赏家。作者则常常兼任网文"教头"。"龙的天空"等网文论坛成了写手和读者发表读后感、交流创作心得和推荐作品的大本营。这些论坛对于网文读/作者的影响力远远大于学术著述。其次，读/作者之间的界限不再分明。今天的读者极有可能就是明天的作者。每一个作者也是其他作者的读者。在进入门槛极低的网络文学场，稀缺的不是作者，而是忠实的粉丝读者。最后，读者不仅能够通过网站留言板、博客、QQ群、YY语音等渠道与作者直接对话，将自己的意见反馈给作者，还能够通过点击率、推荐票、订阅、打赏等活动直接影响作者的名气和收入。他们不再是看不见、摸不着的"隐含读

---

① 参见陶东风主编《文学理论基本问题》，北京大学出版社2007年第3版；南帆、刘小新、练暑生《文学理论》，北京大学出版社2008年版。
② Daniel Allington & Joan Swann, "Researching Literary Reading as Social Practice", *Language and Literature*, 18.3（2009）：219—221.
③ 阿诺德·豪泽尔：《艺术社会学》，居延安译编，学林出版社1987年版，第134—144、250—253页。

者",而是作者的创作动力和衣食父母①。

显然,网络文学已经生成了新的文学体验经济和新的读—作者关系,这些新质是无法在传统的文学研究框架下得到充分理解的。将网络文学视作传统文学的延伸,甄选优秀的网络文学作品、编写网络文学发展史、探讨经典网络文学文本的审美价值固然也是一种研究路径,但这种以作家和作品为中心的研究路径注定无法解释读者在网络文学中的作用。目前,已经有部分学者认识到读者在文学研究中的重要性。他们提出"文学生活"的概念,主张用社会学的方法调查普通读者的文学接受状况②。在研究读—作者关系最密切的网络文学时,我们更有理由将读者当作研究的焦点。为此,我们需要一种新的研究范式,从文本走向读者、从阐释走向使用、从文学走向媒介、从审美价值走向体验经济、从单一学科研究走向跨学科研究。这种研究范式将既不同于现有的学院派文学研究,也不是西方数字艺术理论的简单移植,而是立足于本土的网络文学实践,充分吸收民间网络文学爱好者的集体智慧,并广泛借鉴媒介文化研究领域的相关研究成果。

这个以读者为中心的网络文学研究范式,将至少包含以下三个方面。首先,它将关注读者在日常生活中使用文学的方式。英国社会学家拉什(Scott Lash)和卢瑞(Celia Lury)认为,在全球文化工业的语境下,我们看待文化的方式正在发生变化,"从阅读、解释文化,转变为感知、体验、操作文化",大众关注的不再是文本的意义,而是用途,用文本来做事,而不是"读"它们③。除了在阅读过程中将自己带入文本,网络文学的读者还会在阅读结束后,使用其他方式来进一步深化阅读体验。比如,耽美作家蓝淋的"龟狼星"系列就在粉丝读者中激发了角色扮演的欲望。这些读者成立了语C群(即语言cos群,以QQ群为载体,通过语言来进行的表演行为,类似动漫cosplay),在群中扮演自己喜爱的小说人物,用自己的言行丰富原著人物的性格和情感。也就是说,读者不再仅仅是单方面地接受作者所创造的文本世

---

① 汪玲:《高度互动下的网络明星作家与粉丝读者》,厦门大学"名人、粉丝与大众文化"课程 2013 年课程论文。
② 温儒敏:《"文学生活":新的研究生长点》,载《中国现代文学研究丛刊》2012 年第 8 期;张清俐:《关注普通读者对文学的"接受"情况 "文学生活"进入文学研究领域》,载《中国社会科学报》2013 年 1 月 11 日。
③ 斯科特·拉什、西莉亚·卢瑞:《全球文化工业:物的媒介化》,要新乐译,社会科学文献出版社2010 年版,第 42、11 页。

界，他们还在对这个文本世界进行积极的操作和再造①。

其次，这个研究范式将关注网络文学内容在影视、游戏、动漫等多个媒介平台中的流动，以及读者阅读体验的跨媒介延伸。随着越来越多的网络文学作品被改编为影视和游戏作品，网络文学正在朝着跨媒体叙事的方向发展。所谓"跨媒体叙事"指的是："故事在多个媒体平台上展开，每一种媒体都为我们理解这个故事世界做出了独特的贡献。"② 这不是单纯地将文本从一个媒介平台转移到另一个媒介平台，而是每一种媒介都利用自己的独特优势将故事世界不断延伸，最终创造出一个总体的娱乐体验③。如根据同名网络小说改编的电视剧《甄嬛传》，就为读者带来了与小说不同的感受，并获得了原著读者和电视观众的广泛认可。原著的剧情和人物比电视剧更加复杂、细腻，但因为是网络女性向小说，带有较强的玛丽苏（即自恋）色彩。电视剧更注重故事背景的真实性和剧情的合理性，但也因弘扬主流价值观的需要而将女主人公塑造得更加温厚纯良④。

最后，这个研究范式将采用跨学科的研究方法对网络文学读者的阅读经历进行实证分析。比如，网络文学作者通常被教导在更文的过程中，每三万字安排一个小高潮，每五万字或十万字安排一个大高潮，以吸引读者的持续阅读。这样的剧情节奏是否有科学依据？铁杆网文读者每天同时追多少文？他们能接受多大强度的爽感？爽感的获得取决于哪些心理条件？网络文学阅读常被认为是一种与经典细读相反的"快餐消费"，但是到底快到何种程度？网文读者的平均阅读速度是多少？这样的阅读速度对网络文学作品的文笔和结构提出了哪些要求？读屏和读纸的阅读体验是否能够量化分析？两种阅读方式到底存在哪些差异？这些问题都必须通过传播学和心理学的实证研究来寻求答案，不能妄下断言。

总之，我们只有超越传统文学研究的内在成规和束缚，发展出一套贴近网络文学读者阅读体验的研究方法，才能更准确地理解和阐释网络文学的独特价值和意义。

原载《文艺研究》2013 年第 12 期

---

① 江舒晨：《实践的欲望——浅谈耽美文学读者群中的角色扮演现象》，厦门大学"青春文学与创意产业"课程 2013 年课程论文。
② Henry Jenkins, *Convergence Culture: Where Old and New Media Collide*, New York: New York University Press, 2006, p. 293.
③ 杨绿：《"跨媒体叙事"改变文化产业格局》，载《中国社会科学报》2013 年 4 月 1 日。
④ 徐晓晶：《网络小说的影视改编——以〈后宫甄嬛传〉为例》，厦门大学 2013 年本科毕业论文。

艺术自律：一个现代性概念的理论旅行

冯黎明

在市民社会与国家的对立中，艺术自律被市民社会提出并以之作为寻求文化领导权的依据，同时艺术自律又体现了现代性工程在"分解式理性"作用下各个社会实践场域建构自主性存在的诉求。如果我们把现代性的历史理解为国家与市民社会对立、协商、谈判的历史，理解为各社会实践场域的合法化危机、解体、重建的历史，那么，艺术自律由诞生到分解、转型、衰落的历史，可以说就是现代性的一部"学科史"。

一、哥尼斯堡：从先验哲学到诗学天才

17世纪之前，艺术的自律性并不是一个值得思考的问题，因为至高无上的神或普遍规则的逻各斯赋予了艺术和世间万物同一性秩序。只是到了文艺复兴之后，一元论超验本体的崩溃让个体意义上的"我在"问题成为"我思"的主要内涵；全部存在都面临着由"自我"出发重新寻找合法化身份的任务。古典时代的亚里士多德曾经对知识形态作过分门别类的论述，其中诗被认为是最典范的艺术，这一艺术形式的类属性在于摹仿。诗的摹仿指向普遍的真理，因此诗表现了比有限的实在更为合乎理性的真理。亚里士多德并未将艺术逐出真理殿堂，他无法想象在普遍真理之外还有需要艺术单独言说的意义。古典时代的普遍真理——神的意志、逻各斯、道、气、理，等等——作为全部言说的终极意义，将艺术置于工具性或符号性存在的地位，因而没有必要去思考艺术的自律性一类的问题。在中世纪的欧洲，逻辑学、修辞学、语法学、算学、几何学、天文学和音乐这七门知识都被当成"艺术"，甚至

是"自由的艺术"①。

在康德之前,曾经有两个人触及过艺术自律性的依据问题,这就是弗朗西斯·培根和查理斯·巴托。培根把人类认知区分为记忆、想象和理智,"历史涉及记忆,诗涉及想象,哲学涉及理智"②,这就从主体层面上使得诗作为艺术性活动获得了一种独立于其他认知活动的自律性。巴托则是由艺术分类学入手探讨艺术的自律性,他继承了文艺复兴以来关于"自由的艺术"和"机械的艺术"相互差异的观念,提出"美的艺术"的概念③。巴托将音乐、诗、绘画、雕塑、舞蹈定位为美的艺术,认为这些艺术的存在依据在于它们仅仅提供愉悦而不涉及功利。早期的西方思想家眼中,美与艺术并无牵连,比如柏拉图就肯定美而否定诗;近代思想逐渐发现了二者的关联,巴托的"美的艺术"使艺术与美有可能步入婚姻殿堂,结成门当户对的家庭。

18世纪晚期,在哥尼斯堡深居简出、思考着人类理性的康德,看出了培根的主体活动与巴托的审美愉悦之间的关联。他给艺术活动注入先验性和审美游戏的专属性内涵,从而完成了艺术作为自律性存在的合法性论证。可以这样说,艺术自立门户的第一份注册证书是1790年在哥尼斯堡由哲学家康德签发的——那一年《判断力批判》出版。

康德的批判哲学希望借助于对人的先验理性的反思和分析将真理交予个体的天性,从而解除一切独断论对知识的专制性占有权。康德运用"批判"(反思与分析)的方法来实现这一启蒙工程,即认知主体由一切自明性知识出发,反思自身理性的展开机制,分析理性活动的诸种形态和规定性。正是在理性主体的自我反思的意义上,康德为艺术的自律性存在设定了一种先验性的合法化依据。康德时代大多数学者视审美为感性认识至理性认识的中间状态,直到黑格尔仍作如是观。而康德则认为,审美判断作为先验性而独立于纯粹理性、实践理性,这一看法不仅使得康德美学超越了认识论范畴,而且提升了审美在人类生存活动中的地位。

在康德的先验哲学中,支撑着艺术的自律性存在的判断力是一种与合概念性的纯粹理性、合目的性的实践理性三足鼎立的主体性先天禀赋。康德写道:"心灵的一切机能或能力可以归结为下列三种,它们不能从一个共同的基础再作进一步的引申了,这三种就是:认识机能,愉快及不愉快的情感和欲求的机能。"这里涉及"愉

---

① 符·塔达基维奇:《西方美学概念史》,褚朔维译,学苑出版社1990年版,第76页。
② 朱光潜:《西方美学史》上,人民文学出版社1979年版,第203页。
③ 符·塔达基维奇:《西方美学概念史》,褚朔维译,学苑出版社1990年版,第82—84页。

快及不愉快的情感"活动的主体机能便是"同样地在自身包含着一个先验原理"的判断力①。因为判断力独立于纯粹理性和实践理性之外,所以判断力活动即审美具有自律性,它不依存于概念,也不依存于目的。通过将审美判断活动先验化并将其与人的其他先验察赋区别开来,康德给审美判断的身份独立制定了法理原则。

继而康德展开了有关审美判断这种先验属性的各种规定性的分析,他用无目的的合目的性、形式游戏、审美无功利性、天才论等概念界定审美活动的属性。这一系列的规定性使得艺术的生存首次获得了一块独立自主的基石,从此以后艺术就要向着自律的方向进发,甚而至于进化成为审美主义的普遍伦理,审美现代性也由此孕育出来并日趋发育成熟。审美现代性衍化出纯艺术的形式美学、唯美主义的逃亡诗学、先锋派的叛逆诗学,以至于新左派的审美造反,等等,把康德美学展开成为一部多声部的奏鸣曲。

作为启蒙思想家的康德,在反思理性的维度上置审美于个体的先验性之中,这充分显现了主体论哲学所追求的人类解放功能。正是因为审美是人类天性的内涵之一,所以审美判断活动可以通过人类本质力量的实现而带来主体的自由。在康德之前,美或者被视为神灵光辉的普照,或者被视为物体的某种结构特征(对称、平衡等),或者被视为人的行为姿态,都不具备存在的必然性意义上的属性;只是在康德这里,审美才上升成为一种源于人类先验性并体现主体自由的本质力量。尽管"审美无功利"、"美的艺术"等并非康德首创,但是这些为艺术的自律性存在提供合法化依据的重要术语,是在康德那里超越现象描述而被提升至有关人类的本质属性的概念,所以说是康德在"天赋人权"的意义上给予了艺术自律以本体论的地位。当康德把判断力活动论证为一种人类先验属性时,艺术自然就只能是"天才"的表演了。浪漫主义的诗学天才们竭力倡导天才诗学,表达了与康德美学相通的观念,即诗是人类主体自由的体现,而诗人则是人类审美天性的集合,诗歌远离尘嚣,因为诗人天马行空。

由于康德把审美视作人类的一种本质力量,所以他以审美为艺术之自律性存在依据的论述也与前人不同。据塔达基维奇的叙述,历史上关于艺术特性的说法曾经有过"技巧的艺术"、"音乐的艺术"、"高雅的艺术"、"纪念性艺术"、"绘画的艺术"、"诗意的艺术"、"优雅的和愉悦的艺术",等等,16世纪开始出现"美的艺

---

① 康德:《判断力批判》上,宗白华译,商务印书馆1964年版,第15—16页。

术"一说①。希腊哲人倾向于把艺术定义为一种"技艺",文艺复兴时代的阿尔伯蒂在《论绘画》(1435)中认为画家应当集中表现美。到查里斯·巴托关于"美的艺术"的提出,艺术与审美的必然性关系似乎已成为人们的共识。但是由于美尚未进入人类先验禀赋,所以康德之前有关"美的艺术"的说法都无法在本体论意义上解决艺术的自律性问题。康德写道:"正当地说来,人们只能把通过自由而产生的成品,这就是通过一意图,把他的诸行为筑基于理性之上,唤作艺术。"② 这就是说,自由意志和自觉意识——而并非技艺、行为或感觉经验——才是艺术的本源,审美判断乃是自由和理性天然的内涵,因此艺术依据美而生成即艺术依据人类天性而出场,艺术的独立存在在康德这里所获得的美学依据具有了人类存在之本质属性提供的必然性。在后来的审美现代性的实践活动中,所有的审美救世主义、叛逆美学、抵抗诗学或造反诗学及先锋派、实验派艺术,无一不是以审美为人类自由的本真内涵而否定、反抗或超越非审美的世俗生活世界。

康德把判断力与合概念性、合目的性区分开来,以此提出了审美判断活动的无功利性、形式游戏等规定性。但康德又认为审美判断与道德判断有着密切的关联,他甚至声称美是道德的象征。"建立鉴赏的真正的入门的是道义的诸观念的演进和道德情感的培养;只有在感性和道德情感达到一致的场合,真正的鉴赏才能采取一个确定的不变的形式。"③ 康德哲学的最后目标是要解决人的自由问题,而他心目中的自由即是一种伦理意义上人类先验性的实现,因此审美鉴赏最终应当成为这种伦理情感的表现。从康德指出美与道德的密切关联开始,审美就一步一步地走近伦理,以至于后来的唯美主义、审美救世主义以及各种生存美学,都把艺术世界中的伦理原则当成至高无上的普遍伦理原则,甚至艺术化的生存方式与自由人格之间也被画上了等号。《判断力批判》出版没多久,席勒就在《审美教育书简》中提出,审美游戏可以拯救现代社会中人格分裂的病症。

二、巴黎:从天才诗学到审美伦理

1830年以后,德国哲人们用晦涩的哲学术语表达的艺术自律观念,逐渐在巴黎

---

① 符·塔达基维奇:《西方美学概念史》,褚朔维译,学苑出版社1990年版,第22—26页。
② 康德:《判断力批判》上,宗白华译,商务印书馆1964年版,第148页。
③ 康德:《判断力批判》上,宗白华译,商务印书馆1964年版,第205页。

被诗人们改写成一出生活剧脚本,唯美主义者按此脚本编排并上演了"波西米亚式生存"喜剧。

19世纪中期,启蒙现代性影响下的现代社会初具形态。世俗化、物质主义、技术主义、都市化、职业化等在率先实施现代性工程的国度逐步渗入人们的日常生活。早在唯美主义者登上文化舞台之前,浪漫主义就已经开始用诗学激情来对抗现代文明。从卢梭、华兹华斯等人对原始公社和自然风情的向往中可以见出,那时的欧洲正走向一种排斥诗学激情的都市文明或技术文明。浪漫主义者崇尚诗学天才,崇尚神秘意象和审美情感,他们的文本塑造了一个个依照艺术原则独来独往的旷世奇才。作为审美现代性之源头的艺术自律观念,在文学实践中的开端就是浪漫主义,浪漫主义文学又开启了唯美主义者身体力行的审美伦理实践。而且浪漫主义在很大程度上是康德美学的文学案例,因为在浪漫主义的文化情调中已经隐约地蕴含着"为艺术而艺术"的想法。

"为艺术而艺术"是唯美主义的口号,关于这个口号的起源有多种说法。威廉·冈特在《美的历险》一书中认为是戈蒂叶把"艺术家唯我独尊的地位和艺术家与中产阶级世界的分离"总结为"l'art pour l'art"[1]。卫姆萨特和布鲁克斯则认为是"科佩集团"的贡斯当在1804年的一则笔记中谈到席勒来访时提出"为艺术而艺术"[2]。中国学者赵澧、徐京安编的《唯美主义》一书认为是法国哲学家库辛(也译作"库赞")在1818年提出的。1953年,约翰·威尔考克斯(John Wilcox)发表《"为艺术而艺术"的缘起》一文,认为这个口号最早的提出者是伊波利特·福图尔(Hyppolyte Fortoul)。1833年,这位批评家在《百科全书杂志》上发表《论当前的艺术》批评浪漫主义,指责"为艺术而艺术"这个令人迷惑的口号[3]。从这不同的说法中我们可以见出,在19世纪上半期,"为艺术而艺术"这一艺术自律论的经典表达,至少在法国和德国的艺术文化界已经十分流行。

"为艺术而艺术"是唯美主义者的职业信念。这一口号把康德美学关于先验判断力赋予艺术自律性的思想简洁明了地表达了出来,尽管那时法国文坛对德国哲学的学究气十分反感。唯美主义者对美学理论并没有多大兴趣,他们宁愿将自己遗世

---

[1] 威廉·冈特:《美的历险》,肖聿、凌君译,中国文联出版公司1987年版,第10页。
[2] 卫姆萨特、布鲁克斯:《西洋文学批评史》,颜元叔译,中国人民大学出版社1987年版,第438页。
[3] John Wilcox, "The Beginnings of l'Art pour l'Art", *Journal of Aesthetics and Art Criticism*, Ⅱ (June 1953): 360—377.

独立的依据表述为"艺术"或者"艺术家"这样的名称,而排斥那些晦涩的哲学术语。唯美主义者似乎觉得表明自身的艺术家身份即足以"脱俗",而不必再去追究那些在艺术背后支持艺术家特立独行的先验原则。所以我们看到,唯美主义者的艺术实践乃至生活实践,比康德美学更直接也更明确地张扬着艺术自律的信念。

"为艺术而艺术"对于唯美主义而言并不仅仅意味着所谓"纯艺术"的生产,它更意味着艺术生产者自身生活方式的艺术化。事实上唯美主义留下来的堪称伟大的作品并不多,后人津津乐道的多是他们我行我素、放浪形骸的生活方式。作为最早举起审美现代性大旗抵抗世俗主义的文化运动,唯美主义以"举世皆浊我独清"的姿态表达出一种拒绝甚至抗议世俗生存规则的观念。威廉·冈特描述了戈蒂叶、惠斯勒、史文朋、罗斯金、波德莱尔、王尔德等人的生活实践,他们坚信自己是文曲星下凡,是不受人间道德约束的诗学天才:"1830年的热情此时变成了浪漫的越轨行动,它们恰逢时机,蔚然成风。巴黎的知识分子头上戴着尖顶帽,身上穿着意大利强盗的那种难看的长袍,心中积郁着对那帮奉守法度的良民的鄙视。"① 唯美主义者把康德美学关于艺术自律的论证植入生活实践之中,使其升华为艺术家的职业伦理。当艺术天才们将自律的艺术转化成艺术家这个职业的生存伦理时,艺术活动中的自由游戏原则、想象原则、情感原则、无功利原则,等等,便都成了艺术家们的生活行为,这就使得艺术从业者们可以超越乃至违背世俗生活的一般伦理规范。他们的种种惊世骇俗的言语行为并不接受世俗法律和道德的约束、审判,因为他们是按照审美原则生活的天才。威廉·冈特继续写道:"环境渐渐把艺术家推到了贵族式的地位上。不修边幅的波西米亚生活方式仅仅是副产品,而这种生活的精神实质是:把标准定在众人之上,使之与众人分离。这种精神实质造就了异常挑剔的审美趣味。艺术家怀着对艺术门外汉的鄙视,渐渐滋长了一种情绪:他们认为,艺术与人们日常生活琐事的分离是天经地义的。"② 在审美现代性全面展开的20世纪,这种关于艺术与生活相互分离的信念使得艺术行业的从业者们着力于将自己的身体、言语和行为装修成为一种与众不同的奇异景观。而审美救世主义者又从这一信念中引出了审美伦理的救赎功能,并希图以此教导大众走出现代性之隐忧。

巴黎是唯美主义者进行伦理学突围的试验场,这座世界艺术之都同时也成为艺术家们以其审美伦理教化大众的演讲高台。当巴黎的审美伦理之风吹到海峡对岸的

---

① 威廉·冈特:《美的历险》,肖聿、凌君译,中国文联出版公司1987年版,第2页。
② 威廉·冈特:《美的历险》,肖聿、凌君译,中国文联出版公司1987年版,第5—6页。

英国后,发生了这场伦理学突围的最典范案例,即审判王尔德事件。

关于 1895 年对王尔德同性恋行为的这场审判,其中最值得反思的不是法律问题,而是审美伦理与世俗法典的冲突。王尔德与法律顾问团成员爱德华·卡森的对话,完全是两种伦理观念的交锋。当卡森意欲从《道连·格雷的画像》中找出作者道德败坏的踪迹时,王尔德声称:"文盲的艺术观根本就不算数,我只关心我的艺术观。至于别人怎么看,我半点也不去理会。"① 唯美主义者王尔德力图用艺术家的审美伦理来论证自己有理由超越世俗道德的束缚。他自认为"我这个人象征着我们时代的艺术与文化"②,所以他相信世俗法庭没有资格审判他这样的艺术家。

唯美主义者们所追寻的美,不仅是艺术作品的结构、意义或功能,更是艺术家的一种生存状态,或者说是艺术家们"不俗"的先验性。康德说美是道德的象征,而唯美主义者则用自己的生活实践将其变成道德是美的象征;与其说他们主张为艺术而艺术,还不如说他们信奉的是为艺术而人生。巴黎无愧于"世界艺术之都"的称号,艺术自律的观念在这里不仅孕育出伟大的艺术作品和新奇的艺术潮流,更是孕育出艺术场里羽化登仙般的审美伦理。这一伦理原则使得艺术家们由世俗生活世界突围,成了现实社会中不受一般道德约束的另类人物。进而他们的这种职业伦理又促进了文学场的建立,使艺术家们的生存美学有了一片自我陶醉的空间。布尔迪厄说:"艺术家群体不仅仅是创造标新立异的生活方式即艺术家生活方式的实验室和进行创作活动的基本空间。它的主要功能之一是自己构成了自己的市场……艺术家的生活本身就构成了一件艺术品。"③ 如果说独立于市场的文学场大大提升了艺术品在市场中的价值,那么,艺术家按照审美伦理来展开其生活实践则是文学场独立于市场的最好策略。

艺术自律是审美现代性的核心内涵,而审美的职业伦理化则使得艺术自律延伸至艺术家的存在属性。进入 20 世纪后这种审美伦理进而成为先锋派普遍奉行的生存美学,在诸如表现主义、垮掉派等艺术潮流中,审美伦理一直都是现代艺术家们实施抵抗诗学的道德依据,甚至像福柯这样的学者也由审美伦理悟出一种生存美学。"生存美学所要处理和解决的,就是自身的生存技巧,以便使自身在处理同他人的关系中,享受和鉴赏到尽可能满意的美感。福柯一生所经历的经验和实践过程,生动

---

① 威廉·冈特:《美的历险》,肖聿、凌君译,中国文联出版公司 1987 年版,第 217 页。
② 参见周小仪《唯美主义与消费文化》,北京大学出版社 2002 年版,第 56 页。
③ 布尔迪厄:《艺术的法则:文学场的生成和结构》,刘晖译,中央编译出版社 2001 年版,第 73 页。

地体现了生存美学的原则。"① 福柯像大多数唯美主义者一样，以主体性来创作自我这一作品，像创作艺术作品一样来安排日常生活。

三、法兰克福：从审美伦理到普遍伦理

20世纪30年代，艺术自律来到法兰克福。在法兰克福学派的阿多诺、马尔库塞手中，艺术自律由唯美主义的审美伦理扩张成为一种普遍伦理。尽管他们的主要著作是后来在美国写作的，但是这些学者的思想形成于法兰克福。

康德之前，英国经验主义者曾在道德意义上认定"美的精华在于文雅的动作"②，德国理性主义者则在认识论意义上把美当成感性认识的完善。康德的先验哲学最重要的贡献在于开创了"审美伦理"这一审美现代性的核心概念。唯美主义者以审美为艺术家的职业伦理，这其实限制了康德美学的"普遍人性"意义。直至法兰克福学派举起审美批判和审美救世的大旗，康德美学中所包含的普遍伦理的"解放论"功能才得以释放。

法兰克福学派的批判理论既不同于康德的"分析"式批判，也不同于经典马克思主义的政治经济学批判，而是一种以普遍伦理为价值坐标对发达的资本主义工业社会的否定性反思。他们将审美注入作为最高价值的普遍伦理，致力于揭示资本主义工业社会有违这一伦理原则的种种现象，形成一种以"否定"为核心范畴的理论话语。阿多诺等人在自律的高雅艺术中提取出一种以人性自由为内涵的伦理原则，用以对照所谓"单面化"或"工具理化"的现代资本主义社会中普遍存在的"奴化"生存状态，呼吁人们按照审美原则进行造反以获得"解放"或"救赎"。

德国诗化哲学素来有审美救世传统。席勒设想用审美游戏克服现代人的心理分裂，尼采以艺术为生命的最高使命，海德格尔将人类的生存描述为"诗意地栖居"，这一传统也延续至法兰克福学派。德式审美救世主义比法式唯美主义更崇拜艺术自律，他们对安居于象牙塔中自娱自乐的艺术不屑一顾，而是要授予自律的艺术以创世者的爵位，希望独立于世俗生活之外的艺术以其终极性的价值将万千俗众救出深

---

① 高宣扬：《福柯的生存美学》，中国人民大学出版社2005年版，第36页。
② 培根：《论美》，朱光潜译，北京大学哲学系美学教研室编：《西方美学家论美和美感》，商务印书馆1982年版，第77页。

渊，开拓出按照艺术原则生活的美好世界。面对现代性之隐忧，唯美主义者求诸艺术的自救，而批判理论家则用艺术来普度众生。不过他们都相信在人类的世俗生活之前、之外和之上存在着一个圣洁的自由世界，即艺术的世界；人类一旦领悟了艺术世界的生存原则，便可以摆脱世俗世界的束缚而体验到真正的自由。

在康德那里，审美只是一种与认知、伦理相并列的先验性，而到阿多诺、马尔库塞手中，审美却是一种远高于人类的其他生活实践的本体论意义上的生存原则。设定普世性价值原则，并以之为坐标对发达的资本主义工业社会进行否定性认识，这就是法兰克福学派的批判理论的思想诉求。霍克海默在20世纪30年代构想批判理论时设计了两个理论起点：一是各门具体学科对经验现象的描述，二是传统理论对普遍本质的界定。二者形成了批判理论的一个基本套路，即由普遍本质审视具体现象。虽然阿多诺拒绝一切同一性哲学关于普遍本质的预设，但事实上他只是将社会批判转向了文化批判，将批判的价值坐标由形而上学转向了美学。在阿多诺和马尔库塞那里，美的艺术是人性自由的最高体现，因而也是审视和评判当代社会现实之合理性的唯一准则。马尔库塞认为："每一真正的艺术作品，遂都是革命的，即它颠覆着知觉和知性方式，控诉着既存的社会现实，展现着自由解放的图景。"[①] 阿多诺同样也是在艺术与现实的对抗性关系中设定艺术的自律性质并将自律的艺术作为超越和否定世俗社会、叩开个人自由之门的路径。

法兰克福学派把艺术自律从唯美主义者的职业伦理的有限性中解放出来，使之扩张成为一种具有人类解放功能的普遍伦理。自律艺术的这种普遍伦理化在阿多诺、马尔库塞等人那里体现为，独立于世俗生活之外的艺术通过与世俗生活的对抗而唤醒人们的"否定认识论"，人们由此超越世俗生活的奴性状态从而走向自由。

法兰克福学派是艺术自律的坚定捍卫者，但是阿多诺等人的艺术自律观跟一般的艺术作品形式自足理论有很大的差别。在阿多诺看来，艺术的自律属性不等于艺术文本结构上的封闭自足，而是体现为一种与社会现实对抗的革命性和批判性的特质。这也就是说，艺术不逃离社会，而是面对社会发出否定、抗议之声，艺术就是凭借着这种"造反"的特性而彰显出它的自律性存在。阿多诺认为："艺术的社会性主要是因为它站在社会的对立面……这种具有对立性的艺术只有在它成为自律的东西时才会出现。"[②] 阿多诺用"新异性"概念来描述自律艺术的文本特征；这种新

[①] 马尔库塞：《审美之维》，李小兵译，生活·读书·新知三联书店1989年版，第237页。
[②] 阿多诺：《美学理论》，王柯平译，四川人民出版社1998年版，第386页。

异性使得艺术具有反抗一切总体性或同一性的功能。伊格尔顿对此的理解是:"艺术力求某种纯粹的自律性,但是,如果没有异质性因素它将什么也不是,并且逐渐消失在稀薄的空气之中。艺术既为自己同时也为社会而存在,始终既是自己同时又是其他的某种东西,批判性地从历史中疏离出来,但并不采取一个超越历史的优势点。"① 阿多诺之所以要借异质性把艺术置于疏离历史而又拯救社会的地位上,那是因为他坚信自律的艺术能够释放出审美伦理即自由人格的光辉,在这沉沦的大地上唯有审美伦理之光将引导人类走出现代性的牢笼。

相比阿多诺,马尔库塞也许更为激进。马尔库塞强调艺术形式的独立,但这不是克莱夫·贝尔或罗杰·弗莱论述过的那种独立,而是一种反抗或革命意义上的独立。艺术形式"使作品从既存的现实中离却、分化、异在出来,它们使作品进入到它自身的现实之中:形式的王国"。跟阿多诺的"新异性"一样,马尔库塞笔下的艺术形式的独立性能够"建构出全然不同的现实",因为独立的艺术形式唤醒了人们否定和怀疑的精神,从而体验到审美化人格的自由境界。"在这个社会中,不再是剥削主体或客体的新型的男人与妇女,将在他们的劳动和生活中,展现出人和物曾被压抑了的审美可能性视野——美学不再作为某些对象(艺术对象)的特定属性,而是作为与自由个体的感性和理性相适应的生存形式和态势。"② 也就是说,形式自律的艺术激发的不单是关于艺术文本结构特性的经验,更是在不苟流俗中导向解放和自由。

自启蒙唤醒了现代性工程之后,政治革命、技术革命和经济革命都曾被西方知识分子当作人类解放的路径,但是随着现代性之隐忧日益蔓延继而其"自反性"日益显露,审美救世的呼声此起彼伏。艺术被美学注入了"自由的象征"内涵之后,它就成为了一种在现代社会中替代宗教的道德教化力量,人们把寻求解放的眼光投向了艺术化的生存之道。尤其是在审美现代性之体现即先锋派艺术中,艺术自律以抵抗和超越世俗社会的方式引导人们感悟心灵自由的激情。阿多诺等人从先锋派艺术中看到了审美伦理否定同一性秩序的功能以及它作为普遍伦理的救赎功能。事实上正如杰姆逊所言:"现代主义者总是希望艺术不仅仅生产出一部小说、一幅画,或

---

① 特里·伊格尔顿:《美学意识形态》,王杰等译,广西师范大学出版社1997年版,第351页。
② 《现代文明与人的困境——马尔库塞文集》,李小兵等译,生活·读书·新知三联书店1989年版,第368、379页。

是一部交响乐，他们要艺术能做一切事情。"① 阿多诺等人偏爱现代艺术的原因就在于，以抵抗诗学见长的现代主义艺术把审美变成了生存态度，这一点正好跟法兰克福学派在审美造反中构建普遍伦理的思想诉求相互应和。

以"五月风暴"为代表的新左派造反运动，其指导性的理论就是一种审美化的伦理预设。甚至可以说，审美伦理就是新左派的意识形态，即伊格尔顿在《美学意识形态》中描述的那种身体话语的意识形态呈现。新左派的巨大影响力在很大程度上有赖于审美意识形态，当然新左派最致命的弱点也在于审美意识形态的空想主义和虚无主义。

四、20世纪60年代的美利坚：审美伦理的蔓延

人们固然可以将艺术自律视为近代社会世俗化进程中贵族主义文化的自我确证，但是这一文化观念更像是市民社会兴起过程中中产阶级的文化领导权诉求。艺术自律的观念在其生成进化之时就绝不仅仅涉及艺术文本的制作工艺或结构特性，它明显包含一种伦理学理想，即它设计了某种超然于所有社会实践场域之外的"艺术性"的生存方式，并以之为生存的最高价值。从唯美主义者王尔德声称生活应当摹仿艺术以来，自律性的艺术就被崇拜者们当作个人自由的圭臬。尤其是康德美学给予艺术的自律性存在以先验性依据之后，面对现代性之隐忧，期盼救赎的人们在依据于审美原则而超凡脱俗的艺术里领悟到了人类解放论的意义经验。就像审美现代性张扬抵抗诗学以逃离启蒙现代性一样，艺术的自律性也让现代人看到"诗意栖居"的伦理学价值。

艺术自律给文化现代性提供了两条"自由之路"：其一是以形式主义、纯粹造型为代表的象牙塔的或逃亡者的艺术自足理论；其二是从达达派到嬉皮士运动的革命主义的或抵抗者的审美造反。在20世纪60年代的美利坚，艺术自律构建的这两种审美现代性规划营造了两座"公社"——作为逃亡者的艺术家建立了纽约的格林尼治村，而作为审美造反者的嬉皮士则建立了旧金山的海特—阿西伯利自由村。

1967年，福柯在一次建筑研究学术会议上发表题名《另类空间》的演讲，提出"异托邦"概念。"异托邦"跟"乌托邦"不同，它是现实世界里的真实存在，但是

---

① F. 杰姆逊：《后现代主义与文化理论》，唐小兵译，陕西师范大学出版社1987年版，第138页。

它又跟乌托邦一样显示出与世隔绝的虚拟色彩[1]。异托邦常常由受到正统观念排斥的另类人群创建，它形成一个真实世界中的"虚幻空间"，因为这一空间存在的依据是被统治着真实世界的主流观念所不予认可的"他者"意识。60年代，北美大地上的艺术家公社、嬉皮士公社就是典型的"异托邦"，支撑着这些公社的核心观念是不为世俗道德认可的"生存的艺术化"。这些公社里的人们向往远离尘嚣的艺术化生活，他们把这种生活方式当成投身自由空间的救赎之道。

格林尼治村是位于纽约曼哈顿南部的一片街区。由于许多诗人、戏剧家、画家居住于此，因而这里被看成一个艺术村。格林尼治村里的居民多为波西米亚生活风格的艺术家，而且这里还是"垮掉的一代"的诞生地。在这片街区里，遍布着剧院、画室、咖啡馆，不修边幅的艺术家随处可见。谈到格林尼治村，人们总是将其定位为一个超凡脱俗的艺术共和国。1916年，先锋艺术家马塞尔·杜尚和约翰·斯隆登上格林尼治村的一座楼顶，宣布格林尼治村为"一个自由的共和国、独立的乌托镇"。美国学者萨利·贝恩斯在《1963年的格林尼治村——先锋派表演和欢乐的身体》一书中关于此事的评论是："杜尚令人起敬的里程碑式的'占领'把政治性革命改造为文化意义上的反叛：这个事件是庆祝性的（有酒与食物）、艺术性的（有诗歌朗诵）、异国情调的（日本的灯笼）、游戏性的（玩具手枪及气球）、左倾的（气球毕竟是红色的）。它还发出来强烈要求建立波西米亚式自由社团的声明（'一个自由的共和国'），召唤一种替代性的文化，从资产阶级生活中独立出来（'乌托镇'）……"[2] 从那以后，格林尼治村一步步走向艺术独立性的实验室、独立艺术的博物馆以及独立艺术家们的"理想国"、艺术化生存方式的活动场。

作为一座依据艺术自律而建立起来的"异托邦"，格林尼治村承载着审美现代性的一种理想，即用审美伦理拒斥资产阶级的市侩主义，在艺术性的伦理实践中完成审美救赎。艺术从世俗世界中独立出来之后，它负担起沉重的职责，以至于人们要以它为"法律"来缔造自由共和国。在60年代的美利坚，风起云涌的反文化运动激发了人们超越"现代性之隐忧"的渴望，而格林尼治村这座"艺术之城"也进入了它的鼎盛时期。相比19世纪的唯美主义，格林尼治村带有更多先锋主义色调，因为它毕竟是与"垮掉的一代"共生的。只是随着激进主义文化运动的衰落，格林尼

---

[1] 参见尚杰《空间哲学：福柯的"异托邦"概念》，载《同济大学学报》2005年第3期。
[2] 萨利·贝恩斯：《1963年的格林尼治村——先锋派表演和欢乐的身体》，华明等译，广西师范大学出版社2001年版，第2—3页。

治村也逐渐褪去了光晕，最终让位于中产阶级的商业伦理。

嬉皮士运动的主角不是职业艺术家，但是这一运动更具"审美造反"色彩。60年代的新左派运动、性解放运动、嬉皮士运动都典型地体现着审美现代性的特征，即叛逆性。嬉皮士运动上承"垮掉的一代"，下启新左派的"审美造反"；莫里斯·迪克斯坦（Morris Dickstein）的《伊甸园之门：六十年代的美国文化》一书将嬉皮士运动视为乌托邦主义的误入歧途，成为一个历史时代的文化标记。嬉皮士运动从"垮掉的一代"那里继承了对中产阶级生存伦理的反叛。以波西米亚式生活方式抵抗资产阶级社会的工具理性化生存伦理，正是自唯美主义以来审美现代性的伦理诉求。

嬉皮士运动反抗工具理性化生存伦理的方式就是感性生命力的放纵。这种放纵起源于对现代性的效率主义的反感，而这种反感又来自于现代性的另一侧面——自律艺术中所蕴含的个人自由价值。嬉皮士们通过吸毒、性解放以及摇滚乐来对抗所谓中产阶级道德，同时他们跟追求纯粹自我的现代艺术家一样，有着一种寻找人间伊甸园的异托邦情结。20世纪60年代初期，一些垮掉派分子来到旧金山的海特—阿西伯利，他们在此地建立起颓废生活的根据地。几年之后，大批嬉皮士来到海特—阿西伯利寻找身体的自由，这里俨然成为一座自由之城。嬉皮士们在他们的自治公社里过着自食其力、财产公有、性关系自由、毒品泛滥的生活。一时间，北美大地上出现了多处嬉皮士公社，身体的狂欢成为一个时代的文化主题。但是当他们在纵欲、吸毒和摇滚乐中耗尽了造反的激情之后，这些公社也逐渐解体，包括海特—阿西伯利。

从唯美主义到嬉皮士，延续着一条历史的线索，那就是波西米亚式生活方式逃离或反抗布尔乔亚式生活方式。美国记者大卫·布鲁克斯写道："布尔乔亚的主要领域是商业和市场，波西米亚则在艺术上独擅胜场；布尔乔亚崇尚物质主义、秩序规律、习俗、理性思考、自我规范和生产力；波西米亚阶级注重的则是创意、叛逆新奇、自我表达、反物质主义的生活体验……"[①] 在布尔乔亚和波西米亚两种生活伦理的对立中，我们可以见出卡林内斯库描述的启蒙现代性与审美现代性的裂变。艺术自律来源于现代性，但是它在现代社会中的功能却是对抗现代性。自律的艺术虚拟了一种自由的体验，唯美主义、嬉皮士等都想把这虚拟的自由变成现实，于是有

[①] 大卫·布鲁克斯：《布波族：一个社会新阶级的兴起》，徐子超译，中国对外翻译出版社2003年版，第73页。

了种种反文化的文化运动。到日常生活审美化的时代，布尔乔亚和波西米亚结合成"布波族"，其中释放的信息是：自律的艺术开始低下那高贵的身姿回到人间，审美伦理开始靠近商业伦理。到此时，艺术自律的终结也指日可待了。

五、 从绝对音乐到无物象绘画：纯艺术的赋格曲

现代性工程展开不久，艺术便遭遇体制性的危机。康德美学的"无功利性"、"形式游戏"等观念，给危机中的艺术带来独立于城邦历史之外的生存合法性。康德的艺术自律论实际上包含两个层面：其一是由先验的判断力活动演化而来的审美伦理；其二是由形式游戏演化而来的艺术作品结构和意义上的自足性。如果说前者导致了从唯美主义到嬉皮士等一系列的审美造反运动，那么后一种理论则启发了有关艺术作品的文本自足性存在的观念，即形式游戏对艺术作品的统治权。

浪漫主义和唯美主义借助天才论让艺术家跳出历史，变成天上的文曲星，同时一种关于艺术作品的非历史化和形式自律性的观念也开始流行。"为艺术而艺术"不仅是艺术家们告别历史的宣言，也是艺术作品属性、意义、结构等元素摆脱"城堡上飘扬的旗帜"的一种策略。曾经像其他社会实践场域一样接受总体性历史管辖的艺术，现在需要走出历史自立为"纯艺术"。康德之后，尽管仍有人在诸如民族精神、历史理性、意识形态等概念下界定艺术作品的意义和属性，但是关于艺术之纯粹性、自律性的论证却日益增多，探索艺术不同于一般社会实践之特性的"一般艺术学"日渐成型。面对世俗化和物质主义，19世纪开始出现"以艺术代宗教"的救世观念。既然艺术可以承担宗教的职能，它就必然具有一种超越世俗世界的本真属性和终极价值，所以浪漫主义、唯美主义、象征主义、印象主义等都坚决地认定艺术属性的非历史特征，都极力推崇艺术美的纯粹性。唯美主义者们普遍相信"为艺术而艺术"，王尔德甚至认为："生活模仿艺术远甚艺术模仿生活。"[①] 罗斯金虽然不大同意这位学生的意见，但是罗斯金在艺术有着高于世俗社会之价值这一点上，其实跟王尔德是相通的。

最能体现艺术品属性、意义和结构的独立性的思想诉求的，莫过于自19世纪以来在各门类艺术领域中出现的"形式自足性"理论。最早有关艺术作品形式自律的

---

① 王尔德：《谎言的衰朽》，赵澧、徐京安编：《唯美主义》，中国人民大学出版社1988年版，第132页。

论述发生在音乐理论界。1722年，近代和声学的奠基人、法国音乐家拉莫在《和声学基本原则》中说，音乐是一门有规则的音响的艺术；后来，德国浪漫派的施莱格尔提出"绝对音乐"概念。这些看法具有明显的形式主义倾向。1854年，汉斯立克在《论音乐的美》中明确地宣称："音乐的内容就是乐音的运动形式。"他解释道："音乐美是一种独特的只为音乐所特有的美。这是一种不依附、不需要外来内容的美，它存在于乐音以及乐音的艺术组合之中。"① 汉斯立克的乐音形式自律理论，体现出与浪漫主义不一样的艺术自律观。浪漫主义的天才诗学强调艺术家的主观精神的独立性而不关心作品形式自律与否，汉斯立克则认为音乐的美跟外部注入的情感无关，它来自于乐音的结构。正是这种对音响构成性的关注，导致了后来出现勋伯格的十二音序列理论。

各门艺术为寻找自身特定的独立属性而重建存在之合法化，这是19世纪晚期以来审美文化的一个显著特点。在这方面，从印象派到野兽派、立体派的造型艺术提供了典型案例。由于供养人体制的终结、照相术的应用、传统表意技法范式的僵化以及艺术场的独立，由印象派发端，西方绘画艺术开始了一段"寻找自我"的历史。从印象派对"条件色"的重视到野兽派对"二维性"的肯定，再到立体派的"纯粹造型"以及表现主义的"无物象绘画"，西方绘画由摹仿自然或服从物象走向了自我指涉或造型的自律性，这一变化的内涵也可以表述为由形式的他律转向形式的自律。现代画家们意识到，绘画被叙述性和物象统治得太久，以至于失去了自身的特性。绘画作为自律性的艺术的根本在于复归它的二维平面特性和"造型的形式"（罗杰·弗莱），如塞尚所言："艺术是一和自然平行的和谐体。"② 这一"和谐体"之所以能够形成平行于自然的独立禀性，就是因为它找到了形式自足的条件，即"纯粹造型"和"二维性"。格林伯格说："'纯粹'意味着自我定义，艺术自我批评的事业就是一种彻底的自我定义……二维空间的平面是绘画艺术唯一不与其他艺术共享的条件。因此，平面是现代绘画发展的唯一定向……"③ 以纯粹造型为基础的抽象绘画，实际上是艺术自律在绘画艺术中以"形式的自律性"来实施审美现代性工程的必然结果。

---

① 爱杜阿德·汉斯立克：《论音乐的美》，杨业治译，人民音乐出版社1978年版，第39、38页。
② 瓦尔特·赫斯编：《欧洲现代画派画论选》，宗白华译，人民美术出版社1980年版，第20页。
③ 克莱门特·格林伯格：《现代派绘画》，弗兰西斯·弗兰契娜、查尔斯·哈里森编：《现代艺术和现代主义》，张坚、王晓文译，上海人民美术出版社1988年版，第5页。

在文学领域里，形式自律的结果就是现代理论用"文本性"取代了古典时代的"诗性"概念。浪漫主义的天才诗学实际上是排斥形式自律的，它把艺术自律限定在艺术家的主观精神状态之中。象征主义诗歌的出现，使人们开始意识到艺术自律的另一种形态，即穆卡洛夫斯基说的那种语言的"凸显"。瓦莱里曾经在"绝对音乐"的启发下提出"纯诗"概念。他把"纯诗"设想为一种绝对的诗，其特质在于"探索词与词之间的关系所引起的效果，或者毋宁说是词语的各种联想之间的关系所引起的效果；总之，这是对由语言支配的整个感觉领域的探索"①。在20世纪的语言论转向的思想文化语境中，形式主义文论完全抛弃了"摹仿"、"表现"等他律论理论话语，倡导一种超乎历史的文本自足论。俄国形式主义者声称文学与城堡上飘扬的旗帜无关，"文学作品是纯形式，它不是物，不是材料，而是材料的对比关系"（什克洛夫斯基）②。韦勒克对此的评论是："俄国形式主义使艺术作品自身成为关注的中心；它尤其强调文学和生活的不同，摈弃了通常对文学的传纪的、心理学的和社会学的解释。它以自己的术语发展了一套用于分析文学作品和研究文学史的富于创造性的方法。"③新批评家维姆萨特和比尔兹利在《意图谬见》和《感受谬见》中把诗人的主观精神和读者的阅读感受等历史性元素从诗的意义阐释中彻底驱逐出去，让诗成了一个与历史完全隔绝的自律性存在。这一做法也许会遭遇浪漫主义者的反对，但是它在寻求艺术自律性这一点上跟浪漫主义实际上是相同的。

原载《文艺研究》2013年第9期

---

① 瓦莱里：《纯诗》，丰华瞻译，伍蠡甫主编：《西方现代文论选》，上海译文出版社1983年版，第27页。
② 日尔蒙斯基：《论"形式化方法"问题》，托多罗夫编：《俄国形式主义文论选》，方珊等译，生活·读书·新知三联书店1989年版，第369页。
③ 转引自汪正龙《西方形式美学问题研究》，黑龙江人民出版社2007年版，第21页。

从市场的变迁看艺术的命运和使命

高建平

市场的变迁会给艺术带来什么？我们可能会想到，带来的是艺术品的销路问题。市场大了，艺术品的销路会大得多。然而，市场的作用远不只是如此。市场的"后果"，要比我们所设想的深远得多。可以这么说，市场改变着艺术的生产方式，改变着艺术家，也改变艺术概念本身。

一、产品的美与市场的关系

人们生产出来的物品，叫作产品。将它放到市场上去卖，就叫作商品。于是，同样一件物品，产生者留着自己用，就叫作产品，去销售，就变成了商品。产品做得好与不好，是由所使用的原材料、生产者的技能和在生产过程中所付出的劳动决定的。用料讲究，制作者才能出众；制作时用心用力，做出来的东西就好。

从产品变成商品，是质量变好了，还是变差了？这说不好。并非所有的用于出售的东西，都比生产出来供自己用的东西更好。一种产品变成商品以后，受着一些新的逻辑支配，这些新的逻辑要求产品的生产被改进，但却又对生产被改进的方向作出限定。于是，商品有可能比产品质量更好，也有可能质量下滑。

让我们从这样一个例子说起：什么地方的饭店更好一些？我们大概都有一个经验，火车站附近的饭店，一般说来都是一个城市里最差的饭店。最好的饭店是城里的一些老街区里的老字号饭店。

火车站旁的饭店里，人来人往，来去匆匆。饭店老板或厨师与客人是一种陌生人的关系，在饭店里完成的是一次性的机械性的交易——给钱、充饥、走人。这些客人也许这辈子不再有机会来这家店了。饭店老板也知道这点，所以，快点上菜，让客人吃完就走。

城里的老字号的饭店则是另一种情况：来的客人大都是所谓的"回头客"，即使第一次来，也常常是慕名而来。老板、厨师与客人形成了一种熟人或朋友关系，对来客打招呼，不说"欢迎"，而说"来啦，您哪！"给客人回家吃饭的温馨感觉。饭店讲究名声，饭店老板把烹调和饭店的管理作为一种艺术来完成，不断研究和提高。又由于主人跟客人是一种熟人关系，服务的质量能直接得到反馈，如果客人说了你今天的菜火候欠一点，主人会改进这道菜的做法。就这样，在反馈交流中得到改进，熟人圈子培育出了"老字号"。

传统老街区消失，不仅是一个建筑问题，而且是一个文化问题。房子没了，整人文化也随之消失。老街区消失，相应的生活方式也随之消失，传统饭店顾客和老板之间的关系也渐渐消失了。

从传统到现代，存在着一种现代商业中的"质量下滑"规律。传统社会是熟人生活在一起，衣食住行都是在熟人间完成。质量形成口碑，古代工商业是靠口碑来维系。现代社会是陌生人的社会，人与人互相不认识时就要相互打交道，并且打完交道后还是不认识，并且也不需要认识。那么，人与人之间的信任感如何建立起来呢？怎样来拯救质量下滑呢？人们找到了一个办法：标准化。通过创品牌，做连锁店，于是，有了"麦当劳"、"肯德基"、"吉野家"，有了城隍庙小吃、重庆火锅、天津包子、马兰拉面。

品牌是在现代商业的状态之下出现的。在传统街区消失后，现代商业靠大的品牌和连锁店让客人放心。这些品牌连锁店虽然质量一般，但食品安全较有保障。现代社会的连锁店在竞争中也占据优势，它背后有大资本的支持。随着传统社会变成现代社会，它会不断地击垮一些传统的个人饭店。旧式的老字号不存在了，幸存的老字号也搞起了连锁店。例如"全聚德"，成了一个吸引外地游客的地方。北京人不再对"全聚德"感兴趣，而外地人会觉得到了北京就必须去一次"全聚德"。正是这种心理，把"全聚德"养活了，同时也把"全聚德"给惯坏了。

现代的城市化运动所造成的这一改变，是无所不在的。不光是饭店，其实它与一切产品的生产都有关。

实际上，两种不同的饭店是两种不同交换方式的代表。传统的饭店有精心烹制的美味，有传统商业道德的支持，有使人感到愉快的人与人之间的关系，生活在熟识的人之中，受到赞扬、欣赏自己的手艺，这里面有无穷的魅力，已经不仅仅是挣钱所能包含的了。生活美学，是各种生活乐趣的延伸。在现代工商业中，生产者和消费者之间的个人信任关系不存在了，消费者对商品品质的信任感寄托在品牌上。这一转变在生产者一边，当然并不是不受制约的。品牌不是凭空产生的，是创意、经营理念、资本投入、内部管理、宣传广告效应，再加上可能借用的传统因素等，这些东西加在一起才形成的。消费者从对品牌的信任，进而发展为对品牌的炫耀。去哪个饭店，穿哪个牌子的衣服，变成了财富的象征，而财富则变成了美的代名词。现代生活使人们得到了很多，也失去了很多。市场、商品、资本带来了美，也丧失了美。我们可以通过精心设计后再大规模生产的方式制造种种品牌，但却让人失去了一种古代人所特有的享受。

二、 当代语境下艺术观念的变化

　　现代社会带来了美在性质上的根本变化，讨论美学、艺术都需要放在这个背景下看。由此，我们引入到这样一个话题：什么是艺术？

　　这好像是个很简单的问题，而现在已经变得非常大，大到超出人们的估计之外。很多人就此写过无数的书。李泽厚20世纪80年代初为宗白华的《美学散步》所写的序言中提到：李泽厚无意之中说过，艺术是可以"写作很多本书的题材"。宗白华对这句话很欣赏。这使李泽厚感到意外，"颇觉费解"。[①] 可能更使李泽厚感到意外的，是这个问题此后的发展。无论在西方还是在中国，谈论艺术定义的人越来越多。

　　先锋艺术出现之后，一些过去人们所假定的艺术的条件都受到了质疑，使这个问题进一步复杂化。例如，过去人们假定，艺术品必然是美的，是个人独创，用康德的话说，与"天才"、"灵感"等概念联系在一起。持这种观念的人，在碰到先锋艺术时，就会有巨大的困惑。他们会自觉或不自觉地问两个问题：一些当代艺术品"美"吗？它们成为艺术品是由于它们的"美"吗？

　　这两个问题，过去是不言而喻的。如果你走进传统的美术馆，例如在巴黎，无论是进卢浮宫还是进奥赛博物馆，这两个问题都不存在。这里所藏的艺术品，都是精美绝伦的作品，是美的最高杰作。过去的理论也肯定这一点：艺术品当然美。人

[①] 宗白华：《美学散步》，上海人民出版社1981年版。

们讨论艺术比生活更美、还是生活比艺术更美的问题,这种讨论绝没有否定艺术之美的意思。人们大都倾向于认为,艺术美是生活美的集中体现。只是有人认为,生活美能不断地给艺术美的创造以启示,是艺术美的来源,并强调,生活中有艺术中所没有的美。人们还可以说,不同时代有不同的美,一个时代的美在一个时代的艺术中得到最集中的体现,因此,艺术的历史可以成为审美观念史的表征、物化和体现。

艺术品美!艺术品之所以是艺术品,是因为它们美!不美的艺术品不配称为艺术品!艺术品的好坏,在于它们的美的程度!这些人们过去熟悉的信条,现在碰到了危机。面对先锋艺术时,它们变得苍白无力。当我们走进巴黎的蓬皮杜艺术中心,走进北京的"798"、酒厂、宋庄等地时,我们会发现,一些当代艺术品一点也不美,它们或者是很丑、很怪,或者谈不上美与丑。

美不美?这个标准在失效。随着第一个问题无法回答,第二问题也同样被提了出来:一些艺术品即使可能"美",也不是由于"美"而成为艺术品。例如,一些看上去造型说得过去的物件,如一些现成物或工业制成品,并不是由于它们的"美"而成为艺术品。有理论家说杜尚的《泉》很漂亮,于是立刻遭到抨击和嘲笑。《泉》成为艺术品,与它的漂亮与否、与它的造型和光泽,没有任何关系。这时,艺术与美分离了。

这的确是一个很麻烦的问题,许多理论家都觉得难以回答。面对这些问题,有理论滞后的现象。一些我们所熟悉的理论家,都对先锋艺术持回避的态度。例如,在中国影响很大的苏珊·朗格、恩斯特·贡布里希、鲁道夫·阿恩海姆等,都不直接讨论先锋艺术。在克莱夫·贝尔和罗杰·弗莱等人的论述中,涉及一些艺术中的抽象问题,但对像杜尚、沃霍尔这样一些人的艺术还是缺乏解释力。

对先锋艺术的正面回应,是从分析美学开始的。乔治·迪基用"制度"、阿瑟·丹托用"艺术界"来探讨艺术的定义问题,说明先锋艺术仍然是艺术的理由。理论拒绝当下的现实,其结果只能是理论被边缘化。正面应对先锋艺术挑战的分析美学赢得了读者,也在艺术家和艺术批评界受到欢迎。正是这个原因,分析美学在西方流行了半个多世纪,在美学史上具有重要意义。

中国学术界应该怎样对待分析美学?这是一个具有争议的问题。前几年,在天津召开一次国际学术会议,来了几位重要的国外学者,其中有年长的国际美学协会的前会长,也有年轻的在美学界锋头正健的新锐。会后,在从天津到北京的火车上,两位从国外来的代表突然叫住我,摆出一副好好谈谈的姿态,质问我为什么让自己的学生研究分析美学？原来，在会议期间，他们与我的几位研究生聊了聊，并对他们的选题不以为然。我说，分析美学在你们那儿过时了，在中国并没有过时。

其实，说"过时"有点夸大，在西方，分析美学还有人坚持，并且不断有新的成果，然而，这里面有一个奇怪的错位。在西方分析美学兴盛时，中国美学界讨论得最多的是美的唯物主义基础、艺术中的形象思维等话题。从20世纪末和21世纪之交开始，分析美学有被主流美学界放弃的趋向。1998年在斯洛文尼亚的首都卢布尔雅那召开的第14届世界美学大会，提出了走出分析美学的口号。美学要走出间接性，要引入文化理论的研究成果，要关注社会人生，要重回实用主义对经验的重视，要从非西方的广大"第三世界"的美学传统中汲取营养。这是新美学的发展潮流。然而另一方面，对于中国美学界来说，还必须补分析美学课。从莫里斯·维兹到阿瑟·丹托，分析美学家们所提出的重要观点中国人都不熟悉。他们提出的一些有意义的话题，他们对先锋艺术的关注，都值得我们思考。翻译、介绍一些他们的著作，对他们进行研究，对发展中国美学来说很重要。我有几位研究生，分别研究过阿瑟·丹托、门罗·比厄斯利、乔治·迪基、纳尔逊·古德曼等重要美学家。希望他们的研究成果对国内美学的发展有贡献。

分析美学引进后，对"艺术的定义"问题的理解起到了深化的作用。但分析美学只是将研究的触角伸入到当代人们对一些艺术和美学概念的使用而已。只有回到社会本身，才能理解"艺术"这一概念是如何被引入的？

我们可能会接触到许多艺术史著作，谈论原始艺术、古代艺术、东方艺术、非洲艺术，以及中世纪艺术和文艺复兴时期的艺术等概念。这些表述已经习以为常，但这些表述之下掩盖了这样一个事实：不同时代，有着不同的艺术观念。我们所熟悉的艺术观念，是在18世纪至19世纪才逐渐形成。我们是依据那时所形成的艺术观念对古代和东方进行投射，从而将那里所产出的类似物也称为艺术。自20世纪以来，艺术观念又处在深刻的变化之中。

在传统社会中，艺术与工艺没有根本的区分。画家、雕塑家与其他手艺人没有什么区别。在欧洲中世纪后期，社会上有三种势力并存：第一是教士，代表着神权；第二是贵族，代表着世俗权力；第三是城市工商业从业者。修道院里的教士掌握着神的权力、人的心灵、教育的权力；封建贵族和君主有土地和军队，是世俗的统治者；而城市工商业者，本来在这三者中是最弱小的一种人，辛勤劳动却备受欺凌，但随着生产的发展、远距离贸易的形成，他似积累着财富，逐渐取得社会地位。

艺术家们本来应属于这第三种人的一部分。艺术是从手工业者中分化出来的。

画家、雕塑家，与木匠、石匠、铁匠，本来没有什么根本的区别。如果说要有区别的话，也许金银首饰匠地位高一些，理由是他们处理更贵重的材料；钟表匠地位更高一些，那是一种更需要复杂技术的工作。

从现代的观点看，手工业代表着一种非常落后的生产效率，与机器大工业无法相比。纺织机出现后，纺车就被淘汰；汽车、火车出现后，长途运输依靠牛车、马车的局面就一去而不复返。效率就是金钱、时间就是生命，与知识就是力量一样，都成为一些现代性的信条。对于生活在传统社会的人来说，他们有着其他的乐趣，现代性意味着这些乐趣的丧失。

手工业的状态有其稳定性。生活在其中的人，并非处于一种时刻感到其落后，要对之加以改变的心态之中。手工业者在生产中，会有一种后来只有艺术家才有的感觉。木匠打造床，铁匠打制宝剑，磨片工人磨镜片，建筑师造房子，都有一种对过程本身和对自己作品的欣赏。他们的生产活动，并非只是指向外在的目的，而是指向其本身。这既是生产，也是生活，两者没有分离。这与画家作画、书法家写字、唱歌跳舞的人表演，多少有一些类似。这种对手工业的感受，本身具有审美性。如果说，这种状态作为一种落后的状态要被改变的话，那么它的审美性作为一种社会发展中的刹车闸，成为保留这种状态的力量。

当然，社会的前进是任何人也阻挡不了的。艺术进步的出现，不是由于艺术本身，而是由于生产的进步。我们知道，社会发展的一个重要动力是分工。手工业从农业和畜牧业中分工出来，是社会进步的表现。手工业者们当然是进一步分工的。中国古代讲"百工"，就是说，有着各种各样的工人在分别做着各种不同的事，每一种工人有着自己专业内的技能技巧，相互不可代替，正所谓"隔行如隔山"。各行各业之中，也各有其优良中差，即所谓"三百六十行，行行出状元"。一行之中，状元是好的，也相应有差的。

到了现代社会，大规模机器工业的出现，使生产效率得到了极大的提高。正像卓别林的电影《摩登时代》所揭示的，工人们对过程的欣赏消失了，人被机器所控制。在这时，完成了设计与生产的分离、生产过程内部各工序的分离、生产与销售的分离。设计者不再生产，他们只是试验，提出思路、画出图纸、生产出样本，再进行产品及其生产工序的定型。这一切完成以后，设计者等待生产者的反馈，再对产品进行修改。生产过程中的各工序，随着自动化的程度不断提高，变成了一个复杂的过程，一位生产者只能像是一盘棋中的某个棋子一样被分配一个角色。

于是，原本按行业进行的分工，被贯彻到了行业内部。我们过去问：你是干什么的？指的是你是干什么行业的。我们可以回答：是打铁的、造房子的、制锁的、造钟表的。随着分工的发展，我们就问：你在哪里工作？在钢铁厂工作的人，不一定在炼钢。在药厂工作的人，不一定是在制药。至于对一位在电脑工厂工作的人，说他是在造电脑，就等于什么也没有说，他所做的是无数的工种中的一种，并且在复杂的工序中承担其中的某一段的工作，如接下来，还有非常多的人，做的是与市场有关的工作，如产品推销、售后服务，等等。

分工使得生产者被局限于生产过程的一个很小的片断之中，而不能接触到生产的全过程，他们只是在工作而已，甚至不能对自己的劳动成果有成就感。原因是，他们看不到在一个庞大的生产过程中，自己所贡献的一部分在起什么作用。当然，他们就更不能与自己产品的消费者构成一种直接的人与人的交流关系了。今天，某位工人所能夸耀的只能是，他在一家大公司工作，这个公司进入了全球五百强，他在这个公司里当了一个部门经理或某项技术的主管，等等。

传统的市场是一种人与人的直接关系。那是个人与个人打交道，熟人之间打交道，依赖的是对个人的信任。同乡、同学、老朋友、老熟人，构成一个商圈，相互之间的商业活动无须合同的制约，而靠传统的道德支持。

在现代社会，这种关系被制度化、非人化了。商业关系不依赖个人诚信和信誉，个人的历练、教养、才华等变得不再重要。现代商业需要的是法律，是一种契约关系。商人可以尔虞我诈、巧取豪夺，他们与顾客之间靠契约、合同、司法制裁来构成商业关系，而不是个人关系。

合同和契约深入生活的各个方面。它一方面具有解放的意义，这种关系消除了人情社会的弊端；另一方面也丧失了传统社会所具有的种种美好的东西，例如，生产者与消费者的个人的直接交流、个人的信任、个人魅力的形成并在这种交换中起作用，等等。

现代生产的另一种重要的分离，是生产与生活的分离。随着现代社会的兴起，出现了一个现象：上班。人们按点上班、按点下班。迟到要被解雇或者扣工资，不许早退或早退也要被扣工资，无故旷工是严重的错误，有事请假要得到批准。或者，反过来说，加班会要求老板发加班工资，节假日要求双倍工资。是否加班被看成是工人的权利，老板要求工人加班须工人自愿，不能强迫。再进一步，我下班以后的时间不属于老板，我下班以后是自由的，做什么老板无权过问。由此还衍生出种种考勤制度，在大企业，上下班要打卡，将这种考勤制度非人化，不是由老板来监督你按时上班，而是由机器监督；也不是由老板来决定是否扣你的工资，而是由机器提供的记录来决定。这一切，都造成一个结果：工作时间与业余时间分离，以及由此形成的生产与生活的分离。这样一来，我们的时间被分成两部分：上班是生产，下班是生活。我们还由此产生了一种自由观，上班没自由，下班才自由。自由越多，就是工作时间越少。我在瑞典时，记得有一次上街看"五一"游行，瑞典共产党打出的口号是"六小时工作制"。这就典型地代表了一种观念：更少的工作，更多的自由。

艺术正是在这种观念的支配下得以改变。手工业者的小铺子，开着店就是家，不存在工作与业余之分。没有人让他们去打卡，工作是自由的。如果说他们的工作方式的缺陷是效率不高，不一定能挣很多钱的话，这种工作方式有许多值得怀念之处。他们所需要的自由，是自由地工作和自由地销售自己的产品，不被有权有势者征召去做奴隶式的强迫劳动，劳动的成果不被有权有势者巧取豪夺。

现代社会所造成的劳动时不自由、不劳动时才自由，是不是更好？也许不是，但这是无奈的。有一种民间调侃的说法：理想的生活是"睡觉睡到自然醒，数钱数到手抽筋"。工作时间越少越好？或者不需要工作就能赚到很多钱，然后想干吗就干吗？这些想法好不好？那么，剩下来的时间干什么呢？打扑克，或者打麻将吧，更高雅一点，去欣赏艺术吧。审美要无利害，艺术要超功利，正是这么产生的。

艺术是非功利的，是人们在业余时间欣赏的东西。审美要自由，而工作时没有自由。艺术是自由，要让这种自由占据业余的时间。于是，工作与业余的对立、与功利和非功利的对立相匹配。这是大写字母 A 开头的艺术（Art）的现代艺术观念、是以"美的艺术"（the fine arts）观念为代表的现代艺术体系得以形成的根本原因。

三、"终结" 观视野下的艺术使命问题

在 20 世纪接近结束的那几年，也许受基督教与千禧年有关信仰的影响，出现了一些"终结"的说法。民间有，学术圈也有，其中有些还很有名。"终结"的话语成为学术语言，出现在不同的学科之中，激起了阵阵波澜。

怎么看待这些"终结"说？如果你到国外旅行，常会在一些车站和繁华商业区看到有一两个人，身上挂着牌子，牌子上宣布世界末日就要到了，有的说是明天到，有的说是明年到。对此，我们早已习惯了，视而不见。是不是这种"终结"话语的发明者，与这些街上挂牌子的人，属于同一种性质？谈论未来，一定要与当下有关。

如果没有关系，那就像街上挂这种牌子的人，随他们去吧，他们有表达言论和信仰的自由，我们也有不理会他们的自由。然而，如果这种观点富有哲学的深度，揭示了当代生活的一些重要方面，那就需要我们认真对待了。

"艺术终结"的说法，是由阿瑟·丹托在1984年的一篇文章中提出的。我的一位学生张冰博士总结道，艺术在当代社会正发生着深刻的变化：艺术品被接受，不再依靠其提供的美感，而是依靠对它进行哲学的阐释；艺术已完成其历史使命，将被其他更高的精神形式所取代；艺术在表现手段上的进步可能性被耗尽，不再能提供具有实际意义的创新；艺术所依赖的宏大叙事不再具有吸引力，从而导致叙事的终结。

这一切的原因，使得黑格尔的预言，即绝对精神的最高表现形式将从艺术转向宗教和哲学，得到了实现。黑格尔将世界的历史描绘成一个进步的过程。这种进步是由于理念的进步。理念经历了自然界、生物界、人类社会，来到了精神界。绝对精神的发展也经历了三个过程，从艺术到宗教到哲学。艺术是理念的感性显现，宗教是理念的超越，而从感性再回到理念自身之时，在绝对精神中占据统治地位的就成了哲学。

说到"终结"，大家熟悉的是弗朗西斯·福山，他讲"历史终结"。福山在丹托发文的三年后，发表了他著名的关于"历史终结"的文章。这种"终结"说，同样来源于黑格尔。但是，丹托与福山对"终结"有着完全不同的解读。具体说来，这是两条不同的线索。从黑格尔经科耶夫到福山是一条线索，从黑格尔经马克思到丹托是另一条线索。

福山从一位法国的俄裔哲学家亚历山大·科耶夫那里受到启发，从自由民主体制的精神以及唯心主义的立场来继承黑格尔主义。科耶夫从黑格尔的词句中捕捉了这样一个观点：历史终结于1806年。他说这一年拿破仑在耶拿－奥尔斯塔特会战中大败俄奥联军，这标志着法国革命的理想得到了实现。一位读着列夫·托尔斯泰的《战争与和平》长大的俄国人，竟然有这样的思想，倒是够叛逆的。他忘记老托尔斯泰曾那么深刻地揭示了天空的伟大和个人的渺小。

福山继承了这种思想，接受黑格尔的唯心主义历史观。他向"左"开一炮，说唯物史观强调经济对历史的推动作用是不对的；再向"右"开一炮，认为《华尔街杂志》派强调经济的决定作用也不对。于是，历史被归结为一种神秘的精神的力量。

阿瑟·丹托说的完全是另外一件事。马克思设想道："在共产主义社会里，任何人都没有特殊的活动范围，而是都可以在任何部门内发展，社会调节着整个生产，因而使我有可能随自己的兴趣今天干这事,明天干那事,上午打猎,下午捕鱼,傍晚从事畜牧,晚饭后从事批判,这样就不会使我老是一个猎人、渔夫、牧人或批判者。"① 一个人可以从事多种多样的工作,而不是让人局限于某一个方面的专家。社会分工被打破,造成了社会的阶级分化,这是未来的共产主义,这代表历史的终结。

根据这一思路,丹托把艺术的终结说成是这样一种情况:"正如马克思也许会说的那样,你可能早晨是一位抽象主义者,下午是一位照相现实主义者,晚上成了极简的极简主义者。或者你可剪纸人,或者做任何你喜欢透顶的事。多元主义的时代来临了。你无论做什么都已无关紧要,多元主义的意思就是如此。当一个方向与另一个方向一样行得通时,方向的概念就不再适用。"②

这是否完全符合马克思的原意,其实已经不太重要。重要的是,把艺术的未来与经济和社会的发展联系起来,将它归结为人的活动方式而不是离开人的活动的某种抽象的观念,回到人的全面发展的理想,这三点证明丹托所继承的的确是马克思线索的黑格尔式"终结"观,与科耶夫和福山有着根本的区别。

"艺术终结"观,也许并非是在宣布艺术的死刑。其实,即使宣布了,也无法执行。艺术在黑格尔之后蓬勃发展着。我们所熟悉的大量19世纪、20世纪的艺术精品,都是在黑格尔身后出现的。因此,在黑格尔宣布"艺术终结"以后,艺术恰恰迎来了辉煌的时代。马克思说过,资本主义生产方式,与艺术的某些部门相敌对。这也不意味着艺术就此终结。这种"敌对"会造就特别的艺术需要。在一个生活中没有诗的时代,诗的生产也有可能由于需要而特别兴盛。在一个领域匮乏的,在另一个领域会出现进行补偿的需要。

在说出"艺术终结"之后,丹托多次重提这种说法,并作出种种修正。他说,"终结"不是"死亡"。艺术终结后还会有艺术,正像历史终结后还会有人类社会一样。在这一点上,丹托与福山是一致的。他们都强调一个观点,终结的是"进步"。如果明天与今天一样,后天与明天也一样,或者说,有变化但无发展,历史就终结了,艺术史也就终结了。

我们常常会对艺术的进步感到困惑。真的有某种东西叫作艺术的进步吗?

制作性的艺术品可以在技术的进步意义上讲艺术的进步,能工巧匠的技能和诀窍代代相传,代代有所发展,从而造出精品。从故宫的珍藏到工艺美术展览中看到

---

① 马克思、恩格斯:《马克思恩格斯选集》(第一卷),人民出版社1995年版。
② Arthur-C. Danto. *The Philoslphical Disenfranchiscmcnt of Art*, New York: Colnmhia University Press, 1986.

的工艺精品，我们都能感受到，精湛的传统的工艺能成为一个民族的骄傲，被誉为民族智慧的结晶。它们绝非一人之功，也非一代人之功，是经历了许多代人才逐渐发展起来的。

造型艺术可以在对现实模仿的意义上讲进步。对形的征服，经历了一个漫长的过程。绘画雕塑要造得像，已经有很多人研究过。这是技能问题。要把握形，又不仅仅是技能问题，要克服许多的观念障碍。例如，当我们说所造的是神像，必须按照某种程式来作时，就阻止了形的改进。一些实用的目的也限制了人们对形似的要求。例如，正如恩斯特·贡布里希所分析的，神像、象棋的棋子、姜饼人、儿童画，以至于一些社会公共场所的符号，都受着其目的的制约，不必过于追求形似。

造型艺术所追求的"视觉的征服"，还有一层重要的含义：造得像不等于照样制作。眼睛看到什么就画什么，那还不简单？艺术史家们告诉我们，这不简单。这里面有视觉的设计，有贡布里希所说的"匹配"，即对仿造物与被仿对象进行对照并对制作流程做出改进的过程，还有对视觉的时代和文化因素的适应，等等。

但是，这一切都有完成或接近完成之时。当这一切被完成或接近完成之时，艺术又会如何进步？没有进步的艺术会走向何方？这时，艺术终结的问题，就再一次严肃地提了出来。艺术终结，不是指艺术死亡，而是艺术已经到了这样一个水平，失去了再往前改进的方向。艺术下一步怎么办？艺术的前景如何？

所谓艺术的前景，实际上是艺术定位寻找。前面已经讲到了这个问题：现代艺术观念的形成，与资本主义生产的发展、与市场的发展有着密切的关系。但是，这种关系是以对立的形式出现的。工作时没有自由，艺术中有自由。在机器对人压迫、使分工越来越细、使生命机械化之外，艺术提供了人的天才和灵感发挥、人的知解力与想象力协调发展、人的超功利的尚雅趣味得以发挥的场所。这对社会也构成了一种补充。

然而，当社会进入到所谓的"后现代"之后，消费社会所推动的美化商品以赢得竞争的观念，对艺术提出了新的挑战。人人都说要重视消费，说我们进入到了"消费社会"。其实，有生产就有消费，消费是一个古老的现象。但在过去，都是生产促进消费，生产什么就消费什么。生产过剩了怎么办，是不是就是社会财富充分涌流了？可以按需分配了？好像又不是。过剩所带来的只是危机。今天，政治家与经济学家们都在说，要想经济走出危机，就需要民众有消费信心。人民敢花钱，经济就能发展。

由于生产过剩，就有强烈的竞争。竞争会造成什么？从我们的生活经验，可以说：竞争好啊！价格会下降，生产效率会提高，产品质量和售后服务都会好得多。我们这一代人在生活中吃够了计划经济的苦：产品质量差，服务态度不好，商店里货架空空；去买东西，一问三不知，一问三没有，再加上一问三不理，东西没有买到，带着一肚子气回来了。现在好了，实行市场经济，产品的质量、服务态度全面改善，货架充盈，要什么有什么。

然而，竞争的弊端也会暴露出来。过去，生产是为了满足需要。人们的理想是物资极大的丰富，社会财富充分涌流。那么，当需要已经满足，不愁吃、不愁穿之时，又怎么办？这时，出现了又一个问题：你怎么知道已经满足了？

需要是可以被制造的。生产制造需要，要通过生产改变人们的消费习惯以及相关的消费观念，要通过新产品的生产制造时尚并刺激人们的需求，要通过消费的发展使人们处在一个永不满足的物质追逐之中。这样，经济就发展和繁荣了。

在"后现代"的"消费社会"之中，艺术在哪里？艺术家在哪里？他们还有什么事可做？如果要谈论"艺术终结"，就必须把这些问题鲜明地提出来。

首先，产品被美化。搞搞设计，使产品的外观、包装都变得漂亮些。也许，那是艺术家的学生们做的事，"真正的"艺术家不愿去做。也许，设计曾经并仍然向艺术学习。但是，设计改变世界，当人们随着现代化的进程，从生活在自然环境中变成生活在人造的环境中时，生活在一种设计出来的世界之中，就既是他们的幸运，也是他们的宿命。

产品竞争的规律，从品质和服务延伸到了审美领域。当产品的生产都已成熟，不再存在着明显的质量问题时，外观就变得非常重要。我们买笔记本电脑、买汽车、买冰箱电视，都要考虑是否好看。美学决定了竞争力。

有人说，由于审美因素，造成了财产观念的弱化。这是不对的。这其实是强化，只是表现形式转化了。财产没有消失，穿着简约有品位的明星比打扮得穿金戴银、珠光宝气的乡下土财主的女儿要更加好看，也更能显示出有钱的样子。

这时，出现了这样的悖论：美学主张审美无功利，商品的美恰恰成了财富的象征。对于艺术家来说，搞设计并不是最重要的工作，重要的还是创作出艺术品。但是，当如果日常生活中所使用的物品都已经美化、艺术化了之时，那为什么还需要艺术品？艺术家们教出的学生们，学到了一些造型的规律；于是，在商品设计时，他们亦"按照美的规律"去制造，让艺术家们自己无事可做了。"劳动创造了美"，但既然美已经通过生产劳动创造出来，为什么还要艺术家把它们再创造一次呢？

其次，艺术被产业化。艺术本来是个人创作，如果说天才与灵感还没被后来的美学家们强调到那么高的程度的话，最起码，艺术家与接受者有着一种个人的直接的关系。妈妈做的饭是个性化的，因此我们就喜欢。街区饭馆的饭，仍有个人与个人的关系在，致力于在产品反馈中不断改进，也致力于一种宾至如归的服务。但是，现代连锁店所能提供的，就只是标准化的服务了。这种标准化的服务，是创意的结果：创造出来，经过试验被认为可普遍接受后，就大量复制推广。现代创意产业也与此相类似，艺术家被放到了一个巨大的生产过程中，其中也需要创意，似创意要通过制作、复制、宣传广告、品牌效应等复杂的过程才能实现。

以上两种情况，前一种是工业艺术化，后一种是艺术工业化。这是现代社会不可避免的现实。也许，正是无所不在的美，迫使艺术放弃美。一个处处皆美的世界，是像迪斯尼乐园一样的幻境，也许我们也需要，但这不是人的家园。这是先锋艺术与美脱离的根源。许多学者都提出这样的话题。沃尔夫冈·韦尔施提出，在处处都美时，艺术要使人震惊。但是，如果艺术只是要给人以震惊的话，是不是会给各种各样的胡闹开辟方便之门，使艺术界变成疯人院？一些西方当代马克思主义美学家提出救赎的概念，认为面对当代社会的种种弊端，艺术能够起救赎的作用。

救赎说与前面所提出的补偿说有类似之处。补偿是指社会营养不良，要补充营养，经济发展了，精神有缺失，在艺术中提供补偿。救赎则是指社会有了疾病，艺术是救世的药方。在性质上，两者当然是有区别的。用以补偿的营养品，是美好的，艺术与美结合在一起。用以救世的药品，不一定美，甚至与美无关，正像良药苦口一样，于是，提供的是震惊、恐饰、恶心，其中不具有刺激性的也不过是无色无味而已。这种区别如果被放大的话，那就成了现代主义与后现代主义的区分。现代主义仍然追求美，是一种补偿；后现代主义放弃了美，就成了救赎。

无论是补偿还是救赎，都不是生活的常态；正像无论是营养品还是药品，都不是生活必需品一样。所有这些立论，都是以艺术与生活的二分、以物质与精神的二元对立为基础的。怎样才能回到艺术与生活的合一？怎样才能真正走向物质与精神相连续的一元论？这都是问题，也同时是解决问题的思路。

从这里，我想再次回到一个我曾经多次举过的例子。毕达哥拉斯说过，参加奥运会的有三种人，第一种是运动员，第二种是观众，第三种人是来做生意的。在这三种人中，谁最高贵呢？他给了一个奇怪的回答：观众。这一回答代表了欧洲传统哲学的一个大传统，即对世界和人生的旁观者态度。由于旁观，于是产生主客二分、劳心劳力二分、物质精神二分。这种态度需要"终结"，只有"终结"，我们才能走出"二元"而回归"一元"。

那么，什么叫作"一元"呢？最根本的一条，就是回到活动而不是静观的立场，回到一种人与人的直接关系之上，回到对参与者的最高的尊重之上。参加奥运会的三种人中，最高贵的应该是运动员，不是观看的贵族，不是来挣钱或提供赞助的生意人。同样，在艺术活动中，回到艺术家的主体地位之上。

让我们再次回到文章开头的例子：车站附近的饭店与城市老街区里的老字号饭店的区别。前者依靠品牌的力量，有了改进。但是，我们还是喜欢老字号饭店中的那种个人与个人的关系。

回到人与人直接的关系，是回到一种诗意的过去。古代文人会相互赠诗、赠书画，把自己觉得很得意的作品送给朋友。一位手艺人对自己的作品感到满意，用它来挣钱谋生却又不仅仅是谋生。这样的关系，这样的生活和艺术的态度，对于现代社会还有没有价值？能否作为一种因素留在对未来社会的理想之中？它们的价值何在？问题很多，也很有意义，我们需要继续思考下去。我们也可以从自己的实践做起，这才是更重要的。从现在做起：改造我们的生活！改造我们的艺术！

原载《上海师范大学学报》（哲学社会科学版）2013 年 9 月

编 后 语

　　2013 年的文学理论批评仍然呈现出不弱于往年深入的思考、敏锐的探索和强劲地介入文学文本现实的能力。和 2012 年相比，我们看到在理论开拓方面取得的可喜成果，在对于文学的意识形态与文学的审美功能方面，在对于马克思主义文艺思想的研究方面，在对于文学批评的人民观、社会历史观认识方面，理论家在以往的研究基础上均有不同程度地掘进，他们的思考给我们以启发。

　　而更给文学理论带来新的活力的是，2013 年文学研究者对于自然文学、生态文学以及文学艺术、文本本身的思考，这些从不同侧面对于文学的研究，打开了我们理论批评的广阔视野。

　　文学史的研究，在 2013 年有所推进，无论是对于现代性的认识，还是对于某一社会文化节点中的文学发展的描绘，或者关于中国现代文学史上如鲁迅等重要作家的新的读解，都使我们看到了文学理论批评家们对于历史的热情，是一种来自于知识与学术探索的热忱和求真知的愿望，支持着他们的诉说与阐释，所以，尽管他们的研究成果或许不够完善，我们也并不全然认同于他们的观点，但是我们非常尊重他们的探索，任何思想与学术，都是因为在成型过程中受到了足够的尊重，也才能够得到良性的发展。

　　还要感谢那些对于小说伦理、文学技艺、社会传播、新兴文学样式的探讨，无论是对对外译介、媒体传播，还是艺术自律、市场变迁的关注，它们均将文学放在一个大的文化发展的系统里面，使文学不仅只是文学，它还是文化的一部分，同时也是国民性格、民族精神形成与建构的一个重要方面。

　　对于当代文学作品的跟踪与诠释，一直是我们所倡导的，收入本卷的对于某一位作家、某一部作品的具体评论，并不只是就人论人，就事论事，而也是从文学的发生、发展的角度去构架全篇。这样我们读到的就不只是有关文学的只言片语，而是包含了理论家、批评家、作家、阅读者我们每个人心智在内的正在形成的人文精神。

图书在版编目（CIP）数据

中国文学理论批评文选·2013/中国作家协会理论批评委员会编.
—北京：文化艺术出版社，2014.10
ISBN 978-7-5039-5857-1

Ⅰ.①中… Ⅱ.①中… Ⅲ.①中国文学—当代文学—文学理论—文学评论—2013—文集 Ⅳ.①I206.7-53

中国版本图书馆CIP数据核字（2014）第221141号

中国文学理论批评文选（2013）

编　　者	中国作家协会理论批评委员会
责任编辑	斯　日
出版发行	文化藝術出版社
地　　址	北京市东城区东四八条52号　100700
网　　址	www.whyscbs.com
电子邮箱	whysbooks@263.net
电　　话	（010）84057666（总编室）　84057667（办公室）
	（010）84057691—84057699（发行部）
传　　真	（010）84057660（总编室）　84057670（办公室）
	（010）84057690（发行部）
经　　销	新华书店
印　　刷	国英印务有限公司
版　　次	2014年12月第1版
印　　次	2014年12月第1次印刷
开　　本	710毫米×1000毫米　1/16
印　　张	39
字　　数	660千字
书　　号	ISBN 978-7-5039-5857-1
定　　价	68.00元

版权所有，侵权必究。如有印装错误，随时调换。